谨以此书纪念改革开放四十周年　致敬那个火热的年代

20世纪80年代
大学生诗歌运动访谈录

姜红伟　编著
JIANG HONGWEI WORKS

诗歌年代

1977xxx—1978xxx

山西出版传媒集团　北岳文艺出版社·太原

图书在版编目（CIP）数据

诗歌年代：20世纪80年代大学生诗歌运动访谈录 / 姜红伟编著. —太原：北岳文艺出版社，2019.5
ISBN 978-7-5378-5569-3

Ⅰ. ①诗… Ⅱ. ①姜… Ⅲ. ①诗歌史-研究-中国-当代 Ⅳ. ①I207.209

中国版本图书馆 CIP 数据核字（2018）第 005128 号

书　　名：诗歌年代——20世纪80年代大学生诗歌运动访谈录
编　　著：姜红伟
出 品 人：续小强
策　　划：刘文飞
责任编辑：高海霞
书籍设计：张永文
印装监制：巩　璠

出版发行：山西出版传媒集团·北岳文艺出版社
地　　址：山西省太原市并州南路57号
邮　　编：030012
电　　话：0351-5628696（发行部）
　　　　　0351-5628688（总编室）
传　　真：0351-5628680
网　　址：http://www.bywy.com
E－mail：bywycbs@163.com
印刷装订：山西出版传媒集团·山西人民印刷有限责任公司

开　　本：787mm×1092mm　1/16
字　　数：498千字
印　　张：34.75
版　　次：2019年5月第1版
印　　次：2019年5月山西第1次印刷
书　　号：ISBN 978-7-5378-5569-3
定　　价：128.00元

本书版权为本社独家所有，未经本社同意不得转载、摘编或复制

序一

谁能同时站在两条彩虹的上面

徐敬亚

按结绳记事的古法，1976年绝对是中国之绳上一个特大疙瘩。万马齐喑的十年浩劫之后，一首晚清七绝充当了郁闷民族压抑心声的出口："我劝天公重抖擞，不拘一格降人才！"这一悲愤到斗胆劝天的诗句，频繁出现于中国报刊的结果，不仅鼓舞了"人才"们日渐恢复的雄心，也可能暗中提醒了正梦想开创新政的决策者。

人才，从来就是说有就有，说无就无，它随时暗藏在天空的云朵深处。而漫天大雪从来是无中生有、说下就下。新时代的价值标尺一旦确立，自由与尊严之光，立刻照亮了无数平民百姓的壮志前程。

高考，果敢而神速地恢复，预示了一次精神"重新抖擞"的发光年代。几十年，龙生龙凤生凤、英雄好汉、反动混蛋——仿佛天降的全民科举，使弓背弯腰的人们脸上的罪孽红字或火烙金印仿佛瞬间消弭。进京赶考，范进中举，无数平民浪子一举升天的故事，一夜传遍天下。

人的变故，就是天下的变故。一件事情发生后，埋藏在其后的一系列事情注定接着发生。在此后来临的民主精神闪光后，一年连接一年、持续不断地，中国大地上呈现了一次人类文明史上罕见的、横跨几十年时空的诗歌热潮。

两条彩虹同时升起，英雄必然辈出。

这就是本书之所以诞生的背景。

天公抖擞，人随之抖擞。

1978年春，二十七万名"才子"突然从乡野市镇深处沛然涌出。中国压抑的智慧与自由，最先在大学校园睁开眼睛。

从一名豆腐厂的锅炉工摇身一变成为坐在吉林大学中文系课堂上的一名学生，我目睹了中国大学内外出现的史无前例混乱与新奇：班里年龄最小的只十六岁，而最大的是他的二倍三十二岁……刚刚获得话语豁免权的教师正匆忙准备教案……步入中年的"学生"不时写信回家告慰妻小……那时，与我们同期就读的，还有最后一届工农兵学员，他们对大学"上、管、改"的统帅般地位并没有明令撤销，其身上醒目的军装与头上的闪闪红星，似乎仍带着那个时期的威严。

然而，无数只假设的雄鹰正在从鸡群中飞起。受惠的兴奋与短暂的角色慌张后，七七级在各大学迅速被传得神乎其神。他们中的佼佼者，在基础课堂上常常伏案大睡。其质疑的目光与挑剔的口吻，令刚刚苏醒的教师们倍感心怯。而只有七七级自己才更记忆犹新，所谓"藏龙卧虎"的时代宠儿们，几个月前，还在大山深处或城市的底层，遭受着权势者与文盲们的白眼。

一种莫名的愤懑情绪和潜在的变革意愿，悄然浮动。

虽然尴尬与交锋，偶尔在变形的师生之间出现，但大劫难之后，同病相怜的人们在课堂上却上演了一幕幕心领神会的交融。写到这里，我想起一个令我难忘的关键词"牛马走"。这是吉林大学的王孙贻教授，以一个标准的、合格的、饱受苦难的"右派"

身份，在对司马迁《报任安书》的讲解中，向未来青年才俊悄悄输送了一种那个时期的切齿之痛。两千多年前一次政治迫害与肉体之辱，被王教授阐释得身心俱焚、意味深长。当时大量政治术语尚未解除禁忌。于是，一种若有所指、似有似无的话语，加倍放大了含沙射影的效果。古汉语的教学目标已退居次席，昔日的"牛马走"们之间，在象征、暗喻中洋溢地享受着无限宽广的心有灵犀、眉目传神、会心一笑，也享受着囚徒们放风时狗胆包天恶作剧般的胆战心惊……那种仿佛地下组织成员与间谍一样的暗号式讲授，包括某些鬼鬼祟祟的倾听者们紧皱的眉头与悄声的密告……后世几乎不可重复。

正是无数的王孙贻先生，以苍老树桩的勃发内心，暗中怂恿与鼓励着整整一个季节的早春枝芽。其时，恰好又逢刚刚开禁的《现代文学史》课程几乎在全国高校同期开课。"五四"后的文学社团高潮——这一被长期遮蔽的历史，被正面、公开宣讲后，像示范性星火，迅速在七七、七八级大学生中蔓延，民间性的文学结社，突然大面积兴起！

1979年夏秋之交，仅在吉林大学中文系七七级一个班内，便突然诞生了三个文学社团。其中"赤子心"诗社，最多时成员达二十四名，超过八十人大班的四分之一。而作为中文系系刊的《红叶》，则由七七、七八级与七六级工农兵学员等三届学生会联合主办。

一项失传多年的公民权利，被突然莫名获得。全国各省大学院校异床同梦地忽然爆发了民间文学社团的盛大高潮。那种仿佛大赦天下的感觉，在未来青年诗人作家们心中带来的是比社会实际宽容度高出几倍的放肆夸张效果。

在需要英雄的时刻，小人物纷纷登场。

在各大学，一批民间文学社团的领袖人物应运而生。这些昔日被黄沙埋没的人们，正在书写自己苦尽甘来的锦绣前程。他们的文学才华突然放出光芒。他们的领导才能莫名地油然而生。具有讽刺意味的是，在这些人刚刚离开的那些单位与部门，他们桀骜不驯的性格、对抗领导的拙劣情商，曾经令这些呆头呆脑的才子们吃尽了苦头。

《历史时刻在挑选酋长》，这是我前几年为"十大新锐批评家"评选写的文章题目。我现在想说的是，历史选择的速度总是惊人。随着全国高等院校民间社团刊物之间的交流，各大专院校的办刊者们开始了频繁沟通。在没有电脑、没有手机、没有QQ、没有电邮的年代，亲笔写信成为远隔千里的大学生们交流思想信息的唯一通道。我至今仍怀念当年与各大学社团头目的通讯联系。文学观念的交流、组织建制的沟通、天下大事的评说……无名的亢奋，没有一分钱的功利，却几页、十几页纸地奋笔疾书……在当年孤冷、闭塞的人际交流背景下，人们的通讯录都少得可怜。而在大学之间，突然间获得的各省、市、地的陌生名单，带给当年的大学才子多少兴奋。可以想象，一封封热情如火的信件在几十所大学之间飞奔往返，像密集的曳光弹或远程火炮一颗颗划破了当年漆黑的人际夜空……事情总是有一，就有二。随着这种激情信息的沟通与火热思想的交集，中国大学民间刊物的联合之势已不可避免，位于中国地理中心区位的武汉大学最终成为它的倡导源头。

　　作为大学社团民刊行思潮的升级版，《这一代》的出现，也许过于急切和超前，但联合已经必然。迅速汇集起来的洪流需要更大、更宽广的出口。急切膨胀的文学观念也需要一种更刺激、更过瘾的传播。也许《这一代》的短命又是一种必然，但它还是太激进了一点，夭折得也太惨烈了一点。从这种意义上说，《这一代》悲壮的结局可能恰恰最好。忧伤而凄美，反倒使我们因同情与惋惜对其充满了眷恋。

　　其实，中国20世纪80年代大学社团最兴奋、最高潮的阶段，甚至还不到一个完整四年学制的一小段时间。最初的、一年多的发轫期，最刺激，也最盛大。七七级、七八级离校后，社团的框架基本得以保留，再次成为第三代诗人的出发点。这一批继往开来的诗人群体的成长期，大多数在大学里完成。而伴随着诗的中兴（1985—

1988年），大学校园又形成一次小小的高潮。1989年以后，终于使这一段特殊的文学社团大观归入20世纪90年代的时光。

作为明晃晃的果实，从这些社团中走出了一大批作家、诗人，这些人成为未来年代中国文坛重要的组成。这一点已经成为常识。

我要说的，是另一种隐形的效应。

一个历史事件的发生，除了照亮当事者之外，它暗中向四面八方放射的力量往往被忽略。20世纪80年代大学生精英们的文学活动，类似一次巨量萤火虫们的超级大聚集。那些小昆虫发出的光，不仅照亮了自己的屁股，也一定照亮了周边小小的空间。那些看不见的光芒，那些暗中的力量，一定照亮了无数身边的、和20世纪80年代诗歌运动毫不相关的、一大批不知名人物。

"先胖不算胖，后胖压倒炕"——行文至此，我无法绕过这句粗俗的东北话。我的西式语法无法抵挡它凶狠的力量。这一著名的时间意义上的"胖瘦理论"，用在七七、七八级的各类班史中实在是太精彩、太贴切。事实证明，在很多大学里，类似的胖瘦角色演变都无一例外地发生。当初叱咤风云的才子们，有点像一鸣惊人的神童，此后的人生中却并无多大长进。相反，那些躲在他们光辉后面默默无闻的小人物们，却往往厚积薄发、热力发散、大放光彩。这些小人物，也许就是老狼歌中的"睡在我下铺的兄弟"。他们当年可能没有参加任何文学社团，甚至不热爱诗与文学。但他们也与精英们一起，共同经历了那个诗歌热潮。可以说，他们是20世纪80年代大学生史中的一种"暗物质"，是其数量庞大并不可或缺的组成部分。他们更近距离地欣赏并接受着诗所散发出来的生命之光。由于亲身亲眼亲耳，这种光，更亮，更强，也更亲切，更温暖，更真实。同时，恰恰由于他们与诗歌的陌生关系，诗歌之光在他们那里反而产生了更大的化学反应。这些貌似沉睡的"下铺兄弟"们，成了一幕历史戏剧中离舞台最近的观众，很多人甚至一直混在演员与后台剧组人员之中。他们，可能是20世纪80年代大学生诗歌运动最大的受益者群体……因此，从诗歌熏陶、诗歌教育、诗歌影响的角度，那一场校园风云，倒像是为后来的主角们有意导演的一幕诗歌专场大戏。镁光灯下的表演者,照本宣科地念着唱词,而台下的人们却被感动得热血涕零。那些无声无息的观众中,恰恰隐藏着日后的商界大鳄、霸道总裁,或者遍布于这个国家四面八方的大小官吏……他们学生时代被诗歌一针针击中的心灵,一定被暗中植入了某种敬畏与悲悯。若干年后,中国辽阔国土上发生的每一件小事,都可能因此而被悄悄地改变。

任何事件,都隐藏着某种承续与繁殖的能力。

历史像一根永远延长的甘蔗。最甜的部分注定一天天发黑、苍老。而最嫩的尖芽,终将吸收一切糖分,成为未来的主干。

几十年前横空出世的那两道彩虹升起的时候,除了"下铺兄弟"之外,在辽阔的土地上,还站着无数仰望星空的孩子——当20世纪80年代大学校园里涌荡着一浪一浪诗潮时,在更多的中学生校园里,诗歌的酵母也唤醒了成千上万的未来诗人。他们模仿着前辈兄姊,串联、结社、出刊……同样形成了一场波澜壮阔的诗歌江湖。那是另一节更新鲜的甘蔗,另一幕属于他们自己年华的诗剧。

作为本书序言,我有责任指出:无论是当代中国现代诗史,还是当代思想史,20世纪80年代大学校园曾出现的大规模结社及写作热潮,对于本民族来说,都是难以为继的珍贵史料。当这一运动的主角们垂垂老矣之际,对这一断代历史遗迹的捕捉、搜寻,再次由中学生诗潮的"孩子"完成。他们像执意续写"家史"的后生,不惜四处叩门、刨根问底、追寻旧迹。当往事正在随风暗淡,他们用一个个汉字使之存留下来、凝固下来。

长虹贯日的日子我们还能经历吗?

此举此书,足当铭记。

2016 年春节于深圳

序二

20世纪80年代的"诗托邦"

朱子庆

历时数载,姜红伟一路追踪访谈,最终编就《诗歌年代——20世纪80年代大学生诗歌运动访谈录》,如今既已敲定出版社,遂向我邀序,我想,大约由于我亦"诗人同学",或可为那个已经逝去的"诗歌年代"见证"昨日的世界"吧。然而,断读续读十数日漫读下来,我欲乘风道去的却是:此书重新发现了中国的"80年代"!它不仅仅是那个年代的诗歌,更是那个年代昙花一现的浪漫——"诗歌80人"!那时候中国大地上无数的高校诗社,无数的热血青年诗人,不,可以说整个欣欣向荣的社会家国,就是一块令人神往而圣洁的"诗托邦"——恕我冒昧,杜撰了这么一个诗意而古怪的词为它命名!

诗托邦,这是后"文革"年代(即"新时期")诞下的宁馨儿。那里面的人的"存在"状态,或许才是彼一时代最堪追怀、艳羡与回味的东西。

"宁馨儿"这个对标致孩子的赞词,已经淡出时代语境很久了。当我写出这个词,不知为何忽然想到一句名言:"这孩子是要死的!"——鲁迅先生说过的话。这话大煞风景,照常理人们一般是不会说的。但似乎由于鲁迅说了,人们便深刻地记住了。这似乎可为先生训示之一证。

但我想说的不是这个,我现在最想说的是,鲁迅此言有着某种存在主义味道,它因煞风景(又作"杀风景")而成就自为的"存在",这才是我们这一代人记忆深刻的原因。人总是要死的,新生婴儿也不例外。这已经是一个既定常识。但为什么在鲁迅那个故事里,它却变成了"烛"与"针"?这是因为它被投入了"实践",亦即"献身"于特定现实的某种"情境悖逆"中,而这样做是需要勇气的(我们还可以举出《皇帝的新衣》)。如果不是这样,如果它不曾鲜明地"献身","照亮"或刺破了那些"遮蔽"(喜庆的赞词),就不过是墙脚的一块灰溜溜的石头。现在我们满脑子堆着各种常识,然而,常识常有,那种生杀予夺的"情境悖逆"不常有;更进一步说,"情境悖逆"常有,而敢于掷出真理之石的,又有几人?

以上这些话,和红伟这部书又有什么关系呢?

我想指出的是,红伟此书正是一部献身于"情境悖逆"的书,一部十分及时的书,或将像一枚激射的石块洞穿某些"遮蔽",而以其烛照现实不负历史使命。"经济中心"的转轴已不堪重负,"腾飞"的辉煌正暗淡下来,在疲惫人们的"心目"中暗淡下来——年初以来,网上不是已在万众热传、接续这样两句诗吗:"我有一壶酒,足以慰风尘。""心目"这个词堪作存在主义哲学的核心词。人的存在是心与目相互传导的结果。存在决定意识,然而心在看,"照亮"一切;即心即目,即目即心,人是用"心"照亮世界的生灵。如果说"合理"系中得心源,"存在"乃基于目下,那么"存在即合理,合理即存在"这主客两端,也只有在"心目"这里才能辩证统一起来。适逢这样一个意欲擦亮心灯的时刻,红伟此书招引我们围炉夜话:缘溪行,忘路之远近,忽逢桃花林……

这就说回了本书。我当年是广州中山大学中文系七八级学生，书中诗人马莉的有关文字，讲述了我们在20世纪80年代的"疯狂表现"。那完全是一个激情的年代，太阳每天都是新的。我们在阳光灿烂的康乐园里——这一点很重要，响应社会上风起云涌的"解冻"思潮，和各地百万大学生诗歌爱好者一样，在青年诗人北岛《今天》的引领下，兴致勃发，遥相呼应，不知疲倦地写诗、结社，演剧、朗诵，到处漫游，寻找同道，还谈了一场"轰轰烈烈的爱情"……作为一个20世纪80年代的亲历者，我读红伟此书自然颇多印证和发现，最强烈的感受是一种"穿越"体验——眼前豁然复活了"昨日的世界"。"白头宫女在，闲坐说玄宗"，天宝盛世的确不是等闲人说得的。掩卷回神，却也越发感到：一切已折戟沉沙恍若前朝，化作一帘幽梦。诗评家、"崛起派"猛将钟文"唱衰"时下诗坛，说"当代诗歌正在走向废墟"，我乍一听时不敢苟同，现在很理解了。

所谓"80年代"，是我国结束"文革"动乱后，高层厉行拨乱反正，恢复高考，废止"斗纲"（即"以阶级斗争为纲"），重建生活的年代，那种情形，正像被严冬浩劫过后的一片荒原上，春风春雨，万物复苏。坊间回顾20世纪80年代的图书不少，盛称其为"诗歌黄金时代"的文章尤多，但殊少"手把红旗"的"弄潮儿"之手笔——我指的是民刊主编、社团首领以及旗手型诗人，他们是"诗潮""运动"的兴风作浪者，特定历史事件的幕后推手和动力源。而红伟此书别具只眼，属意和深挖的恰恰是当年担纲大学生诗社的"酋长"们和一地、一群校园"诗人同学"之精英，由此得以探赜索隐，为我们重构出了大泽龙蛇一处处的"诗托邦"——如果说20世纪90年代诗坛是山头林立的诗江湖，那么，80年代大学生诗歌运动的一个特点，是高校里面大大小小的诗歌社团，它们不是扯旗称派的"山寨"和利益集团，而更像是充满幻想和浪漫追求的诗歌公社，我想，叫它作"诗托邦"是颇为恰当的。盛世是要有许许多多的盛事堆塑的，像《今天》杂志引发的诗坛"裂变"，像十三家高校联合主办《这一代》的"流产"，像《诗刊》首届"青春诗会"在虎坊桥"集结"，以及诗评家徐敬亚《崛起的诗群》的来龙去脉,当然还有诗人韩东的西行入陕播火、传道……桩桩件件,都是注定要记入史诗的,是为不可又再的新诗黄金时代"背书"的大事、壮举。显然,当事人、幕后推手以及在场者们的言说,更趋历史真相、更近设计顶层,讲到细节处,有些篇什更使人身历其境,似有谋划者的咳嗽声从历史深处之墙壁里隐隐传来(如孙武军、徐敬业那两篇)……这为本书平添了不少可读性,使之具有毋庸置疑的(历)史、传(记)的诗歌文献价值。

近年来"圣化"西藏之外的又一思想脉动,是人们开始深情追怀激情的"80年代"。这自然也引起了一定的反弹。不久前文化评论家朱大可和诗人欧阳江河的对话,就被冠以《80年代,诗歌在极度不正常的状态下被推到高处》之题,传播网上。朱大可坦陈:"我觉得从80年代初期一直到中期的诗人,中国历史上可能是前无古人后无来者,所以现在大家都会缅怀那个时候。反正我个人是很缅怀的,因为我们确实是那个时代成长起来的,包括了我们大量的青春记忆、我们的挫折、我们的欢乐,同时我们的信念、我们的理想都是在那个时代,诗歌在那个时代伴随着我们,所以它成了我们灵魂深处的一部分。"朱大可这份感言,可以代表我们这一代过来人的心声。他还描述了当年盛况一景:"那个时候校园全民启动,一个诗人穿得破破烂烂,几个月不洗澡,就拿一本破诗集,在校园里每个寝室门敲过去,就有人接待他,饭票一半都给他,对吧,睡一张铺,我们那个时候就是这样的;一个诗人可以混吃混喝,在全中国畅行无阻。那个时候真的就是这种状态,在朗诵的时候,底下的女孩子跺着脚涨红着脸,就跟看到港台和韩日歌星一模一样,我们的诗歌是在一种极度不正常的状态下被推到了这样一个高度,实际上是非常奇怪的状态。"这应该是我们七七、七八级学生已经毕业,朦胧诗在两派大论战中大获全胜，北岛、顾城们南巡川大，是各高校大学生诗潮几近鼎沸的时候吧。徐敬亚推出的《现代诗群体大展》（1986）是"崛起派"完胜后，在诗坛燃放的一束耀眼、瑰丽的烟花，它带来了现代派诗歌的鼎沸和全面展开，动摇和改变了《诗刊》等主流诗刊掌控诗坛的大一统局面，同时也宣告了诗坛"群魔乱舞"的开始——堆凑的诗歌流派可以邀名。此后，开启了后来诗坛名利角逐。这似乎是不以人的意志为转移的，凡是人类行事，一旦形成规模、啸聚为"群体性事件"，最后必然以非理性"疯狂"而宣告结束。此后，空寂的诗坛，便一纸风行起了汪国真、席慕蓉的"热潮诗"。今年刚好是老徐"大展"推出三十周年，而红伟此书呈现的，主要是当代大学生诗潮的"早春气象"，彼此参读来阅读是很有意思的。

最后，我想谈谈我对1980诗歌年代的几点认识。

首先，为什么热在诗歌？第一，新中国成立以来普遍的主义信仰、革命激情和浪漫情怀，——给整个社会播下了过量的诗性基因，而历次"运动"空前残酷的斗争，却连同人性一道将其镇制、封埋，此时终于火山喷发。第二，"文革"终结，而浩劫后的世界形同废墟，"一无所有"，"我来到世界上，只带着纸、绳索和身影"（北岛），而传统积习和最能上手的低文化、低成本操作，便是写诗——散文和小说不属于广大学生、青年群众。第三，放逐者归来，"右派诗人""胡风分子"、下放干校的"臭老九"乃至修地球的插队知青，此时先后返城、归位、入校，犹如"天亮了，解放了"，"翻身的人们"能不歌唱？第四，"文革"地下诗歌特别是《今天》杂志浮出水面，广为流传，《将军，不能这样做》《小草在歌唱》，伤痕、反思、批判、叛逆的声音，不断突破禁区，启蒙思想，激励更多的年轻人特别是大学生诗人跟进挥笔。第五，社会进入了文化先行的历史"解冻期"（如恢复高考、恢复报纸杂志和中外经典名著出版），虽然看上去是中国大地"春天来了"，但整个政治体制特别是经济体制（所有制形式）仍然铁板一块，结构"超稳定"，实践有"惯性"，一个"亿万群众"习惯于面朝"理想"（我忽然想到海子的"面朝大海"！），

"奋斗""运动""斗争"的封闭社会,一时间进入了"调整期"——"以阶级斗争为纲"虽已废止,"经济建设为中心"有待体制改革、政策跟进(所有制形式的突破),时代暂时找不着北,而兴致勃勃、精力过剩、激情过剩、体验过剩、求知欲过剩、发表欲(言说)过剩,加以时间过剩,显然也一时"自由"过剩的人们,根本无处宣泄和寄托因压抑而厚积的精神能量。有什么可干?还能干什么?后来崔健在摇滚中吼出的"我要给你我的追求,还有我的自由,可你却总是笑我一无所有"(《一无所有》),道出了那个时代的苦闷。一无所有而"追求"(即"理想")过剩,这正宜于作诗,因为"诗言志";那时哪里像现在,整个社会像个巨大的创造、致富、游戏与消费的迷宫,随处可以追求、可以寄托、可以沉迷乃至最后,可以迷失自我。第六,诗人成了第一批"存在人"。在那个内地(大陆)还没有明星的年代(港台歌曲已到处流行),诗人成了"明星""文化英雄",诗歌"在一种极度不正常的状态下被推到了这样一个高度",这看起来畸形又很符合历史逻辑——在每一个畸形的时代后面,必有其畸形的文化生态。为什么那个历史选择了诗人?

除以上所述,此一时期最堪反思的,是人的存在状态。"文革"终结,"两个凡是"终结,"以阶级斗争为纲"终结,这一连串的历史性否决,在根本上是对一个时代、一个社会先定"本质"的终结。当历史翻过了年年运动月月斗、人人宝书天天读这一页,被改造和洗脑过后已成无主的生灵的人们(没有"自我",甚至连本性也泯灭了,例如"性爱"),像肥沃的处女地渴望种子和春雨一样,期待、追寻着新的灵魂或曰本质的入驻——看看于坚的《四月之城》,最有名的是顾城这句:"黑夜给了我黑色的眼睛,我却用它寻找光明。"(《一代人》)诗人是存在的发现者、见证人和守护神,不但敏于言,尤敢践于行,所以总会成为先行者而引领时代（许多党人革命家与之气质潜通，本质上也是诗人）。无忧无虑、意气风发又聚群而居的大学生诗人，自然最是得天独厚——更重要的一点是，七七、七八级大学生群体结构独特，其主体或曰大部分是经过"红卫兵运动""知识青年上山下乡运动"洗礼、历练的"同学"——生命年轻而非"少年"！是一班有过思想历练与实践的"奋青"（不同于后来的"愤青"，是志在"发奋有为"的青年人）。说来可能很难理解，社会主义者和存在主义者本质上有着潜通的地方，这就是他们都是"自为的人"——"猪圈岂生千里马，花盆难养万年松"（"文革"期间流行诗句），表达的是人要成为更高尚的存在的内在要求，所以必须诉诸新的实践。所不同的是，前者追求共同本质，而后者追求各异的本质。

　　20世纪80年代大学生诗人写诗、结社、编印诗刊（特别是地下刊物）和串联游走，虽然远不像党人革命者搞"运动"那样旗帜鲜明、有组织、有纪律——当年马克思说："现在是共产党人向全世界公开说明自己的观点、自己的目的、自己的意图的时候了……消灭私有制，全世界无产者联合起来！"（《共产党宣言》）但他们已然开始了自我价值的觉醒及其最初的"革命实践"活动，这是一个人由"自在的"被宰制的存在，向自我意志驱动的"自为的"存在的飞跃，这是真正意义上的一代"新人"的诞生。看似不是传统典型意义上的"运动"，但是他们"在路上"！（这种介于自发与自觉之间的"实践"，与此前组织领导的和后来商业组织的行为是不一样的，后者已不构成"思想实践"）此所以，大学生诗歌运动有别于其他放逐者归来的言说方式，而"诗歌年代"尤以大学生诗歌运动最具代表性。这是别一意义上的"运动"——当我和诗人马莉躲在她的广东人民广播电台狭窄的宿舍里秘密装订地下诗集——马莉自编自印的诗集（还是单位小打字员偷偷帮马莉打印的），这是当年校园内外多少诗歌志士的共同实践和体验——为什么会是"偷偷的"，有"秘密"之感？因为就像鲁迅文章里那个说出"真理"的人一样，我们同处于高压下的"情境悖逆"之中。当一切变得合法而没有撕裂、没有颠覆，简言之，没有"思想实践"，也就是"自为的人"软化为达利画中的一摊"软钟",因为不再承担和实现本质而徒有其表了!与诗结伴走过20世纪80年代的岁月,本质上恰是由于这样的实践和体验,使那个年代变得难忘,因为这是一个"上路"的过程、"本质"附体的过程,是一个自我获得实现的人真正成为人的过程。和今天这个迷失自我的、喧嚣的消费主义时代("取舍已不再由本心而要由舆论来决定"——茨威格)相比,那个诗歌年代已成"昨日的世界"。

那真是一个诗托邦,那就是一个诗托邦!

在那个诗托邦的诗歌年代,"月亮的柔光,从恶狠狠死沉沉的云层中偶然闪现"!"曾经有过那样的时代,我们的民族幻想着有一种天真烂漫、纯洁本色的美。甚至1914年,都还洋溢着这种天真的信任。"(茨威格:《健忘的悲哀》)但是这一切都已随风而逝了!当我们不再年轻,当我们白发苍苍,我们一点也不后悔,只是含笑地对我们的子孙们淡淡地说:"我们也曾经有过如此的热血和激情啊。"

这就是我们的20世纪80年代——我们这一代的诗托邦。

诗的青春 诗的校园

李黎

这是一段用诗歌记载的青春;这是一段用诗句写下的历史;这是包括我本人在内的 20 世纪 70 年代末一代大学生用心灵之律写作的前无古人的诗歌日志。

作为 20 世纪 80 年代大学生校园诗歌运动的亲历者,不管我正在地球的哪个角落,从事什么工作,不管我的工作有多么繁忙,多么重要,我都无法拒绝红伟请我为这本书写几句感言的请求。

翻阅本书的目录又把我带回到了 20 世纪七八十年代之交那个特殊的岁月。整整十二年没有正常途径步入大学之门的一代人(我认为七七、七八、七九三个年级应属同一个群体,因为不管从其时代特征,还是从人群的构成上,这三届大学生基本上都是一致的),中国被积压了十二年的近百万人才,突然之间有了重新进入高校学习的机会:时代呼唤着我们从农村、边陲、草原、山区,从工厂,从军营,从四面八方涌入了大学校园;年龄段从 40 年代中期到 60 年代中期,跨越了整整二十年。我敢说,这不仅是中国教育史上的奇观,也是世界教育史上所绝无仅有的奇迹!我们当时就是这样:年龄参差不齐,品过酸甜苦辣,几乎每个人的经历都能写成一篇文章,甚至一本书的一代独特的大学生。

当我们跨入大学校园时,正值当代中国思想最为活跃,社会心态最为健康的一个时期:思想解放运动、实践是检验真理的唯一标准,打破了相当长一个时间以来僵化的意识形态对中国人思想、精神的禁锢。新的思想需要表达,新的情怀需要抒发,新的人生期待需要吟咏,新的历史使命需要放怀……而这一切必然催生从形式到内容都焕然一新的诗歌。

> 我绝不申诉,
> 我个人的遭遇。
> 错过的青春,
> 变形的灵魂。
> 无数失眠之夜,
> 留下来痛苦的回忆。
> 我推翻了一道道定义。
> 我打破了一层层枷锁,
> 心中只剩下
> 一片触目的废墟……
> 但是,我站起来了,
> 站在历史的地平线上,
> 再没有人,没有任何手段
> 能把我重新推下去。
>
> (舒婷《一代人的呼声》)

尽管舒婷本人没有去大学读书,但她毫无疑问是这一代人,尤其是这一代诗人的代表,是一个全新的诗歌时代的先驱者。而恰恰是从校外到校内的诗歌互动,造就了这个特定历史时期的校园诗歌与校园诗人们。

有关这些校园诗歌的独特风貌，有关这些诗歌、诗刊、诗社以及诗人们的故事，在这部文集中有生动的描述，这是一篇篇鲜活的历史，无须我赘述。这些我们昨天的故事已经载入中国诗歌发展的历史，也载入了中国当代文化、当代文学艺术发展的历史。而今天，我们这一代人能够面对历史无愧地说：我们在20世纪80年代这个重要的历史转折时期，积极、认真地参与了历史，并且以诗歌留下了我们一代人的心音。这些诗的声音，不仅昭示了这一代青年学子特有的音容笑貌，也昭示了这个时代诗的自觉与人的自觉。

这是一段用诗歌记载的青春；这是一段用诗句写下的历史；这是包括我本人在内的20世纪70年代末一代大学生用心灵律动写下的前无古人的诗歌日志。

谨借此机会向本书中每一位受访者、我的同时代大学同学们致意！同时，也要代表大家感谢姜红伟先生！

目录 / 诗歌年代

20世纪80年代大学生诗歌运动访谈录

一九七七级

003 北京大学早晨文学社和文学刊物《早晨》
　　——北京大学陈建功访谈录

013 复旦大学春笋文学社创办始末
　　——复旦大学张胜友访谈录

022 20世纪80年代，被诗浸泡的青春
　　——吉林大学徐敬亚访谈录

043 大学生文学刊物《这一代》创办的来龙去脉
　　——武汉大学张桦访谈录

057 我从绿色的阳光里走来
　　——湖南师范学院骆晓戈访谈录

072 关于北京大学五四文学社的往事
　　——北京大学邹士方访谈录

079 从此，前方便是无限的荒原
　　——东北师范大学邓万鹏访谈录

091《红豆》生南国
　　——中山大学苏炜访谈录

103 撞向青铜古钟的无声
　　——复旦大学韩云访谈录

118 恰值年少，挥洒激情
　　——东北师范大学郑道远访谈录
126 关于安徽大学学生刊物《雁声》的故事
　　——安徽大学蒋维扬访谈录
133 与诗同行的生命，是快乐的
　　——吉林大学兰亚明访谈录
142 东北师范大学的诗歌往事
　　——东北师范大学史秀图访谈录
148 大学生刊物《秋实》的创办过程
　　——北京广播学院徐永清访谈录
155 让心灵化蛹成蝶，诗歌的翅膀才能飞翔
　　——山西大学李建华访谈录
165 那真是一段精神创造如花灿烂的岁月
　　——内蒙古师范学院赵健雄访谈录
174 一代学子精神文化的狂飙突进
　　——青海师范学院燎原访谈录
186 我的文学路，始于《赤子心》
　　——吉林大学邹进访谈录
197 我们是如何创办《耕耘》刊物的？
　　——南京大学林一顺访谈录
202 记忆即道路——见证20世纪80年代中国大学生诗歌运动
　　——杭州大学王自亮访谈录
220 我对20世纪80年代的诗歌生活充满感恩
　　——安徽铜陵师专江文波访谈录
237 我的大学我的诗歌
　　——天津师范学院唐绍忠访谈录
244 我已经熟得要烂掉了
　　——杭州师范学院孙昌建访谈录

256 点亮青春的一抹诗意
　　——贵阳师范学院穆倍贤访谈录
263 光芒不需要光芒的照耀
　　——中山大学马莉访谈录

一九七八级

293 青春的尾巴与诗歌的潮头
　　——北京广播学院叶延滨访谈录
310 "朦胧诗"与"一代人"
　　——中国人民大学李黎访谈录
318 庆幸长在20世纪80年代
　　——扬州师范学院曹剑访谈录
333 一首诗的历史断面
　　——四川大学游小苏访谈录
343 依旧高擎当年的火炬
　　——北京广播学院陆健访谈录
353 当年，因诗我们走到一起
　　——甘肃师范大学彭金山访谈录
365 锦瑟无端五十弦
　　——安徽师范大学沈天鸿访谈录
374 难忘那个火热的年代
　　——河南大学王剑冰访谈录
389 我和诗歌的岁月
　　——江西师范学院张品成访谈录
400 有好终须累此生
　　——山西大学李坚毅访谈录
411 青春的理想和激情
　　——贵州大学吴秋林访谈录

420 郭力家的诗意之路
　　——东北师范大学郭力家访谈录

426 我的 20 世纪 80 年代
　　——浙江师范学院舟山分校孙武军访谈录

478 三十年前的风和雨
　　——浙江台州师专詹小林访谈录

487 没有比人更高的山
　　——暨南大学汪国真访谈录

496 诗性生命历程的"初稿"与"原粹"
　　——西安财经学院沈奇访谈录

519 跋一　掀开历史的辉煌一角
　　　　——张立群

524 跋二　以热爱的名义重返诗歌现场
　　　　——陈爱中

一九七七级

北京大学早晨文学社和文学刊物《早晨》
——北京大学陈建功访谈录

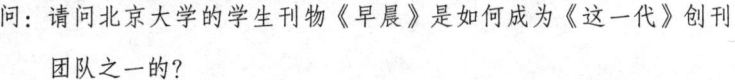

问：请问北京大学的学生刊物《早晨》是如何成为《这一代》创刊团队之一的？

答：我们北大七七级文学专业的同学，入校后适逢思想解放运动兴起，文学创作风气炽盛，本班同学里有过创作经历或有意开始创作的人很多，比如后来成为重要的文学批评家的黄子平，作家黄蓓佳、王小平、查建英，喜剧作家梁左。当时还有写散文的岑献青，写诗的李彤、郭小聪、高小刚、李矗等等。大家商量在班级里办一本文学刊物，题目是黄子平起的，叫《早晨》。这是一本油印刊物，大家把平日里写成的小说、散文、诗歌等刻印上去，张贴在三十二楼对面的墙上，也与一些高校的文学刊物交换，还投到许多杂志去。那时许多杂志刚刚复刊或新创建，缺稿子，都很重视地从中筛选。我记得，黄子平把《早晨》

北京大学《早晨》1978年创刊号(图片由岑献青提供)

给刚创刊的《花城》,《花城》居然派了两个编辑专门来北大选稿子。黄子平给他们找了个空宿舍,他们在那儿选了两天,挑走了一批稿子,包括我后来发表在上面的《流水弯弯》。其实,在这个时期,全国各高校的文学刊物或小报,也已开始兴盛。最先是武汉大学中文系的《珞珈山》到我们宿舍来联络。我记得来的是张桦,因为他的父亲是北大某系的干部,他家也在北大校园里,放暑假回家就到我们宿舍里来了。大家商量由武汉大学中文系发起,联合了北京大学、北京师范大学、中山大学、南开大学、吉林大学、西北大学等院校的中文系,创办一个文学刊物，最后定名为《这一代》。记得随后还到张桦家开过一次碰头会，决定《这一代》的第一期在北京截稿，我们负责一部分组稿工作，在武汉大学编辑，在武汉印刷。商定第二期由北大制作，以后由各参与高校轮流制作。本来，张桦希望用我的《流水弯弯》做第一期的打头作品，但我那时已经将稿子给了《花城》。我向张桦推荐了上海作家曹冠龙的《火》和史铁生的《没有太阳的角落》。史铁生和曹冠龙当时尚无名气。《火》因语言的奇崛而格外引人注目。史铁生的小说是我们班女同学吴北玲介绍的，她和铁生一起在陕北插队。我记得史铁生的短篇小说都写在类似教师教案的硬壳本上，我一口气读完并让班里同学们传阅。《这一代》创刊号中的诗歌，印象最深的是叶鹏的《轿车从街上匆匆驶过》，似乎是这个篇名，是一首反特权的诗。但第一期还没有出版，就被"禁"了。我所见到的第一期，连正式的封面都没有，只是内文裹上一个草草印出的封面，只印着《这一代》几个红字。因此北大也就没有了编选第二期的机会。

问：能否谈谈北京大学中文系五四文学社的情况？
答：其实北大的学生社团活动，自新文化运动时期就有了，应是"兼容并包"思想的产物。五四文学社，据我所知是1956年创办的。我入学时的老师如谢冕、孙玉石教授等，都曾是它最早的成员。1979年我们所做的，应该算是恢复活动。我记得茅盾先生还应我们之请，寄来了题写的社团名字。当时五四文学社的成员当然是以中文系同学为主，但并不只是中文系的社团，它是全校性的社团，成员也有其他系的热爱文学写作的同学。五四文学社办的刊物，叫《未名湖》。除了办刊物，五四文学社还组织座谈、讲座、走访老教授等等活动。比如记得我们就走访过杨晦、章廷谦、吴组缃等文学前辈。五四文学社里也曾人才荟萃，除了我们班的一些，记起的还有刘震云、张蔓菱、少君、海子、骆一禾、西川等等。

问：能否谈谈您和《这一代》这本刊物之间发生的有关故事？

答：《这一代》产生的时代，恰是思想解放风生水起的时代，作为大学生中的文学爱好者，有一种指点江山的激情和思索社会的追求，由此相识、相知，随后虽去向不一，遍布世界，但仍然有很深感情。那种做事业的热情，成了大家美好的回忆。我记得武汉大学开始编辑第一期之后不久，他们就来信说没有钱印刷啦，于是我们就在北大三角地张贴"小广告"，开展预付款订购，那时的同学，爱文学之风气很盛，纷纷到我们班的男生宿舍里交钱，络绎不绝。当时也不要什么凭据，就是在本子上登个记，刊物来了通知来取便可。我们把预订款寄去武大后，好像还缺几百块钱。当时几百块钱是一笔不小的数目，因为很多同学是由插队考上大学的，没钱。唯我干过十年矿工，过去工资较高，那时又有些稿费收入了，就先把钱垫上去。没想到，过几天，又接张桦来信告诉我们，杂志印到一半就出事了。坦率地说，那时我们根本不知道国家对出版有什么规定，好像刚刚拨乱反正，各方面都很活跃，也很混乱，因此各地对类似的情况，也都有不同的处理方式。张桦来信说，当地禁止出版印制这本杂志，他们只好抢救出一部分没来得及印封面的杂志寄往全国。杂志寄到北京，我们班年纪稍小的同学如李春等，蹬着三轮到清华园火车站把杂志拉回来。大家打开包装一看，没有封面，心一下子就凉了。我想武汉那边出事了，北大也难说。于是叫大家把杂志分散藏到各自宿舍的床底下。万一被查抄应尽量避免损失，好向订户交代呀。结果有趣的是，越是这种残

北京大学《早晨》1979年第二期。（岑献青提供）

缺不全的出版，就越有某种悲壮感似的，尽管缺少了封面，预订者也毫无怨言，剩下的杂志还是很快就脱销了。若不是三十年后南大的周婴戈赠我一本，我连自己的也没有了呢。《这一代》被查封的原因，是某几篇作品的内容，被认为是"砍旗"的。今天看来，也都没有什么了。但在思想解放的初期，"实践派"和"砍旗派"之争很激烈，稍有一点批评社会，反省历史，就会被人扣上"砍旗"的帽子，就是砍"毛泽东思想"这面大旗呀。按照"运动"思维，这是大逆不道的事情。

《这一代》被封，其源盖出于此。当然，据我所知，各地的主管领导，反应以及处理方式是很不同的。有的简直就是认为大学生里出了"反革命"啦，闹得人心惶惶，也听说有些学校的同学为此受了委屈。做得最为得体的，当是北大。我记得当时北大党委分管学生工作的副书记是马石江同志。找到我们宿舍，和我们谈话。他十分客气，用言谨慎，看得出他内心也不认为学生们会有"砍旗"的行为，更不愿挫伤我们的积极性。只是简单问了问过程，他说首先要肯定我们的意图是好的，但提醒我们，联合全国学生的事情千万不要做，"这容易被人利用，引起混乱。"我猜这才是他来访的本意。但马石江态度很明确，说，没什么大不了的，哪里算什么"阶级斗争的新动向"！这种理解和建议的态度，相比我后来所知一些大学的情况，要开明得多。

此后不久，我们班里又排了几个独幕话剧，演出后都引起震动。特别是我专为李彤、黄蓓佳、王小平、刘志达"量身定做"了一出《良心》，写冤民上访的题材，牵出1957年反右"扩大化"的历史旧案，应该说，至今看来，政治性也是比较尖锐的。在学校演出后也引起较大反响。那时中央"关于建国以来党的若干历史问题的决议"还没做出吧，这出戏就显得有些超前的味道。戏演完的第二天，马书记又来我们宿舍闲坐，先是肯定我们的剧本和演出，随后和大家聊起他所亲历的"反右运动"，栩栩如生，给我们长了不少见识，对原剧作的修改，自然也有新的启发。我已经记不得在哪里改动了，只是觉得校方无意打压我们，并不逼着修改什么，只是提出建议，由我们决定。这样这部戏就一直被推到全市高校会演上去，还得了个什么奖。

就为这几件事，1982年毕业离校之际，我深感需要专门撰写一篇文章，为北大当时所招致的"自由化"恶名辩诬。赞扬北大"宽松的学术氛围""宽容开放的精神"和让学生"在怀疑与证伪中选择真理的"教育思想。这封信后来被《人民日报》《中国青年报》《北京工人报》转载，也在《新闻和报纸摘要》节目播出，可见北大党委的处理方式，得到了多方的首肯吧。

由于办《这一代》，和全国各高校中文系的同学们都有所接触，不少成了好朋友，比如南开的周婴戈、中大的苏炜、贵州大学的彭纯基，大家也依然活跃在文学的战线内。印象最深的是四川大学的龚巧明，她的小说《第二乐章：希望》就是《这一代》的开篇之作。大学毕业后，她主动到了西藏，大概在《西藏文学》当编辑吧，不久在雅鲁藏布江畔出车祸去世。大家提起她，至今唏嘘不已。

问：《这一代》刊物的出版对您的文学创作或者思想、生活产生了怎样的影响？

答：这个刊物存活的时间很短，以此论证对我或他人创作、思想及生活产生了什么样影响，实在也很难说。再说，我也没像某些外地高校同学一样，受讯问、审查或者还有更严重的损害。因此，过分渲染我所受到的影响，是不现实的。但至少我品味出了在中国的创作界，我们所欢呼的、自豪的一个伟大的时代到来，还要有挫折。或者说，我们期待的那个感情自由奔放、个性充分涌流的时代并不是那么简单就可以到来了。在考取北大之前，我做过十年的挖煤工人，为了谋求劳动条件的好转，也为了逃避政治的打压，曾经扮演过一种可悲的角色。我说过，那时的我，是受着时代的挤压，却拿起笔，歌颂那个挤压我的时代的那个"我"，是对现实充满了怀疑，却不断寻找理论来证实现实合理的"我"，是被生活的浪潮打得晕头转向，只希望抓住每一根救命稻草的"我"。新时期的到来，北大时代的到来，使我一下子深陷自由歌唱的幸福，也坠入了盲目的乐观中。我曾在《默默且当歌》里面转达过这种乐观，我说我们就像一群自由自在的白兰鸽，放飞于天高海阔，自由自在地歌唱。现在看来，《这一代》的遭遇，那个时代的波折，在一个向改革开放、向现代化转型的过程中，还算得了什么呢。中国文学乃至每一个中国人，最终将大踏步走向"白兰鸽"的天空，那时无数的跌踣，其实都是历史辽远的回声了。

问：能否谈谈您当年和大学生文坛重要人物交往的故事？

答：前面已经说过了，史铁生，那时他不是大学生，却因为他的作品，闯进大学生的文场来了。随后我们班的几个同学，到他雍和宫旁的家中看望过他，这样就成为终生的朋友。苏炜，过去是中山大学中文系的学生，来北京一谈，才知道祖籍是北海人，且其父执（父亲的朋友）在北海搞地下工作时，和我的姑妈可谓一起出生入死的。苏炜现在耶鲁大学教书，仍坚持写作，时有小说、散文和歌剧在海内外发表。

此前所有的访谈和回忆中，不知有没有提到北大和北师大的文学社和北岛等人的一次座谈。座谈大约共有二十个人，在北京师范大学一间小教室举行。牵线的是北师大徐晓。因为徐晓既在北师大学生中活跃，也在《今天》里面活跃，又和铁生、北玲熟悉，这就促成了这次对话。我如果没记错的话，主持是由北师大的桂青山主持的，话题很广泛，就是关于文学的看法。

陈建功（右二）和五四文学社部分同学1981年合影（从左至右：熊光炯、李志红、王友琴、邹士方、王小平等）

我得坦率地说，其时我的北大同学们，虽然进的是"文化大革命"后的北大，我们所受的文学观念的影响，基本上还没有从"别车杜"和"革命现实主义革命浪漫主义"的框架里走出来，而北岛们，已经在创作实践上迈进到另一个空间去了。这样的对话，虽礼貌而平和，却也看出了双方思考角度不同，关注热点的差距。不过，这倒给北大的同学们激励不少，由那以后，同学们的读书方向，更加偏重于近现代外国作品，私心是弥补自身的不足吧。

问：请问您当年和全国各地的大学生文学社团联系得紧密吗？互相交换的刊物有哪些？

答：联系得不能算紧密，也就是互相交换自办的杂志吧。我印象深的，有中大的《红豆》、武大的《珞珈山》、吉林大学《红叶》、西北大学的《希望》等等，另外徐州、扬州、开封等几个师院的学报，也给人印象深刻。都是穷学生，开会是不可思议的事。但不少大学朋友到北京来，常常来到我们宿舍，有空床，就睡一晚，这是很正常的，因为家住北京的同学会时不时溜回家去吗，找个床位是很方便的。前不久我开会在外地遇见一位年龄相近的文学爱好者，说当年到北大三十二楼，我睡过你的床呢！真是心中一暖。不管是来旅游还是来交流，文学是不衰的话题。那时候"发财"还没有唤醒我们的激情，现在的话题，或是发财、时尚、八卦了吧？

问：1978—1980年全国各地高校创办的大学生刊物给您留下最深印象的有哪些？请举例说明。

答：徐敬亚、王小妮的诗是印象深刻的，他们早年的诗多在《红叶》上，此外《珞珈山》上王家新的诗，也给人冲击力。黄子平的文学短论，查建英最早的小说，也都有很深的印象。看得多了，都搞乱了，不知是登在哪里的了。几乎每次翻读各校的刊物，都有好作品。文字是否成熟另当别论，抒真情，讲真话，揭开我们未曾见识的人生与心灵，应该是那个人性解放大潮中绚丽的浪花。

问：您如何看待当年的大学生文学刊物创办的意义、价值和贡献？

答：那个时代刊物都刚刚恢复，胆量也小，心有余悸吧。而大学生们，刚刚走进了新时代，办刊、歌唱、直抒胸臆，都是题中应有之义。这实际上也是对新时期文学的推动，看看他们的名单里有多少人最终走进了文学的队伍，就可以知道它的贡献。此前的大学中文系，是不鼓励创作的，刘绍棠从北大中文系退出，就是证明。但到了1977年和1978年，学生们是带着时代硝烟和社会泥土走进校园的，这对各大学中文系的转型，或者说对大学中文系的教学，也造成了新的压力，带来了新的思考。当然，现在似乎已经没有必要刻蜡版印小报了，科技的发展、媒体的变化，使人人可以成为作家，但作为一段历史的产物，校园文学报刊，会成为一个研究的课题。

复旦大学春笋文学社创办始末
——复旦大学张胜友访谈录

问：请问当年在复旦大学为什么创办春笋文学社？这个创意是由谁提出的？

答：创办春笋文学社的创意首先是由张胜友提出来的，因此也由张胜友担任春笋文学社社长。复旦大学中文系七七级同学中聚集了一批知青文学作者，入学前一些人已在文学报刊发表各类作品，甚至在当地小有名气；复旦大学学术空气自由、活跃，入学后班上创作氛围浓厚，尤其是卢新华同学率先发表短篇小说《伤痕》并在全国引发巨大反响，加之上海市作家协会又及时给予大力扶持，因而萌生了组建文学社团的想法，且此一提议立即得到了同学们的热烈响应。

014

问：请问春笋文学社是哪年成立的？

答：春笋文学社应该是在大一下学期（即1978年上半年）创办的。

问：请问春笋文学社的主要成员有哪些同学？都发表过哪些作品？影响如何？

答：春笋文学社主要成员有：张锐（发表小说《盗马贼》、后改编成同名电影荣获1988年瑞士第三世界电影节弗里堡市大奖）、王兆军（发表小说《在水煎包子铺里》）、胡平（发表诗歌《上海，在中国的阳台上》）、卢新华（发表小说《伤痕》、荣获1978年全国优秀短篇小说奖）、陈可雄（发表小说《杜鹃啼归》）、周惟波、董阳生、叶小楠（创作讽刺独幕喜剧《"炮兵司令"的儿子》、参加上海市大学生文艺会演并获奖）、颜海平（创作十幕历史话剧《秦王李世民》、参加全国话剧会演并荣获1980—1981年优秀剧本一等奖）、张胜友（创作《大学生圆舞曲》歌词、参加上海市大学生文艺会演并获奖，发表散文《长征第一山》），同时，张锐、胡平、张胜友还合作电影文学剧本《西铁城》。上述文学作品在社会上都曾引起相当关注和影响。需要特别说明的是，卢新华的《伤痕》和颜海平的《秦王李世民》，他们还在大学学习期间即被编入了中文系讲授的《当代文学史》教材。

问：能否谈谈您同班同学卢新华和他那篇著名的小说《伤痕》？

答：《伤痕》讲述的是一个为错误时代所蛊惑、背弃自己深爱的母亲的少女，在真相大白后内心满目疮痍的故事。那是1978年春，我们大一时有一堂课——《现代文学作品选》，老师分析鲁迅的《祝福》时，讲解说：许寿裳曾评价这部作品为"真正的悲剧不是狼吃阿毛，而是封建礼教吃了祥林嫂"。下课后，卢新

复旦大学《大学生》1979年创刊号

华特别有感触,联想到刚刚终结的"文化大革命",真正的悲剧不仅仅是国家经济到了崩溃的边缘,而是整个民族创下了深深的伤痕。于是写作了《伤痕》这篇小说,并贴在班级的墙报上。小说《伤痕》随即在同学中引起了很大反响和争论,有很多人称赞,也有人评价说不好。卢新华是第一次写小说,几乎没有受到当时流行的"三突出"文艺理论的影响("三突出"指:所有人物突出正面人物,正面人物突出英雄人物,英雄人物突出主要英雄人物)。当时我还是持反对意见的,因为我文学创作起步比较早,多少也受到"三突出"的影响,我对卢新华说,如果是在1957年,二话不说你就是"右派"。班上的争论引起整个中文系的争论,中文系的争论又引起全校的争论,引起校长苏步青的关注,校党委书记夏征农也直接参与了争论,他是与鲁迅同时代的左翼作家,他旗帜鲜明地支持了这篇小说。整个事件引起《文汇报》记者的关注,他们悄悄向卢新华要了一份小说底稿,拿回报社。这年的8月11日,在反复酝酿和修改以后,《文汇报》冒着一定的政治风险,用一个整版的篇幅刊登了这篇七千多字的短篇小说(还特别标明:复旦大学中文系一年级学生:卢新华)。因为《伤痕》的发表,当天的《文汇报》加印至一百五十万份仍被读者抢购一空。一夜之间,"卢新华"这个名字为国人所熟知,"伤痕"一词很快成为反思"文化大革命"记忆的代名词。因为《文汇报》发表了《伤痕》,又引起全国文学界的大讨论,"伤痕文学"也经由这篇小说发轫、

复旦大学《大学生》1979年第二期

命名而形成一种文学思潮。这个时期的文学，用我们现在的眼光来看，已经不是纯粹意义上的文学。徐迟的《哥德巴赫猜想》，在《人民文学》发表，《人民日报》转载，全国人民争相传阅，这篇报告文学不但歌颂了陈景润，歌颂了科学精神，同时引起人们注意的是文章第一次质疑了当时还是十分神圣的"文化大革命"。此后，出现了包括《于无声处》那样呼吁为天安门"四五运动"平反的话剧，包括雷抒雁赞颂张志新的《小草在歌唱》、叶文福的《将军，不能这样做》等诗歌，也包括茅盾文学奖得主熊召政，他当年写了首诗也挺有名的——《举起森林般的手臂，制止！》，全国都在争相传阅这些闪耀着思想批判锋芒的文学作品。那时文学在中国的思想解放运动，在真理标准大讨论、拨乱反正、启动中国改革方面，起到了突破禁区、冲锋陷阵的作用。

问：当年，您曾经写了一首风靡全国高校的流行歌曲《大学生圆舞曲》，能否谈谈这首歌词的创作故事？

答：思想的解放带来了心灵的复苏。大家跳起舞来，对于和祖国一同从十年浩劫中迎来新生的莘莘学子，那是一种崭新的生活状态。当时复旦大学有很多外国留学生，在留学生的录音机里，我第一次听到了邓丽君的歌，"文化大革命"时期我们只能听到样板戏等一些轰隆轰隆的所谓革命歌曲。记得第一次听邓丽君的《千言万语》，我有一种遭遇了一次电击的感觉："此曲只应天上有"。1978年的五四青年节，要举行全市中外大学生文艺联欢晚会。联欢会上，本来说是要跳集体舞，可是到跳舞的时候，留学生们却跳起了交谊舞。从那次开始之后，大学里就流行跳起了交谊舞。那时我发现中国没有大学生圆舞曲，就突发奇想自己能不能写一首《大学生圆舞曲》，"鲜红的太阳升起在东方,美丽的花朵争相开放,四海的同学欢聚一堂,我们展开理想的翅膀……"我几乎是一口气写完了歌词,歌词表达了当时大学生的心态、情绪、情感、理想,也折射了整个国家、社会走向新时代的一种憧憬。这首歌最初由同学陈小唐谱好曲后参加了上海市大学生文艺会演,荣获一等奖。当时参加文艺演出观摩的有上海歌剧院、上海舞剧院等很多专家,专家看中了我写的词,于是又组织两个作曲家银力康、张强重新谱曲,请上海歌剧院的两位歌唱家来领唱,首先在中央电视台推出,接着全国各省、市电视台都作为"每周一歌"来播放;后来又灌制成了唱片,很快在全国(尤其在各大学校园)流行开来。

问:春笋文学社有自己的刊物吗?
答:春笋文学社没有专门创办自己的刊物。因为,同时期复旦大学学生会已经创办了人文社科类杂志《大学生》(哲学系七七级学生、天安门"四五运动"英雄景晓东为主编),张胜友兼任《大学生》副主编,因而,春笋文学社成员创作的小说、散文、诗歌、报告文学、戏剧、文学评论等作品,曾大量在《大学生》上发表。当年在复旦大学国际政治系读研究生的王沪宁,也曾在《大学生》杂志上发表过文章。

问:春笋文学社创办过墙报吗?
答:春笋文学社同班级合出过墙报(就是不定期贴上一些同学们的习作)。

问:春笋文学社都举办了哪些有影响的文学活动?
答:春笋文学社创办之初即按各文学门类成立了小说、散文、诗歌、报告文学、戏剧、文学评论等小组,类似于文学沙龙形式,主

张胜友（左）和他的同学卢新华

要是结合中文系的课堂教学，为爱好文学创作的同学们提供一个互相交流写作感悟、切磋提升写作水准的平台，老师也参与小组活动。《上海文学》资深编辑彭新琪、《青春》主编斯群等文学前辈曾长期与春笋文学社保持热线联系、亲自指导同学们的文学创作实践，《青春》编辑部还利用暑假期间，专门邀约春笋文学社赴南京，与江苏作协的作家诗人、南京大学中文系的师生们开展文学交流活动，让同学们获益匪浅。

问：春笋文学社是哪年解散的？解散的原因是什么？

答：春笋文学社无所谓解散不解散，只是随着同学们创作日趋成熟，毕业临近忙于写作毕业论文，或考研或即将奔赴四面八方，春笋文学社的活动越来越少，直至完全停止。

问：春笋文学社在当年的影响如何？

答：春笋文学社以鼓励、推动和扶持同学们的文学创作为宗旨，随着复旦中文系七七级同学各类文学作品在全国各地文学报刊上遍地开花，且不断有优秀作品获奖，春笋文学社的社会影响，尤其是在文学界的影响越来越大。

问：春笋文学社和全国各地高校的大学生文学社团联系密切吗？

答：春笋文学社与华东师大中文系、南京大学中文系、厦门大学中文系等高校的文学社团联系较为密切。

问：春笋文学社和十三家高校大学生联合创办的刊物《这一代》发生过联系吗？

答：通过《大学生》杂志与《这一代》建立起互通信息的刊物交换关系。

问：您如何看待当年的大学生文学社团和大学生文学刊物创办的意义、价值和贡献？

答：当年的国家政治大趋势是："文化大革命"终结，噩梦醒来，拨乱反正、真理标准大讨论、解放思想、启动改革开放……文学作为最敏感的社会神经，高校作为思想解放的前沿，七七级中文系又集结了一大批历经十年浩劫与上山下乡磨难的莘莘学子，他们中有不少知青作者，面对新时代、新气象、新生活，创作激情有如井喷，此时此地，高校的文学社团及大学生文学刊物的创办，正是顺应时势而生又水到渠成，对培育文坛新锐作家、推动社会的进步与前行，发挥了特殊历史时期的特殊作用，功不可没，当之无愧地在新时期文学史上写下了浓墨重彩的一笔。

问：能否谈谈当年春笋文学社的成员现在近况如何？

答：除上述提到的春笋文学社创办时的主要成员，日后他们在文学领域各有建树，大多成为著名作家、学者、编辑家外，当年一批年龄相对较小的同学如李辉、陈思和、谭健、杨德华等，也都在文学事业上颇有造诣，成为我们国家宣传、文化、教育各领域的中坚力量。

被诗浸泡的青春
20世纪80年代,吉林大学徐敬亚访谈录

问：吉林大学的言志诗社是被大家公认的20世纪80年代大学生诗歌运动的重镇，作为诗社的创始人之一，能否详细谈谈这个诗社创办的来龙去脉？

答：过去，我一直说不准"言志诗社"的成立日期。前些天，在吉林大学中文系七七班级博客上，"出土"了一封三十六年前的信，证实了《赤子心》不但与《今天》几乎同步（出刊周期也相似。都是共出九期）。我们甚至成立得比《今天》还早一些天。最早动议的时间是1978年9月。

那是三十六年前，几名大二学生，刚刚自认为获得了自由结社权利的人给同班同学王小妮的《特邀电》：

特邀电

致 326 室王

  今有筹备成立诗歌小组事。发起人徐敬亚、吕贵品，参加者张晶、邹进、丁临一、陈晓明，此特邀王君小妮屈驾参加。余有志同者，皆十分欢迎，并请于今天下午 16：00 整光临 207 室，共商大计。

即颂大安！

1978.9.21，10：53

  通过这封信，我才想起诗社是我与吕贵品共同发起的。上大学前我就听说过王小妮，知道她在报刊上发表过诗，但入学后从没有讲过话。我们班是个特大班，一共有八十个人。入学刚一个学期，很多男生之间还不认识，男女同学之间更是很少讲话。

  这封信把言志诗社成立的时间准确地标印在了 1978 年 9 月，也就是我们上大学后的第二个学期刚刚开学之际。那几年，是中国时局最迷离的年代，也是人们心理密度最大的几年。正当北岛、芒克在北京筹办《今天》时，在恢复高考后的高等院校刚刚解禁的《现代文学史》几乎在各大学中文系同期开课。"五四"后的文学社团高潮迭起——这一被长期遮蔽的历史，在大学课堂被正面地公开宣讲后，像示范性的烈火，迅速在七七、七八级蔓延，民间性的文学结社，也突然大面积兴起！

  当时，仅在我们吉林大学中文系七七级一个班内，便诞生了三个文学社团。我记得，我们送给公木老师题字时拿了两个诗社名字：一个《赤子心》，另一个是《崛起》。我们拿不准。一个名字太狠太硬，另一个太平太稳。当时中文系还有一个系刊《红叶》，是综合性文学刊物。由七七、七八级与七六级工农兵学员三届学生会联办。我与王小妮、吕贵品都是编委。最后，公木老师选中了"赤子心"，并且亲手用毛笔写了题词。

这封诗社发起成立的《特邀信》，是丁临一同学写的。三十二年后，被他找到。

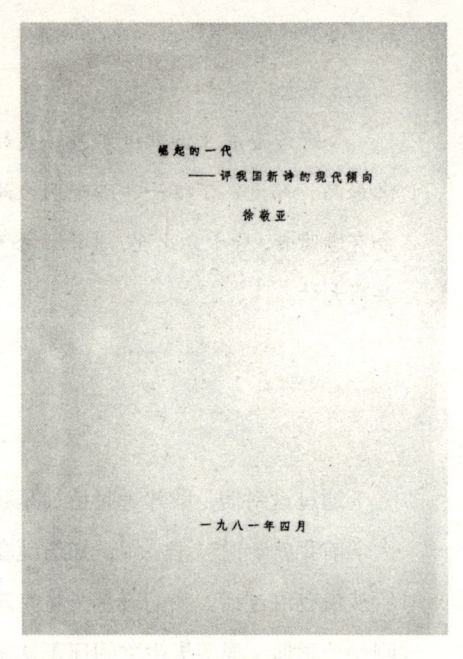

徐敬亚1981年写作的论文《崛起的一代》（后改名为《崛起的诗群》）

王小妮自然应允，几天后诗社宣布成立。最多时，《赤子心》成员达到二十四名。

不久，风向大变，虽然声称不搞运动，但寒气逼人。诗社开会，有些人开始缩头，不敢参加。我们大张旗鼓地庆祝"四五"运动平反，举办大型诗歌朗诵会，题目叫《血与火之歌》。有的同学说，这题目太狠了吧，不要过头啊。我们全不理会，我制作了几十份窄三十二开的三折节目单，类似小请柬，正中用蜡纸黑体刻着"四五精神万岁"。王小妮画了一些燃烧的火焰，用红油墨印在旁边。那天来了一百多人，很多外系同学也来朗诵。气氛悲壮凝重。开完《血与火之歌》朗诵会，一些同学纷纷退社。不是一个两个，而是三个五个十个……那情景大有秋风扫落叶之势。我们知道一定是某些权威组织做了工作，可能打了招呼，吹了风。学生干部和要求入党的同学最先走了。其中几个人很有才华，退社时恋恋不舍。

我记得，在最困难的时候，吕贵品对我说：就是退到最后一个，我也坚决不退！王小妮说：我也是！后来，邹进、兰亚明、张晶也表示不退。因此，当退社风潮停止的时候，二十四人的诗社只剩下我们六人。

白光入社很偶然。那时班里一周换一次座位，我不知怎么和白光同了桌。一次我看见他本子上有些分行的字，才知道他也写诗。记得有一首题目是《猫》，写得很是心惊肉跳，字都是斜着乱写在本子上。我说你加入诗社吧。他说行。当时的手续就是这样简便。

后来，张晶要考研究生，诗社又剩下六个人了。

1979年寒假，外地与长春本地的同学都回家了。我为了修改《复苏的缪斯》留在了学校，一个人住在204寝室。隔壁的203室也有一个人没回家，是我的另外一个同学。当时我们班几个寝室全都空空荡荡，只剩我们两人。每天我们各自看书写字，吃饭的时候聚一下。因为我的寝室离饭堂近，每次都是他把饭端到我们屋，我们两个对面桌坐着，一边吃一边海阔天空地谈，很是投机。他说他也写诗，我说你也入社吧。记得其间我们俩还一起去了王小妮家一次。

这就是最后定格的赤子心诗社七名成员。

今天看，对诗来说，高考简直是一次全国性的诗歌大串连大培训。在遥远的唐代，谁能有那么大能量，把天南海北的无数小李白、小杜甫征集在一起，聚众写诗整整四年！我想，即便没有"五四"的示范，在那个年代，至少我们诗社的出现几乎都不可避免。

写诗，成为我们大学生活的第一主题。隐坐在教室最后一排，老师的絮语全部变成嗡嗡的画外音。一首首诗在七个人中间频繁传递……毫不掩饰地兴奋赞赏……骂得狗血喷头的贬斥……煞有介事的文学批评……肆无忌惮的直接改写……《赤子心》诗刊每期的稿子就是这样出笼的。我的诗歌评论也正是通过这种方式，最先试了身手。

至1982年毕业，《赤子心》共出版九期。全部为油印。除第二期为打字机打字外，其余八期全是蜡纸钢板刻写。印刷和装订都是诗社自己弄，校印刷厂为我们免费裁切。纸张和油墨方面，也比北岛他们优越，全部由校团委提供。我们还有一间可随时使用的房间。吕贵品是系学生会宣传部部长，出刊及聚会都在系学生会办公室，他有钥匙。

《赤子心》每学期出刊一次，四年一直保持着这个频率，个别学期还出过两期。每一期的诗稿，都经过反复传阅，反复校对。印刷一般在下午或晚自习。油印机被几个人围成一圈。贴蜡纸的，调油墨的，推油滚儿的，添纸计数的……其实办刊物也是一种游戏，煞有介事很美妙，像办《挺进报》。小诗人们常常闹成一团，满手满脸油墨。最好玩的是装订的过程——印好的诗集散页，按页码一沓沓摆放在桌子周边，诗社全体七名成员一个一个排队围成一圈，边走边拿，走完了一圈，一本诗集就在手上了。直到去年，吕贵品还跟我吹："我那油印技术，一张蜡纸印二百张，不皱不破！"

最有成就感的，是用自行车从印刷厂驮回诗刊。而最有豪气的时候，是往信封上写那些全国著名诗人的名字。为了催索回信，狂妄的赤子心，在信纸上只写几个大字："来而不往非礼也！"当时诗人公刘接到我们刊物，马上回了信，没怎么夸，却批评我们狂妄。

《赤子心》存在的准确时间，其实是整三年。头一个学期空白，最后一个学期一班人都已无心恋战。1981年冬，我写《崛起的诗群》时，《赤子心》基本已休止活动。以至于那篇文章他们在学校时都没读过。

问：当年，能参加"青春诗会"可是一件非常了不起的成就，能否请您详细谈谈参加首届"青春诗会"的往事？

答：1979年，是《今天》震动中国的一年。从年初开始，一期接一期不断加印、重印的《今天》逐渐风行于全国大学校园。至1980年上半年，这批被后来人们称为朦胧诗的经典作品，开始少量发表于正式的官方刊物上，这使它得到了更大范围的阅读与关注。

当时，中国最牛、最权威的诗歌刊物《诗刊》，敏感地捕捉到了这个启动信号。以严辰、邵燕祥等为首，以王燕生、雷霆等为主力编辑的《诗刊》，做出了一个大胆决定：举办一次全国性的"青春诗会"。这个会，后来竟成了"诗界黄埔"，一发不可收，被他们后续接班人们玩了好多年。

"青春诗会"最初的名单可能只有几个人，没有我。

一天，王小妮拿了一封《诗刊》编辑雷霆的信给我看，说邀她到北京开一个会，具体时间再通知。我一看，说我也要去啊。马上就给雷霆写了封信，并说到了我写评论的事。不久，我们俩都收到了邀请。

后来到了北京，王燕生告诉我，你那封信还真起了作用。名额那么吃紧，全国多少省份连一个名额都没有，你们吉大就来两个！主要是考虑到要有一个写评论的，就把你加进来了。

记得接到正式通知的时间是5月初。那天晚上，我们俩从公木先生家走出来，天空清澈透明，我们的心情也像夜空。我高兴地在草地上跑了好几圈。公木专门给吉林作协打了电话，作协竟同意为我们报销车票。

在一个物质匮乏而精神膨胀的年代，参加一次普通诗歌会议的资格，被放大到惊人的光荣。离开长春去北京参加青春诗会的前几天，以《眼睛》为主体的长春青年诗人们在曲有源带领下，在南湖九曲桥边为我们送行。桥边草地上，二十几个人围坐一起，说诗念诗唱歌聚餐。那也是《赤子心》与《眼睛》唯一的聚会。《赤子心》全体与曲有源的那张黑白合影就拍在那天下午的阳光下。因为是星期天，所以记得，是7月13日。20日清晨，我俩坐了一整夜硬座，到了灰蒙蒙的北京城。记得出了北京站，是一长排自来水管，我们在那里洗了手和脸。感觉北京与我大串联来时相比没太大变化。

当年的《诗刊》，还在陶然亭北侧的虎坊路。几排灰色平房，围着一座大院子。院里的小路都铺着灰砖，几棵槐树正开白花。杨牧、张学梦、陈所巨、叶延滨、江河、高伐林、舒婷、梅绍静、常荣、徐国静、孙武军、徐晓鹤、梁小斌、顾城、才树莲——其他十五个来自天南地北，同样兴奋的人，见了面有说不完的话。除几个北京"走读生"外，参会者多数就住在《诗刊》院内平房里。我和梁小斌被安排在收发室右侧第一个房间。头次见面，他羞涩木讷的举止，让我感到很好玩儿。不管谁到我们房间，梁小斌立刻客气站起来，只说一两句话，表情尴尬地继续站着，再无语言。那时他可能还没发表多少作品。不停地跟我说，老徐呀，你是评论家，你可要好好帮我吹一吹啊。我那时还不敢自称评论家，伏在桌子上，细细读他书写潦草凌乱的诗稿。暗自称奇，心想，过去怎不知道这个人，一个其貌不扬的大诗人啊。

北岛来了，和杨炼、芒克一起。三个大高个儿，都长得消瘦、清朗。每人肩上背着一个书包。是来看朋友，也顺便兜售他们的宝贝杂志。那时《今天》刚刚出完第九期，被通知停刊。北岛说，我们就印一个叫《今天文学研究会文学资料》，这可以吧。

他们手里拿的正是已经没有《今天》封面的"交流资料"第一期，白纸黑字没图。

第一次见到心仪已久的诗人，那种感觉就像是见到了神话传说中的天兵天将。我当时对江河最感兴趣，他和顾城一唱一和地讲诗。说一个诗人愤怒的时候，甚至能写出"红色的叶子"，让我很惊奇。印象最深的是，江河一口气能说出一大批外国诗人的名字，一长串一长串背诵一样。他在说艾略特时，总有意说成"艾略一特"，什么阿莱桑德雷啊阿波里奈尔啊，当时我们还不太知道。我心里一边佩服却一边开玩笑，说他是前一个晚上背下来，第二天来蒙我们。当时外省与首都的诗歌差距可见一斑。

当年的《诗刊》，不但权威，而且先进。为诗界普遍敬重。所以当《诗刊》邀请授课教师时，所有名家一律到场：张志民、臧克家、贺敬之、严辰，还有翻译了《西方现代派作品选》的袁可嘉，还有我们敬重的作家刘宾雁、诗人艾青、画家黄永玉……为了青春诗会，《诗刊》上下齐心合力，不惜代价。但我们这些人上课溜号已经成为习惯，无聊时就在底下画小人，谁讲课就画谁，几个人比着画。我和王小妮、顾城、徐晓鹤等画得最凶。而舒婷则总是仰望着天空和树。我总以为她在找蝉。在《诗刊》，见到著名诗人像街上遇熟人一样容易。一天晚上正下雨，快睡觉前有人敲门。因为我房间离收发室最近，我便跑出去。一个瘦小老头站在雨中，一问，他用四川话说：我是流沙河嘛。那时，《诗刊》没有食堂。我们吃饭都要到北侧的中国京剧院。北岛、杨炼、芒克中午也常来。那里的啤酒最受人欢迎，两角钱一杯。记得我和王小妮还同梁小斌、顾城一起到大栅栏喝过一次羊杂碎汤。

临分手的前一天，顾城背来一个黄书包。从里面一个一个慢慢掏出17个大黄梨。嘴里说着：分梨（分离）了分梨了。就是那天晚上，顾工夫妇及顾乡共同宴请大家。饭吃得非常隆重，是著名的全聚德，大型的烤鸭宴。吃饭的目的也很明确，希望今后大家对顾城多多关照。后来知道，那时顾城刚刚辞掉工作，一家人对这个迷诗的孩子既充满希望，也充满了不放心。除《诗刊》主要领导外，青春诗会只选了不多几个人，都是他们认为将来可能成为顾城朋友的人。

那时《诗刊》缺少好的相机，临别照不够清晰，但创意并不缺。全体分为男女两组，按照年龄大小降幂排列，站成一排。那个年月，见面不易，分手时甚至有点忧伤。当时所有人最大愿望就是发表诗歌——在没《诗刊》人在场的时候，大家悄悄说，今后我们要团结起来，谁能发诗时，可要给大伙多多发诗啊。

所有人离开北京后，我被单独留下，《诗刊》让我写一篇会议纪要性的文章，王小妮陪着我。由于我始终搞不懂《诗刊》的意图，一连改了几次稿，都没通过。最后刊出的文章是王燕生亲自写的。据王燕生先生后来的回忆文章，说我的稿子不对路。有一天吃午饭的时候，北岛说他们晚上有一个"文学沙龙"活动，问我们去不去。王小妮皱了皱眉，我则毫不犹豫一口答应。原来，离开长春到北京参会前，吉林有关单位中的一位不相识的人几经周折转告我：到京后，不要和任何地下刊物联系，包括文学刊物！但我非常想看看《今天》的活动，不愿错过机会。记得我们转乘了几次公交车，才到了大约位于东城的某个院子。我们进去时，黑乎乎的院里已坐满了人，一个年轻人正站着说话。简单介绍后，沙龙继续进行。我记得一个身材不高的小胖姑娘走出来，说了几句话，然后坐下开始念她的小说。慢慢习惯了黑暗后，我看清了那是一个很大的院落，人们都坐在院子四周。女孩坐在与我们对望的一棵大槐树下，她念得不太好，小说写

吉林大学《红叶》1978年创刊号

得好像也一般,总之包括我在内的全院子人都没怎么听进去。我当时心想,这就是沙龙啊,和我们聚众念诗一样嘛,而且还不如念诗,小说不太适合沙龙。那天我的兴致欠佳,原因是突然肚子疼。吃晚饭时还好,一坐上公交车便疼得不行。听那女孩念小说时,我不停地按着小腹,可能影响了我的收听效果。

整整一个月的青春诗会。让我见识了很多人。从官方诗歌的泰斗,到民间的顶级诗人,也领会了最新的诗歌观念。这一系列当时中国诗歌界最新鲜、最活跃的因子,都无形中渗透进了我的诗歌理念。那一个月的提升,表面上并不明显,其实已深入骨髓。

从北京回到长春，经过几个月回味，我不知不觉地感到有一肚子话要说出。当年底，我飞快地完成了《崛起的诗群》。如此看来，首届青春诗会，最大的赢家可能是我。

问：能否谈谈您的诗歌评论生涯是从哪年开始的？
答：1979年下半年，我看了《今天》的诗，非常冲动，马上写了一篇《奇异的光——今天诗歌读痕》，然后按《今天》的地址寄给了刘念春。没想到北岛给我回了信，后来我那篇文章发表在《今天》的最后一期，第九期。那是我人生中的第一篇诗歌评论。我也有幸赶上了末班车，被人称为《今天》的理论撰稿人，其实我就写了那一篇。

在我当年眼中，北岛们的诗是发着光的。我惊叹：诗可以这样写！那时我完全没有读过法国象征派的诗，但他们很晦涩的象征手法我却全能读懂。我们之间的美学联系完全因为"文化大革命"记忆，震动非常巨大。

其实当时中国各地被震动的人无以计数，我之所以写了《崛》文，可能源于我的敏感，甚至过敏。所以它对我的震动格外大。又因为我的行文方式、性格的因素，我又把它兴奋地无限放大，再传播出去。这样一来，我被震撼以后，又震撼了别人。当时我在《今天》诗的空白中做了很多笔记，后来整理一下，就变成了《奇异的光》。在我看，写诗和写评论并不对立。对写诗的人来说，什么是诗，什么是好诗坏诗，一眼就看出来。评论其实是阅读的一种更深入方式。

在大学期间，我从没认真听课，但我的成绩却非常好，因为我曾经当过4年的中学老师。学习其实是一个技术，甚至像一门手艺，我比较会干这件事。同时我更会考试。当我明白了最本质的东西，而不是死记硬背，我就特别善于发挥，在大学里我的功课几乎拿了全优。

当时我是一个全职的诗人。我把上课、自习等几乎所有时间都用来写诗、读诗。当时全国各刊物上发表的重要诗歌作品，几乎全在我的视野，好在当时的杂志不多。

那几年，我对全国主要的诗人、重要的作品一清二楚，中国诗歌一年年的发展脉络都在我心里。因此，《当代文学史》开卷考试，我立刻写了《复苏的缪斯——1976至1979中国诗坛三年回顾》。写得很来劲。当我把一厚沓答卷交给任课的井继成先生之后，他可能觉得不一般，便以自己不懂诗为由，转到系里，请于正新先生对我进行指导，再后来于先生转交到时任副校长的公木先生手里。公木看了以后，非常兴奋。整个1979年寒假，我都在公木亲自指导下修改论文。我现在还保存着他给我改稿的一些原件。因为当时是手写的，公木老师专门指示学校科研处给我打印了一份。当时那么长的手写稿能变成打字稿，我觉得很了不起。

文章修改后，公木先生把它推荐给了北京的"当代文学研究会"，很快就引起了诗歌界关注。当时的诗歌界正在酝酿着当代文学史上一次重要会议，那就是1980年4月的"南宁诗会"。

"南宁诗会"是"崛起诗派"向传统发难的开端。孙绍振在会上的发言非常猛烈，和谢冕一起向当时的诗坛发出挑战。不仅涉及现实，还涉及历史，比如怎样看待新中国成立以来的诗歌，当时孙、谢持的是彻底否定的姿态，指出1949年以后，它走的是一条越来越窄的道路。这种否定可以说是颠覆性的。所以会议闹翻了天，争论异常激烈，很多老诗人老评论家接受不了。

会议邀请了公木，但是公木先生却推荐了我。

谢冕看了文章，马上就给我来了一封信，热情洋溢，他甚至高兴地夸我说，当代的别林斯基可能要出现了。他觉得太了不得了，一个大学生能写出这样漂亮的文章，有别林斯基一样的眼光和文笔。当时我急切地想去开会，马上向学校提出申请，我带着会议邀请找到了一位姓温的副校长，无论我怎么说，他都摇着那挺大的脑袋。我当时气得发疯，觉得这样的人怎么能当校长呢。的确，那一年非常可惜，否则"三个崛起"将提前相遇而不是在十七年以后。

1980年末，因为要写学年论文，我才开始动笔感觉要写一篇真正的文章。

整个一夏天的在北京参加首届青春诗会的经历，使我当时强烈地感到心里的大量感觉往外喷涌。结果一落笔便一发不可收，一口气写了四万五千多字，这就是《崛起的诗群》。我大概是从1980年12月开始写，放假前就完成了，用了半个多月。

我当时的写作冲动非常强烈，也很激昂。记得最激动的细节是写到"现代诗歌中的现实主义质疑"这一节中那段"现实主义，不可能是人类艺术创作方法的天涯海角！现实主义不可能作为目前我国艺术创作的唯一原则。诗，尤是！"的时候，我就觉得必须得朗诵了。那个晚上我正在寝室里写，几乎是一口气写出来。当时我跟同寝室的魏海田说，不行，我得给你念！我给他念了一段又一段……那些文字都是自发流淌出来，到了急不可耐要告诉别人的程度。一个人产生了强烈冲动以后的写作，跟憋出来的字是完全不一样的。

这一次，我的指导教师直接就是公木。公木先生看了文章后，对我什么也没说。而当初公木看过《复苏的缪斯》后非常兴奋，曾认真地亲笔做过不少批改。这一次他没有任何批改，直接给我评了个优秀。没夸，也没说啥。

　　当时我正准备毕业，准备结婚，整天收拾房子，也顾不上修改文章。毕业以后，事情变得多起来，更没有与老师交流。文章一直扔在那。但公木先生做了一件非常重要的事情，就是让学校科研处把《崛起的诗群》手写稿打印出来了，这对它后来的命运非常重要。

　　1982年秋天，辽宁师范学院的同学写信向我邀稿，我才忽然想起手里还有一篇挺长的文章呢，就把《崛起的诗群》找出来，直接寄给了他们。他们如获至宝，马上决定在1982年第8期、第9期连续发表。他们的《新叶》是铅印刊物，还加了编者按。文章发表后，并没有什么太大的影响，直到它被发表在兰州的《当代文艺思潮》上。后来的事大家都知道了。

问：当年，您创作的那首《既然》和《罪人》曾经很受读者喜欢，能否谈谈这两首诗的创作、发表过程？

答：1979年大学二年级时，我写过一首小诗，叫《既然》，只有十来行。

　　我没有想到这首小诗竟和我的名字终生相连。现在网上搜索，只要我的名字一出来，首先跳出来的，不是《崛起的诗群》，而是《既然》。好像它就是我的代表作。

既　然

既然
前，不见岸
后，也远离了岸

既然

脚下踏着波澜

又注定终生恋着波澜

既然

能托起安眠的礁石

已沉入海底

既然

与彼岸尚远

隔一海苍天

那么，便把一生交给海吧

交给前方没有标出的航线！

　　这首诗的写作还真有一段小背景。1979年夏秋之交，那时"反对资产阶级自由化"还没正式开展，但四项基本原则已经

徐敬亚（前排左一）和他的大学诗友们。（前排右三是王小妮、中排右二是吕贵品）

提出来，文学界的风声渐紧。

当时我与全国各大学社团联系很多。杭州大学的《扬帆》诗社和我关系不错。大家常书信往来。一天，突然接到《扬帆》诗社社长张德强的来信。他说《扬帆》被勒令停刊了！我当时非常悲愤！立刻在纸上写下了这首诗，纪念《扬帆》被停刊。一开始是有副标题的，后来收入《中国短诗选》的时候忘记写了。就成了现在这个样子。

后来我才知道，这首小诗出名，是因为被几家中学生课外阅读教材选上了。老师们还给中学生出了不少的问题。我看那些问题都非常可笑，我一个也回答不了。

另一首与大学文学社团有关系的诗是《罪人》：

罪 人

当第一声喝问，匕首般投进人群
"罪人"——两个字，触目惊心！
当第一个罪人被拖出家门
无名的愤恨，咆哮着四处翻滚……
当第二块黑牌挂上了罪人的脖颈
恐怖的阴影，无声地爬向六故三亲
当食指突然指向了第三个脑门
台下，战战兢兢浮动起一片家族索引
当第四个高帽又找到了主人
虔诚的孩子们，慢慢低头思忖
每当台上增加了一个罪人
台下，就减少了一个狂欢的声音
当会场上无数次响起揪心的审讯

人群，开始交头接耳地议论
当台上出现了第五、第六……第一百个罪人
台上和台下，互相无声地交换着眼神
当台上跪满了黑压压的人群
罪人们，已经把手臂挽得紧紧！
每当台上增加一个罪人
台下，就出现十个叛逆的灵魂
历史的天平……一寸一寸，被扭歪着嘴唇
一天，又一天——它，突然一个翻身！

1978 年

作者注：《罪人》原发于《这一代》创刊号（全国十三所高校联办）。1979 年秋冬，创刊号尚未印完，便接查封。负责创刊的武汉大学朋友们将已印好部分紧急抢救出刊，残缺两个印张，而此诗恰在残缺的印张《不屈的星光》中。后来也没发表过。

问：能否谈谈您和《这一代》这本刊物之间发生的有关故事？
答：自由结社似乎是人类的一个自由基因。到 1979 年，大学生文学社团几乎遍布了全国各高校。而一旦结社，文学群落的更大联合，几乎必然。

各高校联合的速度有点惊人。1979 年夏，全国高校社团领袖"在北京聚会，共商大事"，消息传到吉大——发信者是武汉大学的高伐林、张桦。

收信后，我与王小妮、吕贵品商量：决定由家居北京的赵闯同学利用暑假代表吉大参会。领袖，说得伟大而轻巧。当时每月生活费才二十多元。就是去当总统，也愁路费。

9月开学，赵闯带回了会议精神，也带回了一幅各大学代表合影。黑白照片拍得非常清晰。与会代表神情严峻，个个眺望远方，仿佛一副开天辟地的架势。

会议决定：由武汉大学《珞珈山》发起，由全国13所高等院校学生社团联合创办刊物，定名《这一代》。创刊号由武汉大学承办。第二期由我们吉林大学承办。发起的社团分别是：中山大学《红豆》/中国人大《大学生》/北京大学《早晨》社/北京广播学院《秋实》/北京师大《初航》/西北大学《希望》/吉林大学《红叶》/武汉大学《珞珈山》/杭州大学《扬帆》诗社/杭州师院《我们》/南开大学《南开园》/南京大学《耕耘》/贵州大学《春泥》。

《这一代》的征稿编辑，印刷发行，持续了1979年整个下学期。定价0.45元（含0.08元邮费）。吉大的征订由《赤子心》代办。

我记得，当时各系同学反应非常热烈。我一本一本地收着现金。一共征订了两百本。而当时中文系三届学生总数才一百六十人。可见外系同学的比例很大。4角5分，在当时并不是个小数，恰好是一盘红烧肉的价格。当年的穷学生拿出来的，全是节省出的吃饭钱。

创刊号目录上，《赤子心》占了不小比重。在《不屈的星光》栏目发了我的《罪人》和王小妮、兰亚明的诗。《赤子心》发刊辞《心之歌》也被当成诗入选。武汉朋友对吉大的抬举，似乎肯定了我们诗社的水平，让我们一伙人高兴了很久。

其实，我们只是沾了一点光。创刊号真正主角是武大。那里的青年诗人更强、更猛——王家新的长诗《桥》和叶鹏《轿车从街上匆匆驶过》，以更显著的位置刊发在《愤怒出诗人》栏目。这两首诗，矛头直指特权，发力最猛，反响最大。记得里面有一句诗说要开着解放牌去撞那特权轿车。

1979年秋凉时，接张桦突然通知，《这一代》出事儿了。听说与《桥》和《轿车》两首诗有关。后来慢慢得知，上面指示：停办。停印。

吉林大学《寸草》1978年创刊号

11月，焦急中收到张桦寄来创刊号一本。由于临时匆忙抢救性装订，杂志缺少三分之一印张。这也是我今生今世看见过的唯一一本《这一代》。

寄到吉大的两百本，被有关部门封存。再无踪影。同学们所交两百本征订费，则由中文系公款退还。

我手中仅存一本《这一代》创刊号（残缺本）——封面是红黑两色。上方是一组红斜格线象征道路。其间是几个黑色脚印，由近而远。下方：仿综艺体黑色大字"这一代"。封二是空白页。上面有几百字的《告读者书》，临时用钢板刻写、油印，上面写道：我们怎么对得起……怎么对得起……最后一句意味深长：残缺的《这一代》，绝不代表着这一代的残缺……落款是：

武汉大学《珞珈山》1979年12月。

　　据说，残缺的《这一代》创刊号，共抢救出一万六千本。除西北大学与吉大外，残本创刊号在各院校均被一抢而空。

　　在武汉，其一夜风靡三镇，洛阳纸贵。读者涌入校园，逐个游说有书同学，申述如何求之若渴。结果有的人竟被说动，把发给自己的那本也卖出。

　　在北京、广州、天津等大学，《这一代》也都几小时一抛而光。在杭州大学，据说一同学摆开桌子跳将上去高喝：快来看，快来看，没有上一代也没有下一代的这一代呀！

　　听说在南京大学，情况变得有点微妙。卖书同学担心意外，白天沉着不动，等到天黑才如无照小贩般悄悄在教室附近阴暗处开鬼市。没想到这并非故作的神秘，使人们更加趋之若鹜……据张桦多年后回忆，武汉黑市价涨到每本五元，超过原价十倍多。

问：说20世纪80年代是中国大学生诗歌的黄金时代，您认同这个观点吗？

答：20世纪80年代的中国诗歌热潮，是本国本民族历史上最罕见最热闹的时期。这一点已经得到世人的认可。而大学，无疑是这个热潮中最沸腾的部分。

　　后人也许并不在意、而在彼时却非同小可甚至大逆不道的是："文化大革命"后，中国的大学校园里一夜之间涌现出了无数的民间文学社团。刚刚脱离铁政的中国，无论个人的生命勇气，还是单体的文学积淀，都缺少进行大规模文学活动的力量。突然的解禁，使文学结社不仅成为文学创作的必要，也成为一种具有快感的、思想解放的象征性符号。在当时的大学，一些名不见经传的学生忽然聚众习文，研讨朗诵，办刊出报……在未结社的同学眼里，这些人仿佛忽然得到一股仙气，什么文采什么水平已似乎并不重要，结社聚会本身即成为当时最时髦的时代骄子之举。

幸运的是，这种诗歌时髦并没有昙花一现。中国青年人五味杂陈的内心波澜，强力地支持了这些良莠不齐的雨后春笋们。任何一次突然的社会变革之后，全社会都急需一大批新脸孔的历史明星。因此，当80年代大学中的第一批青年诗人出笼后，在各大学迅速形成了写诗扬名的示范效应。随着诗歌热潮不间断地滚动演进，"大学生诗人"这个词组，从80年代一直到90年代……甚至直至今日，一直都成为中国一个特殊的、人人皆知的社会角色。

中国最早的现代意义上的大学"圣约翰大学"1879年创立，至今不过一百余年。在此百年时段里，还有哪一个年代的大学可与80年代相比吗？在中国几千年的文学史中，文人学者基本是单打独斗，少量的结社多数是后人追加封禅的。

百年来，中国另一次大规模的文学结社，出现在白话文发轫的二十世纪初。但那时中国的大学还太孱弱。当时主要的文学社团都是社会上的文学写手。

因此，完全可以说，20世纪80年代中国的大学诗歌热潮，或者说大学文学社团，在中国历史上独一无二。

大学生文学刊物《这一代》创办的来龙去脉
——武汉大学张桦访谈录

问：作为中国新时期最有影响的一本大学生文学刊物的创办者，您能和我们详细谈谈《这一代》吗？它到底是一本什么样的刊物？

答：简单来讲，就是全国十三所综合性大学的七七级、七八级中文系学生联合办的一本文学刊物，1979年11月出版，内容包括小说、诗歌和评论。从长春到广州，从南京到西安，素不相识的中文系学生忽然实现了革命大联合，自己编，自己印，然后自己卖出一万六千本杂志，黑市价居然涨到五元一本，超过原价十倍多。但实际上它只办了一期，而且只有半本，因为受到了当时的数位高层领导的严厉批评，创刊号也就成了最后一期。

问：为什么要创办《这一代》呢？

答：1979年、1980年是中国非常特殊的年份，几乎每天醒来都会有爆炸性新闻光临。在四届文代会上，邓小平同志热情的讲话让两千多位代表感动得热泪盈眶。另外，一批针砭时弊之作如《将军，不能这样做》《假如我是真的》激起强烈社会反响。中国忽然变得年轻莽撞，什么雷区都敢进，什么大旗都敢树，很有些"而今迈步从头越"的气魄。大概也正因为撞上了这样的年代，所以才有了我们这样一批大学生和这样一本刊物。

参加创办《这一代》的绝大部分是各校七七级中文系学生。我当时是武汉大学中文系七七级的，作为恢复高考后的第一批大学生，我们入学的平均年龄将近二十六岁。我们这批人的来源和经历可以用光怪陆离来形容。记得在迎新晚会上，同年级年长十岁的老王从他十年前准备考大学说起，讲他如何参加红卫兵，如何成为狗崽子，后来如何当上修鞋匠，跟一个姑娘结婚生子，最后走进考场……很多同学哭了，更多的人垂下了头，不光是为老王，也是为自己。我们最宝贵的青春留在了红卫兵、大寨田等等地方，我们这一代前面有那么多带有极度贬义的定语：迷惘的、垮掉的、失落的。很难想象，如果没有1976年清明的"天安门事件"，我们这代人就永远交了白卷。

谁都不甘心如此，所以刚刚入校，我们同学就开始办自己的刊物：一本油印六十四页的《珞珈山》，按照全年级人手一册印了六十五本。主编是当时已颇有名气的诗人高伐林，因为我上大学前当过三年中学美术老师，所以被选做美编。

问：当时全国各高校是不是掀起了一股大学生创办文学刊物热潮？
答：是，那个年代文学似乎是这代人自我表达的唯一道路。当时几乎每个学校每个年级都有一本刊物。我们系七八级也办了一本。当时全国高校的文学刊物数量是非常惊人的。

开始我们并不知道其他学校的学生也跟我们一样办刊物。

武汉大学《珞珈山》1978年创刊号（吕波提供）

或许是为炫耀，或许是为友谊，我把自己的那本寄给了在北大中文系七七级读书的中学师哥郭小聪。很快，一本他们编的《早晨》回到我手上。我们突然发现自己并不是一枝独秀，于是从第二期开始由我负责，每期《珞珈山》都寄给几十所大学的同学、朋友，寄回来的有中山大学的《红豆》、人大的《大学生》、北京广播学院的《秋实》、北师大的《初航》、西北大学的《希望》、吉林大学的《红叶》、杭州大学的《扬帆》、南京大学的《耕耘》。这些刊物大都是装订粗糙的油印本，每一本都被我的同学读得"体无完肤"。就这样我们结识了许多同好，他们中的很多人后来成了文坛或政坛上的明星。那时候我负责外联，跟各个学校同学的沟通都是我来做，每天都要写很多信，收很多信。

问：听说后来是你提议大家联合办刊的？

答：最早想出联合办刊的，是我当时收到一封读者来信。这个读者很热心，他说：我看过好几本类似《珞珈山》的学生刊物，都办得很棒，为什么不联合办一个呢？那不是更棒？这几句话整整让我折腾了一夜，第二天我就去找高伐林，希望马上开一次编委会讨论这件事。

大中午的时候，我们《珞珈山》的八个编辑在杨树荫下坐成一圈，分成两派争论。年轻的主张立刻揭竿而起，年长的认为应该先呼吁有关上级去办。于是我们给团中央、全国学联、中国青年出版社……到处写信，建议他们出面创办大学生文艺刊物，而且自告奋勇说愿意协助组稿、编辑、发行，甚至集资。但是这些机构要么毫无回音，要么就客气地回答我们："建议很好，但因目前人力财力困难，无法采纳。"气得吉林大学的徐敬亚在信里大声疾呼：与其乞求上帝，干吗不自己干起来感动上帝？

当年我们想得也很简单。1979年6月，我们向已经有联系的十几个学校发出邀请信，包括北京大学、复旦大学、人民大学、北京师范大学、吉林大学、中山大学、南京大学、杭州大学等等，相约在北京协商联合办刊，信发出后，除了复旦大学《大学生》张胜友执笔回信说明他们是综合性刊物而非文学刊物因而不参加以外，其余都表示赞同。所以7月暑假我们在北京开了会。

当时我们都是穷学生，又没有经费，所以是由各校北京籍的同学做代表。第一次会议在我家里。我爸爸当时是北大的地质地理系的党支部书记，我家就在北大里面，所以在北大开的会。——后来因为办刊物的事情北大中文系领导和我爸爸都受到通报批评。我爸爸还很愤怒,说:"什么年代了,还搞株连。"

因为出席会议的代表彼此不认识,所以我们约好1979年7月15日早晨8点半在北大西门的石狮下等,凭各自的校徽相认:有北大、人大、北师大、北京广播学院、南大、武大、吉大、杭大、中山大学、西北大学十所高校的十五个人。我记得那天非常热,大家挤在我住的那间十平方米的窄长的屋子里,有的坐桌子、有的坐床、有的坐椅子和小马扎,个个汗流不止。一直讨论到中午,在我家煮了五斤打卤面,人手一碗,边吃边议论刊物名称:《暴风》《青年文学》还是《文学青年》《大学生》……争论不休,也没有结果。会后,由北师大的徐晓联系,我们五个人还跑到王府井的和平宾馆去见文艺界领导陈荒煤,聆听了老人家对办刊的教诲。

由于第一次主要是大家碰头,刊物的名称、宗旨什么的都没有确定下来,所以我们约着半个月后再开一次。这段时间又通过同学介绍和写信联系上了华东师大的《百草园》和南开大学的《南开园》,但华东师大因为领导不准最后没参加。除了《南开园》,第二次会议还加入了两个非常热情的新伙伴:杭州师院的《我们》和贵州大学的《春泥》,贵州的两个人还是由同学凑钱买火车票专程跑到北京来开会的,由北大的黄子平把他们安置在他宿舍住。所以《这一代》的阵容最终是十三所学校。

这次会议就把刊名、创刊词什么的都定下来了。刊名《这一代》是北大的黄子平和中大的苏炜提议的,创刊词也出自他们两人之手,一提出来就被大家一致通过了。我们还确定《这一代》暂出季刊,由十三所学校轮流主编。因为武大是发起人,我们又得到校系领导的支持,学校答应从科研经费中借两千元给我们作编印费用,所以是当仁不让地拿到了创刊号的主编权。

当时确定的规范是:"对各地来稿,只定取舍,不做删改,文责自负。"

问：你们是从什么时候开始编《这一代》的？

答：九月份开学，我们一回武汉就开始了。高伐林任主编，负责审稿件；我任副手，负责外联、印刷筹款等一切杂务；其余六位编辑各负责他们的专栏。其他帮忙的同学有的跑纸，有的找印刷厂，系里还特意委派了几个老师来当顾问。

那时稿源并不紧张，堆在宿舍里的油印杂志就一大堆，文笔好的比比皆是。但有一个问题我们当时就意识到了，就是"伤痕"味太浓。就拿初选上的小说结尾来说，有的是无辜少年被特权者伤害，有的是成百上千屯垦战士赴海而死，大有"长安无处不是疤"的劲头。所以高伐林他们极力想找一篇有光明结尾的小说打头阵，找到最好的一篇是北大中文系陈建功的《流水弯弯》。我们都打算用了，但陈建功知道以后赶紧给我们连写几封信，说《花城》杂志已经决定登这个小说，他绝不敢一稿两投。我们只好重新选，最后选出川大龚巧明的《第二乐章：希望》做排头兵。这个故事并不新，讲一个音乐家怎样在政治运动中屡遭打击，还顽强地谱写充满希望的乐章。但它毕竟有个光明的结尾，说明我们并不欣赏彻头彻尾的"伤痕"文学。一年以后，我在武大认识了这位瘦弱的女作者龚巧明，那时她的小说《思念你，桦林》正在文坛引起争论。又过了六年读《光明日报》的时候，我才知她毕业时自愿要求进藏，后来在采访途中溺水去世了。

问：当时你们印制《这一代》的费用是如何筹集来的？

答：学校不是给我们借了两千元吗，剩下的都是各高校同学凑的。我当时给其他十二所学校的联络人都写了信，让他们先向同学

张桦(右)和大学同学高伐林合影

预售杂志,筹集一半的钱,每个学校两百块。等杂志出来给他们寄了再补剩下的两百。各校都很快把钱凑来了,听说各校同学订刊都很踊跃。这里面还有些故事,据说北大的陈建功贡献了他的第一笔稿费;北师大的一个女生父亲刚刚去世,她拿出了亡父的抚恤金;牡丹江师专的一个女生寄来二十五元钱,却没留下姓名。这笔钱里还有多少故事,我们不知道,但知道它的分量很重。

问:听你说这本杂志其实只有半本?这是为什么?
答:你可以看到有几十页是缺失的,本来我们组好稿的整本杂志应该是一百零八页,但最后只印出来六十四页。

《这一代》是在印刷厂里就出了岔子。那是一家武汉政府机关报的印刷厂,在汉口,是同学通过关系好不容易找到的。当时每天都有十个同学跨过长江到汉口的印刷厂帮忙校对,再把头一天印好的运回学校印刷厂去装订。可是印到六十四页的

049

时候,这家印刷厂突然说印刷机坏了,而且前一天印好的也不给我们,说仓库保管员病了没来。

开始大家还以为是印刷厂担心我们交不起钱,高伐林赶紧用一个旧军挎包装上四千元送去。他回来说一路上坐车、坐渡轮过江把他紧张得要命,生怕哪个小偷抢他的书包。那个时候一个月工资也就四十元,四千元等于一百个月的工资啊。可是我们又等了几天,说印刷机还是没修好。这时候从北京陆续传来风声,说高层发火了。我们感到不妙,就决定宁可杂志残缺,也得让它出世。十五个男生直奔印刷厂,让工厂把印完的交出来。厂长被我们堵在屋里,口口声声骂我们是打砸抢的红卫兵。我们也顾不上那么多了,留下高伐林等人和他谈判,其余人直接将印好的散页抢回学校。

至于岔子出在哪里,出就出在《这一代》里《愤怒出诗人》那一栏内容上了。其实小说是杂志的主要部分,小说足足占了四十八页,但最后惹事的却是名为《愤怒出诗人》的诗栏。里

《这一代》全本(由张桦提供)

面一共有七首诗,有六首都出自武大同学。那时候正是军队诗人叶文福《将军,不能这样做》走红的时候,很难说这组诗不是它的连锁反应。其中最出名也最惹事的两首是《桥》和《轿车从街上匆匆驶过》。

《桥》是王家新写的,写连接北海和中南海的汉白玉大桥。其实那时候王家新还没去过北京,是我给他讲的。我暑假回北京去北海玩,看见桥上突然竖起了近一人半高的铁栅栏,望去有一种探监之感。回校以后我跟王家新讲起这个事儿,他神思手快,昼夜之间就写了一首上百行的《桥》。

另一首《轿车从街上匆匆驶过》,据作者叶鹏说创作动机萌生于中央电视台播出的一段批评新闻,北京百货大楼门前停满了公家轿车,当时报道说,这是有权势者坐公车购私物。他的这首诗里火药味很浓。这本杂志在印刷厂的时候就有人发现了,向上面一级做了汇报。所以等我们拿着抢回来的散页到学校时,学校印刷厂领导也很严肃地通知我们不能给我们装订了。跑去找校系领导,他们明确表示希望《这一代》不要再出。不过我们还是没死心,听说武汉小胡同里藏着一些由家庭妇女办的街道装订社,我就捧着一张地图走街串巷,找到了一家建国装订社。当时他们要了一个很高的价格,每本两毛钱,三天内装订完一万六千本《这一代》。这价格在当时近乎敲诈。我和十几个同学是用五辆排子车把三吨多散页运到建国装订社。一路上车轴和竹车板被压得吱吱作响,前拉后推,才弄到装订社。但是问题还没完。晚上我们一回到学校就接到系领导的紧急召见通知,我们几个编辑都去了,不出所料,果然是希望《这一代》下马。当然系领导态度相当宽容灵活,表示最低愿望是把《桥》撤下来。事先我跟高伐林约好了,他唱红脸,我唱白脸。因为他正申请入党,又是全国新长征突击手,还是老三届,适宜正面说服；我一介白丁，所以话也只说几句：开天窗把《桥》撕下来，不行！可以不办，谁出七千二百元钱工本费，三吨杂志我全部奉送。

　　谁会出七千二百元买这堆废纸呢？只有我们。当夜，高伐林到处找校领导求得支持，所谓支持，也就是沉默。我和其余同学用蜡纸刻写《告读者书》，折腾了整整一昼夜，把它油印在所有的封二上，那儿本来是一张怀念张志新的版画。《告读者书》里说："由于大家都能猜到，也都能理解的原因，印刷单位突然停印，这本学生文艺习作刊物只能这样残缺不全地与读者见面了。……是的，《这一代》创刊号的残废绝不意味着这一代的残废！"

问：听说《这一代》好像有两个版本的封面？

答：对。第一版封面只有一千册。那个封面是我和徐冰设计的。徐冰现在是著名的当代艺术家了，他是我的中学同学，那时候在中央美院上学。暑假的时候我回北京，就在徐冰家里，还有张安东，一块儿设计了封面。画的是油黑的一排栅栏，两行弯弯曲曲的足迹。那些脚印是我们用拳头蘸墨一个个揿出来的。后来因为印刷厂拒绝给我们继续印刷，后面的一万五千本封面都只是一张白纸，上面孤零零写着"这一代，1979年1期"几个大红字。

问：这本杂志是如何发行的？

答：拿回到学校后，我们是全年级动员，打包的打包，登记的登记。每个学校一千本，一万二千本杂志分做三百包全部寄出。我们自己留了四千本，第二天同学们又分成十五个小组到武汉各高校去叫卖。每本五毛，第一天卖出去不到一千本，与原来想象的一抢而空相差甚远。但到了第三天同学还没起床,宿舍楼走廊内外便人头攒动,开始我们还以为出了什么事,一问才知道是来买杂志的。于是顾不上洗脸刷牙,先开门迎客,很快就把几千册存书卖光了。但来买的人实在太多了,有些人看书已经卖完,就游说我们的同学,说自己是多么求之若渴,结果有的同学真被说动,把自己的那本也卖了。

不光武汉如此,在北京、广州、南开等学校也都是在一小时左右一抛而光。据说杭州大学的同学摆开桌子跳上去高声吆喝:"快来看,快来看,没有上一代也没有下一代的这一代呀!"结果很轰动。南京大学的同学担心意外,等到天黑才悄悄在教室附近阴暗处开起鬼市,效果同样出众。当然也有一本没卖的,吉林大学和西北大学的杂志刚寄去,就被校方全部封存,后来又一把火烧成了灰烬。当时还出现"黑市",杂志价格很快被抬到一块钱、两块钱一本,最高的达到了五元,是原价的十倍。

问:听说这本《这一代》在出版后影响相当大?
答:影响很大。这里还有个插曲。我们收到的第一封读者来信是那个街道装订社的一个小伙子给的。我们拿货的时候,一位工人趁势把一封信塞到我手里,信中写,他今年三十岁,还是个临时工,未经我们同意,用印废的纸页自己装订了一本,读后激动得夜不成眠,现在杂志在他的朋友手里,挨个儿排队读……

在这之前不是没有评论,为了向正在北京开的四届文代会献礼,我们曾将"三校稿"以航空信寄去。多年后听说,大会负责同志转交给了一位著名诗人,让他为此写些评论,诗人看完后,指着封底说:十三个学校主办,这真是个不吉利的数字。

《这一代》发行以后,反响真是非常热烈。先是收到成百上千的读者来信,或者赞扬或者要买杂志。同时陆续又有二十

《这一代》
1979年创刊号白色
版本

所院校中文系的同学要求参加共同主办，川大、江西师院的同学还专程跑到武汉跟我们商议。接着文学界也伸出热情的双手，我们登出的六篇小说有一半被文学刊物转载，许多报刊以及北京图书馆都来信表示希望跟我们建立长期交换关系。

但是，这本杂志也有不好的反应。从湖北省到中央的一些负责同志严厉地批评《这一代》。某份内部简报这样评价："特别是《愤怒出诗人》组诗中有一些是恶意煽动的。"其实我们组稿的时候不全是这种激烈的文章。印刷厂没有继续印的内容包括两组诗歌、一篇论文和一部翻译的日本电影文学剧本，都很温和，毫不激烈。但恰恰这些没有印出来，就显得整个杂志都非常激烈。很多人会有一种误解，以为印出来的都这么激烈，那没印的可想而知。

当时我们还是想继续办的。层层检查不可避免，高伐林就写了一份《关于〈这一代〉的说明与检讨》。与此同时，我们还跟北京四所高校保持紧密的联系，因为第二期归他们办。他们的雄心很大，不仅开了一系列座谈会、碰头会，还向王蒙等专业作家约稿，想把第二期办得更加社会化。寒假我还回北京开了第二次协商会议，那次会议气氛相对沉闷，尽管大家都慷慨激昂地认为《这一代》不仅要办而且有必要办下去，但是谁都清楚自己头上的压力。复旦大学《大学生》负责人景晓东也应邀而来，他是1976年天安门诗歌《告别》的作者，名赫一时。他批评我们过激了、过急了。

回到武汉，我们就收到了北京同学的来信，说四校已经接到了各自校方的明确指示，不得再搞串联，更不许再办杂志。不仅《这一代》停办，连原先自己的杂志也纷纷下马，《珞珈山》大概是最后一个停刊的。办到第六期，高伐林极惆怅地写了一篇《致〈这一代〉的读者》，把这本杂志的来龙去脉讲了一番，这大约可以算是《这一代》的句号了。当然还有些后事需要料理。当时我们向学校申请两千元科研经费办《这一代》时，是由我们中间最年轻的编辑陈晋签的字。可是后来《这一代》被叫停了，学校要求我们还钱，不还的话就不让陈晋毕业。当时让他急得够呛，后来我们就想了个办法，大家一起办了个暑期的"高考作文讲习班"。三个人花了一夜，写了五十多张海报到处贴。那一届收了三百个学生，一人收二十块，有发表经历的同学给他们讲作文课。这样不仅还了钱，大家还小有收益。

1980年夏天，我还自费沿长江拜访了南京、上海、杭州、苏州的高校，结识那些长期信件往来但没见过面的人。《这一代》

出来了陈建功、李杭育、龚巧明、王家新、徐敬亚、徐晓等一大批作家,当然今天当了高级官员的就更多了。直到今天说起当年办《这一代》的事情,很多今天的成功人士都会说那是他青年时代最难忘的事情。

我从绿色的阳光里走来
——湖南师范学院骆晓戈访谈录

问：有人说20世纪80年代是中国大学生诗歌的黄金时代，您认同这个观点吗？

答：认同，那是一个充满理想和激情的年代，是一个如饥似渴追求真理与科学知识的年代，当年的大学生大多来自农村和工矿，有底层社会的实践和体验，当然是大学生的诗歌黄金时代。

问：请您简要介绍一下您投身20世纪80年代大学生诗歌运动的"革命生涯"。

答：我在上大学之前是长沙市一名工人，1976年底开始发表诗歌，在1976年的10—12月短短的两个月在省级以上的报刊出版物发表了近二十首诗歌。随后，在1978年的春天，我作为首届恢复高考的七七级大学生考入了湖南师范学院中文系。在大学期

湖南师范学院
《新长征》1978年
创刊号

间我曾经在《诗刊》《人民日报》副刊,以及湖南的文学期刊发表诗歌。在我大学毕业的第二年,我出版了第一本诗集《乡村的风》,湖南人民出版社1983年9月1版。这是一套袖珍诗集,一共十本,每本的单价是两角~两角两分。1984年12月第二次印刷。印数为:1983年,一万零八百零一册;1984年,两万四千两百册。现在看来,诗集能有这样的印数,简直是一个奇迹。

在大学期间,我申请加入了湖南省作家协会,作为会员,我参加了湖南省作家协会组织的到地处洞庭湖的湖南益阳地区南县民间采风活动。

问：投身20世纪80年代大学生诗歌运动，您是如何积极参加并狂热表现的？

答：我觉得当年的诗歌创作是与人性的复苏与解放遥相呼应的。同时与解放思想、科学的春天这样一些具有划时代意义的政治事件相联系的。当时的湖南师范学院中文系很活跃，我参加过一些诗歌讲座、朗诵会等活动，毕竟在进大学之前，我当过六年知青、三年工人，从业余文学写作进入学院中文系的科班，感觉如同一头饥渴的牛进了菜园子，更主要的精力是用在文学补课，中国文学，外国文学，古代文学，文学理论，写作理论等等，同时热衷诗歌写作。我不擅长朗诵诗歌，尤其不擅长朗诵自己写作的诗歌。

问：当年，您创作的那首《绿色的阳光》和《爱照镜子的姑娘》曾经很受读者喜欢，能否谈谈这两首诗的创作、发表过程？

答：当年我在《诗刊》发表的诗歌有《未知数》《绿色的阳光》，在《人民日报》副刊发表有《校园的早晨》《爱照镜子的姑娘》，这些诗歌都是当时大学生校园生活的写照。作为有着九年农场和工厂生活的我，走进高校，感受到清新的阳光和空气，朝气蓬勃的青年学子，包括大龄的、超龄的大学生。七七级是不平凡的一届大学生，大多数都有着工农兵的经历，有的来自僻远的山区，有的插队五年，有的甚至插队十年，我在同学中属于大龄之列，学习成绩也比较好，记得进校考了两门课程的免修，一门是现代汉语的语音部分，因为我在农场当了多年小学教师，教过小学的汉语拼音，另外以发表作品考了写作课的免修，这样，我有了更多的时间写诗歌和读诗歌。我当时发表的这些诗歌，都写得很快，都是取材校园的小景，《绿色的阳光》就是写我在湖南师院的岳麓山下，春天里感受到的那种一团团的绿色生机,"越到树梢的越是光亮／耀得我睁不开双眼／而身边,绿的阳光却／那么亲近我／柔和地唤醒青春的火焰。"

现在回想当时的诗歌创作,应该说正是这种知青大学生的特殊身份的人生经历和诗歌阅读,激发一种很特别的创作激情。

问:在大学期间,您参加或者创办过诗歌社团或文学社团吗?担任什么角色?参加或举办过哪些诗歌活动啊?

答:参加过湖南师范学院中文系的诗歌活动,记得办诗社的是刘犁(刘克利)。主要的骨干是唐华和李曙光,还有田舒强、刘忠阳、田忠阳等等。刘犁有浓浓的新化口音,总是在吆喝着朗诵新作给我们听,我们却说他的朗诵需要请人用普通话翻译。诗会很简单,在教室外长长的走廊,刘犁便可以朗诵诗歌。要举办一个诗歌朗诵会或者讨论会,则需要找一两根蜡烛,找个空教室,朗诵会便可以开始了,教室总是围满了诗歌爱好者。记得刘犁总是用很浓重的新化乡音朗诵"背完这一犁我就放你"一首写给一头老耕牛的诗。刘犁写乡土生活的组诗《茅棚》在《诗刊》发表,是《诗刊》1981年第二期,他后来还是《诗刊》青春诗会的成员。

问:您参与创办过诗歌刊物吗?您参与创办过诗歌报纸吗?编印或出版过诗集吗?

答:记得《枫林》是湖南师范学院中文系七七级三班的同学为主创办的,是个油印刊物,刘犁和唐华曾经向我约稿,我还与他们一道上街卖过《枫林》这本文学刊物。刘犁编了自己的油印诗集,记得送过一本给我。

问：当年各大高校经常举办诗歌朗诵会，给您留下最深印象的诗会是哪几次？

答：听说，有印象。但仅仅参加过湖南师院中文系举办的诗歌朗诵会。

问：20世纪80年代大学生诗人们最热衷的一件事是诗歌大串联，您去过哪些高校吗？和哪些高校的大学生诗人来往比较密切最后成为好朋友啊？

答：我印象较深的有两次交往，都是外校的诗友来湖南师院。一次是湘潭大学《真与美》诗歌小组：银祥云、阿泓、庄宗伟等人来过长沙岳麓山找我们聊诗，同来的还有湘江师范学院的徐晓鹤，我们一起在爱晚亭合影，他们带来了在湘潭大学中文系任教的彭燕郊教授编辑的《外国诗选》，厚厚的两大本。如此齐备的外国经典诗歌成为我们的精神食粮，大家奔走相告，传阅抄写。这些译诗大多收在后来彭先生主编的《诗苑译林》丛书，由湖南文艺出版社出版。彭燕郊先生实际上是当时湖南大学生诗歌运动的核心人物，他是一位七月派代表诗人，新中国成立后到"文化大革命"，一直因为被打成"胡风分子"挨整，曾经下放在长沙的街道工厂当过工人，直到1978年平反后到湘潭大学任教。《外国诗选》手抄本内容丰富，搜集了自公元前的古希腊小诗选以来的西方经典诗歌，翻译也均出自国内"五四"以来的翻译界的名家之作。因为彭燕郊老师的引荐，我们还认识了湖南株洲女诗人郑玲。

还有一次是来自常德师专的青年女诗人胡的清，她讲一口的常德方言，诗歌充满女孩子的幻想与灵性，记得她到湖南师院来找我，我们传阅了她的诗集，觉得很有个性，后来我还与她一同到湖南的南县参加湖南作家协会的民间采风活动，保持了多年的交往。

问：当年的大学生诗人们最喜欢书信往来，建立了一种很深的关系，您和哪些诗人书信比较频繁啊？

答：我与湘潭大学的彭燕郊先生，《诗刊》的王燕生和寇宗鄂老师，《人民日报》的副刊编辑、诗人徐刚都有过书信往来，几乎每次寄出的诗作都能得到他们的书信回复。

问：在您印象中，您认为当年影响比较大、成就比较突出的大学生诗人有哪些？哪些诗人的诗歌给您留下了比较深刻的印象？

答：我与刘犁是在上大学之前，1976—1977年的湖南诗歌笔会上认识的，他当年是湖南湘阴县的一名青年诗人，记得在井冈山笔会第一次见到刘犁，我们一群青年作者（当时的说法是工农兵作者），组织者是湖南省文化馆的副馆长任光椿和《文艺生活》的编辑黄剑锋老师。我们在井冈山，第一天爬山刚刚走了不远，刘犁就将他的一双运动鞋背在肩上了，一双光脚丫子，刘犁山上山下采来大捧大捧美丽的映山红，我是当时队伍中的唯一女性，鲜花也就当然非我莫属，刘犁很开心，我也很开心，只问刘犁是不是爱惜鞋子才光脚，小心荆棘丛扎脚的，他却告诉我这样才爽，光脚跑得轻快很多。记得在大学期间，刘犁专注于乡土诗歌写作，对我影响较大。

刘犁写乡土诗歌，这是我身边的大学同学。另外，我们对北京的《今天》很关注，北岛、舒婷、顾城的诗歌已经在同学中传阅，对我的诗歌写作有较大影响。

《诗刊》的青春诗会在当时大学生诗歌爱好者中也有一定的影响。

问：当年，大学生诗人们喜欢交换各种学生诗歌刊物、诗歌报纸、油印诗集，对此，您还有印象吗？

答：在1978—1980年，我联系过北京的《今天》杂志，因为我当时是带薪读书的，还邮购了《今天》期刊一至八期，以及今天文学研究会的内部交流资料和北岛的专辑《陌生的海滩》，《今天》当时的定价在四角—五角/册，是打字机打印的。当然这些民间刊物是在小范围传阅的。

　　四川的《现代诗内部交流资料》，北京大学的《未名湖》，是我大学毕业后的20世纪80年代那些年陆续见过的一些民间诗集。我觉得这些创作充满着思考、创新和突围。

问：您如何看待20世纪80年代大学生诗歌运动的意义和价值？

答：站在2014年的今天，回首20世纪的80年代大学生诗歌运动，我觉得，无论如何说，说诗歌运动也好，行动也好，当年写诗，的确来自大学生强烈的内心需求，要求文学和诗歌的拨乱反正，探求什么是诗歌，什么是属于这一代人青春的诗歌，诗歌怎样走出"工具论"真正成为内心的抒发，什么是诗美学，西方的诗学与中国传统诗学的异同，正是追求纯真的情感抒发，带来诗歌的内容和形式

湖南师范学院
《新长征》1978年
第二期

的追求和探索。

尽管当时的大学生多数有过知青经历，但是我们的诗歌追求是纯真的美好的，较少功利色彩，这样一来，往往是好作品多，新的作品冒出来，大家会争相传阅，也没有刻意地标出谁谁是20世纪80年代，谁谁可能是20世纪70年代，我今天翻阅当年的民间诗歌刊物《今天》，发现很多诗歌的结尾还标明写作的时间是1973年、1975年。

包容和宽容，接纳和自由讨论，都是20世纪80年代很好的风气。不急于站队，分你是20世纪80年代的，你非20世纪80年代；你是乡土派，你非乡土派，标签没有后来这样多，好作品，就是好作品，大家就可以接纳、讨论、推荐。

用简单的语言来总结，20世纪80年代的诗歌运动立足人性解放，尤其是让诗歌走入民间，追求诗歌的平民化，以及真情抒发。内容和形式都不拘一格，充满真诚与活力，充满思考与对话。

问：回顾20世纪80年代大学生诗歌运动，您最大的收获是什么？最美好的回忆是什么？

答：最大的收获是从当时有着强烈的政治色彩诗歌写作走入日常生活场景的诗歌写作。我开始以诗歌的眼光审视世界，摄取平凡人的生活中的诗情，有了一种新的生活态度和诗歌的审美追求。最美好的回忆是：因为写诗，结识了志同道合的师长、同学和朋友。《岳麓山》和《新长征》记忆中是中文系的学生会主办，主要的负责人是学生会的学习部长彭知言，主要担任编辑工作的有我、韩少功，还有七八级的陈秉安，编过几期现在记不清了。编辑部成员在岳麓山曾经合影。因负责人彭知言是一班的，是我的同班同学，他常常以一副老大哥的老成模样，以负责人的身份与我商量刊物组稿编辑工作。

韩少功是七七级中文系同学，当时他已经在《人民文学》发表短篇小说《月兰》。记得那个年代中文系学生的文学创作和阅读的风气很浓，同学中像韩少功这样在《人民文学》发表小说，获全国性的大奖，几乎成了湖南师范学院众所皆知的青年作家。对当时创办《新长征》刊物，韩少功有一篇回忆录，题为《回忆新长征壁报创刊》，其中谈道：

大约是 1978 年秋，进入第二学期了，中文系学生会要办壁报，宣传委员彭知言动员我出来挑头。当时参与编写的，记忆中还有骆晓戈、刘克利、张新奇、陈秉安（七八级）等，负责文字；邬东峰，负责美术；彭知言，负责后勤、赞扬以及全程慰问，包括总是操一口湘潭普通话对这个那个说："怎么好意思呢？让你一个人这样忙呵……"

大家在学生四舍一间房子里忙了一个星期六，又忙了一个星期天，累得两眼发黑，身上沾有墨汁或水彩，但总算有了个眉目。壁报定名为《新长征》，规模足够覆盖一面长墙，稿件有散文、诗歌、短论等各种体裁，内容多为对改革开放的向往和呼唤，其中一部分还冒火带刺，比如有一篇短论强烈支持"实践是检验真理的唯一标准"，触及当时敏感的时政话题。梁恒在这间房探头探脑几次以后也热情万丈投来一稿，是戏仿法庭审判的对话录，即由"人民法庭"来宣布为北京"四五运动"平反。在官方为该事件平反之前，这当然更具政治风险。但大家初生牛犊不怕虎，一朝有权便胆大妄为，想也没想就把这些稿子捅出去了，根本没考虑向领导报批。

发刊词由我匆匆拟就，其大意是中文系学生以语文为本，无论开口说话还是执笔为文，都应该修辞立其诚，不讲假话、套话、空话、废话……这一观点无甚高论，只是在当时的明显所指，大家心知肚明。

　　约定出刊那天下午，有几位同学失约溜号，气得我大骂小资产阶级的"三分钟热度"。好在张新奇来了，还带来几幅从市文化馆要来的国画，供我们美化版面。我们决心不再拖延，在食堂搅了一盆糨糊，找来楼梯和扫帚如期上阵。不料这天风特别大，有些版面刚贴上墙，就被风刮了下来，不但让我们狼狈不堪，而且糨糊也浪费不少。有几位路过现场的七六级学友于心不忍，前来扶楼梯，刷糨糊，打手电筒，热情地救我们于危难之中。夜色中还出现一高个女生，我后来知道她叫贺宁基。她见糨糊没有了，食堂也关门了，便去汉语教研组伍云姬老师

湖南师范学院《岳麓山》1979年第四期

家"借"一斤面粉，又熬出热乎乎一大盆。

这期创刊号果然抢眼。当晚贴出去以后，就有很多同学打着手电筒在那里看，第二天白天更是被师生们围了个人山人海。作为在湖南高校第一份闯禁区的壁报，据说它颇有"民主墙"之嫌，还引来省里有关部门的拍照和抄录。但得益于民心所向和各方相助，加上后来召开的中共十一届三中全会，当事人后来也没遭遇什么麻烦。

《新长征》是我们几个七七级的文学青年牵头，有点民间意味。壁报是《新长征》第一期，我手头保存的油印刊物《新长征》是1978年第二期，十六开本，一共十六页，上面的卷首语是当时的系副主任邓超高老师所写。结语是"愿与同学们在新长征中并肩前进"，可以看作是当时中文系官方对我们第一期新长征壁报的事后表态。收入油印《新长征》第二期有我的两首诗歌，《一页被撕掉的笔记》和《写给一位"聋哑"人》，贺梦凡的组诗《献给天安门》都是曾经在《新长征》创刊号壁报上发表过的。

问：目前，诗坛上有这样一种观点，认为20世纪80年代大学生诗歌运动是继朦胧诗运动之后、第三代诗歌运动之前的一场重要的诗歌运动，您认为呢？

答：我对当代诗歌史缺乏系统的研究，凭我自身的感受，我觉得20世纪80年代的大学生诗歌写作确实影响和造就一代人。就在我大学毕业后的那些年，我们的母校湖南师范学院，后来的湖南师范大学，诗歌社团一直很活跃，我曾经多次被学弟学妹们邀请回到湖南师范学院的中文系、艺术系做诗歌写作的讲座。我的学弟学妹们因诗歌写作步入文学殿堂，甚至在文学出版、高校的文学教学研究上做出贡献的人数不少。

问：投身20世纪80年代大学生诗歌运动，您的得失是什么？有什么感想吗？

答：我得到很多，从人生观、价值观到诗歌美学、诗歌写作鉴赏，从如何摄取生活，如何将生活体验作为创作的源泉，尤其我们在大学讨论得最多的是我们中国的璀璨的文学传统，究竟流向何处。

那是一个文学可以抱团取暖的年代。记得有一回我在省文联大院遇到于沙先生问我，骆晓戈，骆晓戈，你总是在说，你在写诗，写诗，究竟什么是诗？先生一口常德话，我一时怎么就被问住了，木讷得一句话都说不出来。回去好多天，仍然在琢磨该怎么回答呢。究竟什么是诗？什么是诗？由此，我也一直在诗歌创作中，在团队讨论中，在课堂和书本中探求什么是诗的答案。

当时教古代文学老师常常令我们将古典文学名篇背诵下来或者默写下来。我们这些下过乡，在社会上摔打了若干年的大龄学生，一遇上老师的这一类布置便叫苦不迭，办刊和共同的文学创作兴趣使我们青年诗人、作家们走到一起，三五成群，平时交流创作心得体会，临近考试，便集体复习应付。那年头，老师对于考试的热情极高，因为有"文化大革命"十年没有过一把出题考试瘾了，大考小考地出题考学生，来不及出题，便让我们背诵或默写古文。我记得屈原的《离骚》便是要求全文默写的。这种文学经典高强度的补课，让我们这群文学青年极为受益。正因为如此，才有了我们湖南文学界后来以韩少功为代表的"文学寻根"的发问：璀璨的楚文化究竟流向何方？

我们当年的学生学习不是被动应考，常常在课堂上大问小问来为难老师。这使得以后我们毕业多年了，中文系的老师还

湖南湘江师范学院与湘潭大学诗社成员合影。前排左起徐晓鹤、庄宗伟、李曙光,后排左二起银祥云、刘犁、骆晓戈

常常回忆当年教七七级学生的滋味。有位老师说,他当年查阅的某部古籍就是为了回答七七级某同学的提问,从那以后那一章教案束之高阁,再无人问津了。看来当年的学习风气不仅仅是媒体所说的某大学中文系出了"作家群",对于教师也是受益匪浅的。

张清华在《重审"80年代文学"——一个宏观的文学史考察》中谈道:还有诗歌领域中的寻根运动,事实上它也是小说界文化传统热的一个影响源泉,韩少功在他1985年发表的《文学的"根"》一文中就提到,是一位诗人朋友给了他寻找湘西文化的启示。可见当时的湖南师范学院中文系的诗社对文化主题的诗歌写作,这些也都有力地推动和回应了思想界与小说界的文化热潮。

时隔三十年,看待当年的诗歌运动的意义、价值和贡献,不仅仅在于成就了我们这一群当年的在校学生,同时大学生自主办刊,造就一个大学校园教学互动和学生主动学习的交流平台,即交流文学创作、文字编辑和课程学习的经验心得,由于我们是"文化大革命"十年后的恢复高考的第一届中文系学生,在社会实践的大课堂中有着各自摸爬滚打的人生体验和写作经历,因此,学习的主动性和自觉性很强。在我们毕业之后,湖南高校的文学社团也一直生机勃勃,如湖南师范大学的朝暾文学社、黑蚂蚁诗社、湘潭大学的旋梯诗社,我所在的湖南商学院商帆、长风文学社以及麓山枫论坛,仍然是湖南高校文学创作的十分活跃的团队与平台。

同时,校园刊物与文学界的专业的出版和期刊的交流互动,为培养作者,培养文学的后备力量,繁荣文学创作起到的重要作用,站在今天看当年的大学生创办文学刊物这一事件,的确是中国的文科教育改革和文学事业发展的一个值得研究的文学现象,也是值得推广的很好范本。

问:当年您拥有大量的诗歌读者,时隔多年后,大家都很关心您的近况,能否请您谈谈?

答:今天的网络与电脑高科技,让资讯的传递变得便捷而且平面化了,其实很多我的近况可以通过"百度"或者"谷歌"搜寻我的姓名,便可以看到相关的网页、博客等等。大学毕业后,我做过湖南省总工会的《主人翁》文学副刊编辑,湖南文联的《湖南文学》编辑,湖南作家协会的专业作家,湖南作家协会的儿童刊物《小溪流》主编,在2001年调往湖南商学院中文系任教授至今退休,现居住长沙。主要开设中文写作与女性研究课程,我做过的工作比较杂，当过编辑、主编、作家、教授，我珍惜与文学阅读与诗歌关系密切的人生经历，例如，做儿童文学的主编；我也看重我做非诗歌非文学的一些底层妇女的公民行动和社会调研工作，例如我到江永女书流传地采风，做客红网与女性朋友谈女性婚恋家庭。我觉得我有文学圈子的朋友，是一种幸运，同时我还拥有文学外的我的生活圈子的朋友，他们多是热心妇女事业与研究的人士，以及一些劳动妇女，他们常常教我一些书本上没有的常识，讲一些书本上没有的故事。回顾起来我一直在写诗，也一直在阅读，当然我也有时为社会工作所累，为岗位的职务的工作付出更多，为文与为人总是人生的两个轮子，尤其是涉足妇女研究领域后，我发现既是学者，也是组织者，既要种树，也要培养土壤，作为女性，还有为人之妻、为人之母、为人之女的种种琐事，于是忙忙碌碌成为一种习惯。好在诗歌常常是一个好的去处，是一个上帝与你同在的去处。以诗养心，以心养诗，已经成为我的生活习惯。这种习惯使我健康，快乐，保持着对世界的好奇和热情，也就保持一颗童心。

关于北京大学
五四文学社的往事
——北京大学邹士方访谈录

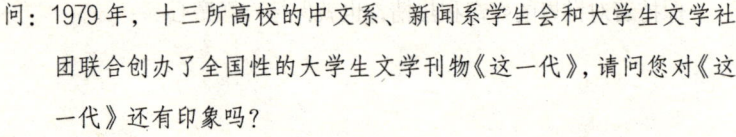

问：1979年，十三所高校的中文系、新闻系学生会和大学生文学社团联合创办了全国性的大学生文学刊物《这一代》，请问您对《这一代》还有印象吗？

答：关于《这一代》，当时我担任北京大学五四文学社的副社长，与同为副社长的中文系文学专业的陈建功、李志红（笔名黎宏），以及他们班的黄蓓佳、梁左、黄子平、王小平、李矗等均有来往，有时也参加他们的活动。《这一代》出版后，他们赠我一册，《今天》也赠过我。可惜经过多年变故，我都遗失了。这两种杂志，当时看过，印象很深，其载的小说在当时应该是有突破的，打破了禁区。

北京大学《未名湖》1979年创刊号

问：能否谈谈您当年创办参与北大五四文学社和《未名湖》的往事？并详细介绍一下这家刊物的创办历史。

答：粉碎"四人帮"之后恢复高考，1978年2月我考入北京大学哲学系，成为"文化大革命"之后的第一届大学生（七七级），那年我已二十九岁。

由于我喜爱文学和摄影，并有作品发表，校团委和学生会聘我为文化部干事。1978年7月有一天我向团委的负责人提出，听说"文化大革命"前北大有个全校性的学生文学社团五四文学社，这个社团在"文化大革命"后停止活动，我们现在是否可以把它恢复起来，以推动学生课余文化活动的开展？那位负责人表示同意。于是让我同文化部的负责人张幼华共同筹备文学社的恢复工作。我提出文学社应该有自己的刊物,以便发表同学们的作品,这个刊物叫《未名湖》比较合适。

北京大学《未名湖》1979年第二期

因为这有双重含义:一是北大校园有湖名叫未名湖,这说明刊物是北大办的;二是在刊物发表作品的大都是还"未"有"名气"的学生。团委和学生会经过研究,同意我的建议,并商量请北大的老校友、全国政协副主席沈雁冰(茅盾)先生撰写《未名湖》发刊词并题写刊名。为此校团委以学生会的名义向沈老发了信。9月收到沈老的复信及题写的刊名,全文如下:

五四文学社的同志们:

　　今日始收到来信,想因转辗稽延。刊名另纸写呈。至于发刊词,还是你们自己写的好。日后我可以投寄一点短文,如杂感之类。

　　匆此,即颂进步,并致

敬礼！

沈雁冰

九月十九日

看到沈老清秀、瘦劲的亲笔书信和两张题签，大家十分激动。9月23日上午在北大图书馆召开了北京大学五四文学社恢复成立大会。北大校党委副书记马石江、副校长季羡林，北大名教授朱光潜、王瑶，鲁迅挚友章廷谦（川岛），诗评家谢冕，诗人张志民，作家刘心武，《北京文艺》的负责人周雁如，《人民日报》记者丁宏新和叶幼琴，《中国青年报》记者狄沙和顾志成出席了大会。出席了大会的还有校团委和学生会负责人王丽梅、隋凤花、袁纯清、张幼华。会上展示了沈雁冰先生的复信和题签，博得热烈掌声。校领导宣布五四文学社领导班子：北大党委副书记韦明任名誉社长，朱光潜、季羡林、王瑶、章廷谦、谢冕、张文定等任顾问，张幼华任社长，邹士方、李志红、陈建功任副社长。马石江、季羡林发言表示祝贺，来宾发言，会后与会者在图书馆前合影留念。

恢复活动后的五四文学社下设评论、小说戏剧、散文、诗歌四个组。评论组又分为两个小组，一个是电影评论组，一个是书评组。我被指定主管电影评论组和诗歌组。文学社除了不定期出版《未名湖》刊物外，还在《北京大学校刊》上开设"未名湖"专版，刊物和专版都由我主编。刊物我只编了一期试刊，出了校样，但没有出版，以后就交给其他同学去编了。以后我在《未名湖》刊物上仅登过两首诗，其中一首署的是笔名：士方。《北京大学校刊》上的"未名湖"专版一直由我主编，主要登载散文和诗歌，我主要选非中文系的社员的作品。我自己也在上面登过散文和诗歌。文学社组织了不少活动：请侯宝林、张洁、何达（香港诗人）讲演，请孔捷生、王亚平、刘心武座谈，观摩中国电影资料馆的内部电影。当时的文学社聚集了不少文学爱好者，这些人后来有的走上专业创作道路，有的成为著名编辑记者和学者，在国内外产生了广泛的影响。如副社长陈建功，成为著名作家，现任中国作家协会副主席、党组成员、书记处书记、中国现代文学馆馆长。李翰华（笔名亚丁），他是一位在法国家喻户晓的作家、翻译家和法中文化交流大使，现任法中交流促进会会长、伊迪文化传播公司总裁、法国国际艺术学院中方院长。毕业后他翻译萨特的小说得了法国政府翻译家奖，后来在法国写了五本论文小说，获得分量很重的欧洲骑士勋章，影响很大。其小说《高粱红了》，将法国卡茨文学奖、法国匹里茨奖、亚洲小说奖、比利时皇家文学院小说奖等相继收入囊中，并入围龚古尔文学大奖的决赛圈。2010年10月在北京获颁法兰西最高荣誉军团骑士勋章，成为继巴金、金庸、贝聿铭等之后又一位获此殊荣的华人。梁左成为著名喜剧、相声作家。黄蓓佳成为有影响的女作家，现任江苏省作家协会副主席。王小平是著名女作家，著名导演郑晓龙夫人，是电影《刮痧》和电视剧《甄嬛传》的编剧。查建英（笔名小楂），成为有影响的美籍华文女作家，2006年她的《80年代访谈录》由三联书店出版，引起轰动。李蠡成为《法制日报》名记者和著名学者。黄子平为著名文学评论家，曾任香港浸会大学中文系中国文学教授。高贤均任人民文学出版社副总编辑。胡小钉，现为北京电影学院教授，著名电影人。刘志达，现为《光明日报》经济部主任。夏晓虹，著名女学者，现为北大中文系教授。杨迎明，历任《中国体育画报》主编，《中国体育报》副总编，《中国足球报》总编。1993年—1994年参与《三联生活周刊》的创办，任兼职主笔。熊光炯，现任江西省作家协会理事、诗歌创作委员会副主任。李勤,曾任新华社《半月谈》杂志执行主编,现任新华社手机电视台台长。姜莹现任《北京青年报》编委、《中学时事报》主编。龚玉,现任人民文学出版社编辑,编审,中国作家协会会员。

记得在学校时最有成绩的一个是陈建功,一个是黄蓓佳。陈建功出版了自己第一部短篇小说集《迷乱的星空》,黄蓓佳出版了自己的第一本小说、儿童文学集《小船、小船》。两人当时都送过我题款签名本,至今我还珍藏着。黄蓓佳的书是丁玲作的序,当时觉得黄很了不起。陈建功厚朴,不善言辞;黄蓓佳清纯、活泼、美丽,是学校文娱活动和舞会上的明星,十分抢眼。我主编《未名湖》试刊号时还向她组过稿。

李翰华那时在西语系法语专业学习,他是图书评论组的成员。由于我俩同朱光潜和罗大冈先生相熟,故来往颇多。每星期五下午他们看法文原版电影,他都叫上我去看,并为我做现场翻译。查建英那时是一个十分漂亮,显得腼腆的小姑娘,扎着两支羊角辫,高挑身材,十分可爱。前些日子看电视,出现她的镜头,发现她的变化很大,我几乎寻不出她当年的一点影子。

五四文学社七七级学生与老师合影。前排右二黄子平、右三陈建功、右四谢冕、右五陈贻焮、右六孙玉石、左一李矗,后排右二邹士方、右三胡小钉、右七王小平

三十年过去了，谁还能留住芳容倩影呢！查建英在1982年左右即赴美，成为"文化大革命"后第一批赴美留学生。她小小年纪，胆子真不小！

以后又增补了中文系文学专业的熊光炯、王友琴为五四文学社的副社长。

五四文学社的恢复成立是北京大学"文化大革命"后的一件大事，也是北京大学校史上值得书写的一笔。它的恢复成立标志着学生学术活动和社团活动开始走上一个新台阶。现在北大学生社团多达几十个，而至今还存在并活跃着的五四文学社应算是历史最久的老大哥了。北大五四文学社的恢复成立开"文化大革命"后全国高校学生社团活动的先河，其历史意义是不同寻常的。

1980年8月21日我到茅盾先生家中拜访了他，并为他摄影。他那时在病中，身体不好，脸颊清瘦，面容憔悴，胡子老长。他坐在靠背椅上不停地咳嗽。但他还是伸出颤抖的手，紧紧地与我握手。他已经不能多说话，当我提出为他照相时，尽管他精神不好，还是答应了。于是有了这幅《茅盾在病中》。临走时他在我的本子上写了："谢谢你们，我的手抖不能多写。"

从此，前方便是无限的荒原
——东北师范大学邓万鹏访谈录

问：有人说20世纪80年代是中国大学生诗歌的黄金时代，您认同这个观点吗？

答：有一定道理也不尽然。因为以后到现在再也没有也不会出现那样的在校学生大规模地投身写诗活动。从参与写诗者的数量看是空前的，数量与黄金没有必然。什么事情一反常态一定有它的深层原因，一个近现代诗歌落后的国家和地区突然都来写诗对诗歌发展虽然没有什么坏处，但也不见得一定就有多么多的好处。诗歌从来就害怕扎堆大帮哄。再者，校园诗歌终究是"园"里事物，园里是苗苗的乐园，大树奇柯往往生自深山老林。

由于1979年小本《诗刊》第十二期以头条位置发表了徐敬亚的一首《早春之歌》，这使得校园诗歌一开篇就无限高于校园诗歌，这种超常规的至高点式的闪现是十分罕见和出乎诗坛意料的，它使校园诗歌的载重量远远超出校园诗歌本身，这一校园诗歌奇迹，仿佛在校园诗歌一开始形成就决定了它的必然结局：中国校园诗歌后来所呈现的奋力前进、平稳下滑直到消失的必然趋势。

虽然紧接着郑道远的《庄稼之歌》、徐敬亚的《别责怪我的眉头》、王小妮的《我感到了阳光》、薛卫民的《红高粱啊红高粱》相继以十分耀眼的光芒闪现于中国诗坛，尤其稍后吕贵品的长诗《黄河之歌》的出现，加上于耀江在校期间遍地开花的新颖别致的精短小诗，使得1978年到1982年，最多到1985年短短几年就把中国校园诗歌推向辉煌顶峰，一时间校园诗歌大有主宰并独霸中国诗坛之趋向。

虽然吉林诗歌也因校园诗歌的兴起而进入前所未有的辉煌期，以吉林大学、东北师大、四平师院学生诗群为生力军，加之曲有源、公木、丁耶、胡昭老牌诗人的呼应和支持。但吉林诗歌位居全国领先地位的迹象稍有呈现便被朦胧诗无法抗拒的穿透力和持久的影响力所逐渐溶解，校园诗歌也势必因力不从心和本身的局限而无法跻身诗坛主流、它幻觉般的辉煌注定是昙花。南方大学生曹剑、伊甸、许德民、柯平等"第三条道路"也只是一厢情愿的探路，诗歌从来就没有第三条道路，诗歌只有一条道路，诗就是诗。

问：请您简要介绍一下您投身20世纪80年代大学生诗歌运动的"革命生涯"。

答：仿佛被一种新的命运呼唤，写诗的冲动前所未有。我是七七级学生，1978年3月入校，（过去网上和各种有关文章都误我为七八级，在此特加更正）入校后我的诗兴极度高涨，不到半月，写了十几首。

找到《长春日报》副刊,当时的黄编辑接待了我,他一边看着我的诗稿,一边自语式地说:"考上来的新生就是不一样,稿子留下。"半个多月后,组诗《贴在大学校门上的诗》(四首)果然发表了,展开对开八版报纸"长春"副刊,署名前边还特地加了正体"东北师大中文系新生"字样,这让我兴奋了好一阵子,虽然用现在眼光看诗很幼稚,可当时对我来讲,真是个了不起的大事!从此写诗更加勤奋了,不停地向国内各个大小期刊投稿,可是到1979年年底都没见发表一首,这让我大失所望,好在我没有停下来,到1982年毕业时已经在《诗刊》《飞天》《吉林文艺》《长春》《新苑》《鹿鸣》《阳关》《吉林青年》《吉林日报》等报刊发了一些作品。

1988年,黄河文艺出版社为我出版了诗集《走向黄河》,我的家乡梨树新华书店也进了该书。不论这本书如何的速朽,但处女集出版带给我的兴奋还是难忘的。据我二弟回忆,那时我父亲的视力已经很差了,有一天父亲走进书店发现书架上摆着我的书时,他的眼睛突然放出少见的光彩,箭步上前从架上取下我的书,颤抖地对营业员说:"这是我儿子写的!"……哪怕世界只有这样一个比我还要激动的读者,我的书就值了。

问:投身20世纪80年代大学生诗歌运动,您是如何积极参加并狂热表现的?

答:入学前我在《吉林文艺》等报刊发表过诗,但一来到省会长春,进入大学校园,就感到了自己的渺小,因为长春这座文化大城不仅居住着全国有名的诗人公木、丁耶、胡昭、曲有源等大诗人,仅是师大中文系里就有在当时赫赫有名的七六级诗人学生程刚,上文选课的是诗人讲师高帆等,我简直感到自己是在做梦,一个关于诗歌的辉煌大梦。我好像忘记了自己是来学习的,而是参加一次诗国盛宴。同学当中,凡是听说谁是写诗的,一见面就成为亲人,好像活了这么大就是要等今天的相认相识的。哪怕隔着系别,也要互相登门拜见。

校学生会搞文艺晚会,少不了诗朗诵。七七级三班贾杰同学英俊潇洒,据说入学前是吉林市话剧团的演员,我写的好几首诗歌都是经他朗诵的,特别是运动会上,我和好友王洪青合作的长篇配乐朗诵诗,经他和王亚茹(考前来自某市广播电台)的朗诵和渲染,连我们自己也被感动和陶醉了。这首诗据说后来成了中文系运动会的保留节目,2003年年底,当我在哈尔滨和大学诗友王岩重逢,一见面他就对我说,你写的那首运动会朗诵诗,在你们毕业后被系里每年的运动会连续用了四年。

学业之余,写诗是我的头等大事,跑图书馆、书店、编辑部,成了"诗歌狂徒"们课外生活的主要内容。我们很快成了省会报刊《长春》《吉林日报》《春风》《吉林青年》和吉林人民广播电台等单位的常客,不但很快结识了诗人编辑家曲有源、戚积广、何鹰、姚业涌、钱璞等,还得到了他们对我等学生诗歌作者的大为扶持和指点。

20世纪70年代末到80年代初,校园里的思想极为活跃,全国各大学里学生写诗蔚然成风,当时东北师大中文系各年级都有一群狂热分子,除"北方六友"外,经常发表作品的还有七六级程刚、七七级赵云鹤、徐国静、李晓辉、王洪青、王乃华、七八级于二辉、郭力家、七九级任白、赵培光、周力、黄云鹤、张世丹。历史系有张彬彬、刘占武,教育系有阿古拉泰、王秋平等等,他们经常到中文系来做客,交流新作。中文系写散文、小说、评论的还有洪峰、杨若木等人。徐国静要去北京参加青春诗会的消息传来,大家内心激荡了好几天。有一天晚饭后走在前边的洪峰专门停下来,用有些疑问的语调对我说:"你们写不过徐国静？"弄得我一时无言。

问：当年，您创作的那首《我是压路机（四首）》曾经很受读者喜欢，能否谈谈这首诗的创作、发表过程？

答：书名号里的诗题是留给受访者填写的，本该空着，为了符合访者的体例要求，想来想去还是把空住的地方填上，填上这个诗题，不是因为它是我的代表作，而是别说在1980年即便是三十年后的今天我也实在不敢说哪一首或哪一组就是真正意义上的代表作。

这组作品发表在1981年最后一期（第四期）大型文学丛刊《新苑》上，四首一百多行，是我上大学之前1976年发表作品以来版面最为显赫的一次。试想一个诗歌青年首次在一本刊物里独自占满几整页，还能有什么事情能让人如此开心！现在回想起来，兴奋的心还历历可感。所以我得在这里好好谢谢诗歌编辑戚积广。

我那时最大理想就是在刊物上发组诗，梦想有一天某本杂志上能以对开页的形式发我的作品。这组作品是我在大学临近毕业那年的暑假在家乡梨树写成的，这个总题目下我一气写了六首，这也是我在写作中第一次采取每段行数不等的新体式的一次尝试。开学回到长春第一件事就是把新写的作品投出去，本想寄到《诗刊》，一想起"每天要成麻袋处理废稿"的传言就退缩了，给《长春》曲有源吧？还是不行！曲老师的要求也太高了。最多会留下一两首，最后还不知道能不能留"黄"了。

找戚积广去！出版局与东北师大就隔一条自由大路！不仅仅是距离近（出校门不用十分钟的路），此前的《新苑》在上一年1981年已发过我一个组诗（三首）。戚积广是我在上大学之前就知道的诗人，我看过他的《炉火集》，看过他发表在

邓万鹏（左一）1980年6月和诗友钱万成、王宇合影

1964年《诗刊》上写长春汽车制造厂的大组诗，还配有评论。吉林出版局三楼，戚积广看过我的诗，没有多余的话，脸上掠过几丝只有我在彼时彼地才能觉察到的神情。稿子六首留下。握手，走出编辑部，我的脚和心是飘的。9月上旬，斯大林大街上的秋风很爽，吹在脸上不凉也不热，当我在街边阅报栏里读到了这一期要目，在诗歌栏目下，头题位置标出了组诗题目和我的名字，有一种从没有过的充实和满足感充满了我的心。等刊物到来也是个有意思的过程，它使每一天都在期盼中度过。那本《新苑》一直跟随我，一个美好的记忆跟随我。

问：在大学期间，您参加或者创办过诗歌社团或文学社团吗？担任什么角色？参加或举办过哪些诗歌活动啊？

答：系里同仁组织诗社，办起了油印诗刊《北方六友》，成员有七七级的郑道远、朱自强，七八级的孟繁华、杨春生、史秀图加上我。先后出版六期。不少作品被《北京文学》《诗刊》《海韵》《飞天》《牡丹》《新苑》《吉林日报》《春风》《长春》《参花》《吉林青年》等省内外报刊转载。有的还被收入《中国当代大学生诗选》等书。每个成员除了参与编刊外，每人每期要提供一组新作。

问：您参与创办过诗歌刊物吗？您参与创办过诗歌报纸吗？编印或出版过诗集吗？

答：主要是上边说的《北方六友》，有专门负责刻钢板的，有专门负责向国内院校或各省文学杂志邮寄交流的，记得七八级家住长春市的史秀图和杨春生做了不少具体而琐碎的工作。一共出了六本，留了几十年，但最终也因多次搬家这些刊物最后不知所踪。

问：当年各大高校经常举办诗歌朗诵会，给您留下最深印象的诗会是哪几次？

答：参加过系里组办的各种诗歌朗诵会，印象深的是郑道远毕业诗歌朗诵会，那一晚中文系二楼大教室二百瓦的灯泡下挤满了人，朗诵会开始前，看到吉林大学言志诗社成员也来了，主持人介绍每个人后，他们陆续在第一排坐下，记得有徐敬亚、吕贵品、白光、邹进、兰亚明等，只是没看见王小妮。来的都朗诵了自己的作品。由于临近毕业，整个会场乃至校园，到处都显现出毕业前夕那种"兵荒马乱"人心浮动的景象，我的心情也处于毕业的动荡当中，那晚的朗诵会没结束就悄悄溜了。

问：20世纪80年代大学生诗人们最热衷的一件事是诗歌大串联，您去过哪些高校吗？和哪些高校的大学生诗人来往比较密切最后成为好兄弟啊？

答：我不喜欢出校走访，但喜欢在校内交流，经常来往的并成为好友的除"北方六友"之外，与王洪清、王岩、阿古拉泰联系较多，有的至今还没断了联系。

问：当年的大学生诗人们最喜欢书信往来，形成一种很深的"笔友关系"，您和哪些诗人书信比较频繁啊？在收到的读者来信中有情书吗？发生过浪漫的故事吗？

答：收到的多是退稿信，有《人民文学》韩作荣的亲笔回信。《诗刊》李小雨落名的用稿通知，《飞天》张书绅是有投稿必有回信，最多的是《长春》曲有源的退稿信。

情书只收过一封。打开一看，是我熟悉并内心不喜欢的一个人，她说已考上某地文工团了云云。信没看两行，我就赶紧撕碎扔了。心想，我诗还没发几首呢，哪能随便扯别的？

校园诗歌在20世纪80年代最初几年势头最为猛烈，各大学中文系学生以会写诗能发表为荣，甚至作为判断人才的标准，因此整天写诗整天投稿不上课者有之，在刊物发表后手拿该期杂志在校园走来走去逢人便展开显示者有之，靠一组诗的发表就能把外文系漂亮女同学领回家成为夫妻者亦有之。

问：在您印象中，您认为当年影响比较大、成就比较突出的大学生诗人有哪些？哪些诗人的诗歌给您留下了比较深刻的印象？

答：1982年毕业离校前成名并有较大影响者主要有叶延滨、徐敬亚、王小妮、郑道远、于耀江、薛卫民、许德民、王家新等人,多为七七级或七八级、七九级学生。此后大学生诗作者以梯队发展,(有人专门做过各年的名单统计)大学生诗歌写作越演越烈直到 20 世纪 80 年代末期逐渐淡化。

问:当年,大学生诗人们喜欢交换各种学生诗歌刊物、诗歌报纸、油印诗集,对此,您还有印象吗?
答:油印刊物满天飞。
  吉林大学的《赤子心》、武大中文系的《珞珈山》,还有北京的《今天》印象很深。

问:您如何看待 20 世纪 80 年代大学生诗歌运动的意义和价值?
答:为长期贫血的中国诗坛带来一抹新鲜的元气和光彩。
  20 世纪 80 年代初期诗坛由三股力量组成:1. 归来的诗人(即"右派"诗人);2. 朦胧诗人;3. 校园诗人。这个时期"文革"诗人和后"文革"诗人迅速退场,有的转向,有的失语,这种失语不是因为别的,而是自己突然感到不会写诗了,这在全国诗坛人数比例很大。朦胧诗变成了急先锋,很多人不接受,转不过弯来。其实是鸟笼子打开了,笼中鸟却不会飞了,把天上的飞鸟当成了冰雹。在两种情况之间,校园诗歌可能被当时更多人喜爱。在诗坛起到一种短时的缓冲或调和,也是对以往概念化和高度意识形态化的诗歌是一种反叛和清理。
  当时的校园诗歌以特有的清新和活力出现在诗坛,它既不是以往的标语口号,也不是朦胧得难以进入,或以关心民族的命运为主题,以吉林大学徐敬亚、武汉大学王家新等人为代表,或以表现清新的乡村或城市生活为旋律,以北广叶延滨、吉林大学王小妮、复旦大学许德民、东北师大郑道远为代表,或以精短或哲理性取胜，以河南大学中文系易殿选、程光炜，四平师院的于耀江、薛卫民等为代表。

对优秀诗人的出现是一种大规模演练和普选，虽然能坚持到如今的没有几个，虽然能进入更高意义上的诗人也依然有限。

问：回顾20世纪80年代大学生诗歌运动，您最大的收获是什么？最美好的回忆是什么？

答：找到了一生可以无限开垦的荒原，随意种你自由的蔬菜。

拆开邮件，1980年秋天，第一次看到《诗刊》目录上标出你的作品和名字的一刹那。

一刹那天地变，感觉时间变成很长很长。

问：目前，诗坛上有这样一种观点，认为20世纪80年代大学生诗歌运动是继朦胧诗运动之后、第三代诗歌运动之前的一场重要的诗歌运动，您认为呢？

答：不是运动，是现象。我以为运动一般是指有组织、有目的、专门有人策划的一种统一参与的行动。可能中国过去各种运动太多了，有人喜欢用这个词。1958年全民写诗那是运动。可大学生诗歌不是，我认为20世纪80年代大学生诗歌现象是特定历史时期出现的现象，与当时那样的时代有关。完全是自发的，各刊物如《飞天》专门定时定版开专栏，编辑部和编辑是自愿的，全国各高校学生尤其是文科学生写诗投稿全都是自发性质，没有学校党团组织发文件号召，清一色自发现象。当然，这种自动发生自动消失的现象一定是有着它深刻的社会背景，时代与历史背景。

东北师范大学《北方》1980年创刊号

问：投身20世纪80年代大学生诗歌运动，您的得失是什么？有什么感想吗？

答：当年，看北岛是怪物。我上路就在弯路上，又不能适时转出来，痛悔几次错过时机。醒得晚了，过晚。

  与诗结缘，心灵确定了一种方向感，以至于能做到在奢华时代不慕奢华，却不能不朝拜米沃什说出的一句话。几十年，因为有诗，才能够跨越一个又一个常见或不常见的困苦，在很多接近失衡的度量衡上，较快回到平衡。内心有光，有大风不可吹落的星辰，视线会拉的高远些。不知道除了宗教和文学，还有什么能救人。

问：当年您拥有大量的诗歌读者，时隔多年后，大家都很关心您的近况，能否请您谈谈？

答：20世纪80年代中期从东北来到河南从事报纸副刊工作近三十年。靠着一张文凭和一册诗歌剪贴本进报社，靠文学文字工作养家糊口，几十年能连续以自己的喜好与谋生结合起来是幸运，年近花甲的人至少还有艾略特是幸福，不被社会的恶浊所左右，能够临风看云是幸福。因为爱好诗，任何时候都不应说我不幸福。

2010年河南文艺出版社出版的诗集《时光插图》代表了我进入21世纪以来的诗歌写作，是目前自己相对满意的一本，对自己未来的写作还有期待，而且超过以往。写了几十年，刚接近诗歌。这种感觉给了我不少力量和勇气。这也是我写诗生涯中从来没出现过的。

《红豆》生南国
——中山大学苏炜访谈录

问：请问中山大学的学生刊物《红豆》是如何成为《这一代》创刊团队之一的？

答：中山大学中文系的学生刊物《红豆》创办于1979年春，同时创立"钟楼文学社"，由王培楠任社长，我任《红豆》主编。《红豆》在1978年底酝酿创刊期间，在当时整个社会政治解冻、思想解放的大环境、大气候之下，由于神通广大的北京同学联络到时在广州养病的周扬的亲笔题词："红豆生南国，春来发几枝，愿南国文艺一如红豆累累盈枝，以副人民的想望。"所以《红豆》的创刊得到了系领导和教授们的鼎力支持。系里从本来就不多的教育经费里批给《红豆》创刊启动资金（记得是人民币五百或七百元，在当时是不算少的一笔钱），所以，《红豆》从一创刊，就是当时全国大学生刊物里仅有的一本以铅字印刷并装帧漂亮的"很像样的杂志"(当时北大的《早晨》、武大的《珞珈山》等都是手抄油印本,比较像样的《今天》,也只是封面铅印、内页打字;同是铅印本的上海复旦《大学生》,好像带点官方色彩——记得是由大学学生会主办的,并且时间略晚才出现)。当然,更由于广东是改革开放开风气之先的前沿阵地,《红豆》从创刊开始就一直表现得风格泼辣新锐,从栏目设置、诗文的选题、搭配都显得有板有眼,每期都有几篇质量上乘的有分量的稿子(如后来具有全国影响的小说《黑海潮》等),"接近专业水平"(这也是被后来很多研究者提及的话题)的办刊质量,在当时就吸引了很多外地作者的来稿并刊登过外校学生的稿件(如北大黄子平等人的诗歌)。同时,在保持刊物风格敢言、锋锐的前提下,我们也注意小心把握维持一定的言述分寸感(这可算是我们这些当时经历过"文化大革命"血火的主事者们的一点"革命世故"吧),所以,在当时全国大学生刊物的一片青嫩、火辣之气中,《红豆》是很有一种稳扎稳打的"老成持重感"的,能一直维持住在"一吐为快"(这是《红豆》一个栏目名)和"步步为营"之间的平衡。1979年恰好是纪念五四运动六十周年,《红豆》创刊伊始,在中大校园内主持了几场大的文学和文化活动(比如举办当时围绕"歌德派""缺德派"争论的"伤痕文学"讨论,又如主持全校第一场公开的男女合跳的大型舞会等等),所以很快就引起了全校师生的瞩目关注和获得很多的支持。每次《红豆》出刊,那种全系同学(主要是七七、七八、七九三个年级)动员组队,组成发售小组到广州北京路、解放北路、东山口、天字码头等交通繁华地点高声叫卖《红豆》,成为当时广州街头的一大景观,也是同学们多少年后一直津津乐道的有趣记忆。这也是1980年初风闻《这一代》在武汉出刊时"出事",我们在接到邮寄到的七百本刊物,可以马上当机立断,发动同学一天之内上街销售完毕,令闻风而来的查禁扑空的原因。应该说,即便在当时思想解放、开放松绑的社会氛围中,我们随时都要面对着"政治辅导员"到"作协某领导"之类的挑剔眼光,也曾经听过好些来自各方各面的风言风语,但整个《红豆》编辑部当时都是团结齐心、敢做敢当的。从当时的系主任到老教授们,也给予我们很多遮风挡雨的支持却从来不干涉我们的"编务",一直鼓励我们放开手办刊。这也是虽然我很早就听闻自己(包括《红豆》)已经进了某某被观察监控的"名单"里,《红豆》虽经一再的非议与各种审视,还可以一直维持到1981年上半年才最后停刊的原因(大部分大学和民间刊物,早在1980年上半年就被关停,"全线崩溃"了)。如是,《红豆》也就自然成为当时全国轰轰烈烈的民办刊物风潮中的"南方重镇",不但在院校中,也在社会上,都有相当的影响力。记得当时,《红豆》编辑部最沉重的日常事务之一,就是应付来自全国各地(包括各大高校)要求交流交换和订阅《红豆》的要求,我们几乎每天都能收到来自全国各大高校的交换刊物和读者来信以及各种自愿投稿。所以,我们中山大学的《红豆》与北京大学的《早晨》,成为由武汉大学《珞珈山》发起、后来变成由全国十三大高校中文系刊物联合创办的《这一代》的三个主要发起"人"之一,也就是顺理成章的事情了。从地理位置上看,南大门的《红豆》、华中重镇的武大《珞珈山》与北京首都的北大《早晨》,也恰恰形成了一种"中、南、北联手"的态势,显得颇具"代表性"。

问:能否谈谈您和《这一代》这本刊物之间发生的有关故事?
答:故事很多,细节却很琐碎,很容易被记忆尘封。为《这一代》跟我们打交道的第一个人,自然是张桦。他是武汉大学中文系《珞珈山》的代表，也是北大的子弟，所以我们一到北京住到黄子平的北大宿舍里，他第二天就出现了。他见人总是咧开大嘴巴呵呵地笑，呱啦呱啦地说话。所以我们几乎一见面就成了熟人。

"我代表我们《珞珈山》的主编高伐林。"他总是把"高伐林"挂在嘴上。以致若干年后我在美国第一次真正和高伐林见面时（那已经是20世纪90年代初期的事情），因为《这一代》的缘故，好像觉得彼此早就很熟悉，也很投契，是真正的"一见如故"。我还记得张桦当时见到我的第一句话，就是："我们都知道你，苏炜，因为我们中文系七七级刚入学用的那个当代文学的教材，选了你的那篇叫《在这片土地上》的小说。"我当时大吃一惊，因为我从来没有听说过此事，那时候没有什么版权意识，自然也没任何人跟我打过招呼。那篇《在这片土地上》是1977年初发表在《广东文艺》（即后来的《作品》）上的，借围海造田大会战的背景写粉碎"四人帮"后如何"抓纲治国"的故事，今天想来我都记不得其中的人物和情节，显然是一篇概念化的习作。但此事却一下子拉近了我和武大中文系的内在联系，或许这也是我在《这一代》事件中卷入这么深的一个潜在因素吧。因为与自己密切相关，这个和张桦见面的细节我记得很清楚，其他很多具体的办刊过程、细节，则都被岁月的流水冲刷干净了。

又比如，我和周小兵代表中大《红豆》赴京参与《这一代》的筹办（另一位中大代表是已经回家的北京同学毛铁锤）。我明确记得，我们俩都是自掏腰包上京，为了省钱，坐的是硬座火车，在京广线整整坐了三天两夜，一身尘土臭汗抵达的北京。但按说我们也算是"公务出差"，可当时为什么没有花费《红豆》的"公款"？——《红豆》出刊后都是由全系同学动员上街去叫卖，所以每一期除了留足印刷费外，还有一定的"余款"留存。

当时是有什么顾虑,还是别的原因?我是无论如何想不起来了。

还有,《这一代》的刊名,是由我提议改的。原来的发起者——武大《珞珈山》主张的刊名是《文学青年》,我们都觉得太"温"了,缺乏时代色彩。当时同时还提议过其他别的一些刊名,最后敲定的这个"这一代",确是我的点子,却来自我自己当时没有公之于众的一个小秘密——那是我当知青年时野心勃勃想构思、而从未成篇的一部长篇小说的题目——叫《我们这一代》。而"我们这一代"一语,倒是来源于毛泽东在1965年前后的一段豪言,记得有"我们这一代,将亲手埋葬帝修反……"之类的话。总之,"这一代"的刊名很符合当时"宏大叙事"的审美趣味,一提出来就被大家认可了。可在我明确清晰的记忆中,这个刊名的敲定,是在白天我们这几个早到的代表和武大张桦简单碰头后,吃过晚饭,我、周小兵窝在北大黄子平的宿舍里,我们三人嘟嘟囔囔地议论着各种可能的刊名,最后由我提出的"这一代",得到了他们二位的首肯,而被当场确定的。我记得,黄子平马上就趴在床上,嘴里咬着铅笔,不吭不响说要写《这一代》的发刊词。可马上又说没了脑筋,写不下去了。可第二天早晨起来,他已经拿出了干干净净用铅笔誊写在白纸上的发刊词文稿,据说那就是他一气呵成的原稿,几乎只字未改。我们一读之下,都大声叫好。显然,是他夜里睡不着,爬起来一口气写完的。《这一代》的刊名和发刊词,在第二天早上,由武大张桦主持的各大学代表的联席会上,很快就一致通过了。但当时,定刊名和写发刊词这么大的事,难道是我、黄子平、周小兵三个人"先斩后奏"——自己先定好刊名,写好发刊词,再让大家开会时补充通过的吗?听下来好像有点不太合情理,但实情好像就是如此,具体因由细节,我是无论如何想不起来了。

中山大学学生刊物《红豆》1979年创刊号（陈平原提供）

问：《这一代》刊物的出版对您的文学创作或者思想、生活产生了怎样的影响？

答：很难把这个话题仅仅局限在《这一代》。《这一代》毕竟仅仅出了一期（而且是残缺的一期）。应该说，是《这一代》所牵涉的1978—1981年整个大学和社会民办刊物的大风潮，其实是整整影响了一两代人的大事件。在文学上，大家现在很容易就提到《今天》对打破主流意识形态控制的文学"正统"和"常态"的影响力；其实，主编《红豆》的经历以及随后的《这一代》风潮，可以说，是影响了自己日后整个的人文思维和人生走向的一个"大节点"。比如，独立的知识分子意识，对"主流"和"边缘""异质"与"另类"的认识，对自由与责任，参与、进入与游离、超越，对独断与多元，常态思维与逆向思维及异端思维等等的认识，都是那一段办《红豆》和《这一代》的经历赋予我的，或者是从那样的经历里感悟、梳理、塑造出来的。落实到文学写作上，我自己近年发表的两部长篇《米调》和《迷谷》就以很另类的、非常态的思考和表述视角，进入我的"文革书写"，应该说这是很"非主流"的"文革书写"，却是受到文学评论界相当积极、正面的肯定的。

当然，除了人文与创作，大学生办杂志其实是最锻炼人的。可以说，那是对在校文科学生最全面的训练。除了选题、组稿、编稿，设计栏目，封面和版式设计，我们还需要跑印刷厂、一校二校三校，还要组织销售，协调平衡各方面的因素和关系，等等等等，当然还要承受来自各方面的可能压力——有时候是颇为吓人的压力，用夜以继日、废寝忘食不足以形容我们当时的忘情投入和勇于任事的担当。但，这恰恰是最锻炼我们的肩膀、腰骨和胸襟的地方。办《红豆》与《这一代》对我为人与为文，人格与文格的磨砺和锻炼，是最无形的，也是最深刻的。我自己在为文的路上走到今天，基本上可以算是一个人格和文格都相对健全的人，也是一个任事能力和承担能力都还算不错的人，我都可以把它们归功于那一段办《红豆》和《这一代》风潮对我的影响和锻炼。

问：能否谈谈您当年和大学生文坛重要人物交往的故事？
答：我们中大《红豆》在《这一代》事件中参与得这么深，成为和武大《珞珈山》、北大《早晨》一起的三个主要轴心之一，其实有很具体的个人因素。北大《早晨》的主编黄子平，其实几乎算是我的"发小"——我们是早在知青年代，就在海南农垦兵团认识并结为知己莫逆的好朋友。这一层"私交"，是我和周小兵作为中大《红豆》的代表，很早就住进了北大（那是大学刚放暑假的七月中）黄子平的宿舍的原因。而武大的张桦，则因为他本身就是北大教职员的子弟，所以我们一到他就从黄子平那里联系上我们，可以说，最早的办《这一代》的想法，包括改定刊名、如何轮流编辑运作等等，都是我们这"三方"先行商议的，那是远远在其他大学代表没有抵达北大会合之前。另外，通过黄子平和办《这一代》，我和子平的同班同学如陈建功、查建英等几位，都成了深交至今的好朋友。我的第一本短篇小说集——可算中国大陆留学生文学的"开山之作"的《远行人》，就是陈建功的夫人隋丽君给我做的责任编辑。

还有当时参与办《今天》的徐晓，其时也代表北京师范大学的刊物《初航》参与了《这一代》的创办，现在也是很熟悉的老朋友。记得是2009年在北京和徐晓一块儿吃饭，她送我一本回忆性的新作，里面有一篇提到《这一代》，我告诉她：我也是"《这一代》人"。她大为吃惊："我怎么不知道？"我找出书里那张开完《这一代》办刊联席会后的合照（我也有过同样的一张照片，但现在却无论如何找不到了），指着其中我的头像，她"噢"了一声说："哦，这么一来，我倒把你当时的样子想起来了。"另外，在海外，武大《珞珈山》当年真正的灵魂人物，也是《这一代》事件的主角高伐林，其实多年来一直是我在海外声气相投的好朋友。说声气相投，是因为平时联系、见面虽不多，但一直彼此关注，也惺惺相惜，一见面就感到很熟悉，很亲切。

更有趣的是，1980年春天我因私事到长沙湖南大学，还曾顺道以《红豆》主编的身份（但我记不起是怎么联系上的，是谁搭的线），与当时以湖南师院学生刊物（忘记他们刊名了）主编身份的韩少功以及他的朋友们见过面，做过交流。韩少功当时已开始成名（好像刚刚在《人民文学》发表《月兰》不久），是湖南师院中文系的学生头儿。后来我跟韩少功成了熟朋友（1987—1988那两年，少功只要进京，常常就在我京西双榆树的小屋里睡沙发），但我们好像从没提起过当年在长沙初识的话题，也许他也早把这一段很短的青嫩时光的邂逅忘记了。

问：请问您当年和全国各地的大学生文学社团联系的紧密吗？互相交换的刊物有哪些？

答：互相交换的刊物名字都想不起来了，但研究者很容易查询出来。可以说今天你们能查到的各种刊名，我们当时都有作互相交换。虽然有很多你来我往的刊物寄赠交流，但社团之间的联系却并不经常也不紧密。只是在广州市内，我们中山大学和华南师范学院（当时也还不叫大学）、暨南大学的文科学生（都是围绕一个刊物或社团的活跃人士），曾经参与到当时广东和广州市作协的一些与推动文学新思潮有关的活动之中。我们成立了一个叫"广州青年文学会"的跨校与跨社会的文学沙龙式的社团，在报刊上发表了一些新锐的作品和评论，给当时沉闷的广东文坛输进了一些新鲜空气，也受到了来自作协的某些保守领导人的非议和压力。那是《红豆》被关停的1981年前后的事情——可以说是《红豆》影响的余绪吧。我担任的是"广州青年文学会"的副会长（会长是陈国凯，另一位副会长是孔捷生），是当时各种的主要活动的张罗者和执行人（包括要承受批评和到省作协会议上对质疑声音作答辩），因为我在1982年初七七级一毕业就赴美留学,"广州青年文学会"随之就因无以为继而停止了活动。

问:1978—1980年全国各地高校创办的大学生刊物给您留下最深印象的有哪些?请举例说明。

答:给我个人留下最深印象的,还是北大《早晨》和武大《珞珈山》吧。《早晨》当时发表过史铁生的早期作品,查建英(署名小楂)的小说处女作以及陈建功后来获全国短篇小说奖的《消逝的花头巾》等等,还有黄子平、郭小聪、高小刚等人质量很高的诗歌,都给我们留下很深的印象。《珞珈山》里的高伐林和王家新的诗歌也很突出,让我至今提起还有印象。另外,我记得当时的贵州,无论作为大学刊物还是社会民办刊物都很活跃,跟我们有很多刊物的交换。黄翔后来很有名的《火神交响曲》(不记得确切的名字),就是在那时候以油印本寄到《红豆》编辑部里而被大家传阅的,给我们留下很深印象。

问:您如何看待当年的大学生文学刊物创办的意义、价值和贡献?

答:我前面已提道:大学文科学生办刊物,其实是对学生最全面的人文和社会能力的训练。我这里还举一个我在多年在美国大学里感受到的现象:现在大家都知道,美国大学特别是常青藤名校,并不是只以分数取人的。好些SAT(美国高中生升大学的考试)考满分的学生,像耶鲁、哈佛这样的学校反而不会录取,但学习成绩中上、又有广泛社会活动能力的学生,却很受这些名校的青睐。其中,在中学时代的学校校报的编辑,几乎是学生履历表上这种"社会活动"记录的最有"含金量"的强项、最有"定量分析意义"的优异证明,能担任学生刊物编辑,几乎被视为评估学生综合素质的最强有力的依据。

在大学当过刊物主编、编辑的经历就更不用说了。几乎是各大公司、各高级机构在大学毕业生中网罗人才的"首选人物"。我认识的一位担任过《耶鲁日报》三年主编的女学生，大学本科刚一毕业，就被《科学》《自然》这样美国最顶尖的刊物录用当编辑（这种刊物的编辑，常常至少要拥有硕士或博士的学位），现在更成了《纽约时报》的科学专题的专栏作家。在耶鲁校园，各种学生自创自办的社团和刊物，可谓多不胜举。以本科生为主创办的与中国有关的英文刊物，我就先后参与和指导过两个（一个为他们写过文章；现在这本正在办的《中国通》，主编是我的一位来自新加坡的学生，不时向我咨询各种意见）。唯一的缺点是，这种特定专题性的学生社团和刊物常常都是短命的，"人离政息"，主事学生一毕业就会烟消云散。比如前几年办得很红火的由耶鲁学生主办的《中国论坛》（一个高端的年度国际性论坛，我曾经给主事学生帮过很多忙）和一本由亚裔美国学生办的英文中国研究杂志，都是在主事学生毕业后就无以为继。我也把这个担忧告诉了现在正在耶鲁热办的《中国通》杂志的刊物主编，希望他们能打破这种学生刊物很难有延续性的惯常"痼疾"。但即便如此，文科学生在校园办刊的热情和所付出的非凡努力（我当时办《红豆》，几乎是全系学生中日常事务最多，最忙碌的一个人），值得我们这些年长的老师"过来人"的鼓励和支持。所以这几年，耶鲁校园内这些与中国相关的社团和刊物，只要他们找到我，我都会尽自己一切可能去帮助他们，给他们以从办刊建议到联络人脉方面的积极支持。

我认为，鼓励大学文科学生办刊物，完全是现代大学教育和学术训练的"题中应有之义"——既是人文训练的基本台阶也是提高学生综合素质的必要手段。现在，更是评估一个社会的发展生态是否健康,是否能给予年轻人足够的发展空间,施政者是否拥有足够的社会自信等等的重要的风向标和试金石。我那篇回忆《红豆》的文字,当年(2002年)就是应邀为了母校中山大学准备恢复《红豆》办刊而写的,我当时感到很兴奋也很安慰。但《红豆》复办一事后来似乎没了下文,不了了之,让我闻之惆怅不已。

撞向青铜古钟的无声
——复旦大学韩云访谈录

问：有人说20世纪80年代是中国大学生诗歌的黄金时代，您认同这个观点吗？

答：诗歌的黄金在20世纪80年代前期基本被朦胧诗占了，但他们多数没上大学，不用被几十科考试折磨，他们只有一个专业：诗歌，与当时多数大学生只有一个爱好——诗歌，重叠了。应该说当年的大学生诗歌热潮是社会变革的反应，因为诗歌是青年的事业。诗无门槛，谁都可以进，往往是进门之后才发现还有更多更高的门槛。

20世纪80年代的确有一段激情燃烧的诗歌岁月。

问：请您简要介绍一下您投身20世纪80年代大学生诗歌运动的"革命生涯"。

答：我写诗的经历起始于中学，和几个爱好写作绘画的同学老师交流。我生长在大连，却一直有找一个地方去长征的冲动。我的第一首长诗就是写在北京西行支边的列车上。两天两夜，上百名知青传抄，到了柳园，当作厚厚的家书寄回去。但真正的诗歌训练还是进大学以后，在那里，我遇见了受用一生的良师益友。

1978年2月，我考入复旦大学经济系，这一年是中国改革的元年。

整个国家开始拨乱反正、解放思想。"文化大革命"刚结束的校园，仍是清一色的中山装，却到处是匆匆的脚步，大食堂的人海，图书馆抢座位的人群。那时的口号是"把'四人帮'耽误的时间夺回来"。很快，在"文化大革命"中被焚毁的书重新出版了。同学们轮流昼夜排队，省下饭钱，去买渴望已久的世界名著。记得上蒋学模教授的课，他站在大阶梯教室的底部，问：配额买到了吗？他不说名著，又问：《基督山伯爵》买到了吗？那是我翻译的。

文学？经济学？一个人可以同时做这样的学问？是的，凯恩斯还是钢琴家，也是诗人，博学的同学常在熄灯后给大家补课。不久，班里同学被安排去老校长陈望道家里，帮助整理他捐给学校的书。那是些什么书，像手风琴一样厚，还有许多外文原版诗集，大家整理了好几天。

喜欢诗歌的人慢慢聚到了一起。伟林，很早就是转换意象的高手："瀑布／像一柄剑／刺破蓝天／伤口，流着洁白的血。"后来做了院长的亚钧，考大学前就是《湘潭文艺》的编辑，对文学作品有极高的鉴赏能力。我们把看到的好作品、自己的作品拿来一起交流切磋。"一条巨大的旧毛巾／在早晨的雾池里／

复旦大学《诗耕地》创刊号（许德民提供）

翻洗"。伟林看完我的这首《浦江》说好，亚钧却不，它说印象派还不是意象，他能说出许多理由，于是就争论不休。

这既是一种不自觉的训练，也是相互砥砺。

我在大学的第一首诗是发在黑板报上。1978年暑假回家，遇到很多回城的知青，社会上也开始讨论"知青下乡是否抢了农民的饭碗"，这让许多当过知青的学生堵得慌，不是去广阔天地大有作为吗？

所有青年热血的铁矿／突然被开采／连夜／赶制镰刀！
但是／田野里，镰刀收不拢／稀疏的稻谷

油灯下／我却收获了／一个沉思的青春

我希望有一把／巨大的镰刀

我想收割／这贫瘠的山村

这首《镰刀》后来刊载在复旦诗社第一期《诗耕地》上并获奖。当时大学里的板报墙报是学生交流的园地，包括一些摄影作品、书画作品，甚至竞选学生会的提纲。到1979年下半年，复旦校园的南京路已成为板报一条街。

隔壁中文系的墙报也很热闹。卢新华的小说《伤痕》是贴在墙报上，我们也挤去看，再后来就是从《文汇报》整版看，一场震动全国的大讨论。巧合的是，1998年纪念入校二十年同学会，七七级经济系中文系同住江湾宾馆，聚在房间聊至深夜。提起旧事，卢新华只谦虚地说，时机不同，张胜友说，那是品种不同。

写诗引发了另一个问题，班里同学说，你那么喜欢文学，何不转到中文系？老师说，只要对方接受下学期就可以转，已经有两个同学转到别的系了。宿舍的同学给出了很好的建议："To be, or not to be, that is the question。生存还是毁灭？这是个问题。"还学着英语名师李荫华的口吻：去背莎士比亚的诗，哪怕背十四行，用原文背，你一定能学好英语。

1979年寒假，我路过北京。西单商场里还是三年前取暖的大煤炉，但门外已是另外的景象，街上有种可以读出的喧哗与骚动，墙上张贴的诗行，让人感觉大变革的雪已临近，虽然还不知三年后毕业分配的单位正在这里。

回到学校，班主任吴老师笑着问：想好了吗，中文系同意了。我说，就在你这读吧，省点事，好好读资本论。吴老师说，就是嘛，不读马克思，怎么写中国的事？亚钧说，马克思也是诗人，他给燕妮的情诗，从头吻到脚。亚钧曾把这首诗抄在板报上，那时校园不许谈恋爱，初读一愣，落款是卡尔·马克思。

我至今都感谢复旦老师同学给我的宽容。伟林说，我们去读图书馆，天文地理鸡毛蒜皮，新文学大系，雪莱、拜伦全有。而且他身体力行积极占座。当别的同学把他的座位占了，他就很大度地让与人，跟我说，那人看着挺善良的，不和他打，好像比我们还爱诗歌。

就这样开始了既兴奋又浪漫的恶补，与高尔基比饥饿，扑向面包；与马雅可夫斯基比未来，走楼梯；与波特莱尔比恶之华，"可怜的馒头，只用乳房与嘴谈一场恋爱"。伟林边走边指着梧桐最后的一片叶子：那是我的诗，今冬不会落下来。我纳闷，还有这种诗？玩悬的？

但这类诗只能是习作。热心的同学把我的诗推荐给杂志，大约一年多以后，《上海文学》发表了我的一首诗。只能说，它充满了青春时的稚嫩。我说，简直是为了忘却的纪念，伟林说，发表就是胜利。他自己却不投稿。

夏天，伟林和韩琲跟我回大连过暑假，我跟母亲介绍，这是伟林，他爸爸是茅盾老家的县太爷，这是我大姐，她姥爷是七君子里那个李公朴。母亲不住地端量，嘴里说着："上大学长本事，从外面找着姐了，瞧瞧人家！"

伟林说母亲的话是诗！乡土诗！从斯大林广场的铜，到旅顺白玉山的弹，一路上他叨叨着，你有诗的基因，就这么定了！还有海水。我一直感激伟林的相知，他后来去当教授，栽培桃李，他不写诗太可惜了！

如同着了魔，好像每张年轻的脸都是诗，好像处处有诗。还嫌不够，有一次，伟林说，我们把书都摆好，不坐，就叫它空着，这次保证不会有人抢，水杯还冒着热气。我们就坐对面，

107

看我们的储备，看诗意。

复旦大学《诗耕地》第二期（许德民提供）

问：投身20世纪80年代大学生诗歌运动，您是如何积极参加并狂热表现的？

答：1979年中，大约是从景晓东那里带来了《今天》杂志，那时还不叫朦胧诗。大家传着看，感觉像看《第二次握手》，地下的，又像骆耕野的《不满》。但很快，公开刊物也可以看到了，江河很棒的史诗。倒是后来朦胧诗的划分与批判，使政治的、非诗歌的因素不断放大。

景晓东是《天安门诗抄》的代表人物，也是后来复旦诗社的中坚，与《今天》诗人有交往。晓东秃顶且亮，七七级哲学系，是学生里的教授级人物。他的诗歌兼有反思与抒情，讲究形式，当时已是写手中的翘楚。他的观念和对诗歌的热情，对后来诗社的同学影响很大，还带我们去王小龙的大世界交流诗歌。我仍记得他的诗句："那时我像受伤的战士／忍着被出卖的怒火。"

随着七九级的入学，"文化大革命"老三届基本到齐。思想解放的热潮使校园充满生气。社团活跃，各系的精英们开始走动，他们也要办中国第一本大学生自己的刊物，就叫《大学生》。

这是一本综合性的刊物，有哲学、经济学、社会学、剧本、小说、诗歌。有张胜友、景晓东。在装帧设计上，顾晓明坚持红色。我们几个在申阳带领下负责外围发行，周末蹬着三轮车，去南京路与福州路口，吆喝着。围了好多人，也卖了不少，回校时天都黑了。

但这本杂志很快就被叫停了。我的一组《走向遥远》也暂时搁置，里面包括《青铜古钟》《我是帆》《树》《秋》。

仍然有更好的表达方式，当时校园南京路上的板报一条街，逐渐发展成复旦的一大景观。两米的黑板，有系里的，有班里的，各种版式、颜色、短文、诗歌。每半月换一期，相当于半月刊。五四、国庆都有大赛评奖。后来墙面不够了，就直接摆在地上，靠着梧桐树。两百多米的长街，一板一板看过来也要半天。每一次出新刊，都如同节日。有一段时间，甚至很多校外来的观众，拿着小本抄。1980年前后大批冤假错案获得平反，人们把这里看成思想解放的窗口，甚至消息的来源，谁是下一个将要平反的？

我在中学团委时，曾一个人负责六张绿玻璃板报，自然是系里黑板报的主力。我用红黄蓝粉笔，折断后横着涂，留出黑，用手抹，再用粉笔尖挑出高光，把一个海上日出呼将出来。一夜露水打过后的意料之外，淋漓尽致，把中学在海边写生的功夫全用上了，被同学喻为板报新品种：黑板油画，屡屡获奖。最过瘾的是画一整版的日落，再配一首诗：

将用黑暗 / 区分晨曦与晚霞 / 将仰望 / 黑
区分属于我们的部分 / 区分血液里 / 所有的红

有些女同学看画，不像大家那样去赞美，故意问："看不出早晚啊，彩云有时间么？"我就用这样的诗回答她们，仿佛隔着夜空唱山歌。

前年在京遇到杨玉良校长，谈起复旦板报一条街，仍充满激情，他说下次校庆的时候，我们把板报街再办起来！我举双手赞成，继续操练！

事实上，在复旦诗社成立之前，很多学生的诗歌都是抄在板报上。没有独创的班系只能抄格言填空，有诗人的板报前总能吸引众多人驻足，而经济系有一大堆诗人。因为诗歌形式可长可短，非常适宜配合板报的排版，使版面生动。比如，在两篇文章之间插入一首《早晨》三行：

仿佛从未醒来，是的
我们的确来自无声
被诗歌唱

还有两行的《风》，登在张志新平反的那一期，已没有血，也没有哭：

风，它吹着长发
也吹着国家

多备一些这样的短诗，既灵活又有生气。保利同学建议合成一辑，向泰戈尔学习。当时系里班里都有板报组，有组长，有文字，有报头，各司其职，还必须提前一周下达组稿任务。后来有同学感叹，留存下来多好。毕业前我曾整理过一册《板报短章》，感觉有意思的同学还互相传抄。

包括《我是帆》的段落，《青铜古钟》的最后一段，最早也是抄在黑板报上。后来都发表在复旦诗社《诗耕地》上。

1983年编入复旦大学出版的第一本大学生诗集《海星星》，发行八万册。后来入选潘洗尘所编《中国当代大学生诗选》《青年诗选》等多部诗集。

《我是帆》一共四节，当时板报抄录了其中两节：

我背负弹洞

固执地驶向彼岸

在黑暗中

我是一片阳光

当什么都荒芜的时候

就在我的土地上播种理想吧

我是帆

我不是今天白色的墓碑

宁愿为明天做句点

甚至，做一个路标

驮起沉重的徘徊

我以我的纯真

愈合着失望与希望的苦恋

我是帆

《青铜古钟》最后一段：

你不是只刻遗嘱的墓碑啊

你身上用古老文字写下的遗嘱

已经够沉重的了

把你的骨骼给我

把你的颜色给我

把你的声音给我

把你的遗嘱也交给我吧

为了结束千百年的沉默

为了让所有人听到你的沉思

我愿用头颅把你撞响!

问：复旦大学诗社是被大家公认的 20 世纪 80 年代大学生诗歌运动的重镇，能否请您回忆一下当年复旦诗社和《诗耕地》杂志？

答：复旦诗社的成立，要不是许德民来，谁也注册不下来。他天生诗人的激情，总在熄灯后找伟林和我谈诗，又找来孙晓刚、胡平一起折腾。沪上冬夜，大家围着他取暖。他超凡的组织能力表现在校学生会主席的竞选上，接着又组织复旦诗社。

德民很客气地征求我的意见，我说只写诗，不担任任何职务。

复旦诗社最早的创始人团队：前排左起许德民、胡平、沈林森、孙晓刚，后排左起汪澜、张真、曹锦清、景晓东、周伟林、韩云于 1982 年

在诗社里，晓东、胡平都是大哥级有成就的人物。晓刚的诗明亮、异质，词语搭配带有明显的个人气质，在我大学后期写象征诗的时候，他的城市诗已有声有色，几乎是这一派的开山者。他的诗是属于一看就是他写的那种，别人不宜模仿。他能写出这种句子："我要每部分心都来这儿""我遇见挥洒光明的大师"。胡平的诗老道，他的思考好像分给纪实文学的更多。张真当时是诗社最年轻的，但诗的感觉极好，她的《火焰山》《希望吧痛苦的种子》，以及后来清新可感的情诗，都极具个性与才华。

在筹备复旦诗社成立的晚会时，我拿出《青铜古钟》《我是帆》，保利和立佐是高参，坚持朗诵就是朗诵，绝不能用过多的书面语，这与担任朗诵任务的宋峰的意见是一致的。我把写好的以古代辉煌与现实不满为基调的《中国颂》抄好，仍未找到兴奋点。睡下打开收音机，一阵"革命练习曲""匈牙利狂想曲"的波涛袭来，我跑下楼，在路灯下一气呵成——《中国狂想曲》。

宋峰深谙语调的奥妙点，他甚至提出改动几处，我只有钦佩。当他用浑厚的男中音，缓缓推升，诵出他喜欢的那句……"我的祖国，太阳燃烧着山寨和城郭"……他张开的两臂拥抱着，他被掌声一浪一浪掀起。又在："抗击外敌的伟大城墙，何时成了束缚自己的枷锁"时，用一分钟一动不动，雕塑一般攥紧拳头，等待掌声平息。

灯火辉煌的千人大礼堂沸腾了，近八十行的诗，不断被掌声打断。一共三十首参赛作品，乔奇、朱莎、孙景璐、焦晃等上海名家的朗诵，使这一晚真正成了诗歌的节日。这是青春的泪水与中国狂想曲的节日，这是复旦的校庆日，我们甚至没有感觉到我们在哭！

《人民日报》编辑徐刚当时表示，可以拿回去摘发其中的部分段落。但当我后来打电话询问时,他表示某些内容不适合公开发表。

这首诗获得复旦大学首届屈原诗歌大赛一等奖,伟林的诗获得了二等奖,宋峰获得朗诵一等奖。我记得当晚宿舍里挤着许多人要原稿,立佐和班里热心的同学索性抄了三块大黑板,第二天摆到大食堂门口。我手里只留有长诗的三部提纲,也是其中的诗句,原稿早已传得不见踪影。

中国狂想曲,三部提纲:

1 序诗
你是这般壮丽这般辽阔,我的祖国
太阳燃烧着山寨和城郭……

2 展开
历史在长城的石阶上痛苦思索
抗击外敌的伟大城墙
何时成了束缚自己的枷锁

3 尾声
用你古老的印刷术再印一部新法典吧
给迟来的民主送一股春风
给膨胀的权力拦一条绳索

加上复旦校报第二天报道这次诗歌大赛所引用的四行:

敦煌壁画的飞天在焦躁地申辩

　　　　快把长江号宇宙飞船送入银河

　　　　丝绸之路的骆驼在疲倦地呻吟

　　　　快给沙漠以高速公路和汽车

问：当年，您创作的《青铜古钟》和《我是帆》，以及《生活召唤着我》曾经很受读者喜欢，能否谈谈这两组诗的创作、发表过程？

答：《青铜古钟》和《我是帆》两首诗，是我大学时期的作品，入选多种选本和教材。我把它看成是我中国狂想曲的一种象征写法，一种时代的记录。

　　1982年2月，我被分配到教育部一家杂志做编辑。3月的一天，一封加急电报寄到单位，以公函形式通知我去上海，参加1981年度《萌芽》创作奖颁奖及一个月的创作假。我的《生活召唤着我》获奖。

　　《萌芽》的主编、上海作协的哈华、白桦与作者一起座谈研讨。在编辑们带领下，一路过杭州，经春江碧水，入住淳安古城半个月，写作交流。作家俞天白、宁宇、郑成义平易热诚，像年轻人的辅导员。这期间，我写了《乌篷船》。

　　获奖的《生活召唤着我》一组诗，是大四时写的，刊登在复旦诗社的《诗耕地》第二期上，受到诗人宁宇的肯定。我在东北老工业基地长大，熟悉那里的生活。这组诗是当时面向社会底层的尝试，只是尝试……并没有获得"谁能想象／在一个没有窗户的屋子里生活"所要的张力，也没有凝聚"我收起了画箱／改变了去画日出的主意"……那种象征，剩下的只是遗憾。

　　《萌芽》对当时文学青年影响大，在全国高调办奖有明确的指向，也引发了写生活诗的热潮。但我对诗歌中的叙事，一直保持谨慎，在语言与技术上恰如其分并非易事，词语一打滑，就散得不好收拾。仅就叙事而言，我更喜欢后来《诗刊》发的

《门》，以及《西藏文学》发的《给达娃》等。

　　1982年中，我拿着新写的一组诗，去虎坊桥《诗刊》社，交给王燕生，又见到了老诗人邹荻帆。他是20世纪40年代七月派的代表，也是复旦诗社名誉社长。邹老和蔼，称我是青年朋友，但诗稿要三审。大约秋天的时候，我再去，邹老说有争论，想搞个作品争鸣的研讨会。1983年开春时，我见到燕生，他只是笑着说，这事得等领导，还没发话呢。我急于知道一种写作的可行性，就给《花城》寄去了。林贤治的《青年诗坛》很快采用了一首，另外有两首，寄来了校样，却停刊了。而《诗刊》后来选发的是另一首《门》。

问：回顾20世纪80年代大学生诗歌运动，您最大的收获是什么？最美好的回忆是什么？
答：在此，我想引用我在20世纪80年代最后的日子写下的这首春天的诗，为我们青春的岁月做个小结，落款是1990年。

　　　　在春天

　　　　没有一朵花是被迫开放的

　　　　没有冰雪不愿意解冻
　　　　没有一条河溪是故意流的

　　　　没有湖泊不愿意苏醒
　　　　睁开婴儿的眼睛

　　　　没有一只鸟

韩云（前排左一）和复旦诗社创始团队成员1982年合影。前排自左二至左五为：许德民、曹锦清、汪澜、张真；后排自左至右为：胡平、孙晓刚、周伟林、景晓东

鸣唱不是自己的歌

没有泪水，就没有雷声
闪电不可能一再分割我们

除非春天也是假的
有的人一年四季都是春天
有的人根本没有春天

真实的春天
没有被动的词
大自然从来没有不自然

恰值年少，挥洒激情
——东北师范大学郑道远访谈录

问：有人说20世纪80年代是中国大学生诗歌的黄金时代，您认同这个观点吗？

答：这个黄金时代应该起于20世纪70年代末，由恢复高考七七级大学生入学始，20世纪80年代是鼎盛时期。

问：请您简要介绍一下您投身20世纪80年代大学生诗歌运动的"革命生涯"。投身20世纪80年代大学生诗歌运动，您是如何积极参加并狂热表现的？

答：实际上，有些七七级大学生入学前，就是小有名气的诗人了。入学后，由于范本的丰富，一下子开阔了他们的眼界，也颠覆了他们的诗歌语境，于是，以模仿为主要表现的诗歌创作訇然爆发。我虽然也狂热地喜欢拜伦、惠特曼、泰戈尔、普希金……

但由于血脉的原因，闻一多、艾青、殷夫、贺敬之、郭小川更能深入骨髓。我们似乎在模仿着他们写诗，但也是在表达自我。当时是"四点一线"：宿舍→教室→图书馆→老虎公园。我读的是东北师范大学中文系，学校北边，隔着自由大路便是老虎公园，一个既无老虎，也无其他大动物的无人看管的野公园，林木繁盛，荒凉僻静，一个适合创作的天堂。有人说是厚积薄发，也许有这么点意思，那时几乎每天都有新作问世，多是对以往情感的回温，因为我入学前，曾经当过农民、工人、士兵。作品出来后，便在宿舍里大声朗诵一遍，接受抨击；或找诗友切磋一番，然后，工工整整地抄出，装进信封，寄给全国各地的文学刊物。多数都被刊发，有的月份有七、八首诗被多家刊物发表，时常有十元八元的稿费寄来，约几位诗友在校外的小饭店花上五元八元喝顿小酒之后，创作的热情更为高涨。偶尔获奖，奖金丰厚，少则五十元，多则几百元，便是一顿大酒，于是，酒诗狂泻。

问：当年您创作的那首《庄稼之歌》曾经很受读者喜欢，能否谈谈这首诗的创作、发表过程？

答：那是1979年的深秋，我因看望病危的父亲，回到家乡通辽。返校那天，坐在火车上，那时通辽到长春的火车全是慢车，车上十分拥挤，过道上，两节车厢连结处全都挤满了人，很多人席地而坐。我正在浑噩间，忽听身边有争吵声，侧头一看，一个穿着的确良衬衫、裤子工人模样的青年正指着斜躺在车厢地板上的人叫骂，原来那个青年工人被中年农民绊了一下，青年工人十分不满，骂了起来，农民说："你把我踩了还骂人？"青年工人火冒三丈，骂道："你满脑袋高粱花子，我踩你怕脚埋汰了。"农民说："我也没让你踩，没看见你过来。"青年工人说:"没看我,你看啥呢?顺垄沟找豆包呢,臭老农!"我听了很气愤,跟那个青年工人说:"有事说事,什么叫臭老农?你不是老农,你爸是干什么的?"青年工人翻翻眼睛,没吭气。我说:"你爸不是老农,你爷爷肯定是老农,你别把祖宗忘了。"青年工人看看我比他魁梧说:"算了,我不跟你打架了。"歪歪斜斜地走了。我却心潮难平,看着车窗外东北大平原上茂盛的庄稼,一个闪念冲上头颅:人都是靠庄稼养活的,那么对庄稼、对种庄稼的人为什么如此鄙视呢?这不是数典忘祖又是什么呢?难道庄稼、庄稼人不值得赞美吗?回到学校,一股创作的冲动越来越强烈,我走进老虎公园,铺开了纸,写下了四个大字:庄稼之歌。我写道:庄稼养活了全世界几十亿人／能够养活别人的／是父亲还是母亲／谁被它养活／谁就应该拜它为恩人／没有它／院落也只是一处墓场／没有它／高楼也只是一座座荒坟!全诗近百行,一气呵成。回到宿舍,抄了一遍,第二天,便寄给了《诗刊》。

尽管我对我的《庄稼之歌》很满意,所以才把它投给了诗歌的最高殿堂《诗刊》,但我仍然没有把握它能发表,因为《诗刊》毕竟是大刊物,我对它并不熟悉,没有去过也不认识任何一位编辑。1980年2月份的一天,《吉林文艺》的编辑,大诗人我的朋友曲有源来学校找我,一见面就说恭喜恭喜,我问:喜从何来?他说:你的《庄稼之歌》在《诗刊》发了头题,这不是大喜么?我确认这是事实,因为曲有源绝不会和我开玩笑。我大喜过望,很多年之后才知道是《诗刊》一编室主任王燕生先生慧眼识珠,见到了《庄稼之歌》,爱不释手,没有草草发表了事,而是把它安排在了《诗刊》1980年第二期头题。

《庄稼之歌》收入当年的全国诗选,荣获吉林省政府文学创作奖,成为唯一的诗歌作品,这首诗后来还收入建国五十周年全国优秀诗选。

问:在大学期间,您参加或者创办诗歌社团或文学社团吗?担任什么角色?参加或举办过哪些诗歌活动啊?您参与创办过诗歌刊物吗?您参与创办过诗歌报纸吗?编印或出版过诗集吗?

答:在大学期间,我主持或参与创办的文学社团有三个。

  1. 春鸣文学社。这是中主系七七级一班同学组成的文学社团,我任社长(因我也是该班班长),编印《春鸣》社刊。

东北师范大学《野草》1979年创刊号

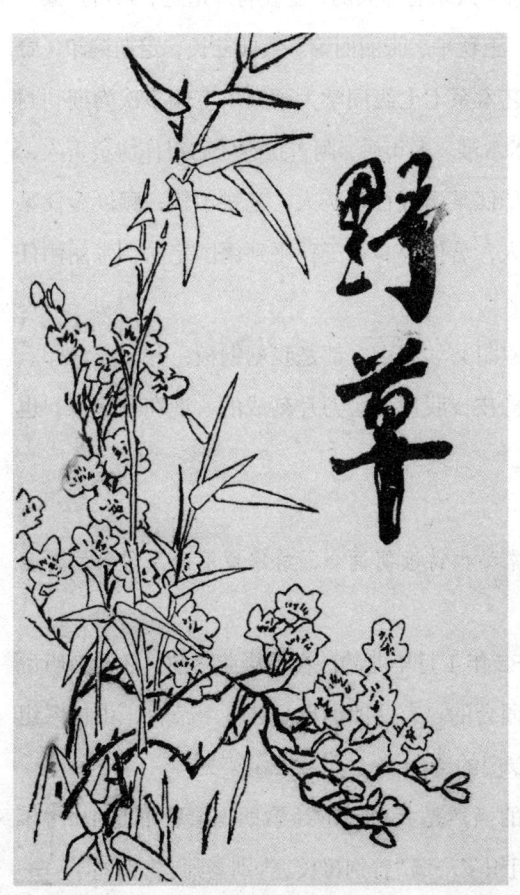

2. 北方六友诗社。这是中文系跨年级同学组成的文学社团。成员有七七级的郑道远、邓万鹏、朱自强、七八级的孟繁华、史秀图、杨春生。没有负责人，定期编印《北方六友》诗刊，其中很多诗作被国内各省、市文学期刊选发，较有影响。多年后，我到沿海某市工作，邓万鹏到河南某大报任副刊编辑，朱自强留校为博士生导师，孟繁华在某文学机构任负责人，史秀图在北京某刊任负责人，杨春生在广播电视大学任教授，基本上都还坚持诗歌创作。

3. 野草文学社。这是东北师大跨系同学组成的文学社团。成员都是从内蒙古考入东北师大的，主要有郑道远、阿古拉泰、王松年、顾焕金、王秋平、张丽丽等。我任社长，定期编印《野草》文学期刊。艺术系七七级同学大画家尔宝瑞多次为期刊封面作画，很有艺术水准。多年后，阿古拉泰任省级作协负责人，著述颇丰；王松华任某出版社负责人，笔耕不辍；顾焕金任某大城市文联负责人，著作等身；王秋平到德国定居，张丽丽任某大学教授。

这三个社团编印文学刊物，都是我刻钢板，并一起油印。刊名都是买的大橡皮，我用刮脸刀片刻成的，现在想起来，也是蛮有情趣的。

问：当年各大高校经常举办诗歌朗诵会，给您留下最深印象的诗会是哪几次？

答：我们七七级是1982年1月毕业的。在我毕业之前，还没有听说个人举办诗歌朗诵会的。有些朗诵也是在某个节目，由校系组织的，并且不是专门的诗会。

我印象最深的当然是我自己的诗歌朗诵会，那是1981年11月，我和诗友组织了一场"告别母校、告别老师、告别同学——

郑道远专题诗歌朗诵会"，会前，到处张贴海报，会场是一个阶梯教室，能容纳两百多人，结果那天去了五百多人，教室过道上，课桌椅前后，教室外走廊上都挤满了人，场面热烈。朗诵会上，我分"情诗""庄稼诗""草原诗""赠答诗"四个专题，朗诵了拙作四十多首。有十多位同学登台朗诵了赠我的诗作。掌声不时响起，泪水不时流下，感人肺腑。之后，《长春日报》还刊发了诗会的消息，说这是开"文化大革命"后个人举办诗会之先河，影响较大。

问：20世纪80年代大学生诗人们最热衷的一件事是诗歌大串联，您去过哪些高校吗？和哪些高校的大学生诗人来往比较密切最后成为好兄弟？在您印象中，您认为当年影响比较大、成就比较突出的大学生诗人有哪些？哪些诗人的诗歌给您留下了比较深刻的印象？

答：当年，我们常去的学校是吉林大学，吉大中文系也办了一个全国有影响的诗社，代表人物有徐敬亚、王小妮、吕贵品等，我们互相参加活动，交换刊物，成为很好的朋友，他们的诗作水平很高，是非常有成就的大学生诗人，他们的作品对我们也有很大影响，印象深刻。

问：您如何看待20世纪80年代大学生诗歌运动的意义和价值？回顾20世纪80年代大学生诗歌运动，您最大的收获是什么？最美好的回忆是什么？目前，诗坛上有这样的一种观点，认为20世纪80年代大学生诗歌运动是继朦胧诗运动之后、第三代诗歌运动之前的一场重要的诗歌运动，您认为呢？

答：20世纪80年代大学生诗歌运动的意义和价值有三个：

其一，是中国新诗的一次觉醒。自五四运动以来，中国新诗一直处于探索的进程中，新诗人一直处于懵懂之中，什么是诗，什么是好的新诗，新诗如何规范，一直处于追求的过程，而大学生诗歌运动，较好地解决了束缚，回归到它的本真，或者叫为诗而诗。

其二，是中国新诗的正本清源。中国新诗自"五四"诞生以来，一直处于不稳定和摇摆之中，特别是新中国成立后，伪抒情盛行，这都不应是中国新诗的本源，大学生诗歌运动恰恰是在这方面做了正本清源的工作。

其三，指引了中国新诗的发展方向。以前如何写诗，已是定论，或说很不成功。今后如何写诗，大学生诗歌运动提供了很好的指针，按照这样的发展方向，中国新诗会有一个真正的繁荣。

我参与其中，最大的收获是懂得了什么叫诗，该怎么样写诗，怎么样才能写出传世的诗篇。从此写诗是自觉的行动，而不是为了什么。有人说，20世纪80年代大学生诗歌运动是朦胧诗运动之后，第三代诗歌运动之前的一场重要的诗歌运动，我不这样认为，因为在大学生诗歌运动兴起之时，朦胧诗运动尚未有形，朦胧诗运动只能算作大学生诗歌运动的一个发展阶段。同样，第三代诗歌运动也只能是大学生诗歌运动的一个发展阶段，大学生诗歌运动是一个相当长的历史阶段。

问：当年您拥有大量的诗歌读者，时隔多年后，大家都很关心您的近况，能否请您谈谈？

答：我当年是拥有很多的诗歌读者，现在叫粉丝。大学毕业后，我先后在内蒙古、辽宁、河北的三个城市工作。先后在大专院校、教育部门、人民团体、新闻部门、党政机关工作。不管干什么，我始终坚持诗歌创作，于1987年参加了《诗刊》组织的第七届

"青春诗会",同期有欧阳江河、西川等。多年来,出版诗集十部,其中有长诗两部。作品九次获省级以上奖。从工作上说,我已退休,现在一个民办教育机构任负责人。作品还在写,手头一部长诗已创作大半,估计还有半年即可杀青。身体状况尚可,每餐可饮六七两白酒。

关于安徽大学学生刊物《雁声》的故事
——安徽大学蒋维扬访谈录

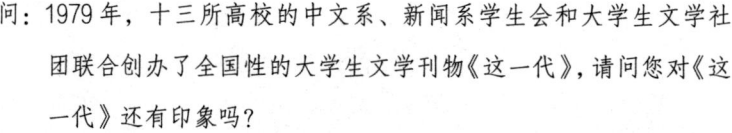

问：1979年，十三所高校的中文系、新闻系学生会和大学生文学社团联合创办了全国性的大学生文学刊物《这一代》，请问您对《这一代》还有印象吗？

答：那是相当有印象，我的私人藏书里至今保存着《这一代》《珞珈山》《未名湖》《雁声》四本同时期的大学生刊物，虽已发黄变脆，触之血热依然。除了《雁声》是由我们安徽大学秋社编辑出版的以外，记得其余三册是我邮购来的（《这一代》我是1980年1月4日拿到的，封面留有签字）。

问：能否谈谈您和《这一代》这本刊物之间发生的有关故事？

答：关于《这一代》的许多逸事，我是在三十多年后，读了当时的操办者张桦等人的文章才知道的。不惊奇，能理解。当时对它的《告读者书》印象很深（久久记得那句话："《这一代》创刊号的残废绝不意味着这一代的残废！"），还有封面，一张白纸，仅有"这一代，1979年1期"几个大红字。"由于大家都能猜到，也都能理解的原因，印刷单位突然停印，这本学生文艺习作刊物只能这样残缺不全地与读者见面了"，而我们正在编辑出版、即将付印的《雁声》，受突然变化的气候影响（不是推测），也被重新审查。以至于最后一刻才定稿，以绿色印刷、竖行排版的目录页只能另外附上去，而有的刊物限于时间等原因没能附上。正式出版时，校团委、学生会还夹上了一纸活页，特别申明："《雁声》是我校同学业余创作的一个集子。编辑这个集子的目的，是为了促进提高我校同学的学习和创作水平，推动同学社、团活动的开展。"这纸活页的落款日期为1980年10月30日。安徽大学秋社与北大、人大、武大等等高校的学生社团没有直接联系，也没有参与《这一代》的编辑工作。但是，当时处于万象更新、百废俱兴、沧海横流的社会环境，大学生社团的脉搏气息是相通的。

问：《这一代》刊物的出版对您的文学创作或者思想、生活产生了怎样的影响？

答：不可能说一本杂志的出版就会对我的文学创作、思想、生活产生多么大的影响。但《这一代》毕竟是我们这一代人编辑出版的刊物，在思想感情上自然会亲近些。

问：能否谈谈您当年参与创办《雁声》的往事？（主办单位、创办原因、创刊时间、编委成员、主要作者、开本、版本、出版期数、有影响作品、停刊时间、停刊原因）

答：1978年早春，粉碎"四人帮"后首届经过统一考试的七七级大

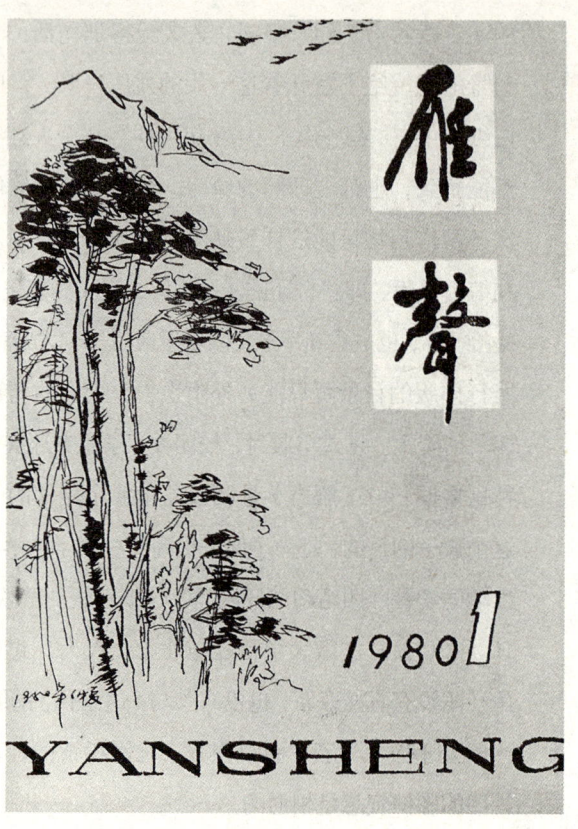

安徽大学《雁声》1980年创刊号

学新生进校。斯时,极"左"思潮的阴影还广泛存在,我们在进校的第一学期还被集中到离学校几十公里的学农基地参加为时三周的农业劳动。形势在迅速发展,1978年12月,中国共产党第十一届中央委员会第三次全体会议在北京举行,中心议题是讨论把全党的工作重点转移到社会主义现代化建设上来。1979年,国家充满了大事件。拨乱反正,批判和否定"两个凡是"的错误方针,停止使用"以阶级斗争为纲"口号,高度评价关于真理标准问题的讨论,肯定"天安门事件"的革命性质,做出实行改革开放的新决策,一大批老一辈革命家重新回到领导岗位。四届文代会上,邓小平的讲话让两千多位代表感动得心血沸腾，一批针砭时弊的作品如《将军，不能这样做》《假如我是真的》激起强烈社会反响。这是个疾风暴雨、党中央一系列超常举措顺乎潮流合乎民意的大时代。这些自然会影响到高校新入学的学子们，他们中，不少都是为"文化大革命"所贻误、具备了一定社会阅历的知识青年。当时，在安徽大学，新成立的大学生文艺社团是秋社。为什么叫秋社？是成立于秋天，也是不随流俗——社团不一定都得是双音节的名字。历史上不是有应社、复社？何况，我还为她想好了刊物名——《雁声》。1980年10月，在校团委学生会的直接指导下，《雁声》出版，十六开铅印，内文八十页。这一期刊物中，头条是七七级中文系刘以林的短篇小说《金与沙》，其时，他已在《萌芽》上发表了小说《马路求爱者》，创作势头正旺。压卷之作是他的同窗许宗元的电影文学剧本《文天祥》（节选第三、第四章和尾声）。另外，还有张武扬的小说《心随雁飞灭》，及燕屏、沙林森等的小说，蒋维扬、黄克咸、史辉等的诗歌，汪海潮、章启群、祁述裕等的散文。各类体裁的文学作品共计二十八篇。中文系七八级多才多艺的潘军为刊物设计了封面，还画了小说插图。除了以中文系学生为主体创作的小说、诗歌、散文、儿童文学作品外，还有外语系学生翻译的小说、诗歌，哲学系、经济系学生的书法、速写作品等。给刊物题写刊名是一件意义非凡的工作。记得我和一位同学捧着文房四宝，去校内一栋小楼找当时的一把手孙校长题写刊名，可是孙校长不在，我们又不能等。我说，干吗我们不能自己写呢？我们把文房四宝带回寝室，请同学中公认的书法家缪辉明题写了"雁声"二字，还请他为两篇小说写了题。这一期《雁声》的编辑名单附在"编者的话"中，他们是（姓氏笔画为序）：许明、许宗元、许辉、张武扬、沙林森、汪海潮、李燕、黄克咸、蒋维扬、潘军。当时，中文系主任徐文玉老师和学生会干部谷老师给予《雁声》的出版以很大支持，徐老师还亲自为刊物作序《雁点青天字一行》，满腔热情地"愿'秋社'这支初出阵的雁群，展翅长空，搏风击浪，在寥廓的江天有序地北往南翔，感知社会冷暖，为实现四个现代化，不息地放声歌唱"。没有想到的是，《这一代》《珞珈山》停刊，第一期《雁声》也成了终刊号。这唯一的一期杂志印了多少已不记得，记得的是由学生会寄给了一些高校作为交流，也散发一些给了各个系的同学。现在回想起来，我们在编辑业务上是接受系主任的指导，在政治上接受学生会谷老师等人的把关。正是由于校团委、学生会的出面，使得我们的这本刊物具有了鲜明的半官方性质，因而进展得一直比较顺利，包括印刷，就在学校自己的印刷厂。大气候学校左右不了，人们认为多一事不如少一事，第一期出版后，刊物下马。

问：请问您当年和全国各地的大学生文学社团联系的紧密吗？互相交换的刊物有哪些？

答：没有联系。一来没有渠道，如果校团委、学生会出面联系各地高校的学生社团，或者是从中牵线，那保持联系应该是无疑问的；二是，没有充裕的时间。回过头来看，也就是1979年、1980年这两年的大环境还有交流、联络的可能。1980年底后，气氛变了，大家也就听"招呼"，不惹事，安身守命。当时交换的刊物主要就是《这一代》《珞珈山》《未名湖》，以及复旦的《大学生》等。

问：1978—1979年全国各地高校创办的大学生刊物给您留下最深印象的有哪些？请举例说明。

答：《这一代》的作品质量较高，这些作品毕竟是在十三所高校中遴选出的。当然更重要的是这本刊物的悲怆色彩：它的过于简单、不得不如此的封面，目录中列出、内文中却无的作品，钢板刻印的《告读者书》，以及整本杂志残缺、仓促因而显得弱势却又悲壮的面目。《珞珈山》整册是蜡纸刻印的，我拿到的是总第五期，1979年10月1日出版。刻印水平太次，效果自然大减，我没有全看，而且，其中部分作品已选入《这一代》。《未名湖》（1979年第一期）我是1979年11月20日拿到的，北京大学五四文学社出版，十六开六十四页，工本费三角。谢冕先生作序《充满希望的〈未名湖〉》。这是很有激情的一篇文章，充满战斗性、历史感和感召力。因为是铅印，杂志起码能做到清晰可读，但是其中的作品我依然没有全看——回忆起来，当时我邮购这几册刊物的目的，有比较、研究、汲取之用意。

问：您如何看待当年的大学生文学刊物创办的意义、价值和贡献？
答：这牵涉到如何评价粉碎"四人帮"、恢复高考后进校的那几届大学生这个群体。前些天，习近平总书记提出正确评价毛泽东"六原则"，要求坚持全面正确的历史观。这"六原则"的精神完全适用于对其他历史人物、历史事件的评价，包括评价这一代人和他们的刊物。当年，国家从"四人帮"极"左"路线的恐怖中走出来，政治清明，人心思变，百废待兴。大学生们受时代潮流的推动，基于对国家富强、民族进步的担当意识，带着青年时期特有的热情与冲动，想变革，想做事，想发声。他们敢想敢试，勇敢地将政治抱负付诸实践。这是顺应时代发展的正能量，是不甘平庸、不愿得过且过、希望有所建树的有志青年才肯做的事。当年的大学生文学刊物给了他们小试牛刀、一展身手的机会。这些刊物尽管幼稚，却不虚假，不做作，不阿谀，不功利，心怀社稷苍生，着眼时代大势，下笔忧国忧民，表现出堪成大器、可寄厚望的精神品质。可惜，随着反对自由化风声渐紧，这些刊物很快湮灭。我想，大学生文学刊物的命运与其所处的时代局限直接相关（主要是"左"的余毒）。一个健全有力的社会，完全可以正确引导、充分利用这部分弥足珍贵的社会力量，使其为中华民族的伟大复兴服务。

当年的大学生文学刊物锻炼了一代人，成为他们的宝贵经历和珍贵财富。当时的大学生，在以后的几十年中，已经成为国家的栋梁，很好地担当起了承前启后的历史重任。他们或成为党和国家机关的高级领导干部，或成为高校或研究机构的著名教授、学科带头人，或成为卓有影响的作家、媒体人，或成为具有重要影响的企业家、实业强国的力行者，不少人蜚声四海，为国家和民族争得了荣誉。历史已然雄辩地证明，他们没有辜负自己所处的时代，没有辜负自己的国家和人民。如今，再来审视当年的刊物，当年的文章作品，很多当时被视为禁区的，如今在新一届政府的亲民举措中已经广受拥戴（比如，王家新的诗《桥》，起兴于不满政府机关与人民之间的阻隔。但是现在，党和国家领导人邀请工人农民甚至是红领巾到中南海做客，习总书记到庆丰包子铺和平民一起用餐，南京市政府开启"公众开放日"，市领导当"导游"，让市民参观大院内的民国建筑，了解政府机关部门工作，等等。党和政府一系列亲民措施大大缩小了与人民之间的距离）；很多当时认为"有问题"的作品，如今早已恢复了本该有的正常面貌，没有人心怀叵测地再去上纲上线；就连一些当时被别有用心的人特别"盯着"的作者，也早已被证明反而是当时大学生群体中的优秀分子。细细检索当时一些人对大学生的种种"不放心"乃至"莫须有"的敌意，不是该有所发现、有所记取、有所总结、有所警醒吗？

与诗同行的生命，是快乐的
——吉林大学兰亚明访谈录

问：有人说 20 世纪 80 年代是中国大学生诗歌的黄金时代，您认同这个观点吗？

答：在我看来，20 世纪 70 年代末至 80 年代中期，确实是个适于诗歌生长的年代。人们从封闭和禁锢中挣扎出来，自我意识觉醒，如饥似渴地追寻着阳光、空气和风。那是个草长莺飞、思想茂盛、万物复苏的季节，一切的一切都在生长。人们尝到了自由呼吸、自由思想、自由表达的畅快与欢欣，青年人，特别是作为时代骄子的大学生们，蜂拥而至地涌向了直达心灵的诗歌之路，这在中国这样一个以诗歌为文化传统的国度，实在是很自然的事。此次诗歌运动，参与者之众，作品之多，内容之丰富，形式之多样，流派之纷呈，规模之宏大，可谓空前绝后，称其为黄金时代，并不为过。

问：请您简要介绍一下，您投身20世纪80年代大学生诗歌运动的"诗歌生涯"。

答：做知青、当店员、教书，我都在写诗。进了吉林大学，赶上了那个时代，又碰巧遇上了徐敬亚、王小妮、吕贵品、白光、邹进这一批嗜诗如命的家伙，故读诗、写诗几近成为我四年大学学习生活的全部。那时，传播渠道少，谁在刊物上发表一首诗，无论在别人眼中还是在自己心里，都是挺大个事儿，似乎这就标志着一个诗人诞生了。我的诗，除了《星星》《福建文艺》《吉林文艺》《诗人》《春风》上发些外，大都发在油印的民间刊物上。而十三所大学联办的短命的《这一代》发了的组诗《片瓦集》，我很看重，因为那是不可抹杀和回避的20世纪80年代大学生诗歌的群体记忆。

《亚明诗选》的出版，是二十年后的事。徐敬亚、王小妮、吕贵品、白光、邹进等都用心写了文章。

我也为自己的诗选写了一段话：在英雄辈出的时代，我不曾是英雄。在平庸的尘世中，我却比所有人都平庸。在我被欺骗着的时候，我也欺骗过别人。当生命经历了近半个世纪的风雨之后，我越来越发现，诗是崇高的。尽管现实的一切都被物欲勾引，尽管每个人都被标上价格出售，诗依然如不倒的旗帜，凝聚着灵魂的魅力。

世俗的角斗很残酷。当心灵疲倦的时候，向往崇高，依然是一种慰藉。写诗是一件很惬意的事：把心掏出来，掬一捧晨露洗一洗，挽一缕清风吹一吹，再放在阳光下晒一晒；甚或切一个剖面，让心灵中的一切涌出，包括痛苦、快乐、孤独、烦恼、幽怨、嫉妒以及卑微和龌龊，然后，静静观照。这种自我剖白所产生的快感，同样让生命和灵魂震颤。

在整日为生计奔忙中,诗渐行渐近地成为我同甘共苦的伙伴。至于写的怎样,别人怎样看怎样说,那都是另外的事。对于我,有了写这个过程,就足够了。

问:投身20年纪80年代大学生诗歌运动,您是如何积极参加并狂热表现的?

答:生命中确实应有几分狂热,因它忘形忘我,与心贴近,且产生快乐。为办《赤子心》筹集费用,我们七个人去卖杂志,到车站,到公园,哪里人多去哪里。大热天,每人抱着一捆书,喊得口干舌燥,满脸淌汗。当时,还没地摊儿小贩儿,更不许沿街叫卖,七个人常被戴红袖标的人撵来撵去。每本挣三分钱,一天下来,挣了九元三角。七个人围在一起,分分角角地数钱,一个个那傻样儿,贼可爱。

问:当年,您创作的那首《给上帝》曾经很受读者喜欢,能否谈谈这首诗的创作、发表过程?

答:大学的头二年,模仿泰戈尔的《飞鸟集》《吉檀迦利》等,写了《片瓦集》《月下诗》等,多是一些瞬间感悟的哲理小思。1980年写了《给上帝》,印在《赤子心》第八期上。"也许这蓝天也是你的/太阳是你鲜红的印章/也许这大地也是你的/千万条江河将它捆绑/你多么希望/闪烁的星斗是金色的铆钉/固定你千载不灭的辉煌"全诗近四十行,一气呵成,甚是痛快!这首诗让我收到了近百封来信,多有赞誉,甚至有人称其是对东方专制主义"雷霆般的愤怒与指控"。我也一直认为,在当时思想解放过程中,《给上帝》确实是那个时代真实情绪的诗意表达。也正是因为这首诗,系党总支书记、吉林大学党委副书记分别找我谈话,一谈就是小半天儿,对我进行引导。引导的结论是此人有资产阶级自由化倾向，不宜进政府机关和新闻出版单位工作。结果是我被分配到吉林省东部山区的湾沟矿务局。我不去，我偏要进省直机关。尽管费尽周折，我还是进了省直机关。我一直坚信，诗是心灵的坚守，人是意志的坚守。诗心在，人就有希望。

问：在大学期间，您参加或者创办过诗歌社团或文学社团吗？担任什么角色？参加或举办过哪些诗歌活动吗？

答：1978年入学不长时间，徐敬亚就牵头张罗成立了言志诗社，名字是公木老师起的。成立至毕业，诗社进进出出很多人，一直坚持到最后的是七个人。我们七个人没有明确的角色分工，公认老徐是领袖。老徐有激情、有韬略、能策划、擅联络。他领我们认识了很多人，如曲有源、万忆萱、李伦纪、何鹰等。还有以工人为主体的《眼睛》诗社的于克、王刚、王法、逯庚福等一批人。这些人常聚在一起，话题就是诗。诗社搞了多次诗歌朗诵会，外院校的人多有参加。那时，朗诵诗，都慷慨激昂的，好不好，反正听的人都在鼓掌，气氛总是那么热烈。最好玩的，还是我们七个人，只要凑在一起，来了兴致，随时随地朗诵一通，不管你自认为多么语出惊人，得到的大都是贬损，很少听到赞誉。

问：您参与创办过诗歌刊物吗？您参与创办过诗歌报纸吗？编印或出版过诗集吗？

答：七人诗社，创办了一个刊物，叫《赤子心》，主要是发诗社成员的诗，偶尔也发发其他同学的作品。这个《赤子心》对我们七个人意义很大，我们的诗意表达大都是通过它传播出去的。徐敬亚总策划，王小妮设计兼刻字，我们几个管印刷、装订、邮寄。每期几百份，能查到名的大专院校、文学期刊、报纸副

吉林大学《赤子心》诗刊1979年创刊号

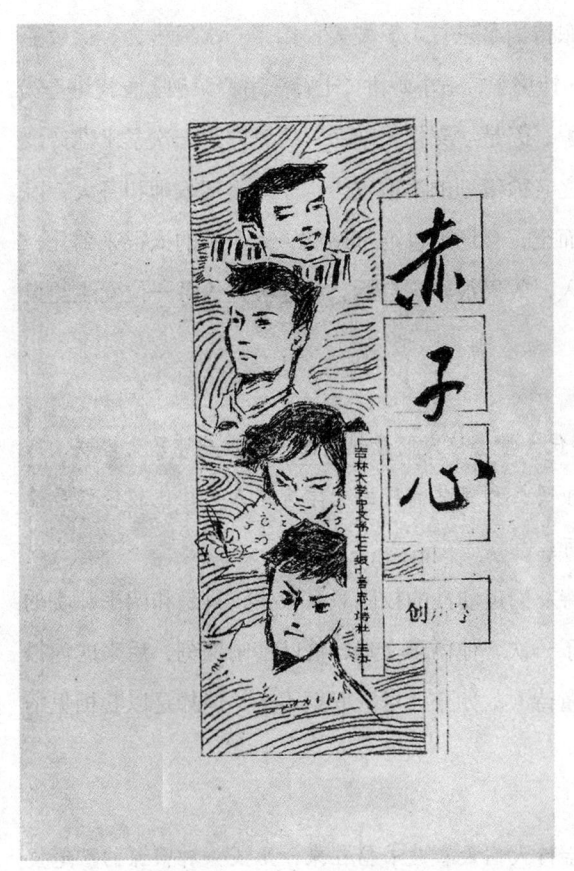

刊以及国内有影响的诗人都寄。那时,人们接到这类东西都看,都给予不同方式的反馈。认同与赞许,激励着我们毕业前寄出了第九期。

问:当年各大高校经常举办诗歌朗诵会,给您留下最深印象的诗会是哪几次?

答:在校期间,吉大的诗歌朗诵会报告会没少搞,我大都参与。印象较深的有两次。一次是1978年搞的,"纪念四五运动"两周年,痛骂"四人帮",呼唤政治民主。另一次是1978年的9月份,纪念《毛泽东诗词（三首）》发表，搞了一次报告会。徐敬亚讲《贺新郎·诗史》，王小妮讲《七律·吊罗荣桓》，我讲《贺新郎·别友》。因是"文化大革命"后省内第一次学术性诗歌报告会，加之老徐策划的海报宣传，一些青年教师和各大专院校学生蜂拥而至，会场连过道都站满了人。讲的人很来劲儿，听的人很投入，效果很好。会后，我还被外语系一位女生约见了一次。

问：20世纪80年代大学生诗人们最热衷的一件事是诗歌大串联，您去过哪些高校吗？和哪些高校的大学生诗人来往比较密切最后成为好兄弟啊？

答：我在校时，诗友们走动性的校际联系很少，只是和四平师院的薛卫民接触了一次。他儒雅文静，谈吐清晰深刻，后来成为很有影响的儿童诗人。如今，尽管联系不多，但却是以心相见的朋友。

问：当年的大学生诗人们最喜欢书信往来，形成一种很深的"笔友关系"，您和哪些诗人书信比较频繁啊？在收到的读者来信中有情书吗？发生过浪漫的故事吗？

答：思想活跃的年代，所有的人都期望交流，写诗的大学生们更是热切。《赤子心》第二期之后，我接到了一些反馈的信件。这种通信联系增加了我与外界诗友们的交流，很受益。通信较多的有杭州大学的张德强、中国社会科学院的赵毅衡、河南大学的王剑冰、北京大学的杨继波等。在大量的通信联系中，也曾与女诗人有过故事，但不浪漫。那是个山东女孩，叫王黎芬，她当时只有十几岁，不知在哪儿知道了我的名字，写信来说她喜欢《片瓦集》，我并没在意，只是随便给她寄去了一本刚印出的《赤子心》。1984年毕业两年后,我在吉林省文学讲习所做兼职教师,审阅学员作品时,发现了这个人的名字。于是,通信开始,直至2013年。信中知道她思维怪异,性格极端,生活屡遭不幸,却视诗如命,语出惊人,也曾发表过一些作品,并与牛汉结为忘年,常前往拜访。因其心高气傲,不屑世尘,最后图了清净,入了佛门。与其三十年书信往来,无所不谈,却至今未得谋面。得一女诗人留入记忆,也算是人生的一个收获。

问:在您印象中,您认为当年影响比较大、成就比较突出的大学生诗人有哪些?哪些诗人的诗歌给你留下了比较深刻的印象?

答:大浪涌起,水花四溅,稍纵即逝。当年的大学生诗人记得名姓的并不多,只有张德强、张嘉谚、张桦、王家新、高伐林、王剑冰等。他们大都既是诗人,更是诗歌运动的组织者。印象最深的当然是徐敬亚,他的诗情如江河倒提,飞流直下。不仅诗,诗论更让当时的诗坛振聋发聩。在校时,他是大学诗歌运动的组织者;毕业后在《深圳青年报》时,还策划和组织了历史上难得一见的诗歌博览会,对中国诗歌持续产生着影响。吕贵品是我一生中称得上崇拜的诗人,他的人生,是真正的诗意人生。他率真、智慧、坦荡、飘逸,既内涵无限,又鲜活坚挺。他把人生融入了诗,把诗融入了生命的每个细节。在中国能真正称得上诗意人生的人并不多,吕贵品应该算是一面旗帜。

问:当年,大学生诗人们喜欢交换各种学生诗歌刊物、诗歌报纸、油印诗集,对此,您还有印象吗?

答:当年,公开出版的文学刊物,都对大学生的诗歌给予了相应关注,但真正的潮流涌动,依然是在校园内外的民刊中。在这些民刊中,印象较深的有武汉大学的《珞珈山》、山东大学的《明湖》、吉林大学的《赤子心》、南京大学的《耕耘》、郑州大学的《作为人》、北京广播学院的《秋实》、杭州大学的《扬帆》等等。另外，《今天》对当年大学生诗歌运动的影响极为深刻，每个读到它的人至今都会记忆犹新。

问：您如何看待20世纪80年代大学生诗歌运动的意义和价值？
答：20世纪80年代的大学生诗歌运动，其实是一次规模宏大的思想启蒙运动，它对诗歌以及整个社会的走向与发展，都孕育了一种无可估量的精神力量。

问：回顾20世纪80年代大学生诗歌运动，您最大的收获是什么？最美好的回忆是什么？
答：收获的是经历，回忆的是美好。

最美好的回忆，当然是七个人在一起胡煽乱侃、厮疯打闹的场景。1980年初春，七个人去南湖踏雪，边走边谈诗，不知是谁抓了把雪，从白光的后衣领塞了进去，雪仗由此不宣而战。一开始还挺文明，攥雪团打，谁方便打谁。待来不及攥雪团，就抓起一把雪，冲过去往脸上抹，往颈子里塞。七个人，五个人全身心投入战斗。老奸巨猾的敬亚则陪着小妮，嘻嘻哈哈地看热闹，手里还都攥着雪团，伺机使坏。混战中，白光被贵品等人撂倒在雪地上，我的耳朵里被邹进实实地塞进了一团雪。趁我掏耳朵的时候，邹进突如其来地向雪地上抛出了十几个苹果。一见苹果，这帮馋鬼们，便都直奔苹果而去。雪战由此宣告结束。归来，每人写了一首诗，发在《赤子心》第五期上。

净月潭七人郊游、三人暑假登长白、与《眼睛》诗社聚会、夜游南湖、湖心岛诗朗诵等等等等，如一串串家藏珍珠老玉，闲来时，静静把玩抚摸，也是人生一大快事。

问：目前，诗坛上有这样一种观点，认为20世纪80年代大学生诗歌运动是继朦胧诗运动之后、第三代诗歌运动之前的一场重要的诗歌运动，您认为呢？

答：三者相融相合，无法切分。正是这多源汇流，才形成了那场波澜壮阔、影响深远的诗歌和思想启蒙运动的洪流。

问：投身20世纪80年代大学生诗歌运动，您的得失是什么？有什么感想吗？

答：真正用诗结交的朋友是纯粹的，持久的，直接心灵。感谢命运安排，让我生命中有了一批推心置腹、打亲骂爱的朋友，更让我的生命走向有了诗意的引领。

问：当年您拥有大量的诗歌读者，时隔多年后，大家都很关心您的近况，能否请您谈谈？

答：命运是注定的，谁都无法自我安排。1982年毕业，即做了公务员，一混三十多年。同所有官场中人一样，经历了许多许多。由科员而副处长、处长、局长、副厅长。如今退休了，用闲心做着闲事，尽享着生活的快乐。

诗歌往事
东北师范大学的
—— 东北师范大学史秀图访谈录

问：1979年，十三所高校的中文系、新闻系学生会和大学生文学社联合创办了全国性的大学生文学刊物《这一代》，请问您对《这一代》还有印象吗？

答：当年国内的大学校园，诗歌的热潮到处涌动，文学社团如雨后春笋，《这一代》汇集了全国高校一些出色的文学社团，名声很响，可惜这本刊物还没有正式出刊就夭折了。我当时是东北师大中文系七八级的学生，也是诗歌爱好者，中文系文学社团积极分子，亲眼看见了《这一代》遭遇流产的部分情形。

问：能否谈谈您和《这一代》这本刊物之间发生的有关故事？

答：1979年下半年，东北师大中文系学生会组织过对《这一代》的统一预订，因为同学们都很喜爱诗歌，对这份刊物的出刊很期待。但没想到，这本刊物后来出了变数。1979年12月12日，吉林大学的一位诗友跑来告诉我，这本刊物上面不让出了，好像其中一些诗歌的格调不被认可。吉大中文系《红叶》文学社、言志诗社等参与了该刊的筹办，所以收到了几百份邮来的印刷厂只装订了一半的册子。然而，刊物一到学校就被扣下了，学校还出了几百元为学生们返还了刊物订费。只有几本残册在同学中小范围传阅后，又如数上缴了。身边的同学听到这个消息，都很愕然，不理解。大约一星期后，我在东北师大图书馆系一位女同学处发现了这本刊物，也是装订了一半的残册，刊物的前面附加了一篇油印的前言，语气凝重，有些哀婉地向支持他们的老一辈作家和青年读者表达歉意。我将这个残册借了来，仔细地阅读，还特意抄录了全国各大专院校中文系、新闻系与《这一代》创刊号发生联系的刊物名单，留作文学社团交流资料。其中文学类有中山大学中文系、中国人民大学新闻系、北京大学中文系等三十二所大专院校的《红豆》《大学生》《早晨》等三十七个社团刊物，综合类有复旦大学学生会、上海师大学生会、湖南师院学生会等三所学校的三本会刊。

问：《这一代》刊物的出版对您的文学创作或者思想、生活产生了怎样的影响？

答：我们当时所处的时代，是中国改革开放之初拨乱反正、思想解放的年代，无论是文学创作还是学术研究，都刚刚开始新的一次大面积启蒙。老师讲当代文学史，偏重讲"文化大革命"前十七年；讲党史，通常会有最新解密的早期领导人平反资料；讲古典文学，也不忘强化从古至今一脉相承的民族精神。文坛上的文学作品更加热闹，伤痕文学、朦胧诗等各种思潮、各种题材作品频频涌现，让人目不暇接。大学生《这一代》的出现不是偶然的，社会上对其认知也有个逐渐的过程。其中，对于诗的探索，也是刚刚起步。《这一代》以其新颖的写作视角，为当时高校中的文艺青年们开启了一个窗口，展现了一片蓝天。我从1979年3月至1980年9月，在东北师大中文系参与创办《路》文学社，董卫国为总编，孟繁华、杨春生、史秀图为编委，共出了十期壁报。起初我主要写小说，后来转向诗歌创作，应该说，除了身边诗友的熏染，《这一代》对我的创作转向或多或少还是有一定影响的。

问：能否谈谈您当年参与创办《北方》和《北方六友》的往事？并详细介绍这两家刊物的创办历史。

答：《北方》的筹办是在1980年10月初，东北师大中文系七八级的章平、梁勇、史秀图和七七级的王乃华谈到了组建文学社的事。10月11日，大家一起来到长春净月潭森林公园，一边野餐，一边谈诗论道，刊物的雏形终于在言谈中勾勒出来了。一个月后，11月16日，《北方》创刊号正式出刊，这期间，七七级的徐国静也加入了我们，她刚刚从北京参加完《诗刊》首届青春诗会归来。当时在诗坛已经颇有名声的程刚（东北师大七六级毕业生）也以友情支持的方式，为刊物写了一组诗。《北方》虽只出了一期，但在当时的大学校园中已经具有很大影响。与此同时，《北方六友》的成立要稍早些，坚持的时间也长一些。1980年9月8日中午，东北师大中文系七七级的郑道远、邓万鹏、朱自强和七八级的孟繁华、杨春生、史秀图聚首在中文系学生会宣传部办公室，决定成立《北方六友》诗社，通过了章程等事项。三天后的一个下午，我们在中文系六教室召开了诗社成立大会，郑道远讲了诗社筹备的过程，孟繁华讲了目前诗坛的现状，然后每个人朗诵了一首诗歌作品，参会的还有系里各年

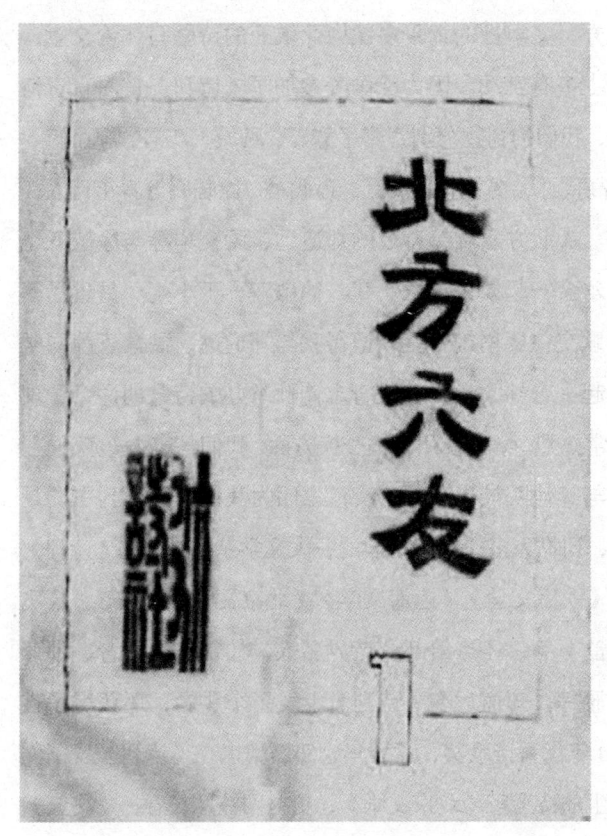

东北师范大学《北方六友》1980年创刊号

级的部分诗歌爱好者。《北方六友》出刊很勤，几乎每月一期，都是由郑道远手刻蜡纸，大家一起油印装订完成。为提高办刊质量，1980年11月25日，《北方六友》诗社邀请中文系的其他诗社（包括《北方》《溪流》《五味子》等）一起座谈，谈对当前诗坛的看法，特别针对朦胧诗谈自己的意见。直到1981年4月12日诗社解散，《北方六友》共出刊八期。

问：请问您当年和全国各地的大学生文学社团联系的紧密吗？互相交换的刊物有哪些？

答：因为同在长春市的关系，我们与吉林大学的言志诗社联系多一些。《北方》文学社的章平多次为徐敬亚的诗歌写评论文章，诗歌观点上多有互动。因为徐国静参加了《诗刊》首届青春诗会的关系，我们的刊物分别寄赠了舒婷、顾城、江河、梁小斌、张学梦、高伐林、杨牧、陈所巨、孙武军、徐晓鹤等青年诗人，获得好评。《北方六友》诗社的郑道远、孟繁华等与徐敬亚也熟悉，偶尔会一起谈论诗歌。我与徐敬亚、王小妮、吕贵品等诗人的诗歌交往要稍晚一些。记得我与郑道远、孟繁华等同学曾受邀一起去吉林大学参加过言志诗社举办的诗歌朗诵会，现场气氛非常热烈。学生社团刊物交换方面，我们与吉大《赤子心》有交换，与其他院校也有部分交流，因为我们当时出刊主要是为了投稿，刊物大多投给了全国的各大文学杂志社，如《诗刊》《星星》《人民文学》《上海文学》《北京文学》《长春》《飞天》《海韵》等，还寄给部分诗界名人，如雷霆、艾青、邵燕祥、雷抒雁等。郑道远在《诗刊》上发了个头题，还获得了吉林省1980年优秀诗歌奖，孟繁华、邓万鹏也在《诗刊》发了作品，杨春生的诗上了《北京文学》，史秀图在《长春》《飞天》《牡丹》等期刊发诗，朱自强也在《海韵》等刊物频频发表诗作，大家忙得不亦乐乎。

问：1978—1980年全国各地高校创办的大学生刊物给您留下最深印象的有哪些？请举例说明。

答：当时在同学诗友中传阅的其他学校诗歌社团的刊物有一些，但留存到现在的并不多。我1979年主要是参与办《路》文学社，因为是壁报性质，张贴在中文系大教室，吸引了不少校内外的同学前来观读，但与外面无法形成刊物交换。后来我参与了东北师大中文系系刊《新绿》的编辑工作，渐渐开始与外界增加了接触。直到《北方》和《北方六友》的成立，开始油印纸刊，才真正架起了与外界诗歌创作联系的桥梁。那时我们经常能看到的是吉大中文系的《赤子心》、杭州师院中文系的《我们》，以及辽宁师范学院的《新叶》等。

问：您如何看待当年的大学生文学刊物创办的意义、价值和贡献？
答：任何一种文学现象，任何一种现实存在，都必须放到特定的历史环境中去考察。我们知道，20世纪80年代，是十年"文化大革命"之后，万物复苏、百业待兴的时代，七七级、七八级、七九级大学生，有人称为"新三届"，集中了国内沉淀十年的人才，在崭新的世界面前，大家有心灵的伤痕，有思索的苦痛，而文学，特别是诗歌，恰恰成了这个特殊时期人们思想行为的载体符号。大学校园中，人们争相组建文学社团，创办文学刊物，正是人们有话要说，开始独立思索，对外面的世界不断施加影响的结果。朦胧诗的出现，表面看是借鉴西方意象的创作表现手法，实际上体现的是人们认识事物多维的视角、心灵的内省，以及人性的表达。由此衍生的文学作品和文学现象的价值，是不言而喻的。更为重要的是，在那个重要的历史节点，培养和造就了一大批文学创作人才。以东北师大中文系为例，继七七级徐国静参加《诗刊》首届青春诗会，又有七七级的郑道远、七八级的郭力家参加了《诗刊》1986年的青春诗会。在同样具有广泛影响的《飞天·大学生诗苑》中，先后有七八级的于二辉、史秀图、郭力家，七九级的卢景林，八〇级的黄云鹤、赵培光等人的诗入选。《北极光》诗社七七级的赵洪峰，后来成为全国著名的小说作家。《北方六友》诗社七八级的孟繁华，后来师从谢冕，现成为国内著名文学评论家。同是《北方六友》诗社的七七级邓万鹏，一直坚持诗歌创作，现已是河南诗群的重要领军人物，其诗作在全国亦有广泛影响。

大学生刊物《秋实》的创办过程
——北京广播学院徐永清访谈录

问：请问你们《秋实》是如何成为《这一代》创刊团队之一的？能否谈谈您和《这一代》这本刊物之间发生的有关故事？《这一代》刊物的出版对您的文学创作或者思想、生活产生了怎样的影响？请问您当年和全国各地的大学生文学社团联系的紧密吗？互相交换的刊物有哪些？1978—1980年全国各地高校创办的大学生刊物给您留下最深印象的有哪些？请举例说明。您如何看待当年的大学生文学刊物创办的意义、价值和贡献？

答：1979年前后，中国漫长的严冬刚刚过去，冰封的大地方才复苏，春天来了，思想的种子迅速萌芽。在各地的大学校园里，雨后春笋般地涌现了一大批学生社团和刊物，成为新一代大学生率先挣脱思想羁绊的标志之一。北京广播学院新闻系七七级编采班的刊物《秋实》，也是其中的一种。我当时是《秋实》的一个编者和作者。

那时，思想解放的春潮乍起，文学是显学，诗歌是圣殿。《秋实》与各地的学生刊物互相交换，我近水楼台，看了不少的学生刊物发表的大作。印象较深的，有吉林大学中文系七七级《赤子心》中徐敬亚、王小妮、吕贵品的诗，北京大学中文系的《早晨》里陈建功、小楂（查建英）的小说，中山大学《红豆》苏炜的文章，等等。回想起来，这些作品并不是艺术的陶冶熏染，而是青春的迷醉与追忆，是永远的回味中的佳肴。

一来二去，这些办刊的学生之间也有了一些个人来往。我记忆犹新的一位老兄，是武汉大学中文系七七级的北京学生张桦，他也是武大《珞珈山》的编辑，此人是个热心肠，校际活动家。

1979年7月初，武大中文系七七级《珞珈山》编委会向全国十二所大学文科发出倡议信，倡议共同发起创办一个面向全国大学生的文学刊物。7月25日，暑假的一天，我应约去张桦在北大燕园的家里，他找了全国高校一大帮子办刊物的学生，有十几个人，开了一个会，商讨创办这份全国大学生联合刊物。8月10日，在北大中文系又开过一次协调会。

时间长了，记不全当时到会人员的名字，印象中好像有武大的张桦、张安东，北大的陈建功、黄子平，中山大学的苏炜、毛铁，北师大的徐晓，人大的李培禹，吉林大学赵闯，还有南京大学的一位女生（名字记不清了），以及代表广院《秋实》的我。这帮人聚在一起神侃了两次，其成果就是《这一代》的诞生。

会议决定：由全国十三所高等院校学生社团，联合发起创办全国性联合刊物，并定名为《这一代》。十三所创办院校社团是：中山大学《红豆》、中国人民大学《大学生》、北京大

149

北京广播学院
七七级新闻系编采
班同学1979年合影

学《早晨》、北京广播学院《秋实》、北京师大《初航》、西北大学《希望》、吉林大学《红叶》、武汉大学《珞珈山》、杭州大学《扬帆》、杭州师大《我们》、南开大学《南开园》、南京大学《耕耘》、贵州大学《春泥》。

当时大家商定，委托武大《珞珈山》承办《这一代》的创刊号即第一期，他们热情很高，据说也遇到非常大的阻力。跟跟跄跄，磕磕绊绊，当年冬天我终于见到了铅印本的《这一代》。那年月，高校的学生刊物以油印为主，能用打字机打印的就算上档次了，铅印的凤毛麟角（中大的《红豆》是铅印）。而《这一代》第一期为铅印，印数不少，迅即在全国高校广为流传。这一期上登了王家新一首反腐败的长篇政治抒情诗，反响尤为强烈。那时，我们广院的几个同学受《今天》和一些翻译作品影响，对《这一代》第一期作品的艺术质量不大满意，觉得还是传统了一些。

《这一代》第一期，也是最后一期，是唯一的一期。那时的大气候，已经容不得这样的刊物出版第二期。

　　值得一提的是，当初大家是准备出版第二期《这一代》的，而且广院的《秋实》也参与承办。我们也开始准备了一些稿件，譬如，派人专程到北京军委工程兵大院，采访了那时洛阳纸贵、牛哄哄的诗人叶文福，给他写了一个长篇特写。

　　但是，很快我们就知道，这件事不可能继续下去了。虽然没有正式的说法，无形的压力，确确实实地压来。

　　《这一代》注定短命。

　　一册《这一代》，一阙壮怀激烈的歌。尽管简陋，尽管单薄，尽管匆促，尽管五音不全；毕竟真诚，毕竟坦荡，毕竟热烈，毕竟初生牛犊不怕虎。

问：能否谈谈您当年创办《秋实》的往事？并详细介绍一下这家刊物的创办历史（主办单位、创办原因、创刊时间、编委成员、主要作者、开本、版本、出版期数、有影响作品、停刊时间、停刊原因）。

答：1989年，我们为十年前的六期油印本《秋实》编了一个铅印的合订本，我写了代序《短促的壮歌》。

　　是的，《秋实》就是一支青春的短促的歌。

　　1979年春天，我们北京广播学院新闻系七七级编采班的十来个同学，成立了一个小小的社团——求实社。显示求实社生存的主要业绩之一，是一份油印刊物《秋实》。

　　《秋实》的宗旨意在求实，然而在刊物的字里行间，却弥漫着浓烈的理想追求的气息。《秋实》针砭时弊，但不是偏激的否定一切；《秋实》标新立异，但不脱离逻辑的轨道；《秋实》崇尚美且表现新一代青年复杂的思想感情，但没有苍白、绝望、癫狂、歇斯底里等等"世纪末"的情绪。

因此，在《秋实》这块园圃中呈现的是一丛丛绚烂的春花，现实注定了《秋实》结不出秋实——这是我们的欣慰，又是我们的悲哀。

这毫不奇怪。《秋实》前后只出版了六期，在有形和无形的压力下，寿命不足一年。在自然界里，这也许足够收获一茬庄稼了；然而在精神领域，在这样一个自发而起、被迫而歇的短暂的时间里，在中国这块土壤上，也算一桩小小的"奇迹"了。

《秋实》跻身20世纪80年代学生刊物之林，虽算不上参天大树，却也以其扎实的内容和比较新颖的形式（譬如，当时的学生刊物大多为纯文学性的，像《秋实》这样新闻性、社会性、文学性兼而有之的综合刊物并不多见）独树一帜，并且受到一些读者的厚爱。

作为当年的编者、作者，我对《秋实》受到欢迎的盛况记忆犹新：每一期刊物出来后总是供不应求；天南海北的读者来信给我们带来了那么多的喜悦、激动和鞭策；尽管出于种种考虑，我们屡次声明《秋实》所发文章一般不允许转载，但是各种刊物仍不断转载；记得还有热情的读者将一期《秋实》的主要文章重新刊印了一个版本；甚至《秋实》竟成为牵

北京广播学院《秋实》1979年第六期

红线的"月老",求实社一位干将的一篇小说发表以后,引来千里之外的一位小姐脉脉含情的来信,在经历了一言难尽的亢奋、温情、浮躁、痛苦的传奇般的交往之后,他们终于结成伉俪……正是这一切,激励着大家轰轰烈烈地组稿、脸红脖子粗地争吵、期期艾艾地寻找纸张、吭吭哧哧地推动印刷滚筒、得意扬扬地分发刊物……并且孜孜不倦,津津乐道,有滋有味,乐此不疲。多年之后,当我们重新翻阅那些在蜡版上一笔一画刻下的文字时,胸中依然泛起炽热的、亲切的、温暖的、独特的激情。《秋实》是青春年华的宠儿,我们对她一往情深。

《秋实》所属的这一拨儿人,在红旗下长大,又险些在红海洋中遭受灭顶之灾,这一内在的矛盾构成了他们的特点:承上启下,新旧融合。传统铸造了他们一部分思维定式,现实更对他们的人格形成猛烈冲击。对老一辈中的某些人来说,这是跳出窠臼的不安分的一代;对于更年轻的一代人来说,他们变革的翅膀未免显得沉重。

发表在《秋实》上的文字,无论是评论、新闻,或者是文学作品,都是对当时的这一代青年心态的第一手的真实印证。

在评论中,作者提出来不少论点都是比较尖端的,有些在今天看来仍然是有待解决的问题;但是由于长期的禁锢,他们的思想视野显得狭窄,论证手段过于单调。潘忠党、郭新亮和柯霖都写过一些评论和理论探讨文章,后来这三个人都到美国留学去了,前两人至今还在那里。

新闻是《秋实》最有特色的一部分内容,对当时政治生活的焦点有着客观的反映;同时,对社会上各个生活面都有不同程度的涉及;在写作方式上,一反当时依然充斥报刊版面的八股笔法,精炼生动,清新洒脱,风格独具。记者出身的黄开民,当年在《秋实》写的一些报道,现在看来仍觉文笔老辣。

文学作品中小说大都是写实手法，杨建军的《"杀人犯"日记》颇受欢迎，还为他拉来第一个媳妇。数量较多的诗歌，讲究形象的凸现和形式的求工，抒发的感情，是当时年轻人那种典型的既明朗又朦胧、既真切又模糊的心绪。如今央视的"罗台"罗明的诗，颇得今天派神韵；戴占军的情诗不让徐志摩。

我也乱七八糟地写了不少，最大的收获是，借此学到了不少东西，开阔了视野，提高了写作与编辑水平，委实占了大便宜。

《秋实》的意义，她的一位编者戴占军有此说法："作为研究新一代大学生思想感情和文化结构的资料，作为一种对大学生活的情愫寄托"。因而，为20世纪70年代末期中国社会之世相重现若干片段的实录，为研究20世纪70年代末的中国大学生提供一份活泼、完整的标本，这或许是《秋实》的一点价值吧。

让心灵化蛹成蝶，诗歌的翅膀才能飞翔
——山西大学李建华访谈录

问：有人说20世纪80年代是中国大学生诗歌的黄金时代，您认同这个观点吗？

答：20世纪80年代，确是一个值得回味和纪念的年代。经历了漫长的十年"文化大革命"，人们从盲目崇拜和迷惘苦闷中大梦初醒，开始用自己的头脑反思，"文化大革命"的苦果被咀嚼出一些苦味，思想解放的暗潮开始涌动，对人的自我价值的重新确认，对人道主义和人性复归的呼唤，对人的自由心灵的探求，对民主、自由的呼声的日益高涨，都如惊涛拍岸，让人亢奋而激动。但多年来形成的传统禁区又如无形的桎梏，一时似乎难以冲破，所以，人们在探索的迷茫中抗争，在思想的痛苦中徘徊，在不同的声音中争辩，文学，特别是诗歌，便成为青年学子们表达思想的利器。

"文化大革命"后有机会走进大学校园的青年人，无疑是一代人中的佼佼者。尽管大家每每叹息，说我们这代人是如何不幸，在长身体的时候遭遇了饥荒，在该上学的年代被迫中断了学业，在该结婚成家、养儿育女的年纪却又阴差阳错地走进了大学校门；但大家同时又为自己庆幸，总算有机会弥补此生的遗憾，圆了多年来的大学梦，比起那些无缘上大学的人，这还不够幸运吗？那就努力追回这失去的十年光阴吧，路在脚下，梦在远方，一定要将失而复得的机会牢牢抓在手里。这批人不同于那些正常年代从校门到校门的学生娃，他们中间，工农兵学商都有，下过乡，插过队，进过工厂，到过兵营，经历了社会底层的历练，丰富的阅历，成为他们的文学创作的源泉和财富。他们纷纷组织文学社团，不少大学生刊物在此时应运而生。

诗歌，原本就是属于青年人的，他们以诗歌为利器表达心声，办诗刊，写诗歌，在百废待兴的废墟上建造着精神的大厦，用文学创造出一个充满理想主义的激情年代。不读诗，无以言。诗人、文学青年，成为那个年代赞美夸奖年轻人的最佳头衔。诗人成为时代的宠儿，诗歌成为青年学子们交流思想的通行证，各种民间诗刊、诗社如雨后春笋般生长。那时候，虽然经济不发达，但风清气正、充满活力，走进大学的年轻学子们，充满浪漫主义的理想色彩，大家希望国家能够进步，我们高唱着《年轻的朋友来相会》和《在希望的田野上》，觉得社会是蓬勃向上、充满希望的。

但是到了后来的若干年，有理想的人反被嘲笑，认为不切实际，全社会崇尚金钱和物质，真是一种悲哀。相形之下，那个年代是多么可贵，那真是中国大学生诗歌的黄金时代。

问：请您简要介绍一下您投身20世纪80年代大学生诗歌运动的"革命生涯"。

答：说到写诗，应当说我起步算比较早。我从1975年开始，就陆续在公开报刊上发表诗歌。在大学期间，就加入了山西省作家协会，成为当时为数不多的学生作家，为此还有不少同学表示很羡慕我。但客观地讲，当时受"文化大革命"意识形态的影响，那个年代写的所谓的"诗"，其实不是真正意义上的诗，大多数都只能算作充满标语口号式的颂歌，是押韵的"顺口溜"，有着"假、大、空"的时代色彩，现在看来，令人汗颜，不过那也是环境和时代的产物。

真正唤醒我的，是当时的思想解放运动。特别是当时张志新的事迹公开后，犹如在我的背上猛击一掌。我忽然意识到自己过去写的那些颂歌既是真诚的，也是愚昧的。记得当时一遍又一遍地读着雷抒雁的《小草在歌唱》，泪流满面。从那时起，我觉得自己的诗歌创作才算迈进一个新阶段，有了自己独立的思考和表达。后来，我和同学们一起创办了山西大学的学生期刊《春天》，我发表在《春天》上的诗歌《余悸》就表达了当时环境中一种对追求真理的艰难性的思考。后来，又陆续写了《追求者的道路》《我原本是一棵树》等诗，受到同行的好评。

我在校期间创作的诗剧《大海的审判》在全校的新年联欢晚会上演出并引起了不小的反响。我创作的歌词《敬爱的老师》，被艺术系的郭路路同学谱曲，曾参加了1980年的山西省大学生合唱比赛并获了一等奖，为学校争得了荣誉。

问：在大学期间，您参加或者创办过诗歌社团或文学社团吗？担任什么角色？投身20世纪80年代大学生诗歌运动，您是如何积极参加并狂热表现的？

诗歌年代

158

答：那个年代，大学生结诗社、文学社、办刊物等，已开始在各校兴起，武汉大学的《珞珈山》《这一代》；北大的《未名湖》，还有《今天》《视野》等民间刊物，已在山西大学的学生中间流传，各种令人振奋的信息不胫而走。我们山西大学中文系七七级的学生们也坐不住了。翻阅我当年的日记本，清楚地记载着，那是1979年1月3日，新年刚过，我们几位爱好文学创作的学生，有陶文实、秦培昌、孙卫东、姚剑、王晓勇和我，六个人聚在一起，商量关于成立《苗圃》文学社的结社事宜。当时就议定，假期过后文学社正式开张，创作出一批作品，并努力创造条件，争取能办一个属于学生自己的文学刊物。王晓勇是中文系学生会主席，由他来起草章程；老三届的才子姚剑负责写邀请书约请有关名人和领导的支持；陶文实是本校子弟，在学校里人头熟，负责联络和疏通关系，争取经费和校方的支持，其他几个人也

山西大学中文系七七级的部分同学在校门口合影，前排右一是李建华

各有分工，并商定假期后每个人都要拿出像样的新作来。

经过半年多的筹备和努力，终于有了眉目，我在日记中清楚地记载着：1979年9月18日这天，在《苗圃》文学社社员的聚会上，大家兴奋地得知，学校领导支持我们创办文学刊物，并同意划拨办刊经费两千元。大家听了都很兴奋，而且，我们有信心将成本收回来。经过热烈的讨论，决定将刊名定为《春天》。因为，大家有一种共识：文学的春天要来了，中国思想解放的春天也要来了。会上还议定了具体分工，小说编委由擅长写小说的陶文实、孙卫东担任，评论的编委由才子姚剑和系学生会领导王晓勇担任，诗歌的编委自然由诗人秦培昌和李建华（笔名珍尔）担任。（这里顺便提一句，秦培昌为北京知青，诗才甚佳，当年曾在山西原平插队，与著名诗人公刘有过密切交往。可惜毕业后数年不幸因病早逝，在此谨表悼念！）大家都说，创刊号的作品一定要保证质量，打响第一炮很重要。于是，由王晓勇起草征稿启事，向全校大学生征稿。张作峰是校学生会宣传部的，负责协调各方关系。于是，《春天》的序幕就此拉开。

记得那时，大家对文学的痴迷达到了狂热的地步，每天除了正常上课以外，我们常常夜间挑灯不睡，写诗写到凌晨两三点钟。小台灯的灯泡都烧坏了好几个。记得那是一个冬日的下午，我写了一首诗，想请诗友同学秦培昌提提意见，但一连几天在食堂都没找到他。后来我到了男生宿舍，问他为什么没见他去食堂吃饭，他说，自己为了创作，两天都没有出楼门了，就靠买来的二斤馒头就着开水充饥；我还听说，老三届同学任存弼和年龄最小的同学边新文都写了很多了；他们的勤奋，顿时使我汗颜，比起他们来我还差得很远，必须再加把劲才行。

12月上旬，《春天》终于横空出世了。手捧着凝聚着众人心血的散发着油墨香味的刊物，编辑部的同仁们都止不住热泪盈眶。《春天》受欢迎的程度更是超出了我们的预料，仅在校内，一天就销售出去四百册。12月10日这天，我们组织同学们分头到闹市街头去宣传销售《春天》；姚剑、段建国、陶文实、孙卫东等同学站在五一大楼门口，漂亮的刊物引来人潮涌动，一时竟将交通也拥堵了，民警们见状将他们几位叫到了交通大队，当得知是大学生们宣传自己办的内部刊物时，表示十分理解，后来还主动帮助维持秩序。我和另外一些同学则是到太原最繁华的地段柳巷、钟楼街等地去宣传销售，刚刚站定，就有一群人围了上来，争相购买，不一会儿几百册杂志便一抢而空。喜讯继续不断传来，12月16日，太原街头大雪纷飞，校学生会主席马大为亲自带领同学们冒雪上街，去宣传《春天》杂志，在雪花飘舞的寒冬里，一上午竟然卖出去一千多本。我们没料到《春天》会如此受到读者欢迎，初版的五千册很快售罄，于是决定紧急加印，当时还是铅字排版，工厂的师傅们将铅印纸型做了整理，又加印了一万五千册才基本满足了需要。

　　《春天》最终不仅做到了收回成本，还小有盈余，于是编委会决定将学校支持我们的两千元办刊经费还给学校。并利用卖刊物的盈余搞一次联欢。12月31日晚上，由《春天》杂志社和校学生会文艺部联合举办了一场盛大的新年联欢晚会。师生们齐聚一堂，做着猜谜语、套环、打气枪、龟兔赛跑等有奖游戏，在悠扬的乐曲声中，大家尽情地歌唱，展示着青春的舞姿。在欢快的气氛中，迎来了20世纪80年代的第一个新年。

问：当年，您创作的那首《我们是朋友》曾经很受读者喜欢，能否谈谈这首诗的创作、发表过程？

答：《我们是朋友》是我在大学期间创作的一首诗歌，后来改成歌词发表在北京的《词刊》杂志1981年第一期。歌词不长，第一段是这样的:"朋友啊朋友,在我忧伤的时候,你也紧锁着眉头;当我跌倒的时候,你伸出了有力的手,我们是朋友,我们是朋友,患难中才显得情深意厚……"可能是因为在"文化大革命"中那种畸形的政治环境中,人与人之间的关系和友情被践踏、扭曲的缘故,这首表达了患难与共、生死相依的友情和呼唤真善美人性回归的歌词,发表后很快引起了许多人内心的共鸣,反响十分热烈,先后有陈枫、尚德义、牛畅、茅地、石晓明等十多位知名的作曲家主动谱了曲子寄来,这些歌曲先后发表在《歌曲》《西湖之声》《长江歌声》《黄河之声》《山西歌声》等刊物。后来还被著名歌唱家刘秉义在中央电视台演唱并收入了《刘秉义演唱歌曲集》(漓江出版社1983版)。记得当时,每隔一段时间,就会收到发表了作品的刊物和稿费,让同学们很是羡慕。

问:您参与创办过诗歌刊物吗?编印或出版过诗集吗?
答:我们在山西大学创办的《春天》,是一本综合性的文学杂志,其中有不少的篇幅是诗歌。

  说到出版诗集,也有很有趣的经历。当时,我和酷爱诗歌的同学边新文一起,自己用油印的方式,在大学毕业前夕,各自出版了自己的第一本诗集。我们找同学帮忙设计了诗集的封面,又让朋友帮忙刻在木板上,用印刷木刻版画的方式印出了套色封面;内文是求人用当时的手工打字机一个字一个字敲出来,再油印而成;纸张也是四处寻找来的,当时内文油印用的是那种又薄又脆的白色粉连纸,还是我妹妹和妹夫帮我至太钢等单位四处求人赞助来的。我为我的第一本诗集取名为《帆影》,封面上画了一艘帆船,海鸥在日影里飞翔,寓意为乘风破浪的帆船在海上留下的影子,这幅黄河底色、黑白图案的套色木刻,至今看来都很有气势。毕业前夕，我将这本散发着油墨香味的看上去颇为简陋的诗集分送给老师和同学们作留念，他们都很感动。山西大学历史系的罗元贞教授，就是那个曾经为毛泽东的七律《长征》提过修改意见并被采纳，被人称为"一字师"的老师，在全国都很有些名气，他在收到我赠的油印诗集后十分感慨，特意为我亲笔题写了一首诗："神州人海正茫茫，喜见如花处女航……"这首诗的墨迹至今我还珍藏着作为纪念。

问：当年各大高校经常举办诗歌朗诵会，给您留下最深印象的诗会是哪几次？

答：我们七七级当时是在1978年春季入学的。记得刚进校不久的4月17日那天，山西大学中文系专门为七七级新生举行了一个联欢会。我在会上激情洋溢地朗诵了自己新创作的诗歌《美好的未来在招手》："白杨，绿柳，环绕着雄伟的高楼；歌声，笑声，飞出了教室的窗口；是谁？在幸福地歌唱啊，是谁？在兴奋地拍手？这是什么地方啊，又是什么时候？……是欢聚一堂的新同学啊，是来自四方的好战友……快展开我们理想的彩翼飞翔吧，美好的未来在招手……"之所以在这里引用原文，并不是说这些诗句有多好，而是感觉多年以后读这些青春的诗句，仍会令人感慨万分。当时气氛那个热烈啊，真是眼含热泪、掌声雷动。那些青春的岁月，真是一去不复返了。

还有印象较深的，是在电视中看到《诗刊》社举办的诗歌朗诵演唱会，听了《小草在歌唱》的朗诵，大家都热泪纷飞。那时，爱好诗歌的同学们，会三三两两经常聚在小小的学生宿舍里，自发地朗诵诗歌，有自己创作的，也有名家的。我至今难忘历史系的石民民同学，当时含着眼泪给我们朗诵郭小川的《秋歌》，听得大家都哭了。不少同学不会说普通话，也用着各自的方言，南腔北调地朗诵着喜爱的诗句。老三届的同学还以"甜蜜的回忆"为主题，唱起儿时的歌曲，如《太阳光晶亮亮》《准备好了吗》《快乐的节日》等，听得许多人泪光闪闪。泪水、笑声、尖叫声，伴着校园里那些激情的岁月，令人多年后想起来仍会热血沸腾。

问：在您印象中，您认为当年影响比较大、成就比较突出的大学生诗人有哪些？哪些诗人的诗歌给您留下了比较深刻的印象？时隔多年后，大家都很关心您的近况，能否请您谈谈？

答：最初给我很大震撼的是看到学生中辗转流传的一本《今天》杂志，那几句诗让我的心为之一颤："卑鄙是卑鄙者的通行证，高尚是高尚者的墓志铭。看吧，在那镀金的天空，飘满了死者弯曲的倒影……"

那时我并不知道北岛是谁。只是觉得这诗句太深刻了。后来，陆续读到了舒婷、顾城等朦胧诗人们的作品，才第一次知道，原来诗歌可以这样写。特别是舒婷的《致橡树》，非常喜欢。但是对顾城的一些诗也觉得有些费解。所以，当时读到了一些老诗人对朦胧诗提出的"看不懂"的疑义，觉得他们说的也有一定道理。同时，由于过去写传统的颂歌式诗篇的惯性，对于新事物的接受还有所保留和观望。总是难以打破长期以来写诗的一种"启蒙情结"和"救世情结"，所以在诗歌创作方面，有一段时间很是彷徨和低迷，内心总是无法进入一种自由的状态，也影响到自己后来的诗歌创作。

走出校门，当了出版社编辑以后，更是整日忙于冗务，为他人作嫁。所以后来写得很少。20世纪90年代，我虽然也出版过诗集《飘零岁月》《爱的花环》和散文集《女性的私语》，但始终觉得自己的创作并未进入理想的状态。近几年，诗风和思想也还在不断调整，但在这个变化动荡的时代中，自己总有一种落伍的感觉。所以接受你的专访，我很惶愧，觉得自己也许没资格在这里饶舌。不过现在退休了，有了时间和精力，对诗歌的爱好始终不能释怀，也在读诗的同时，写一些随心所欲的文字。以散文、评论居多。最近正在准备将自己近年来的作品编选出新的集子。

在审视和回望自己的创作历程中，有一个强烈的感受，那就是：文学是心灵的出口，诗歌是痛苦的结晶。在思考和跋涉的痛楚中，只有让心灵化蛹成蝶，诗歌的翅膀才能飞翔。但愿自己还能够诗心不老，重新拾回写诗的感觉。至于是否飞得起来，一切随缘吧。

那真是一段精神创造如花灿烂的岁月
——内蒙古师范学院赵健雄访谈录

问：有人说20世纪80年代是中国大学生诗歌的黄金时代，您认同这个观点吗？

答：如果打个比方，那个年代的中国，很像中世纪之后的文艺复兴时期，百废待兴，而首先活跃的是思想。作为思想活动的重要载体，诗歌进入20世纪最为蓬勃的发展阶段之一（此前，则有"五四时期"）。

大学生诗歌是那个时代活跃的精神现象，但并不是最重要的现象。

影响与决定了那个时代诗歌发展趋势与质量的年轻诗人，多数与学院无关，譬如《今天》派的北岛、芒克、舒婷等。但也有若干生成于大学的诗人，后来成为一种标杆，其代表是被称为北大三剑客的海子、骆一禾与西川。老木则在北大读书期间完成了《新诗潮诗集》的编辑与出版。

问：请您简要介绍一下您投身 20 世纪 80 年代大学生诗歌运动的"革命生涯"。

答：我是因为诗歌创作的成绩才入读内蒙古师大文学研究班的，这么一种培养文学人才的形式后来各地多有效仿，乃至蔚为大观，当初在国内却是唯一。

我们那个班写诗的不多，除我之外，还有蒙古族诗人鲍喜章。

我最早写诗在下乡后，最初发表的作品是政治抒情诗《展翅高飞吧，祖国》，《内蒙古文艺》（即此前与后来的《草原》）1977 年第一期作为头条推出。此后陆续在《诗刊》《解放军文艺》《青年文学》《上海文学》《萌芽》等发表作品，自治区内外都有了一些影响。

问：投身 20 世纪 80 年代大学生诗歌运动，您是如何积极参加并狂热表现的？

答：上学后，更多精力放在学习上（包括上课与看课外书乃至参加各种课外活动），诗歌创作并无井喷现象出现，倒是写了不少文学评论，大约近十万字吧。毕业后才重新专注于写诗。

问：在大学期间，您参加或者创办过诗歌社团或文学社团吗？担任什么角色？参加或举办过哪些诗歌活动啊？

答：入学之前和读书期间，就与北京《今天》的诗人有所接触，和万之一起去看过北岛、芒克、江河等（后者未能见着），但并未更多参与他们的具体活动。

在呼和浩特，我参加过给热爱诗歌的年轻人（主要是些大学生）传授相关知识的讲座，记得上课内容是按流派逐一介绍中国现代诗人（主要是被意识形态摒蔽却很优秀的那些人与作品，如戴望舒等），也与师大本科生一起搞过包括诗歌在内的文学交流活动。

问：您参与创办过诗歌刊物吗？您参与创办过诗歌报纸吗？编印或出版过诗集吗？

答：上学之前，我在《乌兰察布日报》编副刊，其中也有诗歌；毕业后我到了内蒙古文联主办的刊物《草原》编诗歌，接着任诗歌组组长，直到七年后，因为整个形势大变，很难再如自己所愿办刊，乃拂袖南归（自己是上山下乡到内蒙古去的，待了许多年）。

我出版过两本诗集《明天的雪》和《最后的雨》，都在毕业以后。

问：当年的大学生诗人们最喜欢书信往来，形成一种很深的"笔友关系"，您和哪些诗人书信比较频繁啊？

答：联系最为频繁且持久的大约是阿坚了，他经由北师院同窗万之介绍与我结识后，多年来通信不少。这是一位国内最早的后现代诗人，其立场与才华几十年后才得到社会理解与确认。

问：在您印象中，您认为当年影响比较大、成就比较突出的大学生诗人有哪些？哪些诗人的诗歌给您留下了比较深刻的印象？

答：除上述所说的阿坚外，大概还是北大三剑客吧。尽管早逝，或许正因为早逝，海子如今被当作诗歌圣人；同样把自己作为牺牲，一禾却几乎被大家淡忘了。西川还在写，也始终写得不错，但更像一种遗存。

问：当年，大学生诗人们喜欢交换各种学生诗歌刊物、诗歌报纸、油印诗集，对此，您还有印象吗？

答：后来在办《草原》期间，我收到过来自全国各地各种各样的诗歌刊物与报纸，也包括大学生办的，南归时，很可惜都扔了。

问：回顾20世纪80年代大学生诗歌运动，您最大的收获是什么？最美好的回忆是什么？

答：20世纪80年代，那真是一段精神创造如花灿烂的岁月，物质生活仍然贫乏，人们内心却充满勃发的热情，而诗歌既是容器，也是外泄的通道。正因为得以进入文学研究班深造，毕业后我才可能顺利地到内蒙古文联《草原》杂志社工作。凭借这么一份刊物，为新诗潮的推进做了一些开拓性工作。《北中国诗卷》于1985年下半年推出，开始时，作为专刊一年编两期。1986年2月第一期《北中国诗卷》，头条为成子的《你奔腾抑或凝固呢？我的敖鲁古雅河哟》。同期发表了张廊《蜻蜓和故事》，江河《诗五首》，廖亦武《大循环》，何小竹《鬼城》，海子诗剧《遗址》，石光华《属于北方的》，以及北岛所译《伊迪丝·索德格朗诗选》。

当年10月，第二期《北中国诗卷》面世。作品包括——昌耀《人间气味》，海子《哑脊背》，西川《动物的死亡之歌》，雁北《黑马》，沈天鸿《天空下的河流》，林莽《星光与树》等等。同期刊出杨远宏诗论《吹响当代中国诗坛的北方雄风》，这位年轻的评论家站在长江以南为他的同志欢呼雀跃、擂鼓助阵："中国新诗，正处于艰难而坚定的变动之中，这是中国诗史上一个辉煌无比的时代！正是在这样的背景下，《草原》1986年2月推出洋洋大观的北中国诗卷，昭示了一种令人鼓舞的气魄和胆识。作为一位对中国当代新诗充满变革意识和自豪坚信的南方诗人，我不能不向在当代中国诗坛开拓进取、雄风劲吹的北方《草原》，表示我深深地感激和敬意！"

后来出到一年四期、影响远播的《北中国诗卷》，其作用在当时那种复杂的背景下，把一大批新锐诗人带入读者视野，使之走出地下状态，许多后来影响了一代风气的各流派干将，都在它上面发表过不少作品甚至处女作。一个本来影响有限的边远地区刊物，因此有了某种全局性的意义。

在《北中国诗卷》上发表作品的，包括北岛、江河、杨炼、顾城、海子、西川、廖亦武、叶延滨、公刘、顾工、昌耀、杨黎、韩东、梅绍静、韩作荣、肖开愚、阿坚、于坚、邹静之、张洪波、陈东东、陈所巨、南野、林莽、伊甸、耿林莽、潞潞、简宁、宋渠、宋炜、马永波、何小竹、大仙、大解、陈东东、孙文波、沈天鸿等等。内蒙古本土诗人则有：贾漫、安谧、张廓、成子、蒙根高勒、张天男、雁北、蓝冰、赵见、梁彬艳、阿古拉泰、默然、梁梁、白涛、杨挺、独桥木、方燕妮等等。（这个名单，

赵健雄（右四）20世纪80年代和诗友兰枫林、梁梁、雁北、沈沥淅、尚贵荣、杨挺、张天男（从右至左）合影

169

包括上面对最初两期《北中国诗卷》的扼要介绍，均是张天男在一则叫《从拾酒楼到风雨鸡鸣楼——赵健雄和草原·北中国诗卷》的文章中整理与总结的，其中包括不少大学生诗人）。

在当时形势下，能做到这样是很不容易的。

问：投身20世纪80年代大学生诗歌运动，您的得失是什么？有什么感想吗？

答：是否称得上一个运动，且不去说它，至少作为现象是存在的，即很多大学生写诗，其中一些写得不错，甚至很好。

早年的诗歌创作，让我始终保持了思想上的敏锐，对几乎任何新鲜的事物都有兴趣，并予以持续关注。另外带来的影响是对文字本身的讲究乃至不露声色的雕琢。写诗还使人试图用最少的文字表达尽可能丰富的内容，有一段时间我的随笔通常只有五百字，甚至更短，譬如那些发表在《读书》上的补白。

我敬佩那些至今仍在"坚持"的人们，并且自愧不如。但最好的状态恐怕还是浑然不觉地浸溺其间，而全无着力的感觉。可惜中国社会普遍的浮躁与高度物质化，正在消灭诗歌滋生的土壤。

但诗歌肯定是消灭不了的，几千年来的战乱与兴替都没有消灭它，甚至有人说：忧患或愤怒出诗人。

从另一个层面来说，诗歌是种自足的精神活动，就像搓麻一样（当然比搓麻要高级得多）。网络兴起显然为此提供了便利的条件，使它呈现出新的辉煌。

问：时隔多年后，大家都很关心您的近况，能否请您谈谈？

答：对于中国新诗而言，我作为编辑的作用大于作为诗人的影响。当然后者是前提，正因为自己写诗，才得以成为《草原》的诗歌编辑。那些日子，我也的确做了自己文字生涯中最有价值的工作。可以引为自豪的是，后来活跃在国内诗坛的中青年诗人，几乎都在《草原》上发表过他们的作品，不少是处女作。那时国内有多少自费印刷的诗歌刊物与集子啊！它们与手稿一起，都涌向《草原》这片碧绿的海洋。我们小心地梳爬，让一切优秀之作得见天日，让它们放射出个性的光芒。

其中遭遇的困难当然不只是文化上的，时过境迁，后人恐怕已经无法理会。而其成功也是由于因缘际会，得到许多方面的支持或不设阻碍。

我曾多少有点自夸地说过："走到中国的任何一个城市、旗县甚至一个偏远的角落，凭着《北中国诗卷》编辑的身份，就可以找到同道和知音。"这是20世纪80、90年代真实的情境。

但我仍然在1991年离开了《草原》，调到杭州，其中有个人的原因，也有其他方面的原因。原因之一，则是我对诗歌的看法有了变化，"20世纪80年代的中国新诗，担当了太多的使命，几乎整整一代人，对于写诗这种文字不同方式的排列表现出如痴如醉的热情。有人说，那个年代随便哪一片树叶掉下来都会砸着一个诗人。今天完全是另外一个年代和另外一种境况，诗歌成了圈子里的玩意儿，我称之为沙龙游戏。即使像我这样曾经狂热地浸溺于诗歌的人，也变得对它不屑一顾。这个世界需要成熟的理性，而不是软弱无力、似是而非的诗歌。"——这话有点偏颇，却是内心真实的想法。

但对这段历史，自己还是珍惜的，有过如下说法："我在《草原》的七年，正是中国新诗发展的鼎盛期，恰逢其盛，是历史的幸运。对于个人来说，这也是我自己的盛年。生命中最值得珍惜的一部分，化作了一本杂志内外的若干行诗句。一切都成了历史，如果生命可以选择，也许我不会重复走过的道路，但对过去的岁月仍觉得珍惜与留恋。那个时代像风一样很快过去了，但它的诗歌和诗歌精神却永远地留存下来。"

20世纪90年代以后，我几乎离开了诗歌。尽管还经常能够收到全国各地熟悉与不熟悉的诗人惠寄的诗集。

南归后，我主要写随笔与杂文，陆续出版了《糊涂人生》《拾酒楼醉语》《天下零食》《乱话三千》《都有病》《当代流行语》《纵情声色》《危言警语》《金匮问道》《浊世清心》《吃相》《姑妄言之》《白相经》，也有一些文化方面的专著《中国传统石雕》《时代的颜色：中国美院外传》《画人陆俨少》、美术评论《两面三刀》（多人合集），以及图文书《想：浮现心中之相》《天堂四季》等。

如果要说20世纪90年代之前，我是个比较纯粹的文青，此后则开始关注更多的领域与各种社会问题。往往不同的阶段集中精力研究一个课题，因为时代的局限，有的成果至今不能与读者见面（如我20世纪90年代初在尚无网络的情况下独力完成了《"文革"词典》，许多出版社的编辑喜欢，却未能面世）。

许多领域的写作，开始几乎是不可能达成的目标，譬如为医学报刊写专栏，我并没有专门学过医（包括现代西医与传统中医），但医学研究对象即人体本身，谁不愿意了解进而产生自己的关照与看法呢，只要肯动脑筋，就能渐渐积累起相关知识，甚至产生一些独特的想法。另外从这个角度来观察社会也是极妙的。这是我涉足时间最长的领域之一，写过两本随笔集《金匮论道》与《都有病》，至今还在写相关专栏，并有意再编一本书。

我喜欢面对挑战的感觉，在这个过程中人的求知欲会被极大地激发起来。20世纪90年代中叶，我还写过一本叫《危言警语》的书，主题是对科学主义的批判，其中对发展带来负面作用的警惕与质疑现在看起来像有先见之明。可惜人类总要到被"霾"大规模覆盖乃至无以摆脱时才会来检讨一系列政策与行为的后果。

即使在分工已经十分精细的当代，一个人仍可涉足与本身专业不相干的领域，并多少做出一点成绩。选择这样的做法，至少有一个好处，即让日子过得不那么单调。

这与早年写诗，恐怕有某种关联。

写诗，更多精神上的内省，是把自己当个案来研究。后来我渐渐把各种社会现象与问题纳入关注的对象，一段时间还写过大量杂文与时评。目下仍是浙江杂文学会的副会长。

《中国美院外传》则从西湖边的一所学院入手，试图梳理20世纪中国文化艺术发展的历史。现当代中国社会丰富与离奇的程度，是任何个人想象难以达至的。譬如你能够设想在这样的百年中一些艺术家命运坎坷，但仍难以想象他们竟难逃牢狱之灾。中国美院只是一所艺术院校，但它与整个中国现当代史牵涉之深与纠葛之复杂大大出乎预料，这也是促使我读了所能罗致的近千万字相关资料来写这本书的原因：几乎称得上是一种刺激与冒险。

这本书为窥视中国现当代文化艺术史乃至政治史打开了一个特别的窗口。一个意外收获是，此书面世后经常被邀参加美术界的活动，还成了《中国画画刊》的专栏作家，每期就相关问题坦陈说出自己的看法，因为是圈外人，可以畅所欲言。

最近与诗歌关联度很大的一本书是《想，浮现心中之相》，以摄影作品配文字的方式来完成的，其中一些文字，是诗。而诗歌以意象表达内蕴的长处，正是我后来喜欢摄影并起念写这本书的原因。"相"往往有比文字更丰富的韵含，乃至意味无穷。

狂飙突进——一代学子精神文化的

青海师范学院燎原访谈录

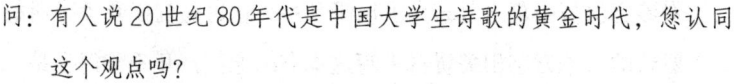

问：有人说 20 世纪 80 年代是中国大学生诗歌的黄金时代，您认同这个观点吗？

答：我没有理由不认同。尤其是站在今天的角度来看。20 世纪 80 年代的大学生诗歌运动，是在"文化大革命"的神话破灭之后，中国进入新的历史起点的产物。与破除思想专制、逐步改革开放的社会文化气象密切相关，也是这一时代主体气象在大学校园的投影。"文化大革命"十年，大学停止招生，成千上万的适龄青年被拒之于大学门外，从 1977 年冬季重新恢复高考起始，当被积压了十年的这"成千上万"中的一部分得以相继进入大学，他们对国家、时代之于个人命运的感受无疑刻骨铭心，这构成了他们诗歌写作的直接动力，诗歌也成了他们精神思想表达最直接的载体。尤其重要的是，比之此前"文化大革命"中一直流行的那些颂歌和战歌,正在接受世界新的思想文化艺术成果的大学生们,与先行的朦胧诗人们一起,以其新鲜、陌生、叛逆性的诗歌特质,开启了中国现代诗歌一个全新的向度。及至稍后,他们又以写作中的个人性和文本的实验性,与朦胧诗的分野逐渐显现并加大。进而成为第三代诗歌的先声——这已是另外一个话题了。总之,此时的大学生诗歌不只是写作本身,除了其中的人文主义因素外,它还是一种激进文化场态中的先锋行为,一种与摇滚乐相呼应的精神文化时尚。

在此之后的 20 世纪 90 年代以至眼下,中国转入市场经济以及"经济社会"时代,天之骄子们当年的精神高蹈早已降落为就业、创业的焦灼,诗歌在大学校园中显得缥缈而奢侈。由此更加凸显出彼一时期大学生诗歌的黄金时代地位。但我并不想就此发出"昨是而今非"的感慨。圣琼·佩斯早就有言:"世界的进程就是这样,对此我们只能说好"!

问:请您简要介绍一下您投身 20 世纪 80 年代大学生诗歌运动的"革命生涯"。

答:我是青海师范学院中文系七七级学生。此前于 1973 年上山下乡当知青,1975 年返城当工人。我们七七级同班同学之间年龄跨度较大,有多位是"40 后",当时已经结婚生子;有数位是"60 后",为应届毕业生。更多的,则是跟我差不多的 1956 年前后的出生者,年龄在班上算是半大不小,也都有了一些社会经历。这其中最初有四五位涉足于小说写作,有六七位在诗歌中发烧,再之后大都转移了注意力。多少年后以《藏獒》等一系列中长篇而闻名的杨志军,当时每天晚自习时就在教室里制造小说。

我当知青时开始写诗,当工人时曾有诗歌发表在省报副刊。由此可以想见,我进入中文系之后对自己未来的最高想象,就是成为一名诗人。但直到此时，我并没有进入诗歌写作的正轨。因为在此之前，我与周围的朋友一直是跟着报刊上的流行诗歌学习写作的，除此之外，少有其他的诗歌读本和思想艺术资源。直至1979年之后遇上了诗人昌耀，才有了转折性的改观。

　　1979年吧，我的一首中型诗作在《青海湖》上发表，此诗的标题为《唱在秋天将至的时刻》，是一首以呼唤民主与法制为主题的作品，属于当时的时尚题材，此时大家都写这类作品，我可能写得稍强一些吧，随后居然获得了《青海湖》的年度诗歌奖。这是我诗歌写作上的第一次获奖。

问：投身20世纪80年代大学生诗歌运动，您是如何积极参加并狂热表现的？

答：在我的感觉中，从作品的语言特征、观念特征，诗人们的诗歌活动方式等方面看，真正的"80年代大学生诗歌运动"，应该从七九级开始才有了势头。这其中的一个重要标志，就是各高校诗人之间的书信联络、相互间的串联走动，带有一种显在的"运动"性质，或曰隐性的"江湖"形态。其作品风格，也逐渐形成了彼此间相互激赏，却难以为主流刊物所接受的异端气质。列宁曾有言，一个无产者无论走到哪里，都可以凭着《国际歌》熟悉的曲调，给自己找到同志和朋友。而大学生诗人们寻找同志和朋友所凭借的，便是气味相投的诗歌。七七级和七八级固然出了不少诗人，诸如叶延滨、王小妮等等，但他们大都是从《诗刊》等主流刊物上走出来的诗人，似乎并无江湖痕迹。这应该是大学生诗歌运动的"非运动形态"，或曰早期形态。

　　前边说过，我是七七级学生，那种跨省区的诗歌交游风气尚未兴起；加之青海远离中心，信息闭塞，所以我在校期间的诗歌活动大致上仅限于青海。要说交游，那基本上都是我1982

毕业之后的事情了。

问：当年，您的一些诗歌曾经很受读者喜欢，能否谈谈其中一首诗作的创作、发表过程？

答：在大学期间，我没有写出过有影响的诗作。如果非要挑一首来说的话，就说那首《唱在秋天将至的时刻》吧，因为这首诗作的发表，与此后成为大诗人的昌耀有关。

此时是1979年春夏时节吧，《青海湖》一位诗歌编辑来电话，让我去一趟。去了之后告诉我，此诗写得很有基础，若做进一步的打磨，可作为一件有分量的作品重点推出。当时同为编辑的昌耀就在另一张办公桌前看稿，听闻此言后稍微迟疑了一下，继而插话道：不用了吧，现在这个样子就可以，下一期的稿子马上该发排了。编辑部当时有三位诗歌编辑，大约是每人轮流编一两期诗歌的机制，而下一期又正好轮到了昌耀。不知他是因为怕我改不好反而耽误时间，还是这首诗作的确无须再改，总之，这首为我在青海赢得了最初影响的诗作，随后就这样发表了出来。

但同样是昌耀，以他自己青海高原上的风景抒情小品以及大地性的诗篇，终止了我在这种政治抒情诗方向上的写作。此时昌耀刚从流放地回到编辑部不久，其诸如《高车》《烟囱》的短诗以及长诗《大山的囚徒》等相继发表，自从见到这些诗作后，我立时觉得自己正在书写的、报刊上正在流行的那类诗歌，都不再是诗歌，从此进入了"洗心革面"的写作转型。

与此相关的是，我此时已经开始书写诗歌评论。第一篇是关于郭小川的评论，我的许多同代诗人大约都曾受惠于他。接着，就是关于昌耀的评论——《严峻人生的深沉讴歌》，并于此后一篇一篇又一篇，我坚信自己遇到了一位未来的重要诗人，但重要到了什么程度呢？我却无法确切想象……

问：能否具体谈谈你大学期间写作诗歌评论的情况？

答：是的，我从大二开始写诗歌评论，当时并无相应的氛围诱导，只是我对诸多诗歌作品与诗歌现象有特殊感受，因而产生了文字表达的冲动。但我的这种评论与批评兴致也并非无迹可寻，记得当年读高中时，我曾从我父亲——曾经的骑兵连指导员的书箱中，翻出了诸多被他封存的书籍。除了一些20世纪五六十年代流行的苏联的政治经济学教科书，居然还有季毕达可夫的《文艺学引论》这类书，以及北师大版的《文学理论学习参考资料》等，这是一本苏联文艺理论框架中，马克思主义文学原理和中苏经典文学介绍的资料汇编。我根本看不懂它们，但却能大致上看懂中国科学院文学研究所版的《中国文学史》（三册），尤其是对另外的"胡风反革命集团批判材料汇编"等看得津津有味。对于这段往事，我原以为我早已忘了，此刻想来，它们应是我最早的理论引信。

大学期间，我曾写过《马雅可夫斯基与无产阶级革命》，论巴尔扎克小说《幻灭》的《一部安放伟人雕像的宏伟基座》等论文，当然，还写过一些青海本土诗人与诗作的评论。在此时的青海，我应该算是评论界的一颗新星了，但我并没有想到要成为一名批评家，而仍然在与诗歌较劲。

问：还有一个额外的问题，你缘何写作《昌耀评传》和《海子评传》这两部大作？

答：然而，"有心栽花花不发，无意插柳柳成荫"，这一无厘头式的定律好像是专门冲着我来的。在诗歌写作上，我一直没能写出自己想象中的作品；但我的评论引发的反应却让我意外。

1987年前后,我在《星星》诗刊、《绿风》诗刊、《当代文艺思潮》上相继发表了三篇有关西部诗歌的文章,发表在《思潮》上的那篇《罐子,生命的含义及其他》随后被收入"中国人民大学的报刊复印资料"。记得浙江的伊甸在当年寄给我的一张贺年卡上,对这篇文章给予了激情的褒奖,我的一位朋友曾就此跟我做过一次煞有介事的认真谈话,建议我把写作重心转移到评论上。

而写作这两部评传之前,我曾于1998年和1999年在《星星》诗刊连续开设了《中国当代诗潮流变十二书》和《中国新诗百年之旅》两个年度性专栏,前一个专栏中描述的"新时期诗歌"的代表性诗人和诗潮,也正是海子所置身的诗歌场景。另外一个因素是,我曾于1989年海子去世不久,书写过一篇评论他与骆一禾的《孪生的麦地之子》,将近十年之后,它又被一位名为胡志勇的"北漂"给回想了起来。此时他正在寻找一位书写《海子传》的人选,便拐弯抹角地找到了我。胡自称是个闲人,但却神通广大。在我因心中无数几番推辞,他却信心爆棚一再游说,继而找好了出版机构之后,我便决定不妨一干。关于《海子评传》的写作,前期采访虽然艰辛曲折,但写作进程中我却鬼使神差。大致上用了六个月的业余时间,书稿便按约定时间交到了出版者手中。这在我缓慢艰难的写作史上,可以称之为一个奇迹。

那么,这是源自我既有的文化储备?源自海子的能量在我右手上的发力?或者我原本就是适合干这种大活儿的材料?

写《昌耀评传》时没有人约请,但我已通过《海子评传》获得了信心。它既是我对昌耀的还愿,也是我对自己青海岁月的还愿。在这部书中,我对昌耀人生不同时段的社会政治风云、不同流放地的山河地理生态、当地人群民族流变的历史渊源、由此积淀的土著风土习俗,进行了一位秘密知情者式的深入描

燎原1982年与昌耀、昌耀之子王木萧、诗人南广勋（从中间往右）在西宁合影

述。在这样一幅恢宏驳杂的大背景上，凸现昌耀大地性诗人格局的生成，及其诗歌中底色性的高原异质元素，也以此穷尽性地呈现了青海贮存在我心胸中的闪电流云。

书写这部作品时我是如此畅快，它使我的手指星夜开花。

问：在大学期间，您参加或者创办过诗歌社团或文学社团吗？担任什么角色？参加或举办过哪些诗歌活动啊？

答：当时的青海师院是否有过这样的社团我不清楚，但中文系肯定没有。我的交往空间基本上在校外。相关的记忆有两个。其一是与几位身在工厂的实力诗人一起成立了一个诗社，诗社的名字起初为"骆驼""地平线"之类，最终则确定为一个低调到了人的初始状态的"婴啼"。昌耀闻知后调笑曰："你们怎么都成了婴儿？"而诗社的两位发起人均非等闲人物，一位名李镇，一位为金元浦。两位当时发表诗歌时联合署名，并在稍后相继以高中生的学历成为我们中文系的研究生。李镇此后供职于中央某媒体，金元浦则为中国人民大学文艺学的博导。诗社活动大约延续了半年时光而结束。

其二是与西宁地区的十多位一线诗人成立了一个诗歌沙龙。此事由我提议，由别人牵头，方式为每隔两个星期的周日上午，在青海省文联的会议室聚会，就彼此的新作进行交流。这一活动颇富实质性，大家都兴致勃勃。两三次之后，昌耀也参与了进来，他拿在沙龙中参与交流的，就是此后那首大名鼎鼎的《慈航》。

问：您参与创办过诗歌刊物吗？您参与创办过诗歌报纸吗？编印或出版过诗集吗？

答："婴啼"诗社曾筹划过编辑一期《婴啼》诗刊，诗稿与纸张材料都已准备到位了，最后不知因何胎死腹中。

问：20世纪80年代大学生诗人们最热衷的一件事是诗歌大串联，您去过哪些高校吗？和哪些高校的大学生诗人来往比较密切最后成为好兄弟啊？

答：涉及这个问题时我突然想到，在谈论"80年代的大学生诗歌运动"时，除了我在前边谈到的这一运动的"早期形态"，或曰"非运动形态"，是否还有一个大学生诗人们的"校园后形态"？亦即在毕业走出校园之后，大学生诗人们对前期诗歌活动的延续乃至放大。在我的印象中，四川的"莽汉主义"，便是这一形态的典型。

假定这个"校园后"概念成立，那么，我的这类记忆应该比较丰富。当然，这都发生在我1982毕业之后。可分为两种类型。

其一，是我独自出行期间在沿途城市与诗人们的来往。诸如与成都诗人黎正光、杨远宏、石光华，重庆诗人陈屿，兰州诗人二毛、韩霞等。韩霞是20世纪80年代一位活跃的女诗人，蒙古族。她以韩霞的名字成名后，又换了一个蒙古族的名字继续活跃，至20世纪80年代末期从诗坛消失，据说去了巴基斯坦（祝她一切都好）。与杨远宏相聚是在其家中，他特别叫来了石光华一起喝酒聊天。远宏长我十余岁，厚道、豪爽、雄辩。与其大名颇为一致的是，他是一位怀有"远大宏伟"理论抱负的人物，在受到善意的调侃与攻击时，常以气急败坏之后的妥协而收场，凸显出宽厚、温暖的人性光辉。当晚聊得投机，喝得兴奋，期间其夫人进来倒茶，远宏让我叫嫂子，我没有理由不叫。但他觉得我声音不够响亮，又站起来摁着我的脑袋让我再叫，我再次唯命是从。最后得到了他用川语表达的一句满意评价："燎原，好小子！"啊，谢谢远宏大师为我摩顶。

但这场大酒并未至此结束。2007年首届青海湖国际诗歌节上，我与主办者吉狄马加相遇，我说这是我们第三次见面，马加纠正我说是第四次。见我疑惑，他说第一次见面是在杨远宏的家里，当时他被借调到了《星星》诗刊，下班后经常独自待在编辑部。那天杨远宏约他一起过去喝酒，他因其他事情耽搁，待赶到时我们已经七倒八歪……说这番话时，这位当年西南民族师范的大学生诗人，已经是一位不时在国际诗歌论坛上发言的人物，并且是青海省的行政长官。第二天晚上，我又与参加诗歌节的杨远宏等人喝了一次马加的酒，酒后清醒而归。

其二，是与造访青海的诗人们的来往。这其中先后有来自上海的宋琳，浙江的伊甸、沈健，四川的廖亦武、雨田、萧开愚，陕西的李震，东北的宋词等等。他们前来青海，除了造访青海的山水外，主要就是造访昌耀。有的则是前来找我，比如廖亦武，然后再一起去见昌耀。

问：当年的大学生诗人们最喜欢书信往来，形成一种很深的"笔友关系"，您和哪些诗人书信比较频繁啊？在收到的读者来信中有情书吗？发生过浪漫的故事吗？

答：有过不多的书信来往，也是在我1982毕业之后。其中有廖亦武、伊甸、宋琳、二毛等人，另外还有杨炼，但杨炼似乎不属于大学生诗人的叙事范畴。

至于你所说的情书和浪漫故事，有还是没有？我想不起来了。

问：在您印象中，您认为当年影响比较大、成就比较突出的大学生诗人有哪些？哪些诗人的诗歌给您留下了比较深刻的印象？

答：在我的印象中首先应是叶延滨、王小妮等早期大学生诗人；再就是"校园后"类型的宋琳等人的"城市人"写作。其中宋琳的《致埃舍尔》等带有复杂文本技术特征的诗作，给我留下了极深的印象。

问：当年，大学生诗人们喜欢交换各种学生诗歌刊物、诗歌报纸、油印诗集，对此，您还有印象吗？

答：我所收到的，都是"校园后"时代的诗人们的刊物。诸如南京的《他们》，四川的《巴蜀现代诗群》《现代诗内部交流资料》等等。

问：您如何看待20世纪80年代大学生诗歌运动的意义和价值？

答：它是除旧布新的时代背景中，一代青年学子精神文化与哲学思想上的狂飙突进。现今虽已物是人非，但其挑战僵化的探索图变意识，已经成为今天的思想资源。

问：回顾20世纪80年代大学生诗歌运动，您最大的收获是什么？最美好的回忆是什么？

答：说到最大的收获，我想是我借此而进入了现代思想文化系统之中，它使我至今得以对封建专制文化保持清醒的敌意，并由此建立了自己评判事物的坐标与标准。

至于最美好的回忆，应是在与诗歌的相遇中，我青春岁月所焕发的勃勃生机。

问：目前，诗坛上有这样一种观点，认为20世纪80年代大学生诗歌运动是继朦胧诗运动之后、第三代诗歌运动之前的一场重要的诗歌运动，您认为呢？

答：在回答第一个问题时我对此已有所表达，这就是：比之此前的"文化大革命"时代流行的那些颂歌和战歌，此时"正在接受世界新的思想文化艺术成果的大学生们，与先行的朦胧诗人们一起，以其新鲜、陌生、叛逆性的诗歌特质，开启了中国现代诗歌一个全新的向度。及至稍后，他们又以写作中的个人性和文本的实验性，与朦胧诗的分野逐渐显现并加大，进而成为第三代诗歌的先声。"

但是，"80年代大学生诗歌运动"到底是一场"运动"，还是一种持续的"校园文化现象"？如果是一场运动，就应对它的本质、特征、边界、发展阶段等，做出必要的界定。现在的这个概念，似乎还处在笼统的未明状态。

问：当年您拥有大量的诗歌读者，时隔多年后，大家都很关心您的近况，能否请您谈谈？

答：说来惭愧，在我的感觉中，我的诗歌不曾拥有过大量读者，而我的诗歌批评的读者量可能要稍大一些,但那也已是我的"校园后"时代的事情了。

关于我的近况,得稍微把它往前延伸一下再长话短说:我1982年毕业不久进入《西宁晚报》编辑文艺副刊,1992年调入山东《威海日报》从事同样的工作。2008年调入威海职业学院任教授。在诗歌写作上,我因1988年发表在上海《萌芽》杂志上的一组诗歌,而获得了该刊的年度诗歌奖;又因此额外地得到了出版一部诗集的资助,这就是此后出版的我唯一的一部诗集《高大陆》。而从1992年开始,我由诗歌写作完全转入了诗歌批评领域。主要从事现当代诗歌、当代文艺思潮、当代重要诗人个体等方面的研究。我所看重的自己的作品,是《海子评传》与《昌耀评传》。《海子评传》在第一个版本之后又两次修订,共出了三个版本。而我自己更珍重的,是《昌耀评传》,它让我有一种不负写作的成就感。

吉林大学邹进访谈录
始于《赤子心》,我的文学路

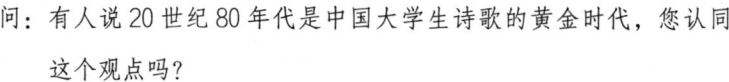

问：有人说20世纪80年代是中国大学生诗歌的黄金时代，您认同这个观点吗？

答：20世纪80年代的大学生诗歌运动，严格来说不能算是一场运动。要冠以运动必须要有主旨和组织，并且围绕一个活动或一本杂志，并且有一定的时间等等，这些特征好像都不存在。这期间出现过一本杂志《这一代》，只办了一期就被停刊了，差一点成为一场"运动"。

问：在20世纪80年代大学生诗坛上，吉林大学的言志诗社和《赤子心》诗刊都是地标式建筑。能否请您谈谈参加言志诗社和参与编辑《赤子心》诗刊的往事？

答：在20世纪80年代初，各个大学出现了文学社团，除我们吉大，还有山大、武大、复旦、北大等。这些社团多集中在七七级。吉大中文系只有我们一个班，以后很多年都是一个班，是个小系，但是个大班，一个班八十人。成立诗社时，一下涌进来二十多人，真有点像是一场"运动"。那时学校对社团持开放的态度，还鼓励同学们结社，那是缘于20世纪80年代政治祥和的大环境。我们的社团叫"言志诗社"，起名的时候大家发表意见，其实最后都是徐敬亚说了算，他是大哥嘛。我不喜欢这个名字，我说虽然诗言志，这谁都知道不消说，诗还言情呢。我们需要一个能体现我们面貌的名字，也就是不要那么具体，但我说了不算数。我们诗社有意思，从来没有说谁负责，没有过社长、主编之类的。但从创立，尽管有人进有人出，一直到了毕业才散伙。这期间我们出了九期杂志，杂志的名字叫《赤子心》。这名字又是怎么起出来的呢？也是每一个人提名，意见不统一。有人提到《语丝》的由来，也跟我们一样各人不一致，最后鲁迅提议抓阄，随手找一本杂志，说好第几页的第几个字，然后再第几页的第几个字，刊名就找到了。我们也这样试过，找了几次都没有"语丝"这么文学的名字，还是不行。当时《今天》的影响，可以用摧毁式的来比喻，它用创作改变了年轻人的观念，以致改变着社会，那才是一场真正的运动。年轻人把《今天》奉为圭臬，把《今天》上的作者视为导师，现在叫大腕。《今天》也只出过九期，但那是改变中国的九期杂志。所以我们起名字的时候，也会想到《今天》，往它身上靠，起的有《昨天》《明天》《未来》，诸如此类吧。"赤子心"好像也是老徐起的，那时我们甚至都不明确"赤子"的字义。刚出生的婴儿，子生赤色，故为赤子，可以比喻热爱祖国，对祖国忠诚的人。这似乎都不是当时我们的心理情节。不管言志也好，赤子也好，都有点揣摩学校和系领导的意思，表示我们是端正的，不会借社团乱来的。由于出了九期《赤子心》，后来也没有人再提"言志诗社"，只知道有"赤子心诗社"了。当时大学生文学社团，我们出刊是比较早的，所以影响也比较大。我那时还懵懂，能把自己的习作刻在蜡纸上，已经是莫大的荣耀了，不要说对《今天》里的那些大腕，对我们诗社的老徐、王小妮，都是十分尊敬的，他们上学之前都已有过发表作品的经历。记得有一次中午下课回到宿舍，老徐在楼道里叫住我说："邹进你的诗写得不错啊，再拿几首来我给你看看。"他是指我们前一天晚上系里搞诗歌朗诵会，我朗读了《石头城放歌》。那首诗现在是不好意思拿给人看的，而是我的朗诵激情震撼了几乎所有人。老徐这么一叫，叫我受宠若惊，回宿舍恨不得把写的东西毫无保留都拿给他看。那时诗社还没成立。诗社成立的时候，就第一批把我吸纳进去了。"赤子心"几个字是公木给题的，那时老徐他们应该已经有了更大的抱负，用自己的创作，也用《赤子心》这本油印刊物，敲开了中国文学的大门。而我们另外几个人，还只是把它当作一个孵化器，做着有朝一日当一个诗人的梦。那时候我自己跟外界联系不多，外联的事都是老徐在做。诗社聚会的时候，老徐会说又跟哪个学校的社团联系上了，《诗刊》的编辑王燕生或是雷霆来信了，然后我们为此兴奋一番，感觉我们是在孕育着一件惊天动地的事。接着我们就更加玩命地写作，专业课也不好好上了，外语更是不知丢到哪儿去了。现在回头看，我们诗社的几个人，外语都不行。终于有一天，《诗刊》发表了老徐的一首长诗，题目我忘了，反正是铺陈的长句，郭小川式的抒情，跟《今天》离得很远，跟"过去"靠得很近。从诗本身说写得还是不错的。很快，稿费寄来了，有好几十块钱，那时我一个月生活费25块钱，老徐请客，七个人在一家小店吃饭，确切说是老徐和王小妮两人请诗社其他人吃饭，他俩的恋情已经暴露了。记得还是用碗喝的啤酒。那时生活条件很差,有饭吃总是好的,但那顿饭吃得大家心里有点嘀咕,他俩这么一好,就等于从我们这个集体中分离出去了,他们是一个利益共同体了,后来又一同参加了青春诗会,在成为诗人的路上,明显比我们快了许多。还有,能在《诗刊》上发表作品,还是让人羡慕妒忌的。从那以后,大家好像都开始向杂志投稿,再不满足于在《赤子心》上自娱自乐,感觉只有在《诗刊》《星星诗刊》《青春》这些杂志上发表作品才能证明自己。我们陆续都在文学杂志发表了一些作品,但真正奠定我作为大学生诗人地位的,还是因为我曾经创办了《赤子心》,在这本油印杂志上发表过作品。时隔三十五年,姜红伟在编辑这本访谈录时,还能想起有邹进这么个人。

《赤子心》在当时大学生文学杂志中,应该算是水平比较高的,因为有老徐和王小妮,他们本来就有创作基础,写出的东西已经在一个水平上,对我们其他诗社成员来说,是一个很好的提携和促进。诗对绝大多数年轻人来说,只是一个生理现象,在理性思维尚不健全而又有了感悟和激情,诗是最好的表现形式,诗对写作者来说,要求并不高,新诗不需要对仗,押韵,更不讲究平仄,所以可以被当作信手拈来的工具,可以想到哪儿写到哪儿,想怎么写就怎么写,只要分了行了就可以。近两届鲁迅文学奖,如此国家级的大奖,也难免让人吐槽,把那些根本不叫诗的东西评上去,说明大家不知道诗是什么,就是所谓专家批评家,都搞不清诗的标准。倒是《南方都市报》创设的华语文学传媒大奖,还能体现中国文学的成就。《赤子心》从最开始还不是一个同人杂志。激情退却之后,诗社从最多时的二十几人,只剩下五个人,有我,老徐,王小妮,吕贵品,兰亚明,后来白光等加入进来,一直到毕业再没有变化,也越来越呈现出同人杂志的面貌。我们这个诗社,老徐一直是核心,虽然没有主编,大家轮流主编,但用现在的话说,是围绕在以老徐为核心的《赤子心》周围。老徐是个自我中心者,比较另类。有一张照片,班上二十多个男生照相,大家清一色的军装,只有老徐一人穿着一件条绒的外套,格格不入。他不是党员,支部跟他没关系,在班里也当不上班长,所以诗社就是他的舞台了,要不大学四年还不把老徐憋死。

问:能否请您谈谈您在吉林大学期间的诗生活?

答:进入诗社后,创作进步得非常快。与其说是个人创作,不如叫作集体创作。每人诗写出来后就在诗社传看,大家在上面批注,提个人的意见,有的人认真分析评论,像小妮;有的人嬉笑调侃,像白光;有的人煽情卖萌,像老兰。这些原稿我基本都保留着,已经是比较珍贵的资料了。要是以后有谁搞诗歌图书馆,我可以捐出来。这些活动大都是在课堂上完成的,创作一般都是在课下、自习时间创作,到了上课,不好好听课,开始传阅作品。我们是个大班,全班八十人一起上课,座位是自由的,先来后到,所以要传阅一遍也不是件容易的事,要麻烦前后的同学传递,不免影响别人听课,还不能让老师看见。不过授课老师一般也不管就是了。尽管让同学传来传去也招人烦,但我们是在写诗,又不是传情书,自己也感觉有特权一样。

　　自己感觉诗写得好了,就蠢蠢欲动想投稿了。除了《诗刊》《星星》诗刊、《人民文学》,还有《青春》《芒种》《萌芽》也是经常投的。没想到这是一个异常艰难的历程,稿子投出去,天天等着回音,魂不守舍,那种创作和交流的快乐都没有了。开始杂志社还给回信,多是体面的感谢话,回复多是油印的,偶尔下面有一两行编辑的手写体,就让我受宠若惊了。投出去

吉林大学《赤子心》诗刊1980年第九期终刊号

的稿很长时间没有回音，然后再投另一家。其实同时投也没问题，效率更高，但守着不能一稿多投的规定，生怕两个杂志都采用了，被追究一稿两投。那时候真是很单纯。后来我到了《中国》，特别是《人民文学》这样的国家刊物，来稿三天一麻袋，但我还是能体谅作者的心情，尽量地亲自写退稿信，手写体的。大学期间投稿无数，录用寥寥，统共发表了十几首诗。奇怪的是，自己认为好的都没有发出来，发出来的那些现在都不好意思让人看。

问：当年，您创作的那首《虽然》曾经很受读者喜欢，能否谈谈这首诗的创作、发表过程？

答：《虽然》是一首情诗，投了好多杂志都被退稿，或干脆没有回音。

但写得很好，很多同学都能背下来，现在有些聚会场合我还经常朗诵它，把情诗写到这个水平还不容易呢！"虽然我没有爱上哪个／其实我已经爱得很多／凡是纯洁正直的姑娘／都被我深深地爱过。

虽然我已经爱得很多／但还是怀着爱的寂寞／因为还没有一个姑娘，从心里真正地爱我。

等到有一天爱到狂热／胸中盛不住爱的圣火／我会对她们其中一个／把一切都向她诉说／等到那时候爱得难过／就会奔腾起爱的狂波／我要用我滚烫的热吻／把她薄薄的嘴唇烧破。"这首诗虽然没有政治含义，没有历史和生活的沉重感，作为一首表达年轻人朦胧的爱情和炽热的情感，有对象而不直说的表达方式，无疑是一首好诗！跟苏联歌曲《红莓花儿开》有异曲同工之妙。可惜没有发表出来，耽误了一个诗人的成长。

问：目前，诗坛上有这样一种观点，认为20世纪80年代大学生诗歌运动是继朦胧诗运动之后、第三代诗歌运动之前的一场重要的诗歌运动，您认为呢？

答：20世纪80年代的大学生诗歌，叫它运动也好，它是由朦胧诗运动焕发出来的，是一个现象，它和第三代诗歌运动不同。第三代诗歌的作者不满朦胧派诗人给他们的压抑，并且在创作上已经趋于成熟，他们摆脱了后"文革"式的语言，更加生活化、日常化，更多关注一些小事，而不是国家大事和英雄主义情结。大学生诗歌更多还是对《今天》的崇拜和模仿，是朦胧诗诗人的拥趸。而第三代诗人已经不承认他们跟朦胧诗的传承和学习关系，他们要搬开压在身上的大山，提出"打倒北岛"，要自立门户。其实许多第三代诗歌运动的诗人就是20世纪80年代初毕业的大学生，只是他们不满或想颠覆朦胧诗的基本特征和价值取向。

问：在20世纪80年代，有一本文学刊物在文坛上影响特别大，这就是著名的《中国》文学月刊。我知道您曾经在该刊担任诗歌编辑，为中国当代诗歌的发展做出了贡献。能否请您谈谈您在《中国》当诗歌编辑的故事？

答：1985年，我从北京语言学院调入中国作家协会《中国》文学杂志，1986年初，牛汉提出了"新生代文学"的概念，这是一个具有更大包容性的概念，所谓新生代就是相对朦胧诗而言，他们或是从朦胧诗脱胎而来，或是无师自通，自然天成。新生代诗歌要求诗回到诗本身，诗不是政治的诠释，这已有共识，但诗还是语言的艺术，不是个人情绪的传声筒。不论什么门派，什么主张，只要达到这个基本要求，就可以归到新生代文学的旗帜下。《中国》一个半诗歌编辑，除了我，还有半个是吴滨，他同时编小说。吴滨是山东大学中文系七七级的，他们也有一个诗社，出了杨争光，韩东，王川平。《中国》诗歌都是出自我们俩的凡眼。可以说，当时和之后很长一个时期活跃在诗坛上的人，几乎都在《中国》上出现过，有第三代诗人，像胡冬、苟明军；有汉诗运动的诗人，如万夏、宋渠、宋炜等等；有上海诗歌群的诗人，像陈东东，宋琳，陆忆敏，还有许多不在任何团体，任何门派里的诗人，像广东的黄灿然，北京的西川，甚至还有些轶名作者。这种编辑的方式或许也来自《赤子心》。当时我们七个人水平不一，对诗的理解不同，创作手法差别更大，但我们可以把作品汇集在一起，我们从来也没有打算创立一个以创作方法为宗旨的门派，但我们又是一个同人杂志，有着最大限度的包容，所以也把矛盾收缩到最小。如果不是大学毕业，

《赤子心》还会存在相当一段时间，不会在一个时间节点上戛然而止。1986年底，《中国》出完最后一期后被迫停刊了。新生代诗歌也被迫终止，在一场又一场风暴之前。《中国》是我把在《赤子心》的创作实践和编辑经验，用来体现个人理想的一个场所。其实，那时我的创作思想还不成形，但已经有了一个阵地，又赋予了极大的权力，一大批作者围绕在我的周围。我也知道他们是围绕在《中国》周围，《中国》代表了中国新文学的方向。短短两年，我自己的创作也进步很大。因为丁玲说，编辑为什么不能在自己的杂志发表作品？二三十年代所有的文学杂志，哪个编辑自己不是作家！这极大地激发了我们的创作欲望，我，吴滨，林千，都是《中国》的主要作者。我们都不希望自己的作品比自己的作者差，所以更加努力地学习新的创作方法。我想到大学时期投稿的艰难，而现在可以在自己的杂志社发表作品，还是中国作协所属国家级的文学杂志，还给稿费。每次总编室给我做稿费都按上限给，心里特舒坦。那时工资还不到一百元，一组诗的稿费就相当于一个月的工资，是一个巨大的外块。那种生活给我的感觉是又回到了《赤子心》，又回到了大学时代。可惜《中国》只存活了两年，要不《中国》就可以把我培养成著名诗人。而现在，尽管我的诗写得很好，人也自负，但不著名。张未民的说法是，我是在圈子外面，圈子里面的人是一种玩法。张未民是我大学同学，吉林省作家协会主席。《中国》停刊后，我手里还积攒着大量的诗稿，很多都在发表计划之内，只能作退稿处理。大家从《中国》终刊词中已经知道了《中国》被迫停刊的经过，可以说是不可抗力，谁也不会责怪我们，在非官方文学界对我们都是同情，惋惜，声援，对作协都是愤怒和谴责。但我还是感觉这是一个未竟的事业，我还有责任把这些作品发表出来。尽管《中国》已经被解散，我们还保持着热情。我找到人民文学出版社的王晓，提出要编一本"新生代诗选"，王晓找到莫文征，老莫也同意，老莫是他的头儿。于是我就拉了我的大学同学霍用灵一起编辑这本诗选。因为作品是现成的，编得很快，作者都非常支持。那时出书也不容易，写信要材料很快就能得到。到了要出版的时候，老莫和王晓跟我们说篇幅不能太大，每个人的作品都要缩减，有十个印张三百页左右就行了。他们是好心要出这书，我们也不得已同意。最后又提出我和小霍写的前言也不能用，我和小霍也就是个编者而已。再一次地妥协，终于把这本诗选出版了，就是《情绪与感觉——新生代诗选》。

问：时隔多年后，当年您的作者和读者们都很关心您的近况，能否请您谈谈？

答：《中国》停刊后，我和吴滨，林千没有服从分配，制造了不大不小一桩公案。然后飞鸟各投林，各干各的去了。我从一个文学杂志的编辑重新变成了一个文学爱好者。1988年，在老徐，吕贵品，宫瑞华（《特区文学》主编，大学同学）的安排下，我去了深圳，跳到海里去了，期间有短暂的两年又回到作协，在《人民文学》杂志当诗歌编辑，但心已经野了，不再能被机关式的工作和人际关系束缚。1998年我创办了人天书店，现在在图书馆配供领域，我的书店是全国最大的，员工超过一千人。2011年，又由人天书店捐资发起成立了北京蔚蓝公益基金会。有钱的图书馆，我们把书卖给它，没有钱的图书馆，我们把书送给它。蔚蓝基金的目标，是捐建一千家蔚蓝图书馆，目前已经捐建了三百六十五家。在停顿了差不多二十年之后，我又重新开始了创作，近年出版了四本诗集，分别是《为美丽的风景而忧伤》《它的翅膀硕大无形，一边是黑夜一边是白昼》《坠落在四月的黄昏》《今夜倚马而来》，除第一本主要大学前后的作品，后三本都是2006年以后创作的，第五本诗集《假如终将痛苦地死去》已在编排中，即将由作家出版社出版。

我们是如何创办《耕耘》刊物的?
——南京大学林一顺访谈录

问：请问南京大学的学生刊物《耕耘》是如何成为《这一代》创刊团队之一的？

答：《耕耘》创刊后不久，就不断收到全国各地一些兄弟院校的文学社团寄来的刊物，意在联系交流，随着联系交流的扩大和深入，就产生了合办刊物的意愿。首先提出倡议的是武汉大学《珞珈山》编辑部的同学，他们广发信件，多向征求意见，甚至利用假期派同学到一些高校进行面对面的商议。武大同学的热心得到了各方的积极响应（我记得来南大联系的是家住北京的张桦同学），于是初步约定先由北京大学、武汉大学、南京大学、吉林大学等十多所院校共同发起，联手合办一个文学刊物。第一次碰头会在北京举行，《耕耘》派了家住北京的陈颂同学参加。碰头会好像是在张桦家，开得很热烈。经过商议，确定了刊物的名称叫《这一代》，采用各校轮流主编的方式，确定了前几期主办院校的顺序，创刊号由武大负责，南大则排在第三期。不久，武大同学就寄来了《这一代》创刊词的初稿（好像由北大黄子平起草）和稿件目录以征求意见，一时间相关院校的文学社团书信频繁，大家都希望把这块共同的园地耕好、种好、护理好，办出高水平。在武大同学积极投身《这一代》创刊号的同时，南大也开始准备第三期的筹办，并得到了"文化大革命"后复出的老校长匡亚明先生的支持，校党委宣传部还答应给予财力上的资助，可惜后来《这一代》夭折，前功尽弃。

问：能否谈谈您和《这一代》这本刊物之间发生的有关故事？

答：武大的张桦同学暑假来南京是我接待的，年龄比我小几岁，对合办刊物十分热心。我们和武大的联系，主要是通过他进行的。《这一代》创刊后，全国各地要求加入这个团队的高校文学社团越来越多，应接不暇，影响越来越大，形成呼应之势，这种"横向联系"自然引起有关方面的注意和担心。正当《这一代》创刊号有条不紊地编辑、定稿、排印，各创刊院校积极组织宣传、预订、发行的时候，那年秋天（开学不久），从武汉传来消息：已经在印刷厂装订的《这一代》被有关方面查禁。这在当时，犹如晴天霹雳，把大家都轰蒙了。武大的同学为办创刊号付出了巨大的人力、物力、精力和财力，为挽回一些损失，他们从印刷厂拿回已经印好的部分创刊号的印张，自己装订成册，这就是后来流散到社会的残缺不全的《这一代》创刊号。武大的同学通过关系，给南大寄来了几百本残本，希望通过民间销售，收回些许成本。这对我们来讲，是义不容辞的事情。《耕耘》在南大南园门口贴出告示，引来无数师生争相抢购，不少外校的也闻风而来，结果不到半天，所有残本销售一空，货款很快

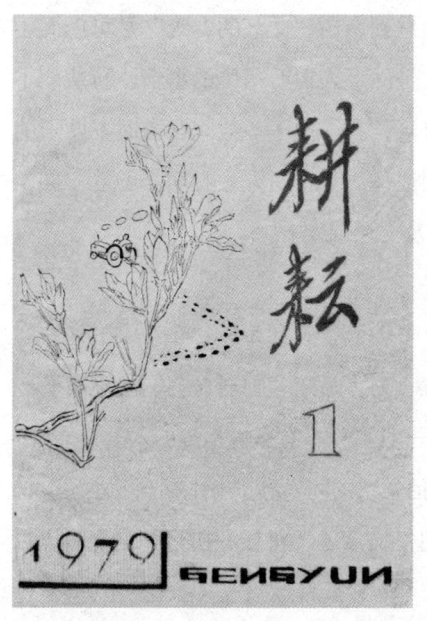

南京大学《耕耘》1979年创刊号

寄往武汉。这是我们为《这一代》力所能做的一件事。

《这一代》的被扼杀，是当时极"左"风潮进行思想整肃的信号。不久，省教育厅就来电话，要南大中文系讲清与《这一代》的关系。系里让我和系团委书记（教师）去教育厅，一个姓蒋的处长板着脸询问相关情况。我当时就和他顶了起来，我说我们参与《这一代》的创办，是经南大党委宣传部同意并得到校领导支持的，我们没犯什么错误，请不要用有色眼镜看我们。他无话可说，于是指责我们办《耕耘》未将每期印本送省教育厅审查。我说我们没这个义务，你想看，到南大来拿。结果不欢而散。临走时该官员发狠道："你给我小心点！"回校后，我把事情同系学生会和系团委讲了，当晚我们去找匡校长汇报，匡校长发怒道："不睬他！有事叫他们找南大宣传部！"后来省厅再没来找碴儿。

问：《这一代》刊物的出版对您的文学创作或者思想、生活产生了怎样的影响？

答：《这一代》应该算是同人刊物，创刊号里的一些文章有棱有角，有别于当时流行的"歌德"文学，有别于官方口味，多为对"文化大革命"的反思，以现在的眼光看，只不过想"抓抓痒"。

199

但它的夭折,却着实让人感到所谓"文艺的春天"是可望而不可即的事情,搞文学创作是件令人提心吊胆的事情。我从此不想当作家。毕业分配的时候,我选择了多数同学当时不愿干的大学老师的职业,并干到退休。我带研究生有两个专业方向:传播学和文艺学。后者涉及文学创作。

问:能否谈谈您当年创办《耕耘》的往事?并详细介绍一下这家刊物的创办历史(主办单位、创办原因、创刊时间、编委成员、主要作者、开本、版本、出版期数、有影响作品)。

答:前几年我所在河海大学传播学系的同学办了一本期刊《小星》,向我约稿,我写了一篇回忆文章《〈耕耘〉初记》,现附上,大致可以回答这个问题。

《耕耘》编委会成员主要有:林一顺(主编),程玮(副主编),沈泰来、周晓扬、顾肃晶。

问:1978—1980年全国各地高校创办的大学生刊物给您留下最深印象的有哪些?请举例说明。

答:印象深刻的有吉林大学的《赤子心》、北京大学的《早晨》等。江苏师范学院(现苏州大学)

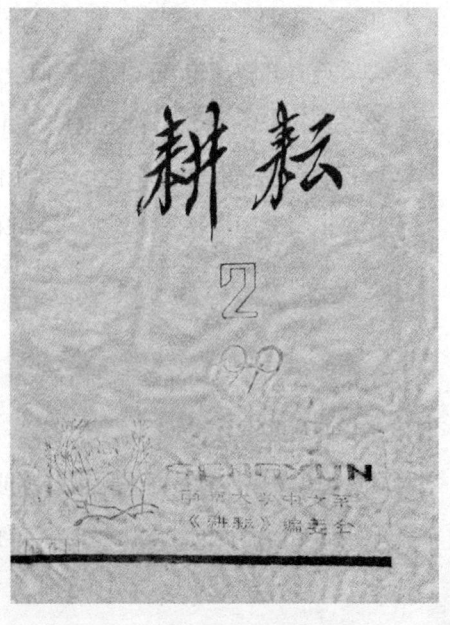

南京大学《耕耘》1979年第二期(张桦提供)

所办的《吴钩》对当时领导人华国锋在回答外国记者提问时，表示不会判处"四人帮"死刑的态度提出质疑，认为还没公审就宣布决断，是不合法律逻辑的。这在当时是需要有点勇气的。

问：您如何看待当年的大学生文学刊物创办的意义、价值和贡献？
答：当年大学生文学刊物的大量涌现是时代的产物，是新时期大学生思想解放的产物，虽然昙花一现，但毕竟在中国文学星空上留下了一道划痕和亮色。我常常想，如果当年《这一代》没有被扼杀，而是一期期地按大学生们的思想毫无顾虑地办下去，中国当代文学将是另一番景象和局面。

中国大学生诗歌运动
记忆即道路——见证20世纪80年代
——杭州大学王自亮访谈录

问： 有人说20世纪80年代是中国大学生诗歌的黄金时代，您认同这个观点吗？

答： 从某种意义上说，的确如此。20世纪80年代本身，就是中国新诗继"五四"之后又一个黄金时代的开端，而当时的中国大学生，得风气之先，写出了许多极为优秀的诗篇，其数量之大、质量之上乘，是非常令人瞩目的；诞生了海子、骆一禾、西川、王家新、徐敬亚、王小妮、苏历铭、吕贵品、张德强、吴晓、余刚等一大批优秀诗人，其他一些年轻诗人虽然后来由于种种原因搁笔了，或进行其他文学形式的尝试，但那个十年大学生从事诗歌写作的数量十分庞大。也由于中国大学生在20世纪80年代，以群像的姿态出现在中国诗坛，大量的文学社团包括诗社的出现，中国诗坛有了一支强大的生力军，尽管当时对他们的认识有待时日。他们接受了西方的新思潮和新的诗学观念的影响,当然这种"新"也是相对而言的,这些思想与观念往往散见于一些外国文学和哲学杂志、书籍中,如《哲学译丛》《外国文艺》《世界文学》《世界美术》,以及李泽厚主编的那套"美学译文丛书",与此同时,当时校园的环境相对宽松,存在主义、精神分析和文学上的前卫思想大量涌入,给这些当时的校园诗人们以极大的刺激(记得1979到1980年之间,我所就读的杭州大学礼堂墙壁上,有人居然以"大字报"的形式,贴出《存在主义》和"未来主义"的介绍文字),加上对"文化大革命"十年的反思,"伤痕文学"的兴起,都为校园诗歌带来了足够的氛围和滋养。在我的印象中,20世纪90年代直至今天,中国大学生的诗歌写作热情,从来也没有像20世纪80年代那么高涨,诗歌的质量也未必超过20世纪80年代。也许,像北京、上海和四川这些地方的大学生诗歌,今天在写作技术上有很多新的东西,但总体水平(包括手法和技巧)上还是不及那个年代。

问:您是如何投身20世纪80年代大学生诗歌运动,参加或者创办过诗歌社团或文学社团的?担任什么角色?参加或举办过哪些诗歌活动?

答:谈不上什么投身大学生诗歌运动,更没有狂热表现,而是有所参与,有所介入。我是恢复高考的首届大学生,1978年3月考入杭州大学中文系读书。当时杭大是浙江省文科最强的大学,中文系在全国了有名气,古典文学和古代汉语尤其厉害,据说仅次于北大。杭州大学中文系名师辈出,如姜亮夫、夏承焘、王驾吾、蒋礼鸿、沈文倬、徐朔方、吴熊和、郭在贻、孙席珍、吕漠野等一批老师,构成了杭州大学汉语言文学的基本阵容,使我们受益匪浅。我们在这个环境里学习,获得了基本训练和引导，应该说，写作的起点还是比较高的。我的习作，记得是那首叫《笛声》的诗歌，得到了写作课老师余荩先生的鼓励，从此对诗歌发生了浓厚兴趣。

记得是1979那一年，由张德强和吴晓等同学发起，杭州大学中文系七七级同学成立了"扬帆诗社"。扬帆最早是个兴趣小组性质的诗歌组织，1978年9月前后，有十来个同学参加兴趣小组活动，在余荩老师的指导下，大家交流讨论诗歌，也打算邀请杭州的几家文学刊物的编辑来给我们讲讲课，辅导一下，同时想编一张诗传单，开辟一个小小的园地。后来便决定自办诗刊，并取名《扬帆》，小组成员每人捐两毛钱，用来买纸张油印小报。

"扬帆诗社"成员，最后发展为十八个人。虽然我一直给《扬帆》供稿，但我是最后一个加入这个诗歌团体的，所以印象很深，叫"十八棵青松"，是从"革命样板戏"《沙家浜》里来的，因为转移到芦苇荡里的新四军伤病员共有十八人。记得当时还自嘲说，我是大革命低潮时入党的，就是"徐特立"。诗社成立之后，出了一份叫《扬帆》的诗歌刊物，是刻印的，十六开本大小。当时我也写了不少诗歌，在《扬帆》上陆续发出来，包括《沉思》《枪的忏悔》等，后者是写张志新的，前者发表时还有一个罗丹雕塑的素描插图。也有一些散文诗之类的文字，发在《扬帆》上，现在看来，自然是非常稚嫩。

扬帆诗社的活动是比较频繁的：写作、交流、探讨、郊游、集会、朗诵。起初我是《扬帆》的撰稿者，在外围也多少有点感受，因为住在对面宿舍的张德强兄，除了对付功课，就整天忙于"扬帆"的事务，深受这份热情的感染，有时候我也参加"扬帆"的一些诗歌活动。活动内容很丰富，包括德强等同学至今还记得："校园草坪上围坐论诗的争辩声，中秋夜保俶山上吟诗赏月的兴致，台灯下刻蜡纸印诗刊的背影，四五朗诵会的热烈场景……"

随着"思想解放运动"的展开，对民主与法制的深入探索，《扬帆》诗刊上刊载的诗歌也逐渐尖锐犀利起来，敢于触及时弊，发表政见，具备了初步的批判意识和反思精神，如冰凌的《魔鬼礼赞》、余刚的《为了让白鸽高飞》、晓鸣（王依民）的《怒涛颂》、石流（吴晓）的《法律，快护卫赤裸的真理》等。

1979年6月20日，《扬帆》还专门编印了一期四版的"号外"："纪念张志新烈士专辑"，刊载了十首诗，表达大家对被残酷迫害、割喉牺牲的女英雄的痛悼之心。我也写了一首《枪的忏悔》，以纪念死去的张志新，调子是愤怒与思索交错的。但这个时候，我们还不知道这一惨剧的全部真相。

1979年底，我还写了一篇很长的文章，对1979年的中国诗歌做了一个述评，大约有一万字左右，这可谓"野心不小"。这篇文章当时并没有发表，似乎也没有地方可以发表。好像是代表"扬帆诗社"做的文字，但我记不清是受命于社长还是自己毛遂自荐。去年年底，我找到了这篇文章的手稿，发现自己当时的批评文字还带有很强的"文革体"痕迹，有"指点江山"的味道，试图对这一年的全国诗歌创作做一个全面的评价，包括对艾青、叶文福、白桦和其他新涌现的诗人，从现在的眼光看，像一份综述而非批评，更多地从政治和社会的层面分析了这一年的诗歌，尽管也有一些艺术分析，但显得肤浅、浮泛。不管怎样，这是我诗歌批评的第一次尝试，是对全国诗坛年度创作的一次透视和分析，"宏大叙事"之中也有一些条分缕析，过了三十五年，读起来仍有点敝帚自珍的感觉。

1979年，全国十三个高校的文学团体，联合出版了一个民间刊物《这一代》。年底，《这一代》创刊号（也是终刊号）终于寄到了杭州。但中间少了十六个页码，根据目录，正好是一辑诗歌"不屈的星光",包括徐敬亚的《罪人》、黄子平的《脊梁》、王小妮的《闪》、超英的《沉默的大游行》等,第九十六页之后也不知少了多少页,翻译的日本电影剧本《犬神家族》才印了个人物表,正文都还没开始。扉页上临时油印了几句告读者书:"由于大家都能猜测到、也都能理解的原因,印刷单位突然停印,这本学生文艺习作刊物只能这样残缺不全地与读者见面了。"

为了让寄到杭州的一千册刊物及时送到读者手中,我们扬帆诗社的同学全体出动,在会议室里打包寄发,邮往全省各地,同时抄写了《告读者书》贴在布告栏上,请同学们谅解。这些缺页的刊物反而激起了大家的极大关注,好多同学等在校门口,争购这本也许会成为历史文物的唯一一本大学生联合自办的文学期刊。据张德强说,这件事引起了校方的不安,把他叫到中文系办公室,要求停止发行,但又不能使人感觉他们压制民主,提出两条:一是撕掉广告,二是别在本校卖。

记得那天我和老张,还有晓鸣、石流等同学一大早就带着好多本《这一代》出门,还未走出杭州大学东门,几十本刊物就被抢光了,我们赶紧捧着书包乘车前往浙江大学,在大门口地上摊开广告,很快有同学围上前了解情况,于是,几十本刊物又被一抢而空。这个时候,警察过来了,要驱赶我们,我们带着没有卖完的十几本刊物,赶紧往回走。警察并不追赶,估计这些人也弄不懂上级为何要他们跟我们过不去,甚至有可能不知道我们卖的是什么样的刊物。这件事情,给我留下太深的印象。

问:20世纪80年代大学生诗人们最热衷的一件事是诗歌大串联,您和哪些高校的大学生诗人来往比较密切最后成为好兄弟?当年的大学生诗人们最喜欢书信往来,形成一种很深的"笔友关系",

杭州大学《扬帆》1978年11月25日第三期

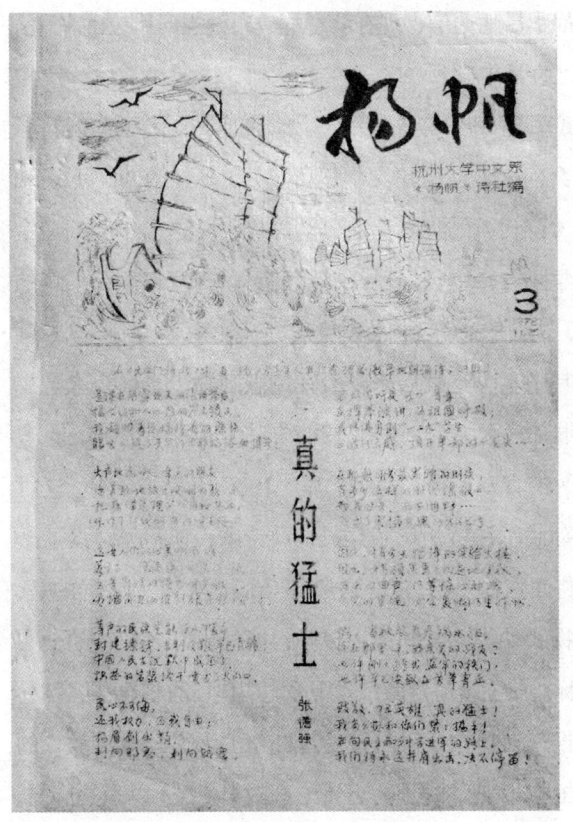

您和哪些诗人书信比较频繁？

答:"大串联"是"文化大革命"期间的事，我那时刚刚从小学到初中，还没有赶上。说到"诗歌大串联"，我们这些江南的大学生，还没有那么疯狂，不过省内范围的走动还是不少的。我记得那时与杭州师范学院的孙昌建、舟山师范学院的孙武军，交往比较多，特别是孙昌建，至今仍是密切联系。那时我们谈诗论世，饮酒喝茶，写作交流，也算是快意人生了。我还给孙昌建写了一首关于友情的诗歌《路遇》，前几年从一大堆字纸中找到，很是高兴，赶紧在博客上贴出，以免被湮没。大学毕业之后，足有好几年都跟昌建通信，现在我还能说出他当时单位的名称：杭州市西湖区袁浦中学。

认识孙武军是1980年左右的事。他那时从北京参加《诗刊》首届青春诗会回来，在杭州大学逗留了好几天。在20世纪80年代，参加《诗刊》的青春诗会，动静极大。这一年我们是大学三年级的学生，诗歌创作已经有点眉目了。现在翻开早年的诗歌笔记本，发现1980年到1981年我写得很多，算是第一个"创作高潮"，其中不少诗歌后来发表在诗歌刊物上。最令人意想不到的是，继孙武军之后，我在1982年大学刚毕业那年，也参加了《诗刊》的青春诗会，为第二届。1980年我和余刚、杨甘霖等人，陪孙武军在杭州玩了几天，谈诗歌，谈写作，谈这个时代和社会将面临的变迁，也谈到舟山和台州。我特别惊异的是，孙武军对植物和动物的认知能力极强，能说出好多植物的一大堆学名和俗称。在杭州植物园，他几乎能叫出所有植物的名称，对于像我这样来自海滨，没有接受过完整的人文与自然教育的人来说，简直佩服得五体投地。于是，我对《诗经》以来的传统，特别是"多识于鸟兽草木之名"，又有了新的理解。

1979年之后，我们与全国多家兄弟院校大学生社团的交流日益增多，从东北吉林大学赤子心诗社的《赤子心》到西南贵州大学的烛光诗社，从北京师范大学的《初航》到广州中山大学的《红豆》，从武汉大学的《珞珈山》到西北大学的《希望》，等等，起码有三四十家刊物在互相赠阅。我记得与自己直接通信的是王家新、高伐林等人，还有一些大学生诗人，我就不太记得起姓名了。一般情况下，我们与他们的具体联系，包括起草信件都是老大哥张德强代表的，记得对面寝室的老张老是在回复信件，几乎到了起早贪黑的程度，假如我说的还不算夸张的话。印象中，我们扬帆诗社联系得最多的，是东北的《赤子心》、西部的《希望》和华中的《珞珈山》，特别是徐敬亚、王小妮、王家新和高伐林，连他们寄来的信封和信笺是什么样子的，我仿佛还有记忆。徐敬亚的字最为奔放，信写得也最多。他们的来信，我们是传阅的，然后还是辛苦张德强回复，但是那种兄弟姐妹般的感觉，在我们之间像炭火一样燃烧着。去年在杭州碰到徐敬亚和王小妮，旧事重提，他们不禁感慨万状，连忙叫我代为问候张德强兄。

对我们来说，影响最大的要数《今天》了，它让我们接触到现代象征派诗歌，读到了江河、北岛、顾城、舒婷、芒克等人的朦胧诗。每次读到《今天》，仿佛与他们呼吸都连接着，心都一样跳着，"这一代"感觉，油然而生。1982年7月，我在北京见到了江河，感到很惊奇，如此俊逸的一个人，怎么能够写出这般有历史感的诗歌？应他的要求，我给他留了一个地址，他也写了一个地址给我，但后来我们还是没有多联系。我至今不能忘记的是，连《今天》的封面都对我们形成如此大的冲击，内文虽是油印的，但诗歌和小说的形式，紧紧地抓住了我们。

我记得这么多期的《今天》，基本上是由冰凌从南京带过来的。我们没落下一期，而且读得如此之细。好多期《今天》我们是在课堂上悄悄传阅的，而且不允许某个人看得太长久，以免妨碍后面同学阅读。只要《今天》到了，我们是顾不上听课了，换句话说，听课还照样听课，但基本上没有入耳，刊物的内容却完全印在心里。多年后我碰到北岛，提及此事，他也感觉非常奇特，诗人伤水还专门向北岛要了两套早期《今天》的复印本，给了我一套。不过据余刚回忆，《今天》是教我们文艺理论的蔡良骥老师从福建带回来，可是我一点印象也没有，应该是冰凌从南京带回来的。

据张德强回忆，1979年10月中旬的某天，扬帆诗社贴出海报，要在中文系举办一次小小的展览，展出全国各地的大学生文学刊物和其他民间刊物，受到了同学们的极大欢迎。大家把教室布置了一番，课桌排作一长溜，分摊那些油印的、打字的、铅排的、来自天南海北五花八门的学生刊物，使同学们大饱眼福，获得启发和触动。

问：当年，您创作的《渔村即景》《海岬》等诗歌，曾经很受读者喜欢，能否谈谈这两首诗的创作、发表过程？

答：这些诗歌我都写在大学期间，前者于1981年发表在《诗刊》上，后者在同学当中流传。可以说，那时的写作，还带有很大的自在状态，有感触就写，激情抵达才动笔，加上我从小生活在沿海地区，对海边的意象比较熟悉，有了一点诗歌技巧，就动笔了。后来读了"五四"以来的诗，加上受到《今天》和各大学诗刊的影响，就情不自禁地进入诗歌写作状态。

正是扬帆诗社的诗歌习艺生涯，给了我一个新的起点，初步解决了什么是诗歌的问题，同时激发了寻找写作题材和新的文学刺激的欲望。正好，1980年夏天，我应王依民的邀请，与余刚、杨甘霖等同学一起，到了宁波和舟山，特别是在舟山，找到了期待已久的场景和画面，也接触了一些海岛人物。那个假期我又回到了台州，于是就能够把整个东海完整地连接起来，赋予它一种勃勃生机。我们经过一些渔村，完全被那些生活和劳动的场景所征服，并深受感染。海的记忆复活了，个人经验被激活。有时我感到整个大海就是一个完整的意象，而那些船只、海岬、礁石和鸥鸟，马群似的骇浪，渔民手掌上的纹理，动摇的海平线，本身就是诗句。

与此同时，20世纪的七八十年代之交，我在大学刚好接受了象征主义和意象派,从刚刚恢复的外国文学课程中,从北岛和芒克的《今天》那儿,正好与我所观察到的剧烈变化的生活相吻合,也为我生命中的苦闷和骚动,找到了一个极佳的宣泄。于是,我从自幼就熟悉的沿海生活,从舟山找到的岛屿意象,和大尺度的海上情景,包括劳动、生死、爱恨以及沿海事物,发现了更为开阔的美感。联系阅读过的维尔哈伦、波德莱尔和兰波,特别是李金发的诗歌(我还能记得印有李金发诗歌讲义的纸质和色泽),就自寻快乐,在稿纸上构筑了一个"海上家族"与岛屿的象征系统。1981年春夏之交,我完成了《群岛》组诗的写作,大约由十几首诗歌组成,而《海边即景》是其中的一首,我把它们拆散零售了——就是说,我把这些诗独立地寄给诗歌刊物。

记得是1981年上半年,我大胆地给当时的《诗刊》常务副主编、著名诗人邵燕祥写信,并附了三五首诗歌给他。没有想到的是,他很快就给我回了一封信,告诉我诗歌写得很好,稿子处理由王燕生编辑联系我。一个顶尖层面的诗歌刊物主编,竟然给一个从未谋面的大学生写回信,这几乎是不可思议的。很快,燕生老师给我写信,通知我的诗歌《渔村即景》被采用,会在《诗刊》上刊登,这真是一件喜出望外的事。要知道,《诗刊》要发一个大学生的诗歌,在当时相当罕见的。1982年7月,我受邀参加青春诗会,与这件事有很大关系。

至于《海岬》,是我写的一首题献给余刚的诗歌,时间也在1981年下半年,大学快要毕业的时候。余刚是我的大学同学,诗歌写得非常好,而且极具现代派的气质,虽然我与他几乎同时写诗,也很谈得来,但写这首诗我绝对不敢掉以轻心。余刚眼界很高,我的诗歌要得到他的青睐可真不容易。从这首诗开始,我努力把更为广阔的意象,复杂的象征系统,与思想结合在一起。

在《海岬》这首诗中，我写到了巴黎、凡·高和聂鲁达，也预示了现代主义在中国的前景。这首《海岬》，以今天的眼光看，虽然不敢说经受了时间的洗磨，但尚能站得住脚。正是这首诗，见证了我与诗人余刚迄今为止三十五年的友情。

毕业之后，我很长时间没有忘记这首《海岬》。1984年，我在浙江台州地区创办了一个"海岬诗社"，成员有王剑波、伤水、江一郎、王彪、丁竹、周学峰等人，尽管只出了两期刊物，至今大家仍在怀念它。

问：当年，能参加"青春诗会"可是一件很了不起的成就，能否请您详细谈谈参加第二届"青春诗会"的往事？

答：能参加第二届"青春诗会"，是我所始料未及的。记得是在1982年5月前后，接到《诗刊》社王燕生老师的来信，要我准备参加《诗刊》社举办的"青春诗会"。接到这个通知既感意外，又有点引以为骄傲。当时我大学毕业不久，能接到这样通知甚为稀罕。年轻人总是有点虚荣心，实在难以避免。1981年下半年，我在《诗刊》发表过一两首诗歌。1979年到1981年之间，在省内外刊物上也发表过一些诗歌，都是在大学读书期间的事。我想，也许是得到了《诗刊》常务副主编邵燕祥老师的赏识，所以有了这个机会。事实上，这是最重要的原因。

我至今不知道是谁提议搞"青春诗会"的，这在中国新诗史上堪称大事，倡议和主办者厥功至伟。没有人能告诉我这一点，但一直相信邵燕祥师是始作俑者之一。当然，我还没有狂妄到自己参加过"青春诗会"才说它重要。三十五年来，"青春诗会"的作用和影响力有目共睹。过五十年后看，"青春诗会"也绝对不可能被湮没。"青春诗会"之所以成为后来人们心目中的"青春诗会"，还不在于如今人们所经常说的，是当代诗人的"黄埔军校"。《诗刊》辉煌的新起点，而在于"青春诗会"的创办，是在20世纪80年代之初，刚好开始冲破极"左"的思想和守旧传统，大胆发现和选拔年轻诗人，包括当时有争议的诗人，实在是一件不同寻常的事，相当于如鲁迅说的，打开闸门放了一线光明给黑暗中的人们。那份惊喜、新奇和预言价值，是今天人们难以想象的。我那时尚年轻，加上处于浙江这么一个相对平稳的江南之地，不太知晓其中的"内幕"。不过我后来也隐约知道了其中的一些争议、纠葛和较量，比如年轻诗人与老诗人的关系，朦胧诗之争，"歌德"还是"缺德"，对西方诗歌的态度，诗歌创作的风格与流派的问题，题材与方法问题，还落实到让谁参加"青春诗会"的名单之争，诗会的形式，等等，都有一些戏剧性的事件发生。

1980年的第一届"青春诗会"影响很大，参加者包括顾城、舒婷、江河、徐敬亚、王小妮和梁小斌等十七个人，都是年轻诗人里的佼佼者。在他们之中，后来我认识了江河、梁小斌和孙武军，徐敬亚和王小妮两人是近年才见面的，虽然在1979年前后，我在参与杭州大学扬帆诗社活动中，读过他们俩激情飞扬的来信。孙武军在参加"青春诗会"之后，就来我所就读的大学，带来了他参加首届"青春诗会"的很多信息，包括他们接触的前辈诗人，如艾青、严辰和邵燕祥等人，自然那时我心里也有点羡慕。这些参加首届"青春诗会"的年轻诗人的作品，那时我已经读过不少，尤其是江河、顾城和舒婷。我很看重江河的诗歌，对顾城的看法，确有诗歌天才，但其作品是良莠不齐的。舒婷的诗，大学校园里已经有所传诵了，但我并不十分推重。当时我很奇怪，为什么北岛没有列入第一届"青春诗会"的名单。后来很快就明白了，这是有深刻原因的。据说，初拟的名单里有北岛，后来被"大人物"划掉了。本来的十八人，变成了十七人。当然这是民间传说，不足为训。

"青春诗会"给我带来了几个"第一次"，在二十四岁的我看来，带有"走运"的意味，和扩展视界的性质，也算是对命运的一种改写。不过不是那种粗暴的改写，是持续和温和的那种，还带有自愿的性质。总之，参加第二届"青春诗会"，把我的生命跟诗歌打了一个"死结"。下面我所列出的这些"第一次"，都属于意味深长，嵌入生命内部的事件。

杭州大学《扬帆》1980年第十四期终刊号（张德强提供）

第一次上北京。这里我用了一个"上"字，说明了这个地方所处位置之高，之重要。《诗刊》编辑部可能考虑到我们这些人来自各省，很少来北京或没有到过北京，给了我们一些照顾，让我们多看看一些地方，如故宫、颐和园、圆明园、长城和十三陵。可以想象一个来自南方的年轻人，对北京的建筑、人物和文化氛围，特别是作为政治中心的首都，如此深厚、高大、威严，该留下什么样的印象？特别值得一提的是，从杭州坐火车经过华北平原时，我初次看到这片旷阔、平整和厚朴的原野，暗红色或灰土色的土坯房，在天空划出一个大弧形的飞鸟，以及精神抖擞的小叶杨、粗壮的大槐树，是极为讶异的，甚至内心时常会发出一阵欢呼。我熟悉的江南，此刻已经成为北方的参照系：土地和山丘被一块块分割，随处绿意，烟雨迷蒙，河港纵横，而街道上尽是一些多愁善感的人物。所有这一切，都被我的第一次北京之行改写了。"青春诗会"结束后，我写出了一些有关北方、北京和华北平原的诗歌，如《北京，七月的雨》、《故宫及其他》（组诗）和《对北方的向往》，以及重新发现的《南方》。当然，也萌生了一些反思的激情，比如十三陵，帝王和他们的时代，"文化大革命"，鲁钝、幽暗和拒绝，重现的生机，等等。多年后还写出了保留这个时期思想痕迹的诗作，如《以汉语俯视湾仔》《木马沉思录》以及《废墟中的爱》。第一次见到北京和北方所带来的震惊，证实我不折不扣地属于"后知后觉"那一类人，但无意中也带来一个好处，就是保留了持续的对比、永久的搅拌，以及细密绵长的影响力。

第一次接触这么多的诗人。除了同期的诗友，如刘犁、新土、周志友、筱敏、陈放、阎家鑫、赵伟、许德民之外，更重要的是认识了邵燕祥、严辰、王燕生、雷霆、朱先树、李小雨、寇宗鄂等诗人和批评家，认识了刚到《诗刊》工作，如今成为挚友的唐晓渡兄。这一来，就把我的诗歌世界大大拓展了。最大的遗憾是没能见到艾青。当时我们对艾青的推崇，是现在的年轻诗人难以想象的。也听说艾青与北岛之间有过芥蒂，但内心是站在北岛一边的。艾青对年轻人的不满，让我觉得他胸怀不够开阔，但对艾青的诗歌依然十分推崇。邵燕祥严格与亲近糅合的为人处事风格，王燕生的热情和幽默（老爷子对我关切是异乎寻常的，七十多岁了还到杭州来与我们小酌），雷霆的独立不阿和鲜明个性（永远记得他黝黑而俊朗的面貌，他对抽烟好处的全无根据的诠释，他的才情）。朱先树先生是这次"青春诗会"分工辅导我诗歌写作的老师，他对我的指导，是循循善诱的，也是和风细雨的，至今无法忘怀。当然，我内心最为感激的是邵燕祥老师，他对我的器重和教导，无法以语言来衡量，此后三十多年，也见过几次面，他总是对我那么宽容和理解。记得20世纪80年代末燕祥老师和几位诗人一起到天台山，我和洪迪先生作陪，见我这么忙，他就在饭桌上悄悄地对我说，如果不能专心写作的话，就每天记一点吧，记几句话也是好的，以后会很有用。可是我是这么的不成器，连这一点都没有做到。2012年底，燕祥老师专程来浙江临海参加洪迪先生的诗歌研讨会。见过洪迪先生之后，八十岁高龄的他紧紧地拥抱着我，带着一种颤抖的声音说："自亮，我们可是多少年没有见面了呀！太高兴了……"我知道他这些年走过了太不寻常的路，但他思想的光芒和诗歌的激情，鼓舞了多少人。他几乎是中国良知的化身，真正的诗人。在诗友当中，我和许德民、周志友、刘犁、筱敏等很谈得来，特别是与筱敏，在相当一段时间里，保持着一种姐弟般的亲情，我与外界朋友通信最多、话语最投机的正是她。

筱敏对我的一切都这么理解，包括恋爱、婚姻、工作和写作，什么话都是可以向她倾诉的。她在青春诗会之后的次年，来浙江开会或办事，还专程到临海来看望我，可惜单位要我临时出差，也不敢抗命，再说那时通讯也极为不便，我们没有能够见面，至今仍觉得是人生一大憾事。

第一次参加真正的诗歌讨论会。对诗歌究竟怎么写，写什么，有了一个初步认知，开始了真正的经验积累。诗友的意见，《诗刊》编辑和批评家的批评，至今仍觉得大有益处。我还记得王燕生老师跟我促膝谈心的情景，他处理诗歌稿件的身影，犹在眼前。他是湖南人，又是军人出身，嗓音浑厚，说话直来直去，并不留情面，但心地是那么的良善，对我们诗歌境界和艺术的提升，又是那么的急切，好像就是他自己的事。他的幽默感是天生的，而且无处不在，疾恶如仇几乎是他的第二天性，我们完全为他的人格力量所折服。对雷霆，我也有太多的好感。我认定这是一个真正的汉子。他经常把我叫到一边，开一些小灶，关于诗歌，关于生活。他是属于"大哥"一类的人物，但确实是我们的老师，锐利、正直和友善，在他身上糅合在一起，这就是他的魅力。邵燕祥老师对我的要求更严格一些，在讨论我的稿子的时候，如此的直言不讳，指出我的一首诗，半开玩笑半认真地说："看起来像亭台楼阁，拆下来不成片段"，当时真的还有点接受不了，因为脆弱、自恋，还有一些莫名其妙的自尊，直想跑出去痛哭一场，为自己的无能，为着这首失败的诗歌。但，事后记起燕祥老师的这句话，却对我一生的诗歌写作，发生了决定性影响，教我尽可能地避免表面化的华丽和浮泛，而保持一种内在的激情，追求艺术的整体感。深入、坚实和沉郁，最终成为我诗歌写作的基本调性。

我与《诗刊》也就这样结缘了，直到今天。就在前些日子，我应邀参加了《诗刊》"第五届青春回眸诗会"。在青藏高原，在玉树，重新唤起了对那些日子的念想，对诗歌青春的祭奠，看到那些牦牛、水尼玛、摩崖石刻、庙宇和起伏的群山，有一种悲喜交集的情绪，涌入身上。又是《诗刊》！横跨三十二年时光，我参加了"青春"与"回眸"这两个诗会，从二十四岁到五十六岁，期间经历了多少世事，见过多少人，又有多少次的挫败和重来，是足堪"回眸"的了。从某种意义上说，我宁可把《诗刊》看作诗歌创作的摇篮，不想仅仅把它看作是"国家级诗歌刊物"。燕生老师、雷霆大哥，先后离开了我们，是一种难以接受的事实。为了准备这个问答，我昨天看了凤凰台许戈辉采访"青春诗会"当事人的节目，当燕生老师第一个出现在镜头上，说出第一句话时，我的眼泪就夺眶而出。雷霆大哥去世，让我深感震惊。记得当时我听到韦锦兄谈及此事，简直不相信，当夜回旅馆就写了一首挽诗：《雷霆如是说》。不，这不是挽诗，而是一支他在九泉之下也会喜欢的歌。正是"青春诗会"，让我认识了《诗刊》这些最优秀的诗歌编辑。从1981年算起，三十五年来我在《诗刊》发表的作品，先后累计一下，也有几十首了。处理我作品的编辑，先后有王燕生、雷霆、王家新、邹静之、赵四和唐力，正是他们不断地接纳我，给了我继续写下去的巨大信心。

最后我还想说一件有趣的事。记得这次"青春诗会"的安排，是让韩东和我住在一起，房间上也写着韩东、王自亮的姓名。当天入住之后，我发现韩东还没有到，等了很久不见韩东进来，夜深时我就先入睡了。习惯上我是关灯才能睡着的，半夜只听到有人进门，我在迷糊中问了一句："是韩东吗？"只听得韩东回应了一句，不，是一个字："是。"这样我就放心了，继续入睡。第二天早上，我醒得很早，发现房间里并没有韩东的人影，隔壁床的被子还掀开着，也无一物留在房间。不见韩东，我后来问了王燕生老师，他说韩东是来过，又回去了。因为单位里不同意他参加"青春诗会"，只好又回去了。到今天为止，尽管我和韩东同在一个房间里住过一夜，但可以说他长得什么模样，我一点也没有印象。所以，韩东是与我同住过而尚未谋面的人。

问：20世纪80年代大学生诗歌运动之所以风起云涌、波澜壮阔，应该说，很多诗歌报刊和文学报刊居功至伟。据您了解，哪些报刊在20世纪80年代大学生诗歌运动形成过程中发挥了推波助澜的重要作用？在您写诗的历程中，哪些报刊对您的帮助比较大？

答：20世纪80年代，作为校园诗人或诗歌爱好者，一方面我们投入到各种诗歌社团活动中去，在校园诗歌刊物上发表"诗歌和评论文章，包括跨校发表作品，诗社之间交叉发表作品，另一方面，国内一些重要的文学和诗歌刊物也发挥了很大的作用。除了《诗刊》和《人民文学》以及《人民日报》"大地"副刊之外，《星星》《花城》《飞天》《花溪》《萌芽》和《作家》，给我留下的印象特别深刻。在20世纪80年代中后期，《诗林》和《诗潮》也开设了针对大学生的诗歌栏目。我还对《青海湖》和那时刚刚创办的《滇池》有很深的印象。在校园，我们既忙于办诗歌刊物，又接受《今天》等民间刊物的影响，也经常到图书馆和系阅览室翻阅这些文学和诗歌刊物，这三者是互为影响的，也难解难分。所有这一切，都对大学生的诗歌运动起到了推波助澜的作用。

我们既阅读也投稿，那些编辑也很热心，稍微像样的诗稿，他们几乎都能回复。我曾经保留了一些退稿信和录用通知，有的字体奔放，有的娟秀，从几行到几页不等，给了我们莫大的心理安慰和鼓舞。或许是诗歌在那个年代大行其道的原因，或许那个年代的编辑特别有耐心，我们在投稿和得到回复的过程中，享受到了讨论诗歌的乐趣，与诗歌编辑交往的乐趣。我记得向《诗刊》《星星》或《萌芽》《飞天》等刊物投稿时，都会给编辑写上长长的一封信，虽然以现在的眼光衡量起来，有点理想主义的色彩，过于抒情，但在那个时代却是很正常的举动，我们这些大学生固然尊重编辑，但没有以功利的态度与编辑交往。说实在的，那些有经验的资深编辑，其文字功底、文化修养和独到眼光，对我们的诗歌写作帮助是很大的。回顾20世纪80年代，当时担任《人民日报》"大地"副刊编辑的徐刚，《诗刊》编辑王燕生，《东海》编辑楼奕林，《江南》编辑岑琦，对我写作有很大的鼓励和支持。

我对20世纪80年代的诗歌生活充满感恩

——安徽铜陵师专江文波访谈录

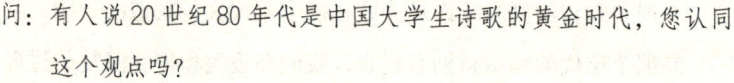

问：有人说20世纪80年代是中国大学生诗歌的黄金时代，您认同这个观点吗？

答：20世纪80年代，是中国历史上一个特殊时期，可能是空前绝后的了。十年浩劫刚刚结束，思想解放的大潮犹如火山喷发，冲刷着中国的大地。自由的鸽群开始飞翔，人文精神的旗帜开始升起，知识分子的精英群体率先觉醒，一批有觉悟、敢担当的作家拿起笔来，史称"伤痕文学"带着深沉、强烈的"反思"和批判精神，在"春寒料峭"的环境下终于登堂入室，引起轰动，一时洛阳纸贵。随之被称为朦胧诗的作品，也陆续从地下走到地上，并很快波推浪涌。这时候的文学作品带来的不仅是文学的复兴，而是给中国人带来了一次精神洗礼，所起的作用明显超出了文学本身。当时的知识分子几乎人人关注文学，形成了中国历史上唯一的一个文学的春天。

那时候中国天空上的太阳，都闪耀着文学的光辉；吹拂在神州大地的春风，散发出的都是浓浓的墨香。

校园历来是思想最活跃，最崇尚自由的地方，而大学生群体也历来是行走在时代的前沿，青春的旗帜迎风飞舞。而那时候活跃在大学校园的特别是七七—七九级学生，几乎集聚了中国沉淀十年之久、当代青年中所有的精英，人才爆棚，思想和智慧如积蓄已久的钱塘大潮，汹涌激荡。而文学特别是诗歌，给他们的旺盛青春和澎湃的思想，带来一片最合适的挥洒天地，一个宣泄的出口。

那时候几乎没有一所大学没有诗社，没有写诗和爱诗的群体。全国有众多文学报刊也闻风而动，开设了不同形式的"大学生诗歌专栏"，甚至出版"大学生专号"，发挥出推波助澜的作用。那时候写诗成了天底下最光荣的事，一诗成名屡见不鲜。

20世纪80年代的大学生诗歌，已经远远超越了文学自身的意义，而是已经成了一个时代的话题。特别是在中国当代诗歌史上，应占有浓墨重彩的一页。可惜研究的人太少了。

问：请您简要介绍一下您投身20世纪80年代大学生诗歌运动的"革命生涯"。

答：我的故乡是历史悠久的文化之乡，是历史上"桐城文派"代表人物的故里，文风昌盛，名人辈出。我的人生或许就是从文学开始。父亲还有乡间那些读过私塾的先生，算是我的启蒙老师；充满先人的智慧，被他们津津乐道的"典故""对联""四言八句"等，就是我最初的教材。当然父亲、城里的舅舅以及远近有限的藏书，更使我的童年获得无限滋润。

在小学四、五年级，我就开始斗胆写"长篇小说"，并给出版社投稿，并收到编辑的"亲自"回信，一时激动不已。以后，在初中、高中语文老师的鼓励下，我对文学的热情更与日俱增。到高中毕业前，我的处女作终于被印成铅字。我在父亲自豪的笑容里，做出了一个绝对影响命运的决定：做一个诗人。在做"回乡知青"的三年里，我受到县文化局谢清泉、章家礼、章晓忠、周若澜等老师无私的培养和热情的推崇。我陆续在《诗刊》《安徽文学》《安徽群众文艺》以及安庆市的《振风》、枞阳县的《战地黄花》等报刊，发表了不少的诗歌、散文等作品，在当地已是小有名气。

1978年春，我成为"文化大革命"后第一届通过考试录取的大学生。我怀着做诗人、作家而不是当教师的理想，踏进铜陵师专的校门。毕业后，我留校任教，并被及时送往安徽师范大学中文系进修。正逢文学的"黄金时代"，我对文学的热爱更加狂热，开始如饥似渴地阅读古今中外的文学名著，以及当时影响较大的报纸杂志，诗歌刊物几乎一份不拉，视野开阔了，知识积累丰厚了，精神也受到极大的震撼，对比国内外诗歌大师如艾青、戴望舒、徐志摩和莎士比亚、艾略特、歌德、普希金、海涅、兰波、艾伦·金斯伯格、泰戈尔、叶赛宁、波德莱尔等，以及朦胧诗代表人物北岛、江河、杨炼、舒婷、顾城等人的作品，我看到自己的差距，以及过去创作的种种局限性。我已经不那么骄傲，而是放弃过去，努力转型和突破，融进当时的主流诗潮。

说起那几年作品的发表，我就会想起一些诗歌编辑。20世纪80年代的大学生诗歌运动，离不开这些富有使命意识、牺牲精神，充满热血和情怀的诗人。我会想起广州花城出版社的林贤治，这是那个年代大学生诗人、青年诗人都很熟悉且充满敬意的名字，要说北有张书绅，南有林贤治，一点也不为过。他在《花城》做诗歌编辑，这是在当时很具影响的大型文学期刊，主发小说，诗歌版面有限，上稿之难不言而喻，而在其中的一期《大学生专页》上，我的两首诗被发在了头条，这对我鼓励很大。我还会想起米思及，他是云南《滇池》的诗歌编辑，我不记得他是否开设大学生诗歌专栏了，但刊物特别是诗歌栏目的"青年性""先锋性"显而易见，他对我的诗作算是青睐，多次发表。我还会想起本省的在当时也有全国影响的诗人钱锦芳，由马鞍山市文联主办的文学期刊《作家天地》，是当时中国几大青年文学期刊之一，其中的诗歌版面即由钱锦芳先生执掌。他特别关注大学生特别是安徽大学生们的诗歌创作，多次选发我的组诗，有时还作为诗歌栏目的头条。安徽的大学生诗人，几乎每个人都在他的版面上出现过，有的后来还成为他的朋友，包括我。就安徽大学生诗人的培养来说，锦芳兄功不可没。当然还有大家都熟悉的《安徽文学》的诗歌编辑刘祖慈等。

问：投身20世纪80年代大学生诗歌运动，您是如何积极参加并狂热表现的？
答：对诗歌发烧，不仅仅是读书那几年，而是我的整个20世纪80年代。

　　我是1980年下学期，去安徽师范大学中文系进修的，同去的还有一起留校任教的许正松同学。这位仁兄爱读书，勤思考，那时也埋头写诗，喜欢研究诗歌理论，诗写得自由洒脱，意象奇特，但可惜他很少投稿，发表的也很少。

　　其时安师大的学生诗歌运动已成气候，我和许正松，与其中几个同样狂热的诗歌信徒姜诗元、曹汉俊、黄大明等"同气相投"，很快成了"难兄难弟"。我们几乎每天都泡在一起，特别是每天晚饭后，我们就结伴走出校门，或散步，或找个地方小坐，谈论或争论的主题都是诗歌，比如哪个刊物发表了哪个诗人的作品，包括翻译作品，黄大明还经常把自己新写的诗，读给我们听，名义上说是征求意见，实际上是讨"赞"而已。他的诗受舒婷、顾城等影响不小，但的确有自己的个性，精巧而有韵味。我们几乎泡烂了芜湖市及周边所有的风景，包括哪个地方有个什么样的美女，曹汉俊、黄大明基本都记得清清楚楚，这些美女也给黄大明带来了不少的灵感，这位老弟大学四年，可能都在单相思和苦恋中度过的。那时候崭露头角的还有沈天鸿等同学，但我们接触不多。

  我那时已经带薪，抽烟喝酒方面我比较勇于出手，所以人气挺旺。由于有这段渊源，我与安师大的大学生诗人，多年一直保持密切的联系，包括稍后的钱叶用、查结联等。我进修结业回铜陵师专任教后，他们还常来串联，喝酒谈诗，抵足而眠，友谊甚笃，留下不少快乐的时光。他们在学校办了一个"江南诗社"，并办了一个油印《江南》诗刊，钱叶用很认真地约了我的诗，发在了"创刊号"上。

  还有一段难以忘怀的记忆。大约是1981年寒假，我和许正松、姜诗元、曹汉俊等四人，还策划了一次近乎生存体验式的很疯狂的"诗人之旅"。大家约定每人只带三十元（也可能是四十—六十元，记不太清了），去江浙一带"行万里路"。我本意是在山水和乡村之间行走，但曹汉俊等人要走城市，我便服从了多数。结果我们靠身上仅有的一点小钱，"流浪"了常州、镇江、扬州、苏州、杭州等地，最后弹尽粮绝，饥肠辘辘，连买回程的火车票都没钱了。青春无忌，精力过剩，一路上着实闹出了不少的笑话，但一路上还是快乐非常。印象最深的是在苏州虎丘，我们刚到景区，几双如狼似虎的目光，便不约而同地投射到一个美女身上。她与我们年龄相仿，是属于典型的那种苏杭美女，沉静、典雅、高贵，个子高挑、匀称，头发盘成很古典的发髻，皮肤白皙，着装素雅，有一种逼人的冷艳。如今三十多年过去了，当年的苏州女神经历过怎样的人生，现在不知是否风韵犹存？曾经沧海难为水，从那以后我在中国大地上再也没有见过美女了。

就在这不久，曹汉俊在南京的《青春》杂志，发表了一个组诗《中国，站在高高的脚手架上》，令人耳目一新，在高校诗人中引起注目。

问：大学毕业后，大学生诗歌运动的精神，还在您的身上延续吗？
答：是的，应该说我的整个20世纪80年代，都是诗歌的时代。从安师大进修结业回铜陵师专执教时，我担任的是"文选与写作"的教学，在讲解写作观念、艺术手法以及分析范文时，我经常涉猎国外的现代派写作、国内当时出现的有影响的作品包括朦胧诗的代表作，学生们非常振奋，课堂气氛热烈。凡我开课，教室都座无虚席。比如舒婷的《致橡树》，我竟然用好几个课

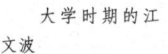
大学时期的江文波

时赏析这首诗,过去了几十年,有的学生见到我,还能回忆起当时我纵横捭阖的评点和激情飞扬的情景。我就这样将很多本性善良的学生,引上了"贼船",成为文学的狂热追求者。稍有慰藉的是,后来有些学生取得了一定的甚至喜人的成就,比如崔国发,他在散文诗的创作和诗歌评论方面,获得不小的成果,已出版多部专著。还有何显玉,也在报刊发表了大量散文、诗歌作品,并成为一家报社的顶梁柱。还有吴刚、陶红绪等,都通过文字工作实现了自己的人生的价值。

我在铜陵师专读书的时候,就参与主编一份油印的,差不多可以称为"校报"的印刷品《春潮》,发表了不少学生们的习作。这时候《春潮》已改为刊物的形式了,先是油印后来就铅印了,我一度是这刊物的主要负责人之一,所以必然重视刊发诗歌,甚至出过"诗歌专号"。其间我还向已颇具名气的大学生诗人王家新、安徽大学毕业的史辉等人约过稿,都得到他们的支持。安徽师范大学的那帮诗友,当然也是积极给稿,不亦说乎!诗心如火,激情澎湃,其间我还邀请已经成名的梁小斌来铜陵师专演讲,大受学生和校外写诗人的欢迎。时过境迁,他演讲的题目和内容,我已经忘得差不多了,只有一个细节还在记忆里生动着。演讲结束那天,梁小斌与我和一应人群,正经八百地一一告别,要下次再见了,但过去一些时间后,他给我打来一个电话,说是他把钢笔丢在我宿舍了,要我找找,他要回来拿。我终于在一堆书籍和纸张里,找到了他那支破旧的钢笔,而他也真的回来了,又是一一告别,下次再见。也难怪,他可能用那支贴有胶布的钢笔,写出了《中国,我的钥匙丢了》,舍不得。

20世纪80年代的铜陵,是安徽的诗歌重镇,诗人和诗爱者云集,比我们长一辈的有谢采筏、方遒、陈发玉、洪哲燮、叶葆菁、丛奉璋等，与我年龄相仿的有凌代坤、许正松、吴笛、周国平、周宗雄、严志海、陈建，小一些的有唐旺盛、钱邦东、崔国发、李柏芳、赵莉、刘淑英、车萍、王运芳等。当然远不止这些，只是一时只想到了这些名字，绝大部分都是大专院校毕业生或在校生。我们经常举行笔会、朗诵会等诗歌活动，诗友之间的往来也比较频繁，官方和民间还经常编辑诗集和诗歌刊物，整个城市都洋溢着浓烈的诗歌气氛。其间还评选了一次"政府奖"，我在《萌芽》杂志上发表的一首诗《我是祖国的新闻》，获得铜陵市人民政府颁发的优秀创作奖。

20世纪80年代中期，因作家王有路老师的推荐，我离开铜陵来到合肥，调到安徽省旅游局宣传处工作。这时我仍然嗜诗如命，与许多时在合肥居住的诗人往来密切，气氛也很活跃。当时合肥诗人云集，由公刘、严阵、刘祖慈、梁小斌等老中青诗人，组成了一个强大的在全国有很大影响的诗人方阵。由省文联主办、安徽大学毕业的大学生诗人蒋维扬执掌的《诗歌报》，以其先锋性、青年性、探索性，成为中国诗坛的一面旗帜。

就个人来说，其间最值得一提的是，我和当时已从安师大毕业分到《安徽画报》做文字编辑的查结联，联手创办了一份彻底的民间诗报：《拜拜诗报》，对开四版，甚是气派。首期发了我、查结联、曹汉俊、姜诗元等人的诗作，百无顾忌，特别"另类"。当时在合肥的安徽大学、安徽农业大学、中国科技大学等高校，诗歌运动方兴未艾，诗社林立，这期"诗报"引起一些传统卫士的恼怒，但在大学生诗人中引起极大的反响。后来好像是反"精神污染"，在安徽一时有点扩大化，他们将《拜拜诗报》拿去做反面教材展览，特别是曹汉俊的那首《我的生殖器硕大》被上纲上线，受到了铺天盖地的批评。我和查结联都被"调查"了，离撤职处分蹲大牢也只有一步之遥了。好在最后是有惊无险，但《拜拜诗报》也就寿终正寝了。不过回顾安徽 20 世纪 80 年代的大学生诗歌运动，或曰民间诗歌运动，不能不提《拜拜诗报》。

问：当年，您创作的那首《北方的童话》曾经很受读者喜欢，能否谈谈这首诗的创作、发表过程？那时你还有哪些自己比较满意的作品？

答：那时候差不多天天写诗，写出一批后就去邮电局投寄。《北方的童话》创作于 1983 年，至于创作的动因，是受某个见闻的触发，还是灵光一闪，记忆已经模糊了。上面我说到林贤治，他后来离开《花城》去办一个诗歌刊物《青年诗坛》，这个刊物存在时间不长，但一出来就在青年诗人中产生巨大的影响和关注。那些年我给林贤治先生经常寄稿，这首诗应该是他在编辑《青年诗坛》时，从我往日投寄的一摞诗稿中选出来的。发出后我最先从曹汉俊、姜诗元、许正松等诗友那里听到好评，我本人也比较喜欢。全诗如下：

  雪花染白的茅棚
  灯火灭了，走出一个
  扣着狗皮帽的猎人
  古老的雪橇
  将他推向一片
  灌满风雪的阔叶林

  这个世界也是饥饿的
  只有奇形的常绿树
  常常惊动他那双

星星般透明的眼睛
有黑色的鹰,但没有飞进
属于他的天空

蓦然,在一个
有小溪响动的地方
流来一串宁静的声音
他举起黢黑的枪口
整个森林,连同风
都习惯地绷紧
变成弦月般幽暗的雕弓

原始的梦境开始美丽
一只幼小的梅花鹿
悠闲地走着
不时地望着远方
仿佛要寻找天真的伙伴
又停在蓝宝石一样的溪边
欣赏自己
也惊异的造型

不知为什么
猎人的枪口,迟迟没有飘出
那一圈灰色的烟云
小鹿在飘飘的雪花里
没有惊悸地走了
猎人,连同森林和天空

都成了它的背景
　　　成了童话般的浮雕
　　　退进一片永恒的安宁

　　现在我来看这首诗，感觉到有明显的不足，但在当时的诗歌语境里，还是有可圈可点的地方的，比如意境还算纯净、优美，叙述流畅、洗练，有一定的童话色彩，小鹿的美丽、清纯的世界，使猎人的人性受到震撼，良知的复苏使他停止了杀戮，有一定的哲学意蕴和深邃的内涵，不浮泛，不滥情等。

　　自己满意的作品，当时觉得很多，现在觉得很少了。印象好些的还有一首《硕鼠》，20世纪80年代末发表在《诗刊》上，也听到一些好评。

问：目前，诗坛上有这样一种观点，认为20世纪80年代大学生诗歌运动是继朦胧诗运动之后、第三代诗歌运动之前的一场重要的诗歌运动，您如何看待20世纪80年代大学生诗歌运动的意义和价值？其中您个人最大的收获是什么？最美好的回忆是什么？

答：朦胧诗代表性的诗人大多全程经历了"文化大革命"，耳闻目睹或亲身经历，使他们的身心在重压下伤痕累累，其诗歌作品大多直接或间接地表现出对那一段历史的批判、思考，以及对邪恶的抗争和个人英雄主义情怀，题材还是社会性的，意识是群体性的，其思想意义和社会意义可能大于审美价值，这样就很难长久地保持艺术的魅力。所以在最初的激动过后，正在接受高等教育，开始接触西方现代派文学，眼界大为开阔，身处新时代、青春勃发的大学生诗人群体，就不满足也不能够沿着朦胧诗的道路继续走下去了，渴望超越开拓一代新诗风就成为必然。可以这么说，朦胧诗为中国的诗学观念的变革，打开了一条新路，大学生们走了一段之后，就发现了更广阔的世界。

20世纪80年代的大学生诗歌，较之朦胧诗，意识形态的色彩明显淡化，试图注重诗歌的艺术规律和个体生命的体验，题材更加广泛，手法更加多样，语言更具独创性和美学意蕴，加上大学生诗人群成千上万，几乎遍布全国每一所高校，所以其影响之广泛，不仅超越了朦胧诗，也是史无前例的。在中国新时期的诗歌进程中，她还起到了承前启后的作用，没有20世纪80年代的大学生诗歌运动，可能就不会出现后来的破坏与重建并存的"第三代诗潮"，也就没有当今中国诗坛走向多元、观念开放、千姿百态、新意频出的气象。

在中国的诗歌乃至整个文化史上，20世纪80年代的大学生诗歌运动，都是唯一的。就个人来说，最大的收获不仅仅是创作并发表了一些诗歌作品，而是拥有了一段快乐、纯粹、诗心如火、自由洒脱的生命经历和创造的喜悦。随着时代的发展与变化，那一种"活法"可能不会再有。我至今都坚定地认为，能作为20世纪80年代大学生诗歌运动的一个积极参与者，是我有生以来最自豪的事。一个人的青春如果能与诗歌为伴，即使后来融入芸芸众生，他的生命仍会保留一份与众不同的品质，闪耀着独特的光泽。青春终将失去，诗意的生命可通达百年。

20世纪80年代虽然已经远去，但那些与诗歌相融的美好、高洁与温馨，仍然存留在我记忆的深处，星星点点，俯首可拾。我时常想起的是与安师大诗友们交往的那份纯真、那份热情，以及那些散步论诗、海阔天空、激情飞扬的黄昏。在铜陵的日子，寒冬的深夜，我和诗友到街头小摊吃馄饨，夏天的夜晚，诗友们在我宿舍门前吃西瓜，在月光下朗诵新作的情景，至今历历在目。那个年代的诗人是纯粹的，是激情的，有外省的青年诗人如南京的周俊等，曾来我这里串联约稿，我也曾往北京，登门拜访已借调到《诗刊》的王家新，他那时住在一个老旧的四合院里，我们一见如故，朴素、真诚而儒雅的诗人，亲自掌勺做菜，晚上我们一边喝酒，一边谈诗，直到深夜方休。我去成都出差，还去拜访过著名诗人流沙河，诗人和他年轻貌美的妻子，在自己的家里热情接待了我，就像一个邻家的老者，和蔼可亲，慢声细语，侃侃而谈，并签名送我一本他刚刚出版的诗集。来合肥以后，梁小斌也常来我的宿舍，甚至自己热饭自己吃，这样一些温暖的场景，现在可能不多见了。

那时还是个靠书信联系、往来的时代，我与更多诗人、编辑、诗友的联系，还是靠写信，并存留着很多感动的回忆。我在铜陵的那段时间，与《安徽文学》的诗歌编辑刘祖慈，书信往来相对较多，他那时已是名气冲天的诗人，但我给他寄稿，他几乎是每次必复，而且认真，主要是说对我诗作的看法，以及一些诗歌的话题。后来我整理过一次，大约有十几封吧，都是用毛笔写的，他的书法确实不错，仅从书法的角度来说，这些信就有欣赏和保留的价值。黄大明同学毕业后，意气风发地报名去了西藏，一去就是十年。因为相距遥远，我们的通信相对较多，这对大明来说能聊解乡愁，消解寂寞，在心灵里保持诗歌的温度；对我来说，黄大明在西藏高原生活、写诗，是一件很新奇的事，与他文来字往能满足我的好奇，激发无穷的想象。

"友谊"与"诗歌"，是我与黄大明等诸多诗友"鱼雁传书"的主题。

书信是人类心灵沟通，传情达意，彼此关怀，缩短人际距离的最为温馨的传统方式，可惜在现代社会里正渐渐失落。我们那时候的"笔友关系"，留有鲜明的时代烙印，是那次诗歌运动的足音，就更加弥足珍贵了。

问：当年您拥有大量的诗歌读者，时隔多年后，大家都很关心您的近况，能否请您谈谈？

答：从大学毕业到20世纪90年代初期，我先后做过教师、电台编辑、省直机关干部等，后来分别在安徽省人民政府参事室《大开放》杂志、安徽省贸促会《经贸天地》杂志担任主编或执行主编。其中的《大开放》，曾以策划的新潮，思想的先锋，编辑和文体的新锐，装帧设计的时尚，一度给安徽杂志界带来冲击，创办第三期便发行了十五万份。

商业的潮水冲淡了写诗的激情，我和许多同代的大学生诗人一样，自觉或不自觉地渐渐搁笔了，在新的事业里继续追求着生命的价值。新世纪初叶，我更是跨出了许多人不能理解的一步，从体制内走向市场，创办了一家民营文创企业——安徽省经天文化传媒有限公司，又彻底地换了一种"活法"。一路走来，有苦有乐，有风生水起，也有低迷徘徊，一言难尽。好在公司经营的主要业务，如营销咨询、活动策划、音像制作、广告设计、媒体推广等，很适应我对"创意"的爱好与追求，商场上的竞争，也满足了我喜欢挑战、不甘平庸的个性。青年时代的所作所为，或许会在人的一生中留下痕迹。我的企业在行进中，一直活跃着诗歌的基因。我们曾举办过多次"安徽诗人之旅"活动，也举办过多次诗歌大赛、研讨会、朗诵会等，为诗歌走向社会甚至走向市场，探索出了适应时代发展的有益路径。

2011年，在合肥工业大学出版社的支持下，我青年时代的部分作品结集《江文波文集》正式出版，在我为诗歌卷《无语的石头》写的后记中，留有这样的文字：

"重新面对往年的作品，感到亲切又觉陌生，现成的熟语就叫'感慨万千'。这使我想起很多事,很多人,特别是那些曾经给我无私帮助和友情的老师与文友,他们的音容笑貌,与那个属于诗歌的纯洁岁月已融为一体,成为我难以忘怀的感动。

"这些作品的写作,毕竟多半距现在已有二三十年了,不仅事过境迁,而且是天翻地覆,但优秀出版人、作家、评论家朱移山等许多不俗的朋友,竟都认为这些诗作仍有品读的理由……是的,那个理想、激情和美丽的年月已经远去,但我们可以通过那个时期的诗文,来回味那段文学复苏、人性觉醒与民族奋进的历史,从而有所启迪。对我自己来说,'青年'毕竟是人生最宝贵的岁月,若能留下一点可以'自诩'的印迹,至少也可以温暖自己。

"虽然我还要在尘世的路上匆匆奔走,但生命的真正意义是栽培快乐。在这个物欲横流、'精神家园'似已失落的时代,我不期望这本诗集的出版能格外地带来什么,因为我确实只想——'回头向诗'"。

"也许诗歌曾经的辉煌不会再来,但那薪火相传的人文精神,永远是人类幸福的源泉。"

原以为搁笔十多年,再也写不出诗了,没想到竟然还能重新找到写诗的感觉与激情,我从《安徽文学》2013年第五期发表的我的一个组诗中,选出一首《黑色闪电》,大家便可窥见我现在诗歌创作的端倪:

  总有那样的夜晚,一道闪电
  披着黑色风衣,从浩渺的天空
  飞檐走壁,一跃而过

  黑色闪电,曾在十二星座匆匆落脚

溅飞的星雨，写出一部天书
不知从何处翻开，神秘莫测

是雷，是雨，大片流云的影子
在山巅行走，心事重重
就像那崖顶的石头，摇摇欲坠

坐在没有文字的青石上
人们抬头观天，预测大运
闪电，总让人战栗前世今生

他们花去很多农闲的日子
在天地间，打捞闪电的声音
蓦然摊开双手，却十指空空

我在心灵上方，点亮路灯
不让黑暗接近自己的眼睛
光明不用寻找，她就是我的灵魂

命运的瓶子，装满清亮的泉水
浇灌土地，春种秋实
我用一句朴素的话语，说完一生

我总在阳光的树下，灿烂写诗
黑色闪电，成为意外的象征
字里行间，庄稼繁茂，天朗气清

《安徽文学》的现任诗歌编辑、青年诗评家何冰凌对我说："你虽然十多年没写诗,但现在重新操刀,与当下的诗歌语境并没有距离……只要你拥有一颗诗心,终生写诗就有可能。"

2012年,我发起创办了网络文学论坛"知更鸟中文网",并自任总版主,还编印了《知更鸟文学》杂志。

我对20世纪80年代的诗歌生活充满感恩。

我的大学我的诗歌
——天津师范学院唐绍忠访谈录

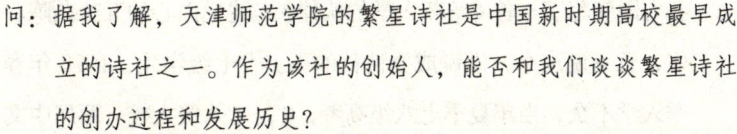

问：据我了解，天津师范学院的繁星诗社是中国新时期高校最早成立的诗社之一。作为该社的创始人，能否和我们谈谈繁星诗社的创办过程和发展历史？

答：言及我们的繁星诗社，我有多少话要说，又似无话可说，又不知从何说起，抑或如何述说。我很惶恐，有一种"不敢走近"的味道。儿时的亲热与成人后的疏离，形成强烈对峙；因此，见面两三番问候之余，便只剩下回忆的沉醉，而不敢言及当下与现实了。所以，这样的会面一不可多，二不可久。这是被我多次证验过，而最感凄凉的事。因为，语默的尴尬与破解，常让我陷入痛苦与无能，是我最不愿脚踏而又不得不踏的一种境地。久之，我便特别警觉与恐惧了。所以，宁可远远地望着和独自凭栏怅惘，也不敢走近。这次，您让我说说我们的诗社，"不敢走近"的味道就袭上心头。三十多年过去了,那个年代最小者也几近花甲,这三十多年的各自经历,有几人愿意真诚托出,有几人还保有真诚呢?我的诗友们如今都散落在哪里?他们有几人还在恋诗写诗呢?您是明白人,现在和人谈诗,别人会怀疑你神经不正常。这就是三十多年诗在社会上的价值变化。而20世纪80年代不然,那时人们充满了理想和正气,污染和腐败尚没觉醒与泛滥,所以诗,得以逞之。真是"三十年河东,三十年河西";时过境迁了。我不敢期望众多的当年诗友和我一起回忆交谈,只好独自呻吟,作一己之说。

1978年春我走进天津师范学院(现天津师范大学),时年三十二岁。我们班有个从农村考入的男生,已是三个孩子的父亲。你看,这是喜剧还是悲剧。他们夏天,要赶回去拔麦子,秋天回去种麦子,看他想我,内心总有一股悲凉袭来。好在我的班老三届的多,年龄相差不明显,但和别的班一比,特别是1980级,一水的应届高中生,相差一代人。看一眼那些水汪汪的青春少年,我立即就写了一首《给新入学的伙伴》,述说内心的五味杂陈。好,暂不说这个,说说成立诗社的事。七七级学生,1978年春季入学不久,当年夏季七八级高考,9月七八级入校。两届中文系同楼,一下子热闹起来,许多熟人朋友相见,欣喜异常。郭栋、周义和、郑秉伏、张重宪等我们一起商量成立诗社,起个什么名,议来议去,想起冰心的《繁星》,吉兆将来满校星光灿烂,确定了叫繁星诗社。并决定出版《繁星》诗刊。当时主要成员除我们五人外,还有徐晓莉、丁莹、张宏、李雪萍、李建营、孙荣华等。后来七九级的张建星、田齐、马志立等也加入进来。诗刊就是登大家的诗,谁写了就拿来,外系、外校的诗友也为之投稿,诗社同学轮流编辑,没有什么编委会的名堂。中文系许多人帮助刻写、油印、装订。繁星诗社的社员恰同学少年,

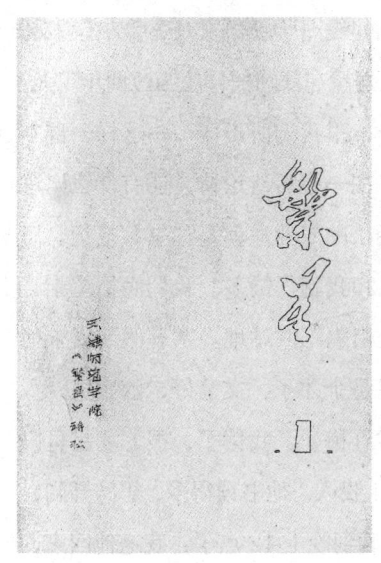

《繁星》1979年创刊号（周义和提供）

风华正茂，是师院的靓丽风景。这是一群有着不同生活经历，都从少年就爱诗写诗，又一下子聚会在大学的圣堂、诗意和梦想的天堂里的青年诗人们，这种聚集与接触碰撞引发的诗的活动，其力必弥深亦弥巨；活而动之，动而运之，相互激荡于各校各地，则必为国家级的风潮。因为他们有的在工厂滚打了十年，有人在农村浸泡了数年（上山下乡），也有的是刚刚高中毕业；这种经历的多元必定激发诗歌的多元，20世纪80年代大学生诗歌在初期是如此的。我的大学年代是1978—1982年，是20世纪70年代末至20世纪80年代初。

问：我知道您在大学诗友中威信很高、人缘很好，能否谈谈您和同学、诗友在大学期间交往的故事？

答：好的，那就和您说说我的大学同学兼诗友。郭栋，有在天津师范专科学校多年教书的经历，是由教师读大学的。他曾到我的铸工车间约我给他的学生讲诗，看过我一脸黑砂，腰间扎一条麻绳，手里提一根铁棍子的熊样。

在大学相遇，他乡遇故知。周义和，读高中时我去他的学校讲过诗，我们都在《天津文艺》等刊物发过作品，有过神交，高中毕业后下乡两年，而后考入师院，所以相见也很亲切。所以，成立诗社时我曾推荐周义和当社长。

七九级的张建星进校后，拿李子干（我的文友，后来《散文》杂志主编）老师的信，来找我，建星在铁路信号厂当过两年工人，也是一见如故。丁莹，下过乡，跟我无所不谈……这样一群本来就好诗的年轻人成立诗社，在一起写诗论诗，还有什么比这更开心、激情！中文系是最轻松的专业，就是读书、笔记、思考；泡图书馆，聊天。张建星和我聊得最多。我们俩相差十二岁，一旬，都属狗。俩人住处相隔三四站地。寒暑假或周末他总来找我，我也去他家。建星是个才子，文笔好，脑子灵。入学前写了一部长篇小说《白雪红梅》，我读了，很好。足可以发表。当然，这要看能不能遇上贵人。他书读得多，思路开阔，我们聊什么都很投机。经常是聊到晚上 12 点了，我送他回家，路上慢走慢聊，到了他家门口，兴致未尽，他又把我送回来。好几次聊至半夜一两点，才分手。建星活跃，好交友，他早熟，虽是七九级，专和七七级交往。和我、周义和、刘畅（现为南开大学教授）交往最多。现在回忆起来，建星那时就对未来有很高的憧憬和期许。他常说，未来属于我们，是咱们的天下。有时在校园里见面，就学着南斯拉夫电影里，一个人喊一声"消灭法西斯！"另一人回答"自由属于人民！"然后大笑。郭栋，思想前卫，开阔。我们俩聊得也多。我俩还骑自行车去北京大学，找他的读中文系的朋友，在北大住了一个多星期，拜访中文系教授，参加校园晚会，去圆明园、雍和宫访谈。我们校和南开大学中文系联系很多。黄桂元（现为天津作家协会副主席，《文学自由谈》杂志负责人，评论家、诗人）1977 年考入南开大学中文系，入学前我们就认识。我们繁星诗社的人和南大中文系很多人入学前就是朋友，所以两校许多课是互相听。比如南大叶嘉莹讲古诗词，我们去听；师院鲍昌（后来去中国作协任职）讲文艺学，他们来听。有一次我校中文系举办诗歌朗诵会，请了瞿弦和、曹灿、关山、孔祥玉等，繁星诗社有两首诗参加朗诵，有郑秉伏的一首，我的一首（《给新入学的伙伴》）；南开大学来了很多人，那是一次重要的诗的聚会。

问：能否详细谈谈您主编的《繁星》诗刊的创办情况？
答：说《繁星》诗刊，必须先感谢诗友，我同窗周义和。我的《繁星》诗刊和我的《铸工诗》，以及我发表作品的报刊原件、读《鲁迅全集》笔记等，整整一纸箱存档，在一次搬家中被家人当废杂志卖掉了。2009年，天津作协在《诗歌月刊》杂志搞《天津诗歌六十年纪念刊》，说起《繁星》诗社的事，我寻找《繁星》诗刊，从周义和那借到。用后我还给周义和，他说"给你吧！"我说"你为诗社保存了历史，这就是革命文献。这一切属于你的。你一定要好好保存。这是你生命宝贵的一部分。你在为诗社存档。"这次受访，我把郭栋、周义和、郑秉伏的电话给了您，是希望他们一起回忆繁星诗社。有许多事，我都忘了。记忆真是靠不住。回忆繁星诗社，必须以《繁星》诗刊为依据，千年的文字会说话。周义和把《繁星》诗刊原件给我拿来，1980年的天津师院中文系的诗歌运动复活在眼前。

  诗刊现存七册，为一一四、六一八期，缺第五期。一一六期是小三十二开，七一八期为十六开本。全部为刻蜡纸油印，手工装订，质朴简陋。我翻了翻，有一多半竟是我刻的。扁仿宋体。此外王玮刻的也很多，他的扁仿宋比我漂亮。我高中时是校团委宣传部板报组长，负责黑板报和油印《战斗报》。有过一些锻炼。

  第一期，1978年12月。第八期，1980年11月10日。第七期改为十六开，卷首页有中文系主任鲍昌的题词"文章千古事，得失寸心知"，是毛笔字，刻录下来的。我估计这是由三十二

《谷雨》1979年创刊号（周义和提供）

开改十六开的主因。从第七期大开本后，插图、题图、尾花多了，刊物活跃、有味道了。为图者有邵贵恒、王玮、刘鹤文（这些人现在都是教授了）。

诗社刘晓莉和南大叶嘉莹教授有联系，约来叶教授的《乡行》组诗，原作二十四首，在第八期选发了五首。

1979年7月秦牧先生来我院讲学，临行前为《繁星》题字"汗水灌溉才能"，并勉励大家刻苦学习，再接再厉。秦牧先生的亲笔题字，录刻在《繁星》第四期扉页。时间约为1979年9至10月间出版。（当时刻印，多是临时抓丁，几个人凑，出版意识差，有的无出版时间。）

有一位杨阳先生，连续在《繁星》发表翻译英美诗人的译作，今存第六期《火烈鸟》拉克伦·麦金农，第七期《梦乡》埃德加·阿伦·波，第八期《水鸟颂》威廉·卡伦·布赖恩特。丰富扩展了《繁星》诗刊的内涵。今天读之感激之至。

问：当年，天津师范学院的《谷雨》文学刊物也有一定影响，能否给我们简单介绍一下这本刊物？

答：那我就再说说《谷雨》。此刊是七八级宋安娜主编的文学综合期刊。诗、文、剧本、评论等一统入之。周义和存三期。1979年创刊。孙犁先生题刊名。宋安娜由《天津日报》文艺副刊部考入师院中文系，我们早就认识。我估计她看到《繁星》后，促使她搞《谷雨》。她在《谷雨》一期有《灯下漫笔》，说读了三期《繁星》的话。此刊创自1979年秋季开学之后，因所载诗，有写于1979年8月的。又，据《谷雨》二期，一个读者来信说，《谷雨》是由《大学生活》（中文系团总支学生会主编）改版的。《大学生活》是综合期刊，出了五期。每期页码较少十多页。还有《汩源》杂志，也是文学综合期刊，1979年11月创刊，是七八级甲班主编。宋安娜就在甲班。《汩源》只见一期，估计是并入了《谷雨》。

——杭州师范学院孙昌建访谈录

要烂掉了

我已经熟得

问：有人说20世纪80年代是中国大学生诗歌的黄金时代，您认同这个观点吗？

答：我理解的所谓黄金时代，可能正如狄更斯所说的这是最好的时代吧。我是1978年上的大学，那时叫杭州师范学院，后来叫杭州师范大学。那是从蒙昧走向启蒙、从闭关走向开放的时期，准确地说，那是20世纪70年代末到80年代初的一段时间，是个过渡时期吧，那时的校园中，老三届要夺回被谁谁谁耽误的青春，而我们这些60后一开始则感觉一片茫然和空白，因为无论是经历还是功课，我们都没有优势和资本。那时中文系的上课，关于语法也好关于文学史也好，学生可以随时打断老师的讲课，为什么，因为学生的一个问题老师会僵在那里回答不出来，哪怕是"的地得"用法这样的问题，当时我一下子觉得我的同学怎么那么厉害,而我连拼音都没有学过,且把"沁园春"的"沁"还读成"心"的。那时的文艺理论课大家交作业,评的是《苦恋》《假如我是真的》以及《人妖之间》这样的作品,呼地一下大家都把作业贴到墙上去让大家围观……我想这既是时代的大气场也是学校的小氛围,这个时候我恰好被诗歌这块石头砸中,从此成了现在的我。

当时被这块石头砸中的肯定不止我一个,但现在头上仍有疤痕的却很少了。我比较反感有的人说自己曾经是文学青年,那还不如说自己是无良少年呢。诗人的形象在公共话语系统里一直不怎么靠谱,这有很复杂的原因,但作为我们自身,我想这可能跟我们的自卑、不努力不作为是有关系的。

问:请您简要介绍一下您投身20世纪80年代大学生诗歌运动的"革命生涯"。

答:准确地说并不是投身,是本来就身在其中。一是从小喜欢文学,虽然读《艳阳天》《牛田洋》这种书多过读四大名著,读贺敬之和郭沫若也多过读普希金和马雅可夫斯基,但是喜欢就是喜欢,正如有人说传统是一条河,这条河里什么都有,我们喝它的水,我们在河里洗澡洗衣服。读了中文系之后给喜欢披上了一件合法的外衣,现在有人说百无一用中文系,那我在想把文章写通写好大概是中文系学生的应有之义吧,但文章实在太难写了,光是标点符号就够烦的了,所以我决定写分行的文字,那是连标点符号都可以省略的,这种文字就是诗,但诗怎么写,从来没有标准答案。大学里也有写作课,老师有的是从中学上来的,有的是从工厂上来的,当然都是秀才,如果教如何写豆腐干文章,他们可能还是有长处的,但如何写新诗,连鲁迅都只能保持沉默的,那怎么办呢,我的笨办法就是抄诗,因为借来的诗集是要还的,当时是抄华兹华斯、叶芝、彭斯这一路的,中国的有抄艾青、公刘、邵燕祥、白桦这一路的,当然也有汪静之等民国早期的,反正是喜欢的就抄,后来就遇上了《今天》,这是后话了。

当时印象深的是每一个地方的文学刊物,诗歌都是蛮厉害的,比如说南京有《青春》,昆明有《滇池》,包头有《鹿鸣》,贵阳有《花溪》等,都是地方刊物,却是我们喜欢投稿的,后来《福建文艺》还专门搞了一个"舒婷诗歌"的专辑,这是我第一次读到舒婷的诗歌。我就写了信过去,舒婷就回信了,后来还介绍给我认识一些诗人朋友。

那个时候投稿都是手写并邮寄的,好在不用贴邮票且是邮资总付的,所以那时的星期天基本就在写诗和抄诗中度过的。我的所谓处女作是发在 1980 年 6 月号的《长春》杂志上的,该刊后来改名为《作家》,上个月我在宁波的一个会上碰到该刊主编宗仁发先生,我讲起这段往事,他听后也颇为感慨。我为什么会向《长春》投稿,其中一个原因是当时这个杂志所在的地址叫自由大街,我想一个城市还有这样一条大街,那我一定要走一走的,当然更重要的是这个杂志的诗歌编辑是诗人曲有源先生,我非常敬重他,我记得当时被选中的是一首八行的叫《无题》的小诗,后来收到十六元稿费。想想当时的物价,想想当时大学本科毕业生的工资是五十四元。差不多二十年后,我和曲老师在杭州才第一次见面,当时我激动得把一个传呼机落在出租车上了。也好,从此就不用传呼机了,这也具有寓言意义的,好像我一直等着曲老师的召唤,见过他之后,我也就安心了。

随后我在家乡杭州的文学刊物《西湖》上发表了一组《走向明天的歌》(六首),时为 1981 年 1 月号,并配发了编辑的评论,这个评论在肯定我的同时,也指出了我诗歌中晦涩的问题，这跟当时对朦胧诗的评价等基本是一个语言系统的，但是我非常非常感谢《西湖》杂志的，我们后来喜欢用官刊民刊这样的来区分，其时有刊物推一把你就很自信了，虽然我后来没有再在《长春》上发过诗歌，只是后来改名为《作家》杂志后，我应该刊杂志的策划李修文的约稿，在那上面开了一年的电影专栏文章，所以现在不少人以为我是专门写电影评论，其实我就是一个打酱油的。

问：投身20世纪80年代大学生诗歌运动，您是如何积极参加并狂热表现的？

答：我前面讲过我身处20世纪70年代末80年代初，所以狂热只是个人及内心层面的，还并未形成一种校园或社会的波涛汹涌之势。当时我们的学校也是个小学校，而且诗歌从来都不是交际舞或广场舞，在一个学校有那么几个臭味相投的写作者，这已经非常不容易了。而事实上那时写诗和写诗的之间文学观念美学趣味的差异，要远胜于写诗和不写诗者的，比如我记得我们班有一个同学，真的非常有才，他当时写了一首《赶猪的日子》，获得了某个奖，我内心也没什么不平衡，因为我相信，我写的肯定不是这一类诗。更准确地说，我是写不来那样的诗，所以我才选择了另一条路。

问：在大学期间，您参加或者创办过诗歌社团或文学社团吗？担任什么角色？参加或举办过哪些诗歌活动啊？

答：第一，当时学校里就有好几个文学社。我们几个同学组的叫《文卉》，刊名是我起的，当时还是想做花朵吧，我们有写小说的有散文的，而我是专攻诗歌的，也算是第一个公开发表作品的。后来我的同班同学创办了一个叫《我们》的文学社，创刊号发表了《公开的情书》，即金观涛和刘青峰夫妻合写的作品，不久该小说就在《十月》杂志公开发表。《我们》后来参加了全国大学生的一个联合刊物叫《这一代》的，当时的创办人就是武汉大学的两位诗人高伐林和王家新，不久该刊因故被禁，我们拿到的杂志也都是被"剪辑"过的。

杭州师范学院《文卉》1979年第三期

我的这个同班同学叫陈越光，毕业后即去了北京，他后来担任《走向未来》丛书的常务副主编，当时王岐山也是编委之一，这是一套极有影响的启蒙丛书，包括《现代物理和东方神秘主义》，对诗歌创作也是仍有影响的。

实际上在我读书的时候还没有单纯的诗歌运动，但诗社和文学社之间已经有联系了。当时联系多的，近的是杭州大学的扬帆诗社，好几个诗人都是我的朋友，比如张德强、余刚、王自亮等，我的学校和他们就隔了两条马路，所以平时也是有走动的。还有当时我们浙江第一个参加青春诗会的，像是从天上掉下来的孙武军，他当时是舟山师专的学生。远的就是云南大学的吴文光，他是七八级的，于坚是八〇级的，贵州大学的张嘉谚，吉林大学的徐敬亚等，特别是吉林大学，他们当时有七个人，包括王小妮、吕贵品等，那时一开始是互赠刊物、互相评点等，有的一毕业就不联系了，有的若即若离。

问：您参与创办过诗歌刊物吗？您参与创办过诗歌报纸吗？编印或出版过诗集吗？

答：我们五六个同学办的刊物，不纯粹是个诗刊，是个综合性的文学刊物，我们之间有分工，比如有一个同学的字写得特别好，所以钢板是他刻的，包括排版插图什么的，这是最辛苦的。有个写小说的同学家里条件相对比较好，印刷和仓储是在他家里的。这个话要说开去一点，一开始的时候，我们自己办油印刊物，学校还是比较支持的，甚至说可以向团委学生会申请纸啊油墨呀，但不知是因为刊物太多还是倾向性的问题，一夜之后我们这些刊物就从地上转到地下了，所以才需要转移到同学的家里去。我们这个同学的老爸是个领导，后来官至常务副省长，这当然是风险和保险兼在的。

问：20世纪80年代大学生诗人们最热衷的一件事是诗歌大串联，您去过哪些高校吗？和哪些高校的大学生诗人来往比较密切最后成为好兄弟啊？

答：当时活动的范围还是在浙江省内。离我们最近的还是杭州大学，他们的中文系有一个扬帆诗社，我们互相之间有些走动的，他们有一个比较整齐的诗群，至少可以报出一只手来的诗人，张德强、余刚、王自亮、吴晓、杨甘霖……他们到我们学校来则是一件大事了，而我则最早给他们提供过《今天》等民刊。我们学校有刘晓伟和我。另外有往来的是跟舟山师专的孙武军，他来我校的时候我是吃了一惊的，他是我见过的诗人中是长得最帅的。通过他我们又认识了宁波师专的一些诗人。通过我写小说的同学，也认识了浙师大的一些诗人，如盛子潮等。这中间的不少人，后来成了几十年的朋友，直到现在还是兄弟和朋友。

问：当年的大学生诗人们最喜欢书信往来，形成一种很深的"笔友关系"，您和哪些诗人书信比较频繁啊？在收到的读者来信中有情书吗？发生过浪漫的故事吗？

答：是的，那时的"笔友关系"比今天的"性关系"还要开放且专注。因为每个人都只能身处一隅，所以跟外面世界的联系就是靠书信往来。我记得我跟云南大学吴文光、贵州大学张嘉谚保持了较长时间的通信关系，这个中间略有区别，有的是个人关系的通信，有的是代表社团之间的联络。比较而言，跟吴文光的通信时间保持得较长，大概有近十年的时间吧。前几年在网络上曾有四川的朋友在"卖"我们当年的通信，令我小有诧异，我记得我还去买过他们的资料的。因为现在回过头去看自己当年写的这些信，那是既陌生又熟悉。所以有一阵子我还整理过当年诗人朋友的一些来信，但我自己的信却是再也收不回来了。当然我也要补充一点的是，当年我在校期间，通信的诗人朋友中也有在社会上已经工作的。

你说到的情书我倒是没有。这个跟七七级、七八级学生特殊的年龄和经历是有关系的，不像到了20世纪80年代中后期，校园诗人及粉丝都是清一色的二十岁左右的人了，我们那时一个年级一个班级的同学年龄相差悬殊，有不少还是一两个孩子的父亲和母亲了，所以当时收到情书是个小概率事件了。

问：在您印象中，您认为当年影响比较大、成就比较突出的大学生诗人有哪些？哪些诗人的诗歌给您留下了比较深刻的印象？

答：武汉大学的高伐林和王家新，吉林大学的徐敬亚和王小妮、吕贵品，包括云南大学的吴文光和大卫（于坚）以及福建的金海曙、吕德安（忘了他们是什么大学了）当时给我留下比较深的印象。当时高伐林和王家新他们是振臂一呼天下应的感觉，是大学生诗歌中的《今天》派，而徐敬亚他们几个整体水平很整齐，有的是创作，有的是理论，当时是走在最前沿的。相对来说，在我所见到的云南大学的吴文光、于坚、费嘉他们在艺术上的探索更多一些。而贵州大学的则是通过他们的刊物能够看到黄翔等人的作品，在这当时都是振聋发聩的。而作为交流，我们更多的还是跟杭州大学的扬帆诗社进行交流，还包括浙江师范大学的文学社团等。

留下最深印象的大概就是王家新写过一首以《桥》为题的诗，发在《这一代》的创刊号上，这是全国十三个大学文学社团的一个联合体，第一期就是由武大办的，我印象中这个刊物只出了一期，而且第一期能出来好像也做了一定的"处理"。当时有个诗人叫叶文福，写过一首叫《将军，不能这样做》，王家新当年的《桥》，其语境是一样的。后来就开始查这个刊物了，这是后话了。

还有一点，后来成为理论家的诗人在大学时已经开始崭露头角。

问：当年，大学生诗人们喜欢交换各种学生诗歌刊物、诗歌报纸、油印诗集，对此，您还有印象吗？

答：我想办刊物首先是表达的需要，正如我们喜欢把文章贴到墙上去一样，但墙上是贴不长的，也没有那么多的墙可贴，又不能再像中小学生出黑板报那么小儿科了。

这种表达是不满足于课堂了，不满足于老师给的那个优或者良或者不及格了。还有很重要的一点是，当时公开出版的文学刊物已经是新鲜可人十分生猛了，所以我们完全是一种被引领、逐潮流而动的。

还有很重要的，你自己有刊物就有了平等交流的机会了，而且当时邮寄这些印刷品都是不要钱的，这等于是打了个擦边球，所以我对中国邮政的好感就始于那个时期。

那时交流较多且刊物办得较好的有武大的《珞珈山》，吉大的《赤子心》，还有云南大学的（刊名一下子想不起来了），杭州大学的《扬帆》等。

当时还有很重要的一点，那就是我们都在做"物流"在做传播，我记得我是比较早看到《今天》杂志的，这个杂志后来经我之手也流通了出去，这就像北岛他们在20世纪70年代初看到"白皮书"一样，我们当时看到《今天》，那完全是呆住了，是整个文学的魂都被勾走了。

问：您如何看待20世纪80年代大学生诗歌运动的意义和价值？

答：我们身处其中，实际也只是在海边湿了一下脚。诗歌这个东西跟海浪是一样的，前赴后继又潮涨潮落，无论你是否注意到它，它都是一种存在，所以有的时候我们喜欢用诗潮去形容，而不是用运动一词，而具体到每一个诗人或某一个学校，不论你在未名湖还是在西子湖，都有自己的一片水域，但这个水域的确受到大气环流的影响，即使是一口深井，在岩层深处也还是的水相通的。从这个意义上说，我们可能都是运动的一分子。

问：回顾20世纪80年代大学生诗歌运动，您最大的收获是什么？最美好的回忆是什么？

答：幸逢其时。而回头即是流逝，流逝是抓不住的，那么好在有回忆。但回忆起来好像又没有什么，这样反而也好，不太会惆怅。正

杭州师范学院《我们》1979年创刊号

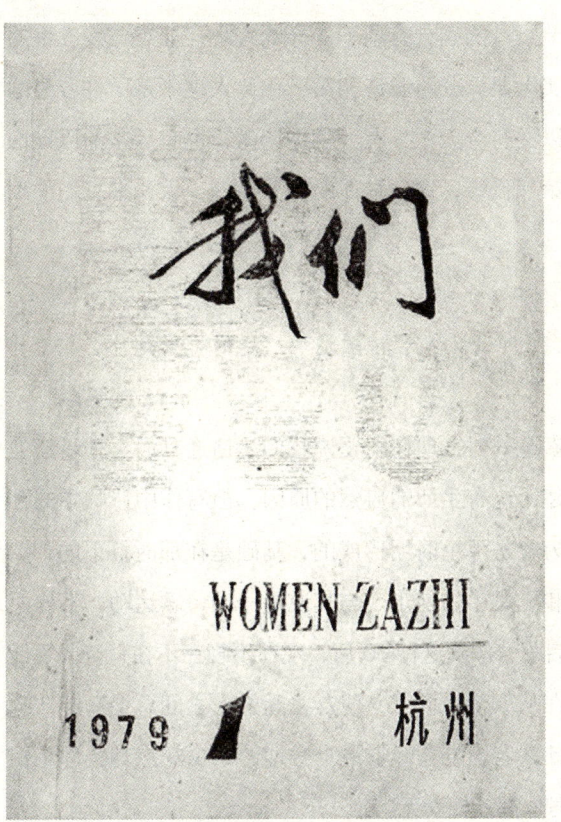

如今天我在某些场合会看到当年通信的朋友,我现在一般坐在后排,这个视角决定了我一眼望过去都是白头发了,所以我已经无心白头说玄宗了,我还不如去走路或打球,以诗人的身份听一些诗人和评论家在说一些似是而非的话,我已经兴趣不大了。

问:目前,诗坛上有这样一种观点,认为20世纪80年代大学生诗歌运动是继朦胧诗运动之后、第三代诗歌运动之前的一场重要的诗歌运动,您认为呢?

答:你浪我也浪,一浪推一浪,也是你中有我、我中有你,但在某一个时空的节点，的确会有些不一样的表现，会有代表人物的出现，但事实上要界分朦胧诗和第三代诗人也不是一件容易的事情，你可以说有今天派，有大学生诗派，也有后来的以谁谁谁为代表的第三代等，这种具体的界分是理论家和编辑们的事情。

问：投身20世纪80年代大学生诗歌运动，您的得失是什么？有什么感想吗？

答：我前面讲过幸逢其时，现在我要说我们是适逢其时。孙昌建怎么成为孙昌建，这有生命的自然的原因，但写作中诗歌中的孙昌建，我以为就是那个时期形成的，基础是在那时打下的，然后又在彷徨和无忌中往前走。与其说是一场诗歌运动，不如说是一场人文启蒙，像我这种60后，现在不管在不在写诗或写什么，不管是在从事什么职业，朋友之间熟人之间总会聊起"党国大事"，什么老虎啦苍蝇啦说上一通，不少观点其实都是相左的，但平时也都能相安无事。

　　能成为一个诗人，这是时代的造就；而要扮作不像一个诗人，这也是一件蛮难的事情，这反倒是这几十年我在做的一件事情。

　　读史让人明目，读诗让人心胸开阔。诗歌不是制度不是新闻，更不是八卦，诗歌依然是大海，我们喜欢大海，即使在游泳池里，想的也还是大海，这就是我的感想，无所谓得失。

问：当年您拥有大量的诗歌读者，时隔多年后，大家都很关心您的近况，能否请您谈谈？

答：当年我也没有大量的读者，正如也很难回答我有一首什么代表作之类的，因为我自己认为尚可的诗，都是在大学毕业之后才写的。原来你等于就在大海里或在海边，毕业之后就一下子把你抛到荒漠里了,这个是要好几年才缓过来,靠什么缓,那还是靠诗歌吧,但一时就跟所谓的诗坛保持一段距离了,直到现在也一直是若即若离的关系。我先是做了十二年的老师,后来是做杂志编辑和记者,后来到报社,中间也转辗接触过电视等,有一阵子写电影评论比较多,后来写比较流行的读物,再后来又写一些民国往事什么的,也写一点明清文人的文章,到现在出版了二十多本书,都还是比较轻的文字。这其中出版过两本诗集,第一本叫《反对》,四十岁之前的总结,后来又出了一本比较轻的《杭州呼吸》。

时隔多年后,我最喜欢的还是诗,但这样的诗肯定不处在"运动"的状态中了。我想我还会有第三本诗集,这个时间已经到了,因为再不出,我已经熟得要烂掉了,就像这个季节的桃子或西瓜。

一抹诗意
点亮青春的
——贵阳师范学院穆倍贤访谈录

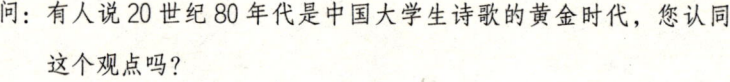

问：有人说20世纪80年代是中国大学生诗歌的黄金时代，您认同这个观点吗？

答：基本认同。但完整表述似乎应为：20世纪80年代的中国大学生诗歌运动发轫于20世纪70年代末；经几年的创作实践、思想积淀、人气聚集逐渐趋于形成喷薄之势，中国大学生诗歌的黄金时代于是到来。

因为恢复高考后的前三届（七七级、七八级、七九级）大学生，绝大多数不是应届高中生，他们之中不少人已有丰富生活历练，且有一定人生思考，更为重要的是这些人在跨入大学门槛之前，已经是有些作品问世的充满激情的文艺青年。是他们把诗歌带进大学校园，而大学校园反过来又激越了他们关于诗歌的光荣与梦想。

《烛光》诗刊1979年第四期（曹长会提供）

由是，大学生诗歌真正"运动"起来！

问：请您简要介绍一下您投身20世纪80年代大学生诗歌运动的"革命生涯"。

答：读大学前，特别喜爱贺敬之、郭小川的作品；受此影响，大学期间偏好写一些政治抒情诗，主要见于本省的《山花》《花溪》等文学期刊，在省外的《星星诗刊》《青春》也发表过作品。

大学期间虽未有诗作获奖，但当时蛮骄傲的是，入校第二年即因为有一定作品量加入了贵州省作家协会，让身边的文青们羡慕不已。

问：投身20世纪80年代大学生诗歌运动，您是如何积极参加并狂热表现的？

答：狂热？的确！

大学期间，热衷学诗、议诗、写诗……然后还要忙于为我们的《烛光》跨系组稿约稿，央求有一手好字、一手好画的同学刻蜡纸（《烛光》是手工油印的）。专业课程几乎置于脑后，每每于考试前夕才临阵磨枪。

问：当年，您创作的那首《为了明天的思考》曾经很受读者喜欢，能否谈谈这首诗的创作、发表过程？

答：《为了明天的思考》是一组政治抒情诗，共十二首，先是在我们自己办的《烛光》诗刊"发表"，后《山花》选择了其中的"关于法律""关于大脑""关于良心"等六首，分别刊于1979年的十二期和1980年的第一期。

这组诗全部是对"文化大革命"的反思，似乎犀利、深刻，坦诚了一个文学青年对祖国和民族前途命运的忧虑情怀；但今天看来，它显得直白有余而意味不足。

问：在大学期间，您参加或者创办过诗歌社团或文学社团吗？担任什么角色？参加或举办过哪些诗歌活动啊？

答：进入大学不久，我便和早是诗友又恰好成为同班同学的钟明商量成立诗社；不久，又有两三个喜爱诗歌的同学"入盟"，"烛光"诗社于是诞生。

照今天的话说，我算是"烛光"的主要负责人吧。取"烛光"之名，是缘于我们是师范院校，毕业后去向主要为教师，于是有"燃烧自己，照亮别人"与"春蚕到死丝方尽，蜡炬成灰泪始干"的寓意。

"烛光"诞生于中文系，却很快在政教系、历史系、地理系诸多文学同好中引起共鸣，意向加盟者众，遂由诗社改名为文学社，接纳了十数名跨系同学。

"烛光"是沙龙性质，主要就是在圈内传阅、评论自己的作品。"烛光"影响渐渐由我们就读的贵阳师院（现贵州师大）扩散到社会后，我曾代表《烛光》参加民间文学沙龙活动。

问：您参与创办过诗歌刊物吗？您参与创办过诗歌报纸吗？编印或出版过诗集吗？

答：大学期间，我发起创办了《烛光》诗刊。

问：20世纪80年代大学生诗人们最热衷的一件事是诗歌大串联，您去过哪些高校吗？和哪些高校的大学生诗人来往比较密切最后成为好兄弟啊？

答：大学期间，主要多与贵州大学中文系"春泥"文学社的同学"串联"，交往已不止于诗歌；接触较密的有严为礼、吴秋林、伍新民，他们在文学上都各有建树；现而今各自东西，了无往来矣。

问：当年的大学生诗人们最喜欢书信往来，形成一种很深的"笔友关系"，您和哪些诗人书信比较频繁啊？

答：记忆中与武大的高伐林、吉大王小妮有过书信往来。与高伐林曾一度密切通信。他的诗歌和他遒劲的钢笔字留给我很深的印象。

穆倍贤(前排右一)和烛光诗社的诗友们

问:在您印象中,您认为当年影响比较大、成就比较突出的大学生诗人有哪些?哪些诗人的诗歌给您留下了比较深刻的印象?

答:或许是有过信件交流的缘故吧,我仅对高伐林、王小妮的作品印象深刻。

问:当年,大学生诗人们喜欢交换各种学生诗歌刊物、诗歌报纸、油印诗集,对此,您还有印象吗?

答:严格意义讲,当时与我们《烛光》交流的大学生刊大都是综合性文学刊物而非纯诗刊或报纸。印象中我们与《珞珈山》《红叶》《锦江》《未名湖》等约二十余个刊物有过交换。这些民间刊物都寄给我,甫一到手,即被同学抢走、传阅,因为它们为我们提供了正统期刊所不能提供的更精彩的文学与思想养份。

问：您如何看待20世纪80年代大学生诗歌运动的意义和价值？

答：首先声明：我只属于20世纪80年代大学生诗歌运动早期的过时人物，认识肯定有局限。

20世纪80年代大学生诗歌运动无疑属于也助力于当时的思想解放运动。我们这些"过时人物"的大多数作品，不少与当时的"伤痕小说"一样，大都呈现一种叛逆精神、批判精神，思想性往往大于文学性，这样一种特征和局限，其实也可以看成是它的"价值"：它和同时期的其他文学样式对当时全社会思想启蒙促动的意义，应该远远超越了它的文学审美意义。

问：回顾20世纪80年代大学生诗歌运动，您最大的收获是什么？最美好的回忆是什么？

答：最大的收获：学会独立思考。

最美的记忆：逃课去学校外的打印店油印、装订我们的《烛光》诗刊，然后兴冲冲地跑到邮局往有来往的各地高校分寄。

问：目前，诗坛上有这样一种观点，认为20世纪80年代大学生诗歌运动是继朦胧诗运动之后、第三代诗歌运动之前的一场重要的诗歌运动，您认为呢？

答：同样认为它是一场重要的诗歌运动；但，印象中它的发轫应该是在朦胧诗之前。

问：投身20世纪80年代大学生诗歌运动，您的得失是什么？有什么感想吗？

答：就这么过来了——得到一段精彩的人生！

问：当年您拥有大量的诗歌读者，时隔多年后，大家都很关心您的近况，能否请您谈谈？

答：20世纪80年代中期，因为会写诗而调入新闻单位，却又因为很快感觉新闻更接近社会接近生活，于我这个先天性"忧国忧民"的大学生似乎更过瘾，于是迅疾撇下诗歌，选择了新闻与文学铰链地带的报告文学，先后创造了数十篇报告，获得过全国性和省里的报告文学奖。

2000年后，为了"牛奶面包"，转向了创意策划……

可以断言的是：无论是当年的报告文学创作或有佳作，还是而在而今眼目下的创意策划偶出经典，这颗被诗歌创作训练过的大脑当功不可没！

光芒不需要光芒的照耀
——中山大学马莉访谈录

> 问：有人说20世纪80年代是中国大学生诗歌的黄金时代，您认同这个观点吗？

答：我认同这个观点。那个时候，七七级和七八级的中文系学生，在当年是思想最活跃也是最解放的，除了课业和大量的阅读外，就是广泛与社会接触，参与和组织各种学术讨论和社团活动，办刊物，演话剧，组织一场又一场的舞会。那个时候，我们大读西方哲学，大谈存在主义，个性自由大行其道，而谈诗歌，那是再正常不过的事情了。尤其是地下诗刊和各大校园的诗刊，像雨后春笋一样突然星星点点地冒出地面。我记得有一天我刚下课，在中文系的楼梯口外面遇见七八级中文系的朱子庆，他和我们班另一位北京同学张世平走在一起，正在谈北岛，舒婷和食指的诗歌，我清楚地记得朱子庆手上握着一卷油印民

马莉和朱子庆
1981年谈恋爱时在
中山大学小礼堂前
合影留念

刊《今天》,这本诗刊在当时是我们年轻的大学生最渴望读到的,因为里面的诗歌与过去报刊上发表的假大空的所谓诗歌不同,这本地下诗刊在我们手上经常被传抄。朱子庆同学经常把收集到的各种地下诗刊及各大学的诗刊,如北京大学的《未名湖》、吉林大学的《赤子心》等塞给我。我还记得我和一些写诗的同学及研究诗歌的老师经常去广东作协参加诗歌讨论会,譬如七七级的苏炜同学、七八级的陈小奇和朱子庆同学、中文系的金钦俊老师、楼栖老师等。那时候,仿佛太阳每天都是新的,我们的心情天天都在期待,期待什么呢?期待新的事物不断出现。

最记得的还有三件事：一是1979年春天，我们中文系七七级的苏炜、王培楠、周小兵、我、毛铁等同学在楼栖老教授的指导下，办起了一本文学刊物《红豆》，苏炜是主编，我在上面发表过很多诗（用马莉、马红卫的名字）。二是苏炜同学写的中大校史组诗《潮满大江》在中大康乐园大礼堂上演，我和单小蕾同学是导演，中文系许多同学都参与演出，朱子庆同学被装扮成一位"五四青年"式的激进学子。三是苏炜编剧并亲自导演了一场五幕话剧《同辈人》，我扮演一个名叫"辛陵"的特传统的女孩；朱子庆同学扮演男主角"辛若彬"，一个思想前卫的反潮流英雄。顺便说一下，正是这一刊一剧一诗的参与和参演，我跟朱子庆同学在那个诗歌的黄金时代，爆发了轰动一时的"康乐园之恋"。

问：我很早就听说过您和子庆大哥在大学时期的经典爱情故事，能否为我们大家详细说说你们是如何开始"康乐园之恋"的？

答：关于我和朱子庆的恋爱往事，我曾经写过一篇文章，叫《解冻时期的爱情故事》，详细讲述了我们俩之间相爱的来龙去脉。现将全文抄录如下：

（一）档案里的"不光彩"记录

一个女人一生中能遇到一个真正爱她的男人，同时也是她所爱的男人，这个女人不仅是幸运的，还是有福的。我的女友们都羡慕我的婚姻，甚至说我是被爱情宠坏的女人。不管她们说得多么地符合事实，我依然会追问一个很老也很哲学的问题：爱，是不是一种缘分？我相信是的。

在我的记忆中，最让我难忘的是在大学里的那场爱情故事，它曾被七八级的一位男同学描述为"轰轰烈烈"的爱情事件。我知道这个事件在当时的特定历史环境下有着特殊的意义——表现为一种人性与一种体制的相互冲突,一种自然的爱情与一个异化的环境的相互冲突,因而,在当年同学和老师眼里的反响是不同的,我更知道在我的所谓的档案里至今还有着一个"不光彩"的记录:"在校期间谈情说爱违反校规。"

我至今还记得毕业那天我去广东广播电视厅报到时的情景,领导似乎用一种异样的目光注视着我,我感到我就像卡夫卡小说中被审判的恐惧。那个年代的中国人刚刚从"文化大革命"的废墟中站起来,对新事物尤其爱情方面是异常敏感的。譬如谁和谁谈恋爱了,背后总会有人指手画脚地议论。我们就是在那个年代的纷纭议论中不顾一切地自然地谈着自己的恋爱,并且被视为异端和另类的。

在中国这样一个政治至上的国度,一个人的爱情故事并不绝对地属于一个人,它为不同的时代的人所解读,它有着不同的命运和结果。记得大学毕业以后,我们陆续从新老校友,以及认识或不认识的文朋诗友的道听途说里,听到了流传的关于我们的爱情故事的不同版本,大都带着欣赏甚至艳美的表情;再后来,有报刊记者、电台节目主持人、电视台导演要我们对着录音机和镜头讲述我们的爱情故事;前两年有一本《82届毕业生》的书,还把我们大学时的"爱情故事"和照片奉为"八二届的经典"隆重刊出。2003年7月2日《南方都市报》曾用醒目的通栏标题《爱人同学》把我们的爱情故事用整整两个大版报道。去年年末央视的《见证》栏目制作的节目则径直叫《爱情故事》。在今天看来,我们这个爱情故事虽不无浪漫,但在当年却是一件十分痛苦的事件——我们不仅受到上面的批判,而且在周围人群中也遭受白眼,以至于我们毕业分配受到两地分居的惩罚，不能在一起生活……这一切就是因为我和他在读大学期间"谈恋爱"和"结婚"的后果——其实我们连结婚证书都没拿，那只不过是演绎了一场轰轰烈烈的婚礼进行曲而已。不久前，有个别书商甚至打上了让我根据我们的爱情故事写一本言情小说的算盘……这一切表明时代在进步，人们的观念在变化，再也不会对小小爱情视如洪水猛兽，反而却珍视起它的纯真来了。这实在是让人感慨万千的事情。

最近中文系的同学相聚我们又回到了亲爱的母校，最大的感觉是，学子们的自由主义精神已然发扬光大，男女同学成双成对地出入校园已习以为常。在我居住过的女生宿舍"广寒宫"附近，我亲眼看见一对男女同学坐在湖边的石椅上拥吻，一点都不在乎是否被人看见。可是当年，我们也来过这里，却是偷偷地来悄悄地离去。两相对比真有天翻地覆之慨。

二十多年过去了！今天，那个在我们内心十分珍贵的爱情故事，那个已经不再是爱情秘密的秘密，已经过去了。当年觉得未来是多么遥远和模糊，可是转眼就过去了。现在，是时候了，让我来讲述一个完全正版的爱情故事吧——

（二）1978年……

1978年，那是一个典型的解冻时期，中国人在经历了整整十年的"文化大革命"禁锢之后，思想像封闭了很久的地火一样，开始不断地开裂，喷出火燃，要把曾经被压抑的思想和情感统统释放出来。这一年中国人的精神和生活方式发生了极大的变化，过去被严禁的名著开始解禁，国外各种思潮和流派纷纷涌入，人们开始学跳探戈、迪斯科，穿高跟鞋、连衣裙和超短裙，开始烫发、留长发，开始学习外语……最让人惊喜的是，这一年大学恢复了高考制度。

就在这一年春天，我考上了中山大学中文系，秋天，朱子庆也考上了中山大学中文系。康乐园的十月，一个秋凉如水的夜晚，七八级全校新生开学典礼的晚会上，朱子庆登台朗诵了一首郭小川的《秋歌》，诗歌中的压抑与沉郁被他一口标准的北京音展现得十分深情、完美、生动，仿佛坚硬、沉闷、黑暗的天空吹开一扇窗子，飘进一缕明朗的清风。我在台下远远地望着他，高高的个子，长长的头发。我十分惊讶！但是我还不知道这个朗诵的男生叫什么名字，只知道他是中文系的，只知道他是北京来的……

那时候全社会洋溢着思想解放的热情，仿佛是八面来风，大读西方哲学，大谈读存在主义，个性自由大行其道。有一天我刚下课，在中文系的楼梯口外面遇见一个高个子的男生，他和我们班另一位北京同学走在一起，正在谈北岛、舒婷和食指的诗歌，他俩迎面朝我走来，我猛然听到喊着我的名字，我一抬头，是他！那个登台朗诵郭小川诗歌的北京男生！他很大方地告诉了我，他是七八级中文系的，名字叫朱子庆。他说他早就知道我的大名。他是不是还说了一些别的话，我记不清了……我只是记得他的手上握着一卷油印民刊《今天》，而他的眼睛，深情地并且死死地盯着我，明亮，大胆，洒满阳光！

由于刚开始解冻，社会上的新思想、新观点也在主流报纸上呈现，学校的广播站也开始活跃起来，学生会负责人要求由同学自己来广播报纸内容，于是，大约1978年冬天，我和中文系的另外两个女同学（陈青、张巧玲）积极参与学校的广播宣传，学校同意我们搬到中大著名的小礼堂二楼居住，为的是早上和中午能及时为全校同学广播，也为了不影响其他同学的作息时间。记得一个周末，我生病了，当时那两个女同学（都是广州同学）回家过周末了，我独自一人躺在小礼堂二楼上，黄

中山大学《红豆》1979年第二期（陈平原提供）

昏时分，心里很想哭……朱子庆和一个男同学突然来看我，还送来一罐很高级的肉松……我记得这位朱子庆就是在中文系楼梯口遇见的那个叫朱子庆的男生！就是在大礼堂舞台上朗诵郭小川诗歌的那个七八级男生！！虽然当时朱子庆并没有对我说什么安慰的话，但我觉得他的眼睛很深情，很忧郁，我觉得很温暖。

七七级和七八级的中文系学生，在当年是思想最活跃也最解放的，除了课业和大量的阅读外，就是广泛与社会接触，参与和组织各种学术讨论和社团活动，办刊物，演话剧，组织一场又一场的舞会等等。1979年春天，我们中文系七七级的苏炜、王培楠、周小兵、我、毛铁等同学在楼栖老教授的指导下，办起了一本文学刊物《红豆》。

（三）亲爱的小马姐……

每当《红豆》出版时，这个叫朱子庆七八级的男生就会打电话到女生宿舍广寒宫，约我出来散步，如果找不到我，他常常会写一个"便签"交给我们系的男同学或者女同学转交给我。这张便签的开头永远是"亲爱的小马姐……"并告诉我幽会的时间和地点。

关于"亲爱的小马姐……"，我想特别说一说。这是一句让我当时听来心动的称呼。记得认识了朱子庆不久的某一天中午，我刚上完外国文学史课，走在回宿舍的路上，女同学陈青说："有一位男同学让我务必把这个重要的信亲自交到你的手上"。我很好奇地展开来看，第一句是："亲爱的小马姐……"信的开头他竟然用一句我意想不到的开头语："亲爱的小马姐……"那时候他就不用"同志"或"同学"这样中性的称谓了，而是直接称呼我为"亲爱的小马姐"。在此后的每一封信的开头都是："亲爱的小马姐"。我觉得这个称呼很像俄国诗人普希金诗体小说《欧根·奥涅金》里称呼"亲爱的达吉亚娜"那样亲切，也很像法国大作家卢梭称呼"亲爱的华伦夫人"那样诱惑。这个大胆的"亲爱的"称呼可以说挑战了当时风行全国的"同志"的称呼。这个大胆的称呼让我既胆怯害怕——因为那个时候的中国刚刚从个性压抑走向个性解放之初，人们对"亲爱的"之类的字眼是非常敏感的，是"小资情调"的，但同时也让我感到与众不同的另类和心旷神怡，因为我看到了在仍然封闭的中国竟然有如此大胆敞开的心灵。

我之所以答应与这个男生幽会，或许在内心上我是想和他交流诗歌吧？其实我们所谓的"幽会"，只不过是相互之间切磋发表在《红豆》上的诗歌。他经常把收集到的各种秘密交流的诗刊（如北京大学的《未名湖》、吉林大学的《赤子心》、北京的地下民刊《今天》等）塞给我。这些民间学刊在当时有一种格外引人入胜的魅力，拥有它就意味着你是在学术的前沿，是潮流的前卫。而我总是特别多地拥有着它们，当然是这个叫朱子庆的七八级男生给我的，我们每次见面时总是讨论着那里面的诗歌。我不知道他是从哪里弄到这些"劳什子"的，但我在同学面前阅读的时候，总被人如饥似渴的目光跟踪着，我因此而深感自豪。

这个叫朱子庆的男同学，为了想接近我，他还把自己的诗歌用手抄本的形式亲手制作成了一册"牛皮纸诗集"请我批评。我很惊讶，觉得这个叫朱子庆的男生不仅另类，还很高深呢！而且诗也写得那么好！我被他吸引了。而当我把自己在暑假里写作的三十多首诗歌手稿带回学校请他批评的时候，他却不曾说一句好话，而是一首一首逐句逐字地挑毛病，并且把所挑到的"毛病"亲自"眉批"在我的诗歌手稿上……

（四）舞台上的兄妹

　　1979年春天，为了纪念五四运动六十周年，由苏炜和周小兵等人主笔的大型配乐诗朗诵《潮满大江》彩排，朱子庆出演"五四"愤青毕磊一角，留着长发，围着长围巾，身着灰色长衫，我和同班的女同学单小蕾共同担任导演。在导演过程中，我难免要对那些动作不太合规范的人耳提面命，搬搬弄弄……而朱子庆此人嘛，每次我快要走到他面前的时候，他就故意把动作做得不合规范，为的是让我对他多看一眼，多指点一番。我呢，当然乐得当他的老师。排练结束以后，朱子庆就送我回到女生宿舍"广寒宫"（中山大学最著名的女生宿舍：红墙碧瓦、古色古香的建筑，住着本科生、硕士生、博士生和留学生）。我们俩到了广寒宫门前总好像依依不舍，来回地徘徊，我们依然是只谈诗歌，不谈爱情，最后分手时经常在深夜1点至2点，甚至凌晨3点或4点。

　　那时候，排练和演出是我们经常的课外活动。记得1980年寒假过后我回到学校，在同班同学苏炜编剧并导演的六幕话剧《同辈人》中，碰巧我和朱子庆扮演一对亲兄妹角色：他扮演辛若彬，是哥哥，一位年轻的民主战士，"四五"天安门广场英雄，散发传单者；我则扮演辛灵，是妹妹，一个正在谈情说爱的思想简单且幼稚的女孩子。我们几乎天天晚上在学校大礼堂的舞台上排戏，经常排戏到深夜。然后，他送我回女生宿舍——广寒宫，我们在分手时候总是依依不舍，好像还有说不完的话，但我们并没有谈爱情，谈的仍然是诗歌……尽管没有谈情说爱，但这样的土壤是最容易滋养和催生爱情的。

（五）暑假，在北京……

1980年暑假，我和我母亲及我妹妹一起去上海北京旅行。在北京的那些日子里，我和朱子庆天天幽会，他天天早早地来到我下榻的《人民日报》招待所门口等我，他带着傻瓜照相机，带着他父母做好的干粮（面饼之类）及水果等，他当导游带我去北大、清华、香山、故宫、长城游玩……我们在那几天近距离的接触中彼此感到很默契，很投缘，很相知……离开北京时，在火车站上，他手拿我刚发表在《人民日报》的上组诗《湛江剪影》朗诵着，并且还给我提了不少意见……虽然当时我有些小小的受伤害的感觉，但我觉得他的批评能使我的语言更精确更纯粹，我觉得真正的爱护就是这样，不是简单的恭维，而是真心地希望你好，他是真心关心我诗歌的第一个人。回到家以后，我很快收到他一封信，我立刻回信问他："我离开北京后你自己又去了哪里游玩呵？"他回信时用了一个很难忘的比喻，他说："俞伯牙摔琴谢知音，我

中山大学《红豆》1979年第三期（陈平原提供）

知音远遁顿减山水兴!"这话让我感到我们的心贴得很近。开学后,我们的幽会更加频繁了……

(六) 他写给我的情诗

1981年的寒假,我回湛江的家过年,而朱子庆不回北京的家过年,他自己一个人在学校苦读。他给我的信中流露出他寒假时的苦闷心情。我回学校后,他第一个来看我,那天下午,在回宿舍的路上,他从白衬衣的口袋里掏出一张他的照片送我。那是一张他的三寸单人照,头发很长,胡子也很长,一脸的忧郁和伤感。然后他又拿出一沓诗歌手稿给我。原来那些诗歌手稿是他在整个寒假中写给我的爱情诗——致ML。我回到宿舍仔细地读了他写的爱情诗,我很吃惊,我没有想到他竟然写出这么优美的爱情诗,我也没有想到这些优美的爱情诗竟然是为我而写的。我被感动了,我被他优美的诗歌语言和真挚的爱情而打动了。而他也不隐瞒地告诉我,在整个寒假里他害了"单相思了"。这一组诗歌当中的一首最为感人,标题是《上帝啊,为什么让我遇见她——致马莉》,这首诗后来在中文系的系刊上发表后还获得了一等奖呢!

我永远不会忘记那一次特殊的"江边幽会",记得那天是星期六,晚自习之后大约十点多钟,朱子庆像往常一样坐在小礼堂对面的草地上等我下楼。其实朱子庆下了晚自习就会经常独自坐在草地上望着小礼堂窗户的灯光等我,约我去中大北门的江边散步。那天晚上,我们在江边来来回回地走着,因为我们都上大三了,还有一年就要毕业了,内心不免有些伤感……夜深了,我们靠在岸边的栏杆上,看见江中的船只来来往往,朱子庆忽然感慨地问我:"你毕业之后有什么打算?"我没有回答。他紧接着又问一句:"我是说我们今后能够在一起吗?"

我说:"我们现在不是在一起了吗?"他说:"我是指今后,或者说永远……你明白我的意思吗?"我不知怎样回答。朱子庆一指系缆江边的小船说:"打个比方吧,我现在就像这只停靠在岸边的小船,而斧子握在你的手上,小船是走是留,由你来决定。"就是他这一句话深深地打动了我,紧接他又说了一句让我至今刻骨铭心的话:"我爱你,如果我因为大胆地向你求爱却被你拒绝而失去了你,我会终生痛苦,但我绝不会后悔;但是我如果因为怯懦不敢开口而失去了你,我将会后悔终生。"这句深情的话让我至今想起来仍然震撼不已。

从那以后,我们更加大胆地双双出入图书馆、资料室、大课堂、饭堂及一切公共场地,并且搂肩搭背,我们在中山大学花草茂盛的校园里、湖泊边、竹林里、小路上读中外诗歌,经常是朱子庆站在树下给我大声地朗诵诗歌、诗剧,而我则坐在草地上倾听。那段日子,朱子庆写了许多献给我的爱情诗,他站在我的面前深情地忘我地朗诵给我听,这些诗我至今都珍藏着。当时我们真不知道这个世界还有别人存在,我们几乎从不分场合,根本无视他人、无视老师和同学的存在。也许,这种"不轨的行为"打破了在改革开放之初的中国算是最难攻破的一道防线,因为那时候的社会依然是"男女授受不亲"的呵。

(七)"我们结婚了!"

1981年3月,我收到《人民文学》和《北京文学》汇来的两笔诗歌稿酬,于是在3月的某个周末,朱子庆兴之所至地邀约了演话剧的北京同学和几个好友小贺我的诗歌发表,记得有七七级的张世平、毛铁、周小兵、华晓瑜、陈青、单小蕾、林双璧等人,还有七八级的区进、何东平等人;七九级的刘丽萍、伍小红、曲志红等人。我们在学校最漂亮雅致的小礼堂二楼举行了一个小型舞会。广州的同学还从家里带来了电炉和录音机，我们自己则买来啤酒和糖果，还有青菜和鱼……晚宴开始的时候，大家举杯祝福了我们，录音机里《婚礼进行曲》和当时流行的电影主题曲《人狼恋》交替响起，大家翩翩起舞……

第二天校园里就传得沸沸扬扬了，同学见了我就问你俩结婚了。我有点儿诧异，昨晚只不过痛痛快快地玩了一场游戏，哪里是结婚呢，连订婚都算不上罢。可问的同学越来越多了——"你们结婚了吗？""听说你们结婚了？""你们是真的结婚？""你们闹着玩呢还是真的结婚？""小马小朱是在玩过家家吧！""你们吃了豹子胆，难道就不怕吗？"一时间同学们中间吃惊的、欣赏的、怀疑的、反对的、暗笑的种种目光应有尽有，我竟然也被这些同学的询问弄得既好奇、又冲动、又有些迷惘起来，就索性认下了这个说法，不论谁再问我都这样回答，也仿佛是向世界宣告：我们结婚了！我们还把买来的糖果当作喜糖包成一小包一小包，就像玩过家家一样，分送给老师和同学们品尝。

当所有的人吃惊地问我们是怎么一回事时，我向他们一板一眼郑重其事地说："我们结婚了！"过一会儿想想又补充道："我们是精神结婚！"于是各种说法加传言就接踵而来啦。有说我们反潮流反传统，也有说我们思想解放或开放，还有说我们是张扬个性甚至性开放之类。同学和老师们都万分惊讶，反应个个不同。有些好心的同学劝朱子庆："马莉只适宜作情人，不适宜做妻子"。也有同学劝我："朱子庆太浪漫，太神经兮兮了，这样的人做丈夫没有安全感。"可是我们哪里会想得那么实际，我们只是在诗歌的惯性中滑行，而且渐行渐远……

（八）轰动的爱情"事件"

很快，这场爱情被当成一个"事件"终于传到了系领导那里。

时逢教育部有部长来广东高校视察，抓典型，于是我们就成了"问题人物"。有一天系领导找我谈话，口气很硬。开始我不予理会，但后来系领导多次找我谈话，也找朱子庆谈话，强令不准我们再继续谈恋爱，并且一定要我写出书面检讨。我在如此高压下不得不作了所谓深刻的检讨（我的检讨书至今还放在我的所谓的档案里，我走到哪儿它就跟着我到哪儿）。在这样的高压下我们的爱情就转入了地下状态，真正通过"递纸条"传递消息。

这个叫朱子庆的男同学面对强权丝毫没有后退，而是更进一步地接近我，更大胆地采取了"递纸条"的写信方式。在图书馆我们俩互相给对方占座位，事先通过纸条告诉对方；在资料室我们坐在一起不说话，只用纸条传话；晚自习到九点半，他就写纸条告诉我在楼下某一棵大树下等着，一前一后相约去幽会；周末想去某个展览馆看画展或者电影或者摄影展之类，他都是事先写好纸条让同学传来告诉我在哪里碰头，而我也会回一张纸条表示答应与否托同学再传递给他……这简直就像当年的地下党在搞革命嘛！那些给我们传递过纸条的同学这样形容我们。

当时许多同学都在暗中当过我们的红娘，保护过我们，为我们传递约会的纸条，这些同学的名字我是不会忘记的：陈青、张世平、吴晓楠、单小蕾、谭一鸣、华晓瑜、刘丹、毛铁、韩一虹、冯淑萍、何东平、简德齐、吴鸿清、潘伟健、区进、常丹琦、钱梅、曾世平、陈晓枫、黄令华、李湘湘……是他们的友情和理解掩护了我们；还有保护过我们的教授，他们的叮嘱与关爱无形中使我们从盲目的狂爱中变得明慎起来。记得1982年春天我快毕业的前夕，研究当代文学的黄伟宗教授让同学何东平给朱子庆递一个话："这个时候最要小心保护自己，别让别人拿到把柄，这样对毕业分配不利，因为已经听到有老师在

中山大学《红豆》1979年第四期（陈平原提供）

会上说你们的事情了，对于你们的谈恋爱极为不满。所以一定要小心地保护自己。"何东平把这个话告诉朱子庆，朱子庆告诉我的时候，我俩都很感动。不久黄老师为了在道义上支持我们，还专为我的诗歌创作写了一篇评论。研究当代诗歌和民歌的金钦俊教授是我们十分尊敬和相知的老师，他在这件事情上从不指责我们，对我们爱护有加，在那段遭受议论和压抑的特殊日子里，我们双双出入他家，中秋之夜还被他邀请去赏月吃月饼，谈诗，谈心，无所不谈，他甚至还把他的不幸婚姻也告诉了我们……这些都给我们极大的鼓舞。研究现代文学和研究鲁迅的专家饶鸿镜教授，他的身上有一种鲁迅的批判精神，他特别惜才，我在中文系的资料室门前遇见他，他关切地询问起我俩的事情，他说："听说你们结婚啦？"我说："还没有。"他说："那么只是谈情说爱而已？"我说："是的。"他说："很好，很好，祝你们一帆风顺呵！"研究先秦古典文学的卢叔度教授，他不仅是我的老师，也是中华人民共和国成立前我的姨妈的老师，他对我们更是爱护有加，多次邀请我们这一对"问题人物"到他的家中做客，请我们品尝师母包的饺子。他的孙子满月了，邀请我们去吃喜酒。他关心着我们的学习，还关心着我们的分配去向。这其中的良苦用心是不言而喻的。研究唐代文学的黄天骥教授、研究港台和海外文学的王晋民教授、研究当代文学的李笑新老师，以及中文系资料室的几位女老师……总之，许多从事专业研究的老师对我们的眼光是慈爱的、善意的、友好的。这就使得我们在那十分惧怕的日子里感到有依靠而不会太惧怕。

想想看，有如此多的老师与同学、参与了我们的爱情事件，这难道还不够"轰轰烈烈"么？

多年以后，广东电视台一位主持人在采访我们的爱情故事时问朱子庆："你为什么爱马莉？"朱子庆说："在我看来，马莉就是诗歌，和马莉在一起就是和诗歌在一起。"这句话让我感动至今。如果这句话是让我来回答的话，那么我的回答是：爱他同样是因为热爱诗歌，是想和诗歌朗诵家及诗评家在一起，是想让自己的诗歌永远进步。

（九）两地分居作为惩罚

当我们在爱情的甜蜜中相互欣赏并憧憬着未来时，没有料到的是，我们在毕业分配上却尝到了天各一方、两地分居的苦果。在我们的坚决请求下，当时的系领导仍不肯将我们分配在同一座城市（无论是分在北京还是广州，名额绝对大把），结果我们受到的惩罚是：被迫分居两地——广州北京，长达三年之久！

后来我们为我的北京调动费了九牛二虎之力，但终未能遂愿。再后来，在七八级的男同学张硕城的帮助下，在广东省文联鲁迅研究专家郑心伶的帮助下，朱子庆才调来了广州，我们才终于生活在了南方同一个城市……

至此，一对中山大学七七级、七八级中文系学生，在改革开放之初考进大学，因为诗歌而很自然地相爱，而不顾周围环境的压力，却遭遇到体制里的组织的压力，逼迫我们写检讨，并以两地分居作为对我们在大学谈恋爱的惩罚……终于画上句号了。

当然，这个故事的结局，正像所有童话故事里所描述的那样：王子和公主从此过着幸福的生活。

附朱子庆当年写给马莉的爱情诗（此诗获当年中山大学紫荆诗社的诗歌奖）：

上帝啊，为什么让我遇见她
——致马莉
朱子庆

上帝啊，为什么让我遇见她
是为了安慰我的寂寞吗
饶恕我吧，仁慈的上帝
快些为我熄灭她吧！她呵
定是精灵幻化的小蛮妖，不然
怎么闪闪烁烁总难接近她

我已经被折磨得够啦

那双小鹿似的活泼的眼睛
多么迷人,又多么可怕
在我们接视的最初一瞬
闪电惊飞了树梢的昏鸦
心儿别别,抖落了寂寞
仿佛万点繁星簇拥着它
这勾魂摄魄的眼睛呵

从此心儿不由我来做主
像笼中的小鸟儿窥伺着她
见到她,就搏动得分外有力
听到她,会兴奋得乱扑不暇
我说这就是小蛮妖的魔力
浅浅一笑竟叫你冰消雪化
这个蛊惑人心的她

你的柔情,你的倾诉
她似悟非悟全都收下
她的微笑,她的秋波
温柔多情却难辨真假
那令人爱恋却难近的矜持呵
似亭亭玉立的绝尘之花
你又怎能奈何了她

从未有过的幻想和噩梦

从未有过的空虚和牵挂

　　无端的烦恼令人窒息

　　怨怼里写下多少痴话

　　你的痴话又有谁能理解

　　听她说："呵，多美的句子"

　　你却心痛得无以复加

　　我算尝尽了寂寞的滋味

　　午夜的江笛，黄昏的飞鸦

　　我算参透了恋爱的玄机

　　一夕欢会，十日牵挂

　　这就是幸福？快还我宁静吧

　　可命中的上帝又是谁呢

　　自从那天我遇见了她

（写于1981年2月23日）

问：请您简要介绍一下您投身20世纪80年代大学生诗歌运动的"革命生涯"。

答：那个时候，我内心最想见的诗人就是北岛，随着时间向后推移，我一点也不感觉他在变老，我仍然觉得北岛就在那里发光，默默无闻地发着光。我至今仍然感到骄傲的是，我珍藏着我读大学时北岛送我的《陌生的海滩》，这是他完成于1978年的第一部油印诗集，才印了一百本。他送给我的这本油印诗集上面有他的亲笔题赠和签名："送给马莉。北岛1981。"

　　那是1981年的夏天，放暑假的日子，我和我的大学同学、校园诗人朱子庆去北京德内大街三不老胡同一号大院拜访了北岛，同去的还有我们的同学、校园诗人辛磊。我们约定的时间是晚上 8 点，北岛已经站在大门口等我们了，他穿着白色的短袖衬衣，戴着很细很精致的白边眼镜，清瘦、修长、斯文，说话声音不卑不亢，在我看来，这是很符合诗人形象的。

那天晚上除了见到北岛，还见到了同样让我们景仰的诗人江河，以及写小说的北岛胞弟赵振先等人。北京的夏晚天气炎热，北岛买来一只大西瓜切开来给我们吃，我们边吃边谈着令我们感兴趣和激动不已的《今天》（这是北岛和芒克创办的民刊），以及在《今天》上面发表的诗歌和诗人。

我记得我问北岛：顾城是谁？

中山大学《红豆》1980 年第一期（陈平原提供）

北岛告诉我：顾城是顾工的儿子。

我又问舒婷是谁？

北岛告诉我：她是福建的一名女工。

我很想知道北岛为什么在《陌生的海滩》的开头写上："献给姗姗"。

北岛说：姗姗是我妹妹，她叫艾姗……

我又问北岛：你妹妹为什么死的……

北岛说：因为救一个落水的小孩而死的。

那时候我们年轻，一切与北岛、今天、江河这些字眼儿相关的问题对我们都很新鲜，我们渴望知道也爱随便乱问一些问题……

在后来的日子里，我读着北岛的诗歌，读到这样的句子"一棵迷途的蒲公英"走向了"蓝灰色的湖泊"……那是他怀念死去的妹妹。我们第一次看到在自己的作品里怀念自己亲人的诗歌，而在那个宏大叙事的年代里，我们只能怀念英雄和伟大的人物，不能怀念自己的亲人，自己的妹妹，不能怀念所谓的小人物……

那天晚上我才知道北岛是浙江人，真名叫赵振开，1969年当过建筑工人。

1985年冬天，北岛来广州时，对花城出版社的社长、老诗人李士非说：我要见一下马莉……老李打电话来通知我们晚上到花城出版社来见北岛。我和朱子庆很兴奋。在花城出版社的大门口，北岛见到我的第一句话是："马莉，你永远是这样漂亮……"那天晚上我们谈到了许多诗歌的问题，可我什么也没有记住，偏偏记住了这句赞美我的话。

记得20世纪90年代，诗坛上出现一种时尚的口号："Pass 北岛！"但是我们坚定地认为："北岛是pass不掉的。""北岛的《回答》从头到尾都是最好的！"这是朱子庆固执到底的诗歌观点，他说："一位诗人的代表作能有如此巨大的影响，是有它的道理的，而那些所有鄙视这首诗的人都是侏儒。"我和朱子庆经常讨论这首诗歌的隐喻，"从头到尾充满着隐喻"，朱子庆如是说。在中国，几乎没有人不知道这首诗的深刻的开头："卑鄙是卑鄙者的通行证，高尚是高尚者的墓志铭"。但是这首诗最后的结尾也绝不亚于开头：

新的转机和闪闪星斗，

正在缀满没有遮拦的天空。

那是五千年的象形文字，

那是未来人们凝视的眼睛。

朱子庆说："这就是预见性，诗人在他的诗中预言了今天和未来！""大无畏的牺牲精神正是基于这样的使命感！"

是的，大无畏的牺牲精神正是基于这样的使命感！可是我们现在不太敢触碰"使命感"这个词，好像一触及这个词就意味着在言说一个宏大的叙事，我们的内心仍然被那个宏大的历史叙事笼罩着，而不能自拔。但是，一个诗人没有使命感就不会成为一个伟大的诗人，至少不会成为一个优秀的诗人。这或许也是今天的时代为什么不会产生大诗人的根本原因吧？从这个意义上来说，我敬佩北岛。

我在读大学期间，就加入了省作家协会，我后来才知道，是一位叫西彤的老诗人推荐的，我不会忘记他——不是仅仅因为他赏识我的诗，更因为他的为人，他对年青诗人永远是关爱有加的。

问：投身 20 世纪 80 年代大学生诗歌运动，您是如何积极参加并狂热表现的？

答：那时候，唯一的参与，就是写诗，并把诗读给同学朋友听。我经常读给七八级的朱子庆同学听。我也读到过毛铁、苏炜等同学写的文章手稿，七九级的辛磊同学也把他写的新诗读给我听。那时候，写诗、读诗、抄诗，是最大的快乐！（顺便说一句，1981 年，就连我母亲也帮我手抄过《普希金诗选》，因为所借这本诗集必得三天之内奉还）。那时候我们这些年轻诗人由于受到西方思潮的影响，写的诗歌是一种新的实验，与传统的报纸杂志上发表的诗歌完全不同，所以我们的诗歌难以发表。我记得 1981 年，我在《北京文学》第一期上发表了一首长诗《处女地》，后来在《人民文学》第二期上发表长诗《竹颂》。我得到了两笔不多的稿费，写诗的同学都为我高兴，我和朱子庆同学在小礼堂开了一个小小舞会，这就被演变成为当年轰动一时的与诗歌有关的"校园爱情事件"，我因此受到批评。1982 年，我大学毕业那一年春天，我自己油印了一本我的诗集，诗集名叫《冬天的歌》。这些诗大部分收入到 1985 年北京文化艺术出版社为我出版的第一本小诗集《白手帕》中。

问：当年，大学生诗人们喜欢交换各种学生诗歌刊物、诗歌报纸、油印诗集，对此，您还有印象吗？

答：1982 年春天，我大学毕业后，分配在广东电台文艺部当文学编辑，我白天上班，晚上在单位宿舍（广东电台宿舍）里，油印过自己的诗集《冬天的歌》（三十本）、《放逐者》（三十本）、《白光》（三十本）；朱子庆也油印过自己的诗集。

问：您如何看待20世纪80年代大学生诗歌运动的意义和价值？

答：20世纪80年代是一个后神圣的年代，是诗歌精神光芒四射的年代，几乎所有写诗的人都有一颗兴奋向上的诗心，"以诗会友"是我们的行为艺术，大家没有或者还不懂得功利之心，好多诗人都是在报刊上读到某个人的一首诗或几个漂亮的句子，甚至一个新鲜的意象，便口口相传，开始寻找并发生联系的。

说起"80年代"，不说则已，一说大家就感慨万千！我记得于坚反复说："80年代真是一个浪漫的年代！"想当年，我们都是80年代开始写诗的大学生，都有相同的背景和思想，于坚这样描述那个时代的诗人："80年代的诗人就像一群地下党搞秘密活动，被人视为'敌人'。那时我们这些诗人都是诗歌疯子，大家彼此心照不宣，走到哪里只要一说自己是诗人，大家就坐在一起吃开来了……"我非常认同这句话。

说起80年代写诗的朋友，我主要与上海的肖开愚、郁郁、默默，与孟浪、吕贵品、宋词、陆健、马永波等诗人有通信来往。我至今都清晰记得1987年夏天，肖开愚、郁郁等诗人来我们家的情景，大家进门来，一坐下来就谈诗，除了谈诗，还是谈诗，连水都不喝。我还记得十多年前，我们一家去云南旅游，见到于坚，他感叹说："80年代末，我差一点就来广州了，如果那时候我来广州，我也一定会敲开你们家的门。那个时候全民都是用公用电话，家庭中有电话的很少，但是我如果来广州，我一定要来找你们二位……"于坚说话时音量比较大，因为他耳朵不太好，安装了助听器。

那时候的诗人太多太多，从北方来南方打工的诗人都是激情澎湃的漂泊者。那是新诗有史以来最好的年代，是一个黄金年代！用朱子庆的话说："无论你走到哪里，只要说你是诗人，那么我们就是同志了。"那个时代的诗人几乎是惺惺相惜的，大家看到好的诗人和出色的诗歌就推荐给朋友，朋友又推荐给朋友的朋友，我就听见很多诗友向我说起过那些动听的名字，于坚就是其中之一。而我们也一样，很多朋友也是听到我们的名字，就来广州找到我们的，那个时代的我们，生活在诗歌中，生活在被诗人记忆和记忆诗人的相互热爱和相互尊敬之中，生活在明亮的眼神和热情的鼓励之中。

80年代是永远说不尽的话题，而80年代的诗人呢？更是一个欲说还休、欲哭无泪的隐痛。于坚这样描述80年代的诗人："80年代的诗人是一个很大的诗歌群体，第三代诗人的狂飙突进，这是当代文学的一大奇观，几乎可以用'空前绝后'这样的词来形容。第三代诗人与诗歌比现在要大得多，很庞大，第三代诗人与诗歌还没有被仔细和全面系统地研究。"我非常同意这个观点，80年代的诗歌理想主义，80年代的深沉人道主义，80年代最出色的诗人和文本，80年代的精神宝藏，远远没有被仔细挖掘和研究，一下子就被后来的90年代急功近利的文学商业运作和诗歌商业运作，以及风起云涌的全民各行各业的商业运作，覆盖掉了。这是中国文化最让人悲哀的历史一幕。

问：回顾20世纪80年代大学生诗歌运动，您最大的收获是什么？最美好的回忆是什么？

答：我最大的收获和最美好的回忆是：朱子庆这个家伙竟然成了我的诗歌伴侣。我们俩从80年代的大学生诗歌运动中相遇，结伴走到今天，三十多年过去，弹指一挥，我们仍然是唯一，仍然不离不弃，仍然相看两不厌，仍然很在乎对方对自己的感受。

问：目前，诗坛上有这样一种观点，认为20世纪80年代大学生诗歌运动是继朦胧诗运动之后、第三代诗歌运动之前的一场重要的诗歌运动，您认为呢？

答：我认为准确地说，应当是80年代的大学生诗歌运动包含在第三代诗歌运动里面，首先，第三代诗歌是整整一代人的自发行动，它的序曲是朦胧诗，它的底座是大学生诗歌，这完全是一次诗歌的造山运动，是中国诗歌自朦胧诗之后唯一的一次最伟大的诗歌高峰，它的成就现在还不能定论，但它的广度、深度及其影响力，远远超过了轰动一时的朦胧诗运动。有人分析研究，第三代诗人极其众多，包括在校的大学生，包括社会上的青年诗人，他们分布在中国大陆各处，鱼龙混杂，各不相识，但他们都以自己的青春热血，参与了这场诗歌的造山运动，推动了这场诗歌进程。也就是说，第三代诗歌运动的前奏是朦胧诗，第三代诗人的主力军是大学生诗歌运动，这里面涌现出许多优秀的诗人和诗评家。

正如说到第三代诗歌运动时，不能与朦胧诗分开，说到大学生诗歌运动时，不能与第三代分开，因为这里面许多的重要的诗人，都是当年的大学生诗歌的主要干将。

正是第三代诗歌运动的展开，构成了与朦胧诗的分水岭，也使得90年代以来的诗歌在低迷中有新的生长，哪怕这种生长是浮躁与萎靡不振的。有人说，第三代诗歌运动形成了诗歌的大分裂的年代，也形成了诗歌的大生长的年代；既是极其丰富的年代，也是极其浮躁的年代；既是反叛的年代，也是盲目的年代。第三代诗歌运动是一座熔炉，整整一代人（主力军是大学生诗歌运动的年轻的参与者），都在它烈火熊熊的炉膛里被烧炼成自己的模样。

问：投身20世纪80年代大学生诗歌运动，您的得失是什么？有什么感想吗？

答：我很庆幸伟大的80年代是我的青春年代，我在伟大的80年代生活过，这个年代是一个有理想的年代，而这个年代的理想主义光芒对我很重要，现在这种光芒已经没有了，但仍保留在我的身上。我因此对生活从不后悔莫及，也不会徒生懊恼，更不会无聊和麻木不仁。人生没有无谓的体验，人生也没有真正的得失，得失只是后来的总结，而总结对自己已没有意义了，对后来人或许有参考价值，但是后来人的人生是要自己走的，任何参考也没有多大意义。

问：当年您拥有大量的诗歌读者，时隔多年后，大家都很关心您的近况，能否请您谈谈？

答：我的生活基本没变，仍一如既往，每年都写诗，有时一周写一首，有时一周写两首，有时一年写五十首，有时一年写三十首。只是从不示人，我的大量诗作与文章都储存在自己的电脑里。今年夏天我又出版了一本新的十四行诗集《时针偏离了午夜》，是由广东花城出版社出版的。这是我2006年以后所写诗歌的最新结集。

　　这几年，我在做一项很大的绘画工程——诗人肖像系列绘画，我之所以称此为"工程"，因为它确实很庞大，我要在新诗诞生百年之际画出百位诗人肖像来，这是不是很壮观？肯定是的。有朋友说，这简直堪称一个图卷版的当代诗歌画史。我选择画中人的标准除了综合考量每位诗人的诗歌成就外，更要以我自己的标准，这个标准除了诗品与人品以外，还要有趣，有故事，有意思，是我了解并喜爱的诗友。我一旦看准一个我认定的诗人，就开笔画他！我希望我画的是一部很另类的诗歌画史,是一个诗人创作的独一无二的诗歌画史。为此我兴致勃勃。

总之,我觉得一个诗人要做的工作是诗歌的工作,诗人应当是默默无闻的,诗人应当是孤独的,并且很享受这样的孤独,因为这是一种创造性的孤独。这里,我想借用诗人梁小斌在2007年为我荣幸地获得"首届中国新经典诗歌奖"时的诗歌颁奖会上,他所宣读的授奖词作为我对自己的期待与勉励:"诗人马莉是我们这个躁动岁月里安静写作的典范。马莉诗歌从一块'白手帕'的飘扬开始,直至抵达《金色十四行》,其全部凝望均表达了天下经典诗歌的一个基本奥妙,这就是:在一定的尺寸上燃烧。马莉的贡献在于她把当代女性的日常生活提升到一个智性的高度,而令世人瞩目。马莉的诗歌恢复了中国古代女性词人的典雅传统,这个典雅来之不易,几乎要被暴戾撕碎。马莉诗歌精神里无处不在的纯净之光,终于演变为中国当代女性诗歌的一个重要母题。马莉的诗歌尺度自给自足,无限柔韧,并且如此多娇。正如诗人自己所说'光芒,并不需要光芒的照耀',我们完全赞同。"

谨以此书纪念改革开放四十周年　致敬那个火热的年代

20世纪80年代
大学生诗歌运动访谈录

姜红伟　编著
JIANG HONGWEI WORKS

诗歌年代

1977×××—1978×××

山西出版传媒集团　北岳文艺出版社·大厚

一九七八级

青春的尾巴与诗歌的潮头
——北京广播学院叶延滨访谈录

问：有人说20世纪80年代是中国大学生诗歌的黄金时代，您认同这个观点吗？

答：20世纪80年代是中国大学生诗歌的黄金时代，也是中国诗歌的黄金时代，有人说那时的诗歌还没有摆脱意识形态的影响，有许多诗歌还与社会与政治靠得近，技术上还没纯熟等等，其实，这一切都不是否定"黄金时代"的理由。20世纪80年代是中国开放最快，进步最大，民主化进程最显著的十年，这个时期的大学生主流的状态是"以先天下为己任"关心国家与民族了，追求民主与进步，是学生的主流，因此，这十年，诗歌全面地发展，不仅现代主义，还是归来者与民间写作等，黄金十年，可作为指标的几条：诗人和写作者最多，在社会产生影响的作品最多，读者和爱好者最多，刊物品种与发行量最高等，在这四个最多最高后面是大学生写诗读诗和社团最多。

问：您是哪年考上大学的？

答：那是1978年夏天的事。1978年，对于我来说，是个人命运中充满矛盾的时期。此前，我在陕西延安插队，在军马场当农工、仓库保管员，后来又在秦岭大山里的化肥厂当团委书记，"文化革命"结束后调回四川，虽然还是个工人编制，但在地委宣传部里当新闻报道员，刚被送到省委党校学习，没能参加第一次高考。眼看1978年的高考又要开始了，而我却每天的工作排得满满的，没有一点复习迎考的时间。请假复习，肯定不会准假，再不参加高考，又不甘心！

那天，我骑着一辆飞鸽牌自行车，午休后去机关上班。自行车刚穿出巷口，就听得从头上传来一声恐怖而绝望的尖叫。我一抬头，前方一个男人，正从小巷道旁一棵高高的白杨树上，锯下一根侧枝的树干，树干在他的尖叫声中，已经从天而降。我本能地猛地捏紧自行车的双闸。

我眼前一黑，被弹到空中。

我睁开眼，我被自己吓住了，树干从我的鼻梁刮过，满鼻

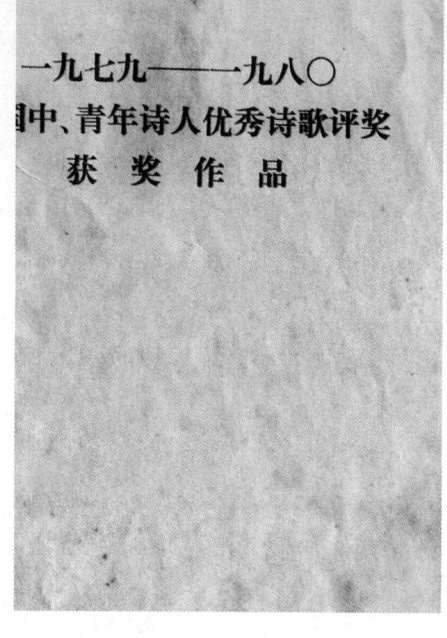

收入叶延滨获奖诗作《干妈》的《全国中青年诗人优秀诗歌评奖获奖作品》

子是血,眼镜不在了。树干从我的手臂刮过,手臂和手背都是血。树干从我的小腿刮过,腿上也是血。我被抛到车前一丈多远,浑身是血躺在路上,回头看,那辆飞鸽车,三角大架被砸成V字,两个车轮还没倒,站立在树干两侧!

救护车把我拉进了医院,经过检查,骨头和内脏都完好无损,碗口粗的树干,齐刷刷地刮掉我一层皮,从鼻梁到两只手臂再到两条腿。大夫说:玄!你的自行车再向前一厘米,这一切都不需要了。

这个悲剧很快被当成了正剧甚至喜剧来欢庆。我在这事件以前,曾想报考大学,领导以工作需要为由,没批准。这回在家养病一躺就是两个月,正好抽空补习迎考。怎么补?我读书时,数理化学得好,但快三十的人了,学理工学不出什么了!考文科,躺在床上,借来一叠课本读。最重要的是,在床头贴了三张大图:一张中国地图,一张世界地图,再加一张中国历史年表。"地理一大片,历史一条线"。等到我能下地走路了,也就进考场了。真是靠地理和历史得了高分,我成了我们地区文科第一名,被北京广播学院新闻系文艺编辑专业录取。

问:请您简要介绍一下您投身20世纪80年代大学生诗歌运动的"革命生涯"。

答:我因为创作第一个高峰及成名时期是我上大学时期,所以,你和一些人把我归于大学生诗歌参与者,其实,我虽然在这个时期上大学并写诗,但多是独行侠式的活动,与运动无多大关系,我1982年毕业,毕业后在《星星》工作,所以更多的时间是关注大学生诗歌运动。

我是20世纪"文化大革命"前老三届的高中生,在我读高中的时候,一心想当科学家,1965年暑假,从四川独自一人坐绿皮火车到北京,看望在清华大学读书的姐姐,一心就想考上清华。"文化大革命"粉碎了我的梦,被打到生活的最底层。底层生活让我学会了养活自己的技能,同时也让我有了证明自己的愿望。在"文化大革命"中,街道发给我一百六十元安家费,派出所注销了我的城市户口,毛主席给了我一个新身份"知识青年",我就和上千万的年轻人到农村"接受再教育"。在延安的窑洞里,我学会了忍受饥饿、学会了劳作受苦。我在延安农村当了四年知青,在农村我的第一个职务是生产队副队长和知青组长。后来又在延安富县的军马场当仓库保管员和陕南略阳的2837工程处当团委书记和新闻干事。1973年2月,收到《延河》(当时叫《陕西文艺》)的邀请,到西安参加"诗歌创作会",到会的二十多个作者中,我是唯一还没有发表过作品的"诗人"。同年3月我在《解放军文艺》和《陕西文艺》同月分别发表一首小诗,算是开始了我的文学创作生涯。当年夏天,我被借调到《陕西文艺》当工农兵编辑,大概有半年时间,在东木头市老《延河》的小院里,认识了杜鹏程、魏钢焰、王丕祥等前辈,也初识了在小院里出入的陈忠实、贾平凹、路遥……更难忘的是,在编辑部工作期间,以"进行大批判需要资料"为由,从图书室里借出了大量的中外诗歌名著,这是我第一次集中阅读中外诗歌的经历,上百部诗集,有传统经典,有外国名著,还有当时借内部批判黄皮的苏联当代诗人作品集。所以,我的创作生涯的起点是"文化大革命"后期的《延河》(当时叫《陕西文艺》)。1978年考入北京广播学院新闻系文编专业,1980年在校期间发表诗作《干妈》获中国作家协会(1979—1980年)诗歌奖,读大学期间被吸收为中国作家协会会员。

问：当年，您创作的那首《干妈》曾经很受读者喜欢，能否谈谈这首诗的创作、发表过程？

答：谢谢你愿意提我三十多年前这篇成名作，当时能轰动，是因为当时有几千万人当过知青，大学里坐满了从农村回到课堂的知青。我写的是我自己真实的故事细节，也是这几千万知青自己的情感，轰动也就可以理解了。今天人们还总提起这篇诗作，是因为有一代人不会忘记的这段历史。除了共同的命运以外，我认为，我在诗中不仅写了知青的命运还说了老百姓的愿望："……人民好比土地＼啊，请百倍爱护我们的土地吧——＼如果大地贫瘠得像沙漠，像戈壁＼任何种子都将失去发芽的生命力！"三十多年前说出这样的话的，也许只有诗人！

问：能谈谈您大学期间的"诗生活"吗？

答：我一进大学，几乎全校都知道我是个"诗人"。这事还要从高考说起。

那年的高考我在各门考试里，语文考得最差，六十多分。当年的作文题是将一篇文章删节到六百字，我一看这题目，高兴坏了。当了多年的新闻报道员，天天干的就是这活。几分钟勾勾画画，完了，也没数，凭经验差不多。交了卷。成绩公布后，才考了六十几分，不服气，要求查卷，查卷的结果是，作文题扣了十几分。我才知道，省招生办请了一个学校的学生来数这六百字，规定多一个字，扣一分。我那篇比六百字多了十几个字，冤不冤！这哪是考语文，这是考算术嘛。心里不服，心里也打鼓，语文压低了，录取老师也许就会不要了？当年还有个规定，"有特长的可以优先"，急不择路，我把我在报刊上发表的几十首诗歌订成一本，作为"特长"交给了招生办公室。这下子好了，当我走进广播学院的时候，都知道这一届有个写诗的学生了。

系主任杨田春在迎新讲话的时候说:"我们是新闻系,我们培养记者、培养编辑、我们不培养诗人,也不培养作家。"系主任是想明确指出专业方向,但这句话让所有的同学把目光丢在我脸上。我想:"谁是诗人了?你才是呢!"

我们这个班,我是党支部书记,班长上学前当过乡干部,团支书是部队里的连级"四个兜",全班有一半同学的年龄都比刚从大学毕业的班主任岁数大。记得我为她写的一首《比我小五岁的班主任》发表后,在学校引起了小小的轰动。这首诗不长,快三十年了,它记录下的历史还会让人感动吗?她,腼腆而文静/比我小五岁的班主任/满脸胡茬的我喊她:"老师!"/她竟低下头,害羞地蹭着鞋跟/她,实在是太年轻/和我翘鼻子的小妹一样的年龄/啊,妹妹遇到头疼的事情,还只会朝妈妈噘起嘴唇/她却甚至要领导"妈妈学生"——/第一次点名"贾英"/"请假了,她孩子得了病……"/哄笑声差点掀翻水泥屋顶/——还是姑娘的班主任啊/该笑?该恼?还是该脸红?/啊,80年代初的中国大学/有这样的老师,这样的学生——/颠倒了年龄和身份/弄乱了经历和学问//课堂上她面对这样的学生——/客气的,手心捏着单词本/淘气的,画着老师的发型/因为她虽有大学的文凭,——却是"文化大革命"的"工农兵"。/泪水,打湿了讲稿:《现代作家和诗人艾青》/不,老师,我该理解你,同代人啊同样的命运//你每月四十元工资/我是二十元助学金/但面对我们贫困的祖国/你瘦削的肩上担着双重的责任/啊,贫困,我们贫困的民族/有一个贫困熬出来的传统——/当多病而羸弱的母亲/再也不能为孩子弯下腰身/她未出嫁的女儿啊/就撑持起一个苦斗的家庭/——送哥哥出征!/——抚弟弟成人!//为战胜所有的贫困我们在苦斗啊/老师,你比我多五年的资本——/五年?一个总理可以制定一个复兴的

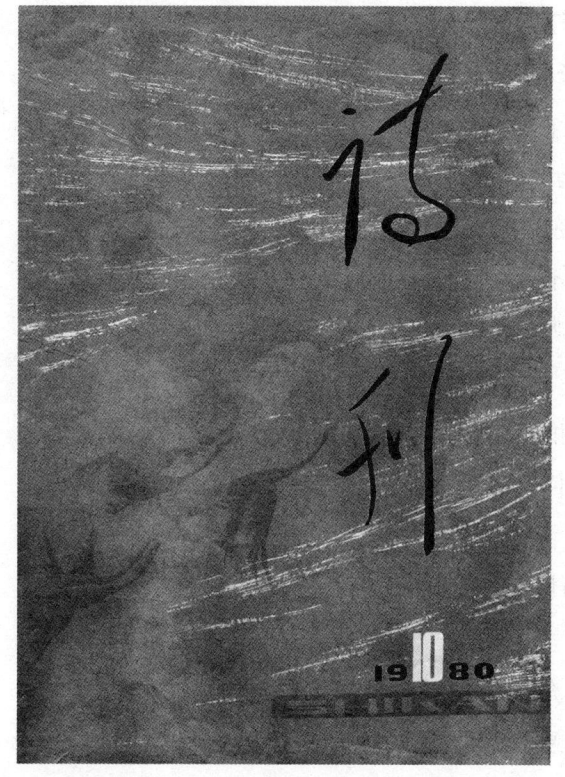

首发叶延滨诗作《干妈》的《诗刊》青春诗会专号

计划／五年！你将证明你是具有民族之魂的女性。这首诗发表后，首先是我的班主任激动地向我表达了她"想不到"的感动，后来在老师中传看，再后来，我陆续发表了《729——我的学生证号》《带月票的大学生》《北京，我的二平方米》等表现大学生活的诗歌，我在学校里也就被公认是个诗人了。现在中国传媒大学的校歌《校园里有一排年轻的白杨》，就是我在校期间为合唱团写的校园组歌中的一首。

在这段时期，我开始在《诗刊》等杂志较多地发表诗歌，1980年9月号发表了呼吁改革的《十万个为什么》，之前的6月号头题发表了我直接写"文化大革命"题材的组诗《那时，我还是个孩子》。这组诗歌发表后，严文井先生的夫人，时任《诗刊》作品组长的康志强大姐，给我写信说："叶延滨，我们领导看了你最近在刊物上发的诗，想见见你，你抽空来一下吧。"这次见面，是第一次与著名的诗人谈话。与我谈话的领导，说话很直率："你写诗有五六年了吧，我看这一两年你是开了点窍，怎么开窍？说说看。"我也真没想过这个问题，也直率坦言："没想过，我是想写什么就写什么。""那好吧，好好想想，想好了，再告诉我。"回到学校后不久，收到了《诗刊》寄来的通知，让我在暑假期间，参加《诗刊》举办的"青年诗作者创作学习会"，我心想："没回答好领导的问题，有麻烦了。"

就这样，我怀着忐忑心情参加了这个"青年学习会"，这就是在当代诗坛影响深远的《诗刊》第一届"青春诗会"。

问：在大学期间，您参加过哪些诗歌活动啊？

答：大学期间最重要的诗歌活动，就是出席首届"青春诗会"。

"青年诗作者学习会"从1980年7月20日到8月21日就在《诗刊》举办，为了方便就说大家承认的说法"第一届青春诗会"吧。《诗刊》当年在虎坊路甲十五号，那时还是一个大院，没楼，都是平房。参加学习会的青年诗人多数就住在编辑部的院内，少数家就在北京的人还"走读"。小平房，木板床，八月暑天吱吱叫的夏蝉，都让人怀念。吃饭是在旁边的京剧团食堂搭伙，买饭票和剧团的人一起排队打饭。生活简单，同时也就像一个单位的人，领导、编辑和学员，共同生活了一个月，这是20世纪80年代最可喜也最典型的文学氛围。

十七个青年诗人中，我在到会前都知道他们的名字，但真正见过面的不多。梅绍静在延安插队，我认识她最早，1973年她写了一本叙事诗《兰珍子》，在西安开会认识她。当年我被借到《陕西文艺》当"工农兵编辑",领导就布置任务:"延滨,给梅绍静约稿,请她给我们写点诗。"让编辑部约稿的诗人,多大的面子啊。还认识顾城,是在《北京文学》,当时好像是诗歌组长姚欣找我改稿子,谈话间顾城到编辑部来送稿,听说是顾城,心想"这是个名人啊!"不过送稿的阵势,好像是家长送孩子上学,前面是父亲开道,后面是母亲提包,进来出去顾城自己没说一句话。我心里想:"这天才还是个孩子,没长大。"

其他的诗人,都是新朋友,徐国静、徐晓鹤、孙武军都是大学生,一混就熟了。大学生高伐林后来分配在北京工作时,向我通报,有人写了我的"内参",救我于危难,至今不忘!吉林大学的徐敬亚和王小妮是一对恋人,幸福指数很高,后来他们结婚时,给我寄来一张糖纸,让我为此写了一首诗。我毕业实习时,采访王小妮的节目在中央人民广播电台播出,广播节目报要登照片,王小妮的照片领导没通过,因为"留着长长的直发,也不梳起来,太出格了!"这个细节让我记忆深刻。

工人梁小斌是岁数较小的,总是做出沉思状,好像哲学家。顾城穿一双部队发的那种塑料凉鞋,不过,特意在后跟上粘了一层同样的塑胶鞋底,让我察觉到顾城骄傲后面的一丝孩子气。岁数较大的张学梦和杨牧脸上都蚀刻下了岁月的风雨。才树莲这个农村孩子比她的诗还朴实,而性格张扬的常荣一看就是个老北京人。陈所巨是从桐城来的诗人,重情分,多少年来,每年都给我寄茶叶"桐城小花",可惜他已辞世,前两年他的文集出版,我专程到安徽参加他的文集发布会,他是青春诗会这棵树上的第一片落叶。江河和舒婷在青年诗坛名气不小,都是朦胧诗代表人物,青春诗会上还没有朦胧诗人这说法,江河给人印象很随和,让我愿意与他交谈。舒婷不一样,名字很淑女,说话很玫瑰,好听的话里总有刺。如果要舒婷回忆青春诗会,她会说两条：一是"叶延滨欠我一杯咖啡"，二是"我在青春诗会上就说了，我们中间叶延滨会当诗刊主编"。

"青春诗会"最主要的内容就是请文坛的著名作家诗人给"青年作者"讲课。不像今天能写几句诗就自称诗人甚至"著名"，与会的青年诗人有的当时名气已经很大了，但还是认真的界定为"青年作者"。讲课老师的阵容强大：艾青、臧克家、田间、贺敬之、张志民、李瑛为十七位年轻人讲授诗歌创作。黄永玉、冯牧、顾骧等为与会者报告当下的创作动态。袁可嘉、高莽向大家介绍了世界诗坛，蔡其矫透彻地分析了一批著名的外国诗歌。这些都是中国文坛重量级的人物，他们给十七位青年人讲课，交谈，对话，讨论，展现了改革开放初期中国文学界特别是诗歌界十分可喜的开放、宽容和民主的氛围。整整半个月的时间，名家与新人，文学界的领导与青年写作者，坐在一起，平等交流也不乏交锋，这种姿态和气氛，空前民主和空前开放。能坐到一起，也有坐到一起的道理。此时文坛的大家名流，多是刚"平反"重新回到久别的文坛，与会的青年诗作者同样来自生活的底层，大家都有共同的愿望，也对改革开放充满了热望与信心。

其实，参加"青春诗会"我已经三十岁了，这应该是我告别青春的一次仪式，从此以后，我被诗坛所认可，并以青年诗人的身份在诗坛活动了十五年，直到1995年我调进《诗刊》任副主编，这是后话。在"青春诗会"的讨论中，我用了一个简单的比喻来表达我的创作思想："在我们今天的时代和社会中找到自己的坐标点，在纷繁复杂的感情世界里找到与人民的相通点，在源远流长的艺术长河中找到自己的探索点，三点决定一个平面，我的诗就放在这个平面上。"《诗刊》老编辑王燕生作为首届青春诗会"班主任"，生前回顾当年的青春诗会，还提起我的"三点决定一个平面"的这个发言。我以为，我对时代、读者和艺术之间三点关系的理解，基本上决定了我一生的创作倾向。作为首届青春诗会的成果，1980年10月号《诗刊》以"青春诗会"为总栏目发表了十七位青年诗人的作品，同时，发表了艾青讲课的文章《与青年诗人谈诗》，冯牧在诗会上谈话的摘要文章《门外谈诗》。这一期成了十七位青年诗人的作品专号，刊物出版后引起了诗坛极大的轰动。我在这一期上发表的是《干妈》写的是我插队中与一位农村老大娘共同生活的感情经历，这首当时标为（叙事组诗）的作品，第二年获中国作家协会（1979—1980年）优秀诗歌奖。不久我又被吸收为中国作家协会的会员，这个时候我还没有出过一本书。应该说，发表这首诗之后，我被诗坛承认，从此在诗坛活动了三十多年时间，在《星星》诗刊工作了十二年，从编辑做到主编，在《诗刊》工作了十四年，从副主编、常务副主编做到主编。有幸在两个重要的诗歌刊物工作，为诗歌服务，这是诗歌给予我的光荣，也是我对诗歌的感恩回报。

问：在20世纪80年代大学生诗人中，您是一位有名的"双枪将"，一手写诗歌，一手写歌词，而且你写的《校园里有一排年轻的白杨》（以下简称《白杨》）还被称作中国内地第一首校园歌曲，您能和我们谈谈这首歌词的创作情况吗？

答：我写的《校园里有一排年轻的白杨》歌词，被称作内地第一首校园歌曲，那是这首歌在全国传唱多年之后，在乐坛兴起校园歌曲热之后乐坛的说法。之所以得到这样的"第一"，有以下几个原因：一、这是"文化大革命"结束后，在中国大陆由在校大学生作词、在校学生演唱并在全国传唱的第一首歌；二、这首歌出场，是在首届北京合唱节上，作为"校园组歌"五首中的一首，在正式演出就引起轰动的歌曲，歌曲一出生，就明确了其校园身份。三、这首歌在全国传唱后，在中央人民广播电台的"80年代新一辈"全国首届青年歌曲大赛中获奖。四、此歌产生全国影响后，被北京广播学院认定为校歌，并且中国传媒大学继续定为校歌。在中国以至世界上，由在校学生作词，由在校学生演唱，并成为一个名牌大学校歌的"校园歌曲"。以上四个"第一"大概有别于其他的校园歌曲。

综上所述，我作为20世纪80年代中国大学生诗人，为20世纪80年代大学生诗歌做出的"贡献"，或我自己可以说一下的成绩主要有四项：1. 发表了成名作《干妈》，并获中国作家协会的"全国优秀中青年诗人奖"；2. 参加首届"青春诗会"；3. 为中国传媒大学（当时叫北京广播学院）写了一首校歌至今传唱；4. 在大学期间加入中国作家协会。

问：你对当下的中国诗坛现状是什么看法，能概括地描述一下吗？你对当下的大学生诗人们在创作上有什么建议？

答：处于中国文化与欧美文化交流的激流中，处于传统与现代的冲突中，处于全球化的开放时代，中国诗坛空前的丰富多样，（台湾地区由于暂与大陆分离，其诗歌发展有其独特性，我这里主要就中国大陆地区的诗歌进行分析），在这个多样杂芜的舞台上，认真梳理一下，大致有三种主要的流向，扮演着三种主要的文化角色：

第一，面对世界的向外姿态。这是中国大陆自20世纪末以来，发育了三十年的现代主义诗歌潮流之一。

中国诗歌的复苏，缘于20世纪70年代"文化大革命"结束后的思想解放运动，对外开放让中国年轻的一代有机会接收到现代思潮，表现自我成为人性张扬的最有吸引力的口号，在一批曾受到政治歧视和不公正待遇的著名诗人艾青、牛汉、蔡其姣、穆旦、绿原等重返诗坛写作的同时，一批年轻的诗人在新诗潮的影响下，写人性写自我写性爱写意识流等等，给诗坛以冲击力，他们最早以自印的诗刊《今天》发表作品，北岛、舒婷、顾城、杨炼、芒克等年轻诗人围绕在刊物周围。同时，中国最有影响的《诗刊》在1980年举办了青年诗人改稿学习班，并以"青春诗会"的名义整本刊物发表了参加这次活动的十七个诗人的作品，造成空前轰动。参加青春诗会的部分诗人也在努力学习现代主义表现手法，这些人加入"青春诗会"表明现代主义得到主流诗坛的认可，同时也引起了传统理论家的强烈批评，同年《诗刊》8月号发表《令人气闷的朦胧》，从此中国有现代主义倾向的新诗潮被称为朦胧诗。朦胧诗这个称呼表明了这些诗歌在中国传统读者的眼中是一个形象模糊的角色，除了意识形态上的原因外，中国传统诗歌美学和现代诗所借鉴的西方现代主义美学的差异，也产生了读者疏离诗歌的效应。然而，现代主义思潮的影响，对于中国诗坛的影响是巨大的，它在不断地争论中发展。在理论姿态上明确向西方主流文学靠

叶延滨1982年在艾青寓所与艾青交谈

拢,强调其文学资源更多是外部世界性的资源,寻求得到西方主流文化的认同。正是这种角色,激起了中国诗坛本土和民族意识的抬头,作为创作理念上的对立面,"民间写作"成为20世纪90年代末青年诗坛最新的旗号,1999年4月16日,在北京盘峰宾馆召开的"世纪之交中国诗歌创作态势与理论建设研讨会"发生了"民间写作"的诗人们对"知识分子写作"的抨击和争论,从此,作为新诗潮主力的现代主义诗歌流派,不再独占先锋诗歌的潮头,对这股潮流的批评从来自传统主流意识形态,变成了来自诗坛内部的不同流派。"正是从这个时代开始,伴随着人、人性、人的本质力量的解放,诗也获得解放……无论对于中国现代主义诗歌的发展流变有多少种哈姆雷特式的争论,无论人们认为当下现代主义诗潮中漂浮着多少泡沫甚至垃圾,无论其中有些诗人的歌唱是多么的晦涩或者嘶哑,但是,'诗为心声'——诗真正成为诗人个性表达与创造,具有绝不可以低估的、足够伟大的意义。我甚至认为,这种回归与解放所造成的文化启蒙,远远高于它的艺术成就。"中国作家协会主流批评家蒋巍的这段话,比较恰当的描绘了现代主义诗潮对于中国诗坛的贡献与影响。

第二,面对现实的向下姿态。向下面对脚下土地的现实主义和民间的姿态,这种潮流在近三十年经过多次流变而成为中国诗坛上最主要的文化角色之一。

"文化大革命"结束后,中国诗坛从专制和虚假中解放出来,其中,一批曾受到打击和批判的老诗人,如艾青、公刘、蔡其矫、白桦、绿原、曾卓、孙静轩、牛汉、邵燕祥等,从底层回到文坛主流,同时,在"文化大革命"中,从城市被下放到农村的知识青年和工厂、军队等底层中的诗歌爱好者,也涌现了一批较为优秀的青年诗人,这些来自底层的两部分诗人,在20世纪

70和80年代发表了大量抨击封建专制，表现底层大众疾苦，呼唤思想解放和民主科学的诗篇，中国作家协会1979—1980年度首届优秀诗歌奖的大部分篇目，都是表现底层大众呼唤民主科学的诗作，如：李发模《呼声》、公刘《沉思》、骆耕野《不满》、舒婷《祖国啊，我亲爱的祖国》、雷抒雁《小草在歌唱》、流沙河《故园六咏》、傅天琳《汗水》等都是表现底层大众心声的作品。这种潮流得到了读者的追捧，在推进中国思想解放运动中起到了鼓动作用，同时，其文学资源和诗歌元素大多来自生活底层，具有较强的民族性而与现代主义思潮形成两大潮流。

到20世纪90年代，中国诗坛这种向下的关注底层的诗歌发生一些流变出现了新乡土诗，城市打工诗以及口语写作等，而且大量的作品在民间社团自己印刷的"民间刊物"上发表，形成"民间写作"潮流，这股潮流中的诗人，注重用生活中鲜活的口语作为诗歌语言，关注底层，表现卑贱者的情感，为弱势群体呐喊，同时强调自我独特的创作风格，他们虽以"先锋诗歌"的姿态，但其关注当下现实，表现底层人生的草根精神仍然与朦胧诗及后朦胧诗及知识分子写作这个姿态向外的潮流有极大的差异——"民间写作"不拒绝在表现手法上向西方学习，但在诗歌的元素和资源是目光向下面对本土。如伊沙、于坚、杨黎等的作品都表现出鲜明的"民间"色彩。在这一时期，许多被称为"第三代"的诗人，也就是旗帜很"先锋"，手法向西方现代派学习，而在内容和精神层面上关注当下，表现底层，诗歌口语化。进入21世纪后，网络的出现，加快了诗歌在民间的普及，在各地出现了大量杰出的青年诗人，特别是进入城市的新移民中的青年诗人，如写乡土诗的江非、田禾，写新城市底层的卢卫平、谢湘南等。向下的民间写作潮流中，也出

叶延滨1986年（右二）和顾城（右一）傅天琳（左二）孙静轩在成都星星诗歌节

现了表现性意识的"下半身"写作，表现丑陋的"垃圾派"写作，这种极端等而下之的写作，成为媒体关注的焦点，对诗坛产生了负面遮蔽效应。

第三，面对传统的坚守姿态。坚守古典诗歌的传统，坚守20世纪五四新文化运动的传统，坚守革命文学的传统，这也是中国诗坛重要的角色。

中国有两千多年的诗歌传统，特别是古典诗歌的唐诗宋词在艺术上所达到的完美境界，使中国古典诗歌有最多的喜爱者，尽管这种用文言写作的格律诗词，在今天难以有新的超越，而且"五四"以来对旧体诗有诸多歧视，然而，这种传统诗歌在当下中国仍有大量的习作者，他们是中国文化的坚守者，尽管这种传统诗歌至今最大的问题就是缺少创新，基本的姿态还是坚守。在新诗写作者中，也有坚守"五四"传统，坚守革命文学的革命现实主义和革命浪漫主义。这些写作者的弱点是创作上确实不太与时俱进，但是坚守的姿态仍令人敬重。他们对向外姿态的现代主义的批判，对向下姿态写作中的"下半身写作"等的批判，认真而严肃。

　　综上所述，中国当代诗坛有三种主要的姿态：向外的、向下的和坚守的，形成中国诗坛的三股主流，互相角力，互相影响，互相映衬，完成中国诗坛的生态平衡：只讲现代就会忽略现实，只讲当下就没有了根源，只讲坚守就不可能发展，正是这三股力量的平衡，才使中国诗坛发展成为现代的，现实的和具有传统之根的！由于高等教育的普及化，大学生诗人也就不再成为一个有别于青年诗人的群体。今天的青年诗人，如果能找到适合自己的恰当的定位，找到自己的艺术方向，就一定会有所成就。

「朦胧诗」与「一代人」
——中国人民大学李黎访谈录

问：有人说20世纪80年代是中国大学生诗歌的黄金时代，您认同这个观点吗？

答：认同。

问：请您简要介绍一下您投身20世纪80年代大学生诗歌运动的"革命生涯"（大学期间创作、发表、获奖及其他情况）。

答：我是当时中国人民大学诗社的社长。从1978年一直到1985年共七年。做过多次大型诗歌朗诵比赛；并亲自为全校诗歌爱好者做多次讲座。1981年6月13日在上海《文汇报》以近一个版的篇幅发表了著名文章《"朦胧诗"与"一代人"——兼与艾青商榷》，人民日报、诗刊、新华文摘都做了转载，因为强调了审美的批评与历史的评价，对当时论坛上的朦胧诗论产生了积极的影响。同时在国内外（包括港台）刊物上发表多篇诗歌作品与评论文章。

问：投身20世纪80年代大学生诗歌运动，您是如何积极参加并狂热表现的？

答：我参与创办的校园刊物是《林园》，当时主编是陈晨，我是编委之一。

问：您在大学期间曾写了一篇叫《"朦胧诗"与"一代人"》的文章，反响很大。您当时作为一名青年学生，敢于挑战大诗人艾青这样的权威人物，勇气的原动力来自哪里？

答：当时的确是有感而发。正好我上大学期间，朦胧诗发展得非常活跃，也引起了很多不同的观点。因为当时社会传统上觉得诗歌应该是非常透明、非常激情澎湃、非常革命浪漫主义的。

"文化大革命"有一个持续性，"文化大革命"时期的诗歌都是政治色彩比较强的，而且比较直白。比如有些政治抒情诗，写得很好，但是缺乏那种艺术空灵感，而空灵又恰恰是诗歌艺术的主要特质之一。所以，当朦胧诗出来时，有些老诗人就觉得这个诗和我们当时读的诗的感觉不一样，觉得有点朦朦胧胧。那些诗现在来读，觉得没有什么朦胧的，都是很容易接受的。但是，当时由于审美心理的惯性亦即延续性，其实这也很正常，凡是创新总会有人提出一些异议。

这些年轻人的诗歌对于老一代的诗人造成一些冲击，所以有些老诗人，包括艾青先生提出一些反驳意见，认为朦胧诗是毛孩子、蒙面人，看不懂，说"香也朦胧，臭也朦胧，如在云里雾中"。我当时是心平气和地从学术讨论的角度谈了我的观点，即：一个时代有一个时代的文学，一个时代有一个时代的诗歌，

发表在1981年6月13日《文汇报》上的《"朦胧诗"与"一代人"》

这些年轻时代的朦胧诗诗人之所以在这个年代写出这么多作品,肯定有其时代的渊源。

另外,这些年轻人追求唯美的东西,像"文化大革命"时期的政治抒情诗热潮以后总会有唯美的回归,这从文化艺术发展规律上讲也是正常的。我也从审美心理以及接受美学的角度分析了这个情况,然后提出了我的一些观点和看法。我的观点得到大家普遍的认同,很多人给我写信,通过各种方式跟我取得联系,也给我寄来了很多热情洋溢的诗歌作品,希望我来品鉴与评论等等。

问：在您印象中，您认为当年影响比较大、成就比较突出的大学生诗人有哪些？哪些诗人的诗歌给您留下了比较深刻的印象？

答：校园诗人：徐敬亚、王小妮、杨榴红、程宝林、王茜、西川、白弦、陶宁、骆一禾、潘洗尘。上海也有一大批校园诗人，很优秀。

问：当年，大学生诗人们喜欢交换各种学生诗歌刊物、诗歌报纸、油印诗集，对此，您还有印象吗？

答：有，北大的《五色石》、吉大的《赤子心》、复旦的《诗耕地》等等。

问：您如何看待20世纪80年代大学生诗歌运动的意义和价值？

答：是整个中国新诗潮运动的一个重要组成部分。同时又有校园诗歌的特色。

问：回顾20世纪80年代大学生诗歌运动，您最大的收获是什么？最美好的回忆是什么？

答：是心灵的洗礼与历练，是一生的文化与精神财富。最美好的回忆是请谢冕（北大教授）讲诗歌，从此与谢老师结下了忘年之交，成为一生一世的老师与朋友。同时，在这个过程中有幸得到美学大师、哲学大师、著名思想家、理论家李泽厚的指点、辅导，他并且为我的第一本诗歌专著《诗与美》亲自作序。

问：目前，诗坛上有这样一种观点，认为20世纪80年代大学生诗歌运动是继朦胧诗运动之后、第三代诗歌运动之前的一场重要的诗歌运动，您认为呢？

答：我认为二者是相辅相成的，处于同一个诗歌文化思潮。

问：投身20世纪80年代大学生诗歌运动，您的得失是什么？有什么感想吗？

答：只有得，没有失。说到感想，那就是有幸亲历历史，有幸参与书写历史，成为历史的一部分，这是我人生最大的收获之一。

问：当年您拥有大量的诗歌读者，时隔多年后，大家都很关心您的近况，能否请您谈谈？

答：当年我每一天都能收到大量从全国各地寄来的诗刊，确实是个激动人心的时代，令人难忘的时代。因此，我现在仍然密切关注中国诗坛，并试图以弘扬中华诗歌传统来带动中华文化的复兴；并以文化的复兴带动我们民族的复兴，从而争取为推进审美文化与构建和谐世界贡献一分力量。为此目标，我最近创意、策划、创立了"世界华语诗歌联盟"，并将举办一年一度的"世界华语诗歌大会"，为全球的华语诗歌创作者与爱好者提供一个互动、交流的崭新空间；同时，我们也将建立全国第一个"诗歌大学"，以专门传授诗歌文化为主业，讲授"中外诗歌史""诗歌创作""诗歌鉴赏""诗歌评论""诗歌美学"等课程，使其成为一个正规大学的一部分。这些构想与当年在校园中所接受的诗与美的熏陶是密切相关的，我正在把诗歌校园放大到一个更大的诗歌天地之中，这就是我们提出的"诗歌中国"即：以诗歌的复兴带动文化的复兴；以文化的复兴带动民族的复兴。我愿借这个机会也与读者们分享一下这篇《世界华语诗歌联盟成立宣言》（附全文）。

附：

《世界华语诗歌联盟成立宣言》

诗歌是人类文明的象征；是人类为自己点燃的第一支文学艺术的灯盏。

诗歌是一个民族的血脉，彰显着一个民族的气质，并塑造着一个民族的性格。

自从人类社会产生以来，诗歌一直承载着人类心灵的声音，成为每个个体灵魂的独白与对白。

诗歌以其自由，感性，直观的特点，成为人类抒发情感，表现寄托，进行审美创造的最佳载体与最高境界。

如果说美的哲学是人的哲学的最高峰巅，那么诗的本质则是美的本质的最完整展现。

如果说真与善是我们践行人生的最高准则，那么诗与美则是人类灵魂的最好家园……

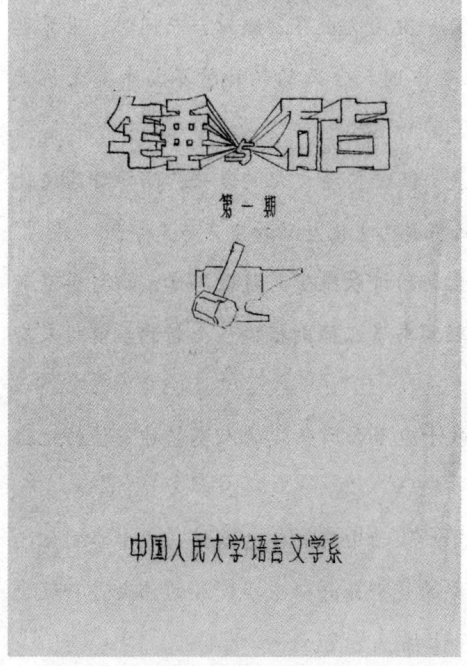

中国人民大学《锤与砧》1979年创刊号

诗歌过去、现在、未来也必然是一切艺术形式与所有文化创意产业灵感的源泉……

几千年来，中华文化之所以始终昂立屹立于世界的文化之林而从未中断，首先与我们诗歌艺术的高度发达密切相关：中国自古就是一个泱泱的诗歌大国。

中华文化之所以博大精深，令世界景仰，也正因为这个文化中包含了众多伟大的诗人、诗论家，荟萃了数不清的美妙诗篇、诗话、诗论、诗品……

我们秉循"诗言志，歌咏言"的诗歌大义。

我们信奉"不学诗，无以言"的诗歌祖训。

我们崇尚"腹有诗书气自华"的诗书礼仪传统。

我们深明"撼天地，泣鬼神，莫过于诗"的诗歌人文魅力。

我们倡导以"真善美"为核心的诗歌文化，因为我们相信，插上诗情与诗意美丽双翼的"中国梦"将会飞的更高、更远……

我们追求"诗与境偕""天人合一"的诗歌境界，因为我们知道：诗歌所创造的审美境界不仅是人类心灵的最美好归宿，同时也是建设一个和睦、和谐、和平的21世纪世界的精神基础。

今天的华夏神州，国家政策开放，经济活跃发达，建设日新月异，中华民族正又一次为全世界所瞩目；而同时，世界也在以期待的目光关注着中国人今天的精神境界与审美文化产品……

我们民族的伟大复兴正呼唤着文化的复兴；而诗作为文化的灵魂，诗歌的复兴必将成为文化复兴的先声与先导；

新的世纪必然催生新的诗歌感受与诗歌思考，必将孕育新的诗情，而当今的互联网与多媒体则提供了全新的、前所未有的诗歌可能……

这一切，将把诗歌千古至今所积淀的人类精神价值转化出巨大社会正能量……

让我们以诗歌的复兴带动中华文化的复兴，以中华文化的复兴带动我们伟大民族的复兴；并以中华民族的伟大复兴促进整个人类社会的和谐、幸福、发展……

为此宏伟之目标，我们今天正式创立"世界华语诗歌联盟"……

我们将从2015年始，举办一年一届的"世界华语诗歌大会"；

我们将在中国与全球各地设立多个"世界华语诗歌联盟"的诗歌基地，为天下所有华语诗歌爱好者们提供真正的诗的家园；

我们将共同打造以几千年华语诗歌为血脉与灵魂的大型诗乐舞实景演出"诗韵中华"……

天下华人，不论身在何方，都永远是龙的传人与诗的传人。

华语诗歌，不论古体新体，都永远为心灵和谐、祖国强盛、世界和平而吟咏……

世界华语诗歌联盟将是全球所有华语诗歌爱好者与习作者联谊、交流、提高以及相互学习的纽带与宽广平台……

让我们全球华语诗歌的创作者与爱好者们在诗的旗帜下，用美丽的汉字与动听的汉语抒发世纪情怀；

让几千年的中华诗歌精神在我们这一代的笔端发扬光大，再书新篇，并且代代相传……

让华语诗歌的神奇韵律与绚美意象如同仙女自九天洒下的鲜花，永远把吉祥、和谐、美满、幸福洒遍人间、洒遍全球……

（李黎执笔：完稿于2014年10月1日，改于11月10日）

庆幸长在20世纪80年代
——扬州师范学院曹剑访谈录

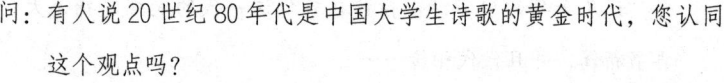

问：有人说20世纪80年代是中国大学生诗歌的黄金时代，您认同这个观点吗？

答：非常认同。20世纪80年代是文化复兴的年代，更是文学复兴的年代，经历"文化大革命"的文化浩劫之后，文学青年如饥似渴，真正的文学喷薄而出，属于人类最早文学的诗歌回到了人们精神的海洋。特别是大学招生制度的改革，让广大的平民百姓的孩子成为"天之骄子"，真正的文学回到大学课堂之后，首先引起大学生对文学感兴趣的自然是中国文学史上年代最为久远的诗歌。诗歌，作为20世纪80年代最早兴盛起来的文学样式，有其深刻的道理。从内容上讲，诗歌更加容易表达青春，更加容易点燃大学生的激情，经历"文化大革命"的巨大压抑之后，奔涌的热情和迫切的倾诉首先在诗歌中得到升腾；从形式上讲诗歌也更加适合青年人的表达，更加适合在感情高潮期的表达；从背景上讲，政治的复兴带来经济的复兴，带来文化的复兴，带来教育的复兴，文学的复兴也就顺理成章了。从历史上看，任何一次大的诗歌运动都是和政治、社会的巨大变更紧密配合的；从成就上讲，诗歌人才、诗歌作品、诗歌社团、诗歌刊物都达到了一个新的高度和高潮。这个高潮也可以说是"五四"以来的又一个高潮，随着时间的推移，这一判断必将更加明显。

问：请您简要介绍一下您投身20世纪80年代大学生诗歌运动的"革命生涯"。

答：我是在20世纪80年代初期开始诗歌创作并发表诗歌的，当时只有十九岁，早期主要是受到中国新文化运动的代表诗人郭沫若、闻一多，以及美国诗人惠特曼的影响较大，写作的是一些比较激情豪放的作品，多次在《飞天》《青年文学》《星星诗刊》《诗刊》《绿风》诗刊及其他一些全国和省级的文学刊物上发表。记得第一个奖项也是《绿风》给的。由于创作热情比较高涨，不少作品在学校期间寄出去，但发表出来后并获奖时已经离开学校，但其题材、风格依然是浓浓的校园味道。

问：投身20世纪80年代大学生诗歌运动，您是如何积极参加并狂热表现的？

答：说投身20世纪80年代的大学生诗歌是一场运动还真不过分。当时，大学校园是中国诗歌最早复苏的地方，阅读诗歌、热爱诗歌、评论诗歌、旁观诗歌、创作诗歌、订阅诗刊物、追捧诗人、研究诗人的人数真是难以想象，诗歌的社会影响力真的让人出乎意料。接触到了古今中外的诗歌之后，首先是眼界大开，继而是热血沸腾,这就是诗歌!这就是青春!这就是我们的大学!于是我们有了成立诗社的冲动,有了办诗歌刊物的冲动,也有了诗歌创作的冲动。

问:当年,您创作的那首《〈我的太阳〉(组诗)》曾经很受读者喜欢,能否谈谈这首诗的创作、发表过程?

答:我的诗歌创作是从大二开始的,先是喜欢诗歌,后来是把玩诗歌,再后来就是创作诗歌了。从古诗入门,再从新诗激发;从模仿开始,再从抒发入门。《我的太阳》是我的处女作,我经历了几次退稿之后才在《飞天》上的《大学生诗苑》头条发表出来的,后来被不少刊物转载。看到自己的诗歌第一次变成了铅字,闻着清新的墨香,尝到了初次成功的滋味,感觉到对自己的自信。那是一个春天的晚上,我和同学们一起去看当时十分火爆的演唱会,平生第一次听到当时中国最好的男高音演唱意大利歌剧名曲《我的太阳》,那份高入云端的感觉,可谓余音绕梁,三日不绝。青春是很容易点燃的。听完音乐会回来,便"热血沸腾""遥望南天""夜不能寐""欣然命笔"了,"一气呵成"了。这是一组抒发青春情怀、憧憬未来的抒情诗,写完便感觉到这不是模仿了,那是情感的血管里流淌出来的东西。

问:在大学期间,您参加或者创办过诗歌社团或文学社团吗?担任什么角色?参加或举办过哪些诗歌活动啊?您参与创办过诗歌刊物吗?您参与创办过诗歌报纸吗?编印或出版过诗集吗?

答:当时,我们大学已经有了一定影响的校园诗人王慧骐写作和出版了许多儿童诗和散文诗,大家很羡慕他的才华和影响,我们这些诗歌爱好者经常去找他谈诗,请教创作的技巧,在他带领之下,开始组建我们自己的"萤火虫"诗社,我担任诗社的副社长。并且自费印刷出版我们自己的油印诗刊——《萤》。我们把自己想象成郭沫若、闻一多、李白，在教室里研究诗歌，在草地上朗诵诗歌，白天向教师请教诗歌，夜晚在灯下撰写诗歌，周末则自己印刷诗歌，然后寄往全国各地的文学杂志和诗歌报刊，寄往全国各地的大学文学社，弄得热火朝天，像"五四"青年。后来，我们诗社的祁智、戚华海、姚永宁等杰出的校友也陆续在刊物上发表诗歌并产生一定的影响，并且在他们的人生旅途和文学征程上也都取得了较好的成绩，为过去有这样一批校友和诗友而庆幸，为现在有这样一批校友和诗友而自豪，为将来有这样一批校友和诗友而祝福！青春的记忆永远挥之不去！

我的第一本诗集是由四川文艺出版社出版的《青春流派》，其内容几乎全部是写青春和大学生活的，当时发行了十万册，在今天，这样的发行业绩十分令人骄傲了，可当时什么感觉也没有，似乎诗歌就应该发行这么多！甚至作为作者自己几乎没有发行多少册这个概念。那是一个崇尚文化和文学的年代，不像现在的网络时代文化这么多元，多元到只有空看看段子，没有空读诗歌了。需要特别提出的是我的第一本诗集的责任编辑张新泉先生，他不仅是一个成功的诗人，更是一位厚道的、有水平的、有能力的编辑，他就那样平易地把一个素不相识的叫曹剑的青年诗人的诗集推向了诗坛和市场。为什么说20世纪80年代很伟大？为什么说20世纪80年代的文学很伟大？

因为那个时代发表诗歌是不需要去巴结编辑、不需要给编辑送礼的。

因为那个时代出版诗集是不需要领导打招呼的。

因为那个时候出版诗集是不需要赞助和协作费用的。

因为那个时代出版诗集也不需要包销多少册的。

一个时代文学和文化的繁荣总有它的原因，总有它适宜的气候和土壤。所以 20 世纪 80 年代诗歌的繁荣它不是一种偶然现象，而是一种政治、经济、文化和社会的高度融合。

当然，20 世纪 80 年代诗歌的繁荣，除了时代的原因，除了诗人们本身巨大的文学躁动，与当时全国许多文学杂志、诗歌刊物队伍中一大批优秀的诗歌编辑对青年诗人们的扶持有着十分重要的关系。除了《飞天》的张书绅、四川文艺出版社的张新泉之外，还有《绿风》诗刊的杨牧、石河、王辽生、李春华，《诗刊》的刘湛秋、上海《萌芽》的宁宇、南京《青春》的马绪英、吉林《诗人》的黄淮、《星星》诗刊的叶延滨、《诗选刊》的阿古拉泰等等，这些可爱、可敬的诗歌编辑们，如今他们大部分已经退休在家颐养天年，但是，历史不会忘记他们，文学史终将铭记他们为中国诗歌事业所做出的无私的奉献！终于有一个地方可以让我对我素昧平生的诗歌编辑先生说一声：谢谢您！谢谢你们为 20 世纪 80 年代的中国诗歌所做出的努力！如今祝愿您身体好！精神好！家庭好！好人一生平安！

问：当年的大学生诗人们最喜欢书信往来，形成一种很深的"笔友关系"，您和哪些诗人书信比较频繁啊？在收到的读者来信中有情书吗？

答：大学生诗人们书信交往主要是三个方面。

第一，是向著名诗人、编辑请教，希望得到名家的指点。我记得第一次收到来信，是《飞天》杂志社诗歌编辑张书绅先生的退稿通知，拿到后展读再三，久久不能放下，他非常认真指出了不能刊用的原因，对我诗歌的毛病提出了一针见血的批评，大意是激情有余，辅陈太多，凝练不足。对一个如饥似渴的文学青年来说，这样的信如同天书，好多天都在认真地研究和消化。其实，更多的是从这封信中得到了鼓励和鼓舞，有一种在江西红军苏区的树林里看到了火把的感觉，诗歌的感觉不仅被点燃了，而且被照亮了，不仅被烤暖了，而且给炸响了。我在诗歌的道路上遇到了贵人，在人生的道路上遇到了好人，——张书绅，这个让人一辈子也忘记不掉的好编辑，有人品，也有水平，就这样把一个素不相识的青年人一路上带上了文学的殿堂。特别是在大学里，在满是脚臭味的男大学生宿舍，当我们唇枪舌剑地谈论美国诗人惠特曼、中国诗人徐志摩的时候，如痴如醉地朗诵李白和郭沫若的诗歌的时候，总有人出来浇一盆凉水，总有人出来说三道四，甚至有人说："曹剑，你要是成为诗人，我会在扬州城倒爬三转。"许多同学和诗友的热情鼓励没有记住，倒是这句话让我记住了，为了这句话我一直坚持我的诗歌创作。而编辑来信的鼓励，却是让这种念头更加坚定，方向更加明确。其实，从整个 20 世纪 80 年代诗歌对中国文学的巨大影响看看，从三十年后的今天再去从文学史的角度看看，张书绅先生也是中国最好的文学编辑，正是他用了那几十页可贵的诗歌版面，培养了一届又一届的大学生诗人，进而影响了整个中国诗坛。好编辑影响作家的一生！好编辑影响文学史！确实是这样。我的第二封信也是来自张书绅先生的，这是一封用稿通知，给家人和好多朋友看过。为什么说 20 世纪 80 年代写诗有点"五四"青年的感觉？因为文学刚刚复苏，诗歌也刚刚醒来，诗的土壤在哪里？诗的春风在哪里？诗的雨水在哪里？当时十分茫然，于是乎我给著名的诗人公刘写信，给诗歌评论家谢冕写信，然后把那些回信在我们的诗社里分享阅读，就像现在在微信里转发一样，希望影响更多的人成为诗人。

第二，青年诗人、校园诗人们之间的书信交往，记得当时主要是与其他大学的校园诗人们交换油印诗歌刊物，印象比较深的是吉林大学徐敬亚、王小妮他们的《赤子心》诗刊，华东师范大学的《夏雨岛》等等。通过这些诗歌刊物的交流，把全国大学生诗歌的池水搅得波澜起伏，这些水又毫无疑问地流向了文学的海洋。通过这些刊物的交流，把许多大学生诗人的手挽到了一起，就这样认识了华东师范大学的张小波、宋琳、于奎潮、李其纲，复旦大学的许德民、江苏公安专科学校的周亚平等等一大帮极有才气的家伙，他们想象与思想齐飞，才气与脾气共存！他们跌个跟头都会成为雕塑，他们随便一声叹息也许就成了名言警句——至少也是心灵鸡汤！大家先是互相慕名，继而互相点头，再互相崇拜，接着互相走访，再接着互相喝醉，然后互相偷看情书，然后互相批评诗歌，然后互相指责诗风，愤怒了还互相打架，天冷了又互相取暖，分离了又相互勾勾搭搭，重聚了又相互在车站苦苦等待几个小时，这就是诗人之间的交往，这就是诗歌的情谊，这就是大学校园，这就是那个充满了文学温情的20世纪80年代！要是那时有微信，我非把那些喝大了的照片发到网上，让全国人民评评，他怎么就不是李白哩！那个时代的字典里还没有"靠谱"这两个字。

第三，我的诗歌在发表之后，收到了大量的读者来信，有来自大学的同行，也有来自社会的同道，有老年人的"商榷"，也有青年人的交流，有男孩子的碰撞，也有女孩子的暗示。每天晚上在灯下最为开心和自得其乐的事情就是阅读读者来信，并选出一部分给他们回信。更为高兴的是一位军队医院的护士寄来了对我诗歌的"学习"心得和评点，然后寄来了她的诗歌，然后又寄来了照片，然后寄来了长长的情书。心里美滋滋的。原来诗歌如此美好，原来诗人如此美好，原来世界美好，原来徐志摩、郭沫若如此美好。夜深人静的时候，是写诗的时候，也是展读情书的时候，教室熄灯了，心却更加亮堂了，点上蜡烛，写情诗、写情书，把第二天早晨想象得那么美好！诗人是那么善于想象，把身边的世界和外面的人生填补得花花绿绿。那样一段爱情，成为人生一段至今难以忘怀的情节和情结。以至于当我找了她几十年，最终在民政局有关部门的死亡名单中找到那个令我刻骨铭心的名字的时候，我惊呼都是诗歌惹的祸！我在她二十八年前去世的大桥下面放上了一束鲜花和一首散文诗式的问候。清明，独自怆然而且泪下。再一次找出那张珍藏的女军人的照片，端详再三，我又一次不禁感叹：都是诗歌惹的祸！

问：您如何看待20世纪80年代大学生诗歌运动的意义和价值？

答：第一，20世纪80年代大学生诗歌运动的意义和价值首先体现在那是一次文学的星火燎原，它把中国的新诗运动再一次推向了高潮，时间必将证明它对中国新诗的影响必将深远。明显的标志就是它催生了一大批有影响的诗歌，也催生了一大批后来赫赫有名的诗人，还催生了一批表现不俗的诗刊，更催生了一批文学刊物中的诗歌栏目。这些，毫无疑问地为整个中国经过"文化大革命"之后、特别是改革开放之后的文学事业的大发展、大繁荣奠定了良好的基础。

  第二，这种价值不仅体现在文学的复苏和觉醒，更多地体现在思想的复苏和觉醒。当时，中国小说出现了伤痕文学，一下子引起了整个中国文坛的共鸣。其实，当时诗歌的这种伤痕文学特质更加明显和更加令人回味无穷！那一代校园诗人的青少年时代大都在"文化大革命"阶段，经历过贫穷和贫瘠，也经历过政治时代的恐惧，受伤的童年和少年时期，留下了太多的人生苦味。所以，他们有一百个理由、两百个能力、三百个必要，来展现这种隐隐的伤痛，这种痛得几乎叫不出来的痛！无法言语的痛！改革招生让他们回到校园，岁月还没有让他们像上一辈那样已经被磨去棱角,所以他们不仅选择了想象和排比,更多的是选择了展示和倾诉,选择了思考和思想,选择了某种反叛和逆向,选择了把创作当成创造和创新!所以他们不同于20世纪30年代各种花花草草的诗歌流派,不同于新中国成立后何其芳、郭小川们的尽情歌唱。重要就重要在这里——喷薄的激情和理性的思考高度融合到了一起,形成了20世纪80年代大学诗歌的主旋律,就这样留存在了文学史上。当然,这还要看看后人怎么写这段文学史,历史是后人写的,不是当代人自己写的。

问:回顾20世纪80年代大学生诗歌运动,您最大的收获是什么?最美好的回忆是什么?

答:庆幸长在20世纪80年代,20世纪80年代收获了一生。是那场独特的诗歌运动带领我走上了文学的道路,让我圆了少年时代的梦想,让我至今沐浴在文学的阳光里,呼吸着诗歌的氧离子。后来我当过机关处长、当过企业的老总,也在电视台当过领导,然而,最让我魂牵梦萦的还是诗人这个称谓。当我连续多年看到、听到全国朗诵比赛中总是有人朗诵我的《江北大汉》,甚至至今在一些高校里的诗歌朗诵会上仍然有人在朗诵《江北大汉》的时候,我终于知道这就是文学和诗歌的收获。三十年过去了,留下了太多太多美好的回忆:在校园的草地上与诗友们相互朗诵诗歌;教室熄灯了,自己点蜡烛通宵写诗;周末的时候,孤独地在教室里,无休无止地给读者们写着回信;大雪纷飞的时候,一边跑步,在清晨的扬州城留下最早的足迹,一边沉吟着自己的某一段诗句,推推敲敲;上课的时候根本就不认真听讲,而躲在教室的最后一排写着自己自得其乐的诗句;拿着刚刚发表有自己诗歌的杂志一遍一遍地反复吟诵,反复闻着清新的墨香。……20世纪80年代太值得回忆。

问：20世纪80年代诗坛曾经流行一句很响亮的口号："好诗寄边疆，老诗往中央"。我知道这句名言是您说的，能否谈谈这句名言的来龙去脉？（请重点谈谈您的诗歌《老家》《扬州》《上海姑娘》《江北大汉》等一系列脍炙人口的诗歌佳作的创作、发表过程）

答：关于"好诗寄边疆，老诗往中央"，先说明两点：一是这话有"罪"，二是"中央"二字要加引号。20世纪80年代的诗歌的发展，特别是大学生诗歌的发展，和"边疆"有着十分重要的关系。在南方人看来，东北和西北都是"边疆"，那不是狭义的"边疆"，而是广义的"边疆"。当时，偏偏东北的《诗人》诗刊、西北的《飞天》杂志、《绿风诗刊》《诗选刊》杂志、西部的《星星诗刊》在全国的影响很大，深受年轻人喜爱。甚至，一些地级刊物由于诗歌编辑的精心耕耘，在诗歌方面也独树一帜，有所建树，例如内蒙古包头市的《鹿鸣》、甘肃武威的《武威文学》、吉林的《关东文学》等，这些刊物，身处偏远，心系天下，以振兴民族诗歌为己任，以复兴民族文学为目标，以培育青年诗人为起点，以形成"边塞诗风"。他们思维宽泛、胸襟博大，着实为那个时代的诗歌创作提供了很大的空间和舞台，所以大家比较喜欢。当时的号称当代新边塞诗人的周涛就是其中的杰出代表。所谓"中央"是戏指京城的一些刊物，因为所处的区域和位置的原因，也因为刊物本身定位的一些原因，在选稿、用稿上更加兼顾到诗人、区域、流派、年代、品种等等方方面面，尤其是一大批从"文化大革命"的泥土里爬出来的中老年诗人，挥挥身上的灰尘，带来了一身的坎坷，春风有些扑鼻子，阳光有些刺眼睛，他们有权利倾诉和抒发，报刊有义务提供平台。从这个意义上讲，我当时年轻气盛，讲那样的话骄狂了些、狭隘了些，搁现在，打死我也不说。再者，当时很多国家级刊物，如《诗刊》《人民文学》《解放军文艺》《青年文学》等，在青年诗歌，尤其是大学生诗歌方面做出了相当大的努力，在诗歌发表、作品评奖、诗歌活动方面都做出了杰出的努力，取得了可喜的成就。当时无意当中的一句话，成为"响亮"的口号，这话有些后怕。让我想起诗人但丁《神曲》里的话：从惊涛骇浪里过来的人，回首大海的时候往往才感到害怕。

我从六岁就随同母亲一直下放到了老家，童年的记忆和少年的情趣都来自今生无法忘记的老家，许多刻骨铭心的爱和恨，都来自老家，所以老家题材占据了我创作的相当一部分内容。童年时期没有出过远门，长大了来到了一百多公里以外的扬州城上大学，就已经有了一种背井离乡的感觉，当我独自坐在窗外飘着白云的教室的时候，当希望和美好涌上心头的时候，孤独和淡淡的忧郁也如暗潮升起，带着泡沫慢慢袭来，在那桃花盛开的地方，母亲提着水桶艰难前行的身影，总是挥之不去；夜晚在洒满白霜的稻田里数着冰冷的星星和不知道的未来。捡起这些老家的碎片，拼接成了一首叫《老家》的小诗，三十年了，自己每每读起来总是哽咽，总是发呆，总是长长久久的沉默和叹息。真的没有去考虑要感动谁，却无数次地感动着自己，只不过这种感动被有水平的编辑偷窥了，知道是真情，就把它发表了，只不过遇到无数无数的像我一样在外乡生活的读者，勾起了他们的乡情，共鸣了此生最最最深的眷恋。不好意思，让大家忧郁了。

说起《扬州》吧，我又怎能不说说扬州！那是我度过风华正茂的大学四年的城市。当年，父亲说了一句"到了以后来个信"，便把我和一只木头箱子扔上了一个熟悉的师傅的破卡车后厢，像装猪仔一样远行了。然后颠颠簸簸、飘飘荡荡开始了人生的

扬州师范学院学生文学刊物《寸草》

第一段旅程。一路上,大风起兮尘土飞扬,双腿发麻兮两眼迷茫。扬州,那是我平生第一次见到的"大城市",来时有些自卑,去时有些自傲,在时充满温馨,不在时充满回忆。平山堂的山、瘦西湖的水、个园何园的园、御码头的石头、瓜洲古渡口的浩浩江水、富春园的包子、冶春园的蒸饺,甘泉路的细雨、新北门的白雪,张张片片拼凑在那个岁月,点点滴滴都是湿漉漉的情愫,用四年的积淀写一首关于扬州的诗,自然会牵心动肺。那种感觉早就想写,但是一直写不出来,突然有一天它就像流水一样流出来了。那不是乾隆下江南的应景之作,也不是扬州旅游的宣传口号,而是一个城市中的青年诗人和一个青年诗人心中的城市的水乳交融。所以发表出来后许多刊物和图书转载，许多评论予以了关注。

再说《上海姑娘》，那些年，常到上海的一些大学里和一些校园诗人们一起"厮混"，喝冰冻的啤酒，读油印的诗刊，访白发的名人，穿蹩脚的西装，看上戏的话剧，品阁楼的咖啡，认不得怪名的马路，找不到花哨的商店。但是，有如相亲一样，往往看第一眼是最准的。上海，就这样成为我诗歌的题材。诗歌里写的那不是一个上海人眼里的上海姑娘，而是一个外地人眼里的上海姑娘；那不是一个老年人眼里的上海姑娘，而是一个年轻人眼里的上海姑娘；那不是一个普通人眼里的上海姑娘，而是一个诗人眼里的上海姑娘；那不是在写一个姑娘，而是在写上海那座城市；那不是在写一群人，而是在写眼里的一个世界；那不是在写眼前的生活，而是在写心中的感知。那不是百科全书，那是美好的印象碎片。只有读过毕加索的人才会写出那样的句子："上海姑娘的左眼是上海的'上'，上海姑娘的右眼是上海的'海'"后来就有著名诗歌评论家严迪昌等人一直在解读那样的句子，有许多大学生就来信表示喜欢那样的句子。其实那只是海派文化漫上岸来打湿了我的裤脚的一种印记，写的时候是自鸣得意的，诗人的最可贵的感觉就是自鸣得意。自己都不喜欢又如何让别人去喜欢？

最后说说《江北大汉》。这是我的心血之作，也是我的生活之作。作为江北大汉的我和所认识的江北大汉，许许多多的故事在我的心头积聚了二十多个春秋。特别是当我还是一个江北小汉的时候，就已经饱受那些故事的浸泡，亲眼看到了许多江北大汉的汗水、泪水和血水，有时候凝聚成人生事业顶峰的巨大潮水，响得惊天动地；有时候又幻化成人世间最不值钱的一摊污水，随着岁月缓缓地流动去。那应该是小说的题材，从未刻意地要用诗歌的形式把它表现出来。突然在一个春天,一个周末的午后,我工作的学校宿舍窗外开满了油菜花,远处传来了一阵又一阵修路男人劳动的号子声,类似于《大路歌》的声音,震耳欲聋,十分气魄,瞬间,许多江北大汉的意象涌进脑海,过去的许多人和事成为潮水般涌来的诗歌的灵感,无法阻挡,我真真切切地感受到了一种诗歌创作的冲动,从下午2点多钟一直写到第二天下午5点,期间除了喝茶和咖啡外,居然忘记吃饭,也没有任何饥饿的感觉,通宵达旦的写作居然也没有任何疲劳的感觉,兴奋的神经一直被诗歌的灵感高高挂起,可是等我写完的时候我发现我已经无法从椅子上站立起来,双脚已经麻木得没有任何知觉,腰也已经无法直起来。一首长达三百六十行的长诗就这样一气呵成了,那才是郭沫若写《女神》的感觉。写完了我对自己说:你这样的人才为诗如此激动、如此投入,如果不写诗可惜了。第一次投稿给了一家大刊物,如此长的诗理所当然地要被退稿,改投给《鹿鸣》,立即收到编辑热情洋溢的用稿通知,更有意思的是在用稿通知上责任编辑说此诗研究已经破例获得该刊物的年度文学大奖,这是该刊物没有经过年终评审而直接获奖的唯一作品。刊物一出来即收到不少杂志和图书的转载通知,这首诗也就这样传开了。中国的事,怕就怕"开了",说开了,打开了,喝开了,骂开了,散开了,也就传开了。这一传就是三十年!至今仍然会有一些社会的诗会和高校的诗会把这首诗拿出来朗诵。

问:当年您拥有大量的诗歌读者,时隔多年后,大家都很关心您的近况,能否请您谈谈?
答:当年,写作和出版了近千首诗歌,主要作品有诗集《青春流派》《曹剑诗集》,曾经为是继续写诗还是做其他工作有过多年的纠结，后来在机关、企业、电视台工作，担任出品人和制片人，拍摄了《上将许世友》《决战南京》等二十多部电视剧和《江北好人》《缘来是爱》等六部电影。不管做了多少工作，诗歌在我人生道路上的影响一直没有断过，诗歌和我一生结下了不解之缘，诗歌浸透了我的血脉。也正是这种影响，我为不少电视剧写作了主题歌歌词，其风格也是沿着当年诗歌的道路前行的。正是本着对文学的热爱、对诗歌的衷情，我终于再次回到文学的队伍中，人生从单纯开始，不管经历多少复杂，必将回归单纯。现在在出版社继续从事着编辑工作。当然，当我自己是一名文学编辑的时候，我常常想起的是我年轻时候的那些老师们，我当像他们一样培育好每一首诗歌，培育好每一个诗人。

一首诗的历史断面
——四川大学游小苏访谈录

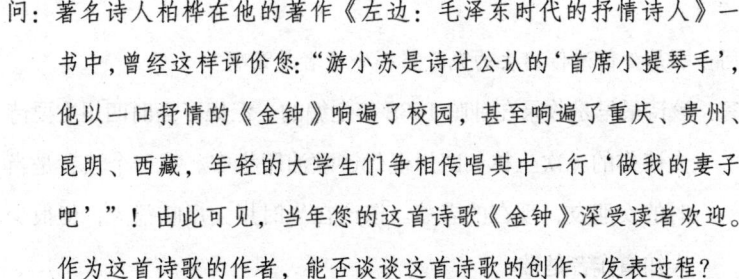

问：著名诗人柏桦在他的著作《左边：毛泽东时代的抒情诗人》一书中，曾经这样评价您："游小苏是诗社公认的'首席小提琴手'，他以一口抒情的《金钟》响遍了校园，甚至响遍了重庆、贵州、昆明、西藏，年轻的大学生们争相传唱其中一行'做我的妻子吧'"！由此可见，当年您的这首诗歌《金钟》深受读者欢迎。作为这首诗歌的作者，能否谈谈这首诗歌的创作、发表过程？

答：简单说那是恋爱期间的一首诗歌。你能喜欢，我很高兴。那时候写诗只是性情所至，并无其他更多更大的缘由。

问：尽管已经过去了三十多年，可以想象，在当年，这首诗歌应该是很震撼人的，我在钟鸣的《旁观者》中第一次读到后，我就被"电"着了！请问，这首诗是哪年写的啊？最初发表在哪里啊？

郭健、陈瑾珂、游小苏、欧阳江河（自左至右）合影

答：客观结果我没有预料到，确实在当时反响比较大。1980年写的，在川大历史系大教室上大课写的，一气呵成。没有正式发表过，因为我一般不对外投稿。

问：那是如何流传出去的呢？第一个读者是谁啊？

答：该诗最早是收录在钟鸣1982年主编的、汇集了当时四川主要诗人诗作的《次生林》四川现代诗歌油印集中。第一个读者是当时的女朋友，现在的老婆。该诗在当时川大反响很大，但很少人知道作者是谁。

问：嫂子当年一定很有才气、很漂亮吧？

答：门当户对。

问：才子配佳人，是吗？游兄年轻时一定很帅吧？应该很受女孩子喜欢吧？

答：当时有才气又很漂亮的很多，也是当时诗圈的风景，可惜我都对这些无缘，这也算一个遗憾吧！相反，我们那个年代都有恋爱饥渴症。从一而终，很传统。

问：著名诗人钟鸣在他的著作《旁观者》中对您给予了极高的、恰如其分的评价："20世纪80年代初，南方最卓越的抒情诗人是游小苏。这个高傲得被遗忘的人（这点和食指相似），他的气质是抒情的。他自印的第一本诗集叫《黑雪》。在许多地方，我听到大学生背诵他的诗篇。这群中人（欧阳江河、翟永明等），游小苏鹤立鸡群。个头高挑，忧郁，含蓄，笑容令人难忘"。请问，您的那本《黑雪》是哪年编印的啊？

答：1980年编印。

问：哪个月？《金钟》选在这里了吗？

答：我和郭健、陈瑾珂等几个同学一起合编的，纯手工打印制作，粗糙，错别字甚多。好像在冬季。《金钟》没有选在这本《黑雪》里，只是刊登在《次生林》上了。

问：是《次生林》第一期吗？

答：《次生林》只有一期。

问：《金钟》写作的具体时间是什么时候啊？

答：大三上学期。

问：您是从什么时候开始写诗的啊？

答：老实说，我从不认为我能写诗，只是当时看了《今天》，突然意兴勃发，胡诌了几句诗句给同学看，居然得到了首肯，于是一发不可收拾。

问：欧阳江河曾经在《灿烂》一书中谈到您："游小苏写了一本诗集，叫作《友谊》。这本诗集在成都当时大学生里面特别风靡，写得特别好。就是这个，从当时来讲，我的诗肯定没他写得好。当时大学生游小苏是诗歌王子。"能否谈谈您当年和欧阳江河的交往故事？在一起写诗、读诗的故事？

答：我想《友谊》应该是《黑雪》。记得第一次与他见面时他与骆耕野、贺星寒等星星诗社的几个大腕，我是与我同学郭健、陈瑾珂同去的，在西城区文化馆开的一个星星诗社会，我们是特邀参会的，会后即加入了该诗社。欧阳江河当时是个军人，个子不高，言语不多，初见面是给人印象不深。后来，他与我们交道多了，我才觉得他是一个非常有艺术才情、有生命活力，是一个真正写大诗的诗人。他极富有艺术煽动性，时时刻刻激情四溢。而后我们私下公认为他应是四川诗人之首。

问：您还保留有《黑雪》这本油印诗集吗？

答：《黑雪》我没有了，当时印刷很少。但据说传得很广，这不能不说是当时一个历史现象，不可克隆。

问：题目为什么叫《金钟》啊？

答：印象最深的是当时川大是用钟声来宣示上课、下课。

问：在我的眼里，您创作的那首诗歌《金钟》是一首堪称浪漫主义和唯美主义相结合的诗歌代表作，它抒发了一个多情的男人、多情的诗人在面对心爱的美丽的女孩怦然心动的心声，是一首典型的求爱诗。全诗意象新颖，语言鲜活，主题鲜明，美轮美奂,尤其是贯穿全诗、堪称画龙点睛之笔的那行动情的诗句"做我的妻子吧",更是让读者产生了强烈的共鸣。请问,能否向我们展现一下这首佳作的全貌?

答:好的,下面,抄录如下:

第一次见到你时似乎在雾中
我隔着飘逝的大地
神往你婷婷的身影
或许太奢望了
当时我就轻轻呼出——
做我的妻子吧!

太阳落去了,给了我一个山巅
我对着绿荫覆盖的峭壁
撒下一束鲜花。回音在说——
做我的妻子吧!

多情的诗人在小木屋里睡了
林深处晃荡着狼嚎的恐怖
只有月亮折下来,认清了
草坡上每个新鲜的字——
做我的妻子吧!

老船长死了,他一生都在海上
这艘船给了我
它有一个骄傲的桅杆
明天就要出海,心不必说——

做我的妻子吧!

牵着黎明的衣袂我飘飘而来
在窗台上换上你心爱的兰花
你的小猫在床头立着
我俯下身子说——
做我的妻子吧!

河面上的舢板会漂向哪呢?
终于,在河心的绿洲搁浅了
我带着初吻你时的惶恐
喃喃地说——
做我的妻子吧!

秋天,山洼四处的谷穗变得金黄
湖里的大雁也开始依依惜别
我长久地追逐最后一片晚霞
嘶哑地喊——
做我的妻子吧!

她说,我的回答是
草莓、黑土、小鹿和青果……

问:有人说20世纪80年代是中国大学生诗歌的黄金时代,您认同这个观点吗?

答:认同,但不仅仅是大学生,是全民。诗歌的地位神圣至高无上。

问：女诗人翟永明曾经在《灿烂》一书中也提起过你们青年时代的故事。能否请您谈谈您当年和翟永明交往的故事？

答：翟永明第一次见面时，第一印象是腼腆，不善言辞也没有感受她有多大的诗才，但她的美丽，明澈透亮的眼睛给人印象深刻。后来，与之接触多了才发觉她在诗歌上是个日日新的天才。她的诗歌与她人一样大气，字语间无不显出女人的优雅与一丝忧伤。诗歌的语境和意境极富艺术感染力，完全是天然之作。她就应该为诗歌而生。

问：游兄，大学期间，您共计油印过几本诗集啊？除了《黑雪》之外。
答：四本诗集，1984 年前，1985 年后我便消失了。

问：能具体说说名字吗？以及每本诗集油印的具体时间。
答：《街灯》《汇府》《散文诗汇编》。

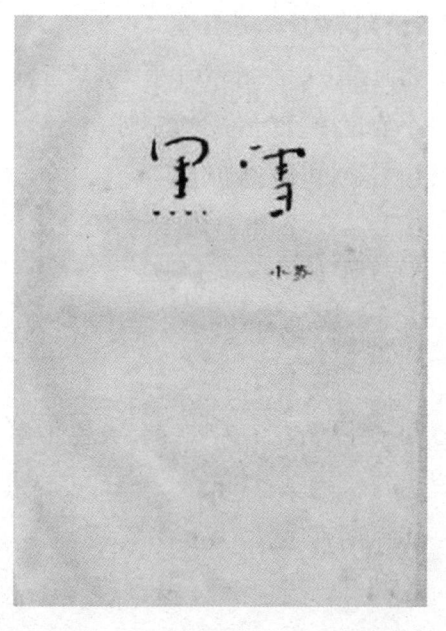

游小苏 1980 年油印诗集《黑雪》

问：这些诗集都是油印的吧？还有图片吗？
答：都是油印的，没有图片。

问：您参与创办过诗歌刊物吗？您参与创办过诗歌报纸吗？
答：没有参加过诗歌社团，只参加过以骆耕野为首的四川星星诗社。其他诗歌刊物和诗歌报纸都没有参加过创办。因为我的社交能力很差。

问：参加星星诗社是哪年啊？
答：1980年参加星星诗社，《黑雪》之后。

问：在您印象中，您认为当年影响比较大、成就比较突出的大学生诗人有哪些？哪些诗人的诗歌给您留下了比较深刻的印象？
答：我不知道这些人是不是大学生，我认为也不能简单的定位。影响大的主要是《今天》的诗人，如芒克、顾城、江河、北岛、杨炼等。

问：您在《星星诗刊》发表过作品吗？
答：没有在《星星诗刊》上发表过作品，当时我们非主流不接受。

问：您上大学的时候，四川大学没有诗社吗？
答：四川大学有锦江文学社，当时锦江文学社诗歌很弱。《黑雪》油印后，龚巧明、潇潇几个主编来我寝室准备在下期《锦江》发表我一组诗。但不幸因为政治原因突然夭折了。

问：那您在大学期间没有在公开报刊上发表诗歌作品吗？
答：基本没有。

问：除了《金钟》之外，大学期间您大约写了多少诗歌？现在还有留存吗？
答：没有统计，也没有留存，都是随性而作。

问：目前，诗坛上有这样一种观点，认为20世纪80年代大学生诗歌运动是继朦胧诗运动之后、第三代诗歌运动之前的一场重要的诗歌运动，您认为呢？

答：我认为，怎样归类并不重要，重要的是有这个历史现象就足够了。仁者见仁，智者见智。怎样评说，无伤大雅。

问：20世纪80年代大学生诗人们最热衷的一件事是诗歌大串联，您去过哪些高校吗？和哪些高校的大学生诗人来往比较密切最后成为好兄弟啊？

答：来川大的不少，我们也是在川师、西师、重大走走。成为好朋友好兄弟的没有，但是当时因为诗歌大家能相识相知足矣。这方面的内容找郭健最为合适，他就是当时的一个人物，极善于沟通和社交。

问：嫂子当年也写诗吗？
答：不写。她被诗歌打败了。

问：哈哈哈！您是诗歌王子啊！
答：无此说法，我当时是学校体育明星。

问：您和嫂子是哪年相爱的啊？
答：大学二年级相爱，四年级结婚。

问：游兄，您毕业后到了哪里工作啊？
答：一直在交通系统，修路架桥，跟文学毫不搭界。

问：毕业后还写诗吗？

答：不写了，主要是写公文。

问：您的油印诗集，您知道谁的手里还保存吗？

答：我还真不知道。因为当时量都很小，就是五十本左右。

依旧高擎当年的火炬
—— 北京广播学院陆健访谈录

问：有人说20世纪80年代是中国大学生诗歌的黄金时代，您认同这个观点吗？

答：完全可以这么说。那时候的诗歌就像一个巨大的磁场，年轻的学子很少有不被吸引的，哪怕是个粒子，也会在其中旋转。

问：请您简要介绍一下您投身20世纪80年代大学生诗歌运动的"革命生涯"？

答：我是1978年从插队的河南农村考到北京广播学院（现中国传媒大学）的，在农村的时候我就学着写诗，参加县文化馆组织的文学活动。到了北广新闻系文艺编辑专业，班里很多同学和我一样"蠢蠢欲动"，还组织了一个"北窗诗社"，近十个人，每周聚会一次，每次聚会每个人起码要写一首诗。我还和1977

级的编采专业的几位师兄在一起交流。但发表作品却已经到了1982年大四时候。处女作《海的向往》发在当年初的《飞天》杂志"大学生诗苑"栏目，六七月份的时候又发出一首，而前面那首竟然获得"首届大学生诗苑奖"，无论如何没曾想到。

问：投身20世纪80年代大学生诗歌运动，您是如何积极参加并狂热表现的？

答：那时候除了上课，课外四年间读了五百部左右的各类书，别的时间几乎都用来做写作练习了。同班同学中，到大三时只剩下五六个人还写东西。我没间断，很多同学已经消退的"舍我其谁"的热情在我这儿还没退烧，但同时已经知道"舍我"也并非不可能，"其谁"那个"谁"已经有不少已经大有成就。我嘴上不说，内心觉得咬咬牙自己能行。至于参加诗歌活动，其他学校倒没怎么去过，去过北大，陪同屋的哥们看望他的学化学专业的老乡。我和两个同学参加了一个"民间"的文学讲习班——一个叫邓磊的年长我们几岁的小伙办的，他请来张锲、邓友梅、谌容等不少名家，我受益颇多。我们的当代文学课、导演课也请过像徐晓中这样的大牌，我每次都激动不已，认真听，做笔记。大学四年我写诗不会少于两百首。

问：当年，您创作的那首《海的向往》曾经很受读者喜欢，能否谈谈这首诗的创作、发表过程？

答：其实我并不清楚当时大学生读者是否很喜欢。我写了诗往往直接投给《诗刊》《人民文学》等顶级刊物，但一直吃退稿。我把编辑给退稿的意思理解错了——我以为虽然还没达到要求却也差不了太多的稿子才会退。我插队的1976年，美国刚撤出越南，我写了一首《跌落了，星条旗》"邮资总付"寄给《人民日报》，人家就写了简单的意见退给我，让我"继续努力"呢。1976年毛主席逝世，我写了三百行阶梯式的长诗《天安门广场放歌》，当时驻扎洛阳的四三军宣传处长还告诉我母亲"你儿子的前程不可限量"。当时在工程兵文工团任创作员的叶文福也曾在我送外祖母回北京期间"召见"了我。我现在虽然不敢自诩天之骄子，起码比在乡下时候水平提高了，为什么屡投不中？我怎么可能没有才华呢？《海的向往》是我对刊物"求其次"给了《飞天》，情绪昂扬，写得铿锵有力，首先被编辑张书绅先生看中，然后被谢冕先生在"诗苑"年度评论时使劲表扬了一回，认为它在某种程度上代表了当代大学生的觉悟水平、价值标准、担当意识，等等，它就得了奖。我记得一同得奖的还有吴稼祥、程光炜、韩霞等，大家分散在许多高校，几乎彼此间都不认识。

问：在大学期间，您参加或者创办过诗歌社团或文学社团吗？担任什么角色？参加或举办过哪些诗歌活动啊？

答：创办不敢说，但"北窗诗社"我是发起人之一。我们几个住的学生宿舍窗户朝北。其他没有。

问：您参与创办过诗歌刊物吗？您参与创办过诗歌报纸吗？编印或出版过诗集吗？

答：北广七七编采班几位文学青年，我们玩儿得不错，像写长篇小说的戴占军、写诗的王从军、徐永清——家在部队大院，后来是我在中央电台的同事。还有现任中央电视台副台长的罗明，他们创办了《秋实》诗刊，我积极参与，专门为此刊写了《黑血》等三四首。诗集不敢想，但毕业不久戴、王、徐、罗四师兄便出了一本诗集记得叫《四个男人》，内容厚重，印的也漂亮，我好生羡慕。

问：当年各大高校经常举办诗歌朗诵会，给您留下最深印象的诗会是哪几次？

答：我不记得去别的高校参加朗诵会，只参加过民间文学讲习班的诗歌朗诵会。我对那位邓磊先生至今深怀敬意。讲习班完全是他自己花钱支撑的，他油画水平颇高，把卖画得来的钱填进来，并且不可能有任何个人回报。看起来他也没什么更深的这样那样的背景。我记得那次我朗诵了自己的《我和海》；柯小卫（后来在中国作协工作）、周志强（后失去联系）恰巧朗诵的诗也和海有关。朗诵之后，大家相互品评作品，态度相当真诚。

问：20世纪80年代大学生诗人们最热衷的一件事是诗歌大串联，您去过哪些高校吗？和哪些高校的大学生诗人来往比较密切最后成为好兄弟啊？

答：读书时我和北大分校中文系的孙更俊、赵敬申常走动，赵后来失去联系；孙成了职业画家，仍然写诗。大前年一年内就写了一千多首旧体诗，气魄浩大，每有奇思狂言，且结集出版了，我们在他家附近一家酒楼举杯庆贺，相晤甚欢。大学毕业后我与复旦毕业分到中央电台的邵璞不断见面，他读书时写的《周末，我们去了女同学宿舍》的艺术感觉出奇地好，同时我很喜欢他的个性稍弱的文气，像个知识分子。我和北大经济系毕业的吴稼祥、历史系毕业的李勤时常走动，甚至聊天过夜半，多次住在新华社李勤的宿舍里。后来我调到河南工作，出差来京也找他俩。后来我重回北京，吴稼祥已转搞时政研究、政治学，往来遂少；李勤成了炙手可热的歌词作家，声誉甚隆，酒量也时常与我比上一比，切磋不断。他们都是我的好兄弟！

问：当年的大学生诗人们最喜欢书信往来，形成一种很深的"笔友关系"，您和哪些诗人书信比较频繁啊？在收到的读者来信中有情书吗？发生过浪漫的故事吗？

答：当时我和我的"插友"——郑州大学七七级的潘知常最为书信频繁，热烈讨论创作。因为以前就比较佩服他，彼此也很信得过，相互坦诚。但他大三我大二之后他转向美学研究了，出了《众妙之门》《苦难美学》等十几部专著，影响深远。我于是逐渐和地理距离较近的诗人来往。我同班同学就有当时在全国大学生诗人中排在前几位的，比如叶延滨和舒婷、顾城、梁小斌、徐敬亚、王小妮、徐晓鹤他们一起参加了《诗刊》第一届"青春诗会"。他获得了1979—1980年全国诗歌奖，毕业前就加入了中国作协。他的获奖作品《干妈》在写作时，我还不止一次去他们宿舍串过门呢。

陆健1979年（中）和同学孙元涛、屈建平（右）合影

在校期间我从没有什么浪漫的事情。于今想来，有点浪掷了青春大好时光。其实当时也有贼心，但是胆子小，距离不大了解的女孩稍微近了点，自己的警惕性竟上来了，简直好笑，似乎你要不是为搞对象就别靠近那些年龄小于自己的异性。高中同学的女生中有我喜欢的，但来信的不全是感觉有点"来电"的，包括回信顶多有些小暧昧，一直到大四第二学期毕业实习到南宁了，与前妻——当时的女朋友（也是高中同学）才开始在信中比较嚣张地郎情妾意了。毕业之后结了婚，见习期满我就调到她工作所在地郑州去了。我现在在高校当老师，满眼青春靓丽风景，有韶光逝去之感喟，也曾偷偷为年轻健硕时的保守木讷而扼腕。我想我若是再浪漫一点，胆子大一点，没准我的诗能比现在写的更有魅力一点呢。

问：在您印象中，您认为当年影响比较大、成就比较突出的大学生诗人有哪些？哪些诗人的诗歌给您留下了比较深刻的印象？

答：当年影响比较大、成就突出的大学生诗人，我首推叶延滨，还有上海的许德民、孙晓刚，北大吴稼祥。叶延滨的诗我读得多，他对生活中诗意的捕捉能力我既佩服又讶异；许德民《紫色的海星星》现在看显得"作"了些，当时那批作品让人感觉很有才气，孙晓刚对城市题材的关注是大学生诗人群落中难得的；而吴稼祥语言的雄辩色彩使诗的气势得以有效展开。我的写作比不上他们，我反思，我回顾。我早年接受的诗歌教育是毛主席诗词、毛主席语录歌。倒不是没读过中国古诗，"文化大革命"开始时我已经小学三年级了。但脑子里语录歌多了，且反复重复，把其他的歌呀诗呀挤跑了，遇到其他的讲韵律讲节奏的文字大脑就近乎本能地排斥。到高中时邓小平出山，"教育回潮"恢复正常教学，才有读《岳阳楼记》《石钟山记》《静夜思》

这些诗文。还没记住几个标点符号,又下乡插队了。又过了两年,有一天突然慌了:一下觉得自己是傻子了,不知道哪天已经废了,甚至记忆力也不行了,才又四下搜罗找书读。插队期间,我读了一些泰戈尔,一些普希金,把贺敬之、郭小川的诗读完了,读李瑛,可是读我的同辈大学生的诗、甚至是我的同学的诗的时候,我又一次傻了。他们几位近距离地、真真切切促使我思考什么是诗歌艺术的问题。从那时候我学会写诗了。我怎么会忘了他们,忘了他们的诗?

问:当年,大学生诗人们喜欢交换各种学生诗歌刊物、诗歌报纸、油印诗集,对此,您还有印象吗?

答:我有印象。大学生们交换学生诗歌刊物、诗歌报纸、油印诗集,就像今天的人们交换名片一样。那一定是会员级的VIP待遇的。哪怕作品幼稚些,印制也粗糙,但是不能没有。文科大学生没有这些,不就和没有理想一样吗?是要被人斜着眼看的。大家相互交换之后,那看对方的眼神就不同了,信任感就增强了,有点像"战友"的关系了。在学校几乎我每次去看徐永清,他都拿出许多版式各异、设计前卫、色彩格式都不大讲究的一摞自印诗刊诗报,一一介绍、评价。我伸着脖子看半天。

问:您如何看待20世纪80年代大学生诗歌运动的意义和价值?目前,诗坛上有这样一种观点,认为20世纪80年代大学生诗歌运动是继朦胧诗运动之后、第三代诗歌运动之前的一场重要的诗歌运动,您认为呢?

答:朦胧诗、20世纪80年代大学生诗歌运动、第三代诗歌是中国诗歌完成现代转变的三个步骤,三排海浪。朦胧诗的开创之功毋庸讳言,但从社会总人数比例来说,由于历史原因和传播途径的限制，接触朦胧诗、懂朦胧诗、写朦胧诗的人毕竟很少，大学生诗歌运动使朦胧诗进入一个开阔地，一个重要的展示平台，进入当时最有朝气、最爱学习、智商相对较高的人群中，使其进入了整整一代精英的记忆并影响了其中绝大多数人的一生。在这里，中国诗歌理念与形式方面的现代转化虽然还没有完成，有待第三代诗歌的深入与完型，可是他开了好头，开辟了道路，使第三代诗歌的汹涌来临水到渠成。它的重要性并非随着第三代诗歌登上历史舞台而消失，如今国内诸多高校如北大、北师大、首都师大、武汉大学等等数不清学生诗歌社团的薪火延续，不仅是当年大学生诗歌理想主义的精神余响，而是在媒体时代、网络时代中国诗歌的新篇章。它对经济时代、GDP时代民族想象力损伤的修复作用，对民族精神活力的竭力的保留，怎么强调都不过分。我们对它的研究与评价，都还远远没有到位。

问：回顾20世纪80年代大学生诗歌运动，您最大的收获是什么？最美好的回忆是什么？投身20世纪80年代大学生诗歌运动，您的得失是什么？有什么感想吗？

答：20世纪80年代大学生诗歌运动中，我个人的收获真的是太大了。我只有得，不曾有失。我能不能说，1978年我考入大学，就是为了参加这场运动。有些耸人听闻？不！我考的是文科，学的是文科。我的脑子里在读大学前除了高中"残留"的一点知识，几乎已经空空。脑力低下，想象力丧失，基本上是废人一个。如果没赶上改革开放，恢复高考，我除了做一个废人就是做社会的敌人，他人的敌人。大学彻底改变了我的人生。重要的无法忽略的是当时的大学文科教育还有不少"文化大革命"的余毒且势力强大，我现在仍旧清楚记得《文艺理论》《现代文学》《广播概论》《党史》《政治》课程里面混杂着不少"左"的东西，谬误的东西，老师讲的别别扭扭，学生听得别别扭扭，营养与毒素胶着。而诗歌让我们眼界开阔，中西对比，独立思考不再盲从，让我们更加热爱生活，从身边从具体的生活内容中寻找诗意，激活我们的想象力。其实诗歌赋予我们的还远不仅是这些。就我个人而言，我写诗写到现在，接近六十岁的人还在通过诗歌尽量保持思考的质量和对世界的敏感。同时，我还是个高校教师，教《文学创作》，我从20世纪80年代大学生的作品（当年的和近期的）找到很多范例提供给21世纪的大学生们。我的感受实在很多，很复杂。

问：当年您拥有大量的诗歌读者，时隔多年后，大家都很关心您的近况，能否请您谈谈？

答：我知道朋友们关心我。当年的大学生诗友，叶延滨、程光炜、唐晓渡、王家新、李勤、吴稼祥、马莉、林雪等等，仅仅他们就称得上"大家"了，还有更多我没列举到的甚至很年轻的朋友。我很感谢！对于"我的近况"，我愿意从毕业之后与大学时期写作相关的事情简单说起。1992年诗集《名城与门》（文化艺术出版社）中写了四十八个中国现当代文化名人，包括二十一年后获诺奖而在当时还没那么出名的莫言，1992年诗集《日内瓦的太阳》（台湾诗之华出版社）中写了外国历史人物七位，包括1990年秋天写的《伊丽莎白二世》（现英国女王）。这些作品无论从选材到笔下功夫都和我在大学的读书生活有着密不可分的关系。1996年我回到北京的母校任教，2003年写出诗集《非典时期的了了特特博士》（春风文艺出版社），没有和相当多的博士交流，写这样的东西也不可能。2004年写出诗集

《34份礼物》（北京广播学院出版社）写了我教的2003级文艺编导专业的三十四个学生，每人一首诗，我请动画学院丁品先生给他们每人画了一幅漫画，让他们都说几句话，一个手体签名。三十四个单元组成一本别致新颖的书，出版社总编连竖大拇指，说，"陆老师，你做了一件我以前听都没听过的事。"2012年底我写出长诗《一位美轮美奂的小诗人之歌》（2013年明天出版社），是一部思辨色彩浓郁、历时六年完成的作品，学校影视艺术学院与2013年6月15日召开了"文学网络传播现象暨《一位美轮美奂的小诗人之歌》研讨会"。于今想来，我的多数重要作品其实都和20世纪80年代的大学生诗歌运动有着多重粘连关系。我快六十岁了，还能写，像同事们做课题、做项目一样在研究的基础上写作诗歌，保持着当年的传统当年的激情，我和当年积极参与诗歌运动如今在高校教学岗位上的朋友一样，像是仍然擎着当年的火炬。

当年，因诗我们走到一起
——甘肃师范大学彭金山访谈录

问：有人说20世纪80年代是中国大学生诗歌的黄金时代，您认同这个观点吗？

答：20世纪80年代的确是大学生诗歌的一个黄金时代。我这样说有两个依据：一是就大学生诗歌创作的主体来看，当时大学校园文学社团如雨后春笋般涌现，文学活动风起云涌，而且主要是诗歌方面的。那是新时期近四十年来校园诗歌创作最为活跃最富有生气的一个时期。二是就社会环境而言，那是一个全社会都关注文学的时期，哪一家刊物发表了一首有影响的诗歌或一篇好小说，马上就会流传开来，不仅中文系学生要看，其他文理科大学生们也抢着阅读，并且社会上很多人都有阅读文学杂志的习惯，有了好作品，都要千方百计地找来一睹为快。尽管乍暖还寒时节，校园文学活动不时会有寒意来袭，但大学生诗歌照样迎风怒放。

当然，今天回望那个年代的诗歌，不难发现其品质中一些粗糙的成分，甚至不排除还有些非诗的因素存在，但这恰恰正是一种时代色彩。

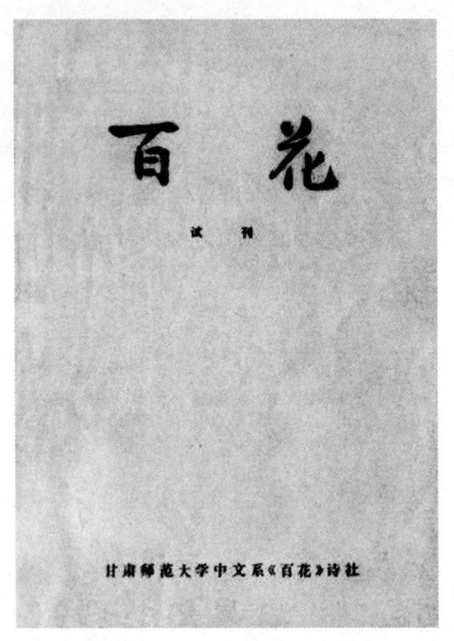

甘肃师范大学《百花》诗刊试刊号

问：请您简要介绍一下您投身20世纪80年代大学生诗歌运动的"诗歌生涯"。

答：我是1978年考进西北师范大学中文系的，那时学校还叫甘肃师范大学。当时，我在一个原先属于生产建设兵团建制的国营农场工作，在农场所在地甘肃省灵台县参加高考。我在灵台县四百多名文科考生中成绩名列第一，但当年录取还讲家庭出身和社会关系，于是尽管成绩高，也只能上这所省属师范大学。其实上这所大学自己也很委屈。它的前身是国立北平师范大学，1937年抗战爆发迁到西安，和北平大学、北洋工学院等院校组成西安临时大学。1938年春临时大学再迁汉中，成立西北联合大学。北平师范大学为西北联大教育学院，接着改称师范学院。不久，西北联大改组分立，师范学院独立为西北师范学院。1940年，西北师范学院开始迁往兰州，成为现今西北师范大学的前身。新中国成立后，西北师范学院为教育部直属的六所师范院校之一，1958年11月在"教育体制改革"中下放由甘肃省管理，改名为甘肃师范大学，后在恢复隶属关系时因种种原因失去了机遇。1981年恢复校名，后又更名为西北师范大学，现为甘肃省和教育部共同建设的省属重点大学。

我们进校时，师资力量相当雄厚，记得在入学教育大会上，系主任说过这样的话："我们甘肃师大中文系比上不足，比下绰绰有余！"这是一所有着优良文化传统的老校，有着"甘肃诗人的摇篮"之美誉，进入这所大学无形中都会受到文化传统的濡染。恢复高考后的最初两三届学生，年龄差距相当大，既有十五六岁的应届高中毕业生，也有三十左右的老三届学生。有一些已经参加了工作，有了相当丰富的生活阅历，有少数人发表过作品，在文学圈子也算有了一定的"知名度"。于进是我1975年在甘肃省儿歌创作学习班上结识的诗友，老朋友相见，而且成了大学的同班同学，那高兴劲儿就甭说了。没几天，又见到了周永福和董培勤（笔名董朝晖），他俩是春季入学的，一个写小说，一个写诗歌，都在中文系甲班。我们虽然没有见过面，但是彼此的名字都是知道的。我们酝酿着想成立一个文学社团。这就有了新时期兰州地区最早的文学社团——百花诗社的诞生。百花诗社1979年3月6日成立，5月出版《百花》诗刊一期。

那个年代，大学中文系的学生没有不想当诗人或者作家的。尽管入学教育大会上系领导一再强调同学们要树立师范专业思想，将来做一名合格的中学教师，可我们还是不甘心一辈子困在中学教室里，文学一直是四年大学生活的梦。记得有一次，我、周永福和朱子国去《飞天》编辑部，张书绅老师鼓励我们多写，并举了外省有些大学生的例子，说一寄就是厚厚的一沓子。我们非常激动，走出编辑部到公共汽车站，一路上都没有离开写诗这个话题，各自定下任务，相约相互监督。上大学那几年，除了上课，写诗几乎成了我的"第一要务"，师大图书馆的现当代诗集和诗歌理论著述差不多让我读完了，做了好几本读诗札记。四年里，发表了大约三十首诗，两篇评论，但影响有限。

问：当年，您创作的那首《我和你》曾经很受读者喜欢，能否谈谈这首诗的创作、发表过程？

答：要说代表作，从内容方面去看，《我和你》勉强可以算作一篇。这首诗歌是向一个时代的告别，发表在《飞天》"大学生诗苑"创刊号上。公刘在《大学生诗苑漫评》一文指出，"彭金山的《我和你》《绿色的歌》……以富有个性的笔触披示了这一代新人的不可侵犯的人格尊严、自我解剖的勇气和独立思考、奋然前行的决断！"作为共和国的同龄人，一路从风雨中走来，既有感性的生活体验，也有理性的思考，到了新时期，对一切都看得比较清楚了，要我们再回到过去那个年代是绝不可能的了。于是就写了这首诗。诗中，"我"作为新生力量和历史前进方向，"你"代表过去与反历史的力量。诗歌在结尾庄严宣告："昨天／我走向你／明天／你走向我！"同类的诗歌还有《别了，昨天》《也许》等。《也许》中有这样的句子："也许，我们失去的太多太多，三杯两盏总解不了饥渴／／也许，我们能发现未知的星座／只因见过日月，也见过鬼火／／也许，也许进一步就是肯定啊，我们是时代的'千斤'。"《我和你》中，"我是春风／扭转了冬的意志／我是太阳／改变了夜的颜色／我是火粒，点燃了木柴的灵感／我是海浪，撞弯了陆地的门楣……"今天，读这些诗句，还能在我感情上唤起一些激动。当然，这些诗太直奔主题了。我这类诗歌的主要缺陷是直白。

问：在大学期间，您参加或者创办过诗歌社团或文学社团吗？担任什么角色？参加或举办过哪些诗歌活动啊？

答：1980年春，甘肃省设在地区的三所师专的本科班合并师大，师大拥有了甘肃省最强的大学生创作阵容。我们和这些作者本来就有一定的联系，现在成了一家人，文学很快就把大家吸附到一块，凝聚成为一个群体。有这么多喜欢文学创作的同学，先得有一个阵地。起个什么名字呢，就叫"我们"吧。天水的同学特意回天水为"我们"的封面制了版，我从学生会借了一台老式油印机。10月的一个夜晚，《我们》在艺术楼212宿舍诞生了！迎着凌晨的寒风，带着一身油墨香，我和于进走在回南一楼宿舍的路上，欣喜地望一望星空，真有种解放了的感觉。《我们》后来虽然遭到挫折，但是她以自己的实力很快为文学界认可，转危为安（我已经在另文谈及，此处不赘）。《我们》一直顽强地生长到今天，成为西北师大校园的一道风景，这是我们在当初没有想到的。

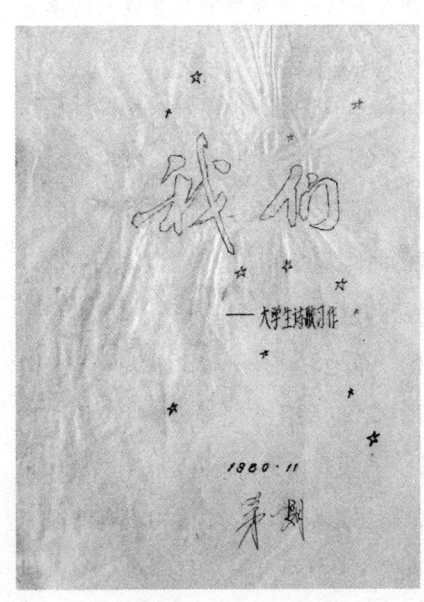

甘肃师范大学学生油印刊物《我们》1980年创刊号

当时，大学校园春光满院，社会上也是春潮涌动。创造的热情被压抑了那么多年，大家都想干些事情，吴辰旭、老乡、高戈等诗人领头，在兰州成立了甘肃省青年诗歌学会，并在地州市和高校建立分会。1980年底，甘肃省青年诗歌学会甘肃师大分会成立，我被推举为首任会长。《我们》，随之成为师大诗歌学会会刊。后来，民政部门规定不能成立跨行业民间组织，师大分会更名为甘肃师大青年诗歌学会。在诗歌的旗帜下，学会举办了一系列大型的文学活动，比如在初创期就和甘肃省青年诗歌学会、兰大诗社等联合，在省政府礼堂、宁卧庄礼堂、师大礼堂、兰大礼堂等场所，举办了"振兴中华诗歌音乐会"等多场大型诗歌活动，产生了广泛的社会影响。除了举办诗歌朗诵音乐会之外，再就是举办文学讲座啦。当时，大学生们有着强烈的求知欲望，对一切都感到新鲜。九叶诗人唐祈在文科楼101阶梯教室做"西方现代派与中国40年代诗歌"学术报告，兰大诗社来了两大轿子车学生，走廊和窗子外面都站满了听众。同样，兰州大学和西北民族大学有学术报告也邀请我们去听。

问：20世纪80年代大学生诗人们最热衷的一件事是诗歌大串联，您去过哪些高校吗？和哪些高校的大学生诗人来往比较密切最后成为好兄弟啊？您和哪些诗人书信比较频繁啊？在收到的读者来信中有情书吗？发生过浪漫的故事吗？

答：大学期间，与外地大学之间有一些联系，但是没有跑去串联。北京大学的李志红寄来《未名湖》让在兰州销售，那黑色封面上鲜红的刊名至今记忆犹新。还有一些大学之间的联系，时间长了已经记不清楚了。年轻的时候发表作品是非常激动的事情，我早期发表的作品曾经粘贴了几个本子。其中一个本子里有一页打印的用稿信，通知我的《草地》（外一首）被编入《全国大学生诗选》，要照片和附言，回信让寄辽宁大学中文系105信箱胡英才。但是这本书我一直没有见到，也许是流产了。

我上大学时已经成家，有思想没行动，生活中没有浪漫的爱情故事，但是也收到过准情书。比我年轻的同学中，倒有不少浪漫的故事,他们都乐意给我这个老大哥说。有个同学给兰州大学来听讲座的一个女生占了两次座位,那女同学来信感谢,几番鸿雁往复,那文字间就充满了浓浓的爱意。但不知道为什么,两个人后来还是没有走到一起。

当时,我们与兰州地区的大学之间来往频繁,尤其是和兰州大学、西北民族学院联系更是密切,大家都是好朋友。特别是有省青年诗歌学会的组织,大型的诗歌活动往往都是共同承办的。活动不只是限于大学的围墙之内,当时和社会上的作者来往也是比较多的。兰州工人文化宫周末的文学讲座吸引了不少有志于文学创作的青年,慢慢也形成了一个创作群体,其中成就最大的是阳飏、人邻和冷焰。阳飏真名张向阳,当时在兰州师专印刷厂工作;人邻真名张世杰,当时在西站货场工作;冷焰真名王常建,在某驻军炮团当管理员。他们三人办了一个油印的三十二开本的民间诗刊,叫《昨天·今天·明天》,大家简称其"三天"。"三天"的顾问是孙艺秋先生,孙先生和我们的顾问唐祈先生是老朋友,由此我们得以和三位诗友结识。我到师专印刷厂去找阳飏,阳飏用一大碗捞面招待我,那碗面真好吃,让我一辈子都忘不了。

1981年准备在兰州召开一个全国性的诗歌会议,不知道是什么原因会议没有召开。但是有的诗人没有接到会议取消的通知,照样来了。听说北岛他们来了,我们邀请到学校玩。那天到师大来的有北岛、江河、杨炼和王家新,开了个小型座谈会,就诗歌这个话题漫谈了一通。北岛、江河、杨炼带了几本油印的个人诗集送给我们几个,我们把会刊送他们批评。中午,我们用兰州牛肉面招待他们,大家都说好吃,特别是杨炼,回到北京还念念不忘兰州的牛肉面。

问：20世纪80年代大学生诗歌运动之所以风起云涌、波澜壮阔，应该说，很多诗歌报刊和文学报刊居功至伟。据您了解，哪些报刊在20世纪80年代大学生诗歌运动形成过程中发挥了推波助澜的重要作用？在您写诗的历程中，哪些报刊对您的帮助比较大？

答：20世纪80年代在大学生诗歌运动中起过推动作用的，有河南的《奔流》，1981年8月编发了一期"大学生作品专号"。还有《青海湖》也重视大学生来稿，《我们》创刊寄出后，很快收到昌耀的来信，一次性选发了其中十二个大学生的十三首诗歌，对我们的支持是巨大的。当年，对我帮助较大的报刊，主要有《飞天》《甘肃日报》《兰州青年报》《青海湖》《奔流》《星星》诗刊等。

问：您如何看待20世纪80年代大学生诗歌运动的意义和价值？

答：20世纪80年代的大学生诗歌运动和强劲的新诗潮一起，荡涤着中国新旧交替时期的诗坛，为一种新的诗歌观念和诗美艺术的确立，发挥了重要作用，此为功绩之一；其二，从大学校园锻炼并走出了一批接一批的诗人，有力地改变了中国诗坛的阵容和中国诗人的文化构成；其三，从大学校园成长起来的诗人，直接主导了相当一个时期当代诗潮的流向，孕育了中国诗歌变革的因子。

问：回顾20世纪80年代大学生诗歌运动，您最大的收获是什么？最美好的回忆是什么？

答：就我个人而言，大学生诗歌活动对于我诗歌观念的转变，起了至关重要的作用。我是1973年开始发表诗歌的，主要是受流行观念的影响。上大学看到《今天》上的诗，如大梦方醒：原来诗还可以这样写！深感前些年在创作上走了弯路。

当然，诗歌活动对个人素质能力等方面的影响也是重大的。当年的诗友、原兰州市市长、现任甘肃省政协副主席张津梁，有一次见到我说起当年诗歌活动对他的影响，说有了当年的那些阅历，使他今天在工作中遇到新的事物，不会轻易去否定它。我赞成他的看法。

我一直认为，人生与诗歌结缘是一种幸福。大学几年，搞了一些诗歌活动，留下了许多美好的回忆，有的活动虽然夭折了，但回忆仍然美好。大概是1981年夏天，我们计划在黄河岸边搞一场诗歌朗诵篝火晚会，中午学校播音室广播了消息。弟兄们积极性很高，早早拉着板车把树枝堆在了黄河岸边。但是到了晚饭后，突然接到有关方面通知，不让在河边举办篝火晚会。因为那些日子黄河发大水，防汛任务严峻，怕对岸看到火光，以为发生什么紧急情况了。于是，我们几个人站在学校大门口，不厌其烦地告诉三五成群要到河边去的人们，因为防汛，篝火晚会取消了。

还有一件与诗歌有关的事值得说说。前面说过，我是1978年秋天入学的。到第二年，孙克恒老师从黄山会议带回来一个消息，全国一些高校要联合编辑一套系统的中国当代文学研究资料，诗歌总集的任务交给了甘肃师大中文系。孙老师找了我、于进、王震、冯晓丽、李江卫、汪幼琴等同学参与这项工作，全是诗歌学会的会员，学生组由我负责。于是，我们就在老师的指导下，频繁地出入中文系资料室、学校图书馆和甘肃省图书馆，开始了紧张的资料查阅、摘抄、辨析、整理工作。到了四年级第一学期结束，兰州地区的资料已经查阅、整理完毕，并且提出了初选目录。负责这项工作的季成家老师派我和于进、王震春节以后到北京查遗补漏，并征求有关方面的意见。我们

诗歌学会合影。前排左三为崔桓、左七唐祈、左八为校党委副书记刘竹溪、左十二彭金山;中排左三高尚、左九董培勤;后排左五开始依次为于跃、王建疆、刘芳森、张津梁、王建勇、张子选、王均钊,右一雷体沛、右二管卫中、右四为于进

三人约好过了春节就去北京。王震因为要争取以记者身份参加全国学代会和三好学生代表大会,先去北京联系好住的地方。我和于进约好乘同一趟火车,在车上见面。王震是全校有名的活跃分子,很有才华,机敏能干,我们到北京他已经联系好了,住团中央地下招待所,在团中央机关食堂吃饭。大学毕业后,王震担任《青年晚报》总编辑,把个报纸搞得有声有色,后来调浙江科技馆工作,不幸因病英年早逝,很是可惜。那次在北京我们住了一个月,到北京版本书库、北京图书馆、北京大学图书馆查阅了兰州缺失的资料;拜访了胡风、艾青、臧克家、吕剑、牛汉、绿原、徐放、邵燕祥、徐刚等诗人,又拜访了中国当代文学研究资料项目负责人、文学评论家张炯和谢冕等,征求了他们对选目的意见,还特意到天津拜访了鲁藜。那次北京、天津之行,留下了非常珍贵的记忆。北京人的大方和友好,让我们这几个从大西北来的小伙子十分感动。我们仅凭一纸介

绍信，到版本书库查阅资料，刚开始我们在书库抄录，后来，工作人员看我们在库里抄录不方便，就完全放心地让我们把几年的《全国新书目》拿回招待所查阅和抄录。这在今天大概是不可能的。1992年夏天，我携家人从东北返回兰州路过北京，一个蹬三轮的老人热情地给我们登记旅店，要去了我们的身份证和住宿费，在一个地方煞有介事地做了登记。结果却把我们往一个很远的地方拉，并且到那里让我们重新交住宿费。我说这不是骗人吗，对方不但不认账，还仗"地"欺人，给我们耍横。我只有一句话：北京变了！

问：目前，诗坛上有这样一种观点，认为20世纪80年代大学生诗歌运动是继朦胧诗运动之后、第三代诗歌运动之前的一场重要的诗歌运动，您认为呢？

答：这种看法有一定道理，因为20世纪80年代大学生诗歌运动对当时和之后相当长一个时期中国诗歌的影响实在是太大了。我个人倾向把20世纪80年代初的校园诗歌，看作以朦胧诗为主要标志的新诗潮的一个重要组成部分，因为价值取向和艺术特征都大体趋近。20世纪80年代初大学校园诗歌活动盛行时，朦胧诗亦风头尚劲。

后新诗潮的出现的确来自校园诗人的新变，第三代诗人中的代表人物不少都是大学校园原朦胧诗阵营中的人。

1983年前后，大学校园出现了一种被称之为"热生活流诗歌"的诗歌现象，诗的内容多写当下生活，比如女吊车司机呀、脚手架上的工人呀，等等。但是这些诗歌还是一种宏大叙事，且有一种"媚"气。作为后新诗潮重要一支的"俗生活流诗"或叫"平民诗歌""口语诗"，无论价值取向或艺术特征，都与之大相径庭。

问：当年您拥有大量的诗歌读者，时隔多年后，大家都很关心您的近况，能否请您谈谈？

答：我目前已经退休。平时自由地看看书，散散步，再就是做些文学和民间文化方面的工作。有时候还是比较忙，但毕竟很少有硬性的任务了。

锦瑟无端五十弦
——安徽师范大学沈天鸿访谈录

问：有人说20世纪80年代是中国大学生诗歌的黄金时代，您认同这个观点吗？

答：20世纪80年代不仅是中国大学生诗歌的黄金时代，也是中国现代诗的黄金时代。中国现代诗（也称"新诗潮"）最好的作品基本都出现在20世纪80年代后期，并且是呈井喷状；现代诗的重要诗人和理论家、评论家有不少就是当年的大学生诗人。推究其原因，应该是"文化大革命"结束中国出现文艺复兴的那个时刻，高等院校里的大学生诗歌作者和诗人能得风气之先，并且他们文学的、思想的素养一般要高于社会上写诗的青年。

文学与思想的素养如何很重要。虽然"诗有别才，非关学也"，但完全靠青春期的激情和天赋的那点灵气也就是所谓的才气，昙花一现有可能，持续下去并且是写得越来越好的持续，则不可能。深厚的文学修养与思想修养，才能提供保证，包括对才气的持续提供保证。文学修养思想修养与才气的关系是个值得研究一下的课题。

问：请您简要介绍一下您投身20世纪80年代大学生诗歌运动的"革命生涯"。

答：有必要先说一下大学生诗歌起始年份。苏历铭说过，大学生诗歌运动，是"由1981年至1985年在校的学院诗人集体完成的。如果非要界定的话，我个人以为大学生诗歌运动起始年份应该是1981年"。起始于1981年这个说法大致是准确的，因为在1981年大学生诗歌才开始有了声势，也就是有了引起社会注意的成绩。但酝酿期应该早一些，是从1979年就开始了——入校只相差半年的七七级、七八级大学生中的一些人已经开始写作和互相传看诗歌。其中部分作品在公开发现的文学杂志上的发表，最迟不迟于1980年。所以，如果不以初具规模地公开发表诗歌为标准，而包括开始写作的"酝酿期"，似乎应该说大学生诗歌起始于1979年。

作为一个特指概念，大学生诗歌止于1985年（即苏历铭所说的"1985年在校的学院诗人集体完成"）是对的。如果不作为一个特指概念，而是一个开放性的概念，那么，大学生诗歌有开始时间，但基本不会有完成即终结的时间。

我在1980年底写了一首新诗（那之前写散文），发表在次年5月号的《萌芽》上。暑假时就又写了几首，投到《飞天》《安徽文学》等几家杂志又都发表了，这才开始持续地写诗，陆续寄给了《青春》《山花》《百花洲》《诗刊》等杂志，都是一投即中——被发表了。其中，《诗刊》编辑宗鄂先生、编辑部主任王燕生先生、主持工作的副主编邵燕祥先生先后给我写信，

安徽师范大学
《赭山》创刊号

依次通知留用、决定采用、参加《诗刊》第二届青春诗会（作品就是我投稿去的那几首）。但我因为临近毕业，忧心毕业分配去向，未能赴会，邵燕祥先生同意我以作品参加第二届青春诗会。

对于刚刚写新诗，并且只写了二十多首诗的我，1982年是值得纪念的一年。一组诗参加了"第二届青春诗会"并且在《诗刊》10月号"第二届青春诗会"专辑中发表；《苦难》等诗获得《飞天》大学生诗苑奖。——那时文学奖很少，省级文学杂志的奖很有影响的。记得同时获奖的有叶延滨等人。

问：当年，您创作的那首《苦难》曾经很受读者喜欢，能否谈谈这首诗的创作、发表过程？

答：《苦难》写于 1982 年 3 月 11 日。

我出生于一个渔民家庭。因为祖父是富农分子，读了四年小学后被勒令退学回家，做渔民到 1978 年参加高考，10 月入安徽师范大学中文系读书。渔民和农民一样处于社会最底层，而且渔业劳动强度超过农业，加上在阶级斗争天天讲的那个年代，出身于剥削阶级家庭的我，比"最底层"还要低一些，所以，说身心都经历并且体验了苦难应该不是夸张。

写《苦难》这首诗时，是不是想起了自己童年、少年到青年时的这些经历？没有。至少是没有清晰地或者有意识地想起——这从《苦难》这首诗可以看出，写的是人的苦难，不是哪一个人的。但可以肯定，我身心经历过并体验过的苦难是潜在地发挥了作用的。没有经历过和体验到的东西，经历过但没有真正体验并且深刻体验过的东西，写成诗或者散文，一般只能流于浮泛，因为只能"想当然"。

《苦难》写出后和另外一首是寄给《飞天》的。那时投稿是如果三个月没有接到留用或者采用通知就可另投其他报刊。但满三个月没有收到回信，我就将它们和其他诗投寄给《诗刊》了。但 9 月初收到发表了《苦难》等几首诗的《飞天》9 月号。阴错阳差地成了一稿两投，赶快发信给《诗刊》，王燕生先生回信说给他们赶快撤下了《飞天》已经发表的这两首，如果再迟就已经开印，来不及撤了。燕生先生很委婉地批评了我。记得当时我还有些惋惜：因为这个缘故，10 月号《诗刊》第二届青春诗会我的诗少发表了两首。当然，当时没想到，《苦难》这组诗后来获得了《飞天》大学生诗苑奖。

问：在大学期间，您参加或者创办过诗歌社团或文学社团吗？担任什么角色？参加或举办过哪些诗歌活动啊？

答：参加过一个全校性的叫"镜湖文学社"的文学社团。但这个文学社很快就奉命解散了。原因是那时尚不允许成立文学社团。

问：您参与创办过诗歌刊物吗？您参与创办过诗歌报纸吗？编印或出版过诗集吗？

答：是指在大学期间吧？没有办过单一的诗歌杂志或者报纸。只是一进大学就被校方聘为校报副刊和校方主办的文学杂志《赭山》的编辑，直到1982年7月毕业。大学期间没有编印或出版过诗集。

问：当年各大高校经常举办诗歌朗诵会，给您留下最深印象的诗会是哪几次？

答：我在校期间只有过一次文艺晚会有诗歌朗诵节目，校方主办的。但我有事回家了，回到学校才知道我的诗和朗诵者都得了一等奖。奖品是一个当时价格大概是两块多钱的精装笔记本。

问：当年的大学生诗人们最喜欢书信往来，形成一种很深的"笔友关系"，您和哪些诗人书信比较频繁啊？在收到的读者来信中有情书吗？发生过浪漫的故事吗？

答：和许德民、潘洗尘等有书信来往。书信来往者少的原因同上述。

问：在您印象中，您认为当年影响比较大、成就比较突出的大学生诗人有哪些？哪些诗人的诗歌给您留下了比较深刻的印象？

答：不局限于我在校期间（1978年10月—1982年7月），大致有

油印诗集《安徽师大历届学生诗选》（罗令生提供）

王家新、叶延滨、高伐林、徐敬亚、王小妮、程光炜、赵丽宏、许德民、骆晓戈、韩东、吴稼祥、沈天鸿、张德强、熊光炯、吴晓、宋琳、张小波、陈东东、王寅、潘洗尘、陆忆敏、翟永明、李亚伟、周伦佑、柏桦、人邻、潞潞、张子选、周同馨、程宝林、骆一禾、海子、西川、沈奇、阿吾、苏历铭、曹汉俊、钱叶用、祝凤鸣、徐晓鹤等等。不可能列举完整，记不清了。

问：您如何看待20世纪80年代大学生诗歌运动的意义和价值？
答：那时的大学生诗歌是不是一个运动？我有些疑惑。

那时的大学生诗歌确实是凡是大学，就都有许多大学生诗歌作者。但不一定就是一个运动。例如，那些年是全国、全民都文学狂热的时期，但似乎不能说那时的中国有"全国文学运动"或者"全民文学运动"。"大学生诗派"这个说法也不准确，所谓"诗派"就是说是诗歌的一个流派，但大学生的诗歌没有作为同一个流派所必需的那些共同点。说它是一种文学现象可能更适合一些。不是运动并能不贬低那时大学生诗歌的价值与意义。

大学生诗歌的意义和价值在我看来主要有以下这些：

一、诗歌作为文学的最高形式，"选择"它的作者。相对而言，接受了高等教育的大学生是产生诗歌作者乃至诗人的最佳人群。而那一时期的大学生诗歌的作者人数和作品数量都可谓壮观——质量一般而言是需要有数量做基础的。有了壮观的数量，对诗歌观念与诗歌形式进行探索与创新的大学生诗歌，才在诗歌观念与诗歌形式这两个方面都获得了虽然不够成熟，但是属于突破性的建树，形成、影响甚至决定了中国 20 世纪 80 年代到 20 世纪 90 年代的诗歌面貌，而且其影响现在还在延续。

二、大学生诗歌的出现晚于当时受到猛烈否定的朦胧诗，大学生诗歌的作者们几乎是天然地肯定朦胧诗，并且以自己的创作支持、护卫了朦胧诗，从而巩固了新的美学。观念的崛起，虽然他们也很快地就在具体的诗歌美学观念与诗歌形式上离开了朦胧诗。

三、诗歌美学观念的突破是整个中国新时期文学的率先突破，也就是说，没有诗歌新的美学观念的崛起与巩固，就没有中国的新时期文学。一、二所述表明，大学生诗歌在这两个方面都有重要贡献。

四、大学生诗歌的作者中涌现了后来（离开大学校园后）对中国新诗做出贡献的一批重要诗人和评论家、理论家。

问：回顾20世纪80年代大学生诗歌运动，您最大的收获是什么？最美好的回忆是什么？

答：我最大的收获是使我后来走出了自己的诗道路，并且建立了自己的中国现代诗学（参见我的《现代诗学》，昆仑出版社）。

问：目前，诗坛上有这样一种观点，认为20世纪80年代大学生诗歌运动是继朦胧诗运动之后、第三代诗歌运动之前的一场重要的诗歌运动，您认为呢？

答：在回答"如何看待20世纪80年代大学生诗歌运动的意义和价值"时已经说到了——大学生诗歌是一种文学现象，"现象"是超越于任何"运动"的，因此它不在谁之前，也不在谁之后，它接受它选择后接受的任何"运动"的影响，也影响或者说对任何"运动"都可以有作用。例如"第三代诗歌"的主要诗人几乎都来自当时的大学生诗歌，理论观点也主要由当时大学生诗歌已有的观点发展而来。

这儿补充或者再强调一下的是：我认为这个大学生诗歌基本是与朦胧诗并起的——朦胧诗产生的时间早于大学生诗歌，但1980年朦胧诗公开面世之前，绝大部分大学生诗歌作者没有读到过朦胧诗。后来虽然部分人受到朦胧诗的影响，但也有部分人没有接受朦胧诗的影响，这些从当时的大学生诗歌可以看到。

问：投身20世纪80年代大学生诗歌运动，您的得失是什么？有什么感想吗？

答："锦瑟无端五十弦，一弦一柱思华年。……此情可待成追忆，只是当时已惘然。"

问：当年您拥有大量的诗歌读者，时隔多年后，大家都很关心您的近况，能否请您谈谈？

答：谢谢直接认识和通过作品相遇的各位读者。

我现在仍然在写作，包括写诗。但现在的诗与大学生时期的诗当然有很大变化，这变化从我2010年九州出版社出版的诗集《另一种阳光》，以及每年发表的诗可以看出，谢谢读者们仍然愿意读。

火热的那个年代 难忘那个
——河南大学王剑冰访谈录

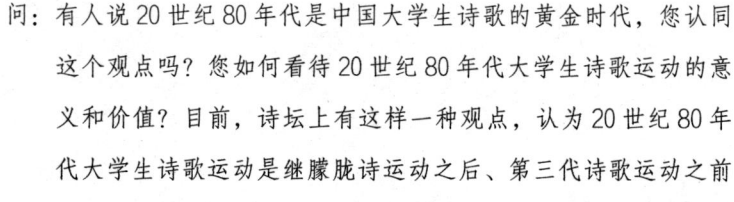

问：有人说20世纪80年代是中国大学生诗歌的黄金时代，您认同这个观点吗？您如何看待20世纪80年代大学生诗歌运动的意义和价值？目前，诗坛上有这样一种观点，认为20世纪80年代大学生诗歌运动是继朦胧诗运动之后、第三代诗歌运动之前的一场重要的诗歌运动，您认为呢？

答：中国大学生诗歌的黄金时代除了20世纪80年代，还真的是再也找不到了，那是一个特殊的时代，是压抑很久的火山喷发，是一群青年的集体大释放。

那次诗歌运动，可以说是席卷了整个中国的校园，恢复高考制度的头两届大学生是这次诗歌运动的主力，他们中大龄青年多，大部分是老三届的，经多见广，思想较为成熟，思考得也深刻。再就是前两届的学生长期在生活底层，不是下乡就是劳动，很少是应届毕业，这些人进入校园后，渴求知识的愿望十分强烈，一方面是恶读，恶补，另一方面更善于接受新事物、新思维，新动向。而新诗热潮给他们注入了活力，因为诗歌是表达诉求、传递情感最快捷的文学样式。所以比起其他文学样式诗歌更容易被大学生所接受，所运用。

有了这样的一次难忘而意义重大的诗歌运动，给了中国文学以极大的冲击和影响，使得中国文学来了一次深切的变革和发展，不管是诗歌还是小说、散文、戏剧，都不断地改变着原有的形象，而由写诗又走向其他行当的，不管是文学行当，还是其他的行当，都带有着那一股子诗人的气质，那个影响是深入骨髓的，它甚至锤炼了一个人的诗性的灵魂。

关于20世纪80年代大学生诗歌运动是继朦胧诗运动之后、第三代诗歌运动之前的一场重要的诗歌运动的提法，可以这么认为吧，因为大学生诗歌运动持续了四到五年的时间甚至更长，以后这些学生毕业了，到了各个岗位和地方，火种一般地散落在了民间，对于第三代诗歌运动必然起了推波助澜的作用。

问：投身20世纪80年代大学生诗歌运动，您是如何积极参加并狂热表现的？

答：那个时候就觉得时间非常重要，每天都要抓住时间，不是读就是写，我就读的学校是河南大学，前身是1912年建校的国立河南大学，因为当时的省会就在这个古城——开封。河南大学在东北面的城墙跟前，学校被半圈城围着，附近有千年铁塔和铁塔湖。湖边，城墙上下，阅览室，外系教室，大礼堂边的树丛，操场边上，到处都是阅读和写作的好地方。每天不上课的时候就早早出门，一个人溜走，找个地方不再动身。一个人容易静下来，不要说话，不要分心。写的东西五花八门，但是对于诗歌的热情越来越高。写了一本再换另一本，实际上最开始的写作是迷茫的，不知道路子怎么走，就看人家，慢慢发现还有一个如我一样的痴迷者，那就是陈同学，我是在外系的一个教室里发现他的，我看他趴在那里不停地抄着，一张白纸的下面垫着一层层的复写纸。等我开始投稿的时候，我才知道，一个稿子投出去要等三个月的，三个月没有信息你才能再投别处，那个时候胆子小，让等三个月就等三个月，一年里有几个三个月呀，时间就那么等没了，写的稿子也不知道行不行，检验的标准就是人家留用了没有。那个时候，每天下课就往回跑，跑到宿舍楼下看信，那信一堆一堆的，凡是厚厚的一个信封的，大都是来自报刊社的退稿信，是谁的谁抓起就跑，不好意思啊。

我总是见陈诗人每天都能抓回厚厚的退稿，他怎么能写那么多的诗歌？我有一次忍不住问他，实际上是向他取经，我怀着十分谦逊的姿态，在松柏加护的小道上看见他就迎了上去，他比我岁数大，是带薪上学的，那个时候带薪上学说明人家已经吃公家饭了，而且上学公家还发着工资，你就显得低人一头了，我很谦虚地问他诗歌的问题，他竟然很给面子，从一个塑料文件夹里拿出哪个诗人给他的信，哪个编辑给他的信，其中就有苏金伞，那是我们省诗歌的泰斗级人物。我立时就肃然起敬了，原来人家都有联系呀，我怎么就不知道这些呢？陈诗人还说，他每天都能写出七八首诗，我一听就懵了，七八首？我一天有时一首都写不出来呀。这怎么能成为诗人，而且他给我传授投稿经验，他说你要去买白纸，用复写纸起码誊写四份，这样可以寄四个地方，省时间，要不你总是抄写，那得花费掉多少时间。我们的时间是不够用的。我如醍醐灌顶一般，于是每天加速地写，说实在的，都不知道写了点什么，而用复写纸誊写的稿子很少有命中的。等我做了编辑我最不精心的就是誊写稿，谁知道你又给了谁去？凡是只抄写一遍的稿子我都会认真对待，退稿的时候还用挂号，唯恐给人家弄丢了。我记得我写过一首《中午》：

大家看天的时候

天上有一只鸽子在飞

我这时看着地上

地上有一只影子

我独享了这影子

黑闪电一般钻进路的那边去

大家看你的时候

我只看着一只鸽子

那鸽子抖着翅可它没有飞走

那鸽子是我的一颗泪

在你胸前的围巾上

你站在路的那边

你望着大家时你又打开了另一种目光

给我自己

这才是真正的目光

前面的目光是后边目光的影子

这首诗写的是一种感觉，我想谁都会有这样的感觉，那是一个中午，我看着一幅画，就看出了这首诗，诗写出来给寝室的同学看，他们经常看我的诗，然后评价，我很感激我的那些室友。当然他们总是给我鼓励，说好的多，说不好的少，就这首诗却产生了争论，有的说很好，有的说不知所云。但是很快传开，并且有人抄了去再读给其他人，很多人认为是一首情诗，并且认为是我个人的经历,这个经历有点那个。我把这首诗投出去,总是石沉大海,再投还是石沉大海,就灰心了,觉得这可能不合报刊的口味,就不再投了。这首诗后来被我作为一张纸夹在什么地方了,直到毕业以后翻东西才想起来,就又投出去了,那时已经是1986年,发在什么地方我记不清了,我把积攒了两箱子的样刊信件弄丢了。我还弄丢了冰心为我题写的书名,臧克家、马烽、孙谦为我写的书法,让我遗憾至今。后来这首诗又发在报纸上过,发在散文诗的杂志上过,被选在多种的选本上过。只是当时退稿或沉海让人迷惘。却有人喜欢了它,过了很多年还有人连同《我是叮叮当当的洒水车》一并提起,说完全是两种不同的风格。我觉得一个人的写作,不可能都是一个腔调,在不同的情绪不同的背景下会有奇怪的发声,那种声音甚至连你在后来都感到奇怪。

　　说实在的,那是一个迷茫的慌乱的紧张的兴奋的时期,像一只刚飞上蓝天的小鸟,急慌慌地满世界到处乱窜。

问:当年,您创作的那首《我是叮叮当当的洒水车》和《我在待业青年小店上班》曾经很受读者喜欢,能否谈谈这两首诗的创作、发表过程?

答:中国那个时候是刚刚结束"文化大革命"不久,一切都处于恢复和变革的状态之中,一代被耽误了的青年,内心既充满着空虚、苦闷、彷徨又充满着期待、向往和希望,《我是叮叮当当的洒水车》,就是一种怀有热情和向上的青春的热望,"洒一路晶莹的雨花,降一街绚丽的虹霓,唱一城激越的欢歌。"那种热望充满了新时代的激情,"我从东方地平线上走来,一直走向那美好的时刻。""装九派流水,洒一天大波,冲一条崭新的大道,洗一个透明的中国!"这也是一个新时代大学生的心愿,从失去知识没有过高理想的生活底层走进大学,就像一棵枯藤猛然遇到雨露开花一样,一切都感到新鲜和美好。尽管心内还有着诸多的阴影,但天亮了,洒水车是从早晨的地平线上开来,最早最清醒地唱响新的一天。

《我在待业青年小店上班》则是写出一个待业青年心内的一景,那景象里充满了热情和期待,尽管政府没有分配工作,不能走进校园学习,但是也应该开始新的生活,以自己的热情换取欢快的笑脸。这样就"不再孤单","把往事和忧郁扔在一边"。一个不愿颓废被社会抛弃的青年,就这样在社会的一角发出了自己的心声,"我在我的知青小店啊,天天张着渴望的双眼……"我写作这首诗的时间是一九七九年冬天,当时是写了一组,包括写一个残疾的鞋匠,在大学门前为大学生钉鞋子,以使得那些学生走得更远。还写了一个青年坐在田间写诗,写得很得意的时候,看到一个姑娘不停地看着自己,以为是艳羡呢,谁想那浇水的姑娘是想让自己起起身子,因为水就要流进这块地了。这是一个小资情调的大学生诗人对生活的再认识。等等吧,那个时候,还不敢投稿,只是先把一首《听房》给了新创刊的《河南青年》,发表后才有了信心。

投给《诗刊》的勇气来自那个陈诗人,他是当时最先在《诗刊》发表作品的河大学生,这给了我力量,我就在一九八一年五月左右将一组诗稿投给了《诗刊》,随后《诗刊》就回信说留用了《我是叮叮当当的洒水车》和《我在待业青年小店上班》,其实我觉得后两首比前两首还有些味道,不知道编辑为什么喜欢前者,信是打印的,没有编辑署名。发出来的时候是1981年十二期。后来入选了由潘洗尘主编、北方文艺出版社1985年出版的《中国当代大学生诗选》。

我那天并不是第一个知道的,是同寝室的同学发现后买回来的。那个时候下课跑的有两个地方,一个是宿舍楼下,去看信,一个是学校的书店,去买书,都离得中文系的红色飞机楼很远。他每天去书店,我每天去看信,所以他先发现了买回来向我祝贺,我为此心存感激。我成为第二个在《诗刊》上发表作品的在校学生。因而引起了一阵轰动,校报和广播都转载了,墙报上也登载了,同学诗人都找来庆贺,我为此像以往一样,用大提包买回来花生瓜子糖,谁来都给一把吃着,那个时候就像过年串门,总有人过来串一串,而不久《奔流》《飞天》《梁园》和省市报纸也发了诗歌,我就不断地将稿费请客,后来就不用我出马了,同学们高兴地拿着我的稿费弄回来烟酒小菜,直接搞起了会餐,说,希望天天有这样的欢乐。

问:在大学期间,您参加或者创办过诗歌社团或文学社团吗?担任什么角色?参加或举办过哪些诗歌活动啊?当年各大高校经常举办诗歌朗诵会,给您留下最深印象的诗会是哪几次?

答:当年中文系前两届同学还真没有创办诗歌社团,倒是后两届学生成立了铁塔诗社和羽帆诗社,这两个诗社请师哥师姐的当顾问,当指导,倒是红红火火,他们出壁报,油印诗刊,一直坚持了多少年,直到创办者离校了,在校的还在坚持着。似乎现在还有这两个诗歌团体的活动。当年学校里经常举办各种诗歌朗诵会,一般由诗社和学生会发起组织,有的还发奖,朗诵会设在小礼堂、阶梯教室或者露天广场,不只是中文系,但是中文系最频繁。我记得最深刻的一次是诗歌朗诵比赛,我朗诵的不是自己的,是郭小川的《团泊洼的秋天》。后来想起来很傻,因为那首诗太长,把情绪拉的都没了,应该找一首短的。光背那首诗就花费了好长时间。背一首短的呢?短平快多好,不懂,就觉得那首诗好,来劲,有情绪,后来觉得,还是更深沉更低缓一些的好。

问：请您介绍一下您投身20世纪80年代大学生诗歌运动的"革命生涯"，您最大的收获是什么？最美好的回忆是什么？当年，大学生诗人们喜欢交换各种学生诗歌刊物、诗歌报纸、油印诗集，对此，您还有印象吗？

答：那个时候中文系是很吃香的系，吃香的原因主要是以为能出诗人，而这个诗人的概念包括作家，也就是说一听说是中文系的就必然会写诗，会写诗就会写小说写散文，而那个时候，写小说和散文没有写诗成气候，因为大家都写诗，诗人就最让人羡慕，能够发表诗歌的当然就更是不一样。而那个时候在学校和系里各种各样的壁报上发，也是颇不容易的，因为也是精挑细选上的，也要过一个编辑班子的眼，最后过大家的眼。那个时候只要是壁报栏，你就看吧，不管什么时候围着的都是人，提着暖瓶的，那是去水房打水去或者回来；端着脸盆的，那是去澡堂子的；拿着书的，那是去自习或者从书店回来，反正有事没事的都会围一圈人，哪个系的都有，有的还会拿着笔抄写。说实在的，你发表在报刊上，与你发在壁报上一样抢眼。外系的也出现了不少诗人，但是大家总是觉得中文系是诗人成堆的地方，所以有人就会去蹭中文系的课，不管是上大课还是上小课，总有人搬着凳子往教室的缝隙里一坐。中文系的学生就觉得很奇怪，哪里的啊？但是人家才不管你露出的是什么眼神。尤其那些女孩子，就那么往男生的桌子跟前一靠，对着你微笑一下就什么都有了。要是碰上矜持一点的，连对你微笑一下都没有。当然，微笑了的，可能还会收获一份微笑，往下会收获什么就不清楚了，因为也能看到后来靠着的那两个就慢慢熟悉了，下次还靠在那个地方，或者还希望靠在那个地方，那个地方就有了一种意义，甚至后来连晚自习也在了一起。往往是外系的女生靠成谱儿的多，中文系是夫子系嘛。而且往往靠过来的女生会发现，中文系的学生并不是十分热衷于课堂，她只要一斜眼睛就会发现，这夫子正在课堂上写诗呢？诗人原来就是这样产生的呀！于是就有了交流，课堂上无非是安娜卡列尼娜之死，卡西莫多形象的意义，关关雎鸠为什么安排在了诗经的首篇，好玩，但好像是传道授业解惑的，不是栽培诗人的，而且有些老师明着说，中文系不是培养诗人作家的，即使是上写作课，老师也强调写作课只是研究写作的方法和意义，而非能够几堂课就能把你弄成一个诗人作家。可不是，你看看那些讲写作的，有几个是诗人呢？还是自己弄吧，这就是外系的渐渐发现的秘密，中文系的那些诗人，都是不务正业的，你看看阅览室里，凡是在书架上不停地翻看一本本报纸杂志的，没有几个是正经的书呆子。真正的书呆子是趴在教材上认真研究做笔记的人。就我们这些写诗的，我是知道，笔记大都是凑合的，而诗却写满了各个地方，有时一时救急，写得手腕子上都是。去打饭，一伸手，就伸出一手诗去。那个时候，中文系的食堂里总是有外系的去，似乎觉得跟着中文系的吃一顿就会营养了诗歌一样。不过也有中文系去外文系物理系去吃的，那都是别有用心的，中文系的夫子们多数还是在自己的食堂里打饭，所以临毕业的时候，中文系剩的光棍最多，浪漫的是中文系的诗人，而不是中文系的夫子。可是我的浪漫却始终没有出来，我钻的阅览室，古城上，铁塔湖边，小树林里，都是能产生浪漫的所在。

对了，中文系的宿舍紧邻铁塔公园，早读的时候，学生们都会翻过墙去，散在铁塔周围，围墙对学生实际上不起作用，墙上还有为女学生进出的墙洞，猫腰就过去了。这样过去的就不只是中文系的了，那天我靠着一棵大树读诗，就有一个女学生过来问我是不是中文系的,我说是,女生就说她是外语系的,想问问桃花扇中的那首诗,昨晚大礼堂刚放了桃花扇的电影,想是当时一个问题困住了这个喜爱文学的女生。我就随便说了几句,女生说你能不能写下来,明天我还来,你再给我好吗?第二天我就把对那首诗的理解写好了给了她。谁知道她又问我写不写诗,我说写,写不好,她显得很高兴,说她最喜欢读诗了,说能不能把我写的给她看看,她说她看过好多诗人的诗,我不知道她说的诗人是中文系的还是哪里的,抑或是报纸杂志上的。我只好满足她的要求也满足我的虚荣心。说起来那女生不难看,不是那么招眼,但看起来挺耐看的那种。这样不就熟了吗?诗给了她,她都加了评语又送了回来,说实在的,那些批点都很到位,我后来的进步还多亏受了她的批点。后来那段墙还是被堵上了,可能是学校考虑到安全问题,也可能是公园的人干的,反正学生们不能再顺利地过去了,我们也就不大见了,偶尔在路上见到,当着随行的同学,也只是点一下头表示问候就过去了。

　　前面说了,人们对于中文系的感觉就是诗人的感觉,所以艺术系办了一次画展,他们标为"向前看画展",将一些有创意的画作展了半层楼,有人专门到中文系打招呼,让诗人们去关注关注,于是画展外面走廊的墙壁上,就贴满了诗,针对画展的创意和艺术,更多的是赞扬那种大胆,画展里有不少先锋派的东西,还有人体,很逼真,当时震呆了不少人,那是什么时期,记得后来过了很长时候北京搞了一次人体摄影展,街头排起了长长的队伍。艺术系的画作不亚于人体摄影,而且在画展门口负责看守的听说就是那几个女模特,一时间争议不小,很多骂声留在纸条上飘摇。但是中文系的诗人们给先锋的艺术家们以更大的声援,他们的诗成了动力,我看到不少艺术系的人在抄那些诗,似乎让人感觉,当时只有诗和艺术走在了前面。

后来的结果证明，艺术系和中文系走成朋友的为数还不少，有些还走成了一个家庭。

艺术系里有一个青年教师孔令更，这也是一个诗人，而且是一个先锋诗人，中文系的诗人总是会登上他住的小楼，那样一座一座的小楼在河大有一排，是最早建校的时候盖的，木制的楼梯楼板，谁一上楼就能听到特别大的声响，诗的声响总是持续不断地响到孔令更的那间小屋去，那小屋实在是小啊，几个人就塞满了，诗人们就那么塞在里面聊诗，聊得热火朝天，孔令更声音不大，激动起来同样还是没有多大发声，但是让人更加感到深不可测，感到那深不可测里才是诗。后来孔令更离开学校去了开封的杂志社，杂志叫《中岳》，执掌了诗歌的生杀大权。现在来看，他还不如做他的老师，那个时候因为诗人都有些疯掉了。很多疯掉的人去走黄河，丢掉分配去专一地写诗，诗中自有黄金屋，自有颜如玉。还真是，我发现诗人们找的朋友都不错，而且都是因为诗。程光炜、易殿选都是在学校谈成的对象，而他们两人比我们高一届，都最早上过《飞天》的"大学生诗苑"，最早让人刮目，也就最早被写诗的包围。他们就总是面带着善意的微笑，迎接那些崇敬的笑，走在饭堂里，走在小路上，总是有人说，那就是谁谁谁，他们是一种力量，支撑着诗人们向《飞天》、向其他的刊物大踏步地进军。

我上《飞天》"大学生诗苑"的时间比他们晚，我记得我投了很多次稿子，才收到了一个手写的纸条，那个时候都是打印的退稿签，上面印的都是官话，什么经过研究不予采用什么的，我后来当了编辑，也是将那种经过研究不予采用的小笺极快地夹在稿子里退掉，不退你能发吗？每天一麻袋一麻袋的来稿，一个月就那么一本杂志，怎么能盛下那么多的热情？可我那天就收到了一张手写的小条，是说我的《织机》（外一篇）留用了，请不要再投他处。下面的名字是张书绅。张书绅的大名经常在诗人中间传诵的，今天终于看见手写的这个闪光的名字了。过了几个月，《织机》才发出来，而（外一篇）没有了，可以想到是版面的原因，还是后来，那个（外一篇）连同我重新寄去的稿子一同发了，张书绅先生的在意可见一斑。

张书绅先生是我心中的一个神，他是个什么样子的人？一定是个中年人了，甚至进入了老年，因为他的身上饱满着善良和宽厚，那个时候没有哪家刊物会像《飞天》那样，把不小的版面给了大学生，不知道他们不吝啬的原因，结果就是，全国的大学生都把目光聚焦在了《飞天》上，阅览室的《飞天》成了抢手货，每天一开门，同学们都会疯抢座位和报刊，《飞天》破损得最快。人们记住了《飞天》也记住了兰州，那么远的一个地方，《飞天》成了它最好的广告。而诗人们却是记住了张书绅，要不是太远的缘故，我想会有很多人结伴去看他。我终究没有见过张书绅先生，但是在心里我早就见到他了，我当了编辑以后，我就知道当时他是多么的废寝忘食地认真对待着一个个大学生的来稿，他的心里有一份责任啊，而这个责任是教育部或者团中央给他的吗？不是，但是同学们好像觉得中国有那么一个地方，在有意地关怀着自己，关怀着一种热情和热望，关怀着中国新时期的文学的发展。张书绅也许不知道，在静静的夜晚的一个个寝室里，他的名字被同学们幸福地提起。

到我做编辑二十年后，我到一个地方讲课，一个已经做了老师的人跟我说，他还保留着我给他写的退稿信，里面的鼓励让他激动了很长时间，并且激励着他坚持下来，他说他把我写给他的四封退稿信装在了镜框里挂在墙上。我听了十分惊讶和感慨，我早就不记得他的名字了，而且也没有采用人家的稿子。一个编辑的鼓励对一个当时的学生作者是那么的重要。在那个重要的时期,一个编辑的作用竟然是那么大,胜过了一个学校的写作老师。

记得后来张书绅先生还要了一次照片,那是很久以后的事情了,照片印在了封面上,很多的在《飞天》"大学生诗苑"里发过诗歌的形象都印在了封面上,那是一本"大学生诗苑"的合订本,厚厚的一大本。可惜连同我留的样刊样报都丢了,是由于单位搬家,搬完了没有及时去将那两个大纸箱子弄走,可能人家以为是不要了,就当作废品处理了。处理的岂止是一些样刊,还有我一直保存着的张书绅和其他编辑的信件,还有我写了那么多的诗稿。

样刊里有三期《大学生》,那是河大学生会编的,就编了三期就停了,可能是经费的原因吧,三期里有两期有我的诗歌,什么名字都忘记了。当时看到散发着油墨香味的《大学生》很是高兴,在自家的刊物上发东西并不是件容易的事情,因为盯得人更多,当时学校里还有一份校报,上面也发学生作品。还有广播,每天开饭的时候播放,也会播放学生的作品,这些都是促进啊。所以河大后来出来了一个作家群,这个作家群里不少是诗人,或者先诗人而后转为其他品类,比如我,现在基本上不写诗了,以写散文、小说、评论为主了。但是诗歌是前提,它历练了我的文学,我感谢诗歌。

问:在您印象中,您认为当年影响比较大的发表诗歌的刊物有哪些?哪些诗人的诗歌给您留下了比较深刻的印象?

答:那个时候,《鹿鸣》《希望》《无名文学》都有很大影响,更别说《绿风》《萌芽》《青春》《飞天》了,再往上,就是《人民文学》《诗刊》。不过,在大学生诗人的心目中较为看重的,就是《飞天》和《诗刊》。诗人么,就是北岛、江河、顾城、舒婷、骆一禾、王家新、徐敬亚、王小妮、梁小斌、吕贵品、孙武军等，都为我所喜爱。

问：投身20世纪80年代大学生诗歌运动，您的得失是什么？有什么感想吗？

答：当然，在学校宝贵的四年的时光里，写诗读诗占了不少时间，在文学上有了历练，使我后来走上创作之路，这一段时间是个摸索、实践并且认识自我的过程，没有这一段对诗歌的痴迷，就不可能在学校期间对自己今后的方向有明确的认识，所以毕业分配的时候，先是分到了省级行政单位，后来调整到了杂志社，再后来搞了专业创作，算了走了一条开始就认定的路。这是积极投身当时大学生诗歌运动"得"的一面吧，有得就有失，"失"的一面呢，那就是在知识的积累上肯定有些缺失，时间都是那么多，该读的书你没有那么多时间读了，还得后来需要的时候再补上。入校的时候，学校给了一个中文系学生必读书目，到毕业的时候也没有读完。直到现在，我还在读，而有的是应该在当时就读完的。

问：当年您拥有大量的诗歌读者，时隔多年后，大家都很关心您的近况，能否请您谈谈？

答：由于喜爱写作并且在校期间发表作品，我毕业分到了当时的《奔流》杂志社，编的是小说散文，但还是写诗，后来到了《散文选刊》，专业就更加集中了，不得不整日地关注散文、学习散文，一个散文编辑不熟悉散文不知道散文怎么写，就不大清楚散文的走向，所以就逐渐地放弃诗歌，写起散文来，由于诗歌的缘故，写起散文比较得心应手，当然，在大学的时候，也写过散文，并且发表过。这样，在出了《日月贝》《欢乐在孤独的那边》

等几本诗集以后,就连续出版了《苍茫》《蓝色的回响》《有缘伴你》《在你的风景里》《远方》《绝版的周庄》《喧嚣中的足迹》《普者黑的灵魂》《王剑冰精短散文》《荒漠中的苇——王剑冰励志散文》《吉安读水》《大雪无言》《金色的麦秸垛》《清明上河》十几部散文集,还出了一部长篇小说《卡格博雪峰》。发了几部中篇,由于研究的需要,也写了大量的文学评论,出了评论集《散文创作谈》《散文时代》《散文现场》《聆听》,其中大部分都是散文方面的。做了十几年的主编后,我开始搞专业创作,时间更加充裕了,就开始看大量的书,也是恶补吧,其中好多是应该在大学里看了的,而有些是主动重读的,比如那些中外名著,有了时间,写作更加有了计划性,对自己的要求也更加高了,专业了嘛。所以除了《绝版的周庄》被刻石在周庄以外,散文《吉安读水》被刻石于吉安白鹭洲,散文《天河》被刻石于湖北郧西天河广场,散文《洞头望海楼》被刻石于浙江洞头望海楼。我还在写着,时间充裕了反而又觉得时间不够,这是有事干的缘故,那就好好干下去吧。

我和诗歌的岁月
——江西师范学院张品成访谈录

问：有人说20世纪80年代是中国大学生诗歌的黄金时代，您认同这个观点吗？

答：没错，20世纪80年代是中国大学生诗歌的黄金时代，我完全赞同这种说法。一来改革开放之初，国人禁锢的思想被撕开了一角，思想大解放，人们有抒发的欲望。尤其年轻一代，意气风发，借诗歌的形式表达自我的强烈愿望，张扬体现自己的独特个性。这集中表现在20世纪80年代大学生中，综其原因，我认为有这么几点。

一、20世纪80年代诗歌创作有很好的社会基础，政治空气也较宽松，结束了"文化大革命"，吹响了改革开放的号角，全国上下思想大解放。

二、他们在当时的校园阅读较之社会丰富，古今中外各种文学名著皆有涉猎，这给诗歌创作打下了良好的基础；

三、校园形成了创作诗歌的氛围，几乎所有大学都有诗社，除了编印社团的刊物外，也常自发组织关于文学的讨论和赛诗活动。

四、诗歌作为当时的一种时尚表达也为社会普遍接受和欣赏，国民对于文学的喜欢程度空前绝后，就是说诗歌作者有大量的读者甚至是粉丝。

问：请您简要介绍一下您投身20世纪80年代大学生诗歌运动的"革命生涯"。

答：现在我写小说，但大学时期基本是以诗歌写作为主。写诗是从知青点开始的，那时生活很单调，业余时间基本就是一台收音机一张报纸，阅读谈不上，娱乐更谈不上，所以，写诗有充分的时间。写民歌体，实际是种山歌体。江西的民歌以兴国安家民歌为主，基本是四行，内容多以歌颂当时的政治主题为主。没什么真情实感，紧跟形势就是。还有很多是节日应景诗，每到重要节日，比如国庆节劳动节春节什么的，报纸需要大量的诗来应景。这种诗写起来容易。一天吟诵十首八首的不是个事。那时写了，投当地的报社和刊物。然后总有一首两首的见诸于铅字，就自以为是了，决心考个汉语言文学专业，以为那就可以成为作家了。1978年高考时，选择了汉语言文学专业也是出于这种原因。我们班正好有一百位同学，持写作理想进入学校的不在少数。我进入大学后，创作欲望更是浓烈，创作条件也优于农村，所以，开始了更广泛更专业的阅读和写作。大一时基本在当地的刊物《星火》和《南苑》发表作品，一本属于江西省文联主办，另一本则是南昌市文联主办。大概在大二时，开始在《星星》和《诗刊》发表作品。

问：投身20世纪80年代大学生诗歌运动，您是如何积极参加并狂热表现的？

答：对于诗歌写作的痴迷，现在回忆起来觉得有点不可想象。为了吸取文学营养，很多同学严重偏科。与创作相关的课程爱好写作并投入创作的同学绝不会缺席，但一些副课，比如外语、党史甚至古代汉语什么的，教室里门可罗雀。系里曾经为此整顿过几次，我和几位同学也因此受过警告。与此相比，图书馆里的情形却完全不一样。那座老旧的图书馆实际培养了很多的人才。

那两年的学生刚刚经历了"文化大革命"，是有史以来最为特殊的学生，算得上空前绝后。一是年龄悬殊。我所在的中文七八级，最小的十六岁，最大的已经三十好几岁，是足可以以父子相称的。再是成分复杂。我们一百多人的班，应届毕业生只有四个，其余皆来自工农兵学商，当然也有机关干部和待业青年。不过，尽管差异甚大，但这些人都有个共同特点，那就是好学，拼命读书，如饥似渴。人人都知道四年的读书机会来之不易，哪肯耽误了一分一秒？

因此，学校最走俏的地方就是图书馆了。一到晚上或周日，阅览室总是被填得满满的，阅览室共有六大间，按文理科划分。那时候，半年间就有七七、七八两届学生入校。阅览室的座位，当然就僧多粥少。

那时候，想要有个座，很难。要赶早去占位，常常是晚饭吃过了不回寝室，涮了碗就往阅览室赶，有些人一边走还一边用勺敲打那只碗。黑压压的人守候在阅览室门口等着管理员前来开门，成了那时候阅览室黄昏的独特一景。外语系的学生塞着耳机听得如醉如痴；数理化专业的同学老给人一副苦思冥想的模样看上去神秘兮兮的；中文系的手里拈着一本两本的名著谈笑风生招惹着异性的注意；只有艺术系体育系的不大往阅览室去，他们有自己的琴房画室练功房，他们远远地站着，不跟你们这帮人掺和。好不容易等到管理员到来，开了门就像放了闸的水，有点铺天盖地的感觉。阅览室的木地板有些年代了，人流涌入时能听到吱呀吱呀的声音很响。尽管如此，也不是每个人都能如愿以偿有个位。

　　座位不好占，一些人就挖空心思想办法，那时候，我也属于爱弄点歪歪点子的学生之一。一楼阅览室总有一些破损的玻璃。有时候甚至拈块砖干脆把完好的窗玻璃砸了。准备一只破书包，装些无关紧要的废书，从破窗扔到阅览室座位上。当然要扔得准才行，扔到地上前功尽弃。为了能有准确，我还在寝室里练过一阵子，练出一手十拿九稳的本事。只是每到关键时候，总有点鬼鬼祟祟不很光明正大的感觉，尤其怕被女生撞见，

张品成（中）
和他的大学同学

脸上总有点那个，像做贼似的。

为了座位，很多人想出些千奇百怪的点子。历史系有个赣南来的学生，会打藤器。当年那两届大学生，多半有下放当知青的经历，他们在乡下都学了一手两手的技艺。这个历史系的同学那年的假期从老家带回一捆老藤，谁也没想到他会用好些藤柴编织了一张藤椅堂而皇之地放在阅览室里。那张没人抢占的座位很让许多人眼红。当然也叫我非常那个，就有意无意和历史系的那位套近乎，那时候学生间关系纯朴，三两句话几个笑脸就能成为至交。我们就是那样成为朋友的，果然他对我想拥有一张藤椅的要求回答得异常爽快而且迅速付诸行动。在阅览室的一角我的"座位"终于堂而皇之地摆放在那，每天从从容容地去阅览室读书，有一种惬意和得意。我在那张藤上读过王字楼里很多的当时还很难读到的一些中外名著。这对我当时的诗歌创作和后来的小说创作大有益处。

问：在大学期间，您参加或者创办过诗歌社团或文学社团吗？担任什么角色？参加或举办过哪些诗歌活动啊？

答：那些年，诗歌成为一种时髦，文学也成为一种大众向往的文化消费形式。所以，千军万马过独木桥的景象并不奇怪。搞文学，总有气味相同的朋友，大家观点相近，趣味相投，就成了朋友或者叫诗友，几个诗友常聚集谈诗论诗，就自然形成社团。那时候，文学社团很多，大学自不必说，每所学校必有个诗社，开设文学专业的院系自然也必有个诗社。那时国有工厂还没有改制，工厂里也有诗歌爱好者组织诗社。我参加江西师范大学的诗社并担任副社长一职。当时的诗歌活动很频繁，一般就是年级和院系间的诗歌朗诵会，和校园诗人间私下的交流。油印的和手抄的诗歌集很多，大家就是靠了那么原始的形式传达着心灵间踊跃的火花。虽然不像现在，互联时代，从有线互联，现在发展至无线互联，信息传达几乎与创作同步，覆盖面和交流平台都很现代化，但当年的那种氛围已经不在了，人们隔着屏幕传达的诗意，总觉得不如当年简陋的朗诵得那么有感染力那么让人热血沸腾。

问：江西师范大学诗社是哪年成立的？社长、副社长是谁？主要成员都有谁？创办的刊物叫什么名字？刊物主编是谁？主要作者都有谁？共计出版了几期？哪年停刊的？多大开本？油印的吗？

答：当时诗社社长叫余功建，比我高一级的同学，现在在深圳盐田区委组织部任调研员。刊物名字真不记得了，人员更记不清。油印的，十六开，可能是1989年后停的刊。

问：当年各大高校经常举办诗歌朗诵会，给您留下最深印象的诗会是哪几次？

答：我所就读的江西师范大学，是所综合大学，前身即国立中正大学。尽管解放后校名改来改去，但学风一直不错，且文学氛围也一直很好的留存。综合大学有个好处，即有中文系又有艺术系，还有外语和体育等系，那时都以系相称，现在都改作了"学院"。当然，现在大多数大学都合并成了综合大学，那时则不然，一个省也只一两所综合大学。综合大学有综合大学的好处，因为院系间各自不同的特色，所以，诗歌朗诵会也较之外校色彩更为丰富。我们很喜欢联合外系的诗歌爱好者举办朗诵会。艺术系的有配乐和伴舞，外语系的用英语什么的朗诵，体育系的也拿出自己的独特节目……当年不像现在，晚会什么的泛滥成灾。那时文化生活很单调，这种诗歌朗诵会能吸引很多同学参加。大概半个月会有一次，规模大小不一，大的是晚会形式，小的实际是一种沙龙。但意义都不可估量，每一次都或多或少的吸引不少同学走进诗歌创队伍中来，尤其是低年级新生。江西师范大学的礼堂边有个湖，当然没有未名湖那么有名，但也是校园诗人常光顾的地方。有人提议湖边举办个诗歌朗诵会，果然就有人操办起此事来。记得那时是十月，南昌这时候的晚上已经带很浓的凉意了，但大家围着篝火，很忘我很投入地分别朗诵自己的诗歌，别致而亲切，令人难以忘记。

问：20世纪80年代大学生诗人们最热衷的一件事是诗歌大串联，您去过哪些高校吗？和哪些高校的大学生诗人来往比较密切最后成为好兄弟啊？

答：江西师范大学与江西大学（现南昌大学）都有中文系，其中的大多同学都写诗，尤其江西大学中文系，创作氛围更浓，写诗的人更多。那时候两所大学隔得并不远，中间隔着大片的农田，每当春节过后新学期开学，大片的农田里油菜花开了，大地就被涂抹了艳艳的黄，蜂飞蝶舞，春意盎然。那种时候两所学校串门搞活动颇有诗意，春天也是诗歌抒发最具才情的时候。江西省作家协会创办了"谷雨"诗会，每年谷雨前后举办，一直延续到现在。当年参加这个诗会两所学校中文系的同学通过诗歌的纽带紧密联系着。和江西大学来往的学生诗人中有蔡卓凡，罗丁，刘华，刘立云，赖寄丹等。记得1981年"谷雨诗会"，我和卓凡和已经毕业的师姐许洁在会上畅谈甚欢。许洁当时已经在抚州工作，会后想回庐山娘家。我和卓凡送至火车站一直送到火车上，说话间车开了，我们说那就送你到九江吧，遂补票一直坐车到九江。到了九江依然依依不舍，然后说一不说二不休干脆送至庐山吧。真就一起上了庐山。就是这一次送行，我还结识了许洁的妹妹许琴，那时庐山上到处是电影"庐山恋"的插曲。许琴歌唱得好，一曲《庐山恋》撼动两个后生的心。刘华后来一直从事《星火》的编辑工作，直至任江西文联主席。罗丁一直有来往，其父是江西著名诗人李耕，很长时间主持《星火》诗歌栏目。不仅是国内著名散文诗老诗人，且培养了大批诗人，尤其对江西当代诗歌的繁荣做出过不可磨灭的贡献。这些诗友现在已经各奔东西，罗丁在广州，每次去广州出差我必须见他一面。他早已不写诗了，在主持一份少年刊物。许洁离开了百花洲文艺出版社，提前内退来了海南。也早就不写诗了。刘立云早年去了北京，是部队中很重要的一位诗人，在解放军文艺出版社工作时还编辑过我的长篇小说《红刃》。刘华出任江西省文联主席，写诗和散文亦写小说，现在听说也从岗位上退了，估计这几年作品会锐增。卓凡大学毕业后一直没见面，虽然我无数次地去南昌，也在那工作过一些时候，但就是没见过这个人，据说他一直在《江西日报》做记者，在新闻工作岗位上颇有建树。

问：当年的大学生诗人们最喜欢书信往来，形成一种很深的"笔友关系"，您和哪些诗人书信比较频繁啊？在收到的读者来信中有情书吗？发生过浪漫的故事吗？

答：当年诗人中多通过书信来往，号称笔友。那时没有电脑更没有手机，QQ、微信什么的现代交流手段根本想都不敢想。但书信是颇有情趣的一种方式，所谓见字如见人，是有一份亲切感的。当时与之通信的大学生诗人很多，我印象最深的是北京医学院的王进文，笔名叫方晴，王进文的父亲当时在《北方文学》任副主编，是我国著名的诗人沙鸥。我给《北方文学》投稿，因而结识了诗人沙鸥，以师生相称。他儿子王进文虽然学的是口腔科，但一直写诗。有一天我收到他的信，他说他父亲让他给我写信，说我的某首诗很不错，很有文学基础，愿意交为诗友。我当然欣然同意。我们通信多年，我在他那受益匪浅。后来参加工作，数量稳中有降，再后来各自为生活和事业奔忙，通信联络少了继而断了。但后来，王进文去中国作协参加活动，看到我的名字，找到我联络方式再重新联系上。我才知道，他后来在北京口腔医院工作，再后来辞职专门创作。没再用先前写诗的笔名，改笔名为止庵。当然，他后来也没写诗，写一种综合性的文体，似评论非评论，似政论非政论。他的人物传记写得很出彩，尤其是《林语堂传》也格外与众不同。我觉得止庵的文字，是一种边缘文学样式。他寄了很多著作给我，我也从网上购了他许多作品。读他的书，很过瘾。他的读书札记，写得尤为有特色，我推荐大家去读读。

问：在您印象中，您认为当年影响比较大、成就比较突出的大学生诗人有哪些？哪些诗人的诗歌给您留下了比较深刻的印象？

答：当然还是那批进入新时期文学史的大学生诗人。那批开拓者们，舒婷、北岛、海子、顾城、食指、江河等，我觉得虽是同龄人，但他们的思想和境界还有高品质的文学表现力影响过当代诗坛。食指先生的《这是四点零八分的北京》等，北岛的《回答》《一切》等，当然还有舒婷的《致橡树》、顾城的《一代人》。这些诗人最大的优点是具有开拓精神，这一点一直影响了我，无论在什么岗位，无论从事什么工作，无论在文学上进行的是什么题材或者文学形式，开拓或者说创新是第一位的。我大学毕业后研究中国近代史，并以其作为小说主要的素材，之所以能够取得一定的成就，就是一直琢磨如何写出新意，写前辈作家没有关注到的素材和主题。

问：您如何看待20世纪80年代大学生诗歌运动的意义和价值？目前，诗坛上有这样一种观点，认为20世纪80年代大学生诗歌运动是继朦胧诗运动之后、第三代诗歌运动之前的一场重要的诗歌运动，您认为呢？

答：20世纪80年代大学生诗歌运动不仅仅只是一种文学现象，它和大多数青年大学生参与的重要运动一样，是一种启蒙，是一种觉醒后的呐喊，是一种个性的表达，是一种自由民主的呼声。对人的自我价值的重新确认，对人道主义和人性复归的呼唤。这些诗影响了20世纪五六十年代出生的一批人，至今，这批人是当今社会的中坚力量。他们活跃在政坛，工农兵学商各行各业，大多都是领军人物或者说领袖人物，可以肯定地说，20世纪80年代大学生诗歌运动对他们的影响是至深至远的。也就是说当今中国的走向和命运都或多或少与那场大学生诗歌运动相关。我认为他只是朦胧诗运动的一场延续，其实很多朦胧派诗人都是20世纪80年代大学生诗歌运动的主力干将，至于第三代诗歌运动，我了解甚少，不好表态。

问：回顾20世纪80年代大学生诗歌运动，您最大的收获是什么？最美好的回忆是什么？

答：我觉得诗歌改变了我的命运，知青点时写诗，不管那时写的东西如何幼稚，但至少在那种"文化大革命"动乱时期生活情趣和生存方式有了启蒙。在大学里投身那场诗歌运动，我个人在思想上接触了很多新理念新东西，这对人生观的形成有帮助，诗歌也磨炼了我的语言，增强了我对文学创作的信心，这对我延续至今的专业文学创作有着至关重要的作用。大三开始，我学习小说创作，开始了一些短篇小说的写作，当然。当时还是以诗歌创作为主。直至毕业,诗歌就很少写了,主要从事小说创作。即使如此,我的小说也大大得益于我此前的诗歌写作,最初的阶段,编辑常常夸奖我的小说语言,有的评语用到"诗意"两字。而我在小说中的情境的表现,显然更是来自我的诗歌。可以说,有过写诗经历的小说作者这两个方面显然优于一般的小说作者。

诗歌是种情感体验,是一种精神生活方式,对于好的诗歌,无论是阅读过程还是写作过程,都是对于美的咀嚼。物质生活是一回事,但精神生活却是另一回事。金钱可以使人享受高层次的物质生活,满足人们对于物质的几乎所有需求,但高层次的精神生活是无论多少金钱都买不来的。现在的年轻人,物质生活的满足已经不是个问题,但精神层面的高层体验太少太少。他们已经离诗歌很远,他们沉迷于电子游戏,至于意境什么的已经很陌生几乎没有体验,这是很可悲的。诗歌的美好是终身的美好,我常常回忆读诗和写诗的日子,那种情境永生难忘。

问:当年您拥有大量的诗歌读者,时隔多年后,大家都很关心您的近况,能否请您谈谈?

答:我离开大学已经三十二年了,大学毕业时基本就没有写诗转而学习小说创作并一直坚持到现在。我大学毕业当了一年多的教师,后来就调到文联当专业作家。20世纪80年代后期,曾和余华、迟子建、杨志军等在鲁迅文学院学习。20世纪90年代初,我调海口市工作,一直到现在我仍从事专业创作,除了小说外,偶尔还写些影视剧本。我写的主要素材来源我小时的阅历。

有好终须累此生
——山西大学李坚毅访谈录

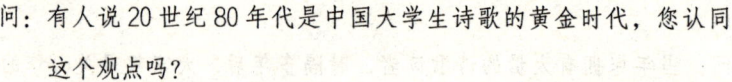

问：有人说20世纪80年代是中国大学生诗歌的黄金时代，您认同这个观点吗？

答：确实如此。20世纪70年代末的中国，随着高考制度的恢复，积压在社会各个层面十几年的大批青年才俊跨越了种种障碍，冲入大学校园——文化荒漠就此作古，新的篇章徐徐翻开。尽管他们身份各异，年龄差距很大，但共同的特点是：求知若渴普遍嗜书如命；热情洋溢且有一定阅历；才华汹涌莫不积蓄待发。在经过一段时间的基础知识积累后，他们中的一些（主要是七七级、七八级）开始了话剧、小说、诗歌等各种文学创作样式的尝试，并很快有了喜人的硕果，青春热辣又新鲜感人的话剧震撼了校园内外，直面现实而不失厚重的小说引起了文坛轰动，风格多样却直击人心的诗歌朗诵会掌声如雷经久不息……

这种反响的直接后果是，20世纪80年代初期乃至整个20世纪80年代，创作热潮风起云涌于所有的大学校园——众多学子纷纷动笔趋之若鹜。相对于话剧、小说的结构复杂、需要积淀和写作的冗长耗时，短小精悍而又灵动方便的诗歌创作便成了爱好写作的大学生们的首选，尤其是《飞天》"大学生诗苑"的持续开栏与力推层出不穷的新人，《诗刊》《星星》《青春》《萌芽》及许多省、市文学刊物不定期的"大学生诗歌专页"，掀起了热烈、广泛而又持久的大学生诗歌创作热潮，期间涌现出的大学生诗歌的数量与质量，大学生诗人的数量与质量，在整个20世纪的中国，都堪称空前绝后。

问：请您简要介绍一下您投身20世纪80年代大学生诗歌运动的"革命生涯"（大学期间创作、发表、获奖及其他情况）并谈一下您是如何积极参加并狂热表现的？

答：那是一个让人血脉偾张的年代——穿越了久久的文化荒漠，一片神奇的绿洲突现眼前，短暂的晕眩、兴奋、手足无措，接着便是忘我的投入、酣畅的呼吸与疾行的快感。作为中学毕业走上社会近五年（其中插队近三年，工作二年）的我，做梦也没想到能有再上大学学习的机会，更没想到的是初试锋芒，就以忻州地区文科状元的身份步入了山西大学，成为中文系七八级汉语言文学专业的一名学生。和所有的同学一样，必修课之外，海量的阅读之外，规定的写作练笔之外，我也尝试着写过小说、剧本、随笔和诗歌。因为爱好，因为幼时寄居外公家里被逼着熟记的那些古诗文潜移默化的影响，也因为走上社会后这一爱好的始终没有放弃，我的记叙文和即兴小诗常常被授课老师评为范文推荐到班、年级和系里朗诵，并被各种墙报和油印小报选用，渐渐地在中文系乃至整个学校有了点名气。记得是在

1979年吧，七七级几个学兄联手七八级的几个同学（包括我）筹办并印出了铅印版大型文学刊物《春天》，在山西大学和全国的大学校园引起了强烈反响，可惜因种种原因此刊没能持续地续办下去，我发于其上的一些诗歌也因为刊物后来的遗失而难觅全貌，仅存《萌芽》《被漂染的布料》两首后来收入诗集——其中《萌芽》因1981年公开发表于《萌芽》杂志、《被漂染的布料》因1981年发表于《星星》诗刊而得以留存。印象中那些遗失的也如这两首诗，多是描写大学生涯抑或抒写入学前后的心境。

实事求是地说，大学期间我虽然写了不少诗歌且在整个山西大学小有名气，也是山西大学七七、七八级同学中大学期间最终在省内外各种刊物上发表诗歌数量最多者之一，但我远不是在校期间公开发表诗歌的第一个，不管是在省外的《星星》《飞天·大学生诗苑》，还是省内的《汾水》（《山西文学》前身）、《太原文艺》（《都市》前身）等刊物，我都是后来者。究其因，一是开始时不懂在刊物发表需要投稿，二是总觉着自己不够发表水平。直至在同学们的反复刺激下，我才奋起直追。先是七七级的秦培昌在《山西群众文艺》《汾水》等杂志发表诗歌、孙卫东在《汾水》发表小说、七七级的陶文实、姚宝轩、姚剑等陆续在一些省市级刊物上发表门类繁多的各种作品引起同学们的刮目相看，接着是七八级的董启荣、周同馨等在《飞天·大学生诗苑》相继发表诗作带来一片赞声，更有同级同班的高雪在《星星》诗刊以一组《寄给妈妈的花束》博得整个校园的喝彩。我和这些同学们朝夕相处、彼此熟稔，都曾是校刊《春天》的参与者和撰稿者。他们的良好示范效应极大地鞭策了我，我自此开始了疯狂的写作与投稿，大约在1980年秋冬期间，痴迷于写、改、投的周而复始，不能自拔。不管是读书、上课中，还是吃饭、睡觉时，一有灵感，马上记在一个个小纸片上，然后是沉思、酝酿、进入状态，一挥而就。那是一段近乎疯狂的追梦岁月，一边背一些古诗文背许多中外名家的名作，枕边和衣服口袋里装着好不容易搞来的油印纸刊《今天》上星星点点的北岛、食指等人的几首小诗，一边如痴如醉地沉浸在自己酿造的诗意境界里——我差不多天天都有新诗出手，每周都要外寄若干（当时邮寄稿件是免费的、不需要邮票），轰炸式地投给我所知道的省内外刊物。不久即有小获：1981年3月份，我同时在《汾水》（组诗《钢厂拾零》）、《星星》诗刊（《被漂染的布料》外一首）和《太原文艺》（《轧钢机旁》两首）发表了"处女作"，随后又陆续在《飞天·大学生诗苑》《青春》《萌芽》《工人文艺》《山西青年》《山西日报》《太原日报》等报刊上发表了一些诗作，截至大学毕业（1982年7月），我在全国各级各类报刊上小计发表诗歌四十余首，文章十余篇，就数量和影响而言，在当时的山西大学是数一数二的，我由此被山西省作家协会吸纳为会员。

不少同学和老师惊讶于我的状态，称我为青年诗人，觉得我才华出众、颇具天赋，很有发展前途。但我清楚，我更多地靠的是远超别人的上进心、勤奋与热情——我走着坐着躺着都在想着念着记着，时时刻刻都在做一个生活的观察者思考者，做一个专心致志的有心人，尝试以最好的状态直面生活反映生活。事实上，一个人自身的勤奋与努力程度，确实左右着他的生活和事业状态——水在不同温度下的三种状态，同样适用于人，只不过决定水的状态的是客观温度，决定人的状态的是自己心灵的温度。假若一个人对生活和事业的温度是零度以下。那么他的生活和事业的状态就会是冰，他的整个人生世界也就不过他双脚站的那么大；假若一个人对生活和事业抱着平常的心态，那么他就是一种常态下的水，随高就低，只要奔流不停，就能流进大河大海，但他永远离不开大地；假若一个人对生活和事业是一百度的炽热，那么他就会成为水蒸气，成为云朵，他将飞起来，那时他不仅拥有大地，还能拥有天空，他的世界可以和宇宙一样大。就这个意义上来说，我特别赞赏法国诗人皮埃尔·勒韦尔迪的一句名言："诗人是巨人，但他可以毫不费力地穿过针眼；诗人是侏儒，但他却可以填满整个宇宙"。

问：在大学期间，您参加或者创办过诗歌社团或文学社团吗？您参与创办过诗歌刊物吗？您参与创办过诗歌报纸吗？编印或出版过诗集吗？

答：大学期间参与创办过综合性文学刊物《春天》。记忆中在我上大学期间山西大学没有创办过专门的诗歌刊物或报纸，一些志同道合的同学经常在一起探讨小说和诗歌，互相提一些修改意见，但更多的时间是在单打独斗，自己埋头创作，然后投稿，没有成立诗歌社团或文学社团，我个人在校期间也没有编印或出版过诗集。在我大学毕业之后，潞潞（1982年入山西大学中文系干部进修班）和李杜（山西大学中文系八一级学生）等人创立了"北国诗社"并以此社为主创办了诗歌刊物《北国》，我作为已经毕业的校友，也应邀参与过一些活动，比如改稿会、诗歌研讨会、诗歌讲座，也和时在北大读书的骆一禾等人进行过诗歌方面的探讨和交流。印象中当时的潞潞（年长我一岁）已是全国颇有名气的诗人，工作多年，加之较强的组织能力和号召力，整个诗歌社团搞得有声有色，参与者日多，其中十几个骨干如徐建宏、温建生（笔名长风当歌）、杨新中（笔名羊之玉）、温学君（笔名玄武）等，至今仍是山西乃至全国诗界、散文界颇有名气的诗人、作家。

山西大学《春天》1979年创刊号

问：在您印象中，您认为当年影响比较大、成就比较突出的大学生诗人有哪些？哪些诗人的诗歌给您留下了比较深刻的印象？

答：在我的印象中，我认为当年影响比较大、成就比较突出的大学生诗人有王小妮、徐敬亚、王家新、潞潞等，他们当时发表在《诗刊》《人民文学》《星星》诗刊和《飞天·大学生诗苑》等刊物上的一些诗歌给我留下了较为深刻的印象，总的感觉是他们发表诗歌的刊物级别高，发表的诗歌不仅数量多，而且质量稳定，被普遍叫好。具体诗歌的名字，其他人的记不清了，但潞潞20世纪80年代初发表在《人民文学》的"城市与勇敢的野牛之血（组诗）"、发表在《青春》的"肩的雕塑"给我的印象极为深刻。一方面由于潞潞被公认为不仅是中国50后诗人中最出色的、也是新时期以来中国最优秀的诗人之一,这几首诗歌个性分明,被公认为是他早期的代表作,另一方面是因为我们的彼此关注与熟悉。他发表这些诗歌时,我们虽然不在一个城市,却近在咫尺(太原与榆次相距不足二十公里,他在《晋中文艺》作诗歌编辑),当时我们之间虽无交集,却因为诗歌而神交已久,在1982年他以干训班学员的身份进入山西大学后,我们开始交往并常常聚会,延续至今,成为因诗而结的挚友。

问:目前,诗坛上有这样一种观点,认为20世纪80年代大学生诗歌运动是继朦胧诗运动之后、第三代诗歌运动之前的一场重要的诗歌运动,您认为呢?

答:我认为,20世纪80年代大学生诗歌运动本身就是朦胧诗运动的一个分支,是在朦胧诗运动影响之下规模浩大的一场大学校园的诗歌运动。可以这么说,大学生诗人们由于其年龄上的差异(年龄相差最大者在十五六岁之多),导致阅历和思想的差异,职业、成分复杂,诗歌内容不一,诗歌风格杂驳。但多数大学生诗歌,不论其思想轨迹还是创作技巧,都受到朦胧诗的强烈影响并学习和借鉴了朦胧诗。区别仅仅在于,一是区域有别带来内容和风格的差异——大学生诗歌集中在大学校园,以大学生活和曾有的生活经历为主,多了些生活气息,显得青春、清秀、向上,少了些反思与深度;二是大学生诗歌在技巧上除了借鉴朦胧诗的写作技巧之外,还或多或少地沾了些学院气——大学生的诗作不仅学习朦胧诗,像朦胧诗那样吸收了境外诗歌的营养,而且借鉴和学习了中国古诗和20世纪30年代新诗的营养,风格显得杂驳而不够精纯;三是当时的朦胧诗运动冲力十足方兴未艾,大学生诗歌运动缺乏明显的诗歌主张以及对于诗歌的革命性突破，实在只能算是朦胧诗运动的延续、充实与拓展。

问：投身20世纪80年代大学生诗歌运动，您的得失是什么？最美好的回忆是什么？

答：投身20世纪80年代大学生诗歌运动，是生逢其时，身不由己。那时候，所有爱好文学的大学生都在写，写小说写剧本写诗词写评论写讲演稿写各种文字的作品，每天都在写，有的同学很少发表作品或基本没有发表过任何作品，依然笔耕不辍，那种氛围让人如痴如醉不敢稍有懈怠，想起来至今依然激动不已，很难用简单的得失二字小结。我作为一个文学爱好者，诸种文字尝试之后，首先成批量地发表了诗歌，就不由自主地倾心于斯，并在很长一段时间甚至是一生坚持不懈，"有好终须累此生"，为之披星戴月，为之食不甘味，为之披肝沥胆。这样说来，我失去的仅仅是时间，而得到的是生活的鲜活、灵魂的充实、生命价值的提升，换句话说，我得到的是整个世界。

当你每发表一次诗歌，周围一片赞扬的声音和无数羡慕的目光，当一次作品朗诵会上别人朗诵你的诗歌并激起一串掌声，当你的某一首励志小诗被你的男女崇拜者争相传抄，你走过一个地方不时会有"原来是他"的窃声指点，那种感觉真是美妙极了。即使今天回忆起来，心底依然能泛起一丝甜蜜。

问：大学毕业后，您选择的职业和诗歌有关吗？您还在坚持创作诗歌吗？

答：1982年秋季大学毕业后，我先后在山西省交通厅、团省委从事办公室科员或秘书工作，无论在当时还是在今天，这些都是让人羡慕的一流职业，因为那时一般的单位多少年没有分配过大学生，知识人才匮乏，对我们这一批刚毕业的大学生都非常重视。我在省交通厅的一个直属单位做了不足一年的办公室科员兼团总支书记，就被选拔抽调到团省委办公室，一边写材料一边做秘书。但我没有在这个岗位上流连太久，在家人的担心、同学和朋友不解的目光中，于1984年10月毅然决然地请求调入了团省委的下属单位——山西青少年报刊社的《山西青年》杂志，改行做起了记者、编辑，且一干就是终生，无怨无悔。而我调入青年杂志的主要原因就是想圆一个记者梦，再续创作之路。短暂的业务入门之后，从1985年开始，我一边做记者，奔波于大江南北和全省各地，采写各类人物、事件，撰写报告文学或长篇通讯；一边做编辑，编发社会来稿——报告文学、科普文字和诗歌，忙、累并快乐着。业余时间也抽空读诗写诗，20世纪90年代初出版了我的第一本诗集《生命的变奏》，选集了1981年至1989年发表的七十余首诗歌（从已发表的两百余首诗作中选出）。

这期间值得一提的是20世纪80年代末我作为编辑、主办者在《山西青年》杂志上发起并组织的"展望杯全国青年短诗大赛"和稍后的"全国青年散文大赛"。二者历时各一年，每期用两个页码，发出八至十人的短诗或四至六人的散文，参加者有五六万人之多，初选、复选，又让全国著名诗人、诗评家雷抒雁、谢冕、周涛、叶文福、舒婷等九名特邀评委从匿名的三百余首短诗文中票选一二三等奖，接着是颁奖盛会和专场朗诵会，两个活动结束后又分别结集出版。既强化了全国青年爱好者的诗歌和散文创作氛围，扩大了诗歌、散文的影响，又发掘培养了一批青年爱好者，在全国影响甚大。这些活动的成功，当然离不开我作为一个诗爱者的坚持与努力，但更得益于《山西青年》杂志当时在全国强大的号召力和影响力。《山西青年》杂志当时是全国为数不多的几个发行百万份左右的大刊，一声呼喊，应者云集，双选双赢，诗歌幸甚，个人幸甚。

问：您如何看待20世纪80年代大学生诗歌运动的意义和价值？

答：20世纪80年代大学生诗歌运动，可谓是应时而生、顺势而长、承先启后、继往开来。20世纪80年代，时值改革开放之初，各种思潮涌动，青年得风气之先，大学生是青年之精英，多少年的生活阅历与思想脉动之契合之处，汹涌澎湃，需要一个合适的出口——诗歌，其本质是个体生命的晶体、生活经验和情感经验的出口、灵魂的寄宿地，同时，诗歌作为诸文艺品种中的轻骑兵、作为最适合青年人抒发感慨与感情的一种文艺形式，适时地承载了这个功能，这既是社会发展的必然、时代的需要，又是思想之光折射的果实。就新诗本身而言，大学生诗歌的青春、清新、生活化与蓬勃向上的气息，继承与发展了朦胧诗的一些先锋性，同时弥补甚至校正了朦胧诗的一些不足之处，对新时期诗歌的创新、普及与发展，起到了承先启后、继往开来的作用。

问：当年您拥有大量的诗歌读者，时隔多年后，大家都很关心您的近况，能否请您谈谈？

答：如前所述，我在上大学前，曾工作了数年，加上大学毕业后的开始两年，在农村、工厂、机关、大学先后近十年，1984年调入山西青少年报刊社至今，做过七年的编辑、记者，做过十年《山西青年》杂志主编，其间该杂志曾获全国十佳期刊、百佳报刊六次，做过六年《山西青年报》总编，其间该报纸曾是全国青年报刊界和山西报业界走市场报纸类的佼佼者，屡获好评……现在我已退居二线，任山西晋商文化交流协会副会长。

三十多年来，除去做杂志主编和总编期间杂事缠手有所懈怠，我一直在断断续续地坚持写作诗歌，前后也写了千余首并在各种报刊发表了五百余首。继诗集《生命的变奏》之后，20世纪90年代末期我出版了诗集《走来走去》，2006年又出版了个人的第三本诗集《李坚毅诗歌精选》，还有一本诗集正在整理、编辑中。如今我虽已年近花甲，但写作（尤其是写诗）让我年轻，让我保持对生活足够的热情，我会笔耕不辍，"有好终须累此生"，"不去想能否大成，既然选择了远方，便只顾风雨兼程"。

青春的理想和激情
——贵州大学吴秋林访谈录

问：有人说20世纪80年代是中国大学生诗歌的黄金时代，您认同这个观点吗？

答：我不赞同这样的观点，中国大学生就是一个阶段性的存在，也是个人人生以青春激情为特征的阶段，这个阶段有没有一个以大学生为名的所谓诗歌？有没有一个"中国大学生诗歌的黄金时代"？我觉得最好不要使用这样的"媒体性词汇"，因为这样的"媒体性词汇"极其不靠谱，跟着这样性质的表述走，至少不会有新意！在20世纪80年代，确实有一批中国的大学生在写诗歌，但其主要不是在写诗歌，而是在"写"青春和激情，写自己和国家的理想。之所以在那个时候有这么多大学生写诗歌，是因为那个时候没有太多的激情表达通道，一天除了读书没有太多的事情，就只好写诗了。但实事求是地说，所谓的"中国大学生诗歌的黄金时代"中，没有多少可以"书写一个时代心灵"的作品出现。我是那个时代"书写者"之一，美好而坚定的记忆不少，但是要说对于时代有什么诗歌贡献，我觉得谈不上。

问：投身20世纪80年代大学生诗歌运动，您是如何积极参加并狂热表现的？

答：我没有"投身"，也没有狂热！我觉得你们使用这样的"煽情"词汇是一种"异邦的想象"。我参加了20世纪80年代大学生诗歌创作和办了诗刊《崛起的一代》，而且这个诗刊是在《这一代》夭折，《今天》停刊情况下出现的，也就是说，当时只有我们在"挣扎"。但是在我们停刊后也就没有再去"询问"状态如何？什么事情做了就做了，没有必要去过多的"关心"这个事情如何。至于以后这个事情如何，我只知道有一次武汉大学的来了一批博士要研究云云，我都是叫他们去找一些当时的参与人去云云了。具体情况如何，不知道！据说据此已经出版了好多博士论文云云。就算如曹雪芹，自己穷弄了个《红楼梦》，却养活了一个红学界。也算"功德"！

问：能否详细谈谈《崛起的一代》诗刊的创办过程？

答：做《崛起的一代》时是1980年，一晃三十四年过去，我还一点感觉都没有，好像刚刚开始。

我们是1978年11月进校的，刚进校时，所有人都有"历尽劫波上岸为人"的感觉。这时候的我们与今天的大学生相比有两点不同：一是学习绝对是"海绵型"的；二是以天下为己任。不管后来人们如何评价，但是，"七八级"，一定是一个历史命题。

我们办的诗刊《崛起的一代》，是有一个前奏的，这就是1979年的全国大学生刊物《这一代》。《这一代》是集合了全国的十三所大学的学生刊物力量，一起合办的，其中亦包含了贵州大学中文七八级的《春泥》。这十三所大学最北有吉林大学，南有贵州大学。第一期在武汉大学创始，为办这一期刊物，据说一个武大的学生还因去印刷厂的路上出车祸而"阵亡"，但这一期刊物在差不多印完时即遭查封，不过，武汉大学的学生在印刷厂"抢"出这一期刊物，并邮寄分发到全国各大学，由于中途停印，这一期的刊物是没有封面的。据说邮寄到全国各大学的没有封面的《这一代》，有许多在邮局也被查封了，但邮寄到贵州大学的如数收到，即很快分送，或者出售……基本上一抢而空。

《这一代》出版了这一期后就夭折了！

在这一时期，北岛、江河、顾城、杨炼等人在北京还办有一个纯粹民间的诗刊，影响亦很大。

在《这一代》中，出了一批在中国颇有影响的小说家、诗人、评论家，但是……

我们的《崛起的一代》就是在这样的历史背景下举办的。《这一代》被查封，社会上"风声"已经很紧了，所以，我们举办《崛起的一代》基本上是绝密状态下进行的。

《崛起的一代》是我和张嘉彦创办的，在刊物上他是主编，我是副主编。我们商量此事的时候，有一个准备，一个基本方针。一个准备就是坐牢，一个方针就是《崛起的一代》的所有事情绝对就我们两人知道。我对张嘉彦说过，主编是要先坐牢的，副主编最多是后坐；"出了事情"，我们彼此是很清楚是谁出卖了谁！《崛起的一代》前后出版了三期，惹的事情不小，但是，我们基本全身而退。后来我与张嘉彦总结时，我们最初的"一

贵州大学《春泥》1979年创刊号（张桦提供）

个准备，一个基本方针"的策略是正确的，至今包括许多当事人在内都不知道当时的内幕和细节，也保护了许多人。

在当时，我们中文七八级参与《崛起的一代》具体工作的还有一个姓黄的和一个姓瞿的，以及其他同学，我至今都非常感激他们。

在《崛起的一代》第一期创刊前，我与张嘉彦来到黄翔住所，得到他的支持，并推出了他的重要作品，实际上这是黄翔作品第一次在大学学生民间刊物中出现，并且在当时的大学学生中产生了广泛的影响，我们也开始了与贵阳背景复杂的一批所谓诗人的接触，也在后来的《崛起的一代》中发表了他们一批作品,其中如哑默、郑思亮、莫刚等人就是。这是内!在外面的全国范围内,我们与舒婷、北岛、顾城等人,以及台湾的诗人也有了一些联系,也收到他们的一些稿件,其中包括舒婷的《致橡树》等……这些经历和书信手稿我们在当时就认为是一种"财富",于是,我与张嘉彦商定,书信他保存,手稿我保存,关于《崛起的一代》时的书信在张嘉彦处无疑,手稿我后来却一件都没有找到,是不是都在张处,我不敢肯定。我们的《崛起的一代》第一期在稿件完全准备好了后,找一位母亲在贵州日报工作的同学,帮助从贵州日报用很少的钱买到了一些"纸头",在学校借来了一部油印机,再由一个八〇级的同学刻好蜡纸,组织了几个同学,利用周末教室自修人少的夜间,印刷、装订《崛起的一代》。我们白天在食堂里购买了一大盆馒头,买了一斤白糖,拿来一个煤油炉,一干就是一个晚上,饿了吃馒头,困了唱"革命歌曲",一个晚上就基本把一期刊物印好、装订好。我们的《崛起的一代》为八开,四十多页,相当于十六开的八十多页,是当时一般杂志的规模,并不是一本"小册子",而且印数有几百份。组稿、刻蜡纸、组织印刷都是秘密的,之所以要控制在一个晚上弄完,也是为了保密,在印刷完《崛起的一代》后,我们会把教室的印刷痕迹全部打扫干净。现在想起来,那是一个充满激情的年代,也是一件充满激情的事情,这些参与者都是我永远的怀念!

《崛起的一代》出来后,我们在贵州省的各大高校还组织了出售,而且很快卖完,"收入"不错,除了购买纸和墨的钱,我们还有余头。第一期出来,并且送卖完后,我们还在花溪的一个当时叫"小围寨"的地方好好吃了一顿,以示庆祝。

后来,我们又如法出版了第二期,影响逐渐发酵,直接针对《崛起的一代》的"风声"开始紧了起来,我们也有些担心,故在第三期印刷出来后，我们没有直接就散发，而是把第三期藏了起来，一直过了一个多月后，没有什么具体的事情后，我们又才把其分发了出去。再后来，我们就基本停止了《崛起的一代》的活动……不管后来的人们怎么看《崛起的一代》，我当时只认为我们做了一件有意义的事情，而且做得比较好，在某种意义上也为了《这一代》出了一口气，因为后来贵大印刷厂在复制《崛起的一代》，说是中宣部要看《崛起的一代》，而在学生中收集不到要求的数量，所以……确实，《崛起的一代》我们主要往全国各地邮发，故意在贵大少发。说明我们前期的策略是正确的。后来我与张嘉彦谈及此事，还哈哈不已！

《崛起的一代》就是这样的简单经历，我不会接受谁影响我们，组织我们的"说辞"，我们做了这件事情，仅此而已，并且我们也不想为《崛起的一代》的出现争取什么历史的作用和荣誉等等，《崛起的一代》就是《崛起的一代》！实际上我们《崛起的一代》都没有怎么"崛起"，但我们伴随了中国的崛起，这些，都是舒心的事情。

问：当年，您创作的那首《忧郁的春天》曾经很受读者喜欢，能否谈谈这首诗的创作、发表过程？

答："忧郁的春天"（长诗），在《崛起的一代》上发表过，我喜欢，可能别人不喜欢，其实我也不知道别人喜欢不喜欢。以及长诗"我是蜘蛛"，我也很喜欢，但它们都在箱子底部呢！

问：20世纪80年代大学生诗人们最热衷的一件事是诗歌大串联，您去过哪些高校吗？和哪些高校的大学生诗人来往比较密切最后成为好兄弟啊？

答：这又是从哪儿弄来的词，什么叫"诗歌大串联"？没有的事情，有过诗歌交往的学生会有一些情感和情爱方面的交流，但没有"诗歌大串联"那么严重。我在吉林大学的徐敬亚他们毕业后去看过他们，但我从来就不是什么大学生诗人，也没有什么"来往比较密切最后成为好兄弟啊"的事情。我去看他就是因为当时他们受到的官家压力大，去跟他喝个酒而已。

问：当年的大学生诗人们最喜欢书信往来，形成一种很深的"笔友关系"，您和哪些诗人书信比较频繁啊？在收到的读者来信中有情书吗？发生过浪漫的故事吗？

答："笔友关系"有，至少我是这样认为的，但后来我们停刊之后，这样的联系主要是张嘉彦做的，故他就继续，我也就继续的少了。但有一个川大的学生一直跟我有联系，最密切的时候，一天寄来一摞诗稿，几乎连续了近两个月，以至于我的神经都有点受刺激了，后来才松和下来。这个"笔友关系"没有什么浪漫故事，可能我有一些想象，也算吧！

问：当年，大学生诗人们喜欢交换各种学生诗歌刊物、诗歌报纸、油印诗集，对此，您还有印象吗？

答：有，可老啦！我至今还保留了一些。今天看来上面全是过去青春与激情的"灰尘"，说不得，碰不得！更吹不得！

问：您如何看待20世纪80年代大学生诗歌运动的意义和价值？

答：如果真有所谓的"80年代大学生诗歌运动的意义和价值"，那我觉得这是一代人青春与激情的印迹，但它的出现就是一代人从"苦海"里出来后，很急于为自己的民族和国家做点什么的表达。但这样的"80年代大学生诗歌运动的意义和价值"太容易被利用了，因为他的青春的颜色太深太重，也是比较幼稚的。

我是这个所谓的"80年代大学生诗歌运动的意义和价值"中过来的人,当中的大多数人都在后来的国家责任中担纲,为自己民族复兴做了许多事情,故而,我以为,认识"80年代大学生诗歌运动的意义和价值"应该主要从这些个方面来认识,不要只是一个博士论文中的一个小节目。我现在作为教授和博士生导师,太知道这样的题目的"浅表性"了。

问:回顾20世纪80年代大学生诗歌运动,您最大的收获是什么?最美好的回忆是什么?

答:最大的收获是我能够做一些我力所能及的事情,表达我们这一代人声音,而且是独立自主的表达。这一点很重要,因为今天我再回头去看那些事件的时候,在自己国家和民族的基本点上,要有自己的方式和声音。

最美好的回忆是什么就是在客观的条件下做了一些事情,还没有被一些国家和民族的负面力量所伤及,这是最好的!青春需要冲动的力量,但是力量的有效也是很重要的。在这个过程中,同学一词可能就是最为美好的记忆,也许它实际很单薄!

问:目前,诗坛上有这样一种观点,认为20世纪80年代大学生诗歌运动是继朦胧诗运动之后、第三代诗歌运动之前的一场重要的诗歌运动,您认为呢?

答:这方面我不想发表看法,但我希望诗歌评论家们也不要在这方面使用太多的"煽情词汇",因为这会让历史上的事实偏离原来的轨道。

所以,20世纪80年代大学生诗歌的意义不在所谓"运动"的表述上。

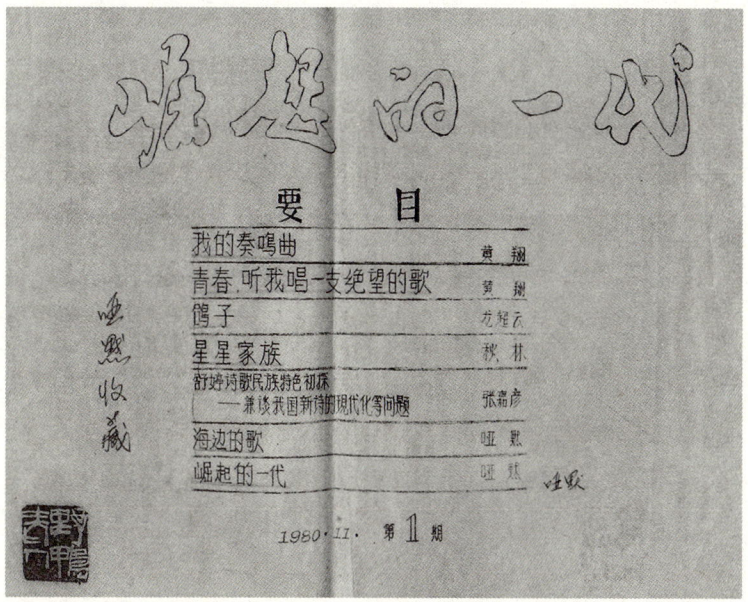

贵州大学《崛起的一代》1980年创刊号（张嘉彦提供）

问：投身20世纪80年代大学生诗歌运动，您的得失是什么？有什么感想吗？

答：没有"得失"的想法，我们在那个年代做事是没有这些考虑的，既不想得到什么，也无所谓失去什么，就是为自己的民族和国家可以做点什么就可以了。

得失自在！一定要说得到什么，那就是青春的磨炼！没有失去什么！中国人有句古话，你做事也是一天，不做事也是一天，你做与不做，会留住什么吗？不会！

感想就是觉得你们这一代人老是想到得失，一定在一生中会失去很多！

郭力家的诗意之路

——东北师范大学郭力家访谈录

问：有人说20世纪80年代是中国大学生诗歌的黄金时代，您认同这个观点吗？

答：20世纪80年代是中国大学生诗歌的黄金启蒙时代；

20世纪80年代更是中国各阶层各部落诗歌的黄金启蒙时代。

问：投身20世纪80年代大学生诗歌运动，您是如何积极参加并狂热表现的？

答：先单干，后结伙。

1978—1982年在东北师大读书期间，中文系的孟繁华、郑道远、于二辉、史秀图、杨春生等不少同学已经有组织、有节奏、很青春、很理想的开展诗歌写作活动；我浏览过两次他们的作品墙报，挺没劲，比预感的还败兴；我注定不是这伙的。

读书期间也试着写诗，基本上是给朋友看看，一笑了之；

读书期间认识了"长春的拜伦"邵春光，在他的诗里，才看到人正常的直觉和个性语言，可惜他还是一位先天小儿麻痹的瘸子。

他边上一帮喜欢写诗的人，他拉我一起办了个名叫《太阳》的油印诗歌刊物；这在当时属于非法印刷品；后来也确实给我带来挺大麻烦；当时各地诗人基本用这种形式进行诗歌交流，好多人没谋面，也冥冥之间感觉成了朋友。

1983—1985年，大学毕业搞公安工作期间，和吕贵品、徐敬亚、王小妮、白光认识了，吕贵品的公寓成了刚刚参加工作的人和在校大学生诗意交流中心；他住在郭公馆对面，几乎每天都要找时间混在一起。

问：当年，您创作的那首《特种兵》很受大学生读者喜欢，能否谈谈这首诗的创作、发表过程？

答：《特种兵》一诗写于1985年；我刚刚由省公安厅转业到出版社；背景是我刚刚参加完1983年的严打；起因是看了美国影片《第一滴血》；片尾以兰博沉默无语的脸特写至终，我记得影院大灯已经开了，观众纷纷起身退场；我一直盯着他；他像替我活在美国的哥们；我感觉他有话要说；我知道他啥也不会说。特种兵是什么？是现代文明失足的人性之剑。时间到全球化，依旧天天上演一个有形组织和一个有神人格的无解冲突；我有预感生活乱象，没有料到，这首诗生命这么长……（世界来不及把我当人看，我就把世界先变成一头野兽），写得真不错。

这首诗开始发表在辽源宗仁发主编的《关东文学》上，后内蒙古的《诗选刊》转载；

记得青春诗会上,主持人王家新说,郭力家应该按《特种兵》的风格写下去;唉,真招笑:血,你还能滴个没完没了的哦。

问:您参加过诗社、创办过诗刊、诗报吗?编印或出版过诗集吗?
答:只编印民间刊物《太阳》,亲自刻钢版录诗;迄今没出版过个人诗集。

问:当年各大高校经常举办诗歌朗诵会,给您留下最深印象的诗会是哪几次?
答:吉林大学搞过一次诗歌朗诵会;我和当时吉大中文系的学生张锋、鹿玲联合配乐朗诵了长诗:情绪一号、情绪二号、情绪三号;现场跟传说都挺热闹。

问:20世纪80年代大学生诗人们最热衷的一件事是诗歌大串联,您去过哪些高校吗?和哪些高校的大学生诗人来往比较密切最后成为好兄弟啊?
答:我去过东北师大,和当时王瑞瑾、邹大力、李占刚、任白等人的诗歌圈子交往过。我们一直是好兄弟,反正除了诗歌谁管谁也借不着钱,所以关系就诗意着密切了。

问:当年的大学生诗人们最喜欢书信往来,形成一种很深的"笔友关系",您和哪些诗人书信比较频繁啊?在收到的读者来信中有情书吗?发生过浪漫的故事吗?
答:当年跟四川的万夏、李亚伟、马松、二毛通信频繁;读者来信中有情书倾向的,基本被俺大义凛然扼杀在早春二月了;遥望当年的盲目清高,像如今自己都不认识的一朵云。

毕业实习期间
郭力家与带队老师

问：在您印象中，您认为当年影响比较大、成就比较突出的大学生诗人有哪些？哪些诗人的诗歌给您留下了比较深刻的印象？
答：吕贵品、徐敬亚、白光、张锋、野舟（刘奇华）、杜占明、伐柯（徐远翔）、马波、李海滨、徐燕姬、万夏、李亚伟、马松、二毛、张小波。

问：听诗人伐柯讲，20世纪80年代，您的家被大学生诗人们称作"郭公馆"，曾经热情接待了来自五湖四海的大学生诗人，能具体讲一讲当年和很多大学生诗人来往的故事吗？
答："郭公馆"是家父兼吉大中文系老师郭石山的住宅；20世纪80年代他的同事和所带的研究生车水马龙；而随着形势的发展，

上门找我的诗意分子越来越多；每一次开门，老爹都要分辨是哪一伙的，难免愤懑。一次，我老爹打开了房门，我只能偷着乐：

　　……你好，郭老师，我来找另一个郭老师；他算个什么狗屁老师哦……唉。

问：当年，大学生诗人们喜欢交换各种学生诗歌刊物、诗歌报纸、油印诗集，对此，您还有印象吗？
答：我只是即时即兴看，过后就算。

问：您如何看待20世纪80年代大学生诗歌运动的意义和价值？
答：国家良知水涨船高，青春觉醒诗意横流，文以载道自许使命，语言欲望集体燃烧；20世纪80年代大学生诗歌运动的意义在人人动脑、天天想写、生命互补、彼此丰满；语文意义上，20世纪80年代大学生诗歌运动的价值在超范围、超自觉、超时效完成了一场深浅不一的诗意潜宗教大演习，结果是：汉语诗意只能是天意的地面部队，神往在别处，诗歌在路上。

问：回顾20世纪80年代大学生诗歌运动，您最大的收获是什么？最美好的回忆是什么？
答：收获了赞美诗一样的我；最美好的回忆是，没钱的日子，人像诗歌一样美好。

问：目前，诗坛上有这样一种观点，认为20世纪80年代大学生诗歌运动是继朦胧诗运动之后、第三代诗歌运动之前的一场重要的诗歌运动，您认为呢？
答：其实他们是同步的，只是当时一个在明处，一个在暗处；1984年，我是从万夏来长春，从他那知道第三代诗歌主张的，在当时不能不说是超前和危险；他在我这拿了几首诗，回到成都用在了《现代诗内部交流资料》上，现在看，从这刊名都能说明好多不言而喻的曲衷；而天天春暖花开的学生会主导下的大学生诗歌运动，我并没介入。

问：当年您拥有大量的诗歌读者，时隔多年后，大家都很关心您的近况，能否请您谈谈？

答：我像范进中举一样，五十岁以后天天当官：从编辑室主任到社长助理、从副社长到总编辑，不出岔的话，可能不会像范进一样，遗憾地疯了。

我的 20 世纪 80 年代
——浙江师范学院舟山分校孙武军访谈录

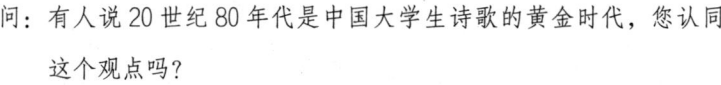

问：有人说 20 世纪 80 年代是中国大学生诗歌的黄金时代，您认同这个观点吗？

答：是的，那是中国大学生诗歌的一个黄金时代。20 世纪 70 年代末的思想解放运动，引发了整个中国诗歌的井喷式出现，形成中国诗歌一个黄金时代。大学生诗歌作为这一诗歌潮流的组成部分，自然加入这一黄金时代之中。诗歌是一个时代思想的先锋，而大学生作为一个时代中思想最活跃、最有朝气的群体，他们的诗歌也是必然走在那个时代的最前列。一个例子就能说明问题，在 20 世纪 80 年代，中国诗歌的第一支响箭，可以说就是 1980 年 7 月《诗刊》社在北京举办的首届"青春诗会"。参加诗会的十七位青年诗人中，在校大学生就有七位：徐敬亚、王小妮、叶延滨、高伐林、徐晓鹤、孙武军、徐国静。可见大学生诗歌在被称为"崛起的一代""崛起的诗群"或"新诗潮"的诗歌黄金时代中的地位与作用。不久叶延滨的叙事组诗《干妈》获得中国第一届新诗奖。叶延滨后来任《星星》诗刊主编和《诗刊》主编。而徐敬亚后来更是因《崛起的诗群》等而成为中国朦胧诗与新诗潮的理论家和发言人,影响巨大。20世纪80年代,中国大学生诗歌的黄金时代体现在两个方面,一个是在大学校园中学生诗歌刊物与诗歌创作风起云涌、波澜壮阔;另一个是大学生诗歌在社会上的影响力以及这些大学生诗人为日后走上社会成为中国诗歌中坚力量而奠定了基础。最初朦胧诗的发轫者与代表人物,如北岛、芒克、多多、江河、杨炼、顾城、舒婷等几乎都不是大学生,但随之出现的现代诗新诗潮一代的代表诗人,如韩东、于坚、翟永明、海子等,无一不是大学生出身。应该说,中国的大学为中国现代诗歌培养了一大批一流的诗人。如果说,诗人不是大学能够培养出来的,那么可以这样说,这些诗人至少是从大学里出来的吧。

问:请您简要介绍一下您投身20世纪80年代大学生诗歌运动的"革命生涯"。

答:我是1978年考入浙江师范学院舟山分校中文系,学校后改为舟山师专,现为浙江海洋学院。我在1974年下乡插队时开始诗歌创作,1977年就在文学刊物上正式发表诗歌作品了。进入大学后,更是狂热地写诗,那时几乎是每天一首诗,处于一种"没写诗这一天就白活了"的痴迷状态。在学校我创办了学生文学刊物《春潮》,创刊号的头版头条就是我的诗。而在大学诗歌生涯的最高潮是1980年的4月,在《诗刊》发表诗歌《回忆与思考》,7月到北京参加《诗刊》社首届"青春诗会"。《回忆与思考》后来被选入朦胧诗的代表诗作之一。

问：投身20世纪80年代大学生诗歌运动，您是如何积极参加并狂热表现的？

答：我就读的舟山师专地处偏僻的海岛，我是舟山本土历史上第一届文科大学生。我的大学诗歌生活基本处在时代大潮的边缘。我在参加了《诗刊》社青春诗会后，和杨牧一起南下，到南京前线歌舞团见了诗人贺东久。当时贺东久的妻子在舟山，是舟山部队380医院的医生。他知道舟山。他就不无惊讶地对我说，没想到舟山还出了你一位诗人。其实在当时，我与全国各大学的诗人联系很少，只是和宁波师院的一些诗人相识，如力虹等。他们也在搞学生文学刊物，我们会有些交流。在北京《诗刊》社青春诗会上，我与徐敬亚同住一室，他好像给我看过他们吉林大学的一些学生诗刊，说公木支持他们。所以在当时，我知道大学生写诗，但并不清楚有一个"大学生诗歌运动"。直到后来甘肃的《飞天》杂志吧，他们搞了一个"大学生诗苑"，也选了我的诗和照片，我才感觉到当年的大学生诗歌是有一个很庞大的群体，其影响也许可以称之为"运动"。在大学生涯中，我写诗完全是因为当时的时代影响，那是一个充满激情与希望的时代，那是一个充满反思与启蒙的时代。关于朦胧诗的全国大讨论，标志着一个新的诗歌时代的到来。谢冕的《在新的崛起面前》、孙绍振的《新的美学原则在崛起》、北岛的《回答》、舒婷的《致橡树》、梁小斌的《中国，我的钥匙丢了》等一批振聋发聩的现代诗歌理论与诗作已经在《诗刊》发表。而我只是因为命运，参加了青春诗会，接触到了时代诗歌潮流的中心；但大多数时间，我只是在一个海岛的一个部队营房简陋的房间里，一个人在写诗。大学诗歌生涯，我仍是处在启蒙阶段，青春诗会是我人生的里程碑，也是我诗歌生涯的里程碑。那时的诗歌,包括《回忆与思考》,都不是很成熟的作品,但我因此开始真正认识诗歌,认识一个诗人的命运。

问:当年,您创作的那首《回忆与思考》曾经很受读者喜欢,能否谈谈这首诗的创作、发表过程?

答:《回忆与思考》可以说是我大学生诗歌时期的代表作,后来被选入一本朦胧诗代表诗集中。这首诗注重了一种结构,将人生时空分成几个阶段,这就是"回忆";而在每一个阶段中,又加入一段对这一回忆的"思考"。整部作品就分为这样两大部分。这两大部分,"回忆"是感性的,是生活化的,语言接近口语,平实近人;"思考"是理性的,是对生活的评判,语言上讲究逻辑色彩。这两大部分在外在形式与内在蕴涵上有很大不同,两者形成一种张力。这首诗是对我已过人生的一个总结,也是对我所经过的那个时代的一个总结。诗中我所写的"回忆",看似童年的单纯少年的无忧,但在"思考"看来,那正是一种被洗脑后的蒙昧。我对那个时代第一次有了自己的独立思考和判断,这也代表了大学诗歌时代的我,第一次开始具有了独立人格。这首诗的意义与价值可能正在于此,因为这也可能代表了那个时代的许多人。现在从诗艺上看,这首诗的艺术成就并不很高,那种"两分法"的诗体结构也显得比较僵硬。诗歌语言上突出的是一种比较直白的说理而缺乏诗歌语感与意象性。但在当时,它在形式尤其是思想内容上具有一种突破性。它也是最早对"文化大革命"进行反思与否定的作品之一。所以我将它投稿《诗刊》后,《诗刊》马上就编入一个青年诗人诗辑发表了。又主要是因为这首诗,我被选入首届青春诗会。当时我到《诗刊》报到后,我们的班主任王燕生老师就对我说,你起点很高。后来有评论家说那一代诗人是"思考的一代",而我的这首《回忆与思考》正是表达了这一代人的一个突出的特征——"思考"。

问：在大学期间，您参加或者创办过诗歌社团或文学社团吗？担任什么角色？参加或举办过哪些诗歌活动啊？

答：在大学期间，我创办了学生文学刊物《春潮》，任主编吧。也算有一个"春潮文学社"。刊物基本就两个人，我收集稿子，排版；让我的同桌刻钢板，他字写得好。然后我们一张一张地油印、装订、分发。当时他写小说，很有文才的。毕业后他进地委当了领导秘书，现在是宁波一家大银行的行长。因为学校小，又地处海岛，再加之我个人的性格，在校时和外界联系很少，没有举办或参加过什么诗歌活动。可能也因为我是七八级的，1981年毕业，那时大学生诗歌运动刚处在萌芽阶段，大学生诗人并不太多，也没有太多的诗歌活动。

问：您参与创办过诗歌刊物吗？您参与创办过诗歌报纸吗？编印或出版过诗集吗？

答：在校期间，只办过一本油印的文学刊物，没有创办过诗歌刊物也没有参与创办过诗歌报纸，也没有编印或出版过诗集。

问：当年各大高校经常举办诗歌朗诵会，给您留下最深印象的诗会是哪几次？

答：可能因为学校太小，写诗的几乎只有我一个人，我们好像没有举办过诗歌朗诵会。只是一次学校举办晚会，我自告奋勇上台朗诵我自己创作的一首长诗，配乐长诗，记得乐曲是我喜欢的《红旗颂》。可一上台不久我就忘词了，自己写的东西自己背不出了。台上音乐在响，朗诵人无语，手足无措满脸尴尬好不出糗。

问：20世纪80年代大学生诗人们最热衷的一件事是诗歌大串联，您去过哪些高校吗？和哪些高校的大学生诗人来往比较密切最后成为好兄弟啊？

答：我好像只去过宁波师院，因为那离舟山最近，坐船三个小时。他们也在办文学刊物《地平线》，我就和他们有联系了，也"串联"到过他们学校。最近碰到一位当年宁波师院的学生，当年他不写诗但喜欢诗。我不认识他。他对我说他还收藏着当年刊有我诗的《地平线》。我这才知道，原来当年他们还向我约过稿。关系比较密切的是力虹，大约当年就是他向我约稿的。好兄弟说不上，但多少年后，在他病榻上最后的清醒时刻，我去看他，他看着我点了点头。此后他就陷入了无边无际的迷狂与苍茫。

问：当年的大学生诗人们最喜欢书信往来，形成一种很深的"笔友关系"，您和哪些诗人书信比较频繁啊？在收到的读者来信中有情书吗？发生过浪漫的故事吗？

答：当年和大学生诗人的书信好像很少，记不清和谁往来了。《诗刊》"青春诗会"后，和顾城、舒婷、杨牧、高伐林等诗人有过书信，但也很少。我大学生涯不到三年时光，加之那时我对诗歌的认识很浅，处于学习阶段，所以与其他诗人的交流不会很多。读者来信也有，好像没有情书，也就没有发生过什么浪漫故事。我那时人还是很帅的，当时到《诗刊》社报到，燕生老师过来看我们，一看到我就说，一美少年啊。在《诗刊》社时，高伐林他们就想给我介绍女朋友，但胎死腹中。江河真介绍了他当年女友的一位表妹，我们在紫竹院公园见的面，一个搞工艺美术的姑娘，苍白文静。后来也没成。我这一生情缘难生，也许

431

这就是我很少写爱情诗的缘故吧。

问：在您印象中，您认为当年影响比较大、成就比较突出的大学生诗人有哪些？哪些诗人的诗歌给您留下了比较深刻的印象？

答：在我大学时期，大学生诗人中，印象较深的是王小妮、徐敬亚、王家新、高伐林、叶延滨等人。叶延滨的《干妈》我读了后深受打动，认为是当时最好的叙事诗，它与以前的中国叙事诗如《王贵与李香香》《胡桃坡》等相比，叙事语言上更具现代色彩，内容上的悲剧意识也使得它更具思想深度。王小妮当时是以一种朴实的语言表现一种中国乡村的朴实生活，但她的朴实语言，又不是以李季、贺敬之、郭小川等以前诗人所尝试的所谓中国民族化的民歌式的语言，而是一种现代语言。这种语言有着一种现代的空白感，一种忧伤。家新当时是武汉大学的学生，和高伐林是同班同学。他没有参加那届青春诗会。在诗会期间家新到过《诗刊》来看我们。当年他就名气很大，因为一首极具争议的诗。诗里说一位工人曾说，如果他要自杀，就开卡车去撞小轿车。当年没有私家车，小轿车里坐着的都是当官的。这个主题在当今十分流行，它表达了反特权反腐败主题，反映了官民之间的尖锐矛盾；但是在当年，这个主题是十分刺眼的，十分危险的，家新写出它来是要有多大的勇气。我们那一代诗人，忧国忧民是最大特色，就像北岛《回答》中所说的："如果海洋注定要决堤／就让所有的苦水都注入我心中"，自我表现甚至都是第二位的。至今我都不想丢掉这个特色。

问：当年，大学生诗人们喜欢交换各种学生诗歌刊物、诗歌报纸、油印诗集，对此，您还有印象吗？

答：记不太清了，当年我们的《春潮》刊物可能和宁波师院的《地平线》有交流。和其他大学的交流很少。我不是一个好的组织者和交流者，那时我只想多多学习诗艺，能写出好诗。

问：您如何看待20世纪80年代大学生诗歌运动的意义和价值？

答：20世纪80年代是一个伟大的年代，一个光荣的年代，是一个注定会被载入中华民族进步史册的年代。中华五千年历史，有一个巨大而深刻的分水岭，这个分水岭就是20世纪80年代。20世纪80年代之后，中华民族和之前会有一个断裂性的不同。这个20世纪80年代最大的特征，就是思想解放，就是反思批判，就是对从未有过的幸福的向往，比如自由，比如人性，比如爱情。这就是为什么北岛的《回答》"我不相信"成为这个时代的宣言，这也是为什么顾城的《一代人》"黑夜给了我黑色的眼睛，／我却用它寻找光明"成为这个时代的希望，这也就是为什么舒婷《致橡树》"仿佛永远分离，／却又终身相依"成为这个时代的爱情。而20世纪80年代的大学生，是在一个巨变时代的弄潮儿，他们思想活跃，个性张扬，想象丰富，始终走在时代的最前列。在一个巨变的时代，诗歌是语言表现的一个最好手段，它最适宜承载思想、激情、自由和个性，因此也最为大学生们所爱。可以说，那个时代的大学生，不是在写诗，就是在通往写诗的路上。从20世纪80年代初期，朦胧诗的崛起中，就有着众多大学生的身影；到20世纪80年代中期的现代诗流派大潮中，大学生更成为中坚力量。虽然说，在中国新时期现代诗歌的崛起中，最早的启蒙者，如20世纪70年代中后期的食指、多多、芒克、北岛、江河等都不是大学生，但随之大学生们便接受了这种诗歌启蒙，形成了20世纪80年代的大学生诗歌运动。在这之后的中国诗歌中，大学生包括大学毕业生，已经成为中国诗歌的主流力量。

这一历程说明了诗歌是一种天才的力量,是一种思想与精神的力量,也是一种知识的力量。因为中国曾经的文化灭绝教育灭绝,诗人们只能是黑暗中几个先知般的天才;而到了20世纪70年代末恢复高考后,新的一代接受高等教育的大学生群体突起于社会之中,成为所谓的"天之骄子",这些备受社会向往、关注和喜爱的大学生,他们马上接过启蒙诗人的火炬,将中国诗歌推向一个更加广阔的天地。可以这样说,大学生诗歌运动的意义和价值,正是在于他们将启蒙者对诗歌的孤独求索转变成了一个声势浩大的精神与日常生活;他们实践着"五四时期"的伟大先辈们对"少年中国"的期望,他们的青春,他们的激情,他们的探索代表了中国的精神与希望。这一代人的诗歌,成为一个伟大时代的青春纪录;这一代人的诗歌精神,成为今天中国乃至于今后的中国永远的榜样。今天的大学生,可能已经没有了当年那个诗歌年代的纯真与美好;在一个互联网的时代,在一个大学教育几乎已经普及的时代,诗歌反而更可能成为"一个人的诗歌",很难再去形成一个什么诗歌运动,但正是如此,20世纪80年代的大学生诗歌运动,才更让人怀念,让人深思。1989年,20世纪80年代最后一年的春天,我正在北京鲁迅文学院读书,和诗人岛子、诗人海男住对门。本来我也想读研究生班,那就和岛子、海男,还有莫言、余华、洪峰等是同学了。如今莫言得了诺奖,我也可向人吹牛当年我和莫言是同学如何如何了。可是我工作的舟山师专不同意,只让我读半年制的进修班。那一天,学院里来了几个人,在海男的宿舍里放了一张纸,说是为在山海关卧轨自杀的诗人海子的丧葬募捐。我不认识海子,现在来看,他大概是那个时代最为出名的大学生诗人了。我走进去,募了二十元,在纸上写下我的名字。回到宿舍,我写了一首诗,叫《诗人之死》,

青春诗会期间在《诗刊》社门口合影。左二至左七为：徐晓鹤、王家新、徐敬亚、高伐林、王小妮、孙武军

说到一个诗人卧轨死了，而我们还在食堂排队打饭，两列队伍正像铁轨一样。可能是我太绝望了，我最后把这首诗给撕了。我的20世纪80年代，以一个在校大学生对诗歌的狂热开始，以一个在校进修生对诗歌的绝望结束。这是怎样的一个20世纪80年代啊！

问：回顾20世纪80年代大学生诗歌运动，您最大的收获是什么？最美好的回忆是什么？

答：我真正的诗歌创作，正是在20世纪80年代进入大学后开始的，最大的收获，就是1980年参加了《诗刊》社"青春诗会"。这是我诗歌的再生，也是我生命的再生。我一生中最重要的时刻，就是在80年代的第一年和最后一年，第一年是我的再生，对诗歌我如疯狂般地探索，曾经想一个人就创立一种诗歌手法一个诗歌流派，叫客观意象或叫客观诗；我以为我基本成功了，我对我的学生说，我是一个天才了。后来发现，早在20世纪20年代，美国的庞德就已经发现了客观意象这个东西，他才是天才。最后一年是我的死亡，连同我爱情的死亡，我再也写不出诗了。之后的岁月，我就是在和这诗歌的死亡抗争，对爱情我已不抱希望，但对诗歌，我仍然期望突然一日它又会降临。这个时间实在太长了。然而诗歌是不管岁月的，现在它终于又找到了我，就像我又找到了它一样。我看见了，它现在是上帝的化身。

几年前我曾经写过一篇文章，是回忆1980年"青春诗会"的，那就是我大学岁月中最美好的回忆。现在我把文章附上：

青春的聚会
——忆1980年青春诗会

孙武军

题记：1980年《诗刊》10月号刊发了十七位青年诗人的专辑《青春诗会》；专辑后有一篇王燕生的题为"青春的聚会"的诗会侧记。自称"管家婆"的燕生老师是这次诗会的"班主任"。清癯而好酒的他，一定会原谅当年的学生在这篇回忆录中"抄袭"他的题目；因为，对二十九年前的那次聚会，我再也想不出更好的题目了。

很久很久以前

现在，我想和大家讲一个童话故事。这个童话故事的题目，叫作"诗歌"。

凡是童话，开头都是"在很久很久以前"，我的故事自然也是这样的。在很久很久以前的一个日子，这个日子是公元1980年6月23日，在中国有一个东海，东海中有一个叫舟山群岛的地方，在舟山群岛的一千多个岛屿中有一个最大的岛屿叫定海，它是舟山地委所在地，有刚创办一年的定海历史上第一所大学——浙江师范学院舟山分校，学校有一个简陋的传达室，我正好放学经过门口，天有点阴，像要下雨的样子，传达室里的门卫叫住了我，给我一封信，我怦然心动。

信封上印着"诗刊"二字！

《诗刊》和受精卵的我

"诗刊"二字，是伟大领袖毛主席的手迹，行草相揉，刚柔相济，如山瀑绵长而秀丽。这是1957年月1月《诗刊》创刊时毛主席题写的。当年《诗刊》创刊组稿过程中，搜集到民间流传的毛泽东诗词若干首，便将这些诗寄给毛泽东审阅，并征求其同意在《诗刊》创刊号上发表。1957年1月12日，毛泽东给《诗刊》回复了一封信，同意发表他的诗。信中有这样的话："《诗刊》出版，很好，祝它成长发展。诗当然应以新诗为主体，旧诗可以写一些，但是不宜在青年中提倡，因为这种体裁束缚思想，又不易学。"

因为有毛泽东对《诗刊》的关注，也因为《诗刊》创刊号刊登了他的诗词十八首，因此，当《诗刊》创刊号1月28日面世时，轰动一时。当时正值春节前夕，大街上排起了长队，不是买年货，而是买《诗刊》。

中国人民翻开墨香馥郁的《诗刊》的时候，诗的气息飘散在开始躁动的空气中，在定海岛一个叫毛竹山的地方，一颗受精卵正在有力地游入十九岁母亲散发青苹果气息的子宫,那就是我。

1964年《诗刊》停刊,1976年1月,经毛泽东批准复刊。像《诗刊》初创刊一样,复刊号上又发表了毛主席诗词两首:《重上井冈山》和《鸟儿问答》。当时重病中的周恩来总理,在病榻上聆听广播里播送《鸟儿问答》,当听到"不须放屁,试看天地翻覆"时,不禁笑了。几天后,周恩来就去世了。这一年的9月9日,毛主席也逝世了。好多年后,当我读到北岛《履历》中"万岁!我只他妈喊了一声/胡子就长出来"的句子,不禁惊讶他竟然在圣洁的诗中爆粗口,呵呵。

《诗刊》一直是中国诗歌的最高刊物,在20世纪70、80年代写诗的青年人心中,它就像一座金碧辉煌的神圣殿堂,至少在我的心中是这样。

空白的一代

我偶翻旧物,不意间看到了我在1971年写的一首诗,这可能是我见诸文字的最早的诗了。诗是这样写的:"游泳/劈波斩浪,银光闪闪。游泳/练好身体,保卫祖国。游泳/学到本领,解放全球。"此时,我没有为这种幼稚和无知而脸红,尤其是我知道顾城在1964年就写出了《杨树》这样的诗:"我失去了一只臂膀/就睁开了一只眼睛。"1968年又写出《烟囱》:"烟囱犹如平地耸立起来的巨人/望着布满灯火的大地/不断地吸着烟卷/思索着一种谁也不知道的事情。"而同在1971年,他更是写出了名作《生命幻想曲》:

……

没有目的，

在蓝天中荡漾。

让阳光的瀑布，

洗黑我的皮肤。

太阳是我的纤夫，

它拉着我，

用强光的绳索

……

我要唱

一支人类的歌曲，

千百年后

在宇宙中共鸣

顾城1956年出生，只比我大一岁。我没有为和他天壤之别而羞愧，也不悔少作。顾城是天才，罕有的，他远远地走在了时代的前面，以至于最后过早地走出了世界。而我，则在一个中国偏远的小岛上，那时定海的报纸都要比大陆晚一天。我的大脑，完全被当时的教育给洗刷得一干二净，而那时的教育，只有豪言壮语的政治口号。一个海岛乡下的小毛孩，在一个破庙里读着政治化的课本，押着农村里的坏分子游乡，在部队礼堂演泰山顶上一青松，自然只能想到"解放全球"——这也是我唯一会说的话——当然，这不是人话。

很久以后，我在大学课堂上对学生讲解梁小斌的《中国，我的钥匙丢了》这首诗："中国，我的钥匙丢了。／那是十多年前，／我沿着红色大街疯狂地奔跑，／我跑到了郊外的荒野上欢叫，／后来，／我的钥匙丢了。……"我说，这"钥匙"是什么，就是人性。而我，就是一个人性泯灭、或者说人性空白的典型。

一个十几岁的少年,如玉树临风,却只会说"保卫祖国""解放全球"之类的空话,不知道美,不知道个性,不知道感情,不知道思想,什么都不知道。我是一代人的一个缩影。

这代人不是垮掉的一代,而是空白的一代。什么都没有,连垮掉都谈不上。

顾城似乎是这代人另一个截然不同的缩影,"黑夜给了我黑色的眼睛,／我却用它寻找光明。"(《一代人》)他是那个时代的先觉者,突破蒙昧,寻找真义,他是天生的诗人。在人类历史上,当面临一个历史的大转折,一个新时代的曙光就要出现的时候,总会出现这样的追求或回归人类终极价值的天才。它不是高尔基那只兴高采烈地大喊"让暴风雨来得更猛烈些吧"的海燕,而是帕斯卡尔的那支会思考的芦苇。它很脆弱,它很孤独,它甚至很悲剧;但它是劫难不断的人类得以拯救的最终希望。

第一笔稿费

1978年1月,我的诗终于第一次公开发表在《杭州文艺》,题目是《泪飞顿作倾盆雨》(二首)。一首纪念周恩来总理,一首纪念朱德委员长,题取自毛主席的诗句。他们三人都是1976年同一年去世的。这三个人是一个时代的标志性群像。他们的同时去世,标志着一个时代的结束,据说那是一个革命的浪漫主义的时代。

我诗的开始,竟是一个时代的句号。

我第一次拿到了稿费,九元。我兴奋地到储蓄所办了一张活期存款卡,将九元钱存了进去。我想以后所有稿费都存在这里。没想到是诗歌给了我人生第一次理财的感觉。一些年后,一个电影演员叫刘晓庆的说,要把人的每一分钟用来不是挣名就是挣利。而在那时,我挣利的感觉一闪而过,挣名的欲望真的是强烈。此后,我便不停地向更高一级的文学刊物《浙江文艺》(后改为《东海》)投稿。记得一首写乡邮员生活的诗,被编辑通篇用红笔改了,但最后还是退了回来。对这个认真的编辑我很感激,后来认识了他,他叫陈继光,是当时浙江有名的诗人,我们成了朋友。

两三年后,那张存款卡上的金额还是九元。对《浙江文艺》的屡屡退稿,我终于有些生气了,一气之下,就越过它,向最高的也最为权威的《诗刊》投稿了。许多年后,一位著名的小说家谈起当年的文青岁月时说:"当时在《诗刊》发表一首诗意味着什么?是的,很可能一夜成名!"当年我可能就是有着这种膨胀的欲望。

那时的我,写过一首题为《诗》的诗,诗中说:"我没有读过诗/却开始写诗了/我没有见过诗人/却想当个诗人……"这是真心话。写诗前,我诗歌的阅读经历,只是很可怜的几首唐诗宋词,连普希金的诗都没读过。一次在县里图书馆偷了一本贺敬之的《放歌集》,这本淡蓝封面的诗集,几乎就是我新诗写作的唯一的启蒙了。后来我在《诗刊》社对柯岩老师说,贺敬之是我的启蒙老师。我这样说是发自内心的,尽管贺敬之是柯岩的爱人。

诗歌,似乎是我天性中的一枝嫩芽,它根植于我与生俱来的敏感之中。但是,孕育这枝诗歌之芽的环境实在太贫瘠,以沙漠来形容毫不为过。一个本来就文化单薄的偏僻海岛,焚书之火比起全国却毫不逊色,我小时就坐在灶前,用"文化大革命"中抄掉的书烧饭,撕一张撕一张地烧,烧了大约有一个月。不知烧掉的有没有普希金,或雪莱。

今天，在与我家隔江相望的宁波大剧院旁，矗立着一尊俄罗斯人赠送给宁波的普希金雕像。在夜里，我经常去看他，在黑暗中向往着他那永恒的高贵和纯洁。

一颗可爱的露珠在燃烧

第一次投给诗刊的诗叫《呀，露珠，露珠！》：

> 绿绿的树从泥土中长出，
> 绿绿的叶从绿树上长出，
> 我的歌在每一片绿叶上，
> 好像黎明时稚气的露珠。
>
> 它像是睡眼惺忪的孩子，
> 和过路的鸟儿打着招呼，
> 它多想使人家马上知道，
> 它就是一个可爱的露珠。
>
> 呀，露珠！露珠！
> ……

比起"解放全球"，进步还是明显的；现在看来，还有点新月派的形式美，其实那时我连新月派这个词都不知道。但这仍是一颗幼稚而空洞的露珠。不久，《诗刊》竟然回信了，说这首诗已经"留用"。真是大出意料，我兴奋不已，似乎就要一步登天了。可过一阵诗又退了回来。但这已经足以鼓舞我的士气了，让我一而再再而三地向《诗刊》投稿。一年后我在《诗刊》问起这事，李小雨老师说这首诗是她留用的。

李小雨是诗人李瑛之女，她的《南国情思·夜》引发了最初的关于朦胧诗的大讨论：

"岛在棕榈树下闭着眼睛／梦中，不安地抖动肩膀／于是，一个青椰子掉进海里／静悄悄地，溅起／一片绿色的月光／十片绿色的月光／一百片绿色的月光，在这样的夜晚／使所有的心荡漾，荡漾……／隐隐地，轻雷在天边滚过／讲述热带的地方／绿的家乡……"

到了1978年中国共产党十一届三中全会后，思想解放运动在全国兴起，开始对"文化大革命"的错误进行反思，也开始对中国的现代化建设进行展望。诗歌，作为人类精神的先导，作为思想与感情的最为敏锐的触角，开始突破"左"的假大空的束缚，伸向从未有过的领域，展现从未有过的面容。

那个时期的《诗刊》上，如春笋破土，锐利地出现了一批振聋发聩的诗作，李发模《呼声》（1979年2月号），北岛《回答》（1979年3月号），舒婷《致橡树》（1979年4月号），骆耕野《不满》（1979年5月号），张学梦《现代化和我们自己》（1979年5月号），舒婷《祖国啊，我亲爱的祖国》（1979年7月号），雷抒雁《小草在歌唱》（1979年8月号），叶文福《将军，你不能这样做》（1979年8月号），顾城《歌乐山诗组》（1979年月11月号），杨牧《在历史的法庭上》（1979年11月号），林子《给他》（1980年月1月号），等等。这些诗极大地震撼了我，无论从思想内容上还是从艺术形式上，都是我从未见过的天地，它们使我热血沸腾，就像被诗歌给点燃了一样。

443

我要震动一些人了

　　1980年1月7日，我写完《回忆与思考》。在这天的日记中我这样说："《回忆与思考》草完了。我发现我越来越难对自己的作品满意了。这首诗花了不少力气，现在也很难再写得更好些。才思！才思！"《回忆与思考》本是苏联元帅朱可夫二战回忆录的书名，我少年时读过，是军队干部的父亲拿来的内部读物。记得当时读这本回忆录时，看到朱可夫在电话中对斯大林说，如果你再不给我多少大炮多少坦克，这仗就没法打了，心里很惊诧，想共产党员怎么能这样说呢？我们打仗怎么要靠武器呢？我们要靠勇敢，要靠革命觉悟，要下定决心，不怕牺牲，排除万难，去争取胜利！

　　这样一个蒙昧少年，终于也开始知道思考了。这首诗，是一个偶然但必然的与时代潮流的交合。虽然我远在大海之中，但命运让我闻到了时代开始巨变的气息；而这一巨变最初的征兆，就是对自我的认识。古希腊阿波罗神庙上的铭言"认识你自己"，成了20世纪80年代中国巨变的簇新的萌芽。

　　《回忆与思考》中，我回忆了自己不到二十三岁的生命，从童年、少年到青年，对每一个生命阶段进行哲理式的反思。"回忆"与"思考"，似两个截然不同的自我在对视，一个是无知但无忧的过去，一个是严肃而理性的现在。过去在自言自语，而现在在审视过去，在反思过去，试图与过去对话。后来，评论界将在思想解放运动中崛起的这一代年轻人称为"思考的一代"。当然，这并不是因为我写了这首《回忆与思考》。这首诗在当时看来也有点枯燥，有点单调，诗味不浓。当时我刚写完它就对它不是很满意，觉得其中缺少才情，是对的。诗中"革命可以让革命付出血的价钱"曾为人称道,现在想来,称道的可能是它超浓的思辨色彩,这是那个特殊时代的需要,可能并不是永恒的诗意的需要。

过了三天,我将《回忆与思考》《让我们笑》等几首诗寄给了《诗刊》。在焦虑和渴望中等待。一直等到3月21日,《诗刊》终于来信,说4月号发我两首诗。当天的日记中我说"欣喜万分"。此后便是焦急地盼望,又以阴郁的心情想象着《诗刊》又把我的诗给涮了,当翻开4月号的《诗刊》找遍一个个名字而没有"孙武军"……

4月11日收到了一个朋友的信。这个朋友是我舟山中学的校友,比我高一届,飒爽英姿,学校团委副书记。插队后她是舟山地区知识青年的典型,风云人物。后来坚持要上调,不愿扎根农村一辈子,于是被发配到定海老碶的临城供销社当营业员。我1974年插队时在老碶公社种畜场,三年后上调舟山邮电局,分配在临城支局当乡邮员。当年上午骑车送信,下午在阴暗潮湿的宿舍里读书写诗。有空就荡到她的柜台去买书,坐着闲聊。1978年我考入大学到定海,她还在临城吧。信中告诉我她在《人民日报》上登的《诗刊》4月号要目上见到了我的名字,排在第二。我马上到学校阅览室去找,果不其然。在当天的日记中我有些震昏地说:"这下,我要震动一些人了!"现在我怎么也想不起,我要震动的些什么人,我干吗要去震动他们。

过了四天,终于收到了久盼的《诗刊》4月号,嫩绿色的封面上抽出一支翠芽。在"新人新作小辑"中,我的两首诗《回忆与思考》和《让我们笑》排在第二。同辑的有张学梦、高伐林、才树莲、顾城、王小妮等十四人。我诗后的简介中说发表的是我的处女作。终于真的欣喜了。

当天晚上我又去和情人"约会"——去看墨西哥影片《冷

酷的心》,第四遍。我爱着影片中的"圣女莫尼卡",多么美丽而善良啊,她就是我的情人,只不过单相思罢了。这是我最初的爱情。

狂喜到心痛

这样,故事终于回到了开头的1980年6月23日浙师院舟山分校大门口,我抑制着剧烈的心跳拆开了《诗刊》的信,信中说,邀请我到北京参加青年诗作者创作学习会,7月20日报到。狂喜中我的心都发痛了!到《诗刊》去!到北京去!这使我万没有想到,我刚学写诗,就一步跨到了北京。北京,在我当年纯真的心目中,那是一个什么地方啊!

见证了我这诗歌生涯中最为幸福的一刻的,是我要好的朋

青春诗会十一位男士合影(按年龄大小从左至右排列)。左起:张学梦、杨牧、陈所巨、叶延滨、江河、高伐林、徐敬亚、梁小斌、徐晓鹤、顾城、孙武军

友刘海平，那时他和我一起从学校出来。他是我高中同学，班里他英语最好，插队在老碶公社旁边的荷花公社，还跟一个破收音机里的"美国之音"学英语。1976年他被推荐工农兵上大学，是杭州大学英语系。他跟我说，面试时老师听出了他浓浓的美国口音，说我们要纯正的伦敦口音。于是他只上了杭州外语学校，中专。毕业后他分配在舟山师范学校。我正好考上浙师院舟山分校。因为学校缺英语教师，就抽他过来教我们英语。昔日的同学成了师生，这就是那个荒诞时代才会创作出的一幕轻喜剧。现在他是中国银行香港分行的行长。对这次全球性的金融危机，他应该很懂的。

在后来的文献中，《诗刊》这青年诗作者创作学习会被称为"青春诗会"。起因也许是在诗会后《诗刊》发表的这次创作学习会的诗辑名称为"青春诗会"。"编者前言"中说："这是一次青春的聚会，诗的聚会。"又因为后来《诗刊》每年都举办一次这样的聚会，这一次聚会便被称为"第一届青春诗会"。曾有人戏称为"黄埔一期"。

我诗歌的第一次远行是到《诗刊》，我人生的第一次单独出门是到北京。这也许是当年的诗歌青年们至高的向往了。命运就这样垂青了我。只这一次就已足够，足够让我幸福一生，也足够让我痛苦一世。

李子味道真好

1980年7月17日夜里，我正在舟山驶往上海的815轮上。夜幕笼罩，船舷外浪声哗哗，船舱内机声隆隆。诗是没法写了，我翻了一本《环球》，正吃着李子，手上还有一只桃子。现在读着当年的日记，不禁想到威廉·卡洛斯·威廉斯的诗《贫穷的老妇人》："在街上啃着一颗／梅子手里还提着一袋／味道对她来说真好／味道真好／对她来说味道／对她来说真好／……"我想当年我啃着李子的味道肯定更好，那是一个精神最为富足的文学青年一次最为幸福的旅程。

翌日凌晨到了上海。拿到父亲托人买好的火车票，中午登上了上海—北京的特快列车。一千四百六十二公里。又闷又热的硬座。无锡、常州、南京、蚌埠、徐州、济南、德州、天津八站，19日晨到了北京站。出站后东问西找才找到近在站口的地铁。到新华街下坐15路公交汽车。我在站牌上看到"虎坊桥"站便坐了上去。上车一问，坐反了。原来第一次到大城市的我不知看站牌上的方向箭头。售票员知我是菜鸟，便没收我车钱让我下车。到对面重坐才到了虎坊桥。前走一段到了虎坊路15号，走进了《诗刊》社的大门。

杨牧的一顿饭

大名鼎鼎的《诗刊》社在一个破旧的院子里。门边左右两排平房是我们的宿舍。我住门左第一间。比我早到的是杨牧，他过来看我，聊了一会带我出去吃饭。一口热气腾腾的大锅，上面浮着一层喷香的肥油。师傅把猪肥肠切了丢进去，在一个硕大的碗里放几块切好的饼，我们山东老家叫火烧，然后大勺从大锅里舀出一勺极香的肥肠带汁，滚烫地浇上去。这是我平生吃过的最香的一顿饭。直到今天我尚不明确，这是不是叫泡馍。

在青春诗会最后几天移到北戴河时，他们在沙滩上和杨牧"斗鸡"，都败了。顾城找到我，和我讲了大半天，拼命怂恿我和杨牧斗，一定要我给他们"报仇"。没办法，我和杨牧撞了半天，终于赢了，顾城大为高兴。可我好像有点忘恩负义。

杨牧黝黑的圆脸，圆睁的双眼炯炯有神，说话嘴角上弯，总像是在笑，是一个和蔼的老大哥。他是四川人，从小就到了新疆，在石河子建设兵团。他当时已经是有名气的诗人了，我很景仰他。诗会后他和我结伴南下，到南京卫岗的前线歌舞团见了诗人贺东久，又到无锡、苏州、上海游玩，见一些诗人朋友，最后在杭州我们分手。在一个夜里，他竟久久躺在西湖边上，倾听湖水轻柔地拍着堤岸。回新疆后他写了一首有名的诗，叫《人生需要一个西湖》。这是因为他对沙漠和戈壁滩有着比别人更深的感受，更因为他对那个文化沙漠的年代和人生有着深切的反思。

在杭州临别的那个夜晚，坐在西湖边上，他像一个大哥一样说我太年轻，不懂事，容易得罪人。他在我的"诗刊"小本子上赠言："在最复杂的感情面前，语言，总是苍白的。愿早日再见，朋友！"

杨牧后任石河子《绿风》诗刊的主编，1983年夏天把我叫到石河子参加了规模盛大的"绿风诗会"。还将我的诗《在杭运河码头》放在诗会专辑的头条。从石河子回来后，他曾想给我介绍一个姑娘，是石河子文工团的演员。我怕路远。至今那一丝遗憾也没有逝去。

后来杨牧又调回四川成都，任《星星》诗刊主编。1996年我到四川旅游，特意到《星星》找他，他碰巧不在。我好像也没太在意。我特意到楠木高耸的杜甫草堂，杜甫不是也不在嘛。

美少年

下午王燕生老师来看我，他是我们的"班主任"。黑瘦的他满脸是笑，一进门就盯着我说："哟，一个美少年啊！"我一下觉得，《诗刊》的老师就是不一样，这么爽朗，这么幽默。这一句调侃仿佛打开了我人生的一个境界。爽朗和幽默，是我过去的岁月中没有遇到过的，那时的人们，总是那么严肃，那么乏味。我和他一起坐车时问他，为什么《诗刊》会选中我，他说，你起点很高。那一刻我好像没有高兴，因为在《诗刊》的每一天都让我感到自己起点很低。只是觉得燕生老师可能有点偏爱我。

几年后，看根据托马斯·曼同名小说改编的电影《死在威尼斯》，导演 Luchino Visconti 在影片中所展现的那位波兰少年的惊世之美，让我震惊，使我真正开始理解"美少年"的复杂含义。

一次燕生老师叫我们到他家吃饺子，我们有十一个人去了。又是竹叶青又是葡萄酒，我有点多了。吃完饭大家一起拍照，说好每个人都要拼命大笑。后来照片洗出一看，只有我一个人咧个大嘴拼命大笑，其他人都有所保留，很让我有一种上当受骗的感觉。

前些年燕生老师特意到宁波来看我，说要我请他喝酒，而且是白酒。那天他喝醉了，我也醉了，追着一个小姑娘要亲吻。真是丢人。我这一辈子，这种放浪形骸的丑态大约仅此一例。

这天徐敬亚、徐晓鹤、张学梦、才树莲、陈所巨来了。燕生老师说舒婷马上到站了，记得精悍而虎气的晓鹤一听，踊跃不已，自告奋勇说去接站。我们笑了，笑得有些暧昧，知道那是因为美丽无比风情万种的《致橡树》。

转型期的徐敬亚

那天夜里,是我的第一个北京之夜。我躺在床上,橘黄的街灯从后窗弥漫进来,汽车声嘈杂。而我在定海的屋中,只能听到山坡上阵阵的松涛。嘈杂声中,我居然听到了清脆敲击地面的马蹄声,那是进城的马车。第一次听见这样的马蹄声,让我有如飘入异境的感觉。

一间两张小床,我和徐敬亚住一间。敬亚在长春的吉林大学读书,他才思敏捷,出口成章,左撇子很斜地握笔,迅疾如风写出一手好字,常让我看得目瞪口呆。他拿来一叠复印的法国象征派诗选,有魏尔伦的,有阿波里奈尔的:"秋日的／小提琴的／长长的呜咽／伤我心,／以单调的／弱音。／一切窒息／而苍白,／当时钟鸣响,／我回忆／往日。／我啜泣。／我乃行走／于疾风里,／我被风吹去／忽南忽北。／俨然／一片死叶。"(魏尔伦《秋之歌》)这种诗歌,是我从未读到过的。我忽地感到我诗歌的严重的营养不良,先天不足,后天又失调,今天我才知道什么叫如饥似渴。我趴在小桌上拼命抄着这些诗,就像一个快饿死的青年扑向一堆面包。这些诗当时在国内是看不到的,好像是香港出版的。记得是江河给敬亚的。

大约也是在青春诗会这段时间,徐敬亚和北岛、芒克、江河他们的《今天》诗人和作品接触更多。比起1979年他第一次接触到《今天》时的惊叹和莫名的兴奋,现在他开始沉思了,他在沉思一个新诗潮的崛起。在青春诗会上,我们多次坐在一起讨论交流,谈自己的诗歌经历,对诗歌创作的看法。从我当年的记录看,江河、顾城的发言最多,而徐敬亚几乎就没说什么。只有一次说得多点,他的原话是:"苦恼每个人都有。接触《今天》、外国的诗一两年了,但我的诗没变。应该变,但不应一百八十度。以后也不打算一百八十度转变。"我想，那时他还是在汲取、在思考。

几乎与青春诗会同时，中国诗坛开始了一场关于朦胧诗的大讨论。伴随着十年"文化大革命"结束，在精神的废墟上，一种新的探索文学思潮席卷中国大地。朦胧诗成为当时最为勇猛的先锋，成为文学探索潮流中燃烧最猛烈的火焰。朦胧诗之争是中国新诗史上一次伟大的探索，一次伟大的突破。中国新诗在经历了"政治标准第一""民歌形式至上""阶级斗争挂帅"这样的毁灭性弯路之后，开始绝地反击，大胆反叛，绝处逢生，走向现代，面对真正的诗歌意识，进入真正的诗歌艺术。"我——不——相——信！"（北岛《回答》）成为这一新诗潮最为动人心魄的呐喊。

1980年4月，全国诗歌讨论会在南宁举行，由《今天》新的诗歌思想冲击而初现端倪的新诗潮成为论争的主题。面对多种指责，诗评家谢冕及时把自己的发言稿整理成《在新的崛起面前》公开发表，对"不拘一格、大胆吸收西方现代诗歌的某些表现方式……越来越多的'背离'"诗歌传统的一批新诗人予以支持。他主张那些保守派多听听，多看看，多想想，不要急于采取行动。但许多批评家并不买账。广州章明发表了《令人气闷的"朦胧"》一文，把那些"写得十分晦涩、怪僻，叫人读了几遍也得不到一个明确印象，似懂非懂，半懂不懂，甚至完全不懂，百思不得其解"的作品，评为"朦胧体"。朦胧诗也因此获名。批评家孙绍振在关键时刻撰写了《新的美学原则在崛起》。他认为："与其说是新人的崛起，不如说是一种新的美学原则的崛起。"但这根本不为保守派理解，连政治的帽子也扣过来。当时的保守派无疑占着上风。（见黄礼孩《〈崛起的诗群〉走出的诗歌之路》）

正是这个时期，自青春诗会时开始思考现代诗歌的徐敬亚解决了"苦恼"，完成了他诗歌思想的"一百八十度"转变。1983年第一期《当代文艺思潮》上，他发表了《崛起的诗群——评我国诗歌的现代倾向》，宣告："带着强烈现代主义文学特色的新诗潮正式出现在中国诗坛，促进新诗在艺术上迈出了崛起性的一步。"徐敬亚的这一篇评论如一枚炸弹在诗坛炸响，从而引发了一场针对其文及朦胧诗运动的大批判。徐敬亚因之被视为朦胧诗群体的理论发言人。依靠《崛起的诗群》《圭臬之死》等批评文章，徐敬亚毫无疑问成为朦胧诗的理论旗手。

徐敬亚《崛起的诗群》与谢冕的《在新的崛起面前》、孙绍振的《新的美学原则在崛起》一起被视为新时期诗歌史上的"三个崛起"。时至今日，崛起论抵挡住岁月的淘汰，早已成为中国新诗的里程碑，甚至丰碑。

差不多在《崛起的诗群》掀起的风波中，徐敬亚从长春调到了深圳。过了几年，他又在深圳搞了一个中国诗歌流派大展。一时间哗地冒出上百个诗歌流派，鱼龙混杂、泥沙俱下，现代诗歌从未如此兴高采烈像一场锣鼓喧天的大戏。当时，我也在定海北门外的松涛声中孤身一人苦苦思索我的流派。我给敬亚寄了一首诗，是这样的：

春晓

孙武军

春眠不觉晓，
处处闻啼鸟。
夜来风雨声，

花落知多少。

敬亚给我回信:"现代诗这样搞,我不赞成。"

后来我搞的"客观诗歌"在《星星》诗刊上引起了争鸣。当时我有些得意,对学生说,我终于有些天才了。因为我创造了"客观意象"这个词。意象本就是主观的产物,客观中不存在意象。可是我认为诗意存在于万事万物中,不需要我们去"超现实主义"式地发明创造,只要去客观存在中发现就成,客观就是诗,自然也就是意象。客观意象告诉我们,现实本身就是超现实。不知怎么搞的,这个受启于维特根斯坦的逻辑实证论、罗素的逻辑哲学、索绪尔的结构主义语言学、皮亚杰的发生认识论、海森堡的测不准原理等等现代哲学、语言学、心理学和物理学的、类似于"深度意象派"的诗歌探索,把我搞上了绝路。最有可能的一件事,是一天我读到了庞德的一篇文章,里面赫然就有"客观意象"一词!庞德这篇文章的写作时间是:1925年!这个打击几乎是毁灭性的。我以为是我发现的"客观意象",人家六十多年前早就有了。庞德才是天才,而我微不足道。

很久很久没有徐敬亚的消息了。前些年听诗人柯平说,徐敬亚炒股发了大财。天佑敬亚,不要让他在公元2007年崩盘式的熊市中血本无归。

舒婷的颠覆与一只馒头的故事

记得徐敬亚当时还介绍我认识了他的一个诗友,在内蒙古通辽市,叫肖宽。肖宽给我寄来了他手刻油印的诗集,多是哲理性的小诗,如"一根火柴熄灭了/却矗起了烟囱的丰碑"之类。

我觉得这些诗挺好。舒婷看了后却不屑地说，这种诗她一天可以写十首。

当时舒婷因为她的《致橡树》，已然成为大家的"宠儿"。异常消瘦的她，有着一种倔强，还有一种单纯。现在想起她，我会想到阿赫玛托娃，"胸口是那么无助地冷却／而我的脚步却那么轻快／我把左手的手套／往自己的右手上戴。……"但她少有阿赫玛托娃的那种贵族气。我会想到狄更生，"因为我不能停步等待死神，／他好心地停步等我；／车驾仅仅载着他与我／还有不朽与我们同车。……"但她少有狄更生的冷峭。我会想到普拉斯，"爱发动你，像个胖乎乎的金表／助产士拍拍你的脚掌，你无头发的叫喊／在世界万物中占定一席之地。……"但她少有普拉斯的疯狂。她以一种东方式的单纯与坚毅，颠覆了中国几千年的性爱观。以几个简单地以植物为主的象征意象，便完成了一个甚至是人类最为重要的价值观的革命。这也正好符合历史的规律。在人类历史上，每当一个划时代的革命到来的时候，首先革命的，便是性观念。一年后，舒婷又写出《神女峰》，这可以说是《致橡树》的姊妹篇："与其在悬崖上展览千年／不如在爱人肩头痛哭一晚"，这更为反叛，大胆颠覆了一个中国传统性道德的神圣偶像。千年不如一晚，中国女人们从前都白活了。

也许是"舒婷"这个名字在当年实在是太好看了，我们老是问起她的名字。她说她姓龚，龚舒婷。

青春诗会上我们相互看作品，提意见。舒婷看了我的诗，说你伸开五指不如捏紧一个拳头打出去才有力。这与柯岩老师的指导是一样的。诗会上，《诗刊》社指定一个老师辅导我们几个学员，柯岩老师当时是《诗刊》副主编，是我的辅导老师。她看了我的诗，说你都能写一点，但没有突出的。你要找到自己的东西，这样才会有一个飞跃。我知道我的诗比较杂，内容和艺术上风格不明确，这样就缺少力量。但凭我当时的幼稚和浅薄，要想一下形成自己的风格，谈何容易。

我们诗会在旁边的北京京剧院搭伙。食堂规定一个月只有很少的大米，多吃馒头。安徽桐城的陈所巨受不了，几天吃完了米饭票就跑到外面小饭店去吃米饭。山东人的我，喜欢馒头。而长相都很正宗的厦门人舒婷，只吃馒头上的皮。我就剥了细滑的馒头皮给她吃，我吃瓤。记得就是在这样的一次饭桌上，坐在一旁的北岛笑着对我说，舒婷向口口献媚。那是指舒婷针对他的《一切》写了《这也是一切》。

一切

一切都是命运
一切都是烟云
一切都是没有结局的开始
一切都是稍纵即逝的追寻
一切欢乐都没有微笑
一切苦难都没有泪痕
一切语言都是重复
一切交往都是初逢
一切爱情都在心里
一切往事都在梦中
一切希望都带着注释
一切信仰都带着呻吟
一切爆发都有片刻的宁静
一切死亡都有冗长的回声

这也是一切

不是一切大树
被暴风折断；
不是一切种子
都找不到生根的土壤；
不是一切真情
都流失在人心的沙漠里；
不是一切梦想
都甘愿被折掉翅膀。

孙武军、舒婷、北岛、王小妮、杨牧、徐敬亚参加青春诗会时在《诗刊》社内合影（自左至右，左五人名不详）

不，不是一切
都像你说的那样！

不是一切火焰
……

五角钱与《陌生的海滩》

　　引发了新诗潮的"今天"诗人，只有江河参加了青春诗会，北岛说顾城是"今天"的"外围分子"，舒婷也不是。北岛有时过来。我们开班的第一天他就来了，说要给我他的诗。印象中他比较严肃，有些忧郁，甚至有些腼腆。要么不说话，一说话总觉有什么内容，很犀利。过两天他又来了，拿了一摞他的诗集，《陌生的海滩》，铅字油印的，到我寝室说送我一本。我说我买吧，你也送不起。他笑了笑，说我真的是送不起。我掏了五角钱给他。北岛在扉页上写下"孙武军留念北岛80.7.25"。

　　这是北岛第一本诗集。诗集扉页上的献辞是："献给珊珊／献给你自由的灵魂"。开始我怀疑珊珊是北岛的爱人，江河告诉我，珊珊是北岛最爱的妹妹，在插队时淹死了。

　　1985年夏天我到北京，到一个四合院里北岛的家中，他送我了他自费油印的第二本诗集《峭壁上的窗户》。献辞是"献给邵飞"，邵飞是他的爱人。他还在一个小饭馆请我吃了一顿饭。他吃过了，只我一个人吃。饭间他对我说，江河一个人闷头在廊坊他妻家读书写诗，北京的朋友几乎全断了音讯，他和江河也久无联系了。说你有空去廊坊找江河聊聊。我一直想着这件事，但一直没去。后来读到江河的力作《太阳和它的反光》，大约是廊坊时期的正果吧？1989年在北京听朋友说，江河的妻子自杀了，江河去了美国。

1989年春我在北京鲁迅文学院读书。一次到中戏看"幸存者"诗歌朗诵会，在台前遇见北岛。我上去打招呼，他一时竟然认不出我了。

我的位子被陈荒煤占了

"这是一次青春的聚会，诗的聚会。来自各地的十七位作者，大都是近两年加入诗歌队伍的新兵。他们就像十七条欢快的小溪突然汇流到了一起，友谊与诗情在一起澎湃，青春与理想在一起闪光。几乎不需介绍，一见如故，喊着叫着，热烈地攀谈起来。他们大多数是第一次见面，但早从同代人的作品中找到了知己，共同的志趣已把他们联系在一起。"（王燕生《青春的聚会——诗刊社举办的"青年诗作者创作学习会"侧记》）

7月21日上午，张学梦、杨牧、陈所巨、叶延滨、江河、舒婷、顾城、徐敬亚、王小妮、梁小斌、常荣、才树莲、徐晓鹤、孙武军走进了《诗刊》社会议室，（高伐林有事晚到了一天。徐国静、梅绍静是后来的），创作学习会开学。《诗刊》编辑部老师都来了。当时《诗刊》主编严辰，副主编邹荻帆、柯岩，编辑部主任邵燕祥，副主任吴家瑾，诗歌编辑杨金亭、康志强、李小雨、寇宗鄂、雷霆、郑晓钢、韩作荣、王燕生，评论编辑丁国成、刘湛秋、朱先树，还有其他几个同志。如我们称为"副班主任"的张新芝。严辰、邹荻帆、柯岩、邵燕祥都讲了话。热情洋溢的燕祥老师还即兴朗诵了他的诗《竹林》。

诗会主要有几个内容，一是听著名文艺评论家、翻译家、诗人、作家上课,有顾骧、丁国成、袁可嘉、蔡其矫、张志民、黄永玉、冯牧等。一次去政协礼堂听周扬关于戏剧工作的讲话。讲话没什么太深印象,只觉老头子头发花白、精神不错。中途休息十五分钟,我到场外长沙发上躺了一会,再进去后发现位子被一个穿黑色短裤、灰短袖衫、秃顶、戴黑边眼镜、摇着把黑扇子的胖子占上了。我只好坐到旁边。江河悄悄对我说,此人是陈荒煤。小小趣事,印象很深。

黄永玉

穿个裤衩、叼个大烟斗的黄永玉也是我很喜欢的。以前看过他睁一只眼闭一只眼的猫头鹰,被江青骂得要死。他也写诗,写得很有味道。他说:"我像个火鸡一样,可以吃的东西吃,不可以吃的东西都能吃。"讲完后严辰老师请他留画。他就即兴画了两幅。有一幅他刚伸过笔去,饱蘸的笔头兀地滴下一滴朱红在宣纸上。我们想,这下完了。他却笑眯眯地唰唰几笔,这一滴朱红成了一位男子头发上簪着的野花。男子面色酡红,手里的一顶伞打在无人的前方,步履趔趄。题曰:"清明时节雨纷纷,行人路上欲断魂。借问酒家何处有,牧童遥指杏花村。酒人岂有不识酒家耶,醉中胡走胡问耳。诗刊方家一笑黄永玉庚申夏日"。对了,这一年国家邮政局第一次发行生肖邮票,第一枚生肖邮票"庚申猴"就是黄永玉的作品。这枚"庚申金猴"当年面值八分,现在涨了三万多倍了。

和艾青握手

"这样坐是什么形势?吓人的形势!"诗人艾青一来就说。

我们马上把椅子都靠了上去。艾青说话声音很轻，我们的椅子又一次往前挪。他夫人高瑛一再催他声音高一点，说你就像在家里讲话一样也行。他置若罔闻，很轻的声音说："《大堰河，我的保姆》是在监狱里，对着窗户外的大雪写下的。第一次用艾青的名字。说轰动了全国，我也不知道什么轰动。"又说："我父亲经常打我，我就写了'父贼打我'，放在抽斗里。从那时父亲就不打我了。在这个家里我反抗精神很大。"又说："大堰河是很丑的一个人，养我时已经是五个孩子了，奶水淡薄。所以我缺少钙质。"当然更多的是谈了他对诗歌的看法，诗是什么，怎么写诗，也谈到了刚出现的现代诗。他说："现在年轻人写诗，自己懂，别人不可以懂。有首诗题目是《生活》，内容'网'。生活为什么是网？网为什么是生活？这些想的和我们的媒介不甚明了，作者没有交代清楚，读者不好理解。生活，网，关系怎样，没有交代清楚。"忘了当时北岛是不是坐在下面。但就是浅陋如我，也没觉得这首诗不好懂，反而觉得它太好懂了，所以太过简单。形式上它也只是一种现代尝试，诗不可能都写成一个字的。艾青是我崇敬的，但这段话让我有点搞不懂。

　　座谈会是以我们事先递纸条提问的形式，所以艾青一来就说："是考试，到哪里都受考试。这种形势，自然的威胁感。"最后我们又提问题。徐敬亚问："您能不能谈谈新诗的未来？"艾青说："我不会算卦。"

　　会后我和艾青握了手。我想我做梦都没想到能和艾青见面握手。

杨炼暗战老诗人

　　规模最大的一次是田间、臧克家、贺敬之、李瑛一起和我们座谈。燕生老师为我们介绍完毕,贺敬之让臧克家先说。我记下了臧克家的外貌:"山东口音很浓。清癯,半秃。杏黄府绸衫。"老诗人精神抖擞,手舞足蹈,说着说着竟站起来在黑板上写下两句:"搔痒不着赞何益?入木三分骂也精!"

给我印象不甚佳的是田间。他:"瘦,脸部表情呆滞。"讲话的时候眼神漫散,好像不正眼看我们。现在想来。老诗人呆滞的表情也不是瞧不起我们,而是他患脑血栓,有点影响了面部神经之故。我在学校里第一篇写新诗的论文,就是评论田间的《给战斗者》。"假如我们不去打仗,/敌人用刺刀/杀死了我们,/还要用手指着我们骨头说,/'看,/这是奴隶!'"(《假如我们不去打仗》)这种"朴素,干脆,真诚的话"(闻一多语),是诗的品质。但是后来他写的所谓新民歌体诗,六字一句,实在那个了。

贺敬之说得最多。我终于见到了《放歌集》的作者,我的启蒙老师。

东风!
红旗!
朝霞似锦……

大道!
青天!
鲜花如云……

(《放歌集·十年颂歌》)

但我这时已经不是陶醉于这样的诗句的真空少年了。贺敬之说:"至今最好的诗篇还是马恩列斯毛的著作。我们这套老话,有些青年觉得不能解决他们的问题。"的确,他的话是真诚的,但不能解决我们思考的问题。在"蓬莱的房,黄县的粮"的黄县,我外公饿得全身发肿,最终精神错乱死掉了。而我叔叔说,那时黄县根本没有自然灾害。

我对李瑛的描述是:"一股书生气,温和。音调有种女性的柔和。"他说:"诗人的工作就是创造美的劳动。"这是不会错的。但问题是,什么是美?尤其是在波德莱尔的"恶之花"已经进来的年代;"我将给你,黑发的美人/冷如月亮的吻/和蛇的抚摸/那沿沟匍匐的。……别人统治着你的生命和青春/以温柔/我欲统治,以恐怖。"(波德莱尔《幽灵》)

座谈中,坐在后面的杨炼用钢笔在手心上写了四个字:"都该口口!"然后悄悄给我们传阅。忘了是谁在他手上把"都"改成"早","早该口口!"这话着实让我有些吃惊。觉得杨炼真是狂傲。杨炼白净帅气,青春诗会上他好像就来了这么一次。这四字宣言就像是当年马雅可夫斯基宣称要把普希金扔下时代的轮船一样,只是没有那种俄罗斯的高贵,而有着中国式的无礼。

外国现代诗歌的预演

俄语翻译家高莽(乌兰汗)来谈了苏联诗歌的现象。20世纪七八十年代的苏联也在讨论诗歌究竟是高潮、低潮还是停滞时期。诗歌主要还是分为两派,一派是马雅可夫斯基创立的高声派,一派是叶遂宁的悄声细语派。1979年列宁格勒诗选三百多首,没有一首是写现代生活的,都是写云彩、涅瓦河和恋爱。看来,那时的苏联诗歌,还不如中国更为开放,更有生气。

袁可嘉讲了欧美当代文学，主要讲现代派诗歌。我第一次听到"意象派""威廉斯""庞德""艾略特""叶芝""奥顿""罗伯特·洛威尔""超现实主义"等等词语。第一次看到了《地下铁道》"这许多脸庞的阴影／湿漉漉的黑枝的花瓣"这样的诗。还有艾略特的"黄昏向天边伸展，像手术台上一个吃了麻药的病人"，"黄色的雾在窗子前面擦它的背"。这时的袁可嘉，已经编完了《外国现代派作品选》（第一册），他和我们讲的西方现代派诗歌的内容，和他半年前写的《外国现代派作品选》长篇前言中的内容一样。这册当时可谓是集外国现代诗歌和文学之大成的集子，在1980年10月出版，随后又于1981年和1984年出版了第二册和第三册，成了所有急于学习借鉴西方现代文学的年轻人的"圣典"。而他在《诗刊》的这次讲座，可能是西方现代派诗歌在中国最初也是最有影响的大规模公开亮相前的一次小范围预演。

老诗人蔡其矫也为我们赏析外国现代诗歌，如意大利的蒙塔莱、西班牙的阿莱桑德雷、希腊的埃利蒂斯、土耳其的希克梅特、智利的聂鲁达等人的诗。蔡其矫在福建，和舒婷很好。我在本子上记下对他的印象："蔡其矫六十几岁了，热情不下于二十几岁的小伙子，一分钟也不安静，边讲边手舞足蹈。江河对我说，他的全家都在国外，可他就是不出去。他在福建有一个几万元的别墅，可他一年只去住几天。今天一看，果然如此，他穿着一件皱巴巴的白衬衣，和一条还是皱巴巴的白色裤子。我敢肯定，那布料是不值钱的。"

现在读来，"我敢肯定"，这是多么幼稚。我以为笔挺的涤纶之类的料子才好，殊不知皱巴巴的东西可能才是好料子，只是老诗人无心去打理罢了。

我无话可说

  诗会最主要的内容，是我们一起座谈交流，讨论自己的诗歌经历和诗歌思考。正如毛主席他老人家说过的，除了沙漠，在有人群的地方都有左、中、右。我们会上的"左、中、右"，就是持现实主义的、主要借鉴西方现代主义的和想在这二者之间搞调和的这三种诗歌观点。但是普遍都觉得面临传统和现代的一种迷惑和思索。张学梦就反复说，面临危机，面临深渊，想探索新的形式又没有，很苦恼，越写越不知道什么叫诗。常荣说她更苦恼，都不知道用什么形式表现自己。徐晓鹤说，看了《今天》的诗，有些茫然。江河和梁小斌都谈创新问题，小斌说："改善人与人关系的问题，是我诗歌的方向，决不回头。"他在思考如何能将现代派的表现手法写得明朗；使外国朦胧的东西反映在中国是明朗的。江河的一句话让我深思："现在不是写什么，而是怎么写。"顾城则大谈表现自我，"怎么自由地表达美，这是我追求的。自由是原则。"舒婷说现代派还不成派，她只想从现代派拿点有用的形式。她说："我想鼓舞人家，温暖人家，使人家有展望，有信心。"

  在座谈中我只有默默，无话可说。我想尽量地多听一点，多想一点。我在7月22日的日记里说："这两天比我以往两年的写诗都有收获。如果说幸福，现在我就是最幸福的人了。"

  一天晚上断电，我到小斌的屋里和他闲聊。黑暗中他躺在床上，眼睛朝天，说他对生活的发现和体验。他说："写诗如写信"，这句话对我启发很大。这也很符合他诗的风格。西方晦涩的象征手法，到了他手里却变得十分明朗和单纯。江河喜欢他的诗。舒婷甚至说：我的诗没他好。在看了他的诗稿后，我们有时东西忘了，就笑着说："中国，我的钥匙丢了!"

在讨论后又搞了个大组发言:

叶延滨说:"我认识我自己到认识世界。要现实主义,不要虚假的浪漫主义。"

高伐林说:"诗歌是有社会功能的,不能直接,但可以间接改善人性。"

常荣说:"不赞成诗的晦涩,诗不是清高的,是属于人民群众的。"

顾城说:"瓢虫比国徽更伟大。"

梁小斌说:"诗歌是要再现人类感情的历史。"

舒婷说:"写得实一点,具体一点,给人帮助。"

王小妮说:"写诗总是从感觉挖掘出来的。"

张学梦说:"我不主张追求虚无的、缥缈的、朦胧的美。"

……

从此,也许直到永远,再也没有什么比这个《诗刊》的夏天更美,这是诗的只有一次的青春面容啊!宛若毕加索的鸽子和少女组成的面容,宛若聂鲁达"鸽子和少女一起来到草地"的诗句。

讨论之间我们还跑到陶然亭公园互相传阅作品,坐在小山上。都没心思好好看。张学梦一宣布解散,就一哄而散了。到了水清柳绿的陶然亭,竟想到了杨朔写陶然亭的散文。记得他说早年这里是扔死孩子的地方。

和仙人掌同屋一夜

一天晚上十一点多了,隔壁传达室在接电话,说一个四川来的人刚下火车,没地方住,《诗刊》是否能够接待。徐敬亚一听，连忙爬起来。不一会，他带来了一个消瘦、苍白得奇异的人，一口的四川话。一介绍是流沙河。徐敬亚和高伐林去睡了，让流沙河在他床上睡。我就和《草木篇》的作者同屋睡了一夜。

> 她不想用鲜花向主人献媚，
> 遍身披上刺刀。
> 主人把她逐出花园，
> 也不给她水喝。
> 在野地里，
> 在沙漠中，
> 她活着，
> 繁殖着儿女……
>
> （流沙河《仙人掌》）

如果当年的中国诗人们都能像这仙人掌，有独立的人格精神，而不是像郭沫若《百花齐放》中的那些献媚的花儿们，中国诗歌乃至中国可能会少走许多弯路。

流沙河人很温和，完全不像他的诗那么刺人。他还参加了我们的大组发言，感慨地说："以前我的青年时代的争论和现在不一样，总有书为证，思想有些僵化。"

晴朗的寂寞

《诗刊》的水很硬。记得烧开水的水壶提着很沉，里面是厚厚的一层雪白的钙质，钟乳石一样。说这里用的是地下水，是重质水。夜里，我们用水管冲澡，水像冰一样凉。记得江河穿个短裤，一边冲着冰凉的水一边对我说，你有敏感，以后能写好诗。他见我在读梅热拉伊梯斯的诗《人》，说这诗不错，你看："我，是人，/我，是共产党人"，共产党人首先是人。他还教过我一招，说是叫"矛盾修饰法"。他举了自己的诗句为例："晴朗的寂寞"，这是描写一个老人的。后来我在大学给学生讲现代诗时，也举了这个例子。

一天晚上，和江河、顾城、舒婷、徐敬亚、高伐林等人一起去参加《今天》的活动，是北岛叫的。我们一行兴致勃勃地走在北京凉爽的夏夜，走在漆黑的北京胡同里。在一个四合院里有不少人。拥挤的小屋里有人在大声地朗读一篇小说。我就坐在院里。江河带来一个女的，介绍说是他的女朋友，戴眼镜，北师大的。

后来，我特意去沙滩中央美术馆看星星画展，因为《星星》和《今天》是一伙的。那是我第一次看到中国的现代画，感到绘画上的现代派不过如此，刺激并不大。比起后来1989年中国现代艺术大展《禁止回头》上的吹避孕套、卖虾、朝画作开枪的艺术作品，曲磊磊他们真是有点小儿科了。但那是现代艺术的开始。从作品看，新时期现代诗歌的开始要比现代艺术的开始成熟。画展上，在画下方，有食指、芒克、江河、北岛、顾城等人配的诗句。北岛曾对我说，芒克没有工作，很苦的，住在一个破房子里，就在搞《今天》。

一天江河突然打来个电话，说他女朋友要给我介绍一个女友，是她的堂妹。说约在紫竹院。我还真去了。那是个纤瘦、苍白的姑娘，文静到寂寞。这是我人生第一次约会，也不知说什么。记得女孩说她读书时放学了常常一个人到紫竹院来划船，一直划到公园里只剩下了她。无语地分手后，以为就这么无语了。没想到她又约我到她家。家在盔甲厂，灰暗的楼房紧临北京火车站。我们说话时，火车不时从窗下隆隆地驶过，楼房就不时地颤抖一阵。她在某家工艺美术厂工作，搞面塑的。她拿出她做的面人，纤小的美人。我想，她的苍白，就是因为这样的细腻而纤美。

江河后来自杀的妻子是当兵的，显然已经不是北师大的那位女友了。

童话中的童话诗人

江河对我说，顾城的女友是在火车上认识的，很漂亮，浪漫吧。记得一个晚上，坐在《诗刊》社院里攀满的蓝色牵牛花下，顾城对我说着他和谢烨的爱情。他说："爱情是什么？爱情就是和谐。""和谐"这个词，我是第一次听见，感到那么新鲜。我以为他会说"一见钟情"呢。

1993年顾城在新西兰的奥克兰岛上杀妻自缢后，我写过一篇悼念散文，叫《诗人死了》，里面有这么一段话："1980年夏天，北京虎坊路15号《诗刊》社院子里，天蓝色的牵牛花正高歌不已，一株马缨子披散着它粉红的细发，海棠果挂满枝头。我和顾城在打羽毛球。他死命地一下一下把球抽在我的脚下，口中念念有词，说是要击中我这个'庞然大物'。这球简直没法打。"

在我们第一届青春诗会的十一位男士中，我和张学梦最高，顾城最矮。"庞然大物"是他给我的"尊称"。后来他在给我的信中就称我"大武军"。顾城给我印象最深的是他那双眼睛，敏感而悲哀，总像有寒流掠过。这是一双从来没有真正地笑过的眼睛。他对我说，我和我父亲最大的差别是，他有一点高兴的事能高兴很久，而有一点不高兴的事马上就忘记了；我有一点高兴的事马上就忘记了，而有一点不高兴的事能记很久。这双眼睛，也想"寻找光明"，但最终找到的还是黑暗。在北戴河的一个深夜，我和顾城坐在沙滩上谈了很久。那时幼稚如我，也感到了，他是个纯洁的人，但他的理想很难实现。

我们诗会的十一位男士按年龄大小排列拍过一张相。照片证明顾城最矮。拍照时，大家喊着："让我们笑！"这是我的诗句。那一刻，顾城是微笑了。可能那个1980年的夏天，也是他一生中最愉快的时候了。

后来读他的遗作《英子》，能发现他分裂的人格，一方面他"暴如雷"，一方面他也想"生如蚁"。他一会极理性，一会又彻底疯狂了。那个夏天，他和我打羽毛球时完全是神经质的，但他又极世俗地教我他发明的"交叉投稿法"。就是在一小本上记下全国各大小刊物的地址，然后分别寄出一批诗稿。然后此刊退稿投彼刊，彼刊退稿投此刊，同时进行，交叉使用，发表效率极大提高，自然效益也多了不少百分点。记得从北京回来后不久，突然发现这里的《定海文艺》上，有顾城的一首小诗。当时全国正以他的《远和近》《弧线》等诗为目标汹涌地讨论朦胧诗，他却屈尊投稿给这个小岛上县文化馆主办的铅印内刊。他怎么知道《定海文艺》的？也许是我告诉了他？这本三十二开的小刊物最早把我的诗变成铅字。而我从小岛一跃而入京门，眼高得早已忘了它，可是顾城记住了。那时顾城没有工作，只有靠卖诗为生。

《定海文艺》是一粒小碎屑，可能也够顾城这只蚁吃几天的。

这年夏天的青春诗会最后移到北戴河开了五天。我们住在地区革委会招待所，我住的是大统间。大院里食堂的门外，有肥硕的苹果树。一天夜里我们要睡了，顾城忽然背个绿军用挎包溜进来，包里鼓鼓的。他一倒出来，骨碌碌赫然是外面果树上的青苹果,他说是和常荣一起偷的。我们每个人都开心地咬着一个。那也是我第一次吃刚从树上摘下的苹果。第二天我们晚饭后沿着月光下金色的海滨散步,说起顾城,都觉得他是孩子。

第一天到北戴河,我们放下东西就要去沙滩。舒婷换上泳衣的身体真是瘦骨嶙峋得可怜。通往沙滩是一条不长的水泥路,她畏畏葸葸地不敢伸脚。我就一气把她背到了沙滩。我插队时常赤脚挑担走很长的沙石路的,踩在水泥路上真是很舒服了。

在《诗人死了》的结尾我写道:

舒婷的《童话诗人》说顾城:"只凭一个简单的信号 / 集合起星星、紫云英和蝈蝈的队伍 / 向着没有污染的地方 / 出发"。
这个简单的信号,怎么竟变成了死的惨叫?!

脚翘在《诗刊》桌子上

在《诗刊》我印象最深的一幕,竟然是见到一位女诗人把一双赤脚高高撩起,搁在《诗刊》的办公桌上,她就是常荣。常荣是北京人,可能是和《诗刊》的编辑忒熟。常荣挺能说,第一天讨论时就和张学梦争得厉害。张学梦说,我面临危机,想打退堂鼓,常荣说不能丢失掉你自己的特色;张学梦说那是政治不是艺术品,常荣说那你可以让它成为艺术品。我感觉她性格开朗随意,但又让我有点琢磨不透。一次大家开玩笑,说徐晓鹤你不敢亲常荣,天不怕地不怕的晓鹤上去就亲了一口,常荣一个巴掌打了过去。

刚刚见了来宁波参加"春天送你一首诗"活动的叶延滨。在青春诗会上以叙事组诗《干妈》成名的叶延滨,早已成了《诗刊》主编。吃饭时他不经意地说起，常荣疯了。我不知道常荣经历了什么。我想，把脚翘在《诗刊》桌子上的女诗人，疯了也不是太让我感到意外。

"我知道我会结穗，并有金色的麦芒。"（常荣《一九八〇年，我的思绪》）我还会想念这样的岁月，常荣你呢？

海子之死

1989年3月，我又来到北京，在鲁迅文学院进修。莫言、余华、洪峰这些人就住在我宿舍对面，他们是研究生班的。一天，几个神色和穿着俱是灰蒙蒙的年轻人，在女诗人海男的宿舍里晃动。诗人海子刚在秦皇岛卧轨自杀了，他们是他的朋友，来鲁院募捐海子的丧葬费。我走进去，在一张白纸上写了我的姓名，放了二十元钱。我不认识海子。我只感到，自杀终于轮到中国的年轻诗人了。

回到宿舍我写了一首长诗，叫《诗人之死》。走到食堂吃饭时，突然发现这些诗人作家们都在排队就餐，整齐得就像铁轨一样。我把诗撕了。

2008年的夏天，我和朋友到一个海岛。在面朝大海的山上，有一座坟墓。"面朝大海，春暖花开"，这是一个老渔民的坟墓，不是海子的坟墓。

一只变成鱼的鸟

现在有人说，海子的死标志着一个时代的结束。那是一个还有追求和理想的时代；那是一个思想和美的时代；那是一个纯真的诗的时代。真是那么奇怪，我曾呕心沥血的诗的探索，竟不知何故就在这一年无疾而终。这一年后，我再也写不出诗了。

奈保尔说，当你成为一个诗人的时候，你看见什么都想哭。

1980年那个《诗刊》的夏天，是我成为诗人的开始，是我真正生命的开始。那时，我还在笑着。我捧着《诗刊》院子里青青的海棠果，我在粉红的马樱子下和最好的诗人交谈。无论如今我有多少泪水，我只知灵魂从那一刻再也无法堕落。

有了这个夏天，我一生足矣。

8月21日，我们开始分手了。一个一个地都走了，小斌说，好不凄凉。我让舒婷给我留言。她就在我的小本上写了一首小诗：

　　　　赠海边的孩子
　　　　——孙武军

　　　　我在海这边
　　　　你在海那边
　　　　我们的歌声互相汇合
　　　　流荡在时代的风里

　　　　你在我心中
　　　　我在你心中
　　　　我们都在
　　　　海的怀抱里

青春诗会要出专辑，让每个人在作品前写几句个人小记。我趴在桌上写道："我诞生在海中……"张学梦探头看到了，笑着说："你是两栖动物啊！"后来在《诗刊》10月号发表的青春诗会专辑中，我改成了"我诞生在海边"。这总没事了。

"青春诗会"专辑编者语的最后，引用了我的诗："世界不会因为没有我的歌而失去生命，可我没有这支歌，就会枯萎得没有一点颜色"。

那时的我，是多么年轻啊，像一只雏鸟一样总想唱歌。如今我这只老鸟已沉哑许久，就像沉入深蓝的鱼。那些歌，那些充斥于这个世界每一丝风每一片叶子的歌，早已无声地渗透进我全身的每一个细胞。我的歌，只在我身体里唱着，那里就是世界，优美而悲哀。

故事讲完了，安徒生在对我说：

"现在太阳从海里升起来了。阳光柔和地、温暖地照在冰冷的泡沫上，因此小人鱼并没有感觉到灭亡。她看到光明的太阳，看到在她上面飞着的无数透明的、美丽的生物。透过它们——她可以看到船上的白帆和天空的云彩。它们的声音是和谐的音乐，可是那么虚无缥缈，人类的耳朵简直没有办法听见，正如地上的眼睛不能看见它们一样。它们没有翅膀，它们只是凭它们轻飘的形体在空中浮动。小人鱼觉得自己也获得了它们这样的形体，渐渐地从泡沫中升起来。"

问：20世纪80年代大学生诗歌运动之所以风起云涌、波澜壮阔，应该说，很多诗歌报刊和文学报刊居功至伟。据您了解，哪些报刊在20世纪80年代大学生诗歌运动形成过程中发挥了推波助澜的重要作用？在您写诗的历程中，哪些报刊对您的帮助比较大？

答：我1981年就毕业了，在校期间大学生诗歌运动才是萌芽状态。应该说在这期间，主要的影响是《诗刊》。《诗刊》1979年开出青年诗人专辑，我就是因为在这一期上发诗而在第二年参加了《诗刊》社"青春诗会"。这一期青年诗人专辑上,有许多是大学生。后来印象较深的是甘肃的《飞天》出的"大学生诗苑"合订本。很厚的一本,规模大,内容多。我记得我在里面,我的学生群岛也在里面。这里汇集了两代大学生了。当时给我的印象就是原来大学生诗歌如此宏大了。在这之前,我并没有一个大学生诗歌的概念。

问:目前,诗坛上有这样一种观点,认为20世纪80年代大学生诗歌运动是继朦胧诗运动之后、第三代诗歌运动之前的一场重要的诗歌运动,您认为呢?

答:前面已经说过,因为各种原因,在大学时我与当时的大学生诗歌联系很少,对当时大学生诗歌情况并不了解;在这之后我对大学生诗歌运动同样了解很少,可能是在忙于构建自己的新诗歌美学和新诗歌流派吧,呵呵。但是我以我有限的了解认为,20世纪80年代大学生诗歌的先声,正是楔入在了朦胧诗运动之中;也许正是朦胧诗运动激发了大学生诗歌运动。对第三代诗歌运动我不懂,它真的和20世纪80年代大学生诗歌运动没有关系吗?对中国现代诗发展状况我关注不够,所谓"第一代"可能是指朦胧诗一代,而"第二代"可能是说继朦胧诗后出现的一种生活流口语化的诗歌潮流,其代表诗人是上海的王小龙,当时有"北有北岛,南有王小龙"之说。王小龙他们想要消解北岛们诗歌的政治性、庄严性以及宏大叙事性,而使诗歌日常生活化、细节化、反讽性以及黑色幽默,如王小龙名作《父亲》中所写的:"父亲一关灯,天就黑了"。韩东、于坚应该也是这一潮流的代表诗人,韩东大白话的《大雁塔》正是这类诗学著名的代表作。那么这"第二代"更是有大学生诗人的参与了吧。在整个20世纪80年代,我只有一年半时间是大学生,其余时间就不是了。但我想,这个时代的大学生诗歌运动,应该是一场重要的诗歌运动。尽管我说不出它具体重要在什么地方。这个问题一定要找徐敬亚来说。

问:投身20世纪80年代大学生诗歌运动,您的得失是什么?有什么感想吗?

答:那个年代我只是写诗,并没有一种大学生诗人的概念;也没一个投身大学生诗歌运动的概念。在历史的总结上,可能会有这么一个诗歌运动,我也是在这一运动之中。我想,投身一个诗歌运动之中,就不可能有什么失,只会得到。我得到了再生,得到了美,得到了不朽的精神。我庆幸我得到了诗歌,它是我的人格,是我的尊严,是我的自由,是我的勇气,是我的真与美。也许我一辈子也没有写出一首伟大的诗,一辈子也没有成为一个伟大的诗人,正如奈保尔所写的那个名叫布莱克·华兹华斯的从未写出一首诗的诗人,我希望像他那样,写不出伟大的诗,就成为一首诗。

问:当年您拥有大量的诗歌读者,时隔多年后,大家都很关心您的近况,能否请您谈谈?

答:我现在仍在写诗,风格从我早年探索的比较极端的客观诗歌又回到较为古典的象征主义和超现实主义,也带一些深度意象派的味道,也有后现代的简约与平面性,类似现在很流行的"混搭"。不刻意奉行某一诗派,随心所欲,怎么合适怎么写。但诗极少发表。这是一个炒作的年代,这是一个浮躁的年代,我可能注定会被遗忘。我已经不在意在诗歌上出名了,我只在意能写出真正的好诗,哪怕黑夜中只有我一个人在写,正如曼杰什坦姆说的:"应该在黑色躯体里拥有世界"。我想几年后出一本诗集,里面是我真正喜欢的诗。我女儿刚从中国传媒大学毕业,她是学画的。我想让她来为我的诗画插画。但是我担心她很难画出我诗中的意境。因为她们90后大学生是从学校到学校的一代人,是动漫的一代,是互联网的一代,很难去体会我们这经历过如此多苦难与荒谬的一代人的经验感受与思维逻辑。我诗中的那些愤世嫉俗与深深的忧伤、绝望以及我对上帝的追寻,这些对她都是陌生的。但我会和她说说我们的时代,说说我的世界。现在我谋生的方法是做纪录片编导,为纪录片撰稿,在宁波电视台。虽说我撰稿的片子屡获中国广播影视大奖,我任主创的文化栏目《江南话语》获得中国广播影视领域电视文化栏目最高荣誉,但与诗歌相比,这只是谋生手段。我的光荣只在诗歌之中,正如我的光荣只在上帝之中一样。

三十年前的风和雨
——浙江台州师专詹小林访谈录

问：有人说20世纪80年代是中国大学生诗歌的黄金时代，您认同这个观点吗？

答：20世纪80年代是否是中国大学生诗歌的黄金时代的观点，我还不能妄下结论，因为我对其80年代前后时代大学生诗歌没有研究，尤其是80年代以前的年代更是知之甚少。观点应该来源于详尽的资料，当然，有时也可以来自直感。不过，直感真的在告诉我，80年代大学生诗歌创作，是处于十年压抑后的爆发期，当时各高校文学社团林立，诗歌创作人数之众，开始萌动的商品意识尚未影响大学生的思维，等等现象，是80年代大学生以外的年代所无法具备的。但这是否就能叫黄金时代呢？黄金时代应该有许多黄金成品，当时那些成品在时代大潮的浪淘沙下，现在怎样了呢？还有黄金的成色吗？这个观点肯定有所争论，还是留给有良知的人们去评说吧！我倒以为，80年代中国大学生诗歌是个金矿时代。

问：在大学期间，您跟外界有联系吗？您参加或者创办过诗歌社团或文学社团吗？担任什么角色？参加或举办过哪些诗歌活动？

答：我在整个20世纪80年代，上过两所大学。大学生诗歌运动赶了个头，也扫了个尾。1978年至1981年，在浙江台州师专中文专业学习；1987年至1989年，我在浙江教育学院中文专业本科学习。

记得是1980年的下半年吧，随着又一届新生的入学，中文专业学生的力量在不断地壮大。于是，我着手建立了台州师专第一个文学社团，叫"求真文学社"，我任社长。由于我们地处相对偏僻的地级市，学校规模又不大，与其他兄弟院校交流不多。但与湖南师范大学有所交流，准确地说，仅仅与该大学里的张新奇有所交流，交流的原因是我给他寄去我的作品，他给了我回信。张新奇当时已经在大学生里是个"知名作家"了，对于一个无名之辈的回信对我而言已是很大的鼓励和激动。同时，我跟浙江师范大学的王彪也有联系和交流，因为我们是本土老乡，我也从他那里得到一些全新的信息和创作理念。

于是，我在自己的社团更加卖力的多次举办诗歌讨论会、诗歌朗诵会等常规的诗歌活动，也出了几期油印刊物。我至今的耳边仍然会响着钢针的蜡笔在蜡纸上刻划时的吱吱声；也看得见那油亮的蜡纸如何泛出的米白色的刻痕；至今能闻到滚筒在油网上推动时散发出的过重的油墨的香味。

20世纪80年代初，真是个纯真的年代。写诗是一种热血，一种信念，生活贫穷毫无感觉，只要写诗，一切却犹如皇帝。在快毕业的1981年，我们同一届的一位同学在《人民日报》发表了三首短诗，在那时，那是个不得了的成绩，几乎全校都在议论此事。我在毕业前夕，也不断地找七九级、八〇级社团人员"谈心"，勉励他们要热爱诗歌，热爱文学，争取多发表作品。现在想想这些劝勉的谈话，实在是纯真得有些可笑。

到了浙江教育学院上大学时，诗歌的热情依然存在，但劲道在减退。那时的大学生在"浪漫"的情怀表象下，内心逐渐变得现实起来，尤其是我们这些回炉型的大学生，现实感比别的大学生更强，更懂得去享受生活。那时各高校最流行的普遍的运动应该是舞会了，只要到了周末，饭厅，体育馆，教室，到处是舞会。我也参与其中，乐此不疲。有时一个晚上赶好几场大学的舞会，感受到了刺激和美好。

但人是要有点精神的。1988年下半年开始，我心想，去做一些伟大的更有意义的事情，要避开那些自私的重复的快乐。我在心里在酝酿着一个计划，要组织一个在杭大学生文学联合会，一个月搞一次沙龙，不定期出一份内部交流刊物。

在半个月时间里，通过直接和间接介绍，我们跑了浙江大学，杭州大学，杭州电子工学院，浙江丝绸工学院，中国美院等十三所高校，他们大多对筹建"在杭大学生文学联合会"很感兴趣，而且热情澎湃。但其中浙大的一女生给我留下了很深的印象。她写诗歌，人很沉静；她只有二十一岁，默默地听着我们的计划，对于组织好这支队伍，她最后表示了怀疑。她有着与她年纪不相称的成熟。我记得在浙大大拇指咖啡店里，她羞涩地坐在一边，不大说话，但她会为一首动情的流行歌曲而流泪，为朋友谈话结束分别而哭泣。事隔多年，我想起了她，她的思想情感的确是我那时组织大学生联合会所要达到的一个境界：深沉纯净，再深沉再纯净，无限地深沉纯净，为文学，为艺术。

最后联系了十三所高校四五十个人。1988年10月12日，在杭州大学的一间教室里成立了联合会，我任会长。当时来参加的有研究生，还有博士生。在这次成立大会兼沙龙活动中，有这一件事值得一说。联合会理事需要指定还是选举时，会员们大多表现出无所谓的态度，也就是说，民主权利交给他们时，他们不懂得行使，这让我感到有些郁闷。他们更关心的是出期刊的经费来源怎样，由谁出。当我说这个我会想办法，大家不用操心时，他们这才开心地议论起来。

　　我还不定时召开文学发展趋向报告会，甚至主持召开"新闻"发布会，答"记者"问，等等。各高校同学们随便提各种各样的问题，我一人加以回答。现在都记不清了当时都报告了什么，解答了什么。现在感到后怕的是，当时的场面是如何维持下去的？大学生联合会也出了一期刊物，刊名好像是"求索"，我任主编，内容不仅仅是诗歌。

　　定为一月一次的沙龙活动到了第二次就有些冷清了，味道也有些走样。大多不是围绕着文学话题，而是在闲聊，说些同学老师之间的趣事。只有那个二十一岁的浙大女生以及我等为数不多的几个人还在务虚，在认真地解构具体的作品。沙龙活动到了第三次几乎在无声中解散了，就像深秋的树叶飘零已尽，只剩下孤零零的枝干指向灰色的天空。

问：您是哪年创作了第一首诗歌？这首诗歌发表在什么刊物上，有什么影响吗？

答：我是1979年开始写出第一首诗歌，题目叫《痛苦》。诗歌创作方法上是属于拜伦、雪莱式的。这首诗歌没有在任何刊物上发表，现在看来这首诗歌很不成样子，但在当时的私下里，在社团里很流行。在此不妨辑录几句："你的痛苦如山峦起伏／你

宽厚的脊背 / 远看像黛玉 / 人是带着哭声来到这世界 / 就注定会有痛苦"。后来"痛苦"一词在我们的社团流行，继而在班级同学之间流行。遇到不喜欢的老师，说"痛苦痛苦"，遇到不好吃的饭菜说"痛苦痛苦"，到期末考试，说"痛苦痛苦"，痛苦似乎是个"万金油"，涂在哪里都合适。痛苦成为一个喜忧参半的代名词。有时更多的是嬉笑，因为我们一边说一边嘴巴是咧着笑的。这也算是我们80年代初期大学生单纯与乐观的人生态度的一个写照。毕业工作后，我也老是把痛苦挂在嘴边，以至于被同事们起了个绰号叫詹痛苦。看来80年代初期的诗歌不仅能影响自己，也在很大程度上能影响周边的人事。

问：我知道您创办并主编了《现代诗歌报》，这份报纸在当时在大学生中产生了很大的影响。请您能否详细谈谈这份报纸创办的过程，好吗？

答：好的。创办并主编《现代诗歌报》，有诸多天时地利人和的因素。思想上，大学毕业三四年后，人已变得更为成熟些，也有了对外冲击的能力；办报的技术上受四川的尚仲敏主编的《大学生诗报》的影响。到了1985年，诗歌除了官方的刊物外，民间的基本上还是油印刊物居多，很少有刊印的。刊印的很清爽，很漂亮，也很有派头。于是，我想到了办一份铅印的《现代诗歌报》；天时地利就不用说了，仅仅说说"人和"。当时我的好朋友海平，在椒江文化馆工作，我们平时常在一起玩耍。我想借这一方宝地办份报纸，他也就默认了。还有当时在椒江一中教书的王彪也是默默地支持，后来他不断地为《现代诗歌报》重点推出的诗歌写出简短而有力的评论，对于《现代诗歌报》的在外的影响力，也起到了推波助澜的作用。稿源也很重要，当时北岛、顾城、舒婷等全国知名诗人都给《现代诗歌报》创办以有力的支持。还有启动资金,当时黄岩的叶廷壁厂长资助了三百元钱,我亲兄弟詹明清资助了两百元钱,共五百元钱。这样,万事俱备了,一份《现代诗歌报》就这样创立了。

1985年5月,第一份《现代诗歌报》出版之初,并未想到能在全国大学生中造成影响。当时的目标很明确:要以现代精神去引爆诗坛,造成巨大冲击,希望在摧枯拉朽的倒塌中,会有新的楼群崛起。没想到这一主张在大学生校园中产生了震动。

这种震动同我主动在大学里销售诗歌报有关。当时,我采用的是"信任销售法"。我直接把一百至三百张报纸卷起用牛皮纸包好,寄给大学校园诗歌社团的负责人,这个负责人我从未与其通信,更从未谋面,我就把报纸直接寄给他。让他们卖一毛钱一张,我给他们的批发价是七分钱,等他们卖完了再寄钱给我。结果,一半以上是打水漂了,但这一打水漂的结果带来意想不到的效果,有更多的大学生向《现代诗歌报》投稿,并主动承担起销售任务。反正这份小小的报纸最大的一期发行量达到一万三千多份,现在想想简直有点不可思议。我也从第三期开始盈利赚钱了,只有这样才能保持《现代诗歌报》的正常运转。后来干脆实行版面承包制,以报纸抵消承包费用。但不是谁都能随便承包,唯有诗歌质量上乘者,才有资格参与承包。这样良性循环往复,《现代诗歌报》在大学生中影响越来越大。

问:您在办《现代诗歌报》的过程中,有没有跟当时投稿的大学生成为好友?并且,当时有没有进行了诗歌大串联?

答:当时跟不少大学生保持着密切的联系,尚仲敏、张子选、唐亚平、亚卡等等都有通信联系,他们的才华和现代意识,都让我欣赏不已。但更多的人现在已经失去联系了。其中河北有位小姑娘凭感觉给我画了一张铅笔画像,神奇的是这画像与我本人还真有几分相像。一位山东的小伙子给我记忆太深，我们经常通信，并相约我一起到内蒙古骑一匹纯种的蒙古马，我也答应了。后来不知什么事情爽约了，至今心里很歉疚。这么多大学生诗友，我至今只看过两位，分别到贵州和四川去看唐亚平和尚仲敏。他（她）们两人不同风格的热情让我至今记忆犹新。与尚仲敏至今保持联系，已经是很好的兄弟了。

记得1986年暑假，我们打出全国大学生诗歌大串联活动的旗号。活动者向《现代诗歌报》报名，收取报名费一元，编印通信录。当时报名者近一百人，愿意参加活动者也有三四十个人，活动地点放在浙江雁荡山，费用个人自理。

我们还做了一面红旗，红旗上赫然写上"大学生诗歌大串联"。我们几个人轮流扛着这面红旗，到了事先说好的雁荡地点，我们等了一两天，只等到稀稀落落的不到十个人。那时由于通信极不发达，没有赶到者的原因至今不明不白，也有上海几个大学生后来写信说明无法前来的原因。最后大家到了缙云的壶镇地方晃了一下，各自散了。我们原本还想以此走遍全国的。

问：您如何看待20世纪80年代大学生诗歌运动的意义和价值？缺陷与不足？

答：总结20世纪80年代大学生诗歌运动，的确如火如荼。一年又一年新的诗人，如疯长的阳春麦子，遍地摇曳。那是诗人们一次次的集体盛大的宴会，可惜的是，那样的宴会到了20世纪80年代末期，成了一次隆重的葬礼。因为高潮的到来，也就意味着结束的来临。但这场前后此起彼伏的运动，至少提供了一些初出茅庐的诗人跟世界会面的机会，而且不少诗人现在依然是各阶层中的中坚力量。诗歌运动培养了一批有思想，有独立人格，勇于担当和开掘的一代人。

但从建立新诗丰碑这一角度观照，它的缺陷和不足依然非常明显。

20世纪80年代初期的大学生，太过于纯真。那时，好多没有天赋的人都在写诗。现在看来，无论写作手法还是表现形式，或多或少地带有"文化大革命"时代的遗留的痕迹。那时的诗人热情有余，思考不足。即使思考也在肤浅的社会层面，很少植入到心灵的层面。20世纪80年代中期，是大学生诗歌的风生水起，风起云涌时期，但缺陷依然存在。那时很少有人从陶渊明、李白、苏轼等人的诗词中，吸取古典传统的气势和博大精深的内涵；也很少有人在阅读外国现代派诗歌中，吸取那种直透生死情爱让你灵魂颤抖不已的诗情；更很少有写诗的从读现代经典小说中，吸取诗歌对日常生活中无处不在的美妙的感受能力。20世纪80年代的后期，从我在杭组织的活动中叙述就可以知道一些现实的功利性，如何在瓦解诗歌的纯洁性，在此就不再去细谈了。

问：当年您的《现代诗歌报》拥有大量的诗歌读者，时隔多年后，大家都很关心您的近况，能否请您谈谈？

答：众所周知，到了1987年，我由于重上大学，也由于时代的原因，《现代诗歌报》停刊了。20世纪90年代以后，诗歌离我越来越远，1993年我也随着大潮下海了。在中国一家集团公司任京、津、冀三地分公司总经理，最高年销售额达到五千多万，相当于一个中型企业了。

下海期间早已不读诗歌，只读读鲁迅的《野草》及杂文。偶尔也翻翻诗歌，也是局外人的眼光，这就使我有足够的理由保持清醒并维持着对诗歌的绝望。2002年回到了原先的学校，即现在的台州科技职业学院重执教鞭。我于1999年恢复写作，不仅仅是写诗，小说，评论，也都写了不少。至今出版了一本随笔集，一本评论集，就是没有出版过一本诗歌集。从诗歌数量上来说，我都可以出四本诗歌集了，但自己满意的诗作随着时间的推移越来越少，越到后来越不敢出诗集了。

2014年5月开始，计划写出"论语"式的短语千条，计划年底完成，现在刚好已差不多完成了五分之二。似乎在这本"千年备忘录"里，我才真正找到了自己，找到了自己的幸福的生活，就像当年搞大学生诗歌运动，办《现代诗歌报》，下海赚钱一样刺激。

没有比人更高的山
—— 暨南大学汪国真访谈录

问：汪老师您好，请问您是从什么时候开始写诗的？能否谈谈您最初的文学生涯？

答：京广铁路是中国铁路交通中的一条大动脉。从北京往南，途经的大城市有石家庄、郑州、武汉、长沙，最后一站是广州。

我最初的文学生涯同京广线上的三个大城市有着密切的关系，这三个城市就是北京、广州和长沙。

我的处女作是在广州上大学的时候发表的，我的第一首引起读者强烈回响的诗是在长沙《年轻人》杂志发表的。我决心走诗歌创作的道路是由于北京的《青年文摘》转载了我的诗，这次转载，使我意识到了我是有能力写出为读者、特别是青年读者所喜爱的诗歌来的，也就是从那个时候起，我决定定向发展，不再写那些令我感到蹩脚的小说，而专心从事诗歌创作。或许直到今天，刊发我处女作的《中国青年报》那位叫梁平的编辑，刊发我第一首有影响的诗作的《年轻人》杂志那位叫谢乐健的编辑，以及第一次转载了我的作品的《青年文摘》那位叫秦秀珍的老师都没有意识到，没有这三次机遇，当年一个喜欢写作、名叫汪国真的青年，至今还可能默默无闻，但就在他们的举手投足之间，便成全了一个年轻人未来的事业……

1978年10月，我从北京踏上了南行的列车。就是这次南行，完成了我人生旅途的一个重大转折——我从一个普普通通的年轻人，一跃成为令许多年轻人都羡慕的大学生。

暨南大学位于广州南郊，"文化大革命"期间曾长期停办，1978年10月，暨南大学迎来了她复办后的第一批大学生。

暨南大学的校园是美丽的，波光潋滟的明湖、郁郁葱葱的桉树组成的林荫道、淡黄色的学生宿舍楼、外形很像蒙古包造型别致的学生饭堂，以及在广东高校中最为漂亮的游泳池，这些都给我留下了深刻而美好的印象。当时学校的董事长是廖承志，副董事长和董事则有霍英东、王宽诚、费彝民等知名人士，学校的校长是当时担任广东省副省长的杨康华。

一切仿佛在做梦一样，仅仅在半个月前，我还是一个常常被上夜班搞得疲惫不堪的年轻人，而今天当我置身于暨大校园里，望着南国处处一片生机勃勃的绿色，我感到了一种从未有过的清新和轻松。让一切重新开始吧！我对自己说。

在全国有两所华侨大学：广东的暨南大学和福建泉州的华侨大学。或许是由于侨校的缘故，学校的校舍在广东的高校中恐怕是最好的，也比较宽敞。本可以住八个人的房间，一般只安排六个，剩下两个铺位，用来放同学们的东西。由于我们系的辅导员余金水是个比较负责和尽职的老师，经常来宿舍检查卫生，因此，整个中文系男女生宿舍的内务都相当整洁。当然，

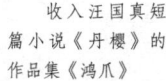

收入汪国真短篇小说《丹樱》的作品集《鸿爪》

这和房间相对宽松有很大关系。

我们同宿舍的六个同学,三位来自广东地区,另三位中,一位是山东的,一位是福建的,我是北京的。如今,其中一位广东的同学和一位福建的同学都已先后去了澳大利亚。

在我们八二级中文系的男生宿舍中,在我印象里,我们房间是唯一没有住进海外生的房间,其他房间都有海外来的同学穿插其中,这只是一种凑巧罢了。

在我的大学生涯中,我的各科成绩大概要算是中等略微靠上,算不上优秀,但也不至于太落后,就学习成绩来说,我是最不引人注目的。太优秀或太差劲儿,都容易引起同学们的注意。

我最引人注目的恐怕是答卷的速度。每次考试我差不多都是第一个交了考卷背起书包出门的，两堂课的答卷时间，我常常在半小时左右交卷，而且各科皆然。不论在当时还是现在，我都不是一个把分数看得很重的人，但我也不愿太丢面子，这样一种精神状态，决定了我既成不了优秀生也成不了劣等生。

最大的嗜好就是跑图书馆和阅览室，看我喜欢看的图书和杂志。我不完全清楚整个中文系学生的借阅图书情况，但就我们宿舍来说，我恐怕是借阅图书和杂志最多最勤的一个。这种习惯，一直保持到我大学毕业，分配到中国艺术研究院工作后。

或许在我的许多大学老师和同学眼里，我是一个有个性的学生，却不是个将来能有大成就的学生，因为当时我的表现实在太一般了。

当我的诗歌在读者中引起强烈回响后，我曾在街上先后碰到两位中学同学，他们告诉我，他们都曾和我中学的老师议论过这件事，现在出了名的这个汪国真，是过去咱们班上的那个汪国真吗？一位同学对老师说："我觉得就是。"老师半信半疑地说："是吗？他在中学的成绩不错，但也不是特别起眼啊！"

客观地说，我在中学的成绩可以称得上优秀，因为那个时候我倒不是看重分数，而是好胜，这种好胜的心理支配着我取得了远远优于大学时代的成绩。如果中学老师都心有疑问，那么在我刚刚成名的时候，我的大学老师和同学们恐怕也会有这汪国真不是那汪国真的疑惑。

我的老师们完全有理由对我今天的成功感到惊讶，只要看看我当初发表出来的作品的水平，就能够明白我当时会给老师们留下一种什么印象。

在我们进入暨南大学不久，系里的同学们自己搞了一份油印刊物《长歌》诗刊。由于这份刊物倾注了同学们的热情和心血，尽管它比公开出售的印刷质量最次的刊物还要差好几个档次，但同学们都很珍视这份刊物，也乐意把自己最得意的作品拿到刊物上发表。当时，我写了一组诗，叫《学校的一天》，这差不多是我当时能够写出来的最好的一组诗了，这组诗由五首小诗组成，这五首小诗分别是——晨练：天将晓／同学醒来早／打拳、做操、练长跑／锻炼身体好；早读：东方白／结伴读书来／书声琅琅传天外／壮志在胸怀；听课：讲坛上／人人凝神望／园丁辛勤育栋梁／新苗看茁壮；赛球：篮球场／气氛真紧张／龙腾虎跃传球忙／个个身手强；灯下：星光闪／同学坐桌前／今天灯下细描绘／明朝画一卷。

这组诗的稚嫩、直白和毫无文采可言是显而易见的，即便它出自一个中学生之手，也谈不上是一组好诗，我今天看到的许多初中生、高中生寄给我的习作，都远比这一组诗强。我万万没有想到的是，这组诗居然能够发表，而且是一下全部发表在全国最有影响的报纸之一《中国青年报》上。

1979年4月13日中午，我正在学校饭堂吃饭，系里的同学陈建平兴冲冲地告诉我："汪国真，你的诗在《中国青年报》发表了。""你别骗我了，我从来没有给中青报投过稿。"陈建平不久前刚在《广州日报》上发表了一首诗，我想这次他大概是拿我打趣呢。"真的，一点不骗你。"陈建平一脸正经，一点开玩笑的意思都没有。"是什么内容的？"我有点半信半疑了，脑海里瞬间闪过种种猜测。"好像是写校园生活的，是由几首小诗组成的。"陈建平说。我开始相信陈建平的话了，我知道自己写了这样一组诗。

问：那个时候发表诗歌，对您有什么影响？是否一时间成为学校的风云人物？

答：那时默默无闻，后来我一出名，同学特别意外。我从来不显山露水，喜欢独自做事，很少参加学校的社团活动。那时朦胧诗很盛行，我没有刻意模仿这种风格，我写的诗都比较直白。发表的那首诗现在看更像是顺口溜。但是在当时给了我很大的鼓舞。这以后，我常跑去阅览室，记下各种报纸杂志的地址，把自己的诗作像撒网一样撒向全国各地的报刊，十有八九是退稿，三个月后换信封再投往另一家。

问：当年，您创作的那首《热爱生命》曾经很受读者喜欢，能否谈谈这首诗的创作、发表过程？

答：大学毕业后，我进了中国艺术研究院，编一本《中国文艺年鉴》，就是把每年的文艺大事编写下来，分为文学、音乐、舞蹈、戏剧、电影等部分，我主要负责文学部分。业余还是不断地写诗、不断地投稿，不断被退稿。

我觉得自己一事无成，只能算是一个文学青年，感情上也没着落。我对自己的未来感到有一种很大的不确定性，很迷茫。那时，我就写了《热爱生命》，抒发自己的感情，激励自己。

《热爱生命》先投给北京的一家刊物，没有采用，又投给四川的一家刊物，还是没有用，第三次是投给了中国青年出版社的《追求》，终于被采用了，很快又被1988年第十期《读者》作为卷首语，同一期的《青年文摘》也转载了。这首诗，很快引起关注。

20世纪80年代末，我在《中国青年报》《中国青年》等刊物上，发表了一些诗作。有读者给我写信，大意是说，有一天偶然看到一首诗很喜欢，就抄在了本子上，没注意作者是谁。过了几天又看到一首好诗，又抄下来。就这样过了一段时间，突然发现自己抄的好多诗居然都是同一个人写的，这个人就是汪国真。

问：在您的诗歌创作道路上，尤其是出版诗集的过程中，请问谁最早给予您很大的帮助？

答：北京太平桥中学的一个老师，看到有学生上课不听课，总在底下抄诗。回去之后，就跟她爱人说了这事，她先生是学苑出版社的编辑部主任孟光，很有职业敏感，觉得这么多学生连课都不听抄诗，如果出版的话，恐怕会成为一本畅销书。孟光就做了一个调查，得到的反馈是很多人都在找汪国真的书。后来孟光打听到我在中国艺术研究院工作，就找到我单位美术研究所一个叫作王鲁豫的博士生，王鲁豫不认识我，后来又通过和我同部门的李世跃才找到我。那是1990年。

我一听说有出版社要给我出诗集，觉得像天方夜谭。在1990年代出版诗集是非常困难的，一般出书的渠道跟现在一样的，第一、作者自费出版。第二、作者包销多少册以后，出版社给你出版，就这两个渠道。学苑出版社给我开了三个条件：最高的报酬、最快的速度、最好的装帧。有这么好的事情，我当然答应了，我一直都想出诗集。当时我在报刊发表诗，十行给四十元，学苑出版社给我八十元，翻了一番。

问：您的诗歌被广为流传，近年并被翻译为韩文、英文、日文、意大利文等，您认为最重要的原因是什么？

答：大致有这么几个原因：一、通俗易懂；二、能引起共鸣；三、经得起品味。另外，我的诗歌从生活中来。有一次我见到心理咨询医生张伯元，他说，医生的医术是否高明是从病人那里来的，如果一个诊所三个医生，哪个医生的病人多，那他一定是医术最高明的。我写了一首《旅程》：意志倒下的时候／生命也就不再屹立／歪歪斜斜的身影／怎耐得秋叶萧瑟晚来风急／垂下头颅只是为了让思想扬起/你若有一个不屈的灵魂/脚下就会有一片坚实的土地/无论走向何方/都会有无数双眼睛跟随着你/从别人那里/我们认识了自己。这首诗就是医生告诉我的。有一年我应朋友之邀去杭州,他说,西湖再美,看多了也就那么回事。我也写进了诗里:到远方去/到远方去/熟悉的地方没有景色。

同时诗歌也用于生活中。一个女生拒绝男生,用了我一首诗。我不知道自己的诗还能解决这种问题。原来她用的是我写的《请你原谅》:阳光纵然慈祥/也不可能让每一棵果树都挂满希望。女生把自己比喻成"慈祥"的阳光,男生被比喻成了"果树"。

我的创作没有这样的初衷,但是很多人从中读出了生活。很多学生对我的诗非常熟悉。有一个男生拒绝女生同样用了一首诗的题目,用的是《给我一个微笑就够了》。

汪国真(右二)和他的大学同学们在暨南大学校门前合影(刘剑星提供)

问：当年您拥有大量的诗歌读者，时隔多年后，大家都很关心您的近况，能否请您谈谈？

答：很多人在问我忙什么，我忙的事情可能和大家想象的不太一样。我在做另外一些事情，一是作曲，给中国历代诗歌谱曲，谱了四百多首，录制了一百多首；还做了一些事情，就是歌唱祖国，已应邀为山西、四川、河北、河南等省写歌作曲。有时候不一定我写词，但一定是由我来作曲。我的很多精力放在音乐领域。写诗少了，主要时间写书法，做音乐。

（此文采写于2014年8月16日）

「初稿」与「原粹」诗性生命历程的
——西安财经学院沈奇访谈录

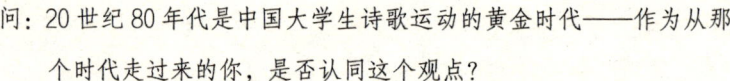

问：20世纪80年代是中国大学生诗歌运动的黄金时代——作为从那个时代走过来的你，是否认同这个观点？

答：当然认同。同时还需重新定义何谓"黄金时代"。

这里首先得设置一个逻辑前提，即所谓"中国大学生诗歌"在20世纪一直存在，方有"黄金"不"黄金"的对比性。问题是是否"一直存在着"这样的"中国大学生诗歌"运动。此前与此后的"存在"与这里特指的"80年代中国大学生诗歌"是否是一回事？我个人认为，这样的对比性很难成立。

"80年代中国大学生诗歌"这一具有诗歌史、文学史乃至思想史和文化史意义的"诗歌运动"，实际上是伟大的20世纪80年代之"精神气质"，经由"诗歌媒介"，在大学生族群中的历史性体现。除了其作为"文本意义"——作为第三代诗歌的开启与奠基，和其"人本意义"——涌现了一批影响后来诗歌历程的重要而优秀的代表诗人，以及其他显性的外在"黄金"价值之外，我更看重的正是这种内在的"精神气质"之所在：那是我们后来一切诗性生命历程的"初稿"和"基点"——初恋的真诚，诺言的郑重，纯粹、清澈、磊落、独立、自由、虔敬……还有健康，尤其是心理的健康。

换句话说，那是整个当代中国大陆现代主义新诗潮之精神层面的"原粹"。

我刚刚发表的一篇题为《诗意·自若·原粹——关于"上游美学"的几点思考》的论文中，在谈到"自若"这个概念时有这样一段话："说到底，所谓'自若'，一言而蔽之：无论做人、做学问还是从事文学艺术，有个'原粹'灿烂的自己——保持清晨出发时的清纯气息，那一种未有名目而只存爱意与诗意的志气满满、兴致勃勃"，其实就是拿20世纪80年代之"精神气质"作参照而言的。而这样的"原粹"，已是进入新世纪以后无论什么路向的诗歌发展，再也找不回来了的"稀有元素"了。

所以在我看来，不仅"黄金时代"，而且"孤迥独存"！

问：请您简要介绍一下您投身20世纪80年代大学生诗歌运动的"革命生涯"（大学期间创作、发表、获奖及其他情况）以及您是如何积极参加并狂热表现的？

答：谈不上狂热，更无从表现。

"文化大革命"后1977年冬天恢复高考，我以六六届"老初三"底子与工人身份进考场，当年差一分（数学只会做第一道"简化题"得八分）没录取，第二年1978年夏天二次报考，分数够了，却又因体检搞错查证后，补录到当时陕西新办的一所大学"西安基础大学"(后改名为"陕西工商学院"继而再改名为"西安财经学院"),文科只有"工业企业管理"大专班,被迫改学经济。因学校新办,暂时一无师资二无校舍,只有将我们这个九十八个人的特殊大班,交由当年的陕西财经学院托管,所以没有可"狂热"去"表现"的舞台,也很难以这样的"条件"去和外校交流,只是影响到本班几位爱好诗歌的同学,包括比我小十二岁、后来成为"他们"诗派代表诗人的丁当(本名丁新民)。

从1978年冬入校,到1981年夏天毕业,在校两年半时间里,基本上是埋头自己写自己的,包括后来个人较为满意的《海魂》《和声》《飞鱼》等诗。1979年12月,首次在《诗刊》第十二期发表旧藏小诗《红叶》(写于1975年秋,一直珍藏到上大学后才试着投给《诗刊》)。记得当时还是丁当在学校阅览室翻该期《诗刊》先看到,然后到班上来告诉我的,显得比我还兴奋,让我感动好久。

这年毕业前,又得《飞天》诗歌编辑张书绅先生激赏,组诗《写给朋友也写给自己》(三首)在其主持的第七期"大学生诗苑"栏目刊出(后来入选由潘洗尘主编、北方文艺出版社1985年出版的《中国当代大学生诗选》)。同时在丁当与另两位诗歌爱好者同学李宝荣和张勇的帮助下,找学校打字员帮忙打印了个人第一部诗集《和声》,分送同学和朋友留念,随之便毕业留校工作了。

接下来到1983年9月,组诗《写给自己也写给朋友》(五首)在《飞天》文学月刊第九期由张书绅先生主编的"诗苑之友"栏目刊出。11月,经我的诗歌启蒙老师沙陵介绍,在西安拜识著名诗人牛汉,并得以在他不久后主编的《中国》文学杂志发表诗作。由此逐渐在陕西先锋诗歌领域和大学校园诗歌中形成一定的影响力，为我的"后大学诗歌"时期"有所表现"奠定了基础。

问：当年，您创作的那首《上游的孩子》曾经很受读者喜欢，能否谈谈这首诗的创作、发表过程？

答：只有十四行八十五个字的《上游的孩子》一诗，成稿于1984年春节期间，至今整整三十年了。这里不妨抄录如下：

  上游的孩子
  还不会走路
  就开始做梦了
  梦那些山外边的事
  想出去看看
  真的走出去了
  又很快回来
  说一声没意思
  从此不再抬头望山
  眼睛很温柔
  上游的孩子是聪明的
  不会走路就做梦了
  做同样的梦
  然后老去

此诗的写作，从语言形式上说，受到当时已成为诗友的韩东影响而成，记得最早看到此诗的丁当很是赞赏，说这首诗肯定会成为名作。后来也确实传播很广，有研究者将之与韩东早期名作《山民》作比较，也听到传闻说，南方有些中学的语文教辅材料将此诗和《山民》一块拿来讲解，但我并没有见到实在的文本。

这首诗的实际"起兴"，则源自我个人经历的真情实感。

那年我由西安回汉江上游的陕西勉县小城老家过年，见到许多当年一起上小学、上初中的伙伴们，却再也难以找回青春年少时那种风发的意气、理想的情怀，大家都活得很现实，很平和，且对诸如外面的世界、早年的理想一类的话题，总抱着怯怯的回避态度，一派乐天知命的样子。也许是受了这种"语境"的感染，连我自己也觉着一种疲倦和空茫，一种被"存在"掠空而又似乎重新认识了"存在"的悬疑状态。我预感到，该有一点什么诗性的灵光要填补这幽茫的虚空了，却未料到诗念竟来得那样突然又那样顺溜、自然和不容思考——在一个昏暗的冬日薄暮中，当我在随手拈来的纸片上急急草就这首小诗后，整个的人竟软瘫在那里——没有哪一首诗，包括上千行的自传体长诗，也未能使我有这样被一掠而空的感觉。

一年后，《上游的孩子》经丁当转寄当时尚未认识的另一位青年诗人黄灿然，介绍给香港《新穗诗刊》1985年第五期"中国新一代青年诗人专辑"发表，引起反响。随后在国内《延河》月刊1985年十二期刊出，并先后入选人民文学出版社1989年出版的《情绪与感觉——新生代诗选》（邹进、霍用灵编）、四川文艺出版社1990年出版的《中国当代诗人传略·第一卷》、北京师范大学出版社1999年出版的《90年代文学潮流大系——主潮诗歌》（吴思敬主编）、太白文艺出版社2005年出版的《被遗忘的经典诗歌》（伊沙主编），及日本学者、诗人前川幸雄编著的《西安诗人作品选注》（日本福井新闻社1995年版）等海内外多种选本，成为大家所熟悉的一首代表作。

问：在大学期间，您参加或者创办过诗歌社团或文学社团吗？担任什么角色？参加或举办过哪些诗歌活动？参与创办过诗歌刊物或诗歌报纸吗？编印或出版过诗集吗？

答：要回答这一类问题，就该说到我所谓的"后大学诗歌"时期。

上面说到过，由于客观因素所限，我在1978至1981年上大学期间，其实并没有什么好"表现"的，真正对80年代大学生诗歌运动有切身体会并间接参与其中，反而是大学毕业之后。

这里面有几个原因：其一是毕业后我留在大学工作，自是主动或被动地参与其中；其二是那时在陕西诗歌界，我已经算是为大家认可的"新诗潮"代表人物之一，有一些影响力，无论是本校还是外校的诗歌活动，总要找我参加。另外一个关键性的原因是，1982年秋天，韩东从山东大学毕业分配来陕西财经学院任教后，其不同凡响的诗歌观念和作品风格，在大学校园诗人和社会上的年轻诗人中，形成大面积影响，期间我也与韩东和他的诗友们熟悉起来，时常聚会，直到三年后韩东调回

大学期间同学游华山北峰合影（后排左三沈奇，左四丁当）

南京，这期间可以说是西安大学校园诗歌活动最为"经典"性的时期。下面具体来说。

1981年夏天大学毕业留校工作后，与丁当分配工作的单位离得很近，经常来往，交流新写的诗作。一年后韩东从山东大学毕业，分配来西安，在陕西财经学院马列主义教研室教哲学，与他同在一个教研室且同住一间宿舍的另一位青年教师刘文，刚好是我和丁当大学同班班长刘安的弟弟。刘安毕业留在陕财任教，是当年西安城里有名的经济学家和社会活动家，还有另一位爱好诗歌的同班同学张勇，也留陕财教书，俩人与韩东很快熟悉结好，知道韩东写诗，便介绍他认识了丁当和我。丁当与韩东可谓一见如故，很是投缘，尤其在诗歌观念上一拍即合。当时我的诗歌写作还在浪漫主义和现代主义之间徘徊，对韩东所提出的诗学观念及其作品风格，既感到新奇又一时无法投合，按后来有些诗友调侃的说法，错失了一次"搭车"入史的良机。

记得1982年初冬的一个下午，我单独去陕西财经学院拜访韩东。这一次我们聊得比较久也比较深入，韩东系统地阐述了他的想法，并背诵了不少他和小海的诗作，还说到小海是位天才诗人。这回我似乎稍稍有些"开悟"，意识到这个学哲学的青年诗人是个了不起的开宗立派的人物，如果按他的诗学性理念发展起来，可能会拓展开一个不得了的诗歌潮流。但同时我也说到，假如有一天大家都照你这么写，恐怕也是一个不得了的大问题。那天聊到半夜，门房睡了，韩东帮我翻越陕财的铁栅栏大门，才回到我远在东郊的家中。

此后的三年中，韩东的影响力很快在西安的大学校园诗人中，以及社会上的新潮诗人中蔓延开来，成了陕西大学生诗歌和先锋诗歌运动真正的灵魂人物。

二十多年后，我在主编《你见过大海》（西北大学出版社2009年版）的长序中这样写道："拉韩东作当代陕西先锋诗歌的代表，似有'拉大旗作虎皮'的嫌疑，但韩东这杆大旗又确实是在陕西这块诗歌版图上最早树起来的，且由此直接开启了陕西先锋诗歌之真正意义上的发生与发展，并内化为灵魂与血液性的存在"。"韩东在西安写出了他最具代表性的早期力作，如《你见过大海》《有关大雁塔》《我们的朋友》等，同时创办民间诗刊《老家》和进行他的诗歌观念的'布道'活动，一时风生水起，为陕西诗歌的发展开辟了一条新的道路，并延为传统，一直影响到20世纪80年代末回陕的伊沙等人"。

这三年里，我和丁当与韩东往来比较多，经常一起聚会，或上秦岭山里去游玩，去大学校园朗诵作品等。

记得有一次在丁当工作的单位宿舍聚会，有刘安、韩东和同学张勇、刘科健等。饭后闲聊中，大家请韩东朗诵他的新作，几首念下来，刘安故意恶作剧起哄，说韩东你这种大白话诗我也会作，不信你念一首我给你对一首，结果真的在现场就对了几首，还对得像模像样的，搞得韩东又好气又好笑。这是一个颇有意味的细节，当时就让我想到韩东他们的这种以口语为要的写法，真的是差之毫厘失之千里，拿捏不准，很容易鱼目混珠，泛滥成灾。许多年后的当下诗坛，所谓"口语"与"叙事"的滥觞，也确实出现了我早年所隐隐预感到的许多问题。

在当年而言，毕竟因年龄和代际的差异（我是20世纪50年代初出生的，韩东、丁当都是60年代生人），再加上我已是拖家带口的人，在学校又做得是行政工作，到底不能如丁当那样成为韩东的密友。不过在诗歌写作上，我已开始受韩东的影响，一方面继续我原来的写作路向，一方面试着写一些靠近韩东他们风格的、如《上游的孩子》等一类作品。

503

这就要说到创办民间刊物和自印诗集的事。

1982年深秋，丁当来我家聊天中，提议由我主编办个同学诗友的交流诗刊，以弥补上大学时没有自己园地的遗憾，再说当时复刊的各种文学杂志的诗歌栏目，大多都是诗歌编辑们之间的交换稿，年轻诗人很难发表作品。我同意后组稿中便起名为《星路》，封面和内文及插图，都是我自己一人蜡纸钢板刻写好后，私下找学校打印室打印装订，分送诗友和校园里的诗歌爱好者。创刊号主要刊发丁当的两组诗，一组1982年春夏新写的五首抒情小诗，一组1981年冬天写的五首散文诗，统稿刻印时我临时给这两组诗分别起名《星路集》和《晨露》，用的笔名也是我起的叫"星鸣"，与他本名"新民"谐音，也与刊名相关。还有我自己的三首诗，和我约来的一些校内校外诗友的诗。

半年后，1983年的初夏编第二期。封面还是我设计刻印的，内文找工作单位的同学帮忙打印后连封面一起装订，在当时已算是较为像样的民间诗刊了。此时丁当已成韩东密友，送我一本韩东的打印诗稿，里面有《我不认识的女人》《老渔夫》《有关大雁塔》《我们的朋友》《一个孩子的消息》《水手》《给病中的哥哥》《半坡的雨季》《你见过大海》九首早期代表作，我选了《一个孩子的消息》和《我不认识的女人》两首发在《星路》第二期。卷首是依然以"星鸣"作笔名的丁当的一组五首总题为《致——》的新作，写于1982年冬，其中《给Y》一首已然开始受韩东的影响，由书面语的主观抒情向口语的客观叙述过渡；或者说，由与沈奇同路的《星路》之"星鸣"，向与韩东同道的《他们》之"丁当"过渡。同期还发表笔名"贝斯"的西安早期现代诗代表女诗人高铭的力作《皂角树，你看到了什么？》，此诗后来又被韩东拿去在《他们》发表，并选入小海和杨克编选的《〈他们〉十年诗歌选》（漓江出版社1998年版）。

《星路》创刊后不久，韩东在陕财开始筹办《老家》，记得第一期刊名叫《我们》，第二期才改成《老家》，由当时在陕财上大四的校园诗人杜爱民找人打印的。当年受韩东影响的西安青年诗人中，很快成熟并卓有成就者，除了丁当就是杜爱民。1983年秋，正当《老家》集稿打印第三期时，我这边的《星路》被有关方面按非法出版物立案审查，搞得大家都很紧张。那时我们完全不知道这样办刊是对还是不对，只是凭着爱好诗歌的热情，像当年在校园办板报墙报那样去想去做的，既然"非法"，停了就是。多少年后民办诗报诗刊如雨后春笋满天下都是，成为一个几乎主导当代诗歌发展的主要"媒体"，让人不胜感慨！后来韩东回到南京，也重新将《老家》改弦易张为《他们》，终于还是以民刊的形式，创立了一个影响到当代诗歌史和文学史的重要诗歌流派。

仅就我个人经历的20世纪80年代大学生诗歌运动来说，真正风生水起且形成大气候并具有历史意义的，是20世纪80年代中期，韩东"布道""播火种"离去之后，终于"星火燎原"起来。此前的校园诗歌，大体而言，基本上都是同仁伙伴式和半"地下"式的，不显山不显水，还要冒无辜的政治风险。到了20世纪80年代中期，整体精神气候所致，加上意识形态管制的宽松，更年轻一代的学子们几乎是集体性地患上了"诗歌理想"症，形成热潮。不久诗人岛子也随其前妻、女诗人赵琼到西安工作，为陕西的校园诗歌和先锋诗歌带来了新的"激素"和活力，一时更加风起云涌，如火如荼。

那时的西安高校之多，排全国第三，如西安交通大学、西北大学、陕西师范大学、西北政法学院、西北工业大学等名校，都有自己的文学社团，西北大学后来还创办了作家班，投身其中的大多都以诗歌创作为重。此时，韩东已回南京，丁当不久也去了深圳，杨争光埋头改写小说，先锋诗歌运动的承前启后，就全靠新一波的校园诗人的推波助澜了。

这其中，尤其以西安交大和当时的西安纺织学院先后两批校园诗人为重心，而这两所学校恰好与我所在的基础大学同在西安东郊，相距不远，于是我这个"老校园诗人"便自然而然地成了大家亦师亦友的常客，或邀请去举办诗歌讲座，或小范围聚谈，很快形成了一个颇具影响力的诗歌气场。

记得1986年10月6日晚，我应西安交大文学社邀请作诗歌讲座，居然有上千人来听，三分之一的同学都因没座位而硬是站在过道或靠墙边听了两个多小时，那种狂热的场面至今令人感念不已！那次讲座的内容，正是我由创作转向理论与批评的第一篇诗论文章《过渡的诗坛》，也是国内最早全面评价与鼓吹韩东及其追随者之诗学价值的重要论文，演讲后同学反响颇为热烈，并波及其他院校，算是"后播种时代"的"经典"一幕。

一年后，大学生诗歌运动的代表人物潘洗尘由东北来西安，也是由我陪同一起到交大作的诗歌讲座。

正是在这一波风云际会的大学生诗歌运动中，我有幸结识了交大的杨于军、全晓锋及已毕业的马永波等校园诗人，进而绵延到20世纪90年代又结识了夜林、方兴东、陶醉等校园诗人，构成了我的"后大学诗歌"的重要"运动谱系"。也正是这前后两波校园诗人，成为继韩东、丁当、杜爱民之后，陕西先锋诗歌发展历程中另一种里程碑式的存在。对此，我在主编《你见过大海》一书的长序中，都一一有所阐述（顺便说一下，这部诗选中的近一半作品，都是出自陕西校园诗人之作，可算是对当代陕西大学生诗歌运动的一个侧影式的总结，也是至今为止唯一的一个文本化的总结）。同时，在后续的20世纪90年代西安大学生诗歌运动中，由北京师范大学毕业回来，分配在西安外语学院（现在的西安外国语大学）任教的伊沙，更起到了十分重要的作用。

问：当年的大学生诗人们最喜欢书信往来，您和哪些诗人书信比较频繁？在收到的读者来信中有情书吗？发生过浪漫的故事吗？

答：不是喜欢书信往来，而是只能书信往来——纸媒时代，书信是唯一的交流方式，这种传统方式现在已经成为"遗迹"，但确实在当年给了我们极大的精神支撑和生命意义。我至今保留着几百封海内外文朋诗友的来信，或许将来写回忆录时会成为珍贵的资料。同时我至今也还保留着纸质写信的习惯，遇到重要的事和给朋友回信，依然手书一封，且是繁体竖排，郑重其事。我一向认为，文本介质的转换，常常会潜移默化为本质性的变异，纸笔书信，哪怕三言两语短短几行，也是有人情味的，电子媒介再怎么热闹，到底是隔了一点说不清道不明的什么东西，让人（至少是我们这样的人）总觉着不靠谱。

具体回忆当年，书信往来较多的是丁当和杨于军。

早年的丁当与我亲如兄弟，那些年，我西安的家就是他的家，有一年暑假我们全家外出旅游，刚好他由外地回来，干脆留下钥匙任他脏乱差了半个月，等我们回到家，整整收拾了多半天才安顿下来。至今我保存着丁当写给我的所有书信，及零星的诗稿手稿，其中《星期天》一首，与后来正式发表的差别很大，但也能看出语感上的一致。还有他一本黑色硬封皮的笔记本，钢笔字手抄的他早期诗作，共分"致太阳""母亲""路"和"夏朦集"四辑，大部分是散文诗，清纯的，抒情的，想象世界的，浪漫主义的，开头扉页上写着"为了瞩望着我的同学和一切"，落款是"1981年冬于西安东郊"，显然是毕业工作后，对大学期间和我在一起写诗时期的一个回顾性的结集。《星路》创刊号上刊载的那组散文诗，便是从"路"一辑中摘选的。我只是想不起来的是，何以这个笔记本一直在我这里保存着，他也一直没有再要回去。

认识于军正是在1986年10月6日晚那场交大的诗歌讲座上。

于军那时上大三，"英美文学"专业，是交大文学社副社长，散场后代表交大文学社致谢送行。一周后于军找到我学校的办公室，送来她写在两个笔记本上的诗作，我正上着班没细聊，让她留下笔记本看后再约谈。下班后我仔细翻读，所有的诗全部没分行，就那么一顺溜的写下来，但实际上还是大体按分行的断句和节奏写的，而且写得非常好，天才式的语感和独在的生命体悟。激动之下，我连夜用稿纸改抄成分行的正式诗稿，约来于军细谈并征得她的同意，遂先后推荐出去发表。

最先是在《陕西青年报》的副刊试着发了几首，接着我写信向当时的《星星》副主编叶延滨推荐，很快地其辟专栏推出组诗"白色的栅栏"，并附评论惊呼"很难相信这是她的处女作"。近水楼台的《当代青年》杂志在西安交通大学找到这位身边的"新星"，一下子发了她整整两大版。之后我给了于军一些刊物的通信地址，动员她自己随便投稿就是，遂得到《飞天》《诗刊》《人民文学》《作家》《诗歌报》等一系列无一例外的惊异而热情的"接待"——仅仅一年，年仅二十二岁的校园女诗人杨于军（部分作品发表时用的"黑子"的笔名，后来再没用）竟连续发表近百首作品，入选数种诗集，一时成为20世纪80年代校园诗歌一颗耀眼的新星。

我也由此和于军成了亦师亦友的亲密诗友。

1988年秋天，于军毕业回东北工作，后来去了广东台山一所中学教书，并在那成了家。之后十几年间我们再没见过面，只是断续保持着书信往来。特别让我感念的是，出于最初的信赖，以及后来她迫于生活的压力渐次离开文学界，十多年间里，几乎将所有她发表或不愿再发表的写作手稿都寄给了我，并就此一直在我的书房里静静地待着。曾经的偶遇变为久远的托付，让我为之感动而又不安。我知道这托付的重量，却惭愧总没能力将之与诗界分享。而这些珍贵手稿的主人，也似乎一直以"得一知己而足矣"的态度，对她这批手稿（包括大量后来创作而从未发表的诗歌、随笔和小说断章手稿）的出路无置可否，以至于连渐老渐忙乱的我自己也渐渐疏淡了。幸好到了2006年，渐次重新恢复创作并开始同诗歌界往来的于军，终于从遥远的台山来信，说想整理她的诗集准备出版，让我寄去她的旧作手稿，这才重新回到了诗人自己那里。我在欣喜中为她的这部名为《冬天的花园》的诗集（后以中、英文两部形式由香港高格出版社出版）写了长序，并在结尾处写道：上帝是存在的。上帝为每一个生命所安排的宿命都别有深意，只是我们常常不能完全领会而已。

由此，阔别二十年后的杨于军又重返诗歌界，依然是那种香客般的笃诚与自若。同时还逐渐成了文学翻译的新秀。2013年诺贝尔文学奖获得者、加拿大女小说家门罗的两部中文小说集，便是她和马永波合译的，文笔相当漂亮！

如此绵延近三十年单纯而深厚的友情，在当下社会语境下简直就像是童话一般，而在我和于军这里却如植物生长般自然而然，实在是那个年代之精神气质一个浪漫而又真实的投影。以至于多少年后，当我的中文专业的学生吴心韬读到我在1986

年冬天为于军写的题为《静水流深——评杨于军和她的诗》的文章后，十分感慨地在一篇《一个诗人与一个诗评人》文章中写道："我分不清是沈奇的诗评吸引了我，还是于军的诗勾住了我的魂，总之，我在这篇诗评中读到了单纯真挚的交流与依偎信赖的温暖……这样诗歌世界的偶遇，这样如上帝 joking 般的巧合，和谐而美丽，仿佛散落人间两端的真诚、纯洁、高尚的拼图，完美地凑合在了一块。"

读着80后校园文学青年如此真切感性的文章，我深深地庆幸在我近四十年的诗歌生涯中，有过"这样诗歌世界的偶遇"，且绵延至今，成为我生命中最为深刻的记忆与念想。

问：在您印象中，您认为当年影响比较大、成就比较突出的大学生诗人有哪些？哪些诗人的诗歌给您留下了比较深刻的印象？

答：由于当年我既没有机会去外地大学"串联"联谊，也很少读到其他院校的校园诗歌报刊或油印诗集，只是"运动"在西安的

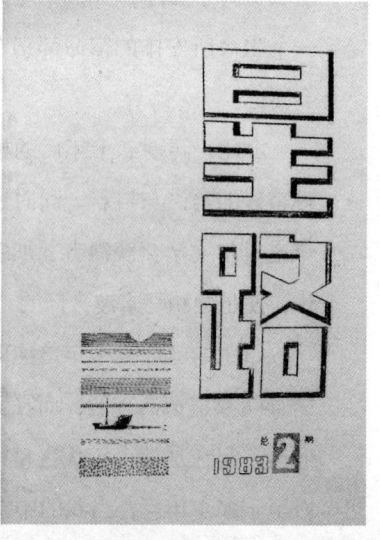

沈奇主编的两期油印诗歌刊物《星路》

高校范畴,是以回答这个问题,也只能就近而言,就个我的所知而言。

整个20世纪80年代的中国大陆大学生诗歌运动中,就我所知范畴及学理认知而言,最为突出并最终历史性地深度推进当代中国先锋诗歌进程的,当属韩东所开启的陕西及西部早期校园诗歌板块,和由李亚伟、赵野等诗人,与虽不在校园但一直奔走于大学生诗歌运动中的周伦佑等诗人,所开启的四川校园诗歌板块,以及北京、上海两大板块(这两大板块我不熟悉也便不敢随便置喙)。

在上述板块中,印象最深刻、同时也确实影响巨大成就非凡的大学生诗人,我记忆中还是韩东一人最为突出。

这里的关键在于韩东不仅在诗歌写作上另辟一道,开宗立派,还在诗学上有他一套言之有理行之有效的理念,加上天生的"领袖派",在那个时代,几乎成了大家公认的先锋诗歌"导师",走哪影响到哪。遗憾的是因为各种原因我没能和韩东成为至交,且后来也疏于往来,但在心底里是一直敬重着他的。2002年我应邀去南京的东南大学做讲座,打电话约他见面,他正在埋头写长篇小说,犹豫了一下后,还是抽晚饭时间在一起聚了聚,让我感念至今。

韩东诗歌的影响,不仅在语言形式方面,更在于他那种解构性地看待世界的立场与方式,这在当年绝对是"领风气之先"。我是在汉江上游出生与长大的,直到三十多岁才在天津至大连的邮轮上见到真正的大海,此前满脑子里尽是精神乌托邦和浪漫主义式的大海想象,虚妄化,符号化,真的面对实实在在的海洋了,一时竟愣怔到那里,随即涌现而出的,竟然全是韩东《你见过大海》一诗的语句与意绪,早年普希金式的大海意象,以及各种意识形态化、文化符号化了的大海意象,被瞬间颠覆,乃至有些不知所措。虽然后来对此也慢慢有所反思，但仅此一点，也足以证明韩东诗歌的深刻影响力。

另一位印象深刻的是于坚。

我与于坚是1986年夏天在昆明认识的。此前丁当去昆明出差长住，又是《他们》同仁，与于坚很快深交，一回西安就说及。那时我也知道于坚获过1983年《飞天》"大学生诗歌奖"，读过他不少作品，心仪已久。因此，在昆明第一次见面就像熟识许久的朋友，后来君子之交近三十年，并成为我诗歌理论与批评中一直跟踪研究的重点诗人。现在不但保存着于坚写给我的一些短信，还珍藏有一本1990年10月寄我看后送丁当的自印诗集，封面上的于坚照片，还是一幅长发披肩的"先锋"酷派样。

于坚的成就完全来自他特立独行的个人创作，无涉什么运动或流派，其总体格局宏大而丰赡，在诗歌、诗学、散文随笔、现代戏剧四个方面，都独备一格且高海拔崛起，形成一列山系，具有无可替代的原创性和丰富性。我一直认为，当代中国文学界，这半个世纪以来，真正代表现代汉语写作之综合成就，而有资格获诺贝尔文学奖的，应该是于坚更具有代表性些——尽管至今这个奖已两次颁发给了另外的汉语作家，但我的这一观点从未改变过。

回顾整个我所经历的20世纪80年代中国大陆现代主义新诗潮，包括大学生诗歌运动，可以说，至少在我的视野和立场范畴里，韩东是这个时代的灵魂，而于坚是绝对高度的骄傲！

再就是丁当。

我曾经借用过一个经济学方面的术语评价丁当，说假如用"投入产出"指标来看当代诗人，丁当算是"产出"价值比最高的一个。大学和刚毕业那两三年"试声期"不算，从结识韩东找到"组织"算起，三五年时间里，丁当就写出了他所有可以传世的好作品，实可谓天赋异禀。就在我此刻答写这些访谈文字之际，随便就能大体记起诸如《房子》《星期天》《时间》《抚摸墙壁》《背时的爱情》《落魄的时候》等丁当代表作的大体意境与佳句，而其实大多已时隔三十年了。丁当的诗歌写作，可谓韩东诗学理念布道播种之最为经典的"标本"，而且他只为《他们》写作，《他们》办了九期后停刊，至少在公共场域中，丁当就基本终止了他的文学生涯，实在是一个特别的个案和感人的佳话。

当然，一个诗人的成就，其实并不在于量的多少，以及是否终生为之奋斗，关键还看他是否留下了真正经得起时间汰选的好作品。按我的记忆约略计算，丁当短促的诗写历程总共不足百首，但其堪可进入任何时代任何选本的经典之作，至少有五六首之多，且至今读来仍不失效。这比起无数如过江之鲫般与时俱进，且争强斗勇同时海量"产出"且即生即灭的当代诗人们来说，实在是一个堪作"醍醐灌顶"般的冷冽提示。

问：回顾20世纪80年代大学生诗歌运动，您最大的收获是什么？最美好的回忆是什么？您如何看待20世纪80年代大学生诗歌运动的意义和价值？

答：大概所有经历过20世纪80年代大学生诗歌运动的当代诗人，都会有一个基本的体认，即我们这一两代诗人最大的幸运，便是在人生上路的清晨时分，拥有过一个充满理想情怀、诗性友情和诗性生命意识的单纯年代，并因此留下了堪可珍惜与眷恋一生的美好记忆，进而成为我们无论后来遭遇怎样的命运，都不能丢弃的生命底线，和赖以支撑我们继续前行的精神力量。

换句如前矫情的话说：拥有一个"原粹"灿烂的自己！

在我个人而言，正是有了这样的"清晨"这样的"原粹"，且一直没能舍得丢弃这样的"清晨"这样的"原粹",方能历经坎坷磨折而守志不移,静心不变,及至近年更加定于内而淡于外,于朝市之烦嚣中立定脚跟,"在自己身上克服这个时代"(尼采语)。进而明了并恪守这样一个理念:艺术(一切的"诗"与"思")的存在,并非用于如何才能更好地"擢拔"自我,而在于如何才能更好地"礼遇"自我——从自身出发,从血液的呼唤和真实的人格出发,超越社会设置的虚假身份和虚假游戏,从外部的人回到生命内在的奇迹,平静下来,做孤寂而又沉着的人,坚守且不断深入,承担的勇气,承受的意志,守住爱心,守住超脱,守住纯正,以及……从容的启示,以及在溯流而上的生命"初稿"中,在作为最初的旅行者的足迹中,找回复生的诗意和"还乡"的可能。

记得诗人洛夫在其《杜甫草堂》一诗中有这样一句:"储备整生的热量／只为了写一首让人寂寞的诗"。

诗的存在是家园的存在——对于迷失的现代人,诗已成为我们唯一来反抗生命中的无意义,以及现代文明下的焦虑与迫抑感,从而获得充实与慰藉的最后栖息地——我想,凡真正有过20世纪80年代大学生诗歌运动之深刻体验,并一直还珍惜那样的"清晨"气息和"原粹"感觉者,对此都会有所悟的。

当然,时至今日,或许许多当年的"运动员"都已不再写诗,或许许多当年的"大学生诗人"如今都已立身入史而视往事如烟,但总是不要忘了:我们所共同拥有过的那样一个诗的时代,诗的"清晨"与"原粹"!

问:您如何看待20世纪80年代大学生诗歌运动与朦胧诗运动和第三代诗歌运动之间的关系?

答:这个问题很有意义,但其实说起来又很简单明了。

发轫于20世纪70年代中期的朦胧诗,和发轫于20世纪80年代中期的"第三代诗歌",是贯穿整个中国大陆现代主义新诗潮历史的两个重要"节点",20世纪80年代大学生诗歌运动则是实际沟通这两个"节点"的重要"桥段"。

也就是说,从朦胧诗的"先声"到第三代诗歌的"滥觞",无论是美学层面还是思想层面以及精神层面,无论是"发生"还是"接受",从文本到人本,都主要是通过20世纪80年代大学生诗歌运动的风云际会,而得以真正意义上的推动与发展的。尤其是第三代诗歌的"滥觞",可以说,基本上就是大学生诗歌运动所造就的,其在诗歌美学方面的多元探索,和在诗歌精神方面的先锋意识,都具有无可替代的历史性价值与意义。

我在大学教书,主要讲授课程是"中国现当代文学","思潮""运动""社团",是贯穿这门课程的三个核心关键词。整个五四新文学以来的近百年现、当代文学史,从发生学层面而言,是围绕这三个基本点所展开的。当代文学的前半段(1949年至"文化大革命"结束)的发展轨迹,大部分都偏离了这个轨道,是朦胧诗的"地火运行"和大学生诗歌的"星火燎原"及第三代诗歌的"如火如荼",在被称之为新时期文学(这个命名十分别扭且缺乏学理性而一再被约定俗成地广泛使用)的发展中,率先恢复了"五四"传统而回返了这个轨道,从而拓展开那样盛大的格局,造就了一个伟大的诗歌时代。

不过现在看来,这次"回返"更像是一个"绝响"——之后的所谓"90年代诗歌"尤其是"新世纪诗歌",其"思潮""运动""社团"三个"基本点",尽管都依然充满活力,但其内在的品质和气息,怎么看,都还是与那个伟大的20世纪80年代不大一样,其学理性的阐释,还是留待后人去关心吧。

问：涛声远去，斗转星移，作为20世纪80年代大学生诗歌运动的参与者和留下一定影响的代表诗人，在上述回顾后，能否请您再谈谈你自己当下的情况，或可为新的历史书写留下一些新的参考？

答：谈不上什么影响，更无从代表什么，只是实际参与者的一些感念而已。而正是这份感念，让我能一直坚持到现在，依然以诗歌写作和诗学思考为生活方式和生命归所，好像除此之外都没有什么太大兴趣了。说句笑话，经历了那次清晨出发时的"初恋"后，再无他顾，有点"曾经沧海难为水"的意思。

尤其是近些年，说老实话，诗坛实在太"闹"了，且是一种不可承受之"轻"的闹，赶场子过派似的，和这个时代的娱乐化与功利化语境过于贴近。天性使然，加之已是年过六十的"老运动员"了，开始看明白一些历史的吊诡性，遂自己给自己提个醒：退出研究，重新思考；退出批评，重新写作。进而从自身做起，彻底消解一切与"运动情结"有关的东西（关于"运动情结"最早提出及学理性清理，可参见我在1992年题为《运动情结与科学精神——当代中国新诗理论与批评略谈》一文，及后来诸篇文章中的相关论述，均收入中国社会科学出版社出版的《沈奇诗学论集》第一卷）。除了上好课，以及偶尔的会议论文撰写外，大部分时间是"宅"在家里读书写作。

落于实际的近年"情况汇报"大体如下——

2010年，《钟山》文学双月刊第六期，以卷首头条位置一次性发表五十首《天生丽质》实验诗；年底结集出版了个人写诗三十五年的总结性诗集《沈奇诗选》（陕西师范大学出版社）；2012年，历时五年潜心探索的实验诗集《天生丽质》，由文化艺术出版社出版。随之得《文艺争鸣》第十一期垂顾，辟"当代学者话语系列·沈奇"专辑，发表赵毅衡《看过日落后眼睛何用——读沈奇〈天生丽质〉》、陈思和《字词思维·诗歌实验·文本细读——读〈天生丽质〉的几段札记》、杨匡汉《走向瞬间的澄明——〈天生丽质〉解读》三篇评论，同时刊出个人万字长文《我写〈天生丽质〉——兼谈新诗语言问题》；同年11月在西安举办有关《天生丽质》的学术研讨会（也是个人平生第一次开这样的研讨会）；

2013年，历时半年多增订校勘，近一百万字的三卷本《沈奇诗学论集》增订版，由中国社会科学出版社在北京出版发行；此前2005年、2008年先后两版均由同一出版社推出；

2014年，二十万字的散文随笔集《秋日之书》和近十万字的诗话集《无核之云》分别于上半年结集修订付稿，即将由西安出版社和陕西人民教育出版社于年内出版。同时继续《天生丽质》的后续创作，并计划明年出版《沈奇诗选》增订版，以纪念个人诗歌写作四十年。

其他没有什么可汇报的了——最后随文附一首题为《木心》的近作小诗，从中或可略见一点"老运动员"的新心境。

——以上期待老少诗友们批评指正！

杜鹃枝上蝴蝶梦中
要执着多久方能悟空？

植物的格言按季节生成
木质的纹理酝酿青铜之韵

最终，只有你自己的肉身
温暖了你自己的灵魂

也只有你自己的灵魂
最终,温暖了你自己的人生
……一冬未下的雪
昨夜落下,寂寂无声

跋一

掀开历史的辉煌一角

张立群

翻开姜红伟的《诗歌年代——20世纪80年代大学生诗歌运动访谈录》,很容易让人联想到数年前由查建英主编的《80年代:访谈录》。对于20世纪80年代的文学,我们往往会像看待五四新文化运动一样,有着说不完的话题。"重返80年代"、20世纪80年代是一个"激情洋溢的年代"等提法,常常让我们在缅怀之余,对其充满想象。20世纪80年代让文学有了波澜壮阔的场景,让文学重回启蒙、实现人性的回归。对比今日纯文学的境遇,20世纪80年代文学树立了不朽的丰碑……不论出于上述何种角度,20世纪80年代文学的辉煌都会令人神往。但这并不是说,我们对于20世纪80年代文学的把握已经十分透彻;相反地,许多现象及解读不过是触及了"冰山的一角",而姜红伟的这本《访谈录》正是在此背景下走到我们面前的。

一、重现尘封的诗坛往事。《访谈录》主要访谈了七七、七八级大学生,共四十一篇。通过访谈,重现许多诗坛往事。七七级,是恢复高考后的首届大学生,是中国高等教育史上一个特殊的群体。七七级大学生是历尽磨难的一代,他们很多人经历过三年严重困难、亲历过"文革",有着沉重的历史记忆,他们当中许多人耗尽了青春最美好的时光;七七级大学生又是幸运的一代,他们在历尽坎坷之后,终于有了施展才华的机会。他们在接受教育之时,适逢拨乱反正、思想文化复苏;他们当中的绝大部分人既是知青,又是文学爱好者,曾自觉不自觉地受过"文革"时代"地下诗歌"的影响。因此,当他们进入大学中文系之后,一场声势浩大并对当代中国诗歌产生重要影响的大学生诗歌运动就此拉开了帷幕。

无论是出于时代理想的感怀,还是自我内心的激情,20世纪80年代大学生诗歌运动都是值得深入的课题。由于《访谈录》所选的皆为七七、七八级大学生,且他们许多人成为当代中国的著名诗人,所以,这本《访谈录》就以采访"当事人"的方式,再现了当时大学生诗歌运动的状况。比如,在《20世纪80年代,被诗浸泡的青春——吉林大学徐敬亚访谈录》中,我们就读到了"当事人"对于大学和诗歌的看法——"今天看,对诗来说,高考简直是一次全国性的诗歌大串连大培训";"写诗,成为我们大学生活的第一主题。"而对于参加第一届"青春诗会"的经历,徐敬亚更是将自己受邀参加"青春诗会"的经过,以及当年送行的场景等加以详细的描述……毫无疑问,那是一个诗的年代,诗歌让大学校园生机勃勃,进而在相互联谊、交流中形成了波及全国的大学生诗歌运动。

正如今天看来很多已成"定评"和"必然"的历史总有些隐蔽的细节一样,20世纪80年代大学生诗歌运动一直有着丰富的内容。笔者在2005年与辽宁著名女诗人林雪对谈中曾得知,后来成为徐敬亚著名文章的《崛起的诗群》曾最早发于辽宁师范学院(今为辽宁师范大学)中文系所办的《新叶》上,而后才发表在兰州的《当代文艺思潮》上,产生了重要的反响。上述"信息"在阅读姜红伟的《访谈录》时得到了印证:"1982年秋天,辽宁师范学院的同学写信向我邀稿,我才忽然想起手里还有一篇挺长的文章呢,就把《崛起的诗群》找出来,直接寄给了他们。他们如获至宝,马上决定在1982年第八期、第九期连续发表。他们的《新叶》是铅印刊物,还加了编者按。文章发表后,并没有什么太大的影响,直到它被发表在兰州的《当代文艺思潮》上。后来的事大家都知道了。"可以说，通过访谈，姜红伟尽力地还原了20世纪80年代大学生诗歌运动的"现场"，而这些存在于"当事人""亲历者"记忆中的往事，显然对于我们了解那段历史及具体的脉络有着异乎寻常的意义和价值。

二、丰富而详细的诗歌档案。按照诗人骆晓戈在访谈中的看法，即"我觉得80年代的大学生诗歌写作确实影响和造就一代人"。今天的诗歌爱好者乃至研究者对于20世纪80年代的大学生诗歌运动似乎了解得过少。姜红伟在时隔三十余年之后，打捞起这段尘封的记忆，有助于我们从更为具体的角度了解、把握这场激动人心的诗歌运动。通过一篇篇访谈，我们会清楚地看到当时高校诗歌运动不仅包括文学社、自办刊物和年青的大学生诗人，还有许多老师、朋友的参与和支持。除此之外，像武汉大学中文系办的《珞珈山》之参与者张桦到京联络，后由"武汉大学中文系发起，联合了北京大学、北京师范大学、中山大学、南开大学、吉林大学、西北大学等院校的中文系，大家商量联合创办一个文学刊物，最后定名为《这一代》"等，都显然对20世纪80年代大学生诗歌活动起到了"推手"的作用……这些当年的推动者、参与者并未全部成为诗人、为人所知，这些活动也更多地沉潜于记忆的海洋之中，但其付出的青春、营造的氛围理应为后人所了解，而访谈者姜红伟在打捞、整合这些碎片之余，再现历史之功也理当得到尊重与肯定。

成书后的《访谈录》包括七七级大学生访谈二十五篇、七八级大学生访谈十六篇，所括高校三十所。即使仅从这些高校所处地域来看，20世纪80年代大学生诗歌运动也至少是北起东北、内蒙古，南至广东；东起上海、浙江，西到甘肃、青海。而从大学生诗人的角度来看，陈建功、徐敬亚、叶延滨、马莉、骆晓戈、沈奇、蒋维扬、燎原、汪国真等"诗坛名宿""文坛名家"接受访谈、成为被访对象，更为《访谈录》增色不少。依据不同的访谈对象，姜红伟在进行访谈时精心设计了提问，这些提问及其回答使20世纪80年代大学生诗歌运动得到了从校园到校园、从校园到社会的立体的、繁复的呈现，不仅如此，在不同的访谈中，由于经历的相同与相通，许多大学生诗人对于当时大学生诗人的交流、同一次活动有着多样化的讲述,这些讲述本身就构成了一部活生生的历史档案。然而,就其规模而言,姜红伟的工作还远未仅限于此,"该书书稿长达一百余万字以上,初步分为三部曲。附录各种珍罕图片五百张以上。目前出版的是该书的第一部,即七七级、七八级大学生诗人访谈录。后续将出版该书的第二部、第三部。"作为80年代诗歌纪念馆创办人、大学生诗歌资料收藏家,姜红伟的《访谈录》有着自己得天独厚的材料优势。可以相信,出版后的《访谈录》可以作为了解、研究20世纪80年代大学生诗歌运动的重要材料,而其在形式上图文并茂、故事与回忆共存的特点,也必将给读者带来别样的视觉效果。

三、诗歌史的意义和价值。结合当代诗歌史常见的叙述逻辑,我们可以知道:20世纪80年代大学生诗歌运动对80年代诗歌的发展有着深远的影响,但这种影响多呈现于"两报大展""第三代诗歌"的叙述之中。从"朦胧诗"到"第三代诗歌"(也称"后朦胧诗")历来是20世纪80年代诗歌的主潮,而"第三代诗歌"的主力军多是在校大学生,他们组织各种诗歌"流派"、形成多个诗歌"群体",通过"PASS""别了"等口号揭竿而起、集体出场,是其崛起于20世纪80年代后期当代中国诗坛的重要方式……若从把握主线的角度记录诗歌史的进程,上述叙述思路自是没有问题,但若从还原历史,呈现历史丰富性、复杂性的角度来说,上述叙述思路则在一定程度上"忽视"了当时许多实际情况。在"朦胧诗""第三代诗歌"浪潮之外,"西部诗歌"书写现实和乡土的诗歌创作同样取得了丰硕的成果,而若从大学生诗人对20世纪80年代诗歌发展所作的贡献上讲,那么,大学生诗人是贯穿于整个20世纪80年代诗歌的。由七七、七八级大学生共同掀起、推进的大学生诗歌运动是20世纪80年代诗歌发展的"前史",但时至今日,从此角度考察20世纪80年代诗歌的研究还寥寥无几。上述背景使《访谈录》对于重写20世纪80年代诗歌史有着参照和借鉴的作用。

《访谈录》在访谈每位大学生诗人时,总会涉及当时高校的诗社、自办刊物等话题。在我看来,这样的探究同样具有诗歌史的意义和价值。从民刊《今天》开始,20世纪80年代诗歌就与今天被称为民刊的创办关系密切。大学生组建诗社、创办刊物当然可以作为重要的民刊活动。可以确证的是，日后成为"第三代诗歌"重要流派的"他们""莽汉""非非"等，都与民刊活动有关，当然，如果循此路径探寻其内部的原因，那么，出现于20世纪80年代的诗歌民刊活动又会最终归结至大学生诗歌运动。相比较那些已成为广大读者所熟知的民刊，七七、七八级大学生的开拓之功不可磨灭。《访谈录》通过图文结合的形式，记录了大学生诗歌运动中的光辉篇章，并由此为诗歌史研究及书写留下了重要的文献资料。

怀着宏伟的理想，姜红伟大有将尘封已久的20世纪80年代大学生诗歌运动资料一网打尽之势。鉴于现有的《访谈录》只是"三部曲"之一，后续还将出版该书的第二部、第三部，我们应当对其理想及实践充满期待。同时，也应当在充分肯定姜红伟为此付出的辛劳和为当代诗歌史作出的贡献之余，关注历史为我们留下的丰富的"资源"。

以热爱的名义 重返诗歌现场

陈爱中

20世纪70年代末80年代初,新诗可以说是所有文学形态里最泛社会化的,四五诗歌、朦胧诗、第三代诗歌,都是曾经引致整个汉语文化瞩目的思想潮流,而这些诗潮的主力基本上是当时身处大学校园的大学生群体的创作。相对于其他社会人群,他们最先闻到思想开放的气息,容易得风气之先,于是成立诗社,办手抄报,油印报刊,并互相赠寄,以浸染着大串联色彩的文学交流方式,将诗歌的写作和评论普及到社会生活的边边角角,视其为交流青春情感、表达政治诉求的主要载体。其实,与其说大学生诗歌是一次诗歌美学的单一呈现,不如说是一次以诗歌为号召的时代青春思想的展演,形而上的精神探索在寻找"美的历程"中勃发,并因之而为整个20世纪80年代的社会情感奠定了基调。20世纪90年代以来,随着文学整体命运的边缘化,诗歌长时间孤独寂寞了起来,除了圈子里自我营造的喧嚣,从诗性价值到社会认同,一系列的负面体验浸泡着诗坛,"白头宫女在,闲坐说玄宗",这总不免让人念及曾经的繁华。于是,辉煌到极致的20世纪80年代,成为新诗"追忆逝水年华"的回望之所,以期在寻找历史的足迹中，整理行装，获得重新出发的信心。

在众多"回望"的方式中，口述的方式被重点引入进来。自从20世纪50年代，哥伦比亚大学东亚研究所所长韦慕庭主导建立的"口述历史研究部"邀请胡适、张学良、李宗仁等人对近现代中国历史的口述开始，人类古老的口传记忆方式重新焕发生机，并在现代意义上补充和活跃了现代历史的记述方式，丰富着人们审视历史的视角和内容。汉语当代文学的发展轨迹中，充满争辩和理性构图的文学运动一直是主要线索，这造就了跌宕起伏、思辨灿然的生长样态。一般来说，相对于文本的超时空性，特定的文学思想的重读对孕育的历史现场感要求要高得多，这就决定了口述的方法对于爬梳当代文学的重要性。因此我们看到查建英的《80年代：访谈录》、王尧的《新时期文学口述史》，以及北岛、李陀等人的带有口述性质的散文集《70年代》等著作的面世，这些对重构当代文学史的思想现场和新的文学史意识有着非凡的意义。而姜红伟的这本《诗歌年代——20世纪80年代大学生诗歌运动访谈录》（北岳文艺出版社）的出版，从资料考辨，当局者访谈，图片影像等各种视角，将口述史的历史现场感和对话的时空交错感溶合在一起，立体地展现了大学生诗歌的全貌，从一个局部为当代诗歌史的书写提供了有力的资料和视点支撑。

应和时代要求的选题。20世纪80年代的大学生诗歌，如青春激流般，迅猛来袭，自然也去得匆忙，作为时代思想性事件，自然无法更多地从诗歌美学层面为新诗提供教益，很容易时过境迁。从20世纪90年代起，新诗步入到欧阳江河所说的"中年写作"阶段，和曾经的青春昂扬的幼稚宣告断裂后，新诗的美学建树有着质的飞跃，人们更容易忘掉孕育诗歌大树的青苗时期，但无论是诗人还是新诗，成长时期的诗歌营养却时时左右着新诗的走向。故而，当众多的诗人的创作遇到瓶颈，时代无法为诗人提供能够推动诗歌继续前进的思想事件时，"向青草更青处漫溯"，追根溯源的做法总是能够让诗歌重新整理自己的枝枝蔓蔓。诗歌开始怀旧了。于是，重回20世纪80年代，不仅仅是21世纪以来的一个诗歌事件，而且是个重要的文学思想事件。《诗歌年代》

的出版，可以说为新诗审视历史提供了重现诗歌历史的舞台。

访谈对象的代表性和话题设定的核心性。除了珍贵史料照片的揭示，该著作的大部分篇幅是访谈录，这不同于事件当局者的独语式口述，而是持有"一切历史都是当代史"的当下性视角出发的历史重构，不可避免地具有个人的偏狭。如何克服这种视角所难以克服的天然局限性，在历史时空的客观隔离中，实现事件追述的客观性和真实性，话题的设计和访谈对象的选择自然是关键。这一点，《诗歌年代》做得比较审慎而有效。首先在话题设计上，著作呈现出的是以点带面的构思风格，也就是以20世纪80年代诗歌的核心命题为中心，在整体访谈结构框架不变的情况下，针对访谈对象的个体情况，做有针对性的适当微调，话题比较集中。比如从诗歌时代全局的角度出发，设计出的关于"20世纪80年代是中国大学生诗歌的黄金时代"和诗歌大串联的选题，就从文学运动的角度将20世纪80年代诗歌通过代表性人物的回忆，生动地勾勒出来。而让每一个诗人都谈一首自己创作的在当时影响比较大的诗篇，又让这种诗歌记忆回到具象的文本和带有揭秘性质的创作心理上，感性而细微，很好地弥补了前两个话题的抽象性带来的空泛。其次，充分认识和发掘校园诗刊的媒介意义，以此为突破点，重述1980年前后，大学生诗歌社团和期刊的生态，在对话中展现了七七级和七八级大学生的诗歌理念。于是北京大学的早晨文学社和《早晨》、天津师范大学的繁星诗社和《繁星》、吉林大学的言志诗社和《赤子心》，包括具有全国性影响的十三家高校诗社联合创办的，虽早夭但影响深远的《这一代》。如果再加上作者所创办的80年代诗歌纪念馆系列藏书，以及早先对《飞天·大学生诗苑》的专题研究，作者可以说是非常全面地掌握了20世纪80年代诗歌的发展脉络和主要审美特质。第三，在代表性人物的选择上，既注重地域上的普遍性，从塞北的长春到领风气之先的广州，从上海到新疆，这些地域性的大学生诗歌的代表性诗人皆有涉猎，又注重大学生诗人的重点性和厚重性，比如对北京大学、武汉大学等有引领作用的大学生诗歌运动中高校代表性诗人的访谈就占据较多的篇幅，既有叶延滨、徐敬亚、沈奇、汪国真等后来成名的著名诗人，亦有李黎、骆晓戈、张桦等在大学生诗歌思潮中起着承上启下作用的代表性诗人。

毫无疑问，今天的诗坛是喧嚣和躁动的。诗歌评奖、学术会议，甚至是争讼纷繁的"诗歌春晚"，这一方面昭示着诗歌在形式上的回暖，另一方面更加剧了诗歌在名利场的诱惑中的焦虑。能够安稳地这么沉下心来捡拾诗歌历史，为今天的红火的诗歌提供历史镜子的人，都是对新诗热爱而忠心的守护者，可以说，姜红伟是其中的佼佼者。除了《诗歌年代》系列的陆续出版，姜红伟还有件足以让新时期以来的诗歌史感到惊讶和震惊的诗歌行为，这就是在遥远的边地创办的"80年代诗歌纪念馆"，以诗歌史学家和收藏家的眼光，以对诗歌的虔诚之心，实现了对新诗资料断代的收藏和整理，其意义和价值已经得到学术方家的认同。鲁迅文学奖获得者、诗人林雪说："诗人姜红伟多年偏安东北一方热土，心系华夏诗歌之脉。举个人绵薄之力，筑群体磅礴之势，使20世纪80年代诗歌得以在历史中风云际会重现精华并被时间淘洗和纪念。"功夫不负有心人，在历久弥新的诗歌园地里，新诗历史以循环的方式重新在情感的想象中被激活时，姜红伟自然是当仁不让的历史现场的追述者和责无旁贷的讲解员。这几年来，他的诗学访谈遍及大江南北，《诗探索》《诗歌月刊》《岁月》《星星诗刊》《伊犁晚报》等专业的、非专业的报刊纷纷为其开设专栏，忽如一夜春风来，社会文化的认可，良好的社会影响，让我们有理由期待他的更多成果面世，开出千树万树的诗歌梨花。